KB187641

셜록홈즈

베스트 단편 22선

아서 코난 도일

1859년 스코틀랜드의 에든버러에서 태어나 에든버러대학에서 의학을 전공했다. 의대 졸업 후 서부 아프리카 해안을 항해하는 등 모험에 가득 찬 시간을 보냈다. 현실로 돌아온 그는 병원을 개업했지만 병원 경영보다는 소설을 쓰는 걸 더 즐겼다. 1886년 《주홍색 연구》를 시작으로 홈즈가 등장하는 시리즈를 발표하여 본격적인 추리소설을 쓰기 시작했다. 1900년, 영국과 트란스발 공화국이 벌인 보어전쟁에 자원의사로 근무했으며, 1902년에는 기사 작위를 받았다. 1900년과 1906년, 두 차례에 걸쳐 지방의회 선거에 후보로 나섰으나 낙선하였다. 이후 신문과 잡지 등에 꾸준히 연재물을 발표하며 소설가로서 인기를 누리다가 1930년에 사망하였다.

박재인

서울예술대학에서 문예창작을, 파리 10대학에서 철학을 공부(철학석사)하고 전문 번역가로 활동 중이다. 장편소설 《소멸하는 순간》, 여행에세이 《카페 드 파리》, 번역서 《이방인》 《아무것도 않고 앉아 있기》 《수피교 현인들의 이야기》 《레 미제라블》 《열린 마음》 《셜록홈즈 베스트 단편 걸작선1 · 2》 《셜록홈즈 베스트 장편 걸작선》 《미스터리 살인사건》 《뤼팽》 등 여러 권을 출간했다.

셜록 홈즈 베스트 단편 22선

초판 1쇄 발행 | 2016년 8월 15일
14쇄 발행 | 2019년 12월 20일
2판 1쇄 발행 | 2021년 10월 12일

지은이 | 아서 코난 도일
옮긴이 | 박재인
펴낸이 | 김형호
펴낸곳 | 아름다운날
편집주간 | 조종순
본문삽화 | 김연규
표지디자인 | Design이즈
본문디자인 | 디자인표현

출판등록 | 1999년 11월 22일
주소 | (04031) 서울시 마포구 서교동 351-10 동보빌딩 202호
전화 | 02) 3142-8420
팩스 | 02) 3143-4154
이메일 | arumbook@hanmail.net

ISBN | 979-11-6709-006-5 03840

셜록 홈즈

베스트 단편 22선

아서 코난 도일 지음 | 박재인 옮김

아름다운날

차례

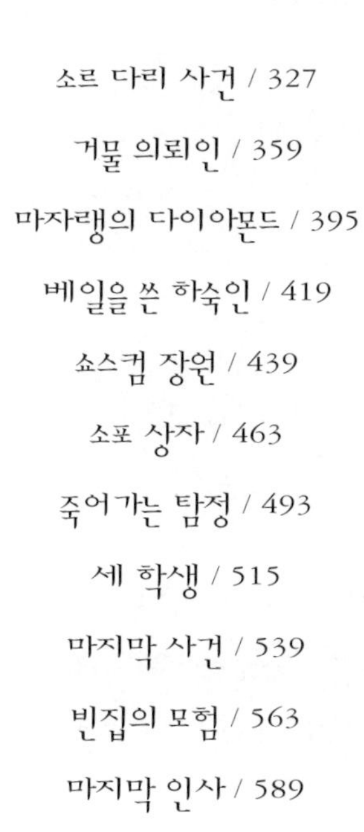

옮긴이의 말

'추리소설' 이라고 하면 누구나 셜록 홈스를 맨 먼저 떠올릴 것이다. 홈스는 추리소설 역사상 최고의 탐정 자리를 굳건히 지키고 있기 때문이다.

하지만 엄밀히 말하면 그는 19세기 런던 최고의 명탐정일지는 모르지만 21세기로 데리고 온다면 조금 박식하고 이런저런 걸 면밀히 분석하는 꼼꼼한 아저씨에 불과할지도 모른다. 게다가 그는 경찰에 당장 체포당할 위험에 처한 코카인 중독자다.

역자가 이런 셜록 홈스의 약점을 독자에게 미리 밝히는 것은 『뤼팽』의 작가 모리스 르블랑의 이야기 접근법을 써먹고 싶어서였다. 모리스 르블랑은 작품을 시작하기 전에 범인의 실체를 먼저 알려 준 뒤 범죄를 추리해 나가는 방식을 취하고 있다.

스코틀랜드 출신인 아서 코난 도일은 영국의 에든버러 대학을 졸업한 뒤 의사 자격증을 얻고 잠시 화물선 선의로 일한 후 개인 병원을 개업한다. 당시 그의 아버지는 병석에 누워 있었기 때문에 그가 가족의 생계를 책임져야 했다.

다행인지 불행인지 병원 경영은 원만하지 않았다. 글을 쓰고 싶었던 그는 역사나 괴기물에 관한 글을 틈틈이 써오던 중에 '셜록 홈스'와 '왓슨'이 등장하는 최초의 작품 『주홍색 연구』를 1886년에 완성한다. 하지만 이 영국 작가의 소설에 최초로 관심을 보인 곳은 조국 영국이 아닌 미국이었다. 미국의 〈리핀콧 매거진〉의 한 편집자는 그의 소설을 흥미롭게 읽고는 그 속편까지 써달라고 청탁했는데, 그 속편 역시 큰 성공을 거두었다. 이후 조국인 런던의 〈스트랜드 매거진〉에 『보헤미아 왕국의 스캔들』을 시작으로 새로운 작품을 발표할 때마나 폭발적인 인기를 거두었다. 이후 1892년, 『셜록 홈스의 모험』이 출간된 후 추리작가로서 아서 코난 도일의 입지는 확고하게 다져진다.

인기 정상에 오른 코난 도일은 추리소설을 쓰는 데 슬슬 싫증을 느끼고는 작가로서의 활동을 접으려고 했다. 그러자 몸이 달아오른 〈스트랜드 매거진〉의 편집장은 그에게 계속 글을 써줄 것을 애걸하다시피 했고, 어머니도 쏠쏠한 돈벌이를 마다하는 아들에게 글을 쓰도록 꼬드겼다.

그러던 중 코난 도일은 단편 『마지막 사건』에서 셜록 홈스를 죽인다. 그러자 독자들은 셜록 홈스를 다시 살려내라고 아우성을 쳤다. 이후 나이가 든 코난 도일은 자신에 대해 조금 너그러워져 『빈집의 모험』에서 셜록 홈스를 다시 부활시키고, 왓슨과 조우하게 한다.

코난 도일는 총 56편의 단편과 4편의 장편을 집필하고는 1930년, 심장발작이 악화되어 세상을 떠난다.

이 책에는 그가 남긴 작품 중 걸작 중의 걸작으로, 추리력과 기지가 정점에 달한 22편을 골라 실었다.

그의 작품은 사건의 외형은 물론이고 해결해 나가는 과정도 제각각 독특함을 자랑하고 있다. 셜록 홈스는 단순히 범인이 누구인가를 밝혀내는 데 그치지 않고 범인과 팽팽한 두뇌 대결을 벌여 결국 승복하게 만드는데, 위기의 순간에도 절대 유머를 잃는 법이 없는 모습은 독자로 하여금 책에서 손을 놓지 못하게 만드는 위력을 지닌다. 이 작품의 또 다른 묘미는 셜록 홈스와 왓슨의 관계이다. 겉으로 보면 왓슨은 셜록 홈스의 조수에 불과한 것 같지만 모든 것이 왓슨의 펜에 의해 정리되고 기록되어진다는 것을 감안하면 과연 누가 주인공인지 의문을 갖게 된다.

셜록 홈스의 모델은 작가 아서 코난 도일의 에든버러 의과대학 시절 은사 조지프 벨 교수이다. 벨 교수는 환자의 상태를 상세히 관찰하여 직업 등을 추리하는 버릇이 있었는데, 이 추리력이 너무 정확해 주변 사람들의 감탄을 자아내게 했다. 조지프 벨 교수에게서 강렬한 영감을 얻은 코난 도

일은 그를 자신의 작품 속으로 들여와 주인공으로 내세운다.

〈스트랜드 매거진〉의 셜록 홈스 시리즈 삽화에 그려진 외모의 특징은 180센티미터 정도의 키에 깡마른 몸매, 날카로운 눈과 콧날이 우뚝 솟은 매부리코, 그리고 네모진 턱이 인상적이다.

그런 이유로 런던에서는 한때 키 큰 할머니가 지나가면 "어, 저기 홈스 씨가 가는데? 오늘은 또 누굴 잡으러 가시나?" 하고 웃으며 농담을 주고받았다고 한다.

마지막으로 코난 도일과 모리스 르블랑의 재미있는 일화는 묻어두기엔 너무 아까워 밝힌다. 기지 넘치는 르블랑은 여러 가지 방법으로 라이벌 코난 도일의 속을 부글부글 끓게 했다. 그 중 하나가 뤼팽이 셜록 홈스를 자신의 작품에 끌어들여 아주 비열한 방법으로 자신의 연인을 사살한 사건이다. 코난 도일은 그로 인해 자신의 이미지가 실추되자 정식으로 르블랑에게 항의했다. 그러자 르블랑은 '홈스' 의 철자를 살짝 바꾸어 '숌스' 로 표기하여 정면 대결을 피했다.

우리의 수많은 선조와 우리가 그러했듯이 우리의 후손들도 홈스의 추리소설에 코를 박고 짜릿한 스릴을 맛보는 시간을 보낼 것이 틀림없다. 우리 인류에게서 권태로움을 날려준 홈스는 확실히 위대한 이야기꾼이다.

보헤미안의 추문

셜록 홈스는 그녀를 항상 '그분' 이라고 불렀다. 그가 다른 말로 부르는 걸 난 들은 적이 없다. 그녀는 다른 어떤 여자들보다 압도적으로 빛나는 존재라고 홈스는 생각했다. 하지만 그가 그녀, 즉 아이린 애들러에 대해 연정이라고 할 만한 마음을 품고 있었던 건 아니다. 모든 감정 중에서도 사랑의 감정은 홈스처럼 냉정하고 예리하며, 이성적으로 균형이 잘 잡힌 사람에게는 번거로울 뿐이었다. 그는 일찍이 내가 세상에서 본 적이 없을 만큼 추리력과 관찰력에 있어서는 거의 기계와 같이 정확한 사람이었다. 따라서 그가 사랑에 빠진다는 건 정말 어울리지 않는 일이었다.

그는 인간의 달콤한 연애감정에 대해 헛웃음을 치거나 비아냥거리지 않고는 말을 할 수 없는 사람이었다. 그리한 감정은 사실 감탄스러울 정도로 인간의 행동과 동기를 설명해 주지만, 이성으로 단련되고 조절된 추리가의 정신상태 속에 그런 감정이 밀고 들어오는 걸 내버려둔다면 이미 혼란의 싹을 움트게 하는 것이며, 자신의 정신활동을 믿을 수 없는 것으로 만들어버릴 것이다.

그런데 이런 홈스에게도 한 사람의 여성이 있었다. 그녀는 지금은 죽고 없지만 정체가 불분명한 수상쩍은 여자로 사람들의 기억에 남아 있는 아이린 애들러였다.

나는 홈스를 만난 지 꽤 오래 되었으나 내가 결혼하면서 우리 둘 사이가 멀어지게 되었다. 난 난생 처음 가정생활을 중심으로 일어나는 일에 몹시 흥미를 느꼈으며, 그쪽에 푹 빠져 행복에 겨운 생활을 해나가고 있었다.

그러나 홈스는 일체의 구속을 거부하는 보헤미안 기질이라 사람을 사귀는 것을 기피했으며, 베이커 가의 집에서 산더미처럼 쌓인 책 속에 파묻혀 코카인을 흡입하거나 이런저런 생각에 잠겨 지냈다. 코카인에 취해 꿈속에 빠져 있다가도 특유의 예리한 천성이 튀어나오면 정력적으로 일하곤 했다. 늘 그렇듯 그는 범죄 연구에 몰두했는데, 놀랄만한 관찰력과 직감으로 수사당국도 단념한 미제의 실마리를 추적하여 그 수수께끼를 풀어나갔다.

나도 가끔은 그가 이룬 성과들을 듣고 있었다. 이를테면 트레포프 살인 사건 때문에 오데사에 간 것이라든지, 트링코말리에서 일어난 에트킨슨 형제의 괴이한 참극을 해결했다든지, 네덜란드 왕실이 부탁한 일을 시원하게 풀어냈다든지 하는 이야기였다.

이런 그의 활약상들은 신문을 통해 모두가 알고 있는 일이지만, 지난날의 친구이자 동료인 나는 더 이상은 아는 것이 없었다.

1888년 3월 20일 밤, 나는 왕진을 하고 돌아오다 우연히 베이커 가를 지나게 되었다. 연애시절의 일들과 〈주홍색 연구〉 사건의 괴이

한 일들이 절로 떠오르는, 그 잊을 수 없는 문 앞에 이르자 난 홈스를 다시 만나 요즘은 그 특유의 천재적인 능력을 어떻게 발휘하고 있는지 알고 싶었다.

그의 방 창문을 보니 불이 켜져 있고, 가늘고 긴 그의 그림자가 커튼 위로 비쳤다. 그는 머리를 숙이고 뒷짐을 쥔 채 초조하게 방 안을 서성이고 있었다. 나는 그의 기분과 습관이라면 죄다 알고 있었기 때문에 그런 자세로 움직이는 것만 봐도 어떤 상황에 처해 있는지 충분히 짐작이 갔다. 그는 지금 어떤 일에 골똘히 빠져 있는 것이 분명했다. 코카인의 환각 상태에서 깨어나 새 사건에 몰두해 있었다는 의미이다. 나는 벨을 누르고, 전에 그와 함께 살았던 집으로 올라갔다.

홈스는 겉으로 쉽게 감정을 드러내는 남자가 아니었다. 늘 그랬다. 하지만 나를 보고 그가 무척 반가워한다는 건 알 수 있었다. 호들갑스러운 인사말 한 마디 하지 않았지만 다정한 눈길로 내게 소파에 앉으라는 손짓을 한 뒤 시가를 권하는가 하면 술과 칵테일 도구들이 있는 방 쪽을 손으로 가리켰다. 그리고 벽난로 앞에 서서는 그 특유의 상대의 속마음을 알아내려는 듯한 표정을 지으며 나를 관찰했다.

"결혼생활이 재밌나 보군, 왓슨. 전에 봤을 때보다 7.5파운드는 더 살이 찐 것 같아."

그가 먼저 말을 꺼냈다.

"7파운드야."

"그래? 더 될 것 같은데. 분명히 좀 더 될 거야, 왓슨. 그리고 개업도 했겠지! 들은 바는 없지만 말이야."

"그렇다네. 근데 어떻게 알았지?"

"추리해보면 알 수 있어. 자네 최근 비에 흠뻑 젖은 일도 있었을 거야. 그리고 자네 집에 무척 게으르고 일을 거칠게 하는 하녀가 있다는 것도 알고 있지."

"아니, 어떻게 그런 걸? 아무튼 자네한테는 못 당한다니까. 자네가 몇 세기 전에 태어났다면 아마도 마술사로 오해받아 화형 당했을 거야. 그래, 지난 목요일 시골에서 비를 흠뻑 맞고 돌아왔었지. 그런데 그게 며칠 전이고, 지금 옷이 젖은 것도 아닌데 어떻게 그런 추리를 할 수 있지? 그리고 하녀 메리 제인은 정말 골칫거리라네. 와이프가 내보내려고 벼르고 있지. 어쨌든 그런 일까지 어떻게 다 알았나?"

홈스는 재미있다는 듯 웃으며 길고 섬세한 손을 맞대고 비벼댔다.

"뭐, 간단하지. 자네 왼쪽 구두 안쪽으로, 그러니까 벽난로 불이 비치고 있는 곳에 여섯 줄의 금이 보여. 그건 구두창에 들러붙은 진흙을 털어내려고 마구 비비다가 난 흔적이란 걸 알 수 있어. 그걸로 두 가지 추리를 할 수 있지. 첫째, 날씨가 아주 나쁜 날 자네가 외출했다는 걸 알 수 있다네. 둘째로, 하녀는 구두에 흠집을 낼 만큼 매우 일이 서툰 런던형 하녀의 전형이라는 걸 알 수 있지. 그리고 자네가 개업했다는 것은, 신사가 요오드포름 냄새를 풍기면서 오른쪽 검지 손가락에 시커먼 질산 얼룩을 묻히고 있으면 의사라는 걸 단번에 알 수 있듯 자네가 검정 실크해트의 한쪽 끝을 세우고 방에 들어오는 걸 보고는 개업의사라는 걸 꿰뚫어 보았다네. 그걸 못 알아챘다면 내 머리가 나빠졌다는 얘기겠지."

그가 추리해낸 걸 단숨에 설명하자 난 웃지 않을 수 없었다.

"자네 설명을 듣다보면 모든 게 너무도 간단해서 나도 쉽게 할 수 있을 것처럼 생각되네. 하지만 추리 과정을 설명해 주기 전에는 자네가 내리는 결론이 뜬구름 잡는 얘기처럼 언제나 모호하고 어리둥절하게 느껴지거든. 자네만큼이나 내 시력도 좋은데 말이야."

그는 담배에 불을 붙이고 소파에 털썩 주저앉으며 말했다.

"그렇겠지. 그건 자네가 잘 보기는 하지만 관찰을 안 하기 때문이네. 그냥 보는 것과 관찰하는 건 완전히 다르거든. 일테면 현관에서 이 방으로 올라오는 계단은 자네도 수없이 봤겠지!"

"물론이지."

"몇 번이나 봤을까?"

"뭐 수백 번은 봤지."

"그럼 계단이 모두 몇 개지?"

"계단 수? 모르겠는데."

"그것 보라고. 관찰을 안 하기 때문이야. 그동안 꽤 봤으면서 말이지. 내가 말하고 싶은 건 바로 그 점이야. 알겠나? 난 17개로 알고 있다네. 보면서 동시에 관찰하지. 참, 말이 나왔으니 하는 얘기네만, 자네는 항상 내 사소한 사건들에 관심을 갖고, 나의 우연한 경험들을 몇 가지 써주었으니까 이것도 분명 흥미가 있을 걸세."

그러면서 그는 테이블 위에 놓여 있던 분홍색의 두꺼운 편지 한 장을 내게 건넸다.

"좀 전에 도착한 거라네. 소리 내서 읽어보게."

편지엔 날짜도, 발신인 이름도, 주소도, 아무것도 씌어 있지 않았다. 나는 읽기 시작했다.

오늘 저녁 8시 15분 전에, 매우 중요한 문제에 대해 의논을 드리려는 사람이 방문할 것입니다. 최근 유럽의 한 왕실을 위해 선생께서 해결하신 공로는 언어의 걸림돌에도 불구하고 중대 사건도 신뢰하고 맡길 수 있는 분이라는 걸 증명했습니다. 선생에 대해서는 여러 곳에서 들어 알고 있습니다. 원컨대 그 시간에 댁에서 만나뵐 수 있기를, 그리고 방문자가 변장을 하고 있더라도 용서하시길 부탁드리는 바입니다.

"이건 보통 일이 아니구먼. 자넨 이 편지를 보니 어떤 생각이 드나?"

내가 홈스에게 물었다.

"아직은 특별한 단서가 없다네. 그래서 뭔가 판단을 하기는 좀 위험하지. 사실을 토대로 한 해결의 실마리를 찾지 않은 상태에서 직감으로 판단을 하게 되면 무의식중에 사실을 왜곡시킬 수도 있으니까 말이야. 그러나 편지 자체에 대해서는 생각해볼 만하지. 자네 뭐 짐작되는 거 없나?"

나는 필적과 종이의 품질 등을 세심히 살펴보았다.

"아마도 이 편지를 쓴 사람은 부자인 것 같네. 이런 고급 종이라면 한 묶음에 5실링 이하로는 절대 못 살 거야. 별스럽게 두껍고 질긴 종이거든."

나는 홈스의 말투를 흉내 내며 말했다.

"별스럽게라는 표현이 딱 어울리는구먼."

홈스는 그렇게 운을 떼며 덧붙였다.

"이건 영국에서 만든 종이가 아니야. 불빛에 비춰보게."

그가 말한 대로 했더니, 소문자 g를 달고 있는 대문자 E, 그 다음엔 대문자 P, 그리고 소문자 t를 달고 있는 대문자 G가 비춰보였다.

"그게 무얼 것 같은가?"

홈스가 물었다.

"제지업자의 이름 아닐까? 그러니까 그 머리글자겠지."

"그게 아니네. Gt는 독일어로 Gesellschaft의 약자인데, 회사라는 의미지. 이건 정해진 약자로 영어의 Co와 같은 뜻이야. P는 독일어의 Papier로, 종이를 말하는 거지. 그리고 Eg는 세계 지명 사전을 찾아봐야겠어."

그러고는 책장에서 갈색 표지의 두꺼운 책을 꺼냈다.

"Eglow Eglonitz, 아, 이거야. Egria일세. 이곳은 보헤미아(지금의 체코)의 독일어 사용 지역인데, 칼스바드에서 멀지 않은 곳이지. 이렇게 쓰여 있군. '발렌슈타인 장군이 임종한 곳으로, 유리 공장과 제지 공장이 많은 곳으로 알려져 있다.' 아하! 뭐 생각나는 거 있나?"

그는 눈을 반짝이며 보란 듯이 파란 담배 연기를 뿜어 올렸다.

"그렇다면 이건 보헤미아 산 종이겠군."

내가 말했다.

“그렇지. 그러니까 이 편지를 쓴 사람은 독일 사람이네. 어떤가? 어조가 좀 묘하다고 생각지 않았나? 가령 ‘선생에 대해서는 여러 곳에서 들어 알고 있습니다’ 이런 표현 말이야. 프랑스인이나 러시아인들은 결코 이렇게 쓰지 않지. 동사를 이렇게 무시하며 마지막에 쓴 걸로 봐서 분명 독일인이야. 그렇다면 보헤미아 산 종이를 사용하며, 자신의 얼굴을 내보이고 싶지 않은 독일인이 결국 무엇을 원하고 있는가 하는 문제가 남게 되네. 그런데 아무래도 당사자가 나타날 것 같으니까, 우리의 의문도 곧 풀리겠지.”

그때 말발굽과 마차바퀴가 보도블록의 가장자리를 스치며 삐걱거리는 소리가 가까이 들리더니 곧 벨이 크게 울렸다. 홈스가 휘파람을 불었다.

“쌍두마차 소리군.”

그는 창문으로 다가가 밖을 내다보며 덧붙여 말했다.

“역시 맞네. 말 두 마리가 끄는 근사한 사륜마차야. 말도 꽤 멋진데? 한 마리에 150기니는 하겠어. 이보게, 왓슨! 이번 사건은 재미는 없을지 몰라도 보수는 쏠쏠할 것 같은데?”

“홈스, 난 가는 게 좋을 것 같네.”

“아니, 무슨 소리야? 그냥 있게. 보즈웰(1740-1795, 『존슨박사』를 쓴 작가)이 없으면 섭섭하지. 게다가 사건도 재미있을 것 같은데. 놓치면 후회할 거야.”

“하지만 의뢰인이…….”

“걱정하지 말게. 나도 자네 도움이 필요할지도 모르니까. 그렇게

되면 그 사람한테도 좋은 거지 뭐. 자, 왔네. 자네는 그 소파에 앉은 채로 잘 주의해 보게."

느릿하고 묵직한 발소리가 계단을 올라와 복도를 걸어오더니 곧 문 앞에서 멈춰 섰다. 그러고는 곧바로 큰 소리로 문을 두드렸다. 홈스가 외쳤다.

"들어오세요."

들어선 남자는 키가 6피트 6인치 이상은 될 만큼 큰, 헤라클레스처럼 다부진 체격이었다. 옷차림은 영국에서는 불쾌하게 여겨질 정도로 화려하고 사치스러웠다. 더블 코트의 겹소매와 앞부분에 달린 널따란 모피, 그리고 짙은 푸른색의 소매 없는 망토 안에는 붉은색 실크 조끼를 받쳐 입고 있었다. 그러고는 커다란 에메랄드 브로치로 앞을 여미고 있었다. 거기다 종아리까지 올라오는 부츠 위쪽엔 갈색 털이 붙어 있어, 전체적으로 요란하고 칙칙해 보였다. 그의 한 손엔 챙이 넓은 모자가 들려 있고, 얼굴엔 검정색 눈가리개 모양의 가면을 쓰고 있었다. 들어오기 직전에 눈가리개를 바로 잡았는지 그는 손을 거기다 대고 있었다. 입술은 두툼하고, 턱이 길쭉해서 그런지 강하고 고집이 세어 보였다.

"편지는 받아보셨습니까?"

굵고 쉰 목소리로 독일어 억양을 심하게 풍기며 남자가 물었다.

"방문을 예고했다시피……."

그는 누구에게 말해야 할지 모르겠다는 듯 우리 둘을 쳐다보았다.

"앉으시죠."

홈스가 말했다.

"여기는 같이 일하는 친구 왓슨 박사인데, 가끔 의뢰 받은 사건에 대해 자문을 받곤 합니다. 그런데 실례지만 누구신지요?"

"폰 클람 백작입니다. 보헤미아 귀족 출신이죠. 그런데 대단히 중요한 사안인데, 친구라는 이 신사분을 신뢰해도 될 만한지요? 아니면 당신하고만 조용히 얘기하고 싶은데요."

내가 일어서서 나가려고 하자 홈스가 내 손목을 붙잡는 바람에 다시 의자에 앉고 말았다.

"친구 있는 데서 말씀하시고 싶지 않으면 안 듣겠습니다."

홈스가 단호히 말했다.

"저에게 하실 말씀은 뭐든지 이 친구에게 하셔도 됩니다. 걱정 마세요."

홈스의 말에 백작은 어깨를 한 번 들썩이더니 말을 꺼냈다.

"그럼 우선 앞으로 2년 동안은 절대 비밀로 하겠다고 약속해 주십시오. 2년 후에는 알려져도 상관없지만, 지금으로서는 유럽의 역사가 뒤바뀔 만큼 중요한 문제라 알려지면 안 됩니다. 결코 과장된 얘기가 아닙니다."

"약속하겠습니다."

홈스가 즉시 대답하자 나도 그러겠다고 했다.

"제가 가면을 쓴 걸 이해해 주십시오. 저에게 이 일을 맡기신 분이 이렇게 하길 원했기 때문입니다. 그리고 사실 아까 말씀드린 제 이름도 가명입니다."

정체를 알 수 없는 남자의 말에 홈스가 냉정한 투로 대꾸했다.

"눈치 채고 있었습니다."

"이 일은 아주 미묘한 문제입니다. 그래서 철저한 보안이 필요한 겁니다. 이 사건이 추문으로 퍼져서 한 왕가의 명예가 실추되는 일이 있어서는 안 되기 때문입니다. 사실대로 말씀드리면, 대대로 내려온 보헤미아의 오름슈타인 왕가와 관련된 문제입니다."

"짐작하고 있었습니다."

홈스는 그렇게 말하며 소파에 털썩 앉아 눈을 감았다.

유럽에서 가장 날카로운 추리가이며 정력적인 탐정으로 이름이 난 홈스가 기운이 빠진 듯 축 처진 자세를 보이자 우리의 의뢰인은 어리둥절한 표정을 지었다.

잠시 후 홈스는 천천히 눈을 뜨더니 이 거구의 남자를 걱정스럽게 바라보았다.

"황송한 말씀이지만, 폐하께서 직접 사건의 내용을 털어놓으신다면 저도 힘 닿는 데까지 도와드릴 수가 있습니다만……."

갑자기 남자가 의자에서 벌떡 일어나 불안한 모습으로 방 안을 이리저리 서성거렸다. 그러고는 할 수 없다는 듯이 얼굴에서 가면을 벗어내 바닥에 내던졌다.

"그렇소! 난 왕이오. 왜 내가 숨기려고 했는지 모르겠소."

그가 큰 소리로 외쳤다. 그러자 홈스가 나직이 말했다.

"그렇습니다. 폐하께서 말씀하시기 전부터 저는 보헤미아의 국왕, 카세르 팔슈타인의 대공이신 빌헬름 고츠라이프 지기스문트 폰 오름슈타인 폐하라는 걸 알고 있었습니다."

"그럼 나를 도와줄 수 있겠소?"

이 이상한 방문객은 다시 의자에 앉더니 손으로 이마를 짚었다.

"미리 말해 두고 싶은 건 난 이런 문제를 처리하는 데 익숙하지 못하다는 것이오. 하지만 워낙 미묘한 문제라 대리인에게 이 모든 걸 털어놓고 처리하라고 할 수가 없었소. 나중에 그자에게 약점을 잡힐 우려가 있기 때문이오. 그래서 당신에게 직접 부탁을 하려고 프라하에서 여기까지 비밀리에 온 거요."

"그럼 말씀해 보십시오."

홈스는 다시 눈을 감았다.

"간단히 설명하면 이렇소. 5년쯤 전에 바르샤바에 한동안 머물러 있은 적이 있는데, 그때 아이린 애들러라는 좀 별난 여자를 알게 되었소. 그 여자에 대해서는 당신도 들어 알고 있을 거요."

"왓슨, 거기 색인표를 좀 봐주겠나?"

홈스는 여전히 눈을 감은 채 가만히 말했다. 그는 오래 전부터 사람들과 사건에 대한 기록을 간단한 메모로 만들어 정리해 두고 있었으므로, 언제라도 어떤 인물이나 문제를 바로 그 자리에서 확인해볼 수 있었다. 그래서 난 색인표를 넘기며 유대교 랍비와 바닷물고기에 관한 학술 논문을 쓴 해군 중령의 이름 사이에서 그녀의 기록을 금방 찾아냈다.

"잠깐 보여줘."

홈스가 내게 말했다.

"음, 1858년생, 미국 뉴저지 출신, 알토 성악가라…… 음, 스칼라 극장에서 공연…… 바르샤바 황실 오페라단의 프리마돈나…… 오페라단 은퇴, 현재 런던 거주…… 아하, 그렇군. 그러니까 폐하께서는 이 여성과 알게 되셨고, 나중에 화근이 될 편지를 보내셨으며, 지금 그것을 되찾고 싶다는 말씀입니까?"

"바로 그렇소. 근데 어떻게 그걸……."

"비밀리에 결혼하셨습니까?"

"아니오."

"그럼 법적인 서류나 증서 같은 걸 주신 적이 있습니까?"

"전혀 준 적 없어요."

"그렇다면 왜 편지를 되찾으려고 하는지 잘 모르겠군요. 이 젊은 여성이 협박이나 다른 어떤 목적 때문에 편지를 가져갔다 하더라도 그게 친필이라는 증명이 가능할까요?"

"필적이 증거가 되지요."

"그건 만들어낼 수 있습니다."

"내 전용 편지지가 사용되었어요."

"편지지는 도난당하기도 합니다."

"하지만 내 봉인이 찍혀 있는걸요?"

"그것도 위조할 수 있습니다."

"그녀가 사진을 갖고 있어요."

"샀을 수도 있죠."

"아니오, 둘이 찍은 사진이오."

"아, 그건 안 됩니다. 폐하께서 경솔한 행동을 하신 겁니다."

"분별력을 잃었던 거요. 미친 짓이었지."

"정말로 실수를 하셨습니다."

"나는 그때 황태자였소. 젊었으니 철없는 짓을 했던 것이지. 난 당시 서른 살밖에 안 되었소."

"그건 꼭 되찾으셔야 합니다."

홈스가 강한 어조로 말했다.

"한데 모든 수단을 다 써봤지만 아직 못 찾았소."

"돈을 거는 방법이 있습니다. 그러니까 사는 거지요."

"아니오. 그 여자는 팔 생각이 전혀 없다오."

"그럼, 훔쳐낼 생각은 해보셨습니까?"

"벌써 다섯 번이나 시도했어요. 도둑을 시켜 집안을 샅샅이 뒤지게 한 게 두 번이고, 한 번은 그녀가 여행할 때 짐을 빼앗았고, 또 두 번은 사람을 길에 잠복시킨 적이 있었소. 하지만 결국 찾지 못했다오."

"뭐 그럴 만한 게 아무것도 없었단 말입니까?"

"전혀 없었소."

홈스가 웃었다.

"재밌는 일이군요."

"웃을 일이 아니오."

보헤미아 왕이 반색을 하며 말했다.

"당연한 말씀이십니다. 그런데 여자가 그 사진을 이용해 뭘 하려는 걸까요?"

"나를 파멸시키려는 거요."

"어떤 방법으로 말입니까?"

"난 곧 왕비를 맞이하게 된다오."

"네, 알고 있습니다."

"왕비가 될 사람은 스칸디나비아 국왕의 둘째 공주인 클로틸드 로스만 폰 살세 메닝겐 공주요. 그 왕실은 법도가 아주 엄격하다오. 공주가 성격이 무척 예민한 사람이라 내 품행에 만에 하나 문제점이 알려진다면 결혼은 성사되지 못할 것이오."

"그런데 아이린 애들러가 원하는 게 뭡니까?"

"공주 쪽에 사진을 보내겠다고 협박을 하고 있소. 그런 일쯤은 충분히 할 여자라오. 그녀는 강철 같은 성격의 소유자지요. 보기 드문 미모의 소유자지만 남자 못지않은 단호한 결단력을 갖고 있소. 내가 공주와 결혼하는 걸 막기 위해 그녀는 정말 무슨 짓을 할지 모른다오."

"사진을 아직 안 보낸 게 확실합니까?"

"그렇소."

"어떻게 확신하시죠?"

"약혼이 발표되는 날 보내겠다고 말해 왔소. 발표는 다음 월요일에 하기로 되어 있지요."

"그럼, 3일간 시간이 있군요."

홈스는 하품을 하며 말했다.

"저도 조사해야 할 중요한 문제가 몇 가지 있으니 잘됐습니다. 폐하께선 여기 런던에 잠시 머물러 계시겠지요?"

"그럴 생각이오. 크람 백작이라는 이름으로 런던 호텔에 묵고 있소."

"그럼 조사가 진행되는 대로 편지로 연락드리겠습니다."

"그래주길 부탁하오. 불안해 견딜 수가 없소."

"그럼 비용은 어떻게?"

"백지로 맡기겠소."

"완전히 맡기시는 겁니까?"

"그 사진을 되찾기만 한다면 왕국의 일부라도 떼어줄 수 있소."

"그렇다면 착수금은 얼마나 주시겠습니까?"

왕은 망토 안에서 두툼한 가죽 주머니를 꺼내 책상 위에 놓았다.

"금화 300파운드, 지폐 700파운드요."

홈스는 영수증을 써서 왕에게 주었다.

"그 여자의 주소는 알고 계십니까?"

"세인트 존스우드의 서펜타인 가에 있는 브라이오니 저택이오."

홈스는 수첩에 적으며 물었다.

"한 가지 더 알고 싶습니다만, 그 사진이 캐비닛 판이 맞습니까?"

"그렇소."

"알겠습니다. 그럼 폐하, 돌아가셔도 되겠습니다. 곧 좋은 소식을 보내드리도록 하겠습니다. 그리고 왓슨, 자네도 가도 되네."

보헤미아 왕의 마차소리가 멀어져 가는 걸 들으며 홈스가 말했다.

"내일 3시에 여기로 와주면 좋겠네. 이 문제에 대해 얘기를 나누고 싶으니까."

난 이튿날 3시 정각에 홈스의 집으로 갔는데, 그는 아직 돌아와 있지 않았다. 집주인에게 물었더니, 아침 8시에 나갔다는 것이었다. 나는 그가 늦게 돌아오더라도 기다릴 작정으로 난로 옆에 앉았다.

나는 이번 사건에 깊은 관심을 갖기 시작했다. 내가 전에 발표한 두 가지 범죄 사건처럼 괴이한 분위기는 아니지만, 사건의 내막 자체가 재미있고 의뢰자의 신분 또한 특이했으므로 다른 사건들과 달리 관심이 갔다. 게다가 이 사건은 호기심을 끄는 뭔가가 있는 데다, 홈스가 사건의 특색을 분명히 파악하고 날카로운 추리력으로 진행하는 걸 보면서 마음속으로 새겨두었다. 그 복잡한 수수께끼를 그토록 재빠르고 교묘하게 풀어나가는 홈스를 보자 그 과정이 궁금해 견딜 수가 없었다. 그는 어떤 사건이든 늘 해결해 왔기 때문에 그가 실패하리라고는 한 번도 생각해 보지 않았다.

4시쯤 되자 문이 열리며 마부 한 사람이 비틀거리면서 들어왔다. 덥수룩한 머리에 수염을 기른 마부는 술에 취한 데다 더러운 옷차림을 하고 있었다. 홈스의 놀랄만한 변장 솜씨를 익히 알고 있었지만 이번엔 세 번이나 쳐다보고서야 그라는 걸 확신할 수 있었다. 그는 나를 보고 고개를 끄덕이더니 방으로 들어가 5분도 안 돼 깔끔한 양복 차림으로 나타났다. 그는 두 손을 바지 주머니에 넣고는 난로 앞에 서서 호쾌하게 웃어댔다.

"야, 정말이지!"

그는 말하다 말고는 숨이 차다는 듯 또다시 큰 소리로 웃더니 의자에 털썩 앉았다.

"어떻게 된 건가?"

내가 물었다.

"정말 우스웠다네. 내가 지금까지 뭘 하고 왔는지 자네는 아마 상상도 못할 거야. 특히 들어오기 직전에 내가 뭘 한 것 같나?"

"모르겠는데. 뭐 아이린 애들러의 습관이라든지 그 집의 상태를 살펴보고 왔겠지."

"맞아. 근데 그 뒤의 일이 좀 특별했지. 아무튼 들어보게. 아침 여덟 시 좀 지나서 난 실직한 마부로 변장을 하고 집을 나갔다네. 마부들 사이에는 대단한 동료의식이 있어서, 그들과 가까이 하면 알고 싶은 건 뭐든지 알아낼 수가 있거든. 덕분에 브라이오니 저택을 곧 찾아냈지. 꽤 멋진 저택이더구먼. 뒤쪽에 정원이 있고, 건물은 도로 가장자리까지 나와 있더라고.

현관엘 들어서자 오른쪽으로 근사하게 장식된 거실은 바닥까지 이어진 커다란 창문이 있고, 그 창문엔 아이들도 열 수 있을 만큼 허술한 영국식 자물쇠가 달려 있었지. 그리고 건물 뒤쪽으로 가보니까 뭐 특별한 건 없는데 마차 우리 바로 옆에 복도의 창문이 있더라고. 나는 집을 한 바퀴 돌며 여러 각도에서 자세히 살펴보았는데 특별히 눈에 띄는 건 없었다네.

다시 거리로 나와 주변을 걷다 보니까 정원 쪽 담 뒤로 샛길이 있는데, 그곳에 내 짐작대로 마차를 임대해 주는 가게가 있더구먼. 마부 한 사람이 말을 손질하고 있기에 그를 도와줬더니 2펜스와 맥주 한 잔 그리고 담배 두 개비를 주더군. 게다가 덤으로 아이린 애들러에 대한 얘기까지 해주더라고. 물론 그 얘기를 들으려고 아무런 재미도 관심도 없는 다른 사람들 얘기를 한참 들어야 했지만 말일세."

"아이린 애들러에 대해 뭐라고 하던가?"

"아, 그 근처 사내들은 그녀를 대단하게 생각하고 있는 것 같더군. 세상에 그녀보다 아름다운 여성은 없다고, 서펜타인 가에 있는 대여섯 군데 마차 집 녀석들이 이구동성으로 예찬을 하더라니까. 그녀는 가끔 음악회에서 노래하는 것 말고는 조용히 살고 있으며, 매일 다섯 시에 마차로 외출했다가 일곱 시면 저녁식사를 하러 돌아온다는 거야.

집에 오는 남자는 단 한 사람이 있는데, 자주 찾아오는 모양이야. 거무스름한 피부색을 가진 호인형인데, 하루에 한두 번은 온다는군. 남자의 이름은 고드프리 노턴이고 법무협회 회원이지. 마부와 친해 놓으면 얼마나 편한지 알겠지 왓슨? 그들은 서펜타인 가에서 그녀를 여러 번 태워다 주었기 때문에 잘 알고 있더라고. 난 그들의 이야기를 다 들은 다음 다시 브라이오니 저택으로 돌아가 근처를 둘러보면서 작전을 짰지. 이 고드프리 노턴이라는 사내는 이번 사건에서 분명히 뭔가 중요한 역할을 맡고 있을 거야. 변호사라고 하니까 예사로운 일은 아닌 것 같아. 애들러와는 어떤 관계일까. 왜 계속해 찾아오는 걸까. 그녀가 변호를 의뢰한 걸까. 그냥 친구 사이일까. 아니면 애인일까. 만약 그녀의 변호인이라면 그녀는 아마 그 사진을 그에게 맡겨 놓았을 거야. 친구거나 애인이라면 그렇지 않았을 거고 말일세. 두 사람의 관계가 어떠냐에 따라 브라이오니 저택에서 조사를 계속할 것인지, 아니면 그 남자의 사무실을 예의 주시할 것인지 정해야 한다네. 이건 아주 미묘한 문제라서 내 조사 범위 또한 넓어질 수밖에 없지. 설명이 길어서 자네가 지루했을지 모르지만 상황을 잘 이해시키기 위해서 내가 부딪친 몇 가지 어려움을 말하지 않을 수 없다네."

"아니야, 잘 듣고 있네. 어서 말하게."

"그러니까 내가 아직 그걸 못 정하고 있다네. 그건 그렇고 이륜마차가 저택 앞에서 멈추더니 한 남자가 내리더군. 인상이 좋고 거무스레한 피부에, 콧수염을 기른 매부리코였는데, 그 남자가 틀림없는 것 같았어. 그는 무척 서두르는 기색으로 마부한테 가서 기다리라고 하더니, 하녀가 나와 문을 열어주자 부랴부랴 안으로 뛰어 들어갔어. 그는 20분 정도 머물렀는데, 창문을 통해 그가 거실에서 왔다 갔다 하며 손을 내저으며 이야기하는 모습이 보이더군. 근데 여자 모습은 전혀 안 보이더라고. 그러더니 남자가 다시 나왔는데, 들어갈 때보다 더 서두르며 마차에 급히 올라타고는 시계를 보면서 '빨리 갑시다' 하고 외치는 거야. 그러면서 이렇게 말하더라고. '가다가 리젠트 가의 그로스 앤 행키 상점에 들렀다가 에지웨어 가의 세인트 모니카 성당으로 갑시다. 20분 내에 가면 반 파운드 주리다.' 하고 말이야. 마차가 떠나자 난 뒤를 추적할까말까 잠시 망설였지.

그런데 옆 골목에서 자그마한 사륜마차 한 대가 나오더라고. 마부는 허겁지겁 옷을 입었는지 앞 단추가 반쯤은 열려 있고, 넥타이도 비뚤어져 있는데다, 말안장도 끈이 틀어져 있었어. 마차가 집 앞에 멈추자마자 여자가 안에서 나와 올라타더군. 잠깐 봤지만 정말로 남자들의 넋을 빼앗을 만큼 미인이었어. 그녀도 똑같은 말을 하더라고. '세인트 모니카 성당으로 가요, 존. 20분 안에 가면 반 파운드 줄게요.' 하고 말이야. 왓슨, 이렇게 좋은 기회는 쉽지 않았을 거야.

난 또다시 망설였지. 마차 뒤를 따라 달릴까, 아니면 사륜마차 뒤에 매달려서 갈까 하고 말일세. 근데 마침 영업용 마차 한 대가 있더라고. 마부가 내 몰골을 보고 좀 머뭇거리는 눈치기에, 딴말 나오기 전에 얼른 올라탔어. 그러고는 세인트 모니카 성당으로 가달라고 했지. 20분 내로 가면 반 파운드 준다는 말도 물론 하고 말이야. 거기서 무슨 일이 있을지는 짐작이 갔다네. 마부가 정말로 열심히 달리더라고. 그렇게 빠른 마차는 생전 처음 타봤는데, 결국 앞의 두 마차를 따라잡진 못했어.

성당 앞에 도착하자 그 마차들이 벌써 멈춰서 있더라고. 난 부랴부랴 성당으로 들어갔지. 안에는 문제의 그 두 사람과 목사만 있었는데, 목사가 그들에게 뭔가 말을 하고 있었어. 나는 성당에 구경하러 온 사람처럼 옆쪽으로 가서 천천히 걸었지. 그때 그 세 사람의 시선이 내게로 향했지. 그리고 고드프리 노턴이 갑자기 내게 다가오는 거야. 그러면서 대뜸 이러더라고. '아, 잘됐네. 당신 이리 좀 와주게! 어서!' 하고 말이야. 내가 물었지. '네? 뭐라고요?' 그랬더니, 그가 이러는 거야. '자, 3분만 시간을 좀 내주게. 당신이 와주지 않으면 법률상 결혼이 성립이 안 돼서 그런다네.' 난 제단 위로 끌려가다시피 해서 졸지에 아이린 애들러와 고드프리 노턴의 합법적인 결혼을 성사시키는 조역을 맡게 됐다네. 눈 깜짝할 사이에 결혼식이 끝나자 두 사람은 내게 고맙다며 인사를 하고, 목사는 내 앞에서 미소를 짓고 있더라고. 별 웃기는 꼴을 다 봤지 뭔가. 아까도 그 생각이 나서 그렇게 웃은 거라네. 결혼 허가증에 증인이 없으면 결혼이 성립될 수 없다고 목사가 그러던 참에, 때마침 내가 나타난 거지. 신부가 내게 감사의 사례로 1파운드를 주었는데, 이 사건을 기념해 시곗줄에다 달아두어야겠어."

"참 별일이 다 있었군."

나도 따라 웃으며 말했다.

"그래서 그 다음은 어떻게 됐나?"

"그러니까 우리 쪽 계획이 심각한 난항에 부닥칠 수도 있겠다는 생각이 들더군. 그들이 신혼여행을 떠나버릴지도 모르니까 말일세. 그래서 급한 수단을 찾아야겠다고 생각하고 있는데, 두 사람이 교회 밖으로 나오더니 각기 다른 길로 가더라고. 남자는 사무실로, 여자는 자신의 저택으로 말이야. 그런데 헤어지면서 그녀가 말하더군. '늘 하던 대로 다섯 시에 마차로 공원에 가서 산책을 하겠어요.' 라고 말일세. 그것뿐이었어. 그래서 나도 준비를 하려고 돌아온 거지."

"뭘 준비한다는 건가?"

"쇠고기와 맥주 한 잔이지."

그러면서 홈스는 벨을 눌렀다.

"바빠서 식사조차 잊었는데, 오늘 밤에는 할 일이 많을 것 같네. 근데 왓슨, 자네 도움이 좀 필요해."

"말해 보게."

"법적으로 문제되는 일도 괜찮겠나?"

"괜찮아."

"붙잡힐지도 모르는데."

"뭐 좋은 일을 위해서라면야 상관없지."

"아, 물론 좋은 일이지."

"그렇다면 해보겠네."

"자네가 도와줄 거라고 믿고 있었네."

"그런데 뭘 하려는 건가?"

"터너 아주머니가 식탁을 차리고 나면 얘기해 주겠네."

그는 식탁이 준비되자 서둘러 식사를 하며 말을 꺼냈다.

"시간이 별로 없으니까 먹으면서 이야기하세. 벌써 다섯 시가 됐군. 두 시간 뒤에는 우리가 그곳에 가 있어야 하네. 아이린 양, 아니 노턴 부인이 일곱 시에 산책길에서 돌아오니까, 그녀와 만날 수 있도록 저택에 가 있어야 한다고."

"그래서?"

"그 다음은 내가 알아서 하겠네. 어떤 일이 벌어질지 준비는 하고 있다네. 한 가지 부탁하고 싶은 건 무슨 일이 생기더라도 자네는 끼어들지 말라는 거야. 알겠지?"

"그럼 구경만 하라는 건가?"

"아무튼 그냥 가만히 있으면 되네. 좀 불쾌한 일이 생길지도 모르는데, 그런 일에 얽히면 안 돼. 난 집안으로 옮겨지게 될 걸세. 그리고 4,5분쯤 후에 거실의 창문이 열릴 거야. 자네는 그동안 창문 바로 옆에서 기다리고 있게나."

"알겠네."

"내 모습이 보일 테니까 계속 쳐다보게."

"그러지."

"그리고 내가 이렇게 손을 들면 내가 준 물건을 방 안으로 던지면서 '불이야!' 하고 외치게. 알았지?"

"알았네."

"이건 별로 무서운 일은 아니야."

그는 주머니에서 시가처럼 생긴 긴 통을 꺼냈다.

"이건 발연통인데, 자연 발화되도록 양쪽에 뇌관이 장치돼 있지. 자네는 이걸 던지기만 하면 되네. 동시에 '불이야' 하고 외치면 지나가는 구경꾼들이 떠들게 되겠지. 그러면 자네는 길 끝 쪽으로 달려가 거기서 기다리고 있게나. 나도 20분쯤 후에 그리로 가겠네. 이 정도 설명이면 충분하지?"

"물론이지. 걱정 말게나."

"정말 고맙네. 그럼 이제 시간이 다 돼가니까 난 미리 연기를 좀 연습해야겠어."

그는 방으로 들어가더니 채 5분도 안 돼 수더분하고 인상 좋은 목사로 변장하고 나왔다. 챙이 넓은 검정색 모자에 헐렁한 바지와 흰 넥타이 차림, 그리고 친절한 미소를 머금고 따뜻한 눈길로 사람들을 쳐다보는 그런 사람이 된 것이다. 그건 명배우 존 헤어(1844~1921, 영국배우) 말고는 아무도 흉내 낼 수 없을 연기였다. 홈스는 옷만 바꿔 입는 게 아니라 맡은 역할에 따라 표정과 자세, 감정까지도 바꾸는 것 같았다. 그는 범죄 연구가가 되지 않았다면 명민한 과학자나 훌륭한 연극배우가 됐을 것이다.

우리가 베이커 가를 나선 건 여섯 시 15분쯤이었는데, 예정보다 10분이나 빨리 서펜타인 가에 도착했다. 날이 이미 어두워져 있어서 저택 앞에서 왔다 갔다 하며 노턴 부인이 돌아오기를 기다렸다. 그때 마침 저택의 불이 켜지기 시작했다. 브라이오니 저택은 셜록 홈스의 간단한 설명에 따라 내가 상상했던 그런 집이었지만, 주변은 그리 한적하지가 않았다. 좁은 길인데도 의외로 활기가 넘쳤다.

모퉁이에서 허름한 옷차림을 한 사내 몇 명이 담배를 피우며 떠들고 있고, 칼 가는 사람이 숫돌을 돌리고 있었으며, 시가를 입에 물고 배회하는 말끔한 복장의 사내들도 더러 있었다.

"여보게, 왓슨."

두 사람이 함께 서성이고 있을 때 홈스가 입을 열었다.

"이 결혼 때문에 사건이 오히려 간단해진 것 같네. 사진이 양쪽 모두에게 무기가 된 셈이니 말일세. 의뢰인이 그 사진을 공주에게 보이고 싶지 않은 것처럼 이 여자도 고드프리 노턴에게 그걸 보이고 싶지 않을 거라고 생각되거든. 그런데 문제는 사진이 어디에 있느냐는 거지."

"도대체 어디에 있을까?"

"설마 몸에 지니고 다니지는 않겠지. 사진이 너무 커서 숨기기도 어려울 테니까 말이야. 게다가 왕이 사람을 잠복시켜 몸수색을 할지도 모른다는 걸 그녀가 알고 있잖은가. 이미 두 번이나 당했으니 말일세."

"그럼 대체 어디다 두었을까?"

"그녀의 거래 은행이나 변호사에게 맡겼을 가능성도 있지. 하지만 내 생각은, 그 둘 다 아닐 것 같네. 여자들은 천성적으로 비밀이 많아서 뭐든 자기 손으로 직접 숨겨야 직성이 풀리거든. 그러니 다른 사람에게 맡긴다든지 하는 일은 없을 거야. 자신이 보관하고 있으면 마음이 놓이지만 상대가 사업가라면 뒤로 수작을 부리거나 정치적 압력이 가해질지도 모르니까 말이야. 게다가 분명히 기억해야 할 건 그녀가 2,3일 안으로 그걸 이용할 작정이란 거지. 그러니 언제든지 곧 꺼낼 수 있는 장소에 있을 거야. 말하자면 집 안에 말일세."

"하지만 도둑을 시켜 두 번이나 온 집안을 뒤졌다면서?"

"그자들이 허술하게 찾았는지도 모르지."

"그럼 자네는 어떻게 찾으려고?"

"난 찾지는 않을 거네."

"그렇다면 어떻게 할 텐가?"

"그녀에게 편지가 있는 곳을 말하게끔 하는 거지."

"말을 할까?"

"그렇게 하도록 만들 걸세. 가만, 바퀴소리가 들리네. 그녀의 마차소리야. 자, 그럼 내가 말한 대로 해주게."

모퉁이를 돌아오는 마차의 불빛이 저만치서 다가오고 있었다. 곧 자그마한 사륜마차가 저택 앞에 멈춰 섰다. 그때 부랑자 한 명이 달

려와 동전 한 닢이라도 얻을 생각에 마차 문을 열려고 하자 다른 부랑자가 다가와 그를 밀쳐냈다. 곧 싸움이 일어났는데, 근처에 있던 두 명의 근위병이 한쪽을 편들자, 칼을 갈던 남자가 다른 쪽을 편드는 바람에 소동은 더 크게 벌어졌다. 그들은 주먹과 지팡이를 휘둘러대며 난투를 벌였다. 여자는 마차에서 내리자마자 격렬한 싸움 속에 휘말리고 말았다.

그때 홈스가 그녀를 보호하려고 난투극 속으로 뛰어들었다. 하지만 금방 비명 소리와 함께 얼굴에 피를 흘리면서 쓰러졌다. 근위병들은 재빨리 도망쳤고, 부랑자들도 다른 방향으로 달아났다.

그러자 옆에서 구경하고 있던 청년들이 다가와 여자와 부상자를 살펴보았다. 아이린 애들러는 현관 계단을 급히 올라갔다. 불빛 때문에 그녀의 모습이 더 아름다워 보였다. 그녀는 뒤돌아서더니 거리를 바라보며 말했다

"그분, 많이 다쳤나요?"

"죽었어요."

몇 사람이 대답했다.

"아니야, 아직 숨은 쉬고 있어."

다른 사람이 소리를 질렀다.

"근데 병원으로 옮길 때까지 못 버틸 것 같아."

그러자 여자가 말했다.

"무척 용감한 사람이었어요."

"이 사람이 없었다면 부인은 지갑이고 시계고 모두 뺏겼을 거예

요. 정말 무서운 놈들이었거든요."

"이대로 길거리에 눕혀둘 수는 없는데…… 부인, 댁으로 옮겨도 될까요?"

"네, 거실로 옮기세요. 편안한 소파가 있으니까요. 자, 어서요."

나는 홈스가 천천히 조심스럽게 옮겨져 정면에 보이는 거실에 눕혀지는 것을 창문 옆에서 계속 바라보고 있었다. 불이 켜진 거실엔 커튼이 젖혀져 있었기 때문에 그가 긴 소파에 누워 있는 모습을 볼 수 있었다. 자신의 연극에 대해 홈스는 어떤 생각을 하고 있었는지 모르지만, 나는 우리 연극의 희생양이 되어 있는 아름다운 여성을 바라보며 나 자신이 참 한심하다는 생각을 했다. 그녀는 다정하고 친절하게 부상자를 간호하고 있었다.

그러나 내가 지금에 와서 포기를 한다면, 홈스를 배반하는 것이 되므로 다시 마음을 다잡아 먹고 코트 속에서 발연통을 꺼냈다. 우리가 그녀를 해치려는 게 아니라, 그녀가 다른 사람을 해치지 않게 하기 위해 미리 방지하는 것이라고 스스로를 달랬다.

이윽고 홈스가 소파에서 일어나 앉으며 가슴이 답답한 듯한 몸짓을 했다. 그러자 하녀가 얼른 창문을 열어젖혔다. 그와 때를 같이 하여 홈스가 손을 치켜드는 게 보였다. 나는 재빨리 발연통을 거실로 던지며 '불이야' 하고 소리쳤다. 그러자 근처를 지나가던 사람들이 일제히 '불이야' 하고 소리를 지르기 시작했다. 금방 연기가 집 안에 가득 차며 창문으로 흘러나왔다. 난 사람들 사이를 빠져나와 길 끝으로 달려갔다.

그리고 20분쯤 후엔 홈스의 팔에 잡혀 그 현장에서 벗어나 있었다. 그는 아무 말 없이 빠른 속도로 발걸음을 옮기더니 에지웨어 가로 나가는 한적한 골목길로 접어들었다.

"자네, 잘해줬어."

그때서야 그가 말했다.

"아주 잘했네. 모든 게 잘됐어."

"벌써 사진을 찾았나?"

"아니, 감춘 장소를 알아냈네."

"어떻게?"

"내가 말한 대로 그녀가 직접 가르쳐 줬지."

"도통 모르겠군."

"자네한테 숨길 게 뭐 있겠나."

그는 웃으면서 설명을 했다.

"정말 간단했지. 길거리에 있던 사람들 모두, 내가 고용한 거라는 건 자네도 알고 있었을 텐데."

"짐작했다네."

"싸움이 시작되자 난 빨간 물감을 물에 섞어 손바닥에 쥐고 있었다네. 그리고 소동에 뛰어들어 쓰러지면서 물감을 얼굴에 바른 거지. 구닥다리 방법이긴 하지만 말이야."

"그것도 짐작하고 있었네."

"내가 집 안으로 옮겨지는 걸 그녀가 반대할 수는 없었지. 그녀로서는 달리 방법이 없었으니 말일세. 난 사진이 거실이나 침실에 있을 것 같긴 했지만 정확히 어디에 있는지를 확인하고 싶었던 거야."

"연기를 낸 게 도움이 됐나?"

"물론이지. 사람은 집에 불이 나면 가장 귀중한 것이 있는 곳으로 달려가게 마련이거든. 본능적으로 말이야. 그건 속일 수 없기 때문에 난 그 방법으로 벌써 몇 차례 성과를 봤다네. 엄마는 갓난애를 가장 먼저 품에 안고, 미혼 여성들은 보석상자로 달려가지. 하지만 그 여자에게는 문제의 그 사진이 가장 중요한 것이었지. 자네가 외친 소리는 정말 실감이 나더군. 게다가 연기가 나고 사람들이 소리를 지르자, 그녀는 곧장 사진이 있는 곳으로 달려갔어. 오른쪽 벨의 끈 바로 위, 벽 판자 뒤에 움푹 파인 곳이 있는데, 거기에 사진이 숨겨져 있더라고. 그녀가 즉각 그리로 가서 사진을 끄집어내는 걸 봤다네.

그런 다음 내가, 불난 게 아니다, 누가 장난친 거라고 말하자, 그녀는 사진을 다시 집어넣고는 방에서 뛰어 나가더라고. 그러고는 그녀를 못 봤다네. 나는 일어나서 변명을 하면서 곧 빠져나왔지. 사진을 빼내 올까 말까 잠시 망설였는데, 마부가 안으로 들어오는 바람에 일단 그만 두었네. 괜히 서둘렀다가 일만 그르치니까 말일세."

"그럼 이제 어떻게 할 생각인가?"

"뭐 조사가 끝났으니까 내일 폐하와 함께 그녀를 만날 생각이네. 자네도 같이 가면 좋겠네. 우리는 거실에서 기다리게 되겠지. 하지만 그녀가 다시 나왔을 때에는 우리도 사진도 모두 사라지고 난 다음일 거야."

"몇 시에 갈 건가?"

"아침 여덟 시에. 그녀가 아직 잠자리에서 깨어나기 전이니 편하게 일을 처리할 수 있지. 곧 폐하께 전보를 쳐야겠네."

베이커 가로 돌아와 문 앞에서 홈스가 열쇠를 꺼내는데 누군가 지나가며 말을 걸었다.

"셜록 홈스 씨, 안녕하세요."

거리엔 행인 몇 사람이 있었는데, 인사를 한 코트를 입은 늘씬한 청년은 빠른 걸음으로 벌써 멀어져 가고 있었다.

"전에도 들은 목소리인데."

홈스는 가로등이 켜져 어스름한 거리를 바라보며 말했다.

"근데 누구였지?"

나는 그날 밤을 홈스의 집에서 보냈다. 그리고 다음날 아침, 커피와 토스트를 먹고 있는데 보헤미아의 왕이 뛰어 들어왔다.

"벌써 찾은 거요?"

그는 덥석 홈스의 어깨를 붙잡으며 흥분한 얼굴로 물었다.

"아직이요."

"하지만 가능한 거겠죠?"

"그렇습니다."

"그럼 어서 갑시다. 난 한시가 급하오."

"마차를 부르겠습니다."

"아니오. 내 사륜마차가 기다리고 있소."

"잘 됐군요."

우리는 다시 브라이오니 저택으로 출발했다. 가면서 홈스가 보헤미아 왕에게 말했다.

"아이린 애들러는 결혼했습니다."

"뭐라고? 결혼을 했다고? 언제 말인가?"

"어제 했습니다."

"누구와?"

"노턴이라는 영국인 변호사입니다."

"아이린이 그런 남자를 사랑할 것 같지는 않아."

"저는 그녀가 사랑하기를 바랍니다."

"왜 그러오?"

"그러면 폐하께서도 편해지실 것 같기 때문입니다. 그녀가 남편을 사랑한다면 더 이상 폐하께 애정을 갖지 않을 것입니다. 그렇다면 폐하를 방해하지도 않을 것 아니겠습니까?"

"그렇겠지. 하지만 그녀가 나와 같은 신분이었다면 얼마나 아름다운 왕비가 되었을까!"

왕은 침울한 표정으로 입을 다물고는 서펜타인 가에 도착할 때까지 아무 말도 하지 않았다.

저택의 문은 열려 있고, 계단 위에 나이 든 여자 한 사람이 서 있었다. 그녀는 우리가 마차에서 내리자 비웃는 듯한 표정으로 쳐다보았다.

"셜록 홈스 씨입니까?"

그녀가 대뜸 물었다.

"네, 맞습니다."

홈스가 약간 어리둥절해하며 대답했다.

"아, 맞군요. 부인께서 당신이 오실 거라고 말씀하셨어요. 근데 부인은 남편과 함께 오늘 아침 다섯 시 15분 기차로 체링 크로스 역에서 외국으로 떠나셨습니다."

"뭐라고요?"

홈스는 불쾌감으로 놀란 나머지 얼굴이 창백해지며 잠시 비틀거렸다.

"부인이 영국을 떠났다고요?"

"영영 안 돌아오실 겁니다."

"그럼 편지들은?"

보헤미아 왕이 쉰 목소리로 물었다.

"완전히 정리하고 떠나셨습니다."

"확인해봐야겠소."

홈스가 하녀를 밀쳐내며 안으로 뛰어 들어갔고, 왕과 나도 뒤를 따랐다. 방안에는 가구들이 마구 흩어져 있었고, 장식선반들은 떨어져 있었으며, 서랍이 열린 채로 있었다. 아이린이 떠나기 전에 황급히 뒤적거렸다는 걸 알 수 있었다. 홈스는 얼른 벨의 끈이 있는 곳으로 다가가 벽장문을 열고는 안으로 손을 집어넣어 사진 한 장과 편지를 꺼냈다. 사진은 아이린 애들러가 드레스를 입고 혼자 찍은 것이었으며, 편지엔 '셜록 홈스님, 방문하시면 읽어주세요' 라고 씌어 있었다. 그는 곧 봉투를 열었다. 편지는 전날 밤 12시에 쓴 것이었다.

존경하는 셜록 홈스님

참 멋진 솜씨를 보이셨습니다. 저는 완전히 속았었죠. 불이라는 외침을 듣고서도 저는 아무것도 눈치를 못 챘습니다. 그래서 저의 비밀을 그만 내보이고 말았죠. 그 후 사실을 깨달은 저는 곰곰이 생각해 보았습니다. 몇 달 전에, 당신을 조심하라는 주의를 받은 적이 있었죠. 폐하께서 어쩌면 당신에게 부탁을 하실 거라고 하더군요. 그래서 당신 주소를 받아놓았습니다. 하지만 당신이 캐내려는 일을 제가 먼저 보여주고 만 꼴이 되었습니다.

저는 과거에 배우 수업을 받은 적이 있습니다. 남자로 변장하는 것쯤은 아무것도 아니죠. 가끔 그 방법을 이용하기도 했고요. 그래서 마부에게 당신을 감시하라고 시키고는 2층에 올라가 남자 양복으로 갈아입고 내려왔습니다. 당신은 막 떠나려는 참이더군요.

당신 뒤를 따라가 집까지 갔습니다. 제가 저 유명한 셜록 홈스 선생님의 요주의 인물이 되어 있다는 걸 확인한 거죠. 그리고 선생님을 지나치면서 인사를 했던 것입니다. 저는 그 길로 남편을 만나러 법무협회 쪽으로 갔습니다.

선생님 같은 분에게 걸려들었다면 도망가는 게 최선이라고 남편과 저는 결론을 내렸습니다. 그러므로 내일 이곳에 오시면 집은 완전히 비어 있을 것입니다. 사진 문제는 걱정하지 않아도 된다고 의뢰인에게 전해 주세요. 저는 좋은 사람을 만나 사랑을 나누고 있으니, 폐하께서는 과거에 희롱했던 여자의 복수 같은 건 염려하시지 않아도 된다고 전해 주시기 바랍니다. 하지만 그 사진은 제 몸을 보호하는 수단으로 가지고 있겠습니다. 폐하께서 어떤 행동을 하시더라도 저로서는 무기를 지니고 있는 셈이니까요. 그리고 여기 제 사진 한 장을 남겨둡니다. 혹시 폐하께서 원하신다면 드리도록 하세요. 그럼 안녕히 계십시오.

– 아이린 노턴(아이린 애들러)

"아, 정말 놀라운 여자야! 정말 놀라워."

함께 편지를 읽으며 보헤미아 왕이 거듭 감탄을 했다.

"보시오. 이 여자는 대단히 강하고 꿋꿋한 사람이라고 내가 말하지 않았소. 분명히 훌륭한 왕비가 되었을 텐데! 나와 신분이 안 맞았던 게 이렇게 한이 되고 있다오."

"제가 보기에 이분은 절대로 폐하와 맞지 않습니다."

홈스가 냉정한 어투로 말했다.

"의뢰하신 걸 만족스럽게 해결하지 못해 유감스럽게 생각합니다."

"아니오, 천만에! 난 이렇게 된 게 차라리 만족스럽소. 그녀는 약속을 지킬 사람이오. 사진은 이제 태워 없어진 거나 다름없소."

"그렇게 말씀하시니 마음이 놓입니다."

"아니오, 말로 할 수 없을 만큼 고맙소. 당신에게 어떻게 사례를 해야 할지 모르겠소. 이 반지는……."

왕은 뱀 모양을 한 에메랄드 반지를 빼내 손바닥에 놓고 내보였다.

"폐하께서는 그것보다 더 귀중한 것을 가지고 계십니다."

홈스가 말했다.

"어서 말해보시오."

"이 사진입니다."

왕은 놀라며 홈스를 한참이나 쳐다보았다.

"아이린의 사진을! 좋아요, 당신이 정 원한다면."

"감사합니다. 그럼 이만, 폐하의 건강을 진심으로 빌겠습니다."

홈스는 머리를 숙여 보헤미아 왕에게 작별인사를 했다.

보헤미아 왕을 위협한 난처한 사건은 이렇게 외부에 알려지지 않은 채 조용히 끝나게 되었다. 반면 셜록 홈스의 기발한 계획은 한 여자의 현명한 재치로 여지없이 깨지고 말았다. 그는 항상 여자의 현명함을 비웃었는데, 이 사건 이후로는 그런 말을 절대 입에 올리지 않았다. 그리고 아이린 애들러에 대한 얘기를 할 때면 언제나 '그분'이라는 호칭을 썼다.

신랑 실종 사건

"이보게, 왓슨."

베이커 가에 있는 홈스의 하숙집에서 난롯가에 앉아 불을 쬐던 홈스가 말을 꺼냈다.

"인생은 말일세, 우리 인간이 도저히 알아낼 수 없을 만큼 아주 이상한 거라네. 일상적인 사소한 일조차도 생각대로 안 된다니까. 만약 우리가 지금 저 창문으로 손을 잡고 나가서 도시를 날아다니며 지붕 아래에서 벌어지고 있는 기괴한 일들을 볼 수 있다면 세상의 온갖 음모와 우연이며 경이로운 일들을 한눈에 보게 될 테지. 그런 것에 비하면 소설 같은 건 흔해빠진 줄거리에 결과도 뻔하잖나. 진부하고 무의미한 것이라는 생각밖에 안 든다네."

"나는 그렇게 생각하지 않아. 신문에 난 뉴스들을 보면 너무 황당하고 저속한 사건들뿐이야. 게다가 경찰조사로 밝혀진 것들은 너무나 분명한 현실인데도 재미있다거나 예술적이지는 않거든."

"항상 신중하게 선택하지 않으면 실제적인 효과는 거둘 수 없지."

홈스는 계속 말을 이었다.

“경찰 조서는 판사의 헛소리만 중요시하고 실제 사건의 세세한 내용은 놓치고 있어. 그 세세한 내용이 사실은 사건을 풀 수 있는 열쇠인데도 말이지. 아무튼 일상에서 일어나는 일들은 알고 보면 정말이지 우리의 생각을 초월하는 내용들투성이야.”

나는 웃으며 고개를 저었다.

“자네 생각은 잘 알겠네. 자네는 온갖 어려운 일들을 해결하는 탐정이니까. 정말이지 이상야릇한 사건들을 겪어왔겠지. 하지만…….”

나는 신문을 한 장 집어 들면서 말을 이었다.

“이걸로 한번 실제로 시험을 해볼까? 제일 먼저 눈에 띈 제목은 ‘아내를 학대하는 남편’ 이야. 이게 칼럼의 반을 채우고 있는데, 안 읽어도 내용은 알 수 있다네. 남자에겐 분명 다른 여자가 있을 것이고, 술주정뱅이에다 아내를 자주 때려 상처투성이겠지. 그래서 자네나 하숙집 주인이 그녀를 동정하게 된다네. 그러나 작가라면 아무리 삼류라도 이렇게 어설프게는 안 쓰겠지.”

홈스는 내게서 신문을 가져가 대충 훑어보았다.

“이건 댄디스 부부의 별거 사건에 대한 건데, 우연히 사건을 의뢰받은 적이 있었다네. 남자는 술을 전혀 안하고 여자관계도 없더군. 그런데 재판까지 간 이유는 남자가 식사 후에 항상 틀니를 뽑아 여자에게 던졌다는 거야. 이런 건 어떤 소설가도 상상하지 못할 행위지. 안 그런가 왓슨? 자, 담배 한 대 피우고 자네 주장이 틀렸다는 걸 받아들이시지.”

홈스는 뚜껑에 큰 자수정이 박혀 있는 화려한 담배 케이스를 꺼내 내밀었다. 평소 검소한 그의 생활태도와는 너무나 다른 모습이었다.

"참, 우리 몇 주일 못 봤지. 이건 보헤미아 왕이 준 기념품이라네."

"그리고 그 반지는 또 뭔가?"

나는 그의 손가락에 끼여 있는 다이아몬드 반지를 보며 물었다.

"이건 네덜란드 왕실에서 받은 선물일세. 이번 사건은 절대 비밀이라 자네한테도 얘기할 수가 없다네. 자네가 내 작은 사건 몇 가지를 기록해 주는 건 무척 고맙지만 말일세."

"요즘은 무슨 사건을 맡고 있나?"

나는 호기심이 생겨 물었다.

"열 가지 정도 있는데, 전부 재미없는 것들이라네. 물론 하나같이 중요한 사건들이지만 말일세. 내 경험으로는, 일반적으로 평범한 사건들은 관찰할 게 많고, 원인과 결과가 분명한 날카로운 분석력이 더 용이하지. 그런 것들이 더 재미도 있고 말이야. 그러나 큰 사건들은 대부분 단순하기 그지없는 경우가 많다네. 왜냐하면 동기가 확실히 드러나기 때문이지. 요즘 맡고 있는 것들 중엔 마르세유에서 의뢰해 온 사건만 좀 복잡하고 나머지 것들은 별 재미가 없다네. 하지만 조만간 뭔가 흥미 있는 사건이 들어올 것 같아. 이보게, 저기 오는 사람 말이야, 분명 나한테 오는 손님일 거야."

그는 의자에서 일어나 커튼 사이로 보이는 무겁고 흐린 런던 거리를 내다보았다. 그의 어깨 너머로 건너편 보도에 몸집이 큰 한 여자가 풍성한 모피 목도리를 두르고 멋진 빨강색 깃털이 장식된 챙 넓은 모자를 '데븐셔의 공작부인(토머스 게인즈버러가 그린 초상화)' 처럼 비스듬히 쓰고는 요염한 모습으로 서 있었다. 그녀는 화려한 옷차림을 한 몸을 이리저리 흔들며 장갑을 매만지다가 쭈뼛거리며 우리 쪽 창문을 올려다보았다. 그러다 어느 순간 그녀는 수영선수가 왕복하기 위해 벽을 짚고 턴을 하듯 한 번 반동을 주더니 급히 길을 건너오기 시작했다. 곧 현관 벨이 요란하게 울렸다.

"이렇게 징조를 맞춘 건 전에도 있었지."

홈스는 담배꽁초를 난롯불 속으로 던지며 말했다.

"저 여자가 주저하는 건 틀림없이 연애 문제이기 때문일 거야. 누군가와 말은 하고 싶지만 사건이 워낙 미묘하다보니 상대가 이해를 해줄지 못할지 자신이 없는 거라네. 저런 일엔 두 가지 경우가 있지. 남자에게 심하게 당한 여자는 망설이지 않고 달려와 벨을 누른다네. 그래서 벨의 끈이 끊어질 정도지. 하지만 지금 여인은 남자에게 당했다기보다는 주저하거나 비관하고 있는 내용일 것 같네. 어쨌거나 여자가 왔으니 곧 알게 되겠지."

곧 노크 소리가 들리고, 하인이 들어와 메리 서덜랜드라는 사람이 왔다고 알렸다. 검은색 옷을 입은 왜소한 체격의 하인 뒤에서 마치 뱃사공의 작은 배 뒤에 있는, 돛을 활짝 펼친 상선 같은 모습의 여자가 나타났다. 셜록 홈스는 늘 그렇듯 친절하게 그녀를 소파로 안내한 후, 세심하면서도 어딘지 방심한 듯한 태도로 그녀를 관찰했다.

"타이프라이터를 많이 치시는 모양이죠? 시력이 안 좋아서 피곤하시겠어요?"

홈스가 먼저 말을 시작했다.

"처음엔 무척 피로했어요. 근데 요즘은 자판을 안 보고도 치니까……."

그러다 문득 그녀는 홈스의 질문이 깊은 의미가 있다는 걸 깨닫고는 깜짝 놀라며, 통통하고 수더분한 얼굴에 두려움을 담고 그를 쳐다보았다.

"어머, 홈스 선생님! 저에 대해 어디서 들으셨군요? 안 그러면 어떻게 그리 잘 아시는 건가요?"

"걱정하지 않으셔도 됩니다. 온갖 사건을 맡다 보니 그냥 아는 것뿐이니까요. 다른 사람들 같으면 무심히 듣고 넘어갈 일을 저는 주의 깊게 관찰하는 습관이 있거든요. 그렇지 않다면 당신도 이렇게 저를 찾아오지는 않았겠죠."

"에서리지 씨 부인한테서 얘기를 듣고 찾아왔어요. 그녀의 남편이 사라졌을 때 경찰은 물론 주변 사람들 모두가 그가 죽었을 거라고 포기했는데, 선생님이 별로 어렵지 않게 그를 찾아냈다고 들었어요. 저, 선생님! 저도 좀 도와주세요. 저는 부자는 아니지만 월급 외에 유산으로 연간 100파운드씩을 받거든요. 호즈머 에인절 씨를 찾아주시면 그걸 전부 드리겠어요."

"그런데 왜 이리 허겁지겁 의논을 하러 오신 건가요?"

셜록 홈스는 양 손바닥을 맞대고 천장을 올려다보며 물었다. 공허

한 얼굴을 하고 있던 서덜랜드 양은 또다시 놀란 표정을 지었다.

"맞아요. 저는 집에서 급히 나왔어요. 사실은 윈디뱅크 씨가 저의 아버지인데, 너무 걱정을 안 하고 있어서 화가 치밀었죠. 경찰에 신고도 안 하고 당신을 찾아오려고 하지도 않는 거예요. 정말이지 아무것도 하지 않으면서 걱정하지 말라고만 하는 거예요. 그래서 답답한 마음에 제가 결국 이렇게 서둘러 나온 겁니다."

"그런데 아버지라고 하셨나요? 성이 다른데, 그럼 친아버지가 아닌가보죠?"

홈스가 물었다.

"네, 맞습니다. 저랑 5년 2개월밖에 나이 차이가 안 나 좀 어색하긴 하죠."

"그럼, 어머니는 안 계십니까?"

"아뇨, 너무나 건강하시죠. 아버지가 돌아가신 후 15세나 젊은 남자와 재혼하는 바람에 제가 좀 언짢았어요. 아버지는 터튼엄 코트 로드에서 연관공을 두고 사업을 크게 하셨는데, 돌아가신 뒤에 어머니가 공장장 하디 씨와 사업을 꾸려갔어요. 그러다가 윈디뱅크 씨가 공장을 인수한 거죠. 그는 양조회사 직원인데 보통 수완가가 아니에요. 회사 상호와 이자 등을 계산해 4700파운드에 가져갔는데, 아버지라면 절대 그 가격으로는 팔지 않았을 거예요."

여자가 두서없이 이것저것 생각나는 대로 말을 해서, 나는 혹시 홈스가 짜증스러워하지나 않을까 생각했는데, 의외로 그는 열심히 듣고 있었다.

"당신이 받는다는 유산은 그럼 그 공장에서 나오는 겁니까?"

홈스가 물었다.

"아니오, 그건 전혀 다른 거예요. 뉴질랜드 오클랜드에 있는 네드 삼촌이 저에게 남겨주신 거죠. 이자가 4.5퍼센트인 뉴질랜드 공채예요. 액면가는 2,500파운드인데, 저는 이자만 받을 수 있답니다."

"흥미롭군요. 그러니까 연간 이자 100파운드에 월급까지 있으니까 여행도 할 수 있고, 다른 하고 싶은 일도 할 수 있겠군요. 독신인 경우엔 연간 60파운드만 있어도 충분히 살 수 있죠."

"선생님, 그보다 적어도 살 수 있어요. 그러나 지금 어머니와 함께 사는 한은 부담을 주고 싶지 않아서 이자를 받는 걸로 생활비를 내고 있죠. 윈디뱅크 씨가 3개월에 한 번씩 이자를 찾아와 어머니에게 전달하고 있어요. 저는 월급으로도 충분하거든요."

"네, 잘 알았습니다. 그리고 이쪽 분은 왓슨 박사라고, 제 친구니까 저한테 얘기하듯이 편하게 말씀하셔도 됩니다. 그런데 호즈머 에인절 씨와는 어떤 관계죠?"

서덜랜드 양은 얼굴이 불그스레해지며 옷의 칼라 부분을 만지작거렸다.

"가스 사업자들이 주최하는 파티에서 처음 만났어요. 그들은 아버지가 계실 때부터 초대장을 보내 줬는데, 돌아가시고 나서도 어머니에게 계속 보내오고 있습니다. 그런데 윈디뱅크 씨는 우리가 그런데 가는 걸 좋아하지 않습니다. 어디 가는 걸 무조건 반대하는 거예요. 하지만 전 그 파티에 꼭 가고 싶었어요. 아니, 그가 저를 막을 권리는 없잖아요? 그는 제가 아버지 친구분들을 만나는 건 좋지 않다고 하더군요. 그러면서 입고 갈 만한 옷도 없을 거라며 트집을 잡더라고요. 말도 안 되죠. 아직 한 번도 안 입은 새 드레스도 있거든요. 결국 그는 저를 막기가 어려울 거라 생각했는지 사업 일을 핑계로 프랑스로 떠났어요. 그래서 저는 어머니와 하디 씨와 함께 파티에 갔죠. 거기서 호즈머 에인절 씨를 알게 된 겁니다."

"윈디뱅크 씨가 프랑스에서 돌아와 그 사실을 알고 불쾌해했겠네요?"

"아니오. 기분이 좋아 보이던데요. 그는 어깨를 들썩이면서, 여자들은 언제나 제멋대로니까 말려도 소용없다고 하더라고요."

"그러니까 당신은 그 파티에서 호즈머 에인절이라는 청년을 만났단 말이죠?"

"네, 그날 밤 처음 만났는데, 다음날 우리가 잘 돌아갔는지 궁금하다면서 찾아왔더군요. 그 후 우리 두 사람은 두 번쯤 산책을 했어요. 하지만 윈디뱅크 씨가 돌아오자 그를 집으로 초대할 수 없었어요."

"왜죠?"

"윈디뱅크 씨가 싫어하거든요. 그는 집에 누구도 오는 걸 싫어합니다. 여자는 가족과 함께 있어야 한다면서요. 그래서 전, 언제 그럼 내 가정을 이룰 수 있겠느냐고 어머니에게 호소했죠."

"호즈머 에인절 씨는 뭐라고 하던가요? 다른 방법을 써서라도 당신과 만나려고 했습니까?"

"네, 그랬어요. 일주일 후면 윈디뱅크 씨가 또 프랑스에 가니까 그 동안은 편지로 연락하자고 하더군요. 그는 매일 편지를 보내왔습니다. 저는 아침마다 편지를 찾으러 갔기 때문에 윈디뱅크 씨에게 들키지는 않았어요."

"그럼 그 사람과 약혼한 건가요?"

"네, 선생님! 둘이 산책을 하다가 약혼을 했습니다. 호즈머는, 저, 엔인절 씨는…… 레든홀 가에 있는 회사 경리과…… 그래서……."

"무슨 회사죠?"

"그게, 그러니까, 제가 모르고 있거든요."

"그럼, 집은 어딘가요?"

"그는 회사에서 살고 있었습니다."

"당신은 그럼 그의 주소도 모르고 있군요?"

"네, 레든홀 가라는 것밖엔……."

"근데 편지는 어디로 보냈죠?"

"레든홀 가에 있는 우체국 사서함으로요. 회사로 여자 편지가 오면 사람들이 놀린다고 하기에 타이프로 쳐서 보내겠다고 했죠. 그랬더니 그건 나에게서 온 느낌이 안 들고, 기계가 두 사람 사이에 끼어 있는 것 같다면서 싫다고 하더군요. 선생님, 그는 저를 정말 사랑하고 있었어요. 아주 세심한 것까지 마음을 써주었거든요."

"네, 좋은 얘깁니다. 전 옛날부터 사소한 것들이 정말 중요한 거라는 믿음을 갖고 있거든요. 에인절 씨에 관해 다른 사소한 것들이라도 생각나는 게 있으면 얘기해 주시죠."

"그는 아주 수줍음이 많은 성격이에요. 산책할 때도 남의 눈에 띈다고 밤에 하는 걸 더 좋아했죠. 아주 내성적이고 순한 편이에요. 목소리도 조용하고요. 한때 목이 안 좋아, 그때부터 작은 소리로 소곤거리듯이 말하는 습관이 생겼다고 했어요. 옷차림도 언제나 단정하고 말쑥하면서 수수하고요. 그리고 저처럼 시력이 나빠 햇빛을 가리는 선글라스를 쓰고 있었어요."

"그럼, 아버지 윈디뱅크 씨가 프랑스로 다시 떠난 다음엔 어떻게 됐습니까?"

"그가 집으로 와서는 아버지가 돌아오기 전에 결혼하자고 하더군요. 너무나 간절히 원했기 때문에 저는 성서에 손을 얹고 그렇게 하겠다며 맹세까지 했습니다. 어머니는 그게 당연하다면서 그건 애정이 깊어진 거라고 말했어요. 어머니는 처음부터 그와 잘 맞아, 저보다 그를 더 좋아하는 것 같았어요. 그는 일주일 안에 결혼식을 하자고 했는데, 전 그래도 윈디뱅크 씨가 좀 걱정이 됐어요. 하지만 두 사람은 걱정하지 말라고 하더군요. 어머니는 자신이 책임지겠다고까지 했고요. 그런데 선생님, 저는 왠지 마음이 놓이질 않았어요. 저보다 겨우 다섯 살 많은 아버지에게 허락을 받는다는 것도 좀 우스운 얘기지만, 저는 몰래 결혼을 하고 싶지 않아서 아버지에게 편지를 보냈습니다. 그런데 편지가 결혼식날 아침에 되돌아온 거예요."

"아버지가 받지 못했단 말인가요?"

"네, 그가 영국으로 떠난 다음에 도착했으니까요."

"그러니까 지난 금요일이 결혼식이었군요? 교회에서 하실 예정이었나요?"

"네, 친척들만 초대해서 킹스 크로스 역 근처 세인트 세비아 교회에서 식을 올릴 예정이었어요. 세인트 팬클라스 호텔에서 아침식사를 하려고 했고요. 그날 호즈머가 이륜마차로 데리러 와서 저와 어머니가 그 마차를 타고, 그는 영업용 마차를 타고 뒤따라왔죠. 우리가 먼저 교회에 도착한 뒤 곧바로 그가 탄 마차가 왔어요. 그런데 그가 내리지 않는 겁니다. 결국 마부가 내려 마차 안을 들여다보았어요. 근데 어찌된 일인지 마차 안에는 아무도 없는 거예요. 마부는 그가 타는 걸 분명히 봤다면서 도대체 어디로 사라졌는지 모르겠다고 하더군요. 선생님, 그게 지난 금요일에 있었던 일입니다. 그리고 지금까지 그에게서 소식이 없어요. 어떻게 된 건지 아무것도 짐작이 안 갑니다."

"어휴, 힘든 일을 겪으셨군요."

홈스가 말했다.

"아니오, 그렇지는 않았어요. 그는 아주 착하고 다정해 저한테 나쁘게 할 사람은 아니에요. 그날 아침에도 이런 말을 했죠. '만약 무슨 일이 생기더라도 마음 변치 않겠다고 약속해 달라, 뜻하지 않은 일이 생겨 헤어져 있더라도 약속을 잊지 말라, 반드시 당신을 데리러 오겠다.' 이렇게요. 결혼식 날 아침에 그런 이야기를 해서 좀 이상하게 생각하긴 했지만, 지금 생각해 보니 뭔가 사정이 있었던 것 같아요."

"틀림없이 뭔가 있군요. 뜻밖의 불행 같은 것이 그에게 닥친 거라고 당신은 생각하고 있는 거죠?"

"네, 그렇습니다. 그도 어떤 위험을 분명히 느낀 것 같아요. 그래서 저한테 그런 말을 한 거겠죠. 그의 예감이 맞았던 겁니다."

"그런데 무슨 일이 생긴 건지는 전혀 모른다는 거죠?"

"네."

"그럼, 어머니는 이 사건을 어떻게 생각하고 있습니까?"

"화를 내시면서 다시는 그 얘기를 하지 말라고 하세요."

"아버지는요? 그도 알고 있습니까?"

"네, 얘기했어요. 그는 기다려 보는 수밖에 없다고 생각하고 있어요. 결혼식도 안 하고 사라진 것이 그에게 무슨 이득이 있겠냐면서요. 제 돈을 빌려갔다든지, 결혼해서 제 재산을 가로챈 것도 아니니 말입니다. 하지만 호즈머는 그럴 사람이 아니고, 제 돈은 한 푼도 못 쓰게 했어요. 그 사람 도대체 어떻게 된 걸까요? 전 미칠 것 같아요. 도저히 잠을 이룰 수가 없습니다."

그녀는 손수건 속에 얼굴을 파묻으며 흐느끼기 시작했다.

"조사해보겠습니다."

홈스는 일어서며 말을 이었다.

"상황을 분명히 알아낼 수 있을 것 같습니다. 그러니 저에게 맡겨두시고 아무것도 생각하지 마세요. 그 사람에 대한 그리움은 마음속에서 완전히 지워버리세요. 그는 이미 사라져버렸으니까요."

"그럼, 그를 다시는 볼 수 없는 건가요?"

"그럴 것 같습니다."

"그는 어떻게 됐을까요?"

"그건 저에게 맡겨두세요. 그보다는 에인절 씨의 인상착의를 말씀해보세요. 그리고 그의 편지 중 하나를 줘 보세요."

"크로니클 신문에 지난 토요일 자로 사람 찾는 광고를 냈는데, 여기 오려서 가져왔어요. 그리고 편지 네 통을 가져왔어요."

"고마워요. 그리고 당신 주소를 주시죠."

"팬파우엘 구, 라이온 광장 31번지예요."

"에인절 씨 주소는 모른다고 하셨죠? 아버지 전 회사는 어디에 있습니까?"

"팬처치 가에 있는 웨스트하우스 앤 마뱅크라는 회사죠."

"알겠습니다. 아무튼 제가 한 충고를 잊지 마세요. 이 사건은 그냥 수수께끼라고 생각하시고, 모르는 일로 여기면 좋을 것 같습니다."

"홈스 선생님, 친절은 고맙습니다만 전 잊을 수가 없어요. 호즈머에게 제 진심을 알리고 싶어요. 그가 돌아올 때까지 기다릴 겁니다."

그녀는 지나치게 사치스런 모자를 쓰고 멍청한 표정을 짓고 있었지만 온순하고 착한 마음씨는 어떤 숭고함마저 느껴지게 했다. 잠시 후 그녀는 편지와 광고쪽지를 테이블 위에 놓고는 언제든지 연락해 주기를 바란다며 떠나갔다.

셜록 홈스는 그녀가 나간 뒤에도 한동안 손을 모으고는 천장을 가만히 바라보았다. 그리고 뭔가 생각을 떠올릴 때마다 으레 찾는 담배를 파이프에 넣고는 소파에 깊숙이 앉아 불을 붙였다.

"저 아가씨는 정말 연구해 볼 만한 사람이야."

그가 중얼거리듯 말했다.

"그녀가 말한 사건보다도 저 여성이 훨씬 더 흥미로워. 내 색인표를 한 번 보게나, 왓슨. 비슷한 사례들이 있을 거야. 1877년에 햄프셔 앤도버에서도 그 비슷한 일이 있었고, 작년에 네덜란드 헤이그에서도 아주 비슷한 사건이 있었지. 이번 것도 뻔한 수법이긴 한데, 몇 가지 다른 점이 있더군. 아무튼 가장 정확하게 알 수 있는 건 아가씨를 통해서지."

"자네는 그 아가씨한테서 나보다 더 많은 걸 꿰뚫어 보았겠지?"

내가 물었다.

"자네가 못 본 게 아니라 관찰 부족 탓이지. 봐야 할 곳을 안 보니까 중요한 걸 놓치는 거라고. 소맷부리라든지 손톱 등이 때로는 아주 중요한 것을 암시하기도 하고, 또는 구두끈에서 뜻밖의 해답이 나올 때도 있다네. 자네, 그 여자의 옷차림을 어떻게 봤나? 말해 보게나."

"글쎄, 챙 넓은 모자에 빨강색 깃털 하나가 장식돼 있었지. 그리고 검정색 윗옷엔 검은 구슬들이 달려 있고, 그 속에 입은 옷은 커피색보다 좀 더 짙은 색으로, 칼라와 소매 부분에 자주색 플러시 천이 붙어 있었네. 장갑은 짙은 회색으로, 오른쪽 집게손가락 부분이 심하게 닳아 있었지. 구두는 못 봤어. 그리고 금귀고리를 하고 있었는데, 작고 둥근 모양으로 흔들리고 있었어. 전체적으로 여유롭고 한가하며, 생활은 넉넉하게 보였다네."

홈스가 박수를 치며 웃었다.

"놀랐는데, 왓슨? 꽤 좋아졌어. 정말 멋진 표현이었다니까. 중요한 걸 모조리 빠트리긴 했지만 말일세. 그래도 관찰 방법을 많이 터득했군. 자네는 색채에 대해 예민한 데가 있어. 하지만 이보게, 전체적인 모습을 신경 쓸 게 아니라 세세한 것에 주목해보게나. 나는 여자들을 볼 때면 우선 소맷부리를 쳐다본다네. 남자의 경우는 바지 무릎 부분을 보는 게 좋지. 자네가 말한 것처럼 그녀는 소매에 플러시 천을 달고 있었는데, 그건 아주 약한 천이야. 타이프라이터를 칠 때는 손목 바로 위가 책상을 스치는데, 그 아가씨의 소맷부리엔 선이 두 개 뚜렷이 나 있더라고. 오른손 쪽에 말이지. 그리고 그녀의 얼굴엔 코안경을 낀 자국이 움푹 나 있었어. 그래서 시력이 나빠 타이프를 칠 때 피곤하겠다고 말했던 거라네."

"그땐 나도 놀랄 정도였어."

"하지만 그건 틀림없는 일이지. 그보다는 아래쪽을 보고서 난 깜짝 놀라 한동안 관찰을 했다네. 그녀의 구두가 많이 닳아 있었는데, 한쪽에는 장식이 있고 다른 한쪽엔 장식이 없는 짝짝이였어. 게다가 구두에 버클이 다섯 개 있었는데, 한쪽은 아래 두 개만 끼여 있고 다른 한쪽은 첫 번째, 세 번째, 다섯 번째만 끼여 있더군. 화려하게 단장한 젊은 여성이 구두를 짝짝이로 신고, 그것도 버클을 제대로 안

끼우고 집을 나왔다면 허겁지겁 뛰어나온 거라고 추측을 할 수 있지 않겠나?"

"그 밖에 또 뭘 알아냈나?"

나는 홈스의 그 빈틈없는 추리력에 언제나 흥미를 느끼고 있었다.

"어쩌다 안 건데, 아가씨는 밖으로 나오기 직전에 편지를 썼지. 장갑 오른쪽 집게손가락에 구멍이 난 건 자네도 봤다고 했지만 장갑과 손가락에도 잉크 자국이 묻어 있었던 건 못 본 모양이군. 너무 급히 쓰는 바람에 펜을 잉크병에 깊숙이 집어넣다가 묻었을 거야. 손가락에 아직도 자국이 남아 있는 걸로 봐서 분명 오늘 아침에 쓴 것 같아. 초보적인 관찰 방식이지만 이렇게 하나하나 연결해 보면 재미있지. 그런데 왓슨, 광고에 나온 호즈머 에인절의 인상 특징을 좀 읽어주게나."

나는 광고쪽지를 불빛에 가까이 댔다. 거기 '사람을 찾습니다' 란에 다음과 같이 씌어 있었다.

14일 아침부터 호즈머 에인절이라는 남자 행방불명임. 키 약 5피트 7인치. 뼈대가 크고 혈색이 안 좋음. 검은색 머리칼에 한가운데가 약간 벗겨짐. 구레나룻과 콧수염을 기르고 있음. 선글라스를 쓰고 있으며, 말투는 우물거리는 편임. 행방불명 직전의 복장은 실크로 가장자리가 처리된 검은색 프록코트 안에 검은색 조끼를 입었으며, 조끼에 금

시계줄을 달고 있고, 회색 트위드 바지를 입었음. 신발은 긴 장화에 갈색 각반을 착용했음. 레든홀 가의 한 회사 직원이었다고 함. 위의 남자를 알고 있는 사람은 아래 주소로 연락해 주시기……

"어, 거기까지 됐어."

홈스는 편지로 눈을 돌리며 말을 이었다.

"편지는 그냥 평범하군. 발자크의 말을 한 번 인용한 것밖에는 특별한 게 없어. 그리고 에인절 씨에 대해 알 만한 단서는 아무것도 없네. 단 하나 특이한 점이 있긴 하지. 자네가 들으면 놀랄 텐데."

"모두 타이프라이터로 썼군."

내가 말했다.

"그뿐 아니라 서명까지 타이프라이터로 썼어. 자, 보게나. 날짜도 있는데, 주소는 그냥 레든홀 가라고만 찍혀 있어. 이 서명이 뭔가 이상하지 않나? 이건 분명 어떤 암시라고 할 수 있지. 이게 사건의 열쇠일 거야."

"뭐라고?"

"자넨 그렇게 생각하지 않나?"

"글쎄, 혼인 불이행으로 고소되었을 때 자신의 서명을 부인하기 위해서일까?"

"아니야, 그런 게 아니야. 어쨌든 편지를 두 통 쓸 건데, 이거면 사건은 해결될 걸세. 한 통은 회사로, 또 한 통은 윈디뱅크 씨에게 말이야. 내일 저녁 여섯 시에 만나자는 부탁을 할 셈이네. 남자끼리 얘기를 하는 게 좋을 것 같아서. 자, 왓슨, 그럼 답장을 받을 때까지는 다른 일이 없으니까 이 문제는 잠시 덮어두기로 하세."

나는 이미 이 친구의 교묘한 추리력과 놀라울 정도로 활발한 정력을 믿고 있었기 때문에, 지금 그가 의뢰받은 미심쩍은 사건에 대해서도 자신감이 있고, 벌써 확실한 해결책을 갖고 있을 거라고 생각했다. 내가 알기로 그가 실패한 적은 딱 한 번 있었는데, 그건 보헤미아 왕에게서 부탁받은 아이린 애들러의 사진 사건 때였다. 만일 그가 풀 수 없는 사건이 있다면 그건 꽤나 기괴한 사건일 게 틀림없다.

나는 잠시 후 집으로 돌아왔는데, 다음날 밤이면 메리 서덜랜드의 실종된 신랑의 정체에 대해 단서가 나올 거라고 확신하고 있었다.

그 무렵 나의 환자 중에 위급한 환자가 한 명 있어서 다음날 하루 종일 그에게 매달려 있었다. 겨우 시간이 난 건 여섯 시쯤 됐을 때였다. 사건이 해결되는 시각을 놓치지 않기 위해 나는 마차를 타고 베이커 가로 달려갔다. 그런데 도착해보니 홈스는 소파에 웅크리고 앉아 졸고 있었다. 주변에는 병과 시험관들이 빼곡히 늘어서 있고 코를 자극하는 염산냄새가 풍기고 있는 걸로 봐서 하루 종일 그가 화학 실험을 했다는 걸 알 수 있었다.

"그래, 해결했나?"

내가 들어가자마자 물었다.

"어, 산화베릴륨의 중유산염이었네."

"아니, 그게 아니라 그 사건 말이야."

"아, 그거? 난 또 아까부터 실험하고 있던 염에 대한 얘긴 줄 알았지. 그 사건은 어제도 말했다시피 몇 가지 재미있는 점도 있긴 한데, 특별히 괴이하다고 할 만한 건 아니네. 다만 이 파렴치한을 응징할 수 있는 법이 없다는 게 문제지."

"그럼, 그자는 누구지? 왜 그 아가씨를 내팽개쳤을까?"

홈스가 대답을 하기도 전에 누군가의 발소리가 복도에서 들리더니 곧 노크소리가 났다.

"아, 윈디뱅크 씨가 온 모양이네. 여섯 시에 온다고 했거든."

홈스가 말하며 문을 열었다.

"어서 오십시오."

서른 살쯤 되어 보이는 단단한 체격의 남자가 들어섰다. 혈색은 좋지 않았지만 면도를 말끔히 하고 태도도 조심스러웠다. 그러나 눈빛이 날카로워서 그런지 그리 평범해 보이지는 않았다. 그는 우리 둘을 경계하듯 힐끗 쳐다보고는 모자를 벗어 탁자 위에 놓고 소파로 다가갔다.

"윈디뱅크 씨, 이 타이프로 친 편지는 당신이 보낸 거 맞죠? 여섯 시에 오시겠다고 쓰여 있는데요."

"네, 그렇습니다. 좀 늦었어요. 일을 하다 보면 제 시간에 나올 수 없을 때가 있어서요. 딸아이가 여길 왔다고요? 죄송합니다. 남부끄러운 일은 밖에 알려지지 않는 게 좋으니까요. 딸아이가 선생을 만나겠다고 해서 전 처음부터 반대를 했어요. 눈치를 채셨겠지만 제 딸이 좀 쉽게 흥분하는 성격이라 한번 격해지면 좀처럼 가라앉질 않거든요. 당신은 경찰이 아니니까 다행히 일이 알려지는 건 신경이 안 쓰이는데, 그래도 집안 일이 알려지는 게 그리 유쾌한 일은 아니죠. 호즈머 에인절을 찾는 건 불가능할 겁니다. 그러니 괜한 시간 낭비 하지 마십시오."

"아니오. 난 호즈머 에인절 씨를 어떻게든 찾아낼 겁니다. 자신 있게 말할 수 있어요."

홈스가 조용히 대꾸했다.

윈디뱅크 씨는 약간 당황한 듯 장갑을 떨어트렸다.

"그렇다면 안심입니다. 너무나 이해할 수 없는 일이라서 말이죠."

"타이프라이터로 찍은 글자는 필적처럼 매번 다르게 쓰입니다. 똑같은 게 하나도 없죠. 어떤 글자는 더 마멸되어 있고 어떤 건 덜 마멸되어 있기 때문이에요. 그런데 윈디뱅크 씨, 당신에게서 받은 이 편지의 e는 위쪽이 좀 흐릿하게 찍혀 있고 r은 꼬리부분이 좀 잘려 있군요. 이것 외에도 열네 군데에 특징이 나타나 있는데, 이 두 가지는 특히 눈에 띄고 있습니다."

"회사에서 이 타이프라이터를 많이 쓰니까 꽤 낡아 있을 겁니다."

남자는 날카로운 눈으로 홈스를 응시하며 말했다.

"윈디뱅크 씨, 매우 재미있는 연구 결과 하나를 보여드리겠습니다. 저는 조만간 타이프라이터와 범죄의 관계에 대한 논문을 하나 쓰려고 합니다. 전부터 관심을 가지고 있었죠. 자, 여기 에인절 씨한테서 온 편지 네 통이 있어요. 모두 타이프라이터로 쓰인 거죠. 그런데 전부 다 e가 흐릿하게 찍혀 있고, r의 꼬리부분이 잘려 있네요. 확대경으로 자세히 들여다보면 아까 당신 편지에 대해 말한 것과 같은 열네 가지 특징이 여기에도 그대로 나타나 있습니다."

그때 윈디뱅크 씨가 의자에서 일어나더니 모자를 덥석 집어 들었다.

"홈스 씨, 이런 헛갈리는 얘기를 하며 시간 낭비를 할 생각은 없습니다."

그러면서 그는 계속 말했다.

"그 남자를 붙잡을 수 있으면 붙잡으세요. 그리고 저한테 알려주세요."

"알았소."

홈스는 그렇게 말하더니 문으로 가서 자물쇠를 걸어 잠갔다.

"자, 붙잡았으니 알려드리죠."

"뭐라고요? 어디 있는데요?"

윈디뱅크는 얼굴이 새파래지며 덫에 걸린 쥐처럼 주위를 둘러보았다.

"아니, 안 돼요. 절대 안 됩니다."

"당신은 달아날 수 없소, 윈디뱅크 씨. 문제가 아주 쉽게 풀리는군요. 아까 저한테 불가능할 거라고 했을 때 좀 어이없다는 생각이 들었죠. 어쨌든 좋아요. 자, 앉으세요. 천천히 얘기합시다."

그는 창백한 얼굴에 식은땀을 흘리며 의자에 털썩 주저앉았다.

"이, 이건, 범죄가 아니잖습니까?"

"그래요, 유감스럽게도 그런 것 같군요. 하지만 이렇게 간단한 속임수로 이렇게 냉혹하고 무정한 행동을 한 경우는 처음 보네요. 지금부터 사건의 내막을 내가 얘기해볼 테니 틀렸다면 지적해도 좋아요."

남자는 의자에 잔뜩 움츠리고 앉아 고개를 숙인 채 기가 죽어 있는 모습이었다. 홈스는 의자에 앉아 벽난로 선반 끝에 다리를 얹고는 혼자 말하듯 얘기를 해나갔다.

"남자는 재산을 노리며 자기보다 나이가 훨씬 많은 여자와 결혼을 했소. 결혼 후 그는 의붓딸의 돈도 자기가 쓸 수 있다는 사실을 알았지. 그 액수가 꽤 컸기 때문에 수입에 상당한 도움이 된다고 생각한 거요. 문제는 의붓딸이 착하고 친절한 데다 얼굴도 괜찮고 지참금이 있으니까 언젠가는 누군가를 만나게 되리라는 건 당연했지. 그녀가 결혼을 하게 되면 남자는 연간 100파운드를 잃게 될 상황. 그래서 남자는 딸의 결혼을 막기 위해 갖은 수단을 부린 거요. 우선 딸의 외출을 금지시키고 비슷한 나이의 남자와 만나는 걸 반대했지. 한데 그게 별 효과가 없었소. 그녀는 그의 말에 반항하고 자신의 권리를 주장하며 파티에 가겠다고 한 거요. 그래서 교활한 남자는 몰래 계교를 부렸지. 그는 아내와 공모해, 선글라스로 날카로운 눈빛을 감추고, 콧수염을 길렀으며, 목소리를 바꾸는 등 변장을 하고는, 딸이 근시라는 걸 이용해 호즈머 에인절이라는 사람이 되어 그녀 앞에 나타난 거요. 그리고 딸에게 구혼해 다른 애인이 안 생기도록 막은 거지."

"처음엔 장난삼아 할 생각이었습니다."

남자가 기어 들어가는 목소리로 말했다.

"아내와 나는 딸이 그렇게 빠져들 거라고는 생각지 못했어요."

"그랬겠죠. 하지만 상대에게 점점 마음을 빼앗긴 아가씨는 아버지가 프랑스에 있다고 믿었기 때문에 그런 음모가 꾸며질 줄은 꿈에도 몰랐던 거요. 남자가 자신을 사랑한다고 믿고 너무나 기뻐했으며, 더구나 어머니가 남자를 몹시 칭찬했기 때문에 더 확신했던 거지. 그리고 에인절 씨는 그녀를 방문하고 데이트를 하며 약혼까지 해 그녀가 다른 남자를 생각하지 않도록 철저하게 막은 거요. 그러나 속임수를 쓰는 것도 한계가 있었고, 프랑스에 간다고 꾸미는 것도 쉽지 않았지. 결국 생각해낸 건, 극적인 방법으로 끝내는 것이었지. 그녀의 가슴에 그래도 추억이 남아 있도록 하는 것은 물론, 한동안 다른 남자와 결혼할 마음이 안 나게 하는 방법 말이오. 그래서 그는 그녀에게 성서에 손을 얹고 사랑을 맹세하게 했으며, 결혼식 날 뭔가 위험한 상황이 일어날지도 모른다는 암시를 준 거지. 결론적으로, 제임스 윈디뱅크는 서덜랜드 양이 적어도 10년간은 호즈머 에인절이라는 남자와 마음으로 묶여 있고, 더욱이 그의 행방을 모르기 때문에 다른 남자에게 마음을 갖지 않을 것을 기대했던 거요. 그래서 결혼식장까지 가지는 못하고, 마차 한쪽 문으로 타서 다른 문으로 빠져나가는 뻔한 수법으로 사라져버린 거지. 어때요, 윈디뱅크 씨, 내 말이 맞죠?"

남자는 드디어 냉정을 되찾았는지 비웃는 표정으로 자리에서 일어났다.

"홈스 씨, 그렇기도 하고 그렇지 않기도 합니다. 당신도 잘 알겠지만, 지금 법을 어기고 있는 건 제가 아니라 당신이라는 거 알고 있겠죠? 저는 법에 어긋나는 건 어떤 짓도 한 게 없습니다. 하지만 당신이 이 문을 열어주지 않는다면 불법 감금을 하는 것이고, 협박죄를 범한 거라고 할 수 있어요."

"물론 당신을 처벌할 수 있는 법은 없소."

홈스는 열쇠로 문을 열어주었다.

"그러나 당신은 그에 마땅한 처벌을 받아야 할 사람이오. 서덜랜드 양에게 형제나 친구가 있다면 당신은 분명 채찍으로 등짝이 무너질 만큼 얻어맞았을 거요."

남자가 여전히 냉소적인 표정으로 쳐다보자 홈스가 말을 이었다.

"난 그런 부탁을 받지는 않았지만, 저기 사냥용 채찍이 있으니까……."

홈스가 채찍을 가지러 두 걸음쯤 다가갔을 때 계단에서 우당탕하는 발소리가 나더니 현관의 육중한 문이 닫히는 소리가 들렸다. 제임스 윈디뱅크가 쏜살같이 도망치는 게 창밖으로 보였다.

"피도 눈물도 없는 파렴치한이구먼."

홈스는 씁쓰레한 표정으로 다시 의자에 앉았다.

"저런 작자는 계속 몹쓸 일을 저지르다가 결국 큰 사고를 치게 되지. 아무튼 이번 사건은 재미있는 점도 있었어."

"난 자네의 추리 과정을 아직도 이해할 수가 없네."

"그래? 호즈머 에인절 얘기를 들었을 때 처음부터 수상했지. 뭔가 뚜렷한 목적이 있어서 접근한 걸로 비쳤으니까. 또 여자 얘기를 들었을 때, 실질적인 이득을 보는 사람은 그 의붓아버지뿐이라는 것도 명백히 보이더군. 그리고 이상했던 건 두 남자가 함께 있은 적이 없었다는 거야. 한쪽이 나타나면 다른 쪽은 꼭 어딘가에 가 있었거든. 또 선글라스를 쓰고 특이한 목소리를 냈다든지, 콧수염이나 구레나룻을 길렀다는 얘기를 듣는 순간 변장을 했다는 게 머리에 떠올랐지. 서명을 타이프라이터로 찍는 건 자신의 필적을 들키지 않게 하려는 게 아니었겠나? 거기서 난 확신을 했다네. 이렇게 세세한 것들을 하나씩 따져보면 결국 사건이 하나의 방향으로 모아진다는 걸 알 수 있었지."

"근데 어떻게 확인을 했나?"

"이 남자라고 마음을 굳히자 증거를 모으기는 쉬웠어. 그가 일하는 곳은 알고 있었지. 그래서 신문광고에 실린 인상착의 중에서 수염이나 선글라스 등의 모든 변장을 지우고 나머지 인상만을 회사로 보내 이런 자가 있는지 문의를 한 거야. 그리고 윈디뱅크에게 편지를 보내 이곳에서 만날 수 있는지 물었지. 곧 타이프라이터로 친 답장이 왔는데, 그 글자에서 여자가 보여준 편지와 똑같은 특징이 나타났지 뭔가. 그런데 동시에 웨스트하우스 앤 마뱅크 회사에서도 답장이 왔어. 사진 속의 인물은 제임스 윈디뱅크가 맞다고 말이지. 그걸로 해결된 거라네."

"그럼 서덜랜드 양은 어떻게 되는 건가?"

"사실을 말해 줘도 안 믿겠지. 옛날 페르시아 속담에 이런 말이 있지 않은가. '호랑이 새끼를 얻으려고 하는 자에게는 위험이 있다.' 또 이런 속담도 있지. '여자에게서 환상을 빼앗으려 하는 자에게는 위험이 있다.' 하피즈(페르시아의 시인)는 호레이스(로마의 시인) 만큼이나 세상사에 대해 분별력이 있는 사람이었다네."

붉은 머리 클럽

지난해 가을, 하루는 셜록 홈스를 만나러 갔는데, 그는 다부진 체격에 불그스름한 피부와 빨강색 머리칼을 가진 한 나이 든 남자와 얘기를 하고 있는 중이었다. 방해가 될 것 같아 나오려 하자 홈스가 덥석 나를 붙잡고는 방 안으로 끌고 가며 문을 닫았다.

"왓슨, 자네 마침 잘 왔네."

그는 진심으로 나를 반겨주었다.

"아니네. 자네 얘기 중이잖나."

"그렇다네. 열중하고 있었지."

"그럼, 옆방에서 기다리고 있겠네."

홈스는 방문을 열고 나가며 말했다.

"아니, 그럴 필요 없네. 윌슨 씨, 이분은 제가 지금까지 성공적으로 해온 여러 사건들을 도와준 친구인데, 당신 문제에도 많은 도움이 될 사람입니다."

윌슨 씨는 의자에서 조금 몸을 일으키고는 작은 눈으로 나를 힐끗 쳐다보며 가볍게 고개를 숙였다.

"거기 긴 의자에 앉게나."

홈스는 내게 말하고는 자신도 소파에 푹 파묻혀 두 손의 손가락 끝을 마주 댔다. 그는 무언가를 골똘히 생각할 때마다 그렇게 하는 버릇이 있었다.

"왓슨, 자네도 나처럼 일상의 평범한 이야기들과는 다른 기이한 사건들에 흥미를 갖고 있겠지. 나의 소소한 모험들을 자네가 기록하면서 멋지게 꾸며주는 걸 보면 자네 관심이 어느 정도인지 알 수가 있다네."

"나야 자네가 하는 일들이 재미있으니까 그런 거지."

"얼마 전 메리 서덜랜드 양 사건의 조사에 들어가기 전에 내가 한 말을 기억하고 있나? 이상한 느낌이나 색다른 점을 찾아내려면 무턱대고 머릿속으로 생각하는 것보다는 실제로 활발하게 움직이고 있는 삶 그 자체를 잘 관찰해야 한다는 얘기 말일세."

"하지만 자네 생각을 잘 이해할 수가 없다고 말했을 텐데."

"그랬지, 왓슨. 하지만 생각을 바꿔서 내 방법대로 해야 할 걸세. 안 그러면 자네의 논거는 사실적인 힘을 못 받고 무너질 거야. 그리고 내 의견이 맞다고 인정할 때까지 난 자네에게 진저리가 날만큼 정확하게 증명해 보이겠네. 그런데 여기 제이베즈 윌슨 씨가 이렇게 찾아오셔서 얘기를 하나 들려주었는데, 요즘엔 흔치 않는 이상한 이야기였어. 자네도 들은 적이 있겠지만, 내가 생각하기엔 이상하고 특이한 사건들은 큰 범죄보다는 오히려 자잘한 범죄일 가능성이 더 많고, 심지어 범죄라고 할 만한지 아닌지 야릇한 경우들이 있다네. 이분이 방금 말씀하신 것만으로는 그게 범죄가 될지 아닐지 아직은 잘 모르겠는데, 사건의 경과로 보면 내가 이제껏 들은 얘기 중에서도 가장 특이한 것이라네."

그러면서 그는 윌슨 씨를 돌아보며 말했다.

"윌슨 씨, 죄송하지만 처음부터 다시 한 번 말씀해 주시겠습니까? 제 친구 왓슨 박사가 첫 부분을 못 들었기 때문에요. 그리고 사건이 워낙 예사롭지 않은 구석이 있어서, 저도 다시 한 번 그 세세한 점들을 듣고 싶어서입니다. 저는 일반적으로 사건의 경과를 한 마디만 들으면 다른 유사한 수많은 사건들이 곧 머리에 떠올라 그걸 참고로 대개 짐작을 할 수가 있는데, 이번 사건은 제가 알기로 다른 사례를 찾기가 힘든 것 같습니다."

뚱뚱한 몸집의 의뢰인은 기분이 좋은지 가슴을 펴며 외투 주머니에서 구겨진 신문 한 장을 꺼냈다. 그러고는 무릎에다 신문을 펼쳐 놓고 광고란을 들여다보았다. 나는 그동안 홈스가 하는 식으로 그 남자의 옷차림과 태도를 관찰하며 뭔가를 알아내려고 해보았다.

그러나 특별히 알아낸 건 없었다. 남자는 비만형에다 둔하고 투박스러워, 흔히 보는 평범한 영국인 장사꾼 같은 분위기였다. 헐렁한 회색 계통의 체크무늬 바지에 좀 낡은 듯한 프록코트를 입고 있었으며, 여미지 않은 코트 속의 갈색 조끼엔 놋쇠 줄로 된 시계가 매달려 있었다. 그리고 시계 끝에 네모로 구멍이 난 자그마한 금속 조각이 달려 있었다. 옆 의자엔 낡은 모자와 비로드 칼라가 달린 색 바랜 갈색 외투 하나가 걸쳐져 있었다.

그 밖에 눈에 띄는 건 불꽃같이 빨간 머리카락과 그의 얼굴에 나타나 있는 분노뿐이었다. 더 이상은 특별한 게 없었다. 셜록 홈스는 예리한 눈으로 내가 무엇을 보고 있었는지 벌써 알아차리고 있었다. 그래서 내가 궁금하다는 눈짓을 하자 미소를 지으며 고개를 끄덕였다.

"이분은 전에 손으로 하는 일을 한 적이 있고, 애연가이며, 프리메이슨 회원이고, 중국에 머물기도 했지. 그리고 최근에는 책을 쓰신 적도 있어. 하지만 그 이상은 모르겠네."

홈스의 말이 끝나자 윌슨 씨가 깜짝 놀라 의자에서 일어서더니 집게손가락으로 신문을 누른 채 그를 빤히 쳐다보았다.

"아니, 홈스 씨, 어떻게 그걸 아십니까? 일테면 제가 손으로 하는 일을 했다는 걸 어떻게……. 사실 맞습니다. 저는 선박 제조회사에서 목수로 일했거든요."

"당신의 오른손이 왼손보다 한 사이즈는 큰 걸 보고 알았죠. 오른손잡이라 근육이 발달돼 있는 겁니다.

"허허, 그럼 담배 피는 것과 프리메이슨은 어떻게?"

"그런 걸 어떻게 알았는지 하나하나 설명하는 건 머리 좋은 당신에게는 필요가 없을 텐데요. 게다가 당신은 메이슨의 엄격한 규칙에 위반되는 활과 컴퍼스 모양의 장식을 가슴에 달고 계시는군요."

"아, 깜빡 잊었어요. 그런데 책을 썼다고 얘기하는 건……."

"오른쪽 소맷부리가 5인치 정도 닳아 있고, 왼쪽 팔꿈치 부분이 책상에 하도 많이 스쳐 헤진 곳이 있거든요. 그러니 달리 생각할 게 있겠습니까?"

"하지만 중국에 있었다는 건?"

"오른쪽 손목에 물고기 문신이 있는데, 그건 중국에서만 가능한 거죠. 제가 문신에 대한 연구를 좀 해봤고 책도 쓰고 있는데, 물고기 비늘을 그렇게 분홍색으로 그리는 기술은 중국이 아니면 불가능하지요. 게다가 차고 계신 시곗줄에 매달려 있는 중국 화폐를 보고 알 수 있었죠."

윌슨 씨가 큰 소리로 웃으며 말했다.

"뭐 대단한 방법이라도 알고 있는 줄 알았는데 별거 아니군요."

그러자 홈스가 대꾸했다.

"왓슨, 보게나. 하여튼 구구절절 설명할 필요가 없다니까. 서툰 짓만 했어. 털어놓지 않으면 뭔가 대단해 보이니까 말이야. 이제 내 보잘 것 없는 명성도 곧 사라지겠구먼. 윌슨 씨, 광고는 찾았습니까?"

"네, 있군요."

그는 통통한 손가락으로 광고란을 가리키며 말했다.

"여기에요. 이게 발단이 된 겁니다. 직접 읽어주시겠어요?"

나는 그가 내민 신문을 받아 읽어 내려갔다.

〈붉은 머리 클럽에 알림〉

미국 펜실베이니아 주 레바논 출신이었던 이지키어 홉킨스 씨의 유지를 받들어, 봉사활동에 대해 주당 4파운드를 지급받을 수 있는 당 클럽 회원의 공석이 하나 생겼음. 심신이 건강한 12세 이상 붉은 머리카락 소유자는 누구나 응모할 수 있음. 월요일 11시, 프리트 가 포프스코트 7번지, 클럽 사무실 내 던컨 로스 씨에게 직접 신청 바람.

"이게 뭐지?"

나는 이상야릇한 이 광고를 두 번이나 읽으며 말했다. 그러나 홈스는 기분이 좋아 보였다.

"이건 흔한 얘기는 아닐세. 자, 윌슨 씨! 당신이 어떤 상황에 놓였는지, 그리고 이 광고가 당신에게 어떤 영향을 끼친 건지 말씀해 보시죠. 왓슨, 자네는 신문 이름과 날짜를 좀 기록해 주게."

"1890년 4월 27일, 〈모닝 크로니클〉 지니까, 두 달 전이네."

"좋아. 자, 윌슨 씨! 말씀하세요."

"그러니까 아까도 말씀드렸지만, 저는 런던의 금융 중심가 근처 색스 코벅 스퀘어에서 자그마한 전당포를 하고 있는데, 요즘 워낙 경기가 안 좋다 보니까 그날그날 벌어먹기도 힘든 상황입니다. 전에는 직원을 두 사람 뒀었는데, 지금은 한 사람만 쓰고 있어요. 사실 월급 주기도 어려운 형편이지요. 그런데 마침 그 직원이, 자기는 일을 배우기만 해도 좋다고 해서, 다른 곳의 반 정도만 주고 있는 겁니다."

"기특하군요. 그 젊은이 이름이 뭡니까?"

홈스가 물었다.

"빈센트 스폴딩이라고 하는데, 젊은이는 아니에요. 아니 나이를 짐작할 수가 없어요. 하지만 그렇게 눈치가 빠른 사람도 아마 없을 겁니다. 다른 데 가서 일하면 월급을 두 배는 받을 수 있는 사람이죠. 근데 아무튼 자신이 좋아서 하는데 다른 말할 필요가 있겠어요?"

"그렇죠. 운이 좋으신 거죠. 그 사람도 이 광고만큼이나 유별난 사람이군요."

"그건 아닙니다. 그자는 나쁜 버릇이 있어요. 사진을 광적으로 좋아해서 시도 때도 없이 카메라를 들이대며 찍거든요. 그러고는 지하실로 쏙 기어 들어가서 현상을 하는 거예요. 아무튼 일은 잘해 주는데, 그 점이 흠이랄까요. 하지만 나쁜 인간은 아니에요."

"지금도 가게에 있나요?"

"네, 있습니다. 부엌일과 청소를 해주는 열네 살 난 여자아이도 같이 있어요. 저는 와이프와 사별해서 둘이 살고 있어요. 특별히 잘 살지는 못해도 그저 먹고 살만한 정도는 되죠. 그런데 이 광고 때문에 우리한테 엄청난 일이 생긴 겁니다. 두 달 전쯤에 스폴딩이 이 신문을 갖고 와서는 이렇게 말하는 거예요. '윌슨 씨, 제 머리카락이 붉은색이라면…… 저…… 붉은 머리 클럽에 공석이 하나 생겨서 말이죠. 들리는 소문으로는 이 클럽에 공석이 생겨 위원회가 돈의 사용처에 곤란을 당하고 있다고 하더군요. 제 머리 색깔을 바꿔준다면 이 일거리를 따내 돈을 벌어보고 싶습니다.' 그래서 제가 그 일거리가 뭐냐고 물었죠.

그랬더니 '윌슨 씨, 저는 하루 종일 가게에 있습니다. 밖으로 나가서 일하는 장사가 아니니까요. 그래서 때로는 몇 주일씩 밖에도 못 나갈 때가 있죠. 그러다보니까 세상일에 어두워질 것 같아서 뉴스를 자주 듣곤 했어요.' 그러면서 그 녀석이 묻더군요. 붉은 머리 클럽에 대해 들은 적이 없냐고요. 제가 없다고 했더니, 이상하다면서 눈을 크게 뜨고 놀라는 거예요. 자기가 응모 자격에 딱 들어맞는 사람이라나요. 그래서 가입하면 무슨 수익이 있냐고 제가 다시 물었더니, 녀석이 그러더군요. 연간 수입이 200파운드쯤이고, 일이 간단해서 다른 일에 전혀 구애를 안 받을 거라고 했어요. 그래서 저도 관심이 간 겁니다. 당연하죠. 전 녀석에게 더 자세히 얘기해 달라고 했습니다. 그러자 광고를 보여주며 말하더군요.

'사장님이 직접 읽어보시면 아시겠지만, 여기 주소가 쓰여 있어요. 자세한 건 모르겠지만 미국의 백만장자인 이 사람이 클럽을 만들었답니다. 그는 머리카락이 워낙 붉은색이라 자기처럼 붉은 사람들에게 깊은 연민을 품고 있었대요. 그래서 유산 관리인에게 붉은 머리카락을 갖고 있는 사람들한테 일자리를 주어 도와주라고 유언을 했다고 합니다.'

그래서 제가 말했죠. '붉은 머리 남자가 수만 명쯤 지원할 텐데?' 그러자 녀석은 그렇지 않다고 말했습니다. '윌슨 씨가 생각하시는 것만큼 그렇게 많지는 않을 거예요. 응모자는 런던에 거주하는 성인만 해당되거든요. 이 미국인은 젊었을 때 런던에서 첫 사업에 성공을 했기 때문에 이 도시에 몹시 애정이 깊다고 합니다. 그리고 또 붉은색도 그냥 붉은색이 아니라 정말 불꽃처럼 빨간 머리카락만 된다고 하거든요. 윌슨 씨, 당신이 신청하시고 싶다면 그곳에 잠깐 들르기만 하면 됩니다' 하고요.

자, 보십시오. 제 머리색은 너무나 근사한 붉은색이라 가서 경쟁해도 지지 않을 것 같다는 생각이 들더군요. 녀석이 그 클럽에 대해 자세히 아는 것 같기에 그날은 일찍 문을 닫고 광고에 나온 주소로 함께 찾아갔습니다. 그런데 맙소사! 그런 광경은 두 번 다시 볼 수 없을 겁니다. 사방에서 붉은 머리 남자들이 모여들었던 거예요. 프리트 거리는 붉은 머리로 숨이 막힐 정도였고, 포프스코트는 마치 오렌지가 가득 담긴 수레 같았죠. 세상에나! 기절할 뻔했습니다. 온갖 종류의 붉은색이 있었는데, 녀석이 말한 것처럼, 정말 불꽃 같은 빨강색은 없었어요. 수많은 사람들이 기다리고 있는데, 그 인파를 뚫고 녀석이 저를 사무실 층계 앞까지 데리고 갔습니다. 그리고 마침내 사무실로 들어갔죠."

"아주 재미있는 경험을 했군요. 정말 재미있어요. 계속 말씀해보세요."

의뢰인이 담배에 불을 붙이며 기억을 더듬고 있는 사이 홈스가 재촉하듯 말했다.

"사무실엔 의자 두 개와 테이블 하나밖에 없고, 저처럼 붉은색 머리카락을 가진 왜소한 남자 하나가 테이블 맞은편에 앉아 있더군요. 그는 지원자들에게 보통 한두 마디 물어보고 면담을 끝냈는데, 제가 들어가자 무척 친절하게 맞으며 다른 사람들이 못 듣도록 사무실 문까지 닫았습니다. 제 직원이 저를 소개해 주었어요. 그러자 상대방 남자가 말하기를, 아주 딱 맞는 사람이 왔다는 거예요.

'당신은 우리가 찾는 모든 조건에 들어맞는 사람입니다. 지금까지 이렇게 특별한 머리칼은 본 적이 없어요.' 라고 하면서 말이죠. 그러더니 남자는 일어나 뒤로 물러서서 제 머리를 자세히 쳐다보더군요. 그러고는 갑자기 제 손을 잡고 축하한다며 큰소리로 말하는 거예요. '이 정도면 틀림없습니다. 그래도 모든 일엔 반드시 절차를 밟아야 하죠. 잠깐 실례할게요.' 하더니 두 손으로 제 머리카락을 움켜잡고 당겼어요. 저는 비명을 질렀죠. 그러자 '아, 눈물이 나오셨나 봐요. 정말 흠잡을 게 없습니다. 우린 꼭 확인을 하거든요. 가발을 쓰고 오는 사람도 있고, 염색을 하고 오는 사람도 있어서요. 심지어 구두 왁스를 칠하고 온 사람도 있었죠. 아무튼 인간들이 얼마나 한심한지 모릅니다.'

그러면서 이 관리인은 창밖으로 얼굴을 내밀며 합격자가 결정됐다고 큰소리로 외쳤어요. 사람들이 낙담하며 웅성거리는 소리가 들리더니 곧 흩어지더군요. 그때서야 관리인이 자신을 소개하며 말하는 거였어요. 이름이 던컨 로스라고 하면서, 자신도 그 백만장자의 은혜를 받아 연금을 받고 있다며, 저에게 결혼을 했냐고 묻더라고요. 그래서 가족은 아무도 없다고 말했죠. 그러자 그 남자의 얼굴빛이 싹 바뀌면서 말하더군요. '큰일인데요. 그건 아주 중요한 문제거든요. 유감스럽네요. 이 클럽의 기금은 붉은 머리를 보호하는 것뿐 아니라 그 후손을 유지하기 위해 쓰이고 있거든요. 당신이 독신이라니 정말 슬픈 일입니다.' 하고요. 저는 낙담을 하고 말았습니다. 그런데 관리인이 잠시 생각하더니, 다시 이렇게 말했어요. '보통 그 결점은 치명적인 건데, 당신처럼 훌륭한 머리카락을 가지고 계신 분한테는 우리도 양보하지 않을 수 없지요. 그럼 언제부터 일을 하실 수 있습니까?' 그래서 제가, 가게를 하고 있어서 어려움이 있다고 말했죠. 그랬더니 제 직원이 끼어들어 말했어요. '오, 윌슨 씨, 그런 건 문제없지 않나요? 제가 대신 봐드리겠습니다.' 하고요. 그래서 근무시간이 얼마나 되느냐고 제가 물었더니, 10시부터 2시까지라고 하더군요.

그런데 홈스 씨, 전당포는 대개 초저녁에 바쁩니다. 그리고 급료 전날인 목요일과 금요일에 바쁘지요. 그러니 오전엔 다른 일을 할 수가 있습니다. 게다가 직원이 믿을 만하니 가게를 맡길 수도 있고요. 그래서 제가 하겠다고 했어요. 그리고 급료를 물어봤죠. 1주일에 4파운드라고 하더군요. 일이 구체적으로 어떤 일인지 물었더니 이렇게 말하더군요. '일은 뭐 그냥 별거 아니에요. 하지만 근무시간 중에는 여기에 꼭 있어야 합니다. 만일 밖으로 나가면 이 자리는 끝장입니다. 다시는 돌아올 수 없어요. 유언장에 명기돼 있거든요. 그건 규칙위반이라고 말이죠.' '하루 4시간이니 외출할 일은 없어요.' 하고 제가 말했죠. 그랬더니, 병이 나도 안 되고, 그밖에 어떤 이유가 있건 자리를 비워서는 안 된다고 그가 못 박듯이 말하는 거였어요. 어쨌든 사무실에 있든지, 아니면 파면되든지 둘 중의 하나라는 얘기였죠. 그래서 할 일이 대체 뭐냐고 물었어요. 그가 대답하더군요. '백과사전을 필사하는 겁니다. 저기 책장에 제1권이 있어요. 잉크와 펜과 압지는 직접 가져 오시고, 테이블과 의자는 준비해 놓겠습니다. 내일부터 나오실 수 있습니까?' 하고요.

저는 물론 오겠다고 대답했죠. 그가 말하더군요. '제이베즈 윌슨 씨, 그럼 알겠습니다. 이 행운의 일자리를 얻으신 것에 대해 다시 한 번 축하드립니다.' 그러고는 그와 인사를 하고 헤어졌어요. 집으로 돌아온 저는 얼떨떨하더군요. 기분이 무척 좋았습니다. 그런데 밤이 되자 마음이 뒤숭숭해지기 시작했어요. 그게 모두 장난이거나 사기라는 생각이 든 거죠. 갈수록 점점 그런 확신이 강해졌어요. 아니, 누가 도대체 그따위 유언을 하겠어요? 백과사전을 베끼는 애들 장난 같은 일에 그렇게 큰돈을 쓰겠는가 말이에요. 도저히 믿어지지가 않았죠. 빈센트 스폴딩은 제 기분을 맞추려고 이런저런 말을 했지만 저는 자기 전에 이미 체념하고 말았습니다.

하지만 다음날 아침이 되자 어쨌든 가봐야겠다는 생각이 들었어요. 그래서 잉크와 펜 등을 사 들고 사무실로 갔습니다. 정말로 저를 위해 책상이 마련되어 있더군요. 그리고 제가 일하는 걸 보러 던컨 로스 씨가 와 있었어요. 그는 제게 A부터 시작하라고 이르고는 나갔어요. 그리고 일을 잘하고 있는지 보러 가끔 들렀죠. 그는 정확히 두 시에 다시 와서는 제가 베껴 쓴 분량을 보고 칭찬을 하더니 제 뒤에서 문을 잠갔어요.

그 다음부터는 매일 그렇게 해나갔어요. 그리고 토요일이 되자 로스 씨가 1주일 급료로 4파운드를 주더군요. 그 다음 주, 또 그 다음 주도 계속 그렇게 했어요. 얼마 뒤 로스 씨는 아침에 한 번만 오기 시작하더니 나중엔 아예 얼굴도 내보이지 않았어요. 하지만 그가 언제 올지 알 수가 없어 저는 문밖으로 나갈 생각은 안했죠. 어쨌든 수입도 좋고, 저한테도 적절한 일이라 쫓겨날 일은 시도하지 않았지요. 그렇게 8주가 흘렀습니다. A도 거의 끝나가고 조만간 B로 들어갈 수 있게 되었죠. 그동안 종이 값도 꽤 들었어요. 그런데 갑자기 일이 잘못된 겁니다."

"잘못됐다고요?"

"네, 바로 오늘 아침에 일어난 일이죠. 10시에 갔더니 문이 잠겨 있었고 그 위에 종이 한 장이 붙어 있더군요. 이게 그거예요. 자, 읽어 보세요."

붉은 머리 클럽을 해산한다.

1890년 10월 9일

홈스와 나는 그 종이를 읽으며, 윌슨 씨가 분통을 터뜨리고 있다는 것도 잊은 채, 웃음을 터트리지 않을 수 없었다. 사건 자체가 우스꽝스러워 도저히 참을 수가 없었던 것이다.

"뭐가 그리 우스운가요?" 윌슨 씨는 얼굴이 빨개지며 물었다. 그러면서 덧붙였다. "저를 비웃는 것 같은데, 도와줄 수 없다면 다른 사람을 찾겠습니다."

홈스가 막 일어나려는 윌슨 씨를 말리며 외치다시피 말했다.

"아니오. 자, 이런 사건은 절대 놓칠 수 없습니다. 정말 보기 드물게 특이한 사건입니다. 사실 좀 재미있는 구석도 있습니다. 이 종이를 봤을 때 어땠습니까?"

"깜짝 놀랐죠! 그래서 어떻게 된 건지 알아보려고 다른 사무실에 가서 의논을 했더니, 아무도 모른다는 거예요. 결국 1층에 사는 집주인한테 가서 물으니까, 붉은 머리 클럽이란 건 들어본 적도 없다지 뭡니까? 던컨 로스라는 이름도 처음 듣는다고 하더군요. 그래서 제가 말했죠. 4호실의 그 남자 모르냐고요. 그제야 주인은 붉은 머리 남자를 기억하더군요. 그런데 그는 윌리엄 모리스라는 이름의 변호사라는 거예요. 새 사무실을 찾을 때까지 임시로 들어와 있었던 거라면서요. 그러면서 어제 이사를 갔다는 겁니다. 어디로 가면 그를 만날 수 있느냐고 물었더니, 성 바오로 성당 근처에 있는 킹 에드워드 가 17번지라고 일러주더군요. 저는 곧바로 갔죠. 그런데 그곳엔 인공 무릎관절 제작회사만 있고, 윌리엄 모리스니 던컨 로스니 하는 사람은 없다는 겁니다."

"그래서 어떻게 하셨습니까?"

홈스가 물었다.

"할 수 없이 가게로 돌아와 빈센트 스폴딩에게 말했죠. 그러자 그도 다른 방법이 없다면서, 언젠가 편지라도 오지 않겠냐고 하더군요. 하지만 포기할 수는 없었죠. 일이 날아갈 판인데 그냥 앉아서 기다릴 수만은 없는 거 아니겠어요? 그래서 이렇게 당신을 찾아온 겁니다. 전부터 듣기에, 당신은 어려운 처지에 있는 사람들을 친절히 도와준다고 해서 말이죠."

"잘하셨습니다. 당신이 의뢰한 사건은 참 희귀한 종류입니다. 그래서 한번 조사를 해보고 싶군요. 얘기를 들어보니까 어쩌면 이건 생각보다 심각한 사건일지도 모르겠어요."

"그럼요, 심각하죠. 주당 4파운드가 날아가 버렸으니까요."

"아니죠, 당신은 그 괴상한 클럽에 대해 불만을 가질 이유가 없을 것 같은데요. 오히려 백과사전의 A로 시작되는 단어들에 대한 지식도 얻고, 돈도 한 30파운드 벌었으니 말이죠. 클럽 때문에 당신이 손해 본 건 한 푼도 없잖습니까?"

"그건 맞습니다. 하지만 전 그들의 정체를 알아내, 그따위 일을 왜 했는지 알고 싶습니다. 그게 만일 장난이었다면 돈이 너무 많이 든 거죠. 32파운드나 썼으니 말입니다."

"아무튼 힘닿는 데까지 조사해보겠습니다. 그런데 윌슨 씨, 몇 가지 물어볼 게 있습니다. 그 스폴딩이라는 직원은 언제부터 일하고 있는 거죠?"

"한 달쯤 전부터요."

"어떻게 오게 되었나요?"

"광고를 냈더니 찾아왔더군요."

"그 사람 혼자만 왔습니까?"

"아니오. 열 몇 명 왔었어요."

"왜 그 직원을 뽑았나요?"

"성격이 좋아 보이고, 월급이 적어도 상관없다고 해서요."

"그 사람 인상착의는 어떤가요?"

"몸집은 작은데 탄탄한 편이죠. 서른 살이 넘었는데도 얼굴에 수염이 없어요. 그리고 이마에 화상 흔적으로 허연 얼룩점이 있고요."

홈스는 잔뜩 구미가 당기는 듯한 표정으로 자세를 고쳐 앉았다.

"그럴 것 같았어요. 그 남자 귀에 귀고리 구멍 있는 거 보셨나요?"

"네, 있어요. 어렸을 때 집시가 해줬다고 하더군요."

"음."

홈스는 한숨을 내쉬더니 다시 뭔가 생각에 잠겼다.

"그 남자 아직 가게에 있다고 했죠?"

"그럼요, 좀 전에 보고 나왔거든요."

"당신이 없어도 성실히 일합니까?"

"별로 신경 쓸 건 없으니까요. 오전엔 손님이 거의 없거든요."

"네, 알겠습니다, 윌슨 씨. 며칠 후면 결과를 알 수 있을 것 같습니다. 오늘이 토요일이니까 월요일까지는 해결될 것 같군요."

의뢰인이 돌아가고 난 뒤 홈스가 물었다.

"어떤가, 왓슨. 자네는 어떻게 생각하나?"

"도대체 뭐가 뭔지 모르겠네. 참 희한한 사건인 것 같아."

나는 느낀 대로 얘기했다.

"사건이 괴상할수록 내용은 단순한 경우가 많다네. 평범한 얼굴이 기억하기 어려운 것처럼 특별한 게 안 보이는 사건이 더 복잡하지. 근데 이 사건은 빨리 끝내야만 할 것 같네."

"그래서 어떻게 할 건가?"

"파이프 세 대쯤은 피워야 할 것 같네. 지금부터 50분간 말 걸지 말아주게."

그는 의자에 앉은 채 파이프를 물고 눈을 감았다. 한참 후 그가 잠든 것 같아 나도 졸기 시작했다. 그러다 갑자기 그가 의자에서 일어나더니 파이프를 내려놓았다.

"오후에 성 야고보 홀에서 사라사테 연주가 있다네. 어때, 자네 몇 시간 낼 수 있겠나?"

그가 느닷없이 말했다.

"그러지 뭐. 오늘은 여유가 있으니까. 내 직업은 시간을 많이 뺏는 일이 아니라서 말이야."

"그럼 모자를 쓰게. 먼저 시내에 나가 점심식사를 하세. 프로그램에 독일 곡이 많은 것 같던데. 난 이탈리아나 프랑스 곡보다는 독일 곡이 더 취향에 맞다네. 독일 음악은 내적이거든. 오늘은 인간의 내적인 면을 좀 고찰할까 하네. 자, 가세."

우리는 올더스게이트까지 지하철로 가서 윌슨 씨의 가게가 있는 색스 코벅 스퀘어로 걸어갔다. 동네는 활기가 없고 쓸쓸하니 지저분한 편이었다. 길 한모퉁이 건물에 제이베즈 윌슨이라고 씌어진 간판이 걸려 있었다. 셜록 홈스는 그 앞에 서서 찬찬히 주위를 살펴보았다. 그리고 다시 길을 걷다가 가게 앞으로 돌아와 건물들을 세세하게 관찰했다. 그러고는 전당포 앞 돌바닥을 지팡이로 두세 번 탕탕 두드리더니 문을 노크했다. 곧 문이 열리며 수염을 깨끗이 면도한 약삭빨라 보이는 젊은이가 나왔다.

"어서 오세요."

그가 말했다.

"고맙소. 다름 아니라, 스트랜드 가를 찾는데, 혹시 아시나요?"

"네, 세 번째 사거리에서 오른쪽으로 가신 후 다음 사거리에서 왼쪽으로 가시면 됩니다."

젊은이는 시원스럽게 말하고 문을 닫았다.

"아주 재빠른 놈이구먼."

홈스가 걸음을 옮기며 말했다.

"저놈은 재빠르기로 치면 런던에서 네 번째 안에 들 거고, 대담하기로는 세 번째 안에 들 거야. 저놈 하는 일은 전부터 좀 알고 있었지."

"그런가? 저놈은 사건과 깊은 관계가 있는 걸로 여겨지는군. 저놈 얼굴을 보려고 일부러 길을 묻지 않았나?"

"얼굴을 보려는 게 아니었네."

"그럼 뭐였나?"

"바지 무릎이었어."

"뭐라도 발견했나?"

"예상했던 대로."

"근데 아까는 왜 돌바닥을 지팡이로 두들겼나?"

"왓슨, 지금은 잡담할 때가 아니네. 관찰해야 해. 우리는 적지에 들어온 스파이라고. 색스 코박 스퀘어는 대충 봤으니까, 이제 이곳과 등지고 있는 길을 좀 살펴보세."

모퉁이를 돌아 나가자 그곳은 큰 대로로 수많은 마차들이 오갔으며, 보도에도 사람들이 가득 차 있었다.

홈스는 건물들을 올려다보며 말했다.

"자, 이 거리에 있는 상호들을 순서대로 기억해두게. 런던에 대한 정확한 지식을 갖추는 게 내 취미라네. 담배 가게, 모티머 상점, 신문 가판대, 시티 앤 서버밴 은행의 코박 지점, 채식 음식점, 맥팔렌 회사의 마차 제조소. 이쯤 하고, 자! 어디 가서 요기나 하세. 그리고 바이올린을 들으러 가는 거야."

홈스는 음악에 조예가 깊었으며, 연주도 잘하고 작곡도 했다. 그는 성 야고보 홀의 맨 앞자리에 앉아 행복에 도취되어 멜로디를 따라 손가락을 움직이기도 했다. 음악에 취한 지긋한 미소와 나른한 눈은 평소 냉철하고 예리한 모습과는 대조적이었다. 그는 극도로 엄격하고 민첩한 데가 있는 반면에 내적 감성은 무척 시적이고 명상적이었다. 그래서 그의 기분은 때로 극단적으로 이완됐다가 또 무서운 정력으로 치닫는 진동을 일으키곤 했다. 일테면 몇날 며칠을 소파에 축 늘어져 앉아 작곡을 구상하거나 고서를 읽을 때는 탐정가 특유의 가차 없고 냉정한 남자로는 보이지 않았다. 그러다 별안간 어떤 욕망이 생기면 기막힌 추리력과 직감이 솟아나, 혹시 초인적인 능력을 갖고 있는 게 아닐까, 하는 의구심을 불러일으키기도 했다. 그날 오후에도 난 그가 음악에 심취해 있는 걸 보고 조만간 그가 사냥하려는 자들의 머리 위에 불운의 먹구름이 몰아닥칠 것을 느끼고 있었다.

"왓슨, 자네는 곧 들어갈 건가."

성 야고보 홀을 나서며 홈스가 물었다.

"어, 그럴까 하네."

"난 일을 한 가지 보고 가겠네. 색스 코박 스퀘어 사건은 아주 심각해."

"뭐가 문젠가?"

"아주 음흉한 짓을 꾸미고 있는 놈이 있거든. 그걸 막을 만한 시간은 분명 있지만 오늘이 하필 토요일이라 좀 문제가 되네. 오늘 밤에 자네 도움이 필요할지도 몰라."

"몇 시에 말인가?"

"10시면 되겠네."

"그럼, 10시에 베이커 가로 가지."

"좋아. 그리고 참, 위험할지 모르니까 권총을 지참하게나."

홈스는 어느새 휙 몸을 돌려 사람들 속으로 사라졌다.

나는 내가 우둔하다고는 결코 생각지 않는데, 셜록 홈스와 있을 때는 언제나 내가 어리석다는 느낌이 들어 우울해졌다. 이번 일도 나는 그와 함께 이야기를 들었고 똑같은 걸 봤는데도, 그는 벌써 사건의 경과와 앞으로 벌어질 일 등을 꿰뚫고 있는 반면에 나는 아직도 뭐가 뭔지 모호하고 이상한 사건으로만 여겨지고 있었다.

집으로 돌아가며 난 붉은 머리 남자가 한 모든 이야기와 그의 가게에 간 일, 그리고 홈스가 헤어질 때 한 말 등을 모두 다시 떠올려 보았다. 오늘 밤에 어디서 무엇을 하려는 것인지, 왜 권총을 준비하라는 것인지, 나로서는 짐작되는 게 없었다. 그러나 홈스의 말에는 전당포의 그 점원이 바로 흉악한 일을 꾸미는 놈이라는 암시가 들어 있었다. 난 이 수수께끼를 곰곰이 생각해보았지만 결국 10시까지는 아무것도 알 수 없을 것 같아 포기하고 말았다.

나는 9시 15분쯤 집을 나섰다. 홈스의 집 앞에 도착하자 마차 두 대가 기다리고 있었고, 그의 방에서 말소리가 들려왔다. 그는 남자 두 명과 얘기에 열중하고 있었는데, 한 명은 경시청의 피터 존스였고, 다른 한 명은 키가 크고 음울한 분위기였는데, 모자를 손에 들고 고급스런 프록코트를 입고 있었다.

"아, 이제 다 모였군."

홈스가 말하며 재킷을 여미고는 사냥용 채찍을 꺼내 들었다.

"왓슨, 존스 형사는 알고 있지? 그리고 이쪽은 메리웨더 씨인데, 오늘 밤 모험을 같이 할 걸세."

"왓슨 씨, 좀 힘을 합쳐봅시다."

존스가 거드름을 피우며 말했다. 그러면서 덧붙였다.

"홈스 씨는 사냥감을 몰아내는 데 워낙 노련하시죠. 막다른 데에 몰아넣고 나면 마지막으로 손봐줄 똘똘한 개 한 마리만 있으면 되고요."

"잡고 보니까 피라미 한 마리였다는 소리는 듣고 싶지 않은데요?"

메리웨더가 썰렁하니 되받았다.

"홈스 씨는 완전히 믿어도 됩니다. 이분은 독특한 방법을 쓰거든요. 실례가 되는 말인지 모르지만, 홈스 씨는 이론을 앞세우고 공상에 좌우되는 점도 있긴 하지만 천부적인 탐정이시죠. 전문 경찰보다 더 예리하게 파헤친 적이 몇 번이나 있어요. 숄토 살인 사건이나 아그라 보물 도난 사건 같은 거 말이죠."

존스가 호들갑스럽게 말했다.

"아, 그래요? 그렇다면 염려 안 해도 되겠네요. 하지만 전 브리지 게임을 할 수 없는 게 좀 유감스럽군요. 토요일 밤에 브리지를 안 하는 건 17년만이거든요."

메리웨더가 대꾸를 했다.

"아무튼 두고 봅시다. 오늘밤 판돈은 큰 액수가 걸려 있어요. 어려운 승부죠. 메리웨더 씨, 당신의 판돈은 3만 파운드가 걸려 있고, 그리고 존스, 자네는 그렇게 바라던 범인을 체포하는 거네."

홈스의 말에 존스가 이어서 설명을 했다.

"존 클레이는 살인범에다 절도범, 위조지폐 제조범이죠. 아직 젊은 놈인데 워낙 위험해서 저는 누구보다 먼저 그놈을 잡아넣고 싶답니다. 정말 무서운 놈이거든요. 그놈 할아버지는 왕족 출신으로 공작인데, 이놈도 이튼과 옥스퍼드를 나왔죠. 손재주가 비상하고 머리도 좋아 어딜 가나 나타났다는 소문만 있을 뿐 그의 거처를 알고 있는 사람이 없습니다. 이번 주에 스코틀랜드에서 강도짓을 하고, 다음 주에는 콘월에서 고아원을 짓는다며 돈을 뜯어가는 식이죠. 여러 해를 뒤쫓았는데 아직 얼굴조차 못 봤어요."

"그럼 오늘 밤에 그놈을 당신한테 소개하죠. 존 클레이는 나도 좀 아는데, 당신 말대로 이 방면엔 분명 1인자예요. 근데 벌써 10시가 지났네요. 자, 출발하죠. 두 분은 앞마차에 타세요. 나와 왓슨은 뒷마차를 탈 테니까요."

마차에 올라탄 홈스는 의자에 깊숙이 기댄 채 오후에 음악회에서 들은 곡을 흥얼거렸다. 우리는 가스등 아래에서 미로와 같은 길을 한참을 지나 파딘턴 가에 이르렀다.

"이제 거의 다 왔네. 메리웨더라는 사람은 은행의 중역인데, 이 사건에 직접 관계가 있다네. 그리고 존스도 함께 오는 게 좋을 것 같았어. 경찰로는 완전히 무능하지만 나쁜 친구는 아니지. 그래도 한 가지 장점이 있는데, 용감하다는 거야. 불독같이 한 번 잡았다 하면 끝까지 물고 늘어지는 게 있거든. 자, 다 왔네."

도착한 곳은 오늘 아침에 우리가 갔었던 인파가 많은 큰길이었다. 마차에서 내린 우리는 메리웨더의 안내로 좁은 골목길을 빠져나가 한 문으로 들어갔다. 안에는 작은 마당이 있고, 그 안쪽으로 육중한 철문이 보였다. 철문 안으로 들어가 돌계단을 내려가자 막다른 곳에 탄탄한 목책 같은 게 세워져 있었다. 메리웨더는 거기서 랜턴을 켜고는 안으로 우리를 데려가 세 번째 문을 열어 지하실로 안내했다. 그곳엔 광주리와 큰 상자들이 쌓여 있었다.

"이곳은 위에서 습격을 받을 염려는 없겠군요."

홈스가 주위를 둘러보며 말했다.

"아래로부터도 걱정 없어요."

메리웨더가 말하며 지팡이로 바닥을 두드렸다.

"근데 이상하게 텅 빈 소리가 나네!"

메리웨더가 좀 놀란 얼굴로 말했다.

"좀 조용히 해보세요. 여기까지 들어오는 데 성공했는데, 무슨 실망스런 소리를 하는 겁니까? 죄송하지만 방해가 안 되게 당신은 저

상자 위에 가서 좀 앉아 계시겠어요?"

홈스가 심각한 표정으로 말하자 메리웨더는 자존심이 상했는지 서운한 얼굴로 상자 위에 가서 걸터앉았다. 홈스는 곧바로 랜턴을 비추며 바닥의 돌들 사이를 확대경을 대고 살펴보기 시작했다. 그러나 금방 다시 일어나더니 확대경을 주머니에 집어넣었다.

"아직 최소한 한 시간은 있어. 전당포 주인이 잠들기 전에는 놈들도 행동 개시를 못할 테니 말이야. 그러나 잠들자마자 곧바로 덤벼들 거야. 일찍 끝내야 달아날 시간도 확보할 수 있으니까. 왓슨, 자네도 이미 짐작하고 있겠지만, 여기는 런던에서 제일 큰 은행인 시티 지점의 지하실일세. 메리웨더 씨는 이곳 이사인데, 그 악당이 왜 이곳 지하실을 노리고 있는지 설명해줄 거네."

"프랑스 금화 때문입니다. 누군가 이 금화를 노릴지 모른다는 생각은 벌써 몇 번 한 적이 있었죠. 우리는 몇 달 전, 프랑스 은행에서 나폴레옹 금화 3만 개를 빌렸습니다. 그런데 포장을 뜯기도 전에, 이 지하실에 보관돼 있다는 얘기가 흘러나갔어요. 여기 있는 상자 속에는 금화가 2천 개씩 들어 있습니다. 한 지점에 이렇게 많은 금화를 보유하고 있는 곳도 드물죠. 그래서 우리는 이 문제로 골치를 앓고 있습니다."

"당연하죠. 자, 그럼 우리도 준비를 하고 있어야 합니다. 한 시간 후면 사건이 본격화될 테니까. 메리웨더 씨, 여기 랜턴에 꼭 덮개를 씌워주세요."

"그럼 어둠 속에서 기다려야 하는 건가요?"

"별 수 없죠. 당신이 즐기는 브리지 게임을 해보려고 카드를 한 벌 가져왔는데, 놈들의 준비가 생각보다 많이 진척돼 있어서 불을 켜둘 수가 없군요. 먼저 각자 위치를 정해둡시다. 거친 놈들이니까, 우리가 먼저 기습을 한다 해도 조심하지 않으면 다치게 되거든요. 저는 이 상자 뒤에 숨을 테니까, 당신은 그쪽에 숨으세요. 그리고 제가 놈한테 불빛을 비추면 당신은 재빨리 뛰어나가세요. 만일 놈들이 총을 쏘면 그때는 왓슨, 자네도 총을 쏘게."

나는 권총 방아쇠를 세워 상자 위에 놓고는 그 뒤로 숨어들었다. 기대감과 불안 때문에 신경이 곤두서 있어서인지 축축하고 냉랭한 공기 속에서 뭔가가 짓누르고 있는 것 같은 느낌이 들었다.

"퇴로는 단 한 군데야. 건물 안으로 빠져나가 색스 코박 스퀘어로 나가는 길뿐이지. 존스, 수배는 해뒀겠지?"

"경감과 순경 두 명이 잠복하고 있습니다."

"그럼 출구는 완전히 막았으니까, 이제 기다리는 일만 남았군."

긴 시간이 흘러갔다. 나중에 안 사실이지만 기다린 시간은 1시간 15분 정도였는데, 마치 밤을 지샌 것처럼 길게 느껴졌다. 몸은 뻣뻣하게 마비되는 것 같았고, 귀만 극도로 날카로워져 다른 사람의 숨소리까지 다 들려왔다. 그러다 어느 순간, 한 줄기 불빛이 비쳐들었다. 처음엔 돌바닥 위에 점처럼 작게 비치더니 차츰 커지며 노란색으로 길어지다가, 이윽고 바닥에 갈라진 틈이 생긴 것처럼 보였다. 그리고 그 틈새로 여자의 손 같은 것이 나타나 뭔가를 더듬었다. 손은 1분쯤 계속 더듬다가 갑자기 사라졌다.

그러나 그것도 잠시, 물체가 갈라지는 것 같은 큰 소리가 난 뒤 커다란 돌판이 하나 위로 솟구치더니 그 아래 구멍에서 불빛이 올라왔다. 그리고 반듯하게 생긴 젊은 얼굴 하나가 그 구멍에서 솟아올라 주위를 살피며 천천히 몸을 빼내기 시작했다. 그러고는 재빠른 동작으로 다른 동료를 끌어올린 다음 같이 밖으로 나왔는데, 뒤따라 나온 녀석 역시 왜소한 몸집에 얼굴은 창백하고 붉은 머리를 하고 있었다.

"됐어. 끌과 자루 꺼내."

먼저 올라온 놈이 목소리를 잔뜩 죽이며 말했다. 그러나 동시에 그의 입에선 외마디 소리가 터져 나왔다.

"제기랄! 안 되겠다. 아치, 뛰어 들어가! 빨리! 걸리면 교수형이야!"

홈스가 벌써 한 놈의 목덜미를 움켜쥐고 있었다. 다른 놈은 구멍으로 들어가려다 존스에게 옷자락이 잡혀 찢어지는 소리가 들렸다. 총이 번쩍였지만 홈스가 채찍으로 손목을 내리치자 바닥으로 떨어져 나뒹굴었다.

"소용없어, 존 클레이! 도망칠 곳은 없으니까."

홈스가 침착하게 말했다.

"그런 것 같군. 다행히 내 친구는 달아났지만."

놈 역시 침착하게 말했다.

"밖엔 세 사람이 대기하고 있는걸."

홈스가 말했다.

"음, 제법 꼼꼼히 준비한 모양이네. 박수라도 쳐 드릴까?"

"우리야말로 자네에게 감탄하고 있네. 자네의 붉은 머리 클럽의 아이디어는 이색적이고 효과도 있었지."

홈스의 말에 존스가 얼른 수갑을 꺼내 들었다.

"자네 패거리들을 다시 만나게 해주지. 구멍에 빠지는 건 나보다 자네가 훨씬 잘할 것 같네. 자, 손을 내놓지."

"네 불결한 손이 닿지 않도록 해. 너는 모르지만 난 왕실의 피가 흐르는 사람이라고. 그러니 나에게 말할 때는 '나리' 라든가, '부디' 하고 말하기 바란다."

수갑이 채워지자 놈이 종알거렸다.

"아, 그렇습니까 나리. 송구스럽습니다만 마차가 준비돼 있으니 계단으로 올라가 주시면 경찰이 있는 데로 안내해……."

"좋아."

존 클레이는 태연하게 말하며 우리 세 사람에게 인사를 하고는 존스에게 호위되어 조용히 떠나갔다.

우리가 그 뒤를 따라 지하실을 나왔을 때 메리웨더가 말했다.

"홈스 씨, 우리 은행으로선 당신에게 어떻게 보답을 해야 할지 모르겠습니다. 위험천만한 강도 공모를 치밀하게 탐지해 막아주셨으니……."

"저는 존 클레이를 응징하고 싶은 이유가 한두 가지 있었습니다. 그리고 이번 일을 하면서 돈을 좀 썼는데, 그건 은행 쪽에서 지불해 주실 거라고 믿습니다. 그러나 그 이상은, 저도 이 사건을 통해 여러 가지 진기한 경험을 했고, 붉은 머리 클럽이라는 기발한 아이디어도 알게 되었기 때문에, 충분한 보상을 받은 셈입니다."

날이 샐 무렵, 홈스의 집에서 위스키소다를 함께 마시며 그가 말했다.

"왓슨, 처음부터 분명했던 건, 붉은 머리 클럽이라는 요상한 광고에다 백과사전을 베낀다는 둥 그 모든 게 결국 아둔한 전당포 주인을 매일 몇 시간씩 밖으로 나가게 하기 위한 수단이었다는 점이야. 방법이 참으로 색다르긴 하지. 사실 그런 수법은 웬만해선 생각해내기 쉽지 않네. 날카로운 존 클레이가 공범자의 머리 색깔을 보고 생각해낸 것 같아. 전당포 주인을 유혹하는 데 1주에 4파운드라는 미끼가 필요하긴 했지만 일이 성공하면 몇천 파운드가 생기는데 그까짓 돈이 문제였겠나. 그래서 광고를 내고 사무실을 빌리고 전당포 주인에게 응모하도록 부추겨, 그가 매일 아침 가게를 나가도록 하는 데 성공한 거지. 나는 그 직원이 보통 급료의 반만 받고 들어왔다는 얘기를 들었을 때부터 뭔가 이상한 생각이 들었다네. 그가 그 자리를 원하는 강력한 이유가 있었던 거라고 본 거지."

"그런데 그 이유를 어떻게 탐지했나?"

"만약 가게에 여자가 있다면 애정 문제라고 추측을 했겠지. 그리고 그 가게는 워낙 규모가 작고, 감시를 할 만큼 비싼 물건 같은 건 없어. 그렇다면 노리는 건 가게 밖에 있다는 거야. 그런데 문득 그 직원이 사진광이라 지하실에 자주 들어간다는 말이 생각나더군. 지하실이라! 그곳이 바로 이 요상한 문제와 관계가 있는 곳이라는 짐작이 든 거야. 그리고 내가 윌슨 씨한테 직원에 대해 물었을 때 바로 그 악명 높은 존 클레이라는 걸 알았지. 그가 지하실에서 뭔가 작업을 하고 있는데, 매일 몇 시간씩 몇 개월 동안이나 하고 있다는 걸 생각해보니까, 어딘가 옆 건물로 굴을 파고 있는 게 아닌가 하는 추측이 들었다네. 자네와 함께 가게에 갔을 때 난 이미 그런 생각을 굳히고 있었지. 그래서 내가 지팡이로 길바닥을 두들겨 보았던 거라네. 굴을 가게 앞쪽으로 파들어 가고 있는지, 뒤쪽으로 파는지 알아보려고 말일세. 앞쪽은 아니더라고. 그 다음에 벨을 눌렀는데, 내가 바라던 대로 그자가 대답을 하더군. 전에 두세 번 그자와 관련된 일을 했었는데, 얼굴은 못 봤었지. 그가 문을 열었을 때도 얼굴을 본 게 아니라 무릎을 봤어. 바지 무릎 부분이 몹시 닳고 더러웠던 건 자네도 기억나겠지. 며칠 동안 굴을 팠다는 거 아니겠나. 그때 알아낼 건 한 가지였어. 놈들이 뭣 때문에 굴을 파는가였지. 그런데 주변을 살펴보니까 바로 시티 앤 서버밴 은행이 전당포와 등을 맞대고 있더군. 그래서 수수께끼가 풀렸던 거라네. 그리고 난 음악회가 끝난 뒤 자네를 보내고 은행 이사를 만났던 거지."

"그런데 놈들이 오늘 밤 범행을 하리라는 걸 어떻게 알았나?"

"그건 붉은 머리 클럽이 해산됐다는 정보를 듣고 감을 잡았지. 그 의미는 전당포 주인이 이제 가게에 있어도 된다는 신호 아니었겠나? 다시 말해 굴을 다 팠다는 소리지. 그리고 굴이 완성되었다면 한시라도 빨리 일을 할 거라는 건 자명한 일이지. 발견될 위험도 있고, 금화가 다른 데로 옮겨질 사태도 생길 수 있으니까. 게다가 토요일에 하는 게 가장 좋겠지. 도망치는 데 이틀의 시간이 있으니까 말이네.

그래서 오늘밤 행동으로 옮길 게 틀림없다고 판단했던 거네."

"아주 멋진 추리인데!"

나는 정말 감탄이 나왔다.

"추리의 연결이 처음부터 끝까지 완벽하네."

"뭐, 심심하지는 않았지. 그런데 벌써 지루해지려고 하는군. 난 언제나 평범한 일상에서 벗어나려고 노력하고 있다네. 그래서 이런 작은 사건들이 때로는 숨통을 트이게 하지."

"그러고 보면 자네는 세상 사람들의 은인인 셈이야."

내 말에 홈스가 어깨를 으쓱했다.

"뭐, 그럴지도 모르지. 구스타브 플로베르가 조르주 상드에게 쓴 편지에 이런 말이 있다네. '인생은 덧없고 예술이 바로 모든 것이다'라고 말이야."

보스콤 계곡의 참극

어느 날 아침 우리 부부가 식사를 하고 있는데, 하녀가 전보 한 통을 들고 왔다. 발신인은 셜록 홈스였다.

2,3일 시간 있나? 보스콤 계곡 사건에 대해 서부 잉글랜드에서 전보 받음. 동행하길 희망함. 경치 좋은 곳임. 오전 11시 15분 파딘턴역 출발.

"그래서 당신 어떻게 할래요?"

아내가 물었다.

"글쎄, 어떻게 할까. 지금 환자도 있는데."

"환자는 안스트라더 씨한테 맡기면 되지 뭐. 요즘 당신 얼굴도 안 좋은데 여행이라도 하면 좋지 않을까요? 게다가 셜록 홈스 씨 일엔 항상 관심이 많잖아요?"

"하긴 당신을 만난 것도 그가 맡았던 사건 덕분이니까, 내가 그 친구 일을 모른 체하는 건 은혜를 저버리는 일이라고 할 수 있지. 근데 같이 가려면 빨리 준비를 해야 되겠는데. 30분밖에 없어."

나는 아프가니스탄 전쟁에 참가한 후로는 언제든지 즉각 떠날 채비가 되어 있었다. 30분도 안 걸려 필수품 몇 가지와 가방을 꾸려 마차를 잡아타고 역으로 향했다. 홈스는 벌써 플랫폼에 서 있었다. 긴 회색 외투를 걸치고 있어서인지 큰 키가 더 커 보이고 말라 보였다.

"왓슨, 잘 왔네. 믿을 만한 친구가 옆에 있는 것과 없는 건 굉장히 차이가 나지. 지방 경찰은 아무짝에도 쓸모가 없거나 걸핏 하면 엉뚱한 일이나 저지르거든. 가서 구석자리 두 개 잡아놓고 있게나. 내가 가서 표를 사올 테니까."

객실엔 우리 두 사람밖에 없어서 홈스는 가져온 신문들을 늘어놓았다. 그는 신문을 읽으며 가끔 메모를 하고 생각에 잠기곤 했는데, 레딩을 떠날 무렵에는 신문을 전부 모아서 선반 위로 던져버렸다.

"이 사건에 대해 뭐 들은 거라도 있나?"

홈스가 물었다.

"아니, 전혀. 며칠 동안 신문을 통 안 봤거든."

"런던 신문들에는 자세히 안 나와 있군. 좀 자세히 알아두려고 최근 신문들을 다 읽은 거라네. 내가 판단하기엔 이 사건이 얼른 봐서는 단순한 것 같지만 사실 뭔가 굉장히 복잡한 게 숨겨져 있는 것 같아."

"좀 모순된 면이 있는 것 같군."

"아니, 사실이 그래. 눈에 띄는 게 있으면 그것이 곧 열쇠가 되는데, 아무런 특색이 없으면 오히려 범인을 찾아내기가 어렵거든. 근데 이번 사건에는 살해된 남자의 아들에 관해 아주 불리한 증거가 있어."

"그러니까 살인 사건이네?"

"그렇지. 피살인 것 같아. 물론 현장조사를 하기 전에는 단정 지을 수 없지만 말이야. 내가 지금까지 알고 있는 범위 내에서 간단히 상황 설명을 해주겠네.

그러니까 보스콤 계곡이란 데서 일어난 사건인데, 그곳은 헤리퍼드셔의 로스 시에서 그다지 멀지 않지. 그 마을의 제일 큰 지주는 존 터너라는 남자인데, 오스트레일리아에서 돈을 벌어 몇 년 전에 돌아왔다는 거야. 이 남자의 소유지 안에 해저리 농장이라 불리는 토지가 있는데, 그 주인 역시 오스트레일리아에서 돌아온 찰스 매카시라는 남자로, 터너에게서 빌린 토지에서 산다는구먼. 두 사람은 식민지 시대에 알게 된 사이라 고향에 돌아와서도 서로 가깝게 지내게 된 거지. 그런데 터너는 부자고 매카시는 그의 땅을 빌려 쓰는 처지였는데, 그래도 두 사람이 아주 친밀한 관계였던 걸 보면 오스트레일리아에 있었을 때처럼 격의 없는 친구 사이였던 같아. 둘 다 홀아비인데, 매카시에게는 열여덟 살 된 아들이 있고, 터너에게는 같은 나이의 딸이 있다는 거야. 두 젊은이는 토박이끼리의 교제를 싫어해 만나지도 않았대. 한데 매카시와 그 아들은 스포츠를 좋아해 가끔 근처 경마장에 가곤 했다는군. 매카시의 집에는 하인 한 명과 하녀 두 사람뿐이지만 터너의 집은 재산 규모가 커서 하인을 열여섯 명 정도 쓰고 있었지. 아무튼 양쪽 집 사정은 그렇고, 이번엔 사건에 대해 대충 설명을 해주지. 6월 3일, 그러니까 이번 주 월요일 오후 3시쯤 매카시는 해저리 농장을 나와 보스콤 계곡 쪽으로 갔어. 그 계곡은 골짜기의 물이 흘러 넓어지면서 생긴 거지. 그는 그날 아침 하인을 데리고 로스 시로 나가면서, 오후 3시에 중요한 약속이 있으니까 서둘러 돌아와야 한다고 말했다는군. 그리고 그 약속에 나갔다가 그는 죽은 거야. 해저리 농장에서 보스콤 계곡까지는 4분의 1마일쯤 되는데, 매카시가 거길 지나가는 걸 두 사람이 봤다는구먼. 한 사람은 노인인데 신문에 이름이 안 나와 있고, 또 한 사람은 터너가 데리고 있는 사냥터 관리인 윌리엄 클라우더야. 둘 다 매카시가 혼자 가고 있는 걸 봤다고 증언한 거지. 특히 사냥터 관리인은 매카시가 지나간 뒤 2,3분 후에 아들 제임스가 총을 옆구리에 끼고 가는 걸 봤다는 거야. 그러고는 그 사실을 잊어버리고 있었는데, 밤에 사건이 생겼다는 걸 들은 거지.

사냥터 관리인 말고도 매카시 부자를 본 사람이 또 한 명 있다는군. 보스콤 계곡은 숲속에 깊이 묻혀 있었는데, 기슭 쪽에 갈대밭이 좀 있다네. 마침 숲 관리인의 열네 살 난 딸이 그 갈대밭 옆에서 꽃을 꺾고 있다가 바로 근처에서 매카시 부자가 말다툼을 하고 있는 걸 봤대. 매카시가 아들에게 야단을 치자 아들이 손을 들어 아버지를 치려고 하더래. 그래서 아이는 무서워 엄마한테 가서 그 얘기를 한 거지. 당장 무슨 일이 벌어질 것 같다고 하면서 말이야.

그런데 아이의 말이 떨어지기가 무섭게 아들 제임스가 들이닥치면서, 아버지가 살해되었으니 관리인의 도움이 필요하다고 부탁하더라는 거야. 그는 어쩔 줄 몰라 했는데, 총도 모자도 지니고 있지 않더래. 그리고 오른손과 소매에 피가 흥건히 묻어 있었고 말이야. 그래서 관리인 가족들이 제임스를 따라가 봤더니 늪가 풀밭에 매카시가 쓰러져 있더래. 그는 무거운 무언가로 머리를 맞은 것 같았는데, 제임스의 총은 몇 걸음 떨어진 곳에 뒹굴고 있었다는 거야. 상처로 봐서는 총 개머리로 맞은 것 같았다네. 그래서 그 아들이 즉시 체포됐지. 그리고 이튿날 열린 심문에서 배심원들이 고의적 살인이라는 평결을 내렸고, 다음날 로스 시 치안판사의 취조를 받은 거야. 결국 순회재판에 회부하기로 결정됐다는군. 하여튼 이게 사건의 개요라네."

"그렇게 범인이 명백한 사건도 없는 것 같군. 상황의 증거로 봐서는 아들이 범인인 게 확실하니까 말이네."

"글쎄, 그 상황 증거라는 게 늘 문제거든. 그건 한 가지 사실만 분명히 가리키고 있다고 생각되니까. 그런데 관점을 조금 바꿔보면 그 증거가 전혀 다른 방향을 가리키고 있다고 확신할 때도 있는 거야. 하지만 솔직히 이 사건에서는 아들이 분명 불리한 입장에 처해 있고, 실제로 그가 범인일지도 몰라. 이웃 사람들 몇 명이 그의 무죄를 믿고 있고, 그래서 경시청의 레스트레이드 경감에게 탄원을 했지만 말이네. 터너의 딸 앨리스도 그 중 하나라고 하더군. 자네도 기억나겠지만, 레스트레이드 경감은 '주홍색 연구' 사건에서 만나 알게 됐는데, 이번에 나한테 도움을 청해 왔더라고. 그래서 이렇게 자네한테 같이 가자고 한 거라네."

"근데 어떤가? 사건이 너무 명백하게 드러난 것 아닌가? 자네가 이렇게 나선다 하더라도 이번엔 별로 자네의 명성이 빛을 발하지는 못할 것 같은데."

내가 말하자 홈스가 웃으며 대답했다.

"명백한 사실만큼 믿기 어려운 것도 없지. 어쨌든 현장에 가보면 미처 몰랐던 새로운 사실이 발견될지도 모르잖은가. 자네가 나를 잘 알고 있으니, 자랑하는 말은 아니네만 난 레스트레이드가 생각지도 못한 방법으로 알아낼 자신이 있다네. 가령 자네 침실엔 창문이 오른쪽에 있다는 걸 나는 알고 있지만, 레스트레이드는 눈에 뻔히 보이는 것도 깨달을 수 있을지 의심스러운 사람이거든."

"아니, 어떻게 그걸 알고 있나?"

"이봐, 난 자네에 대해 잘 알고 있어. 자네는 군인처럼 철저한 성격이기 때문에 매일 아침 면도를 할 거야. 그것도 요즘 같은 계절엔 아마 밝은 햇빛 아래서 하겠지. 그런데 자네 얼굴을 보면 왼쪽으로 갈수록 면도가 시원찮고 턱밑은 아예 안 돼 있거든. 그건 무슨 말씀이냐 하면, 왼쪽이 오른쪽보다 어둠침침하다는 증거지. 자네 성격에 좌우 밝기가 똑같은 곳에서 면도를 했다면 그렇게 했겠나? 이 정도야 내 관찰과 추리를 설명하는 극히 사소한 사례에 불과하지만, 거기엔 다 요령이 있는 거라네. 이번 사건을 조사하는 데도 그런 게 도움이 될지도 모르지. 배심원 심문 중에도 보면 사소한 것이지만 몇 가지 주의할 만한 게 있어."

"어떤 건데?"

"아들이 체포된 건 사건 직후가 아니라 해저리 농장으로 돌아오고 나서야. 경찰이 찾아갔더니 그 아들이 이렇게 말하더래. '별로 놀라지 않았어요. 당연한 처벌이죠' 라고 말이야. 그래서 검시 배심원도 긴가 민가 망설이고 있다가 그만 의문을 접었다는 거야."

"뭐, 자백한 거나 마찬가지였으니까."

"아니, 아들은 말을 번복해 전혀 그런 일이 없었다고 했다는 거야."

"하지만 그에게 불리한 사실들이 속속 드러났는데 누가 그따위 말을 믿겠어?"

"근데 난 그렇게 생각지 않아. 아들의 그 말이 먹구름 사이로 비쳐 드는 밝은 빛처럼 보이거든. 그가 아무리 철이 없다 해도 상황이 자신에게 완전히 불리하다는 걸 모를 만큼 바보는 아닐 거 아닌가? 만약 그가 체포됐을 때 놀라거나 분개했다면 난 그를 의심했을 것 같아. 그런데 순순히 시인했다는 건 그가 범인이 아니거나 자제심이 엄청 강한 사람이라는 의미 아니겠나? 또 아버지와 말다툼을 하다 자식으로선 해서는 안 될 주먹을 들었기 때문에, 그가 '당연한 처벌'이라고 말한 것도 결코 억지는 아니라는 생각이 드는 거야. 그 말엔 분명 자책의 심정이 내포되어 있는 거지. 다시 말해 정신이 건전하다는 걸 보여주는 거라고."

나는 고개를 끄덕이며 말했다.

"하긴 이 사건보다 훨씬 불충분한 증거로 인해 얼마나 많은 사람들이 교수대로 갔나? 그런데 아들 본인은 사건을 어떻게 보고 있는 건가?"

"변호인에게 자신감을 주지는 못하고 있는 것 같아. 서너 가지 참고할 점은 있네. 자, 이걸 한 번 읽어보게나."

홈스는 신문에 나와 있는 그 아들의 진술 부분을 펼쳐 내밀었다. 나는 구석에 기대 앉아 그걸 읽기 시작했다.

그때 피해자의 아들 제임스 매카시가 나와 증언했다.

"저는 3일 전부터 브리스틀 시에 가 있었고, 6월 3일 아침 집으로 돌아왔습니다. 그런데 집에 아버지가 안 계시기에 하녀에게 물었더니, 마부인 존 코브를 데리고 로스 시로 가셨다고 했습니다. 잠시 후 뒷마당 쪽에서 마차소리가 들려 창문으로 내다봤더니 아버지가 마차에서 내리고 계시더군요. 그러고는 급히 밖으로 나가시는 거예요. 어디로 가시는지 전 몰랐습니다. 그 뒤 저는 총을 들고 계곡 건너편의 토끼들이 많이 있는 곳으로 가려고 보스콤 계곡으로 슬슬 걸어갔습니다. 도중에 사냥터 관리인인 윌리엄 클라우더를 만났는데, 그도 저를 만났다고 증언했죠. 하지만 제가 아버지 뒤를 좇아갔다고 그가 진술한 건 틀린 얘깁니다. 아버지가 제 앞에 가신 걸 저는 전혀 몰랐으니까요. 계곡에서 100야드쯤 떨어진 곳에서 '쿠이' 라는 소리를 들었는데, 그건 아버지와 제가 서로 부를 때 쓰는 신호입니다. 그래서 얼른 가보았더니 아버지가 늪가에 서 계시더군요. 저를 보고는 무척 놀라시며, 왜 이런 곳에 왔느냐고 큰소리로 나무라셨습니다. 그리고 몇 마디 오가다 서로 언성이 좀 높아졌죠. 근데 아버지가 성격이 원래 격하신 데가 있어 거의 주먹질이 나올 정도였던 겁니다. 저는 아버지의 감정이 금방 누그러지지 않을 것 같아 말다툼을 그치고 혼자 농장으로 돌아가려고 발길을 돌렸습니다.

그런데 150야드도 가기 전에 날카로운 비명이 들려와 다시 아버지에게로 달려갔어요. 아버지는 머리에 심한 상처를 입고 쓰러져 계셨습니다. 저는 총을 내던지고 아버지를 안아 일으켰죠. 그 순간 숨이 끊어지셨습니다. 2,3분 정도 그렇게 있다가 거기서 숲 관리인 집이 제일 가까워 그에게 도움을 청하러 뛰어갔던 겁니다. 아버지의 비명 소리를 듣고 달려갔을 때 그 근처에는 아무도 없었어요. 왜 아버지가 그런 화를 당했는지 전 지금도 전혀 이해할 수가 없습니다. 제 아버지는 좀 냉정하고 무뚝뚝한 성격이라 남한테 호감을 주는 편은 아니었습니다. 하지만 특별히 원한을 살 만한 일은 하지 않았다고 생각합니다. 제가 알고 있는 건 이게 다입니다."

검시관이 질문을 했다.

"아버지가 돌아가시기 전에 증인에게 뭔가 말한 게 있습니까?"

"아니오. 잠시 중얼거리시긴 했는데, 쥐가 어떻고 하는 말밖에 알아듣지 못했습니다."

"증인은 그 단어를 무슨 뜻이라고 생각합니까?"

"전혀 모르겠습니다. 그냥 나온 소리라고 생각했습니다."

"늪가에서 아버지와 말다툼을 할 때 무슨 얘기를 했나요?"

"그건 말씀드리고 싶지 않습니다."

"하지만 대답을 해줘야 합니다."

"그건 정말 대답할 수 없습니다. 그 뒤에 일어난 사건과는 아무 관계가 없는 얘기였습니다. 맹세합니다."

"그건 재판에서 결정할 일입니다. 만일 대답하지 않아 기소될 경우 증인의 입장이 매우 불리하게 된다는 거 알고 계시겠죠?"

"그래도 전 말씀드릴 수 없습니다."

"쿠이라고 부르는 소리가 증인과 아버지 사이의 신호라고 했죠?"

"네, 그렇습니다."

"그런데 아버지가 증인을 보았던 것도 아니고, 또 증인이 브리스틀 시에서 돌아온 걸 아는 것도 아니었을 텐데, 왜 쿠이라는 신호를 했을까요?"

"그건 모르겠습니다."

증인은 몹시 당혹해하며 대답했다. 그러자 이번엔 배심원 한 사람이 질문을 했다.

"비명소리를 듣고 달려가 아버지가 치명상을 입었다는 걸 알았을 때 뭔가 이상한 걸 본 건 없었습니까?"

"특별히 별다른 건……."

검시관이 다시 질문을 했다.

"그건 무슨 의미죠?"

"달려갈 때 전 마음이 너무 불안해 다른 건 아무것도 생각할 수 없었습니다. 그런데 달리면서도 웬 물체가 땅에 떨어져 있는 걸 언뜻 느꼈죠. 회색빛이었는데 옷이였는지 체크무늬 머플러였는지 확실한 건 모르겠어요. 하지만 아버지 옆에 있다가 뒤돌아봤을 때 그건 이미 사라지고 없었습니다."

"증인이 도움을 구하러 갈 때는 안 보였다는 건가요?"

"그렇습니다. 어느 틈엔가 사라져 버린 겁니다."

"무엇이었는지 확실히 기억나지는 않는단 말이죠?"

"네, 그냥 뭔가 있는 것만 느껴졌습니다."

"시체에서는 얼마나 떨어진 곳이었나요?"

"12야드쯤 됐습니다."

"숲 기슭에서는 얼마나?"

"비슷한 거립니다."

"그렇다면 그것을 가지러 간 사람과 증인과의 거리는 12, 13야드쯤 된다는 거죠?"

"그렇습니다. 하지만 전 뒤돌아선 채로 있었습니다."

증인의 심문은 그렇게 끝났다.

"음, 검시관 심문이 꽤 날카롭군. 그 사람 말대로 상황이 아들에게는 모두 불리한 것뿐이네."

난 계속 신문을 쳐다보며 말했다.

"자네도 검시관도 모두 그 아들에게 유리한 증거가 없나 하고 생각하는 것 같군. 그가 상상력이 넘쳐흐르든가 아니면 전혀 없는 사람으로 생각하는 것 같단 말이네. 배심원의 동정을 사기 위해서 말다툼의 내용이 정확히 무엇이었는지, 그가 꾸며내지 못했다면 그건 상상력이 너무 없다는 소리고, 아버지가 죽는 순간에 쥐 얘기를 했다든가 옷이 떨어져 있었다든가 하는 얘기를 그가 꾸며냈다면 상상력이 지나치게 풍부한 것이지. 난 자네나 검시관과 달리 그 아들의 진술을 사실 그대로 놓고 이 사건의 수사를 시작해 보고 싶네. 그러면 과연 어떤 결과가 나올까. 이제 현장에 도착하기 전까진 페트라르카 시집이나 읽고 사건에 대해선 더 이상 말하지 않겠네. 점심 식사는 스윈든에서 할 건데, 한 20분 남았군."

홈스는 그렇게 말하며 의자 위로 다리를 뻗었다. 스트라운드 계곡과 세반 강을 지나 네 시쯤 우리는 작은 도시 로스에 도착했다. 플랫폼에는 어딘지 음산한 분위기가 풍기는 비쩍 마른 족제비 인상의 한 남자가 마중 나와 있었다. 그는 이 지방 풍습대로 옅은 갈색 더스트 코트에 가죽 각반을 두르고 있었는데, 한눈에 봐도 레스트레이드 경감이라는 걸 알 수 있었다. 우리는 그가 미리 잡아놓은 헤리퍼드셔 암즈 호텔로 갔다.

"마차가 준비돼 있습니다. 선생께서 워낙 정력적인 분이시라 범행 현장을 안 보고는 성이 안 차실 것 같아서요."

호텔에서 차를 마시다가 경감이 말했다.

"고마운 말씀입니다만 현장에 가는 건 지금 기온이 어떤지를 봐야 할 것 같습니다."

"뭐라고요?"

레스트레이드가 놀라 물었다.

"현재 기온이 29도에 맑고 바람도 없군요. 담배는 한 상자 가지고 왔으니 걱정 없고. 자, 그럼 오늘밤은 마차가 필요 없을 것 같은데요."

레스트레이드가 허허 하고 웃었다.

"신문을 보고 나름대로 결론을 내리셨군요? 이번 사건은 달리 생각할 여지가 없는 거라서 조사를 할수록 의심할 것도 없어지죠. 근데 어떤 아가씨가 당신의 명성을 듣고는 꼭 한 번 만나보고 싶다고 합니다. 당신의 의견을 듣고 싶다는 거죠. 그래서 제가, 홈스 씨도 더 이상 조사할 게 없을 거라고, 몇 번이나 말했는데도 부득부득 오겠다는 거예요. 아, 저기 그 아가씨가 마차로 오고 있군요."

경감의 말이 끝나기가 무섭게, 눈이 휘둥그레질 정도의 미녀 한 명이 방으로 들어섰다. 그녀는 보랏빛 눈에 입을 약간 벌린 채 흥분과 불안으로 들떠 있었다.

"홈스 선생님, 잘 오셨습니다."

그녀는 우리 둘을 번갈아 쳐다보다가 직감을 발휘해 홈스 쪽으로 몸을 돌렸다.

"가능한 한 빨리 뵙고 싶어 이렇게 급히 왔습니다. 제임스는 그런 짓을 할 사람이 아니에요. 저는 그를 잘 알고 있습니다. 제 말을 믿으시고 조사를 다시 한 번 해주세요. 그를 의심하지 마시고요. 저희는 어렸을 때부터 친구였기 때문에 전 누구보다도 그를 잘 알고 있습니다. 그는 파리 한 마리도 못 죽일 만큼 여린 사람인데 그런 혐의를 받는다는 건 도저히 이해할 수 없는 일입니다."

"터너 양, 나도 그의 혐의를 인정하고 싶지 않습니다. 최선을 다해보죠. 솔직히 말씀드리는 겁니다."

"진술서를 읽으셨죠? 희망이 있을까요? 재판의 오류나 중요한 걸 놓친 건 없었나요? 당신은 그가 무죄라고 믿고 계십니까?"

"그럴 것 같군요."

"어머! 그것 보세요. 홈스 선생님은 그렇게 말씀하시잖아요?"

그녀는 머리를 꼿꼿이 세우고 레스트레이드를 향해 원망하듯 말했다.

"홈스 씨는 그렇게 추측하고 계시다는 말씀 아닌가요?"

레스트레이드가 홈스를 힐끗 보며 말했다.

"아니오. 홈스 씨가 말씀하시는 건 정말이에요. 전 알고 있어요. 제임스는 절대 아니에요. 그가 아버지와 말다툼한 내용을 검시관에게 얘기하지 않은 건 아마 저와 관련돼 있기 때문일 거예요."

"관련이요? 어떤?"

홈스가 물었다.

"이왕 얘기가 나왔으니 다 말씀드리죠. 아버지는 저와 제임스의 관계에 대해 못마땅하게 생각하고 계셨어요. 매카시 씨는 우리의 결혼을 바라셨고, 우리도 남매처럼 서로 사랑하고 있었지만, 제임스는 아직 젊고 세상에 대해서도 잘 모르니까 결혼을 심각하게 생각하지 않았던 거예요. 그래서 제임스는 아버지와 자주 말다툼을 벌였어요. 이번에도 아마 그 때문이었을 거예요."

"아가씨, 아버지는 어떻게 생각하셨나요? 결혼을 바라셨습니까?"

"아니오, 제 아버지 역시 원하지 않으셨어요. 제임스 아버지만 찬성하셨죠."

홈스의 탐색하는 듯한 시선을 받으며 여자의 얼굴이 불그레해졌다.

"좋은 얘기였어요. 내일 댁으로 가면 아가씨 아버지를 만날 수 있을까요?"

"의사 선생님이 허락할지 잘 모르겠어요."

"의사 선생이라고요?"

"어머! 아직 모르고 계셨어요? 아버지는 몇 년 전부터 건강이 안 좋으시다가 이번 일로 완전히 충격을 받아 눕고 마셨죠. 신경이 너무 쇠약해져서 이제는 힘들다고 의사 선생님이 말씀하시더군요. 매카시 씨는 호주 빅토리아에 계실 때부터 유일한 친구분이거든요."

"빅토리아에 계셨다고요? 그건 중요한 얘긴데요?"

"네, 광산에 계셨어요."

"금광이죠? 그럼 거기서 아버지가 재산을 모으셨겠네요?"

"네, 그렇습니다."

"아, 그렇군요. 아가씨 덕분에 이 사건에 많은 참고가 될 만한 걸 건졌네요."

"내일 무슨 일이 생기면 저한테 알려주세요. 그리고 홈스 선생님, 구치소로 제임스를 만나러 가주시겠어요? 만일 가시면, 제가 그의 결백을 믿고 있다고 좀 전해 주세요."

"그러지요, 터너 양."

"그럼 전 가봐야겠어요. 아버지가 안 좋으니까요. 제가 없으면 힘들어하시거든요. 하느님께서 선생님 일을 도와주시길 빌겠어요."

그녀는 들어올 때와 마찬가지로 부랴부랴 방을 나갔다.

레스트레이드는 한동안 듣고만 있더니 그녀가 떠나자 거드름을 피우며 말했다.

"홈스 씨, 당신 말을 계속 듣다 보니 좀 민망하던데요? 나중에 실망하면 어떻게 하려고 그렇게 희망적인 얘기를 하시는 겁니까? 저도 뭐 따뜻하게 대하는 편은 못되지만, 그렇게 하는 건 좀 잔인한 방식 아닙니까?"

"저는 말이죠, 제임스의 결백을 증명해낼 방법은 있다고 생각하거든요. 그건 그렇고, 구치소에서 면회할 수 있는 허가증은 갖고 있습니까?"

"네, 있습니다. 그런데 당신과 저, 두 사람만 갈 수 있습니다."

"그럼, 오늘밤엔 나가고 싶지 않았는데, 생각을 바꿔볼까요? 그런데 지금 가면 제임스와 면회할 시간이 있을까요?"

"충분합니다."

"그럼 출발합시다. 왓슨, 혼자 심심할지 모르겠네만 두 시간쯤 후면 돌아올 수 있을 거네."

나는 두 사람을 정거장까지 배웅한 다음 작은 마을 이곳저곳을 걸어다니다 호텔로 돌아왔다. 그러고는 소파에 누워 통속소설이나 읽을까 하다가 지금 우리가 해결해야 할 사건의 절실함을 떠올리자 소설이라는 게 너무나 시시하게 느껴졌다. 그리고 어느새 그 사건에 몰입해 소설을 더 이상 생각하지 않게 되었다. 이 젊은이의 진술이 틀림없는 진실이라고 한다면, 그가 아버지를 떠나 집으로 돌아가려다 갑자기 비명을 듣고 다시 되돌아오는 시간에 도대체 무슨 일이 생졌던 걸까. 뜻밖의 어떤 재난이었을까. 그렇다면 대체 어떻게 그런 일이 일어난 것일까. 시체의 상처를 봤다면 의사로서 뭔가 알 수도 있었을 텐데. 나는 한 지방신문에서 사체 검시에 대한 외과의사의 증언을 발견했다. 그의 말에 따르면, 피해자의 머리 왼쪽 뒷부분이 둔기에 맞아 으깨져 있었다는 것이다. 그렇다면 분명 뒤에서 맞은 게 틀림없다. 그 아들은 아버지와 마주 보고 서서 말다툼을 했다고 했으므로, 이건 그에게 유리한 증언이었다. 하지만 그렇게 유리한 건 아니다. 만약 아버지가 돌아서 있을 때 뒤에서 때릴 수도 있기 때문이다. 아무튼 이건 홈스에게 알려줄 만한 일이었다.

그리고 죽으면서 쥐에 대해 말했다는 그 괴상한 소리는 도대체 어떻게 이해를 해야 할까. 그냥 헛소리 같지는 않았다. 왜냐하면 뒤에서 급습을 당해 죽어가면서 헛소리를 하지는 않기 때문이다. 그건 어쩌면 자신이 습격당한 상황을 설명하려는 게 아니었을까. 그렇다면 그건 무슨 뜻이었을까.

용의자는 또 회색 옷 비슷한 걸 보았다고 했다. 그의 말이 사실이라면, 범인은 도망칠 때 떨어트리고 갔다가 아들이 아버지 시체 옆에서 잠시 머물고 있던 사이 대담하게도 되돌아와 주워 갔다는 얘기가 된다. 그런데 이 모든 걸 가만히 생각해보면, 어딘지 전부 상식적으로 이해가 안 가는 얘기들뿐이다. 그 아들이 범인이라고 믿는 레스트레이드 경감의 주장도 당연하긴 하지만, 셜록 홈스의 통찰력 또한 무시할 수 없기 때문에, 새롭게 나타나는 사실들이 홈스의 신념대로 증거가 되어준다면 제임스에게도 희망은 있었다.

홈스는 밤늦게 호텔로 돌아왔다.

"기온이 아직 높군."

의자에 앉으며 그가 말했다.

"현장에 가서 지면 상태를 조사할 때까지는 비가 안 와야 하는데. 게다가 아주 세심하게 주의를 해야 하기 때문에 컨디션이 좋고 머리가 맑아야 하지. 그래서 장시간 여행 후 피곤할 때는 그런 일이 내키지가 않아. 참, 제임스를 만나고 왔다네."

"뭐 좀 알아냈나?"

"아니, 아무것도"

"단서가 될 만한 게 아무것도 없었다고?"

"전혀 없었네. 처음에 난 제임스가 범인을 알고 있으면서도 감추고 있는 게 아닌가 생각했는데, 만나 보니까 그 역시 범인이라고 할 만한 근거라 없더라고. 녀석이 착하긴 한데 눈치가 빠른 편은 아니더군."

"내가 생각해봤는데, 그가 터너 양처럼 매력 있는 아가씨와 결혼하고 싶지 않다는 게 사실이라면 그 취향도 좀 이상한 것 같아."

"글쎄, 그건 나름대로 좀 딱한 사정이 있더구먼. 2년쯤 전 아직 철이 없었을 때, 브리스틀의 한 술집에서 만난 여자한테 꾀어 결혼신고를 한 거야. 터너 양은 5년 동안 기숙학교에 있었기 때문에 그때는 서로 잘 몰랐었지. 그런데 그가 결혼한 사실을 아무도 모른다네. 그의 아버지조차도 말일세. 그래서 터너 양과는 당연히 결혼을 하고 싶었지만 현실적으로 불가능했던 거야. 아버지는 그 사정도 모르고 아들이 결혼하지 않는다고 야단을 친 거지. 제임스로서는 머리가 돌 일 아니었겠나? 그날도 아버지가 그 얘기를 꺼내며 또 다그치자 그만 손이 올라갔을 거고 말이야. 제임스는 경제적으로 자립할 능력이 가뜩이나 안 되어 힘든 상황인데 아버지가 워낙 완고한 성격이라 자신의 비밀결혼이 밝혀지면 쫓겨날 판이었지. 사실 브리스틀 시에 며칠 갔던 것도 그 술집 여자를 만나기 위해서였던 거야. 물론 그 아버지는 이유를 몰랐지.

자, 이제부터 내 얘기를 주의해서 듣게나. 중요한 대목이니까 말이야. 어찌 됐냐 하면, 그 여자가 이 사건을 알게 된 거야. 제임스가 사형당할 것 같은 처지가 되자 그에게 편지를 보낸 거지. 자신은 제임스에게 이제 정이 다 떨어졌고, 옛날부터 결혼하려고 했던 사람이 버뮤다 조선소에 있으니, 이제 서로가 없던 일로 하자는, 그런 내용이었다는 거야. 번민하고 있던 제임스도 그제야 마음이 좀 가벼워졌겠지."

"그건 그렇겠구먼. 근데 그가 범인이 아니면 누구란 말인가?"

"글쎄 말이네. 그런데 두 가지 점에 특히 주의할 필요가 있지. 첫째는 그 아버지가 늪가에서 누군가를 만나기로 되어 있었는데, 그게 아들은 아닌 것 같다는 거야. 아들이 어디 가서 언제 오는지도 그 아버지는 몰랐으니 말이야. 둘째는 아들이 돌아왔다는 것도 모르면서 평소 그들 사이에 쓰는 '쿠이'를 외쳤다는 거야. 이 두 가지가 이 사건의 열쇠라고 난 보고 있네. 자, 어떤가, 왓슨! 조지 메리디스 얘기라도 한 번 해보게나."

다음날 아침, 날씨는 구름 한 점 없이 맑았다. 아홉 시쯤 레스트레이드 경감이 마차로 데리러 와 우리는 해저리 농장을 거쳐 보스콤 계곡으로 가기 위해 출발했다.

"좀 전에 들은 소식인데요, 터너 씨 병세가 너무 악화돼 희망이 없는 모양입니다."

레스트레이드가 먼저 말을 꺼냈다.

"나이가 꽤 있겠죠?"

"60정도밖에 안됐는데, 호주에 있을 때부터 건강이 좋지 않았던 것 같아요. 그런데 이번 사건의 충격으로 갑자기 쇠약해진 거죠. 매카시와 친한 사이라 해저리 농장을 그냥 빌려주고 있었는데, 사실 매카시에겐 큰 은인인 셈입니다."

"아, 그래요!"

"그럼요. 그뿐만이 아니라 여러 가지로 도와주었나 보던데요. 이 동네 사람들은 그 얘기를 다 알고 있다고 하더군요."

"그런데 내세울 만한 재산도 없고, 가뜩이나 터너의 도움까지 받고 있으면서 재산 상속인이 될 그의 딸과 자신의 아들을 결혼시키려 한 건 좀 이상하지 않나요? 아들이 청혼하지 않는다고 야단을 쳤다는 것도 이해가 안 되거든요. 청혼하면 당연히 결혼하는 걸로 생각했으니 말이죠. 뭔가 속셈이 있었던 것 아닐까요? 그리고 더 이상한 건, 터너 씨는 결혼을 반대했다면서요? 그 딸이 말했다시피 말이죠. 이 대목에서 뭔가를 추론할 수 있지 않을까요?"

"그럴 수 있죠. 하지만 저는 가설을 세우지 않고 사실만 갖고 수사를 해도 벅찰 정돕니다."

"정말 그럴 것 같군요, 레스트레이드 씨."

홈스가 내게 눈짓을 하며 말했다.

"어쨌든 전 한 가지는 확신하고 있습니다. 홈스 씨도 이건 밝혀낼 수 없죠."

"한 가지라고요?"

"네, 매카시가 아들에게 살해당했다는 사실 말입니다. 여기에 반대 추론은 있을 수 없어요. 해봤자 달빛처럼 흐릿한 꿈에 불과하니까요."

"달빛은 안개보다는 밝죠. 그런데 저기 왼쪽에 보이는 게 해저리 농장인 것 같은데요."

홈스가 웃으며 말했다.

"네, 맞습니다."

넓고 안락해 보이는 농장은 2층 건물로 되어 있었는데 슬레이트 지붕과 회색 벽에 누르스름한 이끼가 여기저기 끼어 있었다. 덧문은 굳게 잠겨 있고, 굴뚝에서는 연기도 피어오르지 않았다. 끔찍한 사건의 슬픔이 집안을 무겁게 짓누르고 있는 것 같았다.

현관문을 두드리자 하녀가 나왔다. 홈스는 그녀에게 주인이 신고 있던 구두와 아들의 구두를 보여 달라고 했다. 아들의 구두는 사건 현장에서 발견된 건 아니었다. 홈스는 구두 사이즈를 여러 차례 재 보고는, 정원에서 보스콤 계곡으로 통하는 길로 들어섰다. 우리는 함께 걸어가 보기로 했다.

셜록 홈스는 단서를 갖고 뭔가에 열중할 때면 완전히 다른 사람이 된다. 그를 조용한 사색가나 이론가로 알고 있던 사람은 그의 이런 모습은 상상할 수 없을 것이다. 처음엔 얼굴이 붉어지다가 차츰 어두워지며, 눈썹은 점점 팽팽해지고 눈빛은 차갑게 번쩍였다. 그리고 얼굴은 앞으로 쑥 나오게 되며, 어깨는 구부러지고, 입은 꽉 다물어진 채 목덜미의 혈관이 노끈처럼 불거졌다. 그는 사냥감을 쫓는 동물처럼 코를 벌름거리며, 누가 말을 걸어도 듣지 못하거나 화를 버럭 내며 대답하기 일쑤였다.

우리는 숲을 지나 보스콤 계곡 기슭으로 갔다. 땅이 축축해 오솔길이나 풀밭 위에 발자국이 남아 있었다. 홈스는 빠르게 걸어보기도 하고 목장으로 가는 길을 돌아보기도 했다. 레스트레이드 경감과 나도 그를 뒤따라 걸었다. 경감은 그저 수사를 진행한다는 것이 무의미하다는 표정으로 냉소적이었지만 난 홈스가 언제나 분명한 목표를 갖고 행동을 한다는 걸 알기 때문에 몹시 흥미롭게 지켜보고 있었다.

보스콤 계곡은 지름이 50야드 정도였는데, 사방은 갈대숲으로 둘러싸여 있었으며, 해저리 농장과 터너 씨의 사냥터 중간쯤에 위치하고 있었다. 계곡의 맞은편 숲 위로 빨간 첨탑 하나가 보였는데, 그곳이 바로 터너 씨의 저택이 있는 곳이었다. 해저리 농장은 숲으로 둘러싸여 있었고, 숲과 갈대 늪 사이에 스무 걸음쯤 되는 넓이의 풀밭이 계곡을 두르고 있었다.

레스트레이드는 시체가 발견된 지점으로 우리를 안내했는데, 땅이 워낙 축축한 곳이라 피해자가 쓰러진 자국이 선명히 남아 있었다. 홈스의 표정으로 보아 짓뭉개진 풀밭 위에서 분명 중요한 것들을 알아챈 듯싶었다. 그는 마치 냄새를 맡는 개처럼 이리저리 뛰어다니더니 레스트레이드를 쳐다보며 말했다.

"당신은 왜 늪에 들어갔었죠?"

"쇠스랑으로 밑바닥을 휘저어보려고요. 무슨 흉기나 단서가 될 만한 게 나오지 않을까 해서요. 근데 어떻게 그걸 아셨죠?"

"당신의 안짱다리 왼발 자국이 여기저기에 나 있잖소. 이건 장님이라도 알아볼 수 있겠네요. 그리고 발자국이 갈대숲으로 이어지고 있더군요. 게다가 모두들 물소 떼처럼 몰려와서 이곳을 마구 뭉개놓았네요. 내가 그 전에 왔으면 좋았을걸. 아, 이곳은 숲 관리인이 몇 사람과 함께 온 발자국이네. 그런데 이 사람들이 시체 주변으로 6~8피트 정도의 면적을 마구 짓밟아 놓았군. 그런데 여기 세 개가 남아 있는 게 보이네. 똑같은 발자국이야."

홈스는 확대경을 꺼내 그 발자국을 자세히 들여다보았다. 그리고는 혼잣말로 중얼거렸다.

"이건 제임스의 발자국이야. 두 개가 있네. 한 번은 뛰느라 발 앞부분이 깊이 패여 있고, 뒤쪽은 희미하게 남아 있어. 이건 그가 진술한 것과 일치하는군. 아니, 그런데 이게 뭐지? 총 개머리판 자국이잖아. 아들이 아버지의 훈계를 듣다가 떨어진 것 같은데. 음, 이건 또 뭐지? 소리가 안 나도록 살살 걸었던 자국이네. 앞모양이 각이 진 구두군! 왔다가 갔다가 또 왔어. 옷을 가지러 온 것 같은데. 근데 이놈이 어디서부터 온 걸까."

홈스는 근처를 철저히 추적해 그 발자국이 숲속으로 멀리 들어갔으며, 큰 너도밤나무 아래까지 도착한 걸 확인했다. 그는 나무 뒤로 돌아가더니 환호성을 지르고는 다시 한 번 땅바닥을 살펴보았다. 그리고 오랫동안 나뭇잎을 헤치다가 뭔가 작은 물건 하나를 집어 조심스럽게 봉투에 담았다. 그런 다음 확대경을 대고 땅과 나무줄기 등을 들여다보았다. 이끼가 끼어 있는 부분에 톱니 모양의 돌이 하나 있는 걸 보고는 그것도 집어 봉투에 넣었다. 그러고는 숲의 오솔길을 벗어나 한길로 나왔다. 거기서부터 발자국은 더 이상 보이지 않았다.

"음, 재미있는 사건이구먼. 저기 오른쪽에 있는 회색 집이 관리인이 사는 곳 같은데, 난 거기 가서 모랑과 잠깐 얘길 하고 편지를 한 통 써야 하니까 점심은 돌아가서 하기로 합시다. 먼저 마차에 가 있으시오. 나도 금방 갈 테니."

홈스가 오자 우리는 바로 로스 시내로 돌아갔다. 그는 숲에서 주워온 돌을 꺼내 보이며 말했다.

"레스트레이드 씨, 재밌는 게 하나 있어요. 이걸로 사람을 죽인 겁니다."

"그런데 그런 흔적은 없던데요."

"물론 없죠."

"그런데 어떻게 장담하십니까?"

"이 돌멩이 아래엔 풀이 있었어요. 다시 말해 거기다 돌을 놓은 게

2,3일밖에 안됐다는 얘기죠. 그리고 피해자의 상처부분과 모양이 같은데다 다른 흉기는 발견되지 않았거든요."

"그럼 누가 죽인 거죠?"

"범인은 키가 크고 왼손잡이에, 오른쪽 다리를 절고 사냥용 신발을 신었어요. 그리고 회색 옷을 입고, 인도 산 시가 파이프를 애용하는 남자죠. 그리고 또 주머니칼을 소지하고 있어요. 그 밖에 몇 가지 특징이 있긴 한데, 이것만으로도 수사는 충분할 겁니다."

레스트레이드가 웃어 재꼈다.

"누군지 도통 모르겠군요. 추리는 훌륭하시지만 문제는 완고한 배심원들에 달렸죠."

"곧 알게 될 거예요. 당신은 당신 방법을 쓰면 되고, 난 내가 믿는 방법으로 해나가면 되겠죠. 오후엔 많이 바쁠 것 같은데, 그래도 저녁 기차로 런던에 돌아갈 수 있을 것 같네요."

"아니, 수사는 그만 하시고요?"

"아니오. 해결하고 가는 거죠."

"하지만 아무것도 알아낸 게 없잖습니까?"

"벌써 해결됐는데요."

"진범을 찾아냈다고요? 누구죠?"

"방금 내가 말한 그 인물이죠."

"그렇게 말하는 걸로는 글쎄……."

"범인을 찾기는 쉬워요. 이곳 주민들도 많지 않으니까."

레스트레이드는 어깨를 움칫거렸다.

"저는 직설적인 성격이어서 여기저기 찾아다니면서 절름발이에 왼손잡이 남자 여기 있냐고 묻는 건 할 수 없거든요. 그런 짓을 하면 경시청을 망신시키게 될 테니까요."

"그런가요. 난 당신에게 해결할 기회를 주었던 것뿐이오. 자, 당신 숙소 앞에 왔군요. 그럼 안녕히 계시오. 떠나기 전에 편지를 남겨 두겠소."

레스트레이드를 내려주고 우리가 호텔로 돌아오자 식사가 차려져 있었다. 홈스는 무슨 생각을 하는지 표정이 몹시 굳어 있었다. 뭔가 곤혹스런 상황이 벌어진 것 같았다. 식사를 마치자마자 그가 말했다.

"왓슨, 내 말을 들어보게나. 도대체 어떻게 하면 좋을지 모르겠네. 제임스의 진술 가운데 주목할 게 두 가지 있었는데, 나는 그에게 유리하게 해석했고, 자네는 불리하게 해석했지. 아무튼 그 첫 번째는 아버지가 아들을 보지도 않고 '쿠이' 라고 외쳤던 거고, 두 번째는 매카시 씨가 죽을 때 쥐가 어떻다는 둥 이상한 말을 했다는 거지. 매카시는 뭔가 더 말을 했는지 모르지만 아들은 어쨌든 쥐라는 단어밖에 못 들은 거야. 결론적으로 이 두 가지 점을 가지고 추리를 해나가야 되는데, 그러려면 우선 아들이 한 말을 진실이라고 믿고 진행해 나가야 한다는 거야."

"그럼 '쿠이' 라는 말은 왜 했을까?"

"그건 물론 아들한테 한 소리가 아니야. 아들은 그 근처에 있다가 그냥 들은 거지. 그 소리는 매카시가 그때 만나기로 한 사람에게 보낸 신호야. 근데 '쿠이'는 호주 원주민들이 사용하는 단어거든. 그러니까 매카시가 만날 사람은 호주에 산 적이 있었던 사람이라는 결론이 나오는 걸세."

"그럼, 쥐는 무슨 의미지?"

셜록 홈스는 주머니에서 작게 접힌 종이를 꺼내더니 테이블에 펼쳐놓았다.

"이건 호주 빅토리아 주 지도인데, 어제 브리스틀에 전보를 쳐서 가져오게 했네."

그는 한 손으로 지도 한쪽을 가리며 물었다.

"이걸 뭐라고 읽나?"

"ARAT(쥐)"

내가 읽자 이번엔 그가 손을 치우며 물었다.

"그럼, 이 지방 이름은?"

"BALLARAT"

"그렇지. 이게 매카시의 마지막 말인데, 아들은 끝의 두 음절만 알아들었던 거야. 매카시는 범인의 이름을 말하려고 했던 거지. 밸러랫 아무개라고 말이야."

"대단한데!"

"틀림없어. 이제 수사 범위가 많이 좁혀진 거야. 그리고 아들이 한 말이 사실이라면 범인은 회색 옷을 입은 게 분명해. 자, 이렇게 되면 막연한 추리가 아니라 밸러랫에서 온 회색 옷을 입은 호주인이라는 명확한 개념이 성립된 거네."

"그렇군."

"거기다 범인은 이 근처의 지리를 잘 아는 사람이야. 왜냐하면 보스콤 계곡으로 가려면 농장이나 터너의 소유지를 반드시 지나야만 하니까 말이네. 타지 사람이 갈 수 있는 장소가 아니지."

"그런 것 같네."

"오늘 답사를 해보고 범인에 대해 자세한 걸 알게 된 거야. 그 멍청한 레스트레이드에게 말해줬지만 말이야."

"한데 어떻게 알았나, 자네?"

"내 방법을 알고 있잖은가? 아주 사소한 것들에 주의해야 한다니까."

"일테면 범인의 키는 보폭을 보고 대략 알 수 있다는 거지? 구두는 발자국을 보고 알았을 거고 말이야."

"그렇지. 한데 구두가 좀 특이한 모양이었어."

"그런데 절름발이인 건 어떻게 알았나?"

"오른발 자국이 왼쪽만큼 뚜렷하지 않았네. 오른발에 무게가 덜 실렸다는 거지."

"그 다음에, 왼손잡이인 건?"

"검시한 의사의 진단서에 그 상처 모양이 설명돼 있었던 거, 자네 기억나지? 뒤에서 내리쳤는데 상처가 왼쪽에 있었잖은가. 그건 곧 왼손잡이라는 얘기거든. 범인은 매카시 부자가 다투고 있을 때 너도밤나무 뒤에 숨어 담배를 피우고 있었지. 현장에서 담뱃재를 발견했는데, 인도산 시가를 피웠더라고. 내가 담배에 대해서는 일가견이 있잖은가. 파이프 담배, 시가, 시가렛 등 140여 종의 담뱃재에 대해 논문을 쓴 적도 있거든. 아무튼 재를 발견하고 주위를 살펴보았더니 이끼 사이에 꽁초가 버려져 있더라고. 인도산인데, 로테르담에서 구할 수 있는 종류지."

"시가용 파이프를 사용했다고?"

"그렇다네. 꽁초를 입에 문 흔적이 없었어. 그건 파이프를 사용했다는 것이지. 그리고 이로 뜯어내지 않고 칼로 잘랐더군. 그런데 날카로운 자국이 없더라고. 그래서 주머니칼을 쓴 거라고 추론했다네."

"홈스, 그렇게 되면 범인은 이제 그물에 갇힌 고기 신세나 다름없는 거네. 그리고 자네는 죄 없는 한 인간을 구한 거고 말이야. 그것도 교수대에서 밧줄을 끊듯이 극적인 순간에 말이네. 이제는 나도 범인이 누군지 짐작이 가네."

그때 호텔 직원 하나가 손님을 데리고 와 방문을 두드렸다.

"존 터너 씨가 오셨습니다."

터너 씨는 어딘지 좀 특이한 분위기였다. 어깨가 구부러지고 천천히 절룩거리며 걷는 모습은 영락없이 늙은 사람이라는 인상을 주었는데, 깊은 주름이 잡힌 음산한 얼굴과 건장한 팔다리는 이 남자가 꽤 강골의 체력과 고집 센 성격의 소유자라는 걸 느끼게 했다. 게다가 덥수룩한 수염과 희끗희끗한 머리, 그리고 길게 늘어진 눈썹 등은 그에게 일종의 위엄과 힘을 더해 주고 있었다. 그런데 얼굴 혈색이 안 좋고 입가와 코 주변에 푸르스름한 반점이 있는 걸로 보아, 분명

중병에 걸려 있는 게 틀림없었다.

"자, 여기 앉으세요. 제 편지 받으셨죠?"

홈스가 조용히 말했다.

"네, 관리인이 가져왔더군요. 남들 눈이 있으니까 여기서 만나고 싶으시다고……."

"제가 댁으로 가면 이웃 주민들한테 소문이 나니까요."

"근데 저를 만나자고 한 용건은 뭔가요?"

그는 대답을 듣지도 않고 이미 알고 있는 것처럼 피곤하고 절망스런 기색으로 홈스를 쳐다보았다. 홈스 또한 그의 표정에 대답을 하듯 말을 꺼냈다.

"네, 사실 그것 때문인데, 매카시 사건에 대해 모두 알게 됐습니다."

터너 씨는 두 손에 얼굴을 파묻었다.

"오, 맙소사! 도와주세요. 전 그 청년을 힘들게 하려고 한 건 아니었어요. 맹세하건대, 순회재판이 열려서 그 청년이 유죄로 인정된다면 저는 모든 걸 털어놓을 각오였어요."

"그렇다면 다행입니다."

홈스는 가라앉은 목소리로 말했다.

"내 사랑하는 딸만 아니었다면 벌써 자수했을 겁니다. 제가 체포된다면 딸아이는 가슴이 찢어지는 고통을 당할 것입니다."

"그러지 않을지도 모르죠."

"네?"

“저는 경찰은 아니지만 터너 양이 원해서 이렇게 수사를 하러 온 겁니다. 그녀도 제 마음과 같을 거라고 믿고 있는데, 어쨌든 제임스가 무죄라는 걸 모두가 협력해 찾아내야 합니다.”

“저는 오래 살지 못합니다. 오랫동안 당뇨병을 앓고 있는데, 의사가 한 달이나 넘길지 모르겠다고 했죠. 어차피 죽을 목숨이지만 감옥에서 죽는 것보다는 내 집에서 죽고 싶습니다.”

홈스는 책상 앞에 앉아 종이를 펼치며 말했다.

“당시 상황을 좀 말씀해주실 수 있겠습니까? 그냥 기록해두고 싶어서요. 그러고 나서 당신 서명을 받고 왓슨이 증인이 되면 제임스가 불리해질 때 이걸 제출해 그를 구할 수가 있거든요. 걱정하지 마세요. 이건 꼭 필요한 상황 외에는 사용하지 않을 테니까요.”

“네, 그거 좋겠네요. 순회 재판까지는 제가 살아 있을 가망이 없으니까 저는 어떻게든 상관없는데, 다만 딸이 충격을 받지 않도록 해주고 싶을 뿐입니다.

그럼 모든 걸 얘기하지요. 그 일을 실행하는 데는 오랜 세월이 걸렸습니다. 당신은 매카시라는 사람을 모르지만 그는 인간의 탈을 쓴 악마였습니다. 사실입니다. 당신도 그런 부류의 인간과는 가까이하지 않도록 조심하세요. 저는 자그마치 20년 동안이나 그자에게서 헤어나지 못하다가 결국 건강까지 잃고 말았습니다. 그는 저를 손에 쥐고 마음대로 흔들었지요. 1860년대 초에 저는 호주의 한 금광에서 일을 하고 있었어요. 그때야 젊었으니까 워낙 혈기 왕성하여 뭐든 가리지 않을 때였습니다. 한데 어쩌다 보니 나쁜 친구들과 어울리면서 술을 마시게 되었죠. 광산 일은 자연히 안 될 수밖에요. 결국 생각다 못해 오지 쪽으로 도망을 치고 말았어요. 그러고는 소위 말하는 강도짓을 하고 다닌 겁니다. 여섯 명이 패거리로 몰려다니며 목장을 습격하거나 금광으로 가는 마차를 터는 등 거친 생활을 한 거죠. 제 별명이 밸러랫의 블랙 제이였는데, 지금도 그곳에서는 밸러랫의 갱단을 기억하고 있을 겁니다.

한번은 밸러랫에서 멜버른으로 가는 금괴 수송마차를 밤에 습격한 적이 있었어요. 그쪽도 여섯 명이고 우리도 여섯 명이라 싸움이 붙었는데, 결국 우리가 금괴를 뺏기까지 상대편 네 명을 죽이고 우리도 세 명이 희생됐죠. 그 싸움 중에 제가 마부에게 총을 들이댔는데, 그가 바로 매카시였습니다. 그때 그자를 죽였어야 했는데……. 그는 제 얼굴을 자세히 기억해두려고 작고 음침한 눈으로 빤히 쳐다보더군요. 그런데 저는 그냥 총을 내렸지요. 어쨌든 저는 금괴 덕분에 부자가 되었고, 아무런 탈 없이 영국으로 돌아왔죠. 그러고는 옛 패거리들과 관계를 끊고 정상적인 생활을 하려고 마음먹었습니다. 그 시기에 마침 이곳에 땅이 매물로 나왔기에 샀죠. 그리고 남은 돈으로는 과거의 죄를 속죄하기 위해 선행에 쓰려고 노력했어요. 결혼을 했는데 아내가 일찍 죽는 바람에 딸 엘리스만 남았습니다. 딸이 갓난아기였을 때 그 귀엽고 조그만 손이 나를 올바른 길로 이끌어간다는 느낌이 들었어요. 한마디로 저는 마음을 완전히 새롭게 다잡고 과거의 죄를 속죄하기 위해 모든 일을 해왔습니다.

그렇게 모든 게 원만하게 돌아가던 어느 날, 갑자기 매카시에게 붙잡히고 말았지요. 어느 날 투자 관계 일로 런던에 갔다가 리젠트 가에서 그 녀석을 마주치게 되었습니다. 녀석의 옷차림이며 신발을 보니 행색이 초라하더군요. 그는 다짜고짜 내 팔을 잡으며 말했어요. '잭, 나를 가족처럼 대해줬으면 하네. 아들 하나밖에 없으니까 말일세. 부탁하네. 만일 거절하면……. 그렇지, 여기는 고맙게도 법이 엄격한 영국 땅이니까, 조금만 큰 소리로 불러도 언제든 경찰이 달려오거든.' 이렇게 협박을 당하자 전 어찌할 도리가 없었지요. 그래서 할 수 없이 녀석을 데리고 이곳으로 오게 된 겁니다. 그리고 지금까지 그자를 떼어내지 못하고 제 소작지에서 가장 좋은 농장에 소작료도 받지 않고 살도록 해주었어요.

하지만 저는 하루도 마음이 편한 날이 없었고, 옛날 일도 잊을 수가 없는 데다, 항상 눈앞에 그자의 이죽거리는 표정이 떠오르곤 했습니다. 엘리스가 차츰 성장하면서 제 처지는 더욱 비참해졌어요. 경찰보다 딸한테 과거가 알려지는 걸 제가 더 두려워한다는 사실을 그가 눈치 챈 겁니다. 그때부터 더욱 노골적으로 그는 저에게 땅과 돈, 집 등을 달라고 요구하더군요. 그가 달라는 대로 다 주었지요.

마침내 딸 엘리스까지 달라는 것이었습니다. 아들의 아내로 말이죠. 그자는 제 건강이 안 좋은 걸 알고는 아들이 제 재산의 상속자가 되게 하려는 것이었어요. 그러나 저는 그것만은 도저히 받아들일 수 없었습니다. 아들이 그자의 피를 이어받았다는 생각을 하자 참을 수가 없었던 거죠. 제가 매카시의 제의를 거절했더니 절 협박했습니다. 하지만 그의 어떤 수단에도 흔들리지 않고 버텼죠. 그러다가 마지막으로 얘기를 확실히 하기 위해 양쪽 집 사이에 있는 그 늪가에서 만나기로 약속을 잡았습니다.

그런데 제가 그쪽으로 내려가고 있는데 그가 아들과 얘기를 나누고 있더군요. 그래서 전 시가를 피우며 아들이 떠날 때까지 나무 뒤에서 기다렸어요. 한데 그들이 하는 얘기를 듣고 있자니까 마음이 답답하고 분통이 터지더라고요. 그자는 아들에게 계속 제 딸과 결혼하라고 윽박질렀는데, 제 딸에 대한 배려는 전혀 하지 않고 마치 거리의 여자를 대상으로 하는 것처럼 함부로 말하더군요. 저는 딸이 그런 인간에게 쥐여 살 걸 생각하자 미쳐버릴 것 같았습니다. 이 저주스런 사슬을 끊을 수는 없는 걸까, 그런 생각이 들었어요. 저는 언제 죽을지 모르는 선고받은 몸입니다. 그러나 제가 이 상태로 죽으면 나쁜 소문이 날지 모르고, 딸의 앞날도 걱정이 되었어요. 하지만 저 악마의 주둥이를 영원히 막아버리면 걱정도 사라질 거라는 생각이 들더군요.

그래서 홈스 씨, 전 감행했습니다. 선택의 여지가 없었습니다. 몇 번이라도 저는 했을 거예요. 과거의 죄를 씻어내기 위해서 저는 순교자 같은 생활을 해왔지만 제 딸까지 그런 생활을 하도록 할 수는 없었지요. 생각만 해도 견딜 수 없었어요. 그놈을 쓰러뜨렸을 때 저는 양심의 가책도 전혀 느끼지 않았습니다. 저주스런 짐승이었으니까요. 비명소리에 아들이 되돌아왔을 때 저는 숲속 나무 뒤에 숨었는데, 서둘러 떠나오면서 옷을 떨어뜨리는 바람에 가지러 다시 돌아가야 했죠. 제 설명은 이게 다입니다."

"당신을 심판하는 건 제가 아닙니다."

홈스는 터너 씨가 진술서에 서명을 하자 그렇게 말했다.

"어떻게 처리할 생각이십니까?"

"당신의 몸 상태 때문에 저로서는 아무런 조처를 할 생각이 없습니다. 하지만 조만간 순회재판을 할 때 법정에서 과거의 죄를 속죄할 각오는 하셔야겠죠. 이 진술서는 그냥 보관하겠습니다. 하지만 만일 제임스가 유죄 판결을 받는다면 그때는 이걸 이용해야겠죠. 그런 일만 없다면 이걸 공개할 생각은 전혀 없어요. 당신이 죽는다 하더라도 이건 우리들 사이의 비밀로 간직하겠습니다. 그럼, 안녕히……."

터너 씨는 엄숙한 목소리로 말했다.

"당신 덕분에 저는 마음 편하게 죽을 수 있을 것입니다. 누구나 한 번 죽는 것이지만 이 늙은이에게 평안한 죽음을 베풀어주신 일을 떠올리면 당신들의 죽음은 당연히 평안할 것입니다."

터너 씨는 몸을 움칫거리며 비틀대는 걸음으로 천천히 방을 나갔다.

홈스는 아무 말없이 한동안 있다가 입을 열었다.

"오, 하느님! 왜 운명은 이렇게 가련하고 나약한 인간에게 짓궂은 장난을 하는 걸까. 난 이번 사건처럼 딱한 이야기를 들으면 항상 신학자 리처드 백스터의 말이 생각나면서 이런 말을 하고 싶더라고. '신의 은총이 없다면 셜록 홈스도 똑같이 할 것이다' 라고."

홈스는 여러 항목에 걸친 이의 신청서를 작성해 변호사에게 의탁했으며, 결국 순회 재판소에서 제임스는 무죄 판결을 선고받았다. 터너 씨는 그 후 7개월을 더 살았으며, 제임스와 앨리스는 과거의 검은 구름에 대해서는 아무것도 모른 채 행복한 연인이 될 수 있었다.

입술 비뚤어진 남자

성조지 신학교 교장을 지냈으며, 그 후 타계한 일라이어스 위트니 신학박사의 동생 아이저 위트니는 심각한 아편 중독자였다. 그는 학생 시절 그저 장난삼아 해보았던 이 장난이 습관으로 굳어졌는데, 처음엔 드 퀸시('아편중독자의 고백'의 작가)의 작품 속에 나오는 욕망의 흥분을 묘사한 글을 읽고 자신도 그런 경험을 해보고 싶어 담배를 아편에 담갔다가 피우면서 시작됐다는 것이다.

그러나 시작은 쉬웠지만 끊는 것은 좀처럼 힘들었다. 결국 수년간 그는 아편의 노예가 되어 친구들과 주변 사람들에게 따돌림을 당하고 가련한 존재로 취급되었다. 그는 얼굴이 노랗게 변하고 눈이 축 처진 채 눈동자는 바늘처럼 가늘어진 몰골로 의자에 구부정하게 앉아 있곤 했다. 그 모습은 이미 귀족의 말로를 걷고 있는 산송장이나 다름없었다.

1889년 6월 어느 날 밤, 슬슬 하품이 나오기에 시계를 쳐다보는 순간 현관 벨이 울려댔다. 나는 의자에서 일어났다. 아내도 뜨개질을 하다가 내키지 않는 표정을 지어보였다.

"환자인가 봐요. 또 왕진이겠네!"

하루 종일 피곤에 지쳐 있다가 겨우 좀 느긋하게 쉬어볼까 하던 참이라 나도 모르게 신음이 나왔다.

곧 현관문이 열리면서 몇 마디 급하게 얘기하는 소리가 들리더니, 바쁜 발걸음 소리가 다가오는 게 들렸다. 그러고는 곧바로 방문이 열리며 검은 베일을 뒤집어쓴 한 여자가 들어섰다. 그러더니 별안간 무너지듯 감정을 주체하지 못하고 아내의 목을 감싸 안으며 얼굴을 파묻고는 흐느끼기 시작했다.

"너무 늦게 와서……. 정말 어떻게 해야 할지 모르겠어요. 좀 도와주세요."

"아니, 케이트 위트니 씨 아니에요? 깜짝 놀랐네! 들어오실 때 못 알아봤어요."

아내가 여자의 베일을 들어 올리며 외쳤다.

"어떻게 해야 할지 몰라서 이렇게 곧바로 달려왔어요."

이런 광경은 나에겐 이미 익숙한 것이었다. 어려운 문제를 안고 있는 사람들이 등대에 모이는 새처럼 아내와 의논하기 위해 자주 찾아왔기 때문이다.

"잘 오셨어요. 포도주에 물을 좀 타서 드릴게요. 마시면 좋아지실 거예요. 그리고 편히 앉아서 말씀하세요. 불편하시면 제 남편은 먼저 자라고 하고 우리끼리 얘기할까요?"

"아니오. 선생님도 들으시고 좀 도와주시면 좋겠어요. 사실은 아이저 문제로 왔는데요. 이틀 전에 집을 나가 아직 안 돌아와서 너무 걱정이 돼서요."

그녀가 남편 때문에 상담하러 온 건 이번이 처음은 아니었다. 나는 의사로서, 그리고 아내는 학창 시절부터의 친구로서 그녀를 만나왔고, 최선을 다해 도움이 돼주고자 했다. 그런데 그녀가 남편이 있는 곳을 알기는 한 걸까. 아니면 우리에게 찾아달라는 걸까.

그녀는 남편이 요즘 런던 동쪽에 있는 아편 소굴로 찾아가고 있는 걸 분명히 알고 있다고 했다. 그전까지는 약효가 하루밖에 안 가서 밤에는 몸을 부들부들 떨면서 돌아왔다는 것이다. 그런데 요즘엔 약효가 48시간이나 이어지고 있는 모양이었다. 그는 분명 아편 상습자들과 함께 흡입을 하며 약에 취해 널브러져 뒹구는 그런 생활을 하고 있는 게 틀림없었다. 어퍼 스원댐 가에 있는 '황금덩이'라는 집에 남편이 있다는 것도 그녀는 알고 있었다. 하지만 그녀가 어떻게 할 것인가. 젊고 점잖은 여자가 혼자 그런 음산한 곳에 가서 아무데나 뒹굴고 있는 망나니들을 헤집으며 남편을 찾아 데리고 올 수 있겠는가 말이다.

할 수 있는 방법은 한 가지밖에 없었다. 내가 위트니 부인과 함께 그곳으로 가는 것이었다. 그러나 다시 생각해보니 그녀가 거기까지 갈 필요도 없었다. 내가 위트니 씨의 주치의였으므로 그를 데려올 수도 있는 입장이었던 것이다. 게다가 나 혼자 가는 것이 모양새도 나을 것 같았다.

나는 만약 아이저가 그 집에 있으면 두 시간 안에 마차로 꼭 집에 데려다 주겠다고 위트니 부인에게 말한 뒤, 그 '황금덩이'라는 곳으로 향했다. 아무튼 그때는 별 희한한 일도 다 한다는 생각밖엔 들지 않았었다. 그런데 나중에 생각해보니 그게 얼마나 기묘한 일이었는지를 뼈저리게 실감하게 되었다.

찾아가는 동안 그다지 곤란한 일은 없었다. 어퍼 스원댐 거리는 런던 다리 동쪽, 템스 강 북쪽 기슭에 늘어서 있는 부두 뒤의 한 지저분한 골목이다. 싸구려 양복 가게와 주점 사이에 동굴의 입구처럼 어둠침침하게 뚫려 있는 곳이 있는데, 그곳 계단을 내려가면 바로 아편소굴이 자리 잡고 있었다. 마차를 대기시켜 놓은 뒤 나는 수많은 사람들이 밟고 다녀 가운데가 움푹 팬 층계를 내려갔다. 그리고 석유램프 불빛을 따라 안으로 들어갔다. 길고 천장이 낮은 방 안엔 선실처럼 나무 침대가 줄줄이 놓여 있는 가운데 아편 연기가 자욱하게 피어오르고 있었다.

거기에는 이상한 자세로 누워 있는 사람도 있고, 등을 구부리고 있는 사람, 무릎을 세우고 있는 사람, 또 머리를 뒤로 젖힌 채 턱을 내밀고 있는 사람도 있었다. 몇 사람은 흐릿한 눈빛으로 나를 쳐다보기도 했다. 어둠침침한 곳에서 불접시 속에 놓여 있는 아편 불이 약을 들이마실 때마다 밝아졌다 희미해졌다 하는 게 보였다. 조용히 들이마시는 사람도 있고, 옆 사람과 중얼거리며 마시는 사람도 있었다. 난롯가에서는 한 노인이 팔꿈치를 무릎에 얹고 앉아 불을 바라보고 있었다.

나를 본 말레이인 직원이 아편 담뱃대와 1회분 약을 가지고 얼른 다가와 비어 있는 침대로 안내하려 했다.

"아니오. 난 손님이 아니라 아이저 위트니라는 사람을 만나러 온

거요."

그때 무슨 기척이 나더니 오른쪽에서 나를 부르는 소리가 들렸다. 어둠속을 응시하자 위트니가 푸르죽죽한 얼굴로 머리를 산발한 채 나를 쳐다보고 있었다.

"아니, 이거 왓슨 씨 아니에요?"

그가 큰 소리로 말했다. 마약의 효과가 떨어졌는지 그는 온몸을 떨고 있었다.

"저, 왓슨 씨! 지금 몇 시죠?"

"11시 좀 안 됐어요."

"날짜는요?"

"6월 19일, 금요일입니다."

"뭐라고요? 수요일 아닌가요? 수요일 맞아요. 괜히 놀리지 마세요."

그러면서 그는 얼굴을 파묻고 괴이한 소리를 내며 흐느끼기 시작했다.

"오늘 금요일 맞아요. 당신 아내가 이틀 동안이나 걱정하면서 기다리고 있어요. 부끄럽게 생각해야죠."

"물론이죠. 하지만 당신이 잘못 알고 있는 거예요. 내가 여기 온 건 기껏 2,3시간 전이고 세 번밖에 안 피웠거든요. 아니, 네 번인가 그래요. 잘 생각이 안 나는데, 어쨌든 당신과 같이 갈게요. 케이트를 걱정시키고 싶지는 않으니까요. 불쌍한 케이트, 날 용서해줘. 자, 내 손 좀 잡아주세요. 마차는 있습니까?"

“밖에 기다리고 있어요.”

“그럼 그걸 타기로 하죠. 그런데 얼만지 모르겠네, 계산을 해야 되는데, 난 몸이 후들거려서 할 수가 없어요.”

나는 저주스런 마약의 연기를 마시지 않으려고 숨을 참으면서 축 늘어서 있는 침대 사이의 좁은 통로를 지나 주인이 있는 안쪽으로 걸어갔다. 난로 옆에 앉아 있는 키 큰 노인을 지나가는 순간 누군가가 내 옷을 잡으며 ‘지나간 다음에 뒤돌아봐’ 하고 낮게 말하는 소리가 들렸다. 그래서 난 시선을 내리깔고 계속 걸었다. 말을 할 만한 사람은 분명 옆의 노인밖에 없었는데, 그는 비쩍 마른 데다 주름살투성이에 허리가 굽어 있었으며, 무릎 사이로 축 늘어뜨린 담뱃대를 간신히 잡고는 몽롱한 표정으로 앉아 있었다.

어쨌든 나는 두 걸음 걷다가 뒤를 돌아다보았다. 순간 내 입에선 비명소리가 터져 나올 뻔했다. 그가 내 쪽으로 얼굴을 돌렸는데, 좀 전과는 완전히 달리 얼굴에 주름살이 전혀 없었으며 활기가 넘쳐났고 심지어 눈동자까지 반짝이고 있었다. 그야말로 기절할 정도로 놀랄 일이었다. 한데 노인은 나를 쳐다보며 미소까지 지어 보이는 것이었다. 아니, 이런 세상에! 그는 바로 셜록 홈스였던 것이다. 그는 내게 가까이 오라는 신호를 하고는 곧바로 얼굴을 돌려버렸다. 그러자 다시 늙어빠진 노인의 모습으로 돌아갔다.

“홈스! 아니, 이런 소굴에서 대체 뭘 하고 있는 건가?”

내가 작은 소리로 말하는데도 그는 소리를 더 낮추라고 했다.

“자네 혹시 저 마약 친구를 혼자 보내면 안 되겠나? 내가 좀 부탁할 게 있어서 말이야."

"마차가 기다리고 있는데."

"그럼 친구만 돌려보내게. 별일 없을 거야. 저렇게 비틀거리는 사람은 건드리지 않거든. 자네 와이프한테는 편지를 써서 마부에게 전달하도록 하게. 나와 같이 있다고 말일세. 밖에서 좀 기다리게. 금방 나갈 테니까."

홈스가 내게 뭔가를 부탁할 때는 항상 지시하듯 단정적으로 말했기 때문에 나는 거절하기가 무척 곤란했다. 그러나 오늘밤은 나도 내키지 않는 게 아니었다. 위트니를 마차로 돌려보내면 사실 내 역할은 끝나는 것이었다. 그렇다면 홈스와 함께, 늘 그렇듯, 어떤 기묘한 일에 뛰어들어 보는 것도 재미있을 것 같았다. 위트니를 실은 마차가 떠나자 난 홈스와 함께 걷기 시작했다. 그는 아편굴에서 멀어질 때까지는 여전히 노인의 모습으로 걷더니 이윽고 몸을 꼿꼿이 세웠다.

"왓슨, 내가 이제는 코카인으로도 모자라 아편까지 하니 의사인 자네가 보기에 점점 더 한심한 버릇들이 늘어간다고 생각하겠지?"

"그런 곳에서 자네를 본다는 건 정말 뜻밖이었어."

"나도 깜짝 놀랐지 뭔가."

"난 아는 사람을 만나러 갔다네."

"나는 적을 찾으러 갔었는데?"

"적이라고?"

"그렇다네. 숙명의 적이지. 아니, 희생양이라고 하는 게 맞을지 모르겠네. 어쨌든 난 지금 놀랄 만한 사건을 하나 조사하고 있는데, 전에도 내가 가끔 가봤지만 마약 환자들이 무심코 내뱉는 말에서 중요한 단서가 잡힐 때가 있거든. 그런데 내가 드러내놓고 그곳에 갈 수가 없잖은가. 전에도 이용한 적이 있어서 인도인 주인이 나를 벼르고 있으니까 말이야. 아무튼 부두 쪽으로 나 있는 그 집 뒤뜰에 비밀 출입문이 하나 있는데, 그곳으로 누군가가 밤에 드나드는 것 같다네."

"뭐라고? 혹시 시체를 말하는 건가?"

"맞다네. 그 소굴에서 죽은 사람을 하나씩 내줄 때마다 천 파운드씩 받는다면 부자가 되겠지. 그곳은 세상에서 제일 더럽고 추악한 곳이야. 그래서 네빌 세인트 클레어도 거기서 살아 돌아오지 못하는 게 아닐까 걱정하는 거라고. 가만, 마차가 이 근처에서 기다리고 있을 텐데……."

홈스는 두 손가락을 입에 대고 휘파람을 크게 불었다. 그러자 멀리서 같은 소리가 들려오며 곧 마차가 다가와 섰다.

"자, 왓슨! 함께 가겠나?"

"내가 도움이 된다면."

"믿는 친구는 언제나 도움이 되는 거라네. 게다가 내 기록 담당이니 당연히 필요하지. 곧 가게 될 저택에서 방을 하나 마련해 줬는데, 마침 침대도 두 개더라고."

"무슨 저택이지?"

"세인트 클레어 씨 집이네. 조사하는 동안 거기서 머무르고 있

어."

"장소는?"

"켄트 주, 리 근처야. 여기서 7마일 거리지."

"근데 대체 무슨 사건인가? 도통 짐작이 안 가는구먼."

"그럴 거야. 곧 알게 돼. 자, 올라타게. 존, 자네는 돌아가게나. 그리고 내일 아침 11시쯤에 다시 보세. 고삐 이리 주게나. 수고했네."

마차는 어두운 거리를 달리기 시작했다. 강물 위 다리를 건너가자 조용한 주택들이 있는 거리가 나오며 술주정꾼들의 고함소리가 정적을 깨고 있었다. 홈스는 깊은 생각에 빠져 있는지 아무 말이 없었다. 하지만 그가 이 일에 무척 열정을 기울이고 있는 건 분명해 보였다. 몇 마일을 달린 마차가 저택들이 모여 있는 끄트머리에 이르렀을 때 그는 갑자기 몸을 반듯하게 펴고는 확신이 선 것처럼 자신감 있는 태도로 파이프에 불을 붙였다.

"왓슨, 자네는 하여튼 침묵할 줄을 안다니까. 그런 건 친구로서 굉장히 중요한 점이거든. 그리고 말하고 싶을 때 들어주는 친구가 있다는 것도 정말 고맙지. 내가 지금 생각하고 있는 일이 별로 기분 좋은 건 아니지만 말이야. 아무튼 오늘밤도 저 집의 친절한 부인에게 뭐라고 말해야 할지 모르겠네."

"난 지금 아무것도 모르고 있으니, 해줄 말이 없군."

"리에 도착하기 전에 사건을 대충 설명해 주겠네. 이 사건은 어찌 보면 어이없게 단순하지만 어디서부터 풀어야 할지 도무지 알 수가 없어. 물론 가설은 많이 있을 수 있어. 문제는 실마리가 되는 단서가 아직 없다는 거야. 아무튼 간단히 얘기할게. 자네가 해답을 찾아줄지도 모르니 말일세.

몇 년 전이네. 1884년 5월이었지. 네빌 세인트 클레어라는 한 돈 많은 남자가 리에 들어와 큰 저택을 하나 구입하고는 정원을 가꾸며 안락하게 살기 시작했어. 그러면서 이웃도 사귀고, 87년에는 근처 양조장 집 딸과 결혼도 했다는군. 지금은 아이도 두 명 있고 말이야. 그는 일정한 직업은 없는데 몇 개 회사와 관련을 맺고 있었어. 매일 아침 런던으로 갔다가, 저녁 5시 14분 기차로 돌아오곤 했지. 서른일곱 살인데 사람도 반듯하고, 좋은 남편에 좋은 아빠로 성실한 데다 누구에게나 호감을 주는 그런 사람이었다는구먼. 한 가지 참고할 건, 현재 빚이 88파운드 10실링 있고, 예금은 220파운드가 있는 걸로 알고 있어.

그러니까 돈 문제로 크게 골치 아픈 게 있었다고는 생각되지 않는다네. 이번 월요일엔 좀 더 일찍 런던으로 가면서, 오늘은 중요한 일이 두 가지 있다고 부인에게 말했다는 거야. 그러면서 아이 집짓기 장난감을 꼭 사오겠다고 했다는군. 그런데 남편이 떠난 바로 직후 전보가 한 통 도착했는데, 부인이 기다리던 소포가 애버딘 기선 회사에 맡겨져 있다는 내용이었어. 그 회사는 아까 그 어퍼 스원댐 골목 근처의 프레스노 가에 있지.

그래서 부인은 점심 식사 후 런던으로 가서 그 소포를 찾고는 스원댐 골목을 걸어갔다는 거야. 그때가 4시 35분이었대. 그날은 엄청 더웠잖은가. 부인은 그런 곳을 걷는 게 싫어서 마차가 없을까 하고

둘러보며 걸어가고 있었다는군. 그런데 갑자기 어디서 고함소리가 나더니 비명이 들려서 그쪽을 쳐다보다가 순간 그녀는 기절할 만큼 놀라버린 거야. 바로 앞 3층 건물에서 남편이 창밖으로 그녀를 보고 있었는데, 계속 손을 흔들며 부르고 있는 것 같더라는 거야. 남편은 몹시 두렵고 당황스런 표정이더래. 그는 미친 사람처럼 마구 손을 흔들더니, 마치 누가 뒤에서 억세게 잡아끌어 당기는 것처럼 갑자기 사라지더라는 거야.

잠깐 봤지만 분명 이상했던 점은, 남편이 집을 나갈 때 입었던 검정색 옷은 맞는데 칼라도 넥타이도 없었다는 거야. 그에게 무슨 일이 일어난 게 틀림없다고 생각한 부인은 건물로 들어가 2층으로 막 올라가려고 했지. 이 건물이 아까 그 아편굴인데, 계단 입구에서 주인이 그녀를 내쫓더래. 그녀는 불안해 미칠 것만 같아 거리를 뛰다가 운 좋게도 경찰 몇 명을 만난 거야. 그래서 경찰들과 함께 그 건물로 올라갔는데, 남편은 이미 보이지가 않더래. 방안에는 앉은뱅이 혼자 있었는데, 아무도 그 방에 들어오지 않았다고 했다는군. 정말 딱 잡아떼니까 경찰은 오히려 그녀를 이상하게 생각했지.

그런데 그때 테이블 위에 놓여 있는 나무상자를 본 부인이 깜짝 놀라 달려가 열어봤더니, 그 안에 애들 집짓기 장난감이 들어 있더래. 앉은뱅이가 당황한 기색을 보이자 경찰은 뭔가 심각한 일이 있다고 생각하고는 모든 방을 조사했지. 아닌 게 아니라 범죄의 냄새들이 곳곳에 널려 있더라는 거야. 부두가 내다보이는 침실 창문의 창틀엔 핏자국이 있었는데 마룻바닥에도 군데군데 남아 있더래. 그래서 커튼 뒤를 열어보니까 세인트 클레어 씨의 구두와 양말, 시계 등이 있더라는 거야. 근데 폭행한 흔적은 없고, 다른 출구도 없으니까 그 창문으로 나간 게 틀림없는 거지. 하지만 탈출했다 해도 피가 났다면, 바로 아래까지 물이 올라왔을 시각이니까 헤엄쳐 강을 건너기는 도저히 어렵지. 그리고 관련 인물들을 좀 보세. 여기 주인인 인도인은 흉악한 전과자로 알려져 있는데, 아까 부인이 말한 것처럼 그녀 남편이 창문에서 사라진 뒤 바로 갔더니 그자가 벌써 계단에 나와 있었다고 하잖아. 그러니 이 사건과 관련돼 있는 건 분명하네. 한데도 그는 딱 잡아떼고 있다네. 아무것도 모른다면서 말이야. 앉은뱅이가 무슨 짓을 했는지, 세인트 클레어 씨 물건들이 왜 거기 있는지 아무것도 모른다는 거야.

휴 분이라는 이 앉은뱅이는 그 주변 사람들에게는 잘 알려져 있는 인물인데, 이자가 세인트 클레어를 마지막으로 보았을 게 틀림없어. 경찰이 나타나면 성냥팔이로 가장하는데, 원래는 걸인이야. 행색은 험하지만 눈빛이 날카롭고 머리도 나쁘지 않아서 사람들이 놀려대면 그냥 넘어가지 않는다네."

"한데 그자가 앉은뱅이라면서 멀쩡하고 건강한 남자를 어떻게 혼자 감당한다는 건가?"

"그래도 절뚝거리면서 걸을 수는 있거든. 단지 불편할 뿐이지, 힘도 세 보이더라고. 자넨 의사니까 잘 알겠지만 몸의 어느 한 부분이 약하면 다른 부분이 그만큼 더 강해지는 게 보통 아닌가."

"그렇긴 하지. 자, 얘기나 계속해보게."

"그 부인이 창틀의 피를 보고는 넋이 나갔기 때문에 수사에 도움이 안 될 것 같아 경찰은 그녀를 집으로 돌려보냈다네. 그 후에 바튼 경감이 다시 집을 샅샅이 조사했는데도 단서가 될 만한 건 아무것도 나오지 않았다는군. 그런데 그 앉은뱅이를 왜 즉시 체포하지 않았는지 모르겠어. 체포되기 전 몇 분 동안 그가 인도인과 입을 맞췄을 수도 있지 않겠는가. 어쨌든 그자를 잡아서 몸 검사를 한 결과 범죄를 저지른 흔적은 없었다는 거야. 그리고 네빌 세인트 클레어라는 사람은 본 적이 없으며, 그 사람 옷가지가 자기 방에서 나온 건 도저히 이해하지 못할 일이라고 우겼다는군. 그 부인이 남편을 3층 창문에서 봤다는 건 정신이상 증세거나 꿈을 꾼 거라고 주장하고 있다는 거야. 아무튼 경감은 썰물 때가 되면 뭔가 단서가 나올지 모른다면서 그 집에 남아 있었대. 그리고 썰물 때가 되어 보니까 세인트 클레어의 시체가 아니라 웃옷이 나오더래. 그런데 옷 주머니에 뭐가 들어 있었는지 아는가?"

"상상도 못하겠는데."

"그럴 거야. 주머니마다 1펜스와 반 펜스짜리 동전이 가득 들어 있었대. 1펜스가 421개, 반 펜스가 270개나 있었다는군. 그러니까 옷은 무거워서 떠내려가지 않았던 거지. 하지만 시체는 달라. 썰물일 때는 물살이 엄청 세기 때문에 무거운 웃옷만 남고 시체는 흘러가 버렸을 수도 있어."

"근데 다른 옷들이 전부 3층 방에 있었다면 시체에 웃옷만 입혀져 있었다는 얘길까?"

"그런 것 같지는 않네. 하지만 얘기는 될 수 있지. 앉은뱅이가 창문으로 세인트 클레어 씨를 밀어버렸다 해도 아무도 본 사람이 없을 거야. 그랬다면 그는 당장 무엇을 했을까. 우선 증거가 될 옷가지를 처리하겠지. 그는 웃옷을 창문으로 내던지려다가 문득 그게 가라앉지 않고 떠내려갈 거라는 걸 깨달은 거야. 하지만 상황이 급했어. 그는 재빨리 모아둔 동전들을 꺼내 그 웃옷 주머니에 마구 쑤셔 넣었지. 그래서 그게 가라앉도록 한 거라고. 다른 옷들도 처리하려고 했는데 벌써 계단에서 웅성거리는 소리가 들려 그는 얼른 창문을 닫았던 거야."

"듣고 보니 그럴 수도 있겠네."

"우선 다른 생각이 떠오르지 않으니까 이걸 가설로 해두세. 문제는 경찰에서 조사를 했지만 범죄행위라고 할 만한 건 아무것도 없다고 나왔다네. 여기까지가 내가 알고 있는 거야. 앞으로 조사해야 할 건 '세인트 클레어가 아편소굴에서 도대체 무엇을 하고 있었는가와 어떤 사건이 일어났는가, 그리고 휴 분이 그의 실종과 어떤 관련이 있는가' 라는 거라네. 내 경험으로 보자면 이번만큼 간단해 보이면서도 어려운 사건은 없었던 것 같아."

괴이한 사건 이야기를 하는 동안 마차는 계속 달려 점점 집이 드물어지는 시골길로 들어섰다.

"리에 거의 다 온 것 같군."

홈스가 말했다.

"마차로 지금 세 개 주를 달려온 거네. 미들섹스에서 출발해 서리

를 지나 켄트에 도착했으니까. 저기 나무들 사이로 불빛 보이나? 저기가 삼나무 저택이네. 지금 세인트 클레어 부인도 이 말발굽 소리를 듣고 있겠지."

"그런데 홈스, 왜 이번에는 자네 집에서 사건을 연구하지 않고 여기서 하나?"

"여기 와서 조사할 게 많으니까 그렇지. 부인도 자네를 보면 대환영할 거야. 그런데 왓슨, 남편 소식을 아직 가져오지 못해서 부인 보기가 좀 괴롭다네. 자, 도착했어. 워이! 워이!"

마차는 큰 저택 앞에 멈춰 섰다. 마부가 달려와 고삐를 잡고, 우리는 현관으로 걸어갔다. 문이 열리자 작은 체구의 금발 여인이 나왔는데, 아주 초조한 기색이었다.

"어머, 세상에!"

그녀는 순간 홈스가 남편과 같이 온 줄 알고 탄성을 지르려 했다. 그러다가 홈스의 표정을 보고는 금방 실망의 빛을 드러냈다.

"좋은 소식은 없나요?"

"없습니다."

"그럼, 좋지 않은 일도?"

"그런 것도 없습니다."

"아! 다행이네요. 어서 들어오세요. 늦게까지 일하시느라 피곤하시겠어요."

"여기는 제 친구, 왓슨 박사입니다. 자주 도움을 받고 있어 든든하죠. 아까 우연히 만났는데, 이번 수사를 도와줄 수 있게 되었어요."

"잘 오셨어요."

부인은 반가워하며 내 손을 선뜻 잡았다.

"불편한 점이 있더라도 좀 이해해 주세요. 상황이 이러니까요."

"부인, 저는 군대도 갔다 왔기 때문에 이런 일은 아무것도 아닙니다. 그러니 신경 쓰지 않으셔도 됩니다. 저는 다만 부인과 제 친구에게 조금이라도 도움이 되기를 바랄 뿐입니다."

그녀는 간단한 식사를 준비해 놓은 식당으로 우리를 안내했다.

"그런데 셜록 홈스 씨, 몇 가지 물어봐도 될까요? 솔직히 대답해 주시면 좋겠어요."

"네, 말씀하시죠."

"제 기분은 신경 쓰지 않으셔도 됩니다. 히스테리가 있다거나 기절하는 일은 없을 테니까요. 그저 당신의 정직한 생각을 듣고 싶어요."

"어떤 점에 대해선가요?"

"당신은 정말로 마음속으로 네빌이 아직 살아 있다고 믿고 있습니까?"

홈스는 순간 난처한 표정을 지었다.

"솔직히 말씀해 주세요."

부인은 벽난로 앞에 서서 홈스를 지그시 바라보며 되물었다.

"그러죠. 솔직히 말씀드리면 좀 어려운 상황입니다."

"그럼 죽었다고 생각하시는군요."

"그렇습니다."

"살해되었을까요?"

"그건 아직 확실치 않지만, 그럴지도 모릅니다."

"언제쯤일까요?"

"월요일이겠죠."

"그런데 홈스 씨! 오늘 남편한테서 이런 편지가 왔는데, 이건 어찌 된 일일까요?"

셜록 홈스는 기겁을 하며 의자에서 일어났다.

"뭐라고요?"

"바로 오늘이었어요."

부인은 작은 종이 하나를 내보이며 미소를 지었다.

"보여주시죠."

홈스는 그녀의 손에서 종이를 뺏다시피 해서는 테이블 위에다 놓고 램프를 끌어당겼다. 봉투는 싸구려지만 글레이브젠드국 소인이 찍혀 있고, 날짜는 오늘 — 아니 벌써 밤이 한참 지나가고 있으니 어제라고 하는 게 옳겠다 — 로 되어 있었다.

"글씨가 엉망이군. 근데 이건 남편 필체가 아니죠?"

"봉투 글씨는 아닌데, 속 편지는 그의 필체예요. 그런데 어떻게 그걸 아셨어요?"

"보세요. 부인 이름은 검은색으로 쓰여 있고 자연스럽게 말랐어요. 한데 주소 부분이 진하지가 않은 건 압지를 사용했기 때문이지요. 이걸 쓴 사람은 이름을 쓰고 난 다음에 주소를 썼어요. 다시 말해서 그는 주소를 몰랐다는 거죠. 물론 이런 건 사소한 거지만, 사소한 것에서 중요한 단서를 발견하기 쉽죠. 자, 내용은 어떤가요? 그런데 봉투에 뭐가 같이 들어 있었군요."

"네, 반지가 들어 있었어요. 그의 도장이 붙어 있는 것이죠."

"이 편지가 남편의 필체라고요?"

"그의 필체 가운데 하나예요."

"무슨 뜻이죠?"

"급하게 쓰면 이렇더라고요. 보통 때와는 많이 다르죠."

편지엔 이렇게 쓰여 있었다.

'걱정하지 마시오. 곧 모든 게 잘 풀릴 거요. 큰 착오가 생겨서 그러니 시간이 걸리더라도 참고 기다려 주기 바라오. 네빌.'

"책속에 있는 속표지를 찢어내 연필로 쓴 거네요. 그리고 글레이브젠드에서 엄지손톱이 지저분한 남자가 이걸 우체통에 넣은 것 같군요. 근데 담배를 씹으면서 봉투를 혓바닥으로 핥아 붙였나 본데요. 이게 남편이 보낸 편지가 맞다는 얘긴가요?"

"네, 네빌의 글씨 맞아요."

"그렇다면 부인, 조금 희망이 보이는데요. 물론 이걸로 장담할 수는 없지만요."

"하지만 홈스 씨, 그는 분명 살아 있을 거예요."

"이게 가짜 편지가 아니라면 그렇겠죠. 하지만 반지가 있었다고 해서 확신할 수는 없어요. 다른 사람이 보냈을 수도 있으니까요."

"아니에요. 남편이 직접 쓴 거 맞아요."

"그럴 수도 있겠죠. 하지만 월요일에 쓴 걸 오늘 누군가가 부쳤는

지도 모릅니다."

"그럴 수도 있네요."

"만약 그렇다면 그동안에 여러 가지 일이 있었다는 것도 가능하죠."

"절망적인 얘기는 하지 말아주세요. 저는 남편이 살아 있다고 믿어요. 그 사람과 저는 특별히 통하는 게 있어서 그에게 무슨 일이 일어나면 금방 느낌이 오거든요."

"저도 여성의 직관이 뛰어나다는 건 알고 있습니다. 부인은 이 편지가 그러한 확신을 더해주는 강한 증거물이 된다고 생각하시는군요. 그렇다면 생존해서 편지도 쓰면서 왜 돌아오지 않는 걸까요?"

"그게 이상한 거죠. 믿어지지 않는 일입니다."

"다시 월요일의 상황으로 돌아가 보죠. 그날 아침 출발할 때 남편께서 아무 말도 없이 나가셨습니까?"

"네."

"그리고 부인은 스원댐 골목에서 남편을 보고 놀라셨고요."

"네, 무척 놀랐죠."

"창문이 열려 있었나요?"

"네."

"그가 만일 당신을 부르고 싶었다면 그랬을 수도 있겠네요?"

"아마도요."

"그런데 무슨 이상한 소리만 질렀다고 하셨죠?"

"네."

"도와달라고 소리친 거라고 생각하셨다고요?"

"네, 손을 막 흔들기에……."

"하지만 그건 놀라서 소리친 것일 수도 있지 않을까요? 갑자기 당신이 거기 나타난 걸 보고 깜짝 놀라서 말이죠."

"그럴 수도 있겠네요."

"그 다음에, 뒤에서 누가 그를 잡아당긴 것처럼 보였단 말이죠?"

"네, 아차 하는 순간 그의 모습이 사라졌으니까요."

"스스로 뒤로 물러선 것일 수도 있죠. 그런데 다른 사람은 아무도 안 보였습니까?"

"밖에서는 안 보였죠. 하지만 그 앉은뱅이가 방에 있었다고 자백했고, 계단 입구엔 인도 사람이 지키고 있었거든요."

"참 그랬죠. 그런데 남편의 옷차림이 여느 때와 똑같았나요?"

"칼라와 넥타이를 하고 있지 않아서 목이 훤히 보였어요."

"그가 혹시 스원댐 골목에 대해 말한 적이 있었습니까?"

"아니오. 전혀."

"아편을 한 것 같은 느낌이 든 적은?"

"결코 한 번도 없었어요."

"고맙습니다, 부인. 이런 건 제가 꼭 알아두어야 할 중요한 문제라서요. 그럼 간단히 먹고 좀 쉬어야겠습니다. 내일도 무척 바쁠 것 같아요."

방은 크고 안락했으며, 침대가 두 개 있었다. 나는 벌써 피곤해졌기 때문에 곧바로 침대로 기어 들어갔다. 하지만 가만 보니 홈스는 밤을 새울 태세였다. 풀어야 할 문제가 있을 때는 며칠이 아니라 몇 주일이라도 되풀이 생각하며 여러 각도에서 추리를 해보고 끈질기게 파고드는 그의 성격 때문이었다. 그는 베개와 쿠션을 모아 길게 펴놓고는 그 위에 앉아 준비를 했다. 어스름한 램프 불빛 아래서 그는 파이프를 물고 천장을 바라보며 꼼짝하지 않고 앉아 있었다.

아침에 내가 잠에서 깼을 때도 그는 여전히 그 자세대로 있었다.

"왓슨, 일어났나?"

"어."

"아침 식사 전에 한 번 달려볼까?"

"좋지."

"그럼 옷 입게. 마부가 있는 곳을 알고 있으니까 마차는 곧 준비될 거야."

그는 기분이 썩 좋았으며 눈빛도 초롱초롱한 것이 어젯밤의 모습과는 완전 딴판이었다.

시계를 보니 4시 25분이었다. 내가 준비를 하는 동안 홈스는 벌써 밖으로 나가 마차를 찾아놓았다.

"내 이론을 시험해보고 싶네. 왓슨, 자네는 지금 유럽에서 가장 멍청한 인간과 함께 있는 걸세. 하지만 다행히 사건의 열쇠를 발견했지."

"어디서 말인가?"

"욕실에서. 아, 농담 아니야."

내가 의아해하는 표정을 짓자 그가 말했다.

"아무튼 이 가방 안에 들어 있는데, 이걸로 과연 풀릴지는 해봐야 알 것 같네. 자, 출발하세."

우리는 소리 안 나게 살금살금 계단을 내려가 밖으로 나갔다. 아침 햇살이 어렴풋이 비쳐들고 있는 가운데 문 앞엔 벌써 마부가 와서 기다리고 있었다. 우리는 곧바로 런던을 향해 달렸다. 길에는 시장으로 가는 야채 짐마차들만 몇 대 있을 뿐이었다.

"어찌 보면 이번 사건은 아주 특이하다고 할 수 있어."

홈스는 채찍을 한번 치며 말했다.

"사실 난 두더지처럼 아무것도 못 봤다네. 하지만 뒤늦게라도 깨달았으니 다행이지 뭐."

런던 시내로 들어선 우리는 템스 강을 건너고 웰링턴 가를 지나 보우 가에 이르렀다. 그리고 경찰재판소에 도착하자 경찰관 두 명이 홈스를 알아보고 경례를 올렸다.

"누가 당직인가요?"

홈스가 물었다.

"브래드스트리트 경감입니다."

"아, 브래드스트리트 씨, 안녕하십니까? 잠깐 뵐까 하고 왔습니다."

큰 키에 뚱뚱한 체격의 경감이 제복 차림으로 저쪽에서 걸어오고 있었다.

"아, 그래요? 제 방으로 가시죠, 홈스 씨."

그의 책상 위에는 큰 장부가 놓여 있고, 벽에는 전화기가 붙어 있

었다.

"무슨 일이십니까, 홈스 씨?"

"분이라는 걸인 말이죠. 네빌 세인트 클레어 씨 실종사건 관련 용의자로 기소되어 있는, 그 사람 일로 왔습니다."

"아, 분 그 녀석, 아직 취조할 게 더 있어서 다시 구류돼 있는 상태죠."

"그래서 왔습니다. 아직 여기 있는 거죠?"

"독방에요."

"말썽은 안 피우나요?"

"말썽은 안 피우는데 하도 더러워서요."

"심합니까?"

"말도 못해요. 얼굴이 시커멀 정도니까요. 취조가 끝나고 형이 확정되면 구치소 목욕통에 집어넣어야겠죠. 그 안의 규칙이니까요. 아무튼 보시면 알게 됩니다."

"꼭 한번 봐야 합니다."

"그럼 따라 오시죠. 가방은 여기 두시고요."

"아니오. 가지고 가겠습니다."

"좋으실 대로 하세요."

경감을 따라 복도 끝에 있는 계단을 내려가자 양쪽에 방들이 늘어서 있는 복도가 나왔다.

"오른쪽 세 번째 방이에요. 자, 여깁니다."

경감은 문 위쪽에 달려 있는 작은 나무판 창을 열고 안을 들여다보았다.

"아직 자고 있네요. 잘 보이시죠?"

걸인은 얼굴을 이쪽으로 돌린 채 누워 잠들어 있었다. 보통 키에, 걸인다운 누더기를 입고 있었으며, 더럽기가 말할 수 없을 정도였다. 눈부터 턱까지 길게 이어진 흉터가 있었는데, 그것이 아물면서 윗입술 한쪽이 당겨 올라가 있는 상태에서 이빨 세 개가 사납게 드러나 있었다. 그리고 수세미 같은 붉은색 머리털이 눈을 거의 덮고 있었다.

"저 몰골 좀 보세요."

경감이 말했다.

"저놈을 씻어줘야겠는데요. 아무래도 그래야 할 것 같아서 제가 도구를 좀 가져왔어요."

놀랍게도 홈스가 가방 안에서 꺼낸 것은 큰 목욕용 스펀지였다.

"허허! 무척 재밌는 분이시군요."

경감이 큰 소리로 웃어재꼈다.

"죄송하지만 그 문을 조용히 좀 열어주시겠어요? 당신들이 보는 앞에서 저 사나이를 깨끗한 미남으로 만들 테니까 지켜보세요."

"그러죠. 이렇게 더러운 거지는 보우 구치소의 수치니까요."

우리는 살며시 감방 안으로 들어갔다. 분은 조금 뒤척이다가 다시 잠에 빠져들었다. 홈스는 스펀지에 물을 적셔 분의 더러운 얼굴을 가로로 한 번, 세로로 한 번 세게 닦아냈다. 그리고는 외쳤다.

"자, 켄트 주 리에 사는 네빌 세인트 클레어 씨를 소개하겠습니다."

나는 지금껏 그렇게 놀라운 광경을 본 적이 없었다. 사나이의 얼굴 표면이 나무껍질 벗겨지듯 떨어져 나간 것이다. 시커먼 피부도, 무서운 흉터도, 말려 올라간 입술도 모두 사라지고 없었다. 머리털을 잡아당기자 그것도 벗겨져 떨어졌다. 이윽고 잠에서 깨어난 한 사나이가 검은 머리털에 하얀 피부, 그리고 창백하고 우울한 얼굴로 깜짝 놀라 주위를 두리번거렸다. 잠시 후 그는 자신의 정체가 드러난 것을 알자 비명을 지르며 쓰러지듯 베개에 얼굴을 파묻었다.

"아니, 도대체 어찌 된 일입니까? 이자가 바로 실종됐다는 그 사람 아니에요? 사진 속의 모습 그대로네요."

경감이 놀라며 소리쳤다.

"한데 내가 무슨 죄를 저질렀다고 이렇게 가둬놓는 겁니까?"

죄수가 따지듯이 대들었다.

"네빌 세인트 클레어 씨 살해…… 아니, 그게 아니잖아! 자살미수죄라고 해야겠는걸."

경감은 어이가 없다는 듯 씁쓸한 웃음을 지었다.

"내가 27년이나 경찰에 몸담고 있었지만 이런 해괴한 일은 처음입니다."

"나 네빌 세인트 클레어는 범죄행위를 저지른 적이 없으니까 이렇게 구류 조치하는 건 불법입니다."

"그렇군. 범죄는 아니지. 하지만 당신은 괘씸죄를 저질렀소이다."

경감이 그렇게 말하자 홈스도 거들고 나섰다.

"부인을 믿고 모든 걸 말했다면 이렇게까지 하지는 않았을 거 아니오?"

"아내 때문이 아니라 아이들 때문이에요."

세인트 클레어 씨가 기어 들어가는 소리로 말했다.

"아이들에게만은 알리고 싶지 않았는데……. 이미 이렇게 들통이 났으니 전 어떡하면 좋죠?"

셜록 홈스는 그의 옆에 앉아 어깨를 쓰다듬으며 말했다.

"잘잘못을 따지는 건 법이 알아서 할 것이오. 허나 이건 이미 비밀이 될 수는 없소. 그렇지만 당신이 법에 위배되는 행위를 하지 않았다는 걸 증명할 수만 있다면 이 사건이 세상에 알려지지는 않을 거라고 생각해요. 브래드스트리트 경감이 당신의 구술서를 받아 상부에 제출하면 법정으로 넘어가지는 않을 겁니다."

"감사합니다."

죄수는 감격에 겨워 울기 시작했다.

"저의 비밀이 세상에 알려져 망신을 당하고, 집안을 욕되게 한다면 저는 차라리 감옥을 택하겠습니다. 아니, 사형을 받겠습니다. 지금부터 저라는 사람에 대한 이야기를 할게요. 아버지가 체스터필드에서 학교 교장을 지내신 덕분에 저는 거기서 좋은 교육을 받을 수 있었죠. 젊었을 때부터 여행을 많이 다녔고, 무대에도 서 봤으며, 그 후에는 런던의 어느 석간 신문사 기자로 들어갔습니다. 하루는 신문사에서 런던 걸인들의 삶에 대한 기사를 다룬다고 하기에 제가 하겠다고 나섰죠. 그때부터 저의 모험이 시작됐습니다. 아무래도 기사 내용을 제대로 취재하려면 직접 걸인 행세를 해보는 게 좋겠다고 판단했습니다. 분장기술은 제가 무대 생활을 할 때 배워두었던 것이라 별 어려움이 없었어요. 그땐 꽤 잘한다고 극단 안에서도 소문이 났을 정도니까요. 그래서 걸인으로 꾸미고 길가에 앉았는데, 하루 7시간 일하고 수익금을 저녁에 세어보니까 26실링 4펜스나 번 거예요. 아무튼 그 경험 덕분에 기사를 잘 쓰고는 그 후 한동안 잊고 지냈어요. 그러다가 한번은 친구에게 보증을 선 게 잘못되는 바람에 25파운드를 물어줘야 할 상황이 생겼어요. 돈을 어떻게 마련해야 할지 막막했죠. 그때 문득 거지 행세를 했던 일이 생각난 겁니다. 그래서 채권자에게 2주일의 여유를 얻고 회사엔 휴가를 낸 뒤 변장을 하고 그 일을 시작했어요. 그리고 열흘 만에 그 돈을 다 벌어서 갚게 된 겁니다. 그때부터 주당 겨우 2파운드를 받으면서 힘들게 일하는 직장으로 다시는 돌아가고 싶은 마음이 없어졌어요. 그저 얼굴에 흙이나 조금 묻히고 모자를 놓고 앉아 있기만 해도 그만한 돈쯤이야 쉽게 벌 수 있는데, 뭣하러 돌아가겠어요. 전 한동안 고민을 했죠. 자부심을 선택할 것이냐, 돈을 선택할 것이냐 하고요. 결국 돈을 선택하기로 하고 저는 회사를 그만두고는 매일 그 장소에 가서 앉아 있었죠. 비참한 몰골을 하고는 사람들의 동정을 받으며 동전으로 주머니를 채워 나갔습니다. 그런데 제 비밀을 그 아편굴 주인이 알고 있었어요. 그 집에서 제가 하숙을 하고 있었으니까요. 그러나 그 사람에게는 하숙비를 꼬박꼬박 잘 지급했기 때문에 비밀이 새어나갈 염려는 없었어요. 돈이 금방 늘어가더군요. 1년에 7백 파운드라는 돈은 런던의 일반 걸인들이 쉽게 벌 수 있는 금액이 아닙니다. 저는 분장도 잘하고 손님들과 농담도 잘해 남들보다 더 많은 수익을 얻었죠. 하루 종일 동전이 쏟아지다시피 했는데, 2파운드도 못 버는 날은 정말 운이 없을 때뿐이었어요.

돈이 모아지자 시골에 집도 사고 결혼도 했습니다. 아내는 제가 런던에서 사업을 하고 있다는 것만 알뿐 어떤 일을 하는지는 정확하게 모르고 있었죠. 이번 월요일에도 일이 끝난 후 하숙집으로 돌아와 3층 방에서 옷을 갈아입다가 문득 창밖을 내다보는데 글쎄, 아내가 길에서 저를 쳐다보고 있는 게 아니겠어요. 저는 너무나 놀라 그만 비명을 지르면서 팔로 얼굴을 가렸죠. 그러고는 주인인 인도인에게 가서, 누가 저를 찾아오면 3층으로 올려 보내지 말라고 부탁을 했던 거예요. 저는 얼른 다시 거지복장으로 분장을 했습니다. 옷을 감추려고 급히 창문을 열다가 그날 아침 다친 손가락 상처가 다시 터지면서 피가 났던 겁니다. 제가 체포됐을 때 속으로는 한숨 놓았었죠. 제 정체가 탄로 나지 않고 네빌 세인트 클레어 살인 용의자로 체포됐으니까요. 다만 아내가 걱정할 것이 염려되어 경관이 못 보는 사이 얼른 편지를 쓰고 반지를 동봉해 인도인에게 부쳐달라고 부탁했던 겁니다."

"그 편지는 어제 겨우 부인한테 전달됐어요."

홈스가 말했다.

"그럼 아내가 일주일이나 불안에 떨며 지냈다고요? 세상에……."

"그 인도인은 경찰이 계속 감시를 하고 있었기 때문에 편지를 부칠 틈이 없어서 아마도 한 선원에게 부탁했을 거예요. 그런데 그 남자가 그만 며칠간 편지의 존재를 잊어버렸던 모양이에요."

브래드스트리트 경감이 그렇게 말하자 홈스도 수긍하며 고개를 끄덕였다.

"정말 그랬던 것 같네요. 그런데 이제까지 걸인생활을 하면서 처벌 받은 적은 없었나요?"

"몇 번 있긴 했는데, 벌금 같은 건 아무것도 아니죠."

"이젠 그 일을 절대 해서는 안돼요. 경찰이 이번 사건을 눈감아 주기 바란다면 다시는 걸인으로 나서면 안 됩니다."

"인간이 할 수 있는 모든 맹세를 걸고 정말 약속하겠습니다."

"그럼 더 이상 추궁하지는 않겠소. 그러나 다시 한 번 그런 짓을 하면 그때는 다 들춰내겠소. 홈스 씨, 이번 사건 해결은 완전히 당신 덕분입니다. 그런데 어떻게 그런 기가 막힌 단서를 찾아내셨는지 궁금합니다."

"그걸 찾기까지 저는 밤을 새면서 담배를 한 갑이나 피웠습니다. 자, 왓슨! 지금 베이커 가로 가면 아침 식사를 할 수 있겠지?"

얼룩 끈

지난 8년간 셜록 홈스가 관여해온 70개의 사건들은 모두 비극이거나 희극 또는 괴상한 사건들이며, 그저 평범한 사건은 단 한 건도 없다고 해도 과언이 아니다. 그건 홈스가 돈을 많이 벌려고 했다기보다는 뭔가에 열정을 바쳐 일하는 걸 좋아하기 때문에, 어떤 판타지가 없는 사건, 즉 그저 그런 평범한 사건에는 아예 손을 대지 않았기 때문이다.

그런데 그 모든 괴상한 사건 중에서도 서리 지역의 스톡 모란에 사는 로일롯 집안 가족의 갈등보다 더 괴상한 사건은 없었다. 그 사건은 홈스와 내가 아직 베이커 가에서 함께 살았던 때 일어났다. 그때는 이 사건을 비밀로 하기로 약속했었는데, 지난달에 그 약속을 한 주인공이 세상을 떠났기 때문에 우리도 이제는 그 비밀에서 자유롭게 되었다.

의사 그림스비 로일롯의 죽음에 대해 사실보다 더 무서운 소문이 떠돌아다녀서 그 사건의 진실을 밝히는 것이 좋겠다고 우리는 결론을 내렸다.

1883년 4월 초, 하루는 아침에 깨어보니 홈스가 옷을 챙겨 입고 내 침대 옆에 서 있는 것이었다. 그는 보통 늦게까지 자는데 그때는 시간이 아직 7시 15분밖에 안 된 시간이었다. 나는 조금 짜증이 나서 그를 쳐다보았다. 나는 규칙적인 습관을 갖고 있었기 때문이다.

"왓슨, 잠을 깨워서 미안하네. 하지만 나도 오늘은 자네와 같은 처지라네. 허드슨 부인이 나를 일찍 깨웠거든."

"무슨 일이 있나? 불이라도 났나?"

"아니, 손님이 한 분 왔네. 젊은 여잔데 잔뜩 흥분해서 나를 만나고 싶다고 한대. 지금 저쪽 방에서 기다리고 있어. 젊은 여자가 새벽같이 찾아와 잠자는 사람을 깨운 걸 보면 보통 급한 게 아닌 것 같네. 혹시 아나, 재미있는 사건일지? 그래서 자네랑 같이 들어보려고 한 걸세. 어쨌든 자네에게 기회를 주겠네."

"어, 그래? 그렇다면 놓칠 수 없지."

나는 재빨리 옷을 입고 홈스를 따라 여자가 기다리고 있는 방으로 갔다. 검은 옷에 베일로 얼굴을 가린 여인이 창가에 앉아 있다가 일어났다. 홈스가 밝은 목소리로 말했다.

"안녕하십니까? 제가 셜록 홈스입니다. 이쪽은 제 친구이며 의사인 왓슨 박사입니다. 저에게 하듯 이 친구한테도 허물없이 얘기하셔도 됩니다. 아, 허드슨 부인이 벌써 불을 지펴놓았군요. 자, 이쪽으로 오세요. 추우실 테니 뜨거운 커피를 한 잔 드리겠습니다."

여자는 난롯가로 오면서 조용히 말했다.

"지금 추워서 떠는 게 아닙니다."

"그럼, 무엇 때문에?"

"홈스 씨, 무서워서 그럽니다. 공포 때문에요."

여자가 말하면서 베일을 걷어 올렸다. 얼굴에는 정말로 극단적인 공포심이 서려 있었다. 마치 사냥꾼에게 쫓기는 짐승의 눈처럼 불안해 보였다. 나이는 서른 살 정도밖에 안 되어 보이는데도 반백의 머리칼에 표정이 찌들어 있어서인지 그보다 훨씬 늙어보였다. 홈스는 특유의 날카로운 눈길로 순식간에 그녀의 심리를 훑어보았다. 그러고는 여자의 팔을 가볍게 쓰다듬으며 말했다.

"마음 놓으세요. 우리가 도와드리겠습니다. 아침 기차를 타고 오셨군요."

"어머, 저를 아세요?"

"아니오. 왼손에 왕복기차표가 반쯤 보여서요. 역까지는 이륜마차를 타고 울퉁불퉁한 길을 달리셨죠?"

여인은 화들짝 놀라며 홈스를 바라보았다.

"이상하게 생각지는 마세요. 왼쪽 팔에 흙 튀긴 자국이 일곱 군데나 있거든요. 아직 안 말랐어요. 흙을 튀게 하는 건 이륜마차밖에 없습니다. 그것도 마부 왼쪽에 앉으면 그렇게 튀죠."

"다 맞는 말씀이세요. 그런데 제가 너무 긴장돼서 참을 수가 없었어요. 미칠 것만 같아요. 도움을 청할 사람도 없고요. 한 사람 있긴 한데, 그는 사랑하지만 너무 나약해서 도와줄 수가 없답니다. 그러던 차에 파린터시 부인한테서 선생님 얘기를 들었어요. 저를 좀 도와주실 수 있습니까? 저는 지금 캄캄한 어둠 속에 갇혀 있어요. 당장은 선생님께 대가를 지불할 수 없지만 곧 결혼을 하게 되면 그때는 제 재산을 쓸 수 있으니까 은혜를 잊지 않겠어요."

홈스는 책상으로 가서 서랍을 열고는 이제까지 죽 기록해 놓은 사건 노트를 꺼냈다.

"파린터시라! 아, 기억납니다. 호박이 박힌 왕관 사건이었죠. 왓슨, 자네를 알기 전이네. 부인, 제가 기꺼이 도와드리겠습니다. 그리고 보상 문제는, 제 직업이 바로 보상을 하니까 특별히 하실 건 없고요, 단지 사건에 쓰이는 비용에 대해서는 여유 있을 때 아무 때나 갚아주시면 되겠습니다. 못 갚아주셔도 괜찮고요. 그럼, 어떤 일인지 설명을 해주시죠."

"지금 제가 안고 있는 문제는 무척 막연합니다. 그리고 제가 의심을 갖고 있는 점들이 전부 자잘한 일들이라, 제 약혼자와 상의를 하려고 해도, 신경이 예민한 여자의 쓸데없는 망상이라며 그는 거들떠도 안 보고 있어요. 물론 그가 드러내놓고 그렇게 말한다는 게 아니라, 그의 말투나 눈빛을 보면 알 수 있거든요. 선생님은 이런 복잡한 심정을 꿰뚫어보실 줄 안다고 들었어요. 저는 지금 말 못할 위험 속에서 어떻게 해야 좋을지 모르겠어요. 제 이름은 헬렌 스토너입니다. 저는 의붓아버지와 함께 살고 있는데, 그는 스톡 모란 지방에 있는 로일롯이라는, 영국에서 가장 오래된 가문의 유일한 후손이죠."

"그 가문 이름은 잘 알고 있습니다."

홈스가 머리를 끄덕이며 말했다.

"그 가문은 한때 영국에서 가장 부자였어요. 땅이 북쪽으로는 버크서에서 서쪽으로는 햄프셔까지 이어질 정도였으니까요. 하지만 조상들이 대대로 방탕한 생활을 하는 바람에 결국 다 없어졌죠. 지금은 손바닥만한 땅과 200년 된 집 한 채밖에 남아 있지 않습니다. 그 집도 몇 번이나 저당을 잡혔었죠. 할아버지는 근근이 생활을 하다가 결국 비참한 귀족의 말년을 보내게 되었어요. 제 의붓아버지는 외아들인데, 다행히 생활력이 강하셨죠. 그래서 친척들한테 돈을 빌려 의학공부를 하고 인도의 캘커타로 가서 병원을 세웠어요.

그런데 한번은 집안에서 도난 사건이 일어났는데, 너무 격분한 나머지 하인인 인도인을 때려서 죽이게 된 겁니다. 어찌어찌해서 사형은 면했지만 오랜 감옥생활을 치러야 했죠. 그러다보니 우울증에 걸리고 좌절감에 빠져 영국으로 돌아왔어요. 제 어머니와 결혼한 건 그가 인도에 있을 때였죠. 제 친아버지는 군인이셨는데, 전사했고요. 전 언니 줄리아와 쌍둥이였는데, 우리가 두 살 때 어머니가 재혼하셨어요. 엄마는 많은 재산을 갖고 있어서 1년에 이자만 해도 천 파운드가 넘을 정도였어요. 하지만 영국으로 돌아온 지 얼마 안 돼 어머니가 돌아가셨어요. 8년 전이었는데, 크루 근처에서 일어난 기차사고 때문이었죠. 그 전에 어머니는 의붓아버지에게 전 재산을 맡기셨어요. 언니와 제가 결혼하면 연간 얼마씩 준다는 조건으로요.

어머니가 돌아가신 후 의붓아버지 로일롯 씨는 런던에서 다시 개업할 생각을 포기하고, 우리를 데리고 스톡 모란으로 돌아왔습니다. 어머니가 남긴 재산이 워낙 넉넉했기 때문에 우리는 생활하는 데 아무 지장이 없었어요. 그런데 의붓아버지가 무섭게 달라지기 시작했습니다.

그는 동네 사람들이 반가워 찾아와도 외면하며 일체 밖으로 나가지 않았어요. 심지어 외부 사람이 정원에 들어오는 것조차도 싫어해 심하게 싸우곤 했죠. 원래 그 집안사람들이 난폭한 성격이 있긴 한데, 의붓아버지의 경우는 오랫동안 더운 나라에서 살아서인지 더 심했던 겁니다.

그동안 여러 번 분란을 일으키다가 경찰서에도 두 번이나 갔었어요. 동네 사람들이 이제는 그를 피할 정도죠. 지난주에도 그가 대장간 주인을 개천 속으로 떠밀어 넣는 바람에 시끄러워질까봐 제가 있는 돈을 다 긁어 해결했어요. 의붓아버지는 집시들하고만 어울리고 있습니다. 우리 집 정원에다 그들이 천막을 치도록 허락하는가 하면, 본인도 그 천막 속에서 함께 지내기도 하고, 때로는 몇 주일씩 그들을 따라 유랑을 다니고 있답니다. 그는 또 인도산 동물들을 좋아해 인도에 있는 친구들이 보내온 표범이라든지 다른 맹수들을 집안에서 키우고 있어요. 그래서 그 동물들이 정원을 돌아다니기 때문에 이웃 사람들이 더 무서워하고 있는 겁니다. 하인들도 오려고 하지 않아 우리는 직접 집안일을 할 수밖에 없었어요. 줄리아는 서른 살에 죽었는데, 지금 저처럼 머리가 허옇게 새었었죠."

"아! 언니가 돌아가셨어요?"

"네, 2년 전에요. 제가 말하고 싶은 건 언니의 죽음에 대해서입니다. 우리는 이런 환경 속에서 살았기 때문에 같은 또래의 친구가 없어요. 미혼인 이모 한 분이 해로우언더힐 근처에 살아 가끔 갔다 올 뿐이었죠. 2년 전 크리스마스 때 이모집에 갔다가 줄리아는 우연히 해군 소령을 만나게 되었어요. 그리고 그와 약혼을 했죠. 의붓아버

지는 언니가 약혼했다는 말을 하자 반대하지는 않더군요. 그러나 결혼식 2주 전에 결국 무서운 일이 벌어지고 말았습니다. 그래서 줄리아가 죽게 된 겁니다."

홈스는 의자에 앉아 머리를 기대고 한동안 눈을 감고 있더니 다시 뜨면서 그녀를 쳐다보았다.

"좀 더 자세히 설명해보세요."

"네, 지금도 생생히 기억하고 있어요. 우리가 살고 있는 저택은 무척 낡아서 우리는 한쪽 건물에만 살고 있습니다. 침실이 아래층에만 세 개 있는데, 의붓아버지와 줄리아, 그리고 제 방이죠. 방들 사이엔 따로 문이 없고 복도로 문이 나 있어요. 그리고 그 방들의 창문은 모두 정원 쪽으로 나 있죠. 그날 밤, 의붓아버지는 일찍 자겠다면서 들어갔어요. 그런데 그가 늘 피우는 인도산 담배 냄새가 나기 시작하는 거예요. 그는 바로 잠든 게 아니었죠. 워낙 냄새가 강했기 때문에 금방 알 수 있었고, 언니는 그것 때문에 늘 괴로워했었죠. 그래서 언니는 제 방으로 왔어요. 그러고는 얼마 후로 닥친 결혼 얘기를 한참이나 나눴죠. 그날 11시쯤 언니는 자기 방으로 가려고 나가다가 저한테 묻더군요. 한밤중에 누가 휘파람 부는 소리가 들렸는데 혹시 저더러 들었느냐면서요. 저는 못 들었다고 했죠. 그래서 왜 그러냐고 했더니, 이렇게 말하더군요. '요즘 며칠째 새벽 3시쯤에 휘파람 소리 같은 게 들렸어. 소리는 작은데 분명히 들려. 난 조그만 소리가 나도 금방 깨거든. 근데 휘파람 소리가 어디서 나는 건지 모르겠어. 옆방에서 나는 건지 정원에서 들려오는 건지 말이야.' '집시들이 내는 소리 아닐까?' '그런가? 근데 정원에서 나면 너는 왜 못 들었을까?' '나는 세상 모르고 자잖아.' '뭐, 아무튼 별 거 아니야.' 줄리아는 웃으며 문을 닫고 나갔습니다. 그리고 몇 분 뒤에 그녀가 문을 잠그는 소리가 들렸어요."

"평소에도 문을 잠그고 잤습니까?"

"네, 그렇습니다."

"왜 그랬죠?"

"짐승들 때문이죠. 문을 안 잠그면 마음이 편하지 않거든요.

"아, 그렇군요. 계속 말씀하세요."

"그런데 전 잠이 안 왔습니다. 뭔가 불길한 예감이 들었거든요. 언니와 저는 쌍둥이라 깊이 연결돼 있는 무엇이 있어요. 그날 밤은 특히 바람도 세차게 불고 비가 퍼붓고 있었어요. 그리고 갑자기 여자의 무서운 비명이 들리더군요. 저는 직감적으로 그게 줄리아라는 걸 알았습니다. 그래서 복도로 뛰어나갔죠. 근데 제 방문을 열 때도 휘파람 소리가 들렸던 것 같았어요. 그리고 곧 문고리가 떨어지는 것 같은 소리가 들렸어요.

언니 방문이 열려 있더군요. 전 두려움에 떨며 방안을 들여다보았습니다. 복도의 흐릿한 불빛으로 언니의 모습이 보였어요. 완전히 파랗게 질려서 팔을 휘저으며 온몸을 떨고 있더군요. 전 언니를 붙잡았어요. 그러나 더는 서 있지 못하고 바닥으로 쓰러지고 말았어요. 끔찍한 고통 속에 몸을 뒤틀며 무섭게 떨고 있었어요. 당시 언니가 정신을 놓아버린 줄 알았는데 별안간 이렇게 말하는 겁니다. '아, 세상에! 헬렌, 끈이었어. 얼룩 끈이었어!' 하고 말이죠. 도저히 잊혀지지 않는 말이었죠. 그러고는 다른 말을 하려고 의붓아버지 방 쪽을 손으로 가리키다가 또 경련이 일어나는 바람에 멈추었죠. 저는 급히 의붓아버지를 불렀어요. 그런데 그가 언니 옆으로 오자마자 언니는 정신을 잃었어요. 언니 입에 브랜디를 떨어뜨리고 의사를 불러왔지만 소용이 없었어요. 언니는 그 길로 세상을 뜨고 말았습니다."

"그런데 그 휘파람 소리와 문고리 떨어지는 소리를 분명히 들으셨나요? 확신합니까?"

"검시관도 제게 그 질문을 했습니다. 저는 분명히 들었다고 기억하고 있지만 바람 소리 때문에 집 어딘가에서 나온 소리를 잘못 들었는지도 모르죠."

"언니는 어떤 옷을 입고 있었습니까?"

"잠옷을 입고 있었어요. 오른손에는 불 꺼진 성냥을, 왼손에는 성냥갑을 쥐고 있었고요."

"그건 언니가 불을 켰다는 건데요. 아주 중요한 문제입니다. 그런데 검시관은 뭐라고 했습니까?"

"의붓아버지의 기행이 워낙 소문나 있어서 이 사건을 무척 신중하게 다루더군요. 그러나 사인에 대해선 구체적인 답을 못 얻었습니다. 외부에서 침입한 흔적이 없고, 언니 몸에도 폭행을 당한 상처 같은 게 전혀 없었거든요."

"혹시 독약이라도?"

"그것도 의사가 검시를 해봤는데, 전혀 나오지 않았습니다."

"그럼 사망한 원인이 뭐라고 생각하십니까?"

"저는 단지 공포심과 신경과민 때문이라고 믿고 있습니다. 그 공포심이 무엇에 근거한 것인지는 모르지만요."

"그때 정원에 집시들이 있었나요?"

"네, 있었습니다. 항상 몇 사람씩은 있었으니까요."

"그런데 얼룩 끈이란 말은 무슨 뜻일까요?"

"어떤 때는 그게 정신착란 상태에서 아무렇게나 나온 소리라고 생각되기도 하고, 또 어떤 때는 무슨 집단에 속한 사람들을 가리키는, 그러니까 집시들을 지칭하는 소리라고 생각되기도 했습니다. 집시들이 얼룩덜룩한 걸 머리에 감고 있었거든요. 그걸 얼룩 끈이라고 불렀는지도 모르겠어요."

홈스는 뭔가 불편한 듯이 머리를 흔들었다.

"그건 아주 중요한 얘깁니다. 그럼 그 후엔 어떻게 됐습니까?"

"그 후 2년이 지났습니다. 그러다 한 달 전에 제 남자친구가 저에게 결혼 신청을 했어요. 그의 이름은 퍼시 아미테이지인데, 레딩 근처 크랜워터에 살고 있습니다. 우리는 올 봄에 결혼하기로 했죠. 그래서 이틀 전에 우리 집 공사를 시작해 제 방의 벽을 뚫게 되어 저는 언니 방으로 가서 잤어요. 그런데 어젯밤에 언니 생각을 하다가 별안간 그때 그 휘파람 소리를 다시 듣게 됐던 겁니다. 깜짝 놀라 일어나 램프를 켰죠. 방안엔 새로운 게 아무것도 없었어요. 하지만 마음이 불안해 밤새 잠을 이루지 못했어요. 그래서 아침이 되자마자 바로 나와서 이렇게 선생님을 만나러 온 것입니다."

"좋습니다. 그런데 당신은 뭔가를 감추고 계시는군요. 의붓아버지를 감싸고 있어요."

"네? 무슨 말씀이세요?"

홈스는 여자의 무릎 위에 놓여 손을 가리고 있는 검은 레이스를 들어 올렸다. 그녀의 팔목에 다섯 손가락으로 눌린 거무스레한 상처 자국이 나 있었다.

"당신은 혹사당하고 계십니다."

여자는 당황해하며 팔을 얼른 가렸다.

"그는 힘이 무척 억세거든요. 그런데 자신은 모르고 있죠."

한동안 침묵이 이어졌다. 홈스는 턱을 괴고는 난로의 불길을 바라보았다.

"이건 아주 중요한 문젭니다. 우리가 행동방침을 정하기 전에 자세히 조사해야 할 게 무척 많습니다. 그리고 서둘러야 할 것 같습니다. 우리가 오늘 스톡 모란으로 가면 당신 의붓아버지가 눈치 채지 않게 방들을 조사할 수 있을까요?"

"오늘 뭔가 급한 일이 있어 시내로 나가신다고 하더군요. 그러니 집에 안 계실 거예요. 아버지만 안 계시면 아무도 방해할 사람은 없죠. 가정부가 한 명 있긴 한데 늙고 둔해서 쉽게 밖으로 내쫓을 수 있어요."

"잘됐습니다. 여보게, 왓슨! 잠깐 같이 가겠나?"

"그러세."

"그럼 우리 두 사람은 오후에 가도록 하겠습니다. 아침 식사를 하고 가시겠습니까?"

"아니오. 곧 가야 합니다. 선생님께 다 얘기를 했더니 속이 시원해요. 그럼 오후에 뵙겠습니다."

그녀는 검은 베일을 다시 얼굴에 쓰고 방을 나갔다.

"왓슨, 자네는 이 사건을 어떻게 생각하나?"

홈스가 의자에 앉으며 물었다.

"아주 악질적인 사건 같은데."

"그렇지. 굉장히 음험하고 악질적이지!"

"그런데 그녀 말대로 문이나 창문 등이 모두 굳게 잠겨 있었다면 그녀의 언니는 혼자 죽어갔다는 소린데……."

"한밤중에 들린 휘파람 소리나 언니가 죽으면서 말한 그 이상한 단어는 어떻게 생각해야 할까?"

"글쎄, 모르겠네. 그런데 집시들과는 무슨 관련이 있다는 건가?"

"모르지. 아무튼 스톡 모란에 가서 죽은 딸의 결혼을 반대한 이유가 무엇이었는지를 알아봐야 하네. 아니, 뭐지?"

별안간 방문이 열리는 걸 보고 홈스가 소리쳤다. 곧 거대한 체격의 남자가 문간에 나타났다. 그는 의사 같기도 하고, 농부 같기도 한 옷차림으로 검은 모자를 쓰고 긴 프록코트를 걸친 채 사냥꾼 회초리를 들고 있었다. 엄청나게 큰 키에 쭈글쭈글한 얼굴, 햇볕에 검게 탄 피부 때문인지 몹시 사나워 보였다. 눈빛과 콧부리는 무서운 맹수를 연상케 했다.

"누가 홈스요?"

흉측하게 생긴 남자가 물었다.

"접니다. 그런데 당신은 누구시죠?"

"나는 스톡 모란에 사는 그림스비 로일롯 박사요."

"아, 그러신가요. 앉으시죠."

홈스가 점잖게 말했다.

"됐소. 난 내 딸의 뒤를 밟았소. 그 애가 여기 와서 무슨 말을 했소?"

"벌써 날씨가 꽤 춥네요."

"그 애가 무슨 말을 했냐고요?"

남자가 고함을 질렀다.

"벚꽃이 잘 필 것 같다는 말을 하던데요."

홈스가 태연스레 대답했다.

"이봐요, 지금 날 놀리는 거요?"

늙은 남자가 한 발짝 앞으로 나서며 회초리를 휘둘렀다.

"이봐, 당신 얘기 많이 들었는데, 쓸데없이 남의 일에 끼어들기 좋아한다면서요?"

"아, 난 일을 좋아할 뿐이오."

홈스가 껄껄 웃으며 받아쳤다.

"경찰 끄나풀로 말이지?"

홈스가 또다시 크게 웃었다.

"당신 표현이 재밌군요. 나갈 때 문이나 잘 닫으시오. 바람이 몹시 차니까요."

"우리 일에 참견 마시오. 내 딸이 여기 올 것 같아서 내 따라 왔소. 나한테 시비 걸면 큰 코 다치니까 가만히 있는 게 좋을 거요. 내 보여주지!"

그는 갑자기 달려들어 난로용 부젓가락을 집더니 우악스런 손으로 활처럼 구부려 놓았다.

"내 손에 안 잡히도록 조심하시오."

그는 부젓가락을 내던지고는 씩씩거리며 방을 나갔다. 홈스가 웃으며 말했다.

"아주 단순한 사람이군! 좀 더 있었으면 내 손아귀 힘도 그만큼 세다는 걸 보여주려고 했는데!"

홈스는 부젓가락을 집어 들더니 다시 원래대로 펴놓았다.

"내가 경찰 끄나풀이라고? 그렇다면 이 사건을 더 철저히 파헤쳐야겠는걸. 문제는 저자가 의붓딸을 헤치지나 않을까 우려가 된다는 거야. 자, 왓슨! 빨리 아침 먹고 등기소에 가봐야겠네. 혹시 도움 될 만한 자료가 있을지 모르니까."

홈스는 1시쯤 되어 돌아왔다. 그는 무슨 글자와 숫자가 휘갈겨 씌어진 파란색 쪽지 하나를 들고 있었다.

"죽은 부인의 유언을 봤는데, 당시 재산 가치를 현시가로 따져보니까, 1100파운드 조금 안됐던 게 지금은 농산물 가격이 떨어져 750파운드밖에 안 되더라고. 딸들이 결혼하면 각자 250파운드를 청구할 수 있었지. 그래서 두 딸이 결혼하면 그자에게 남는 건 별로 없었어. 그러니 딸의 결혼을 반대할 강력한 이유가 성립됐던 거야. 그런데 왓슨, 지금 한가하게 노닥거릴 때가 아니네. 그자가 우리를 의심하고 있으니 말이야. 자, 빨리 워털루 역으로 가야 하니 권총을 챙기도록 하게. 그가 워낙 힘이 억세니까 권총은 일리 2호로 하는 게 좋을 거야."

다행히 레더해드로 가는 기차가 곧바로 있었다. 레더해드에 내려서는 마차를 타고 서리 지방을 향해 4,5마일을 달렸다. 날씨가 아주 화창했다. 길에는 봄의 첫 새싹이 돋아났고, 공기는 상쾌하기 이를 데 없었다. 홈스는 팔짱을 끼고 모자를 푹 눌러쓴 채 고개를 잔뜩 수그리고 생각에 빠져들어 있었다. 그러다 별안간 내 어깨를 치며 길가를 가리켰다.

"저기 좀 봐!"

풀밭이 약간 경사를 이루며 올라가다가 숲이 펼쳐져 있는 곳이었다. 나무들 사이로 낡은 집 한 채가 보였다.

"저기가 스톡 모란인가요?"

홈스가 마부에게 물었다.

"네, 저기가 그림스비 로일롯 씨 집인 것 같습니다."

"저기, 집 공사하는 데 있죠. 그리로 갑시다."

"저기가 마을인데요. 그 집으로 가시려면 이 언덕을 넘어서 가로질러 가시는 게 더 빠를 겁니다. 저기, 한 여자가 가고 있군요."

마부가 왼쪽으로 멀리 보이는 집들을 가리키며 말했다.

"아, 저 여자! 스토너 양이네요. 당신 말이 맞나보군요. 그렇게 합시다."

우리는 거기서 내려 언덕을 올라갔다.

"나는 마부한테 우리가 건축이나 뭐 분명한 일 때문에 온 것처럼 보이려고 했다네. 그래야 소문이 안 퍼지니까 말일세. 안녕하세요, 스토너 양. 약속한 대로 왔습니다."

그녀는 무척 반가워하며 빠른 걸음으로 다가왔다.

"정말 기다렸어요. 일이 잘 돼가는 것 같아요. 아버지는 시내로 가서 저녁 전까지는 안 돌아오실 것 같아요."

"그분을 만났습니다."

홈스가 말하며 간단히 설명을 하자 스토너 양의 얼굴이 창백하게 변해갔다.

"뭐라고요? 저를 미행했다고요?"

"그런 걸로 알고 있습니다."

"그는 음흉하게 늘 저를 감시하고 있어요. 돌아오면 뭐라고 하죠?"

"깜짝 놀라겠지요. 자기 뒤에도 자기보다 더 영악한 사람이 따라다닌다는 걸 알게 될 테니 말입니다. 오늘 밤에는 그가 못 들어오게 방 안에 꼭 들어가 있으세요. 만일 그가 무슨 짓을 할 것 같으면 해로우언더힐에 있는 이모집으로 모셔다 드리겠습니다. 자, 그럼 시간을 잘 활용해야 하니까, 빨리 조사할 방들을 좀 보여주세요."

건물은 본관을 중심으로 양옆 날개 부분으로 이루어져 있었는데, 왼쪽 날개 부분과 중앙은 낡고 폐가 같은 분위기였다. 그러나 오른쪽 부분은 창에 덧문이 있었으며, 굴뚝에서 연기도 올라오고 있었다. 홈스는 창문 부분을 세심하게 조사했다.

"이 방이 당신 방이고, 가운데 방이 언니 방, 그리고 그 옆이 아버지 방이라고 했죠?"

"네, 근데 요즘은 제가 가운데 방에서 지내고 있습니다."

"공사 중에만 그러겠다고 했죠? 그런데 당신 방을 수리해야 할 특별한 이유는 없을 것 같은데요."

"저를 다른 방으로 가게 하려고 일부러 그런 것 같아요."

"아, 말씀을 듣고 보니 매우 의미심장하군요. 그런데 당신 방의 문을 잠그면 아무도 못 들어온단 말이죠? 그럼 가서 덧문을 닫아보죠."

홈스는 밖에서 덧문을 열려고 아무리 애써 봐도 열리지 않았다. 빗장 사이로 칼날도 들어가지 않았다. 홈스는 턱을 문지르며 말했다.

"음, 생각했던 대로 안 되는군. 빗장만 잘 걸어놓으면 아무도 못 들어가겠어. 그럼 안쪽에 무슨 단서가 있을까."

가운데 방은 천장이 낮고 벽난로가 있는, 평범한 시골집 그 자체였다. 옷장 하나와 침대, 그리고 의자 두 개와 바닥의 카펫이 이 방에 있는 전부였다.

홈스는 의자에 앉아 방 안의 모든 것을 세밀하게 관찰했다.

"저 벨은 어디로 연결돼 있는 거죠?"

침대 옆으로 늘어져 있는 굵은 줄을 가리키며 그가 물었다.

"가정부 방으로 연결돼 있습니다."

"저 줄은 다른 것들보다 오래 안 된 것 같은데요."

"네, 2년밖에 안됐어요."

"언니가 요구해서 만든 겁니까?"

"아니오. 그거 쓴다는 얘기는 못 들었어요. 우리는 직접 주방으로 드나들었으니까요."

"그럼, 거기다 새 줄을 매달 필요가 없었겠네요."

홈스는 이번엔 마룻바닥을 자세히 들여다보았다. 그러고는 침대를 한동안 바라보더니 그 줄을 힘껏 잡아당겼다.

"아니, 왜 소리가 안 나지?"

"소리가 안 난다고요?"

"네, 이 줄은 연결돼 있지 않습니다. 재밌는데요. 자, 보세요. 저 위에 있는 못에 그냥 묶어져 있어요."

"아니, 세상에! 저는 전혀 몰랐어요."

홈스는 또 한 번 줄을 잡아당겼다.

"이상하네요. 이 방은 조금 이상한 점이 있어요. 어떤 멍청한 건축가가 옆방과 사이에 있는 벽에다 구멍을 뚫어놓았거든요. 왜 밖으로 뚫지 않고 이렇게 했을까요?"

"그 구멍은 뚫은 지 얼마 안됐어요."

"저 줄을 매달 때 같이 한 건가요?"

"네, 그때 몇 가지 수리를 했어요."

"무척이나 흥미롭습니다. 먹통 벨 줄과 공기도 안 통하는 구멍이라니! 그럼 부인, 저쪽 방으로 가볼까요."

로일롯 씨 방은 좀 더 컸지만 가구는 똑같이 단출했다. 대신 금고가 하나 있었다.

"이 안에 뭐가 들어 있죠?"

홈스가 금고를 툭툭 치며 물었다.

"아버지의 서류들이에요."

"내부를 보신 적이 있군요."

"몇 년 전에 한번 봤습니다. 무슨 종이가 잔뜩 들어 있었어요."

"고양이는 안 들어 있었습니까?"

"아니오. 왜 그렇게 이상한 질문을 하세요?"

"이걸 보세요."

홈스는 금고 위에 놓여 있는 작은 유유 접시를 가리켰다.

"아니오. 고양이는 없어요. 밖에 큰 표범들은 있죠."

"아, 네. 알고 있습니다. 표범은 큰 고양이라고 할 수 있죠. 하지만 이렇게 적은 우유로는 표범에게 양이 안 찰 텐데요. 자, 마지막 문제가 하나 남았습니다."

그러면서 홈스는 나무의자로 가서 자세히 들여다보았다.

"고맙습니다. 다 끝났어요."

홈스는 굽혔던 허리를 펴면서 돋보기를 주머니에 집어넣었다.

"왓슨, 여기 재밌는 게 있네."

지적한 곳의 침대 모서리에는 채찍이 하나 둥글게 말린 채 걸려 있었다.

"자네 이게 뭐라고 생각하나?"

"뭐, 흔히 보는 채찍 아니야? 그런데 왜 말려 있지?"

"그러니까 말일세. 머리 좋은 사람이 나쁜 데다 쓰면 더 악질이 될 수 있지. 자, 스토너 양! 이제 밖으로 나가볼까요."

나는 홈스의 얼굴이 그렇게 찌푸려지는 걸 어디에서도 본 적이 없었다. 그는 다시 깊은 생각에 빠져 들어갔다. 그러고는 한참 후 입을 열었다.

"스토너 양, 지금 아주 중요한 시점이니까 제 말을 잘 들으세요."

"네, 물론이죠."

"상황이 아주 급박합니다. 당신이 위험해요. 문제는 당신이 어떻게 하느냐에 달려 있습니다."

"네, 말씀만 하세요."

"우선 저와 제 친구가 오늘 밤 당신 방에서 지내야 합니다."

나와 스토너 양은 놀라 그를 쳐다보았다.

"그래야 합니다. 반드시 그래야 합니다. 한데 저쪽에 여관이 있습니까?"

"네, 크라운 여관이라고 있습니다."

"좋아요. 거기서 당신 방이 보이나요?"

"네, 보이죠."

"그럼 이렇게 하세요. 로일롯 씨가 돌아오면 머리가 아프다고 얘기하고 방으로 들어가세요. 그리고 그가 자려고 방으로 들어가면 당신 방 창문을 열고 거기다 램프를 놓으세요. 우리가 여관에서 볼 수 있게 말이죠. 그런 다음 지금 수리 중인 원래 당신 방으로 가세요. 하룻밤은 잘 수 있겠죠?"

"네, 그럼요."

"그 다음 일은 우리가 알아서 하겠습니다."

"어떻게 하실 건데요?"

"당신이 들었다는 그 휘파람 소리의 출처를 알아내려고요."

"그럼 언니가 왜 죽었는지 알 수 있는 건가요?"

"그러려면 확실한 증거를 알아내야 합니다."

"저는 언니가 뭔가에 놀라서 죽은 거라고 추측하고 있는데, 그게 맞을까요?"

"아니오. 그건 아닙니다. 다른 원인이 있을 거라고 생각해요. 자, 우리는 로일롯 씨가 돌아오기 전에 떠나야 합니다. 용기를 내시고 제가 말씀드린 대로 하세요. 그러면 일이 잘 해결될 겁니다."

우리는 크라운 여관으로 가서 창문으로 건너편 집을 바라보고 있었다. 잠시 후 로일롯 씨가 마차를 타고 지나가는 게 보였다. 집에 도착해 마부가 철문을 여는 데 좀 늑장을 부리자 그는 주먹을 휘두르며 마부를 윽박질렀다.

마차가 떠나고 몇 분 후, 방 하나에 불이 켜졌다.

우리는 어둠이 내릴 때까지 기다렸다.

"왓슨, 오늘밤엔 아무래도 자네와 함께 가기가 힘들 것 같네. 위험할 것 같아서 말이야."

"하지만 내가 도움이 된다면 가야지."

"물론이지."

"그럼 됐네. 근데 뭐가 위험하다는 건가? 자네는 그 방에서 나보다 훨씬 더 많은 걸 관찰했을 거 아닌가?"

"아니야. 그냥 추측이야. 자네도 나와 똑같은 걸 봤을 거야."

"벨 줄밖에는 특별히 이상한 건 못 봤는데. 그런데 왜 그런 줄을 매달았는지 이해를 못하겠어."

"자네, 그 벽에 있는 구멍 봤나?"

"봤지. 근데 그게 뭐 특별히 이상하다고는 생각지 않았지. 쥐 한 마리 겨우 드나들 만큼 작은 구멍이던데 뭘."

"나는 그 집에 가기 전부터 그런 구멍이 있을 거라고 생각했다네."

"아, 그래? 그런데 그게 뭐 특별히 문제가 있다는 건가?"

"적어도 우연의 일치는 있네. 구멍이 뚫리고 줄이 매어지고 그리고 여자가 죽었다는 거 말일세."

"글쎄, 무슨 관련이 있다는 건지 도통 모르겠는데."

"침대에 이상한 거 못 봤나?"

"침대에?"

"그렇다네. 침대가 마룻바닥에 못으로 고정되어 있었네. 그렇게 움직이지 못하게 고정된 침대 봤나?"

"아니."

"그 언니라는 사람은 침대를 움직일 수가 없었던 거네."

"홈스, 자네가 무슨 작전을 생각하고 있는지 이제 어렴풋이 알 것 같네. 아주 교묘한 범죄를 예방할 수 있게 됐고 말이네."

"그렇다네. 무서운 범죄지. 의사가 범행을 계획하면 그야말로 흉측한 짓을 저지를 수 있지. 담력도 있고 기술도 있으니 말이네. 옛날에 파머나 프리처드 같은 사람들이 대표적인 경우였지. 그런데 이자는 더 교활한 것 같아. 아무튼 밤사이에 무서운 일이 일어날 거야. 신의 가호 아래 편안히 담배나 한 대 피우고, 가서 마음 단단히 먹고 지켜보세."

아홉 시쯤 방의 불이 꺼지자 집이 완전히 어둠속에 잠겼다. 그리고 11시쯤 되자 가운데 방 창문에 램프불이 켜졌다.

"자, 신호가 왔어."

잠시 뒤 우리는 밖으로 나왔다. 찬바람이 불며, 저쪽 어둠 속에서 노란 불빛이 하나 우리를 악마의 소굴로 인도하는 것 같았다. 담도 공사 중이라 집 안으로 들어가는 데는 문제가 없었다. 풀밭을 건너 창문으로 올라가려는데 갑자기 나무속에서 뭔가가 튀어나와 기어가더니 어둠 속으로 사라져갔다. 순간 소름이 끼치고 두려웠다.

"아니! 자네 봤어?"

홈스도 놀란 얼굴로 굳어 있었다. 그러더니 내 팔을 꽉 쥐며 귀에 대고 속삭였다.

"이 집의 귀여운 가족, 표범이야."

나는 로일롯 씨가 맹수들을 키우고 있다는 걸 잊고 있었다. 언제 그것들이 우리를 타고 오를지 알 수 없는 일이었다. 솔직히 난 신발을 벗고 방으로 들어간 다음에야 마음을 놓을 수 있었다. 홈스는 내 귀에 바짝 대고 뭔가를 속삭였는데, 거의 알아들을 수 없을 만큼 소리가 작았다.

"전혀 소리 안 나게 조심해야 해. 우리 작전이 수포로 돌아가기 전에."

나는 고개를 끄덕였다.

"불 끄고 앉아 있는 게 좋을 것 같아. 환기 구멍으로 볼지도 모르니까."

나는 또 고개를 끄덕였다.

"잠들면 안 돼. 위험한 일이 닥칠지 모르니까. 권총을 준비시켜 두게. 난 침대에 앉아 있을 테니 자네는 저기 의자에 가서 앉게."

나는 권총을 탁자 위에 놓았다. 홈스는 지팡이와 성냥과 양초를 옆에 놓았다. 그리고 램프를 끄고 앉아 있었다.

어떻게 그 무서운 밤을 잊을 수 있겠는가. 너무나 적막해서 내 숨소리까지 들을 수 있었다. 홈스는 눈을 부릅뜨고 잔뜩 신경을 곤두세운 채 앉아 있었다. 덧창으로는 불빛 하나 들어오지 않았다. 밖에서 가끔 새소리가 들리고, 고양이 소리 비슷한 것도 들려왔다. 그건 표범 소리인 게 틀림없었다. 그리고 15분마다 교회의 시계소리가 멀리서 들려왔다. 15분이 너무나 길게 느껴졌다. 12시, 1시, 2시…….
우리는 뭔가 일이 빨리 일어나기를 바라며 묵묵히 기다렸다.

그런데 갑자기 환기 구멍에서 불빛이 번쩍 했다. 그러고는 기름 냄새와 불에 달군 쇠 냄새가 나기 시작하며, 옆방에서 랜턴이 켜졌다. 이윽고 누군가가 살금살금 움직이는 소리가 들려왔다. 하지만 곧 조용해졌다. 냄새는 더욱 심하게 났다. 30분 정도 더 기다리자 밖에서 새소리가 들렸다. 작고 부드러운 소리였다. 마치 주전자에서 수증기가 빠져나오는 소리 같았다. 그 순간 홈스가 침대에서 일어나 성냥을 켜고 지팡이로 벨 줄을 내리쳤다.

"봤어, 왓슨?"

그가 소리쳤다. 하지만 나는 아무것도 보지 못했다. 난 단지 홈스가 성냥을 켤 때 났던 나지막하고 뚜렷한 휘파람 소리를 들었을 뿐이었다. 갑작스런 성냥 불빛 때문에 홈스가 무엇을 내리치는지는 못 봤던 것이다. 그의 파랗게 질린 얼굴은 혐오감으로 가득 차 있었다.

홈스는 구멍을 들여다보았다. 그때 느닷없이 무시무시한 비명 소리가 밤의 적막을 찢으며 들려왔다. 그 소리는 점점 커지며 고통과 두려움, 분노가 뒤섞인 소리로 울려 퍼졌다. 나중에 들은 얘기에 의하면, 이 소리는 멀리 있는 마을까지 들려 사람들을 깨웠다고 한다. 홈스와 나는 서로를 바라보고만 있었다. 엄청나게 무서운 비명이었다. 그러다 한참 후, 소리가 그치더니 다시 적막이 찾아왔다.

"무슨 소릴까?"

내가 숨을 몰아쉬며 물었다.

"다 끝났어. 아마도 잘 끝난 일일 거야. 권총을 들고 로일롯 씨 방으로 가세."

홈스는 불안한 표정으로 램프를 들고 방을 나갔다. 그러고는 로일롯의 방을 두 번 두드렸다. 아무 대답이 없었다. 그래서 우리는 문을 열고 들어갔다.

탁자 위에 랜턴이 놓여 있고, 그 불빛은 열려 있는 금고 쪽을 향해 있었다. 그리고 로일롯 씨는 탁자 옆 의자에 앉아 있었다. 그는 긴 잠옷 차림에 빨간색 슬리퍼를 신고 있었으며, 무릎에는 채찍이 놓여 있었다. 그리고 턱을 든 채 천장 한 곳을 무서운 눈빛으로 쳐다보고 있었다. 이마에는 누런 줄이 머리를 싸맨 것처럼 감겨져 있었다. 그는 그대로 굳어 있었다.

"끈이야! 저게 얼룩 끈이야."

홈스가 나직이 소리를 질렀다.

나는 한 발짝 앞으로 나아갔다. 순간 머리를 감싸고 있던 끈이 움직이기 시작하더니 로일롯의 머리 위에서 다이아몬드처럼 생긴 대가리가 목을 쳐들었다. 홈스가 소리쳤다.

"독사야. 인도산 중에서도 제일 무서운 거지. 아마 10초만에 죽었을 거야. 사악한 짓을 저지른 자가 정말 끔찍한 벌을 받은 셈이군. 남을 해치려고 함정을 팠다가 도리어 자신이 그 함정 속에 빠진 꼴이라고 할까. 자, 이걸 다시 집어넣고, 스토너 양을 다른 곳으로 피신시킨 다음, 경찰에 알려야겠네."

그는 로일롯의 무릎에서 둥글게 말려 있는 채찍을 들어 뱀의 목 쪽으로 휙 던졌다. 뱀이 움직이자 금고 안으로 밀어 넣고 다시 문을 닫았다.

우리는 스토너 양을 해로우언더힐에 있는 이모집으로 데려다주고 경찰서로 갔다. 조사 결과는 로일롯이 위험한 동물을 함부로 다루다가 습격을 받아 죽은 것으로 결론이 났다. 다음날 돌아오는 기차 안

에서 홈스가 말했다.

"왓슨, 나는 처음에 전혀 다른 결론을 내렸었어. 불충분한 자료를 가지고 추측하다 보니 그런 위험한 생각을 하게 된 거지. 집시들이 있었다는 거라든지, 그녀 언니가 성냥불을 켰다가 잠깐 본 걸 가지고 끈이라고 말했다는 것 등을 자료로 난 완전히 다른 생각을 했던 거야. 그러다가 방문이나 창문으로는 어떠한 것도 들어올 수 없다는 걸 알게 되면서 생각을 달리 하게 됐다네. 자네도 알다시피 나는 벨 줄과 구멍에 대해서만 집중적으로 생각했지.

벨이 울리지 않고 침대가 마룻바닥에 못으로 고정되어 있다는 건, 말하자면 그 줄이 구멍에서 나오는 무엇을 침대로 연결시키는 고리 역할을 한다는 의미였어. 그래서 뱀이 문득 떠오르더라고. 화학적 독이 아닌 자연의 독을 쓰는 건 옛날 동양에서 영악하고 잔혹한 사람들이 흔히 쓰던 수법이었지. 효과가 아주 빠르니까 말이야. 독사가 문 자국인 두 개의 검은 점은 웬만큼 면밀한 검시관이 아니고는 발견할 수 없다네. 그리고 휘파람 소리가 났다고 했던 말도 떠올랐지. 아마도 그 우유를 가지고 뱀이 돌아오도록 훈련시켰을 거야.

그러고는 구멍을 통해 뱀이 들어가도록 한 다음 줄을 타고 침대로 내려가게 한 거지. 나는 그 방에 들어가기 전에 이미 확신을 했었어. 그리고 방에서 의자를 보자 그가 구멍에 손이 닿을 정도의 높이로 그 의자 위에 올라간다는 걸 알게 됐지. 게다가 금고와 우유 접시와 채찍이 있는 걸 보고는 확신을 굳히게 된 거라네. 스토너 양이 말한 무슨 쇳소리는 아마도 로일롯 씨가 뱀을 금고 속에 넣고 나서 문을 닫을 때 난 소리였을 거야. 이런 확신을 갖고 있던 차에 뱀이 기어오는 소리가 들려 즉시 불을 켜서 내쫓은 거라네."

"그러니까 그 구멍으로 뱀이 달아난 거군."

"그래서 결국 그쪽 방 사람을 공격한 거지. 내가 지팡이로 치자 뱀이 독을 품으며 아무한테나 달려들어 화풀이를 한 거야. 그렇다면 나도 로일롯의 죽음에 간접적인 책임이 있는 셈이지. 하지만 솔직히 양심에 거리끼는 건 없다네."

여섯 개의 나폴레옹

경시청에서 일하는 레스트레이드는 저녁에 가끔 우리 하숙집에 놀러오곤 했다. 그는 요즘 치안국에서 무슨 사건을 다루고 있는지 시시콜콜 들려주었기 때문에 홈스는 그가 오는 걸 환영했다. 레스트레이드가 사건에 대해 얘기를 하면 그는 열심히 듣고 있다가 자신의 폭넓은 지식과 경험을 바탕으로 적절한 도움과 방향을 제시해주기도 했다.

그날 밤에도 신문에 난 기사들과 날씨 등에 대해 얘기를 나누고 있었다. 그런데 레스트레이드가 갑자기 아무 말 없이 줄곧 담배만 피워대는 것이었다. 홈스는 그가 심상치 않다는 듯 쳐다보았다.

"무슨 이상한 사건이라도 있어요?"

"아니오. 그리 대단한 사건은 아닙니다."

"얘기해보시죠."

레스트레이드가 웃으며 말했다.

"사실은 이 문제로 고민하고 있는데, 너무 어처구니없는 일이라 선생께 부탁드릴 수가 없습니다. 어쨌든 이상한 사건이긴 합니다. 한데 선생께서 이상한 사건에 더 흥미를 느끼시니까 말씀드리겠습니다. 아니, 이 사건은 왓슨 박사께서 더 흥미를 느끼실 것 같습니다."

"무슨 병인데요?"

내가 물었다.

"정신병이에요. 이상한 정신병이죠. 요즘 세상에 그런 사람이 있다는 게 도저히 이해가 안 됩니다. 나폴레옹을 증오한다면서 어디서든 나폴레옹 초상만 보면 깨부수는 사람이거든요."

"내가 관여할 일이 아니군요."

홈스는 그렇게 말하며 소파에 푹 기대 앉았다.

"그런데 남의 집에 있는 초상까지 박살내려고 밤에 몰래 들어갔다면 그건 의사가 아니라 경찰한테 보내야겠죠?"

홈스가 다시 몸을 일으켰다.

"도둑질을 했다고? 좀 더 자세히 얘기해봐요."

레스트레이드는 수첩을 펼치며 기억을 되살렸다.

"이 사건이 처음 보고된 건 4일 전, 케닝턴 가에 있는 미술품 가게 모스 헛슨에서 발생했습니다. 점원이 잠시 가게에 나갔는데 뭔가 깨지는 소리가 들려오더래요. 그래서 뛰어와 보니 나폴레옹의 석고 흉상이 산산조각 나 있었다는 겁니다. 탁자 위에는 다른 미술품들도 있었는데, 그것들은 하나도 안 건드리고 말이죠. 그래서 가게 밖으로 얼른 나가보았더니 한 행인이 그러더래요. 누가 가게에서 급히 뛰어나오는 걸 봤다고요. 하지만 찾을 수가 없었죠. 점원은 그 길로 경찰에 신고를 했답니다. 값도 몇 푼 안 나가는 흉상이고, 애들이 장난으로 들어와서 그런 것 같기도 했기 때문이죠. 그런데 그런 일이 또 일어난 거예요. 바로 어젯밤이었죠. 이번엔 더 심각하고, 이상했어요. 모스 헛슨 가게에서 몇 백 미터 떨어진 곳에 파니코트라는 의사가 살고 있지요. 그는 템스 강 남쪽에서는 가장 유명한 의사죠. 케닝턴 가에는 그 사람의 집뿐 아니라 큰 병원도 있고, 또 프릭스턴 가에도 분원이 있답니다. 그는 나폴레옹을 워낙 숭배하고 있어서 집에는 나폴레옹에 대한 책과 그림, 유물 등이 쌓여 있었대요. 최근에도 그는 모스 헛슨 가게에서 프랑스의 유명 조각가 뜨빈느가 만든 나폴레옹 흉상 복제품 두 개를 샀지요. 한 개는 집에 두고 다른 한 개는 프릭스턴 분원에 두었답니다. 그런데 바로 어젯밤 집에 있던 그 흉상을 도둑맞은 거죠. 다른 건 다 그대로 있는데 그 나폴레옹 흉상만 없어졌다는 거예요. 누군가가 들고 나가다가 정원 담벼락에 부딪쳤는지 부서진 조각들이 흩어져 있었답니다."

홈스는 손을 비볐다.

"정말 재밌는 일이네요."

"네, 그렇게 생각하실 줄 알았습니다. 얘기를 끝까지 들어보세요. 그 다음에 의사가 분원으로 갔는데, 거기서도 똑같이 밤에 도둑이 들어 그 흉상만 박살이 나 있었다는 겁니다. 그런데 누가 한 짓인지 아무런 단서가 없었다는 거죠. 어떻게 생각하십니까, 홈스 선생?"

"이상한 게 아니라 이해할 수 없는 사건이네요. 그 두 개의 흉상이 모스 헛슨 가게에서 깨진 것과 같은 건가요?"

"네, 전부 같은 모양의 흉상이죠."

"그렇다면 나폴레옹에 대한 증오심으로 그런 짓을 한 건 아닌 것 같은데요. 런던에만 해도 나폴레옹 흉상이 수없이 많을 거 아니오. 그런데 어떤 우상 파괴자가 흉상을 세 개나 우연히 깨트렸다는 걸 너무 지나친 우연의 일치로 보는 것 아닐까요?"

"저도 그런 생각이 듭니다. 그런데 그 부근에 흉상을 파는 가게는 그곳밖에 없답니다. 그리고 그 가게엔 나폴레옹 흉상이 세 개밖에 없었다고 합니다. 런던 전체에는 몇천 개가 있겠지만 그 구역에는 어쨌든 세 개밖에 없었어요. 결론은 그 근처에 사는 어떤 미친 사람이 저질렀을 가능성이 큽니다. 왓슨 씨, 어떻게 생각하십니까?"

"미친 사람은 무슨 짓이든 할 수가 있어요. 한 프랑스 학자가 고정관념에 대해 말한 적이 있는데, 말하자면 미친 사람은 굉장히 단순한 데가 있다는 거죠. 만약 그 미친 사람이 고정관념에 사로잡힌 경우라면, 나폴레옹을 깊이 연구했다든지 아니면 전쟁 때 조상 가운데 누가 나폴레옹한테 당했다고 생각해 볼 수 있습니다."

"그건 아닌 것 같네, 왓슨. 고정관념에 사로잡혀 있다 하더라도 어디에, 무슨 흉상이 있는지를 어떻게 알겠는가?"

그는 강하게 부정한다는 듯 머리를 흔들었다.

"그럼 달리 어떻게 설명할 수 있겠는가?"

"나는 설명할 생각은 없네. 아무튼 그 사람이 한 짓은 뭔가 일정한 방식을 갖고 있는 것 같아. 예를 들어 의사 집에서는 사람들이 깨어날까 봐 정원으로 가져가 깨뜨렸고, 병원에서는 그냥 그 자리에서 깨뜨린 거야. 이 사건은 뭔가 대수롭지 않은 것처럼 보여. 하지만 이제까지 겪은 큰 사건 중에는 처음엔 이렇게 별 것 아닌 것처럼 보였던 사건이 꽤 많았거든. 그러니 이 사건을 절대 가볍게 봐서는 안 될 것 같네. 레스트레이드 경감, 뭐 새로운 소식이 있으면 그때그때 나한테 연락해주시오."

홈스가 예감했던 대로 이 사건은 생각보다 비극적이고 빠르게 전개되어 갔다. 다음날 아침, 내가 일어나 옷을 입고 있는데, 홈스가 전보를 들고 방으로 들어왔다. 내용은 이랬다.

켄싱턴, 피트 가 131번지로 급히 오시기 바람.

레스트레이드

"무슨 일일까?"

내가 물었다.

"모르겠어. 무슨 일이 있었겠지. 아마 그 흉상 사건과 관련된 일인지도 몰라. 만일 그거라면 이번엔 그 상습적인 파괴자가 다른 동네로 가서 사건을 저질렀다는 얘기겠지! 아무튼 가보세. 커피는 테이블에 있네. 마차도 불러놓았고."

30분 후 우리는 피트 가에 도착했다. 그곳은 런던의 번화가에서 조금 떨어져 있었다. 131번지는 다른 집들과 다를 바 없이 평범했다. 집 앞에는 구경꾼들이 모여 있었다. 홈스는 좀 놀라는 눈치였다.

"살인 미수 사건이라도 일어났나? 바쁜 배달원까지 구경하고 있으니 말이야. 사람들이 저렇게 기웃거리는 걸 보면 무슨 싸움이 있었던 게 분명해. 그런데 층계 아래는 말라 있는데 위에 한 층은 물로 씻겨 있군. 무슨 일일까. 아, 저기 레스트레이드가 창문 앞에 서 있네. 가서 물어보세."

레스트레이드는 아주 심각한 표정으로 우리를 맞이했다. 집안엔 한 나이 든 남자가 잠옷 차림으로 잔뜩 흥분해 서성거리고 있었다. 그는 집주인으로 중앙통신사에서 일하는 호레스 하커 씨라고, 레스트레이드가 소개했다.

"나폴레옹 흉상 사건이 또 일어났어요. 이번엔 아주 심각한 상황이라 연락드렸습니다."

"무슨 일인가요?"

"살인 사건입니다. 하커 씨, 이분들에게 상황을 전부 얘기해보세요."

하커는 몹시 슬픈 표정으로 우리를 바라보았다.

"참 아이러니해요. 나는 평생 다른 사람의 소식을 전해 왔는데, 이번엔 제가 당한 사건에 대해서 저 자신이 직접 전하게 됐으니 말입니다. 기가 막혀서 지금 단 한 자도 못 쓰고 있어요. 이건 석간신문에 2단으로 나올 기사예요. 그런데 여러 사람한테 죄다 얘기하다 보니 이게 그만 별일 아닌 사건처럼 되어가고 있습니다. 하지만 홈스 씨, 당신은 워낙 이름난 분이니까 사건을 잘 풀어주시리라 믿고 다시 한번 얘기해 드리지요."

홈스는 자리에 앉았다.

"내가 4개월 전쯤에 나폴레옹 흉상을 하나 샀는데, 아마 그 때문에 일어난 사건 같아요. 하이드 가에 있는 하딩 형제 가게에서 싸게 샀었죠. 나는 기사를 대부분 밤에 쓰기 때문에 어떤 때는 아침까지 작업을 할 때가 있습니다. 오늘도 그랬어요. 위층 서재에서 일을 하고 있는데, 새벽 3시쯤 됐을까, 아래층에서 무슨 소리가 들리더라고요. 그래서 가만히 귀를 기울이자 다시는 안 들리더군요. 나는 밖에서 난 소린 줄 알았어요. 그러다 5분쯤 지난 뒤에 갑자기 무시무시한 소리가 들리더라고요. 그렇게 무서운 소리는 처음 들었어요. 지금도 귀에 생생하게 들리는 것 같은데, 한 1,2분은 공포감으로 몹시 힘들었어요. 그러다가 마음을 누르고 아래층으로 가봤어요. 갔더니 창문이 활짝 열려 있고, 벽난로 위 선반에 있던 흉상이 없어진 겁니다. 아니, 비싼 것도 아닌 그런 흉상을 왜 가져갔는지 도대체 이해가 안 가네요. 그리고 여기 보세요. 이 창문으로 나가려면 훌쩍 뛰어야 현관에 닿을 수 있어요. 난 급히 현관으로 뛰어나가려고 방문을 나서다가 그 앞에서 뭔가에 걸려 넘어질 뻔한 겁니다. 성냥불을 켜보니까, 한 남자가 목에서 피를 흘리며 죽어 있었어요. 주변이 온통 피로 물들어 있었죠. 생각만 해도 끔찍해요. 나는 마구 소리를 지르고는 기절해버렸죠. 깨어났을 땐 경찰이 옆에 서 있더군요."

"그 죽은 사람은 누구였나요?"

홈스의 물음에 레스트레이드가 대답했다.

"전혀 알 수가 없습니다. 사체는 수용소로 보냈는데, 아직 신원은 조사해보지 않았어요. 큰 키에 햇볕에 그을린 얼굴이고, 서른 살 정도의 나이에 체격이 좋은 편이었죠. 옷차림은 허름한데 노동자 복장은 아니었지요. 옆에 칼이 하나 놓여 있었는데, 피살자가 버리고 간 건지, 죽은 자의 것인지 알 수가 없습니다. 그자의 주머니 속에서 나온 건 사과 한 개와 싸구려 런던 지도, 그리고 사진 한 장이 전부였어요. 여기 사진 좀 보세요."

작은 카메라로 찍힌 것 같은 스냅사진이었다. 남자는 민첩하고 날카로워 보였는데, 짙은 눈썹에 기이하게 튀어나온 얼굴이 마치 원숭이 같았다.

"그래서 흉상은 어떻게 됐습니까?"

홈스는 사진을 한참 들여다보더니 물었다. 레스트레이드가 대답했다.

"캠든 하우스 가의 한 빈집 정원에서 발견됐답니다. 산산이 조각이 나 있었다고 하는데요. 지금 가보려고 하는데, 같이 가시겠습니까?"

"그러죠. 한데 가기 전에 여길 좀 살펴봐야 하지 않겠소?"

그러면서 홈스는 창문과 카펫을 검사하기 시작했다.

"이자는 긴 다리에 재빠른 사람이구먼. 창 밖에 자그마한 뜰이 있는데, 그걸 건너서 바로 창문에 손이 닿았다는 건 보통 날렵한 솜씨가 아니거든. 나갈 때는 더 쉽지만 말이야. 하커 씨, 같이 가지 않겠어요?"

통신사 기자는 기분이 좋을 리 없었다.

"나는 빨리 기사를 써야 합니다. 벌써 석간 첫판에 자세히 났을 거예요. 전에 던캐스터에서 관람석 스탠드가 떨어진 사건 혹시 기억나십니까? 난 그때 그 스탠드에 있었던 유일한 기자였는데, 글쎄 우리 신문에만 그 기사가 안 실렸지 뭡니까? 충격으로 기사를 못 썼던 거죠. 이번에도 우리 집에서 일어난 살인 사건인데, 정작 내가 못 쓰고 있는 거 아닙니까?"

우리가 집을 나설 때 하커 씨는 열정적으로 기사를 쓰기 시작했다.

흉상의 잔해는 그곳에서 2,3백 미터밖에 떨어지지 않은 곳에서 발견되었다. 우리는 거기서 처음으로 한 사나이의 마음속에 증오와 광기를 불러일으킨 나폴레옹의 흉상을 보게 된 것이다. 홈스는 조각을 집어 들어 자세히 살펴보았다. 무슨 단서를 알아냈는지 그의 표정이 자못 의미심장해지며 태도도 이상해졌다.

"어떻게 보십니까?"

레스트레이드가 묻자 그는 어깨를 으쓱했다.

"아직 오리무중이오. 하지만 몇 가지 단서가 될 만한 암시는 주네요. 범인에게는 어쩌면 이 평범한 흉상을 찾아내는 것이 목숨을 걸 만큼 중요한 일이었는지도 몰라요. 그런데 그걸 갖지 않고 깨트리는 게 목적이었다면 왜 바로 그 자리에서 깨트리지 않았는지, 그 점이 이상한 거요."

"사람 소리에 놀라서 그랬던 것 아닐까요? 그리고 스스로도 의식하지 못하고 한 행동일지도 모르고요."

"그럴 수도 있겠네요. 한데 왜 하필 이 집 정원에서 깼을까……."

레스트레이드가 주위를 돌아보며 대답했다.

"빈집이니까 그렇게 하기가 좋았겠죠."

"전에도 여기 빈집이 한 채 있었소. 그런데 왜 꼭 이 집까지 왔을까요?"

"글쎄요."

홈스는 바로 위에 있는 가로등을 가리켰다.

"여기서는 깨지는 게 잘 보이겠지요? 저곳의 빈집은 근처에 가로등이 없거든요. 그래서 잘 보이는 이곳으로 온 거요."

"아! 그렇군요."

레스트레이드는 감탄을 하며 말했다.

"맞는 것 같아요. 파니코트 박사 집에서도 램프 불빛 아래서 그 흉상을 깨트렸거든요. 그런데 홈스 선생, 이 사건을 어떻게 봐야 할까요?"

"잘 기억했다가 정확히 기록해두시오. 아마 머지않아 이 사건에 관련된 또 다른 사건이 일어날 거요. 그런데 어떻게 수사를 진행할 건가요?"

"우선 죽은 사람의 신분을 밝혀야 할 것 같습니다. 그러면 누가 그를 죽였는지도 알 수 있을 것 같은데요. 어떻게 생각하세요?"

"물론 그렇겠죠. 하지만 나는 다르게 할 것 같은데……."

"어떻게 말인가요?"

"내 방법에 좌우되진 말아요. 당신은 당신 방침대로 하시오. 그리

고 나중에 비교해보고 서로 보충하는 걸로 합시다."

"좋습니다."

"그럼 당신은 피트 가로 가서 하커 씨를 다시 만나시오. 그리고 내 말을 전하시오. 어젯밤의 범인은 나폴레옹에 대해 광적인 증오심을 품고 있는 살인자라고 말이오. 그 사람 기사에 도움이 될 거요."

레스트레이드는 놀라 눈이 둥그레졌다.

"그 사람이 안 믿을 것 같은데요."

"안 믿을지도 몰라요. 하지만 그렇게 쓰면 그 신문의 독자들이 재밌어할 거요. 자, 왓슨! 오늘은 할 일이 무척 많네. 꽤 힘들 거야. 그리고 레스트레이드, 당신은 저녁 6시에 베이커 가로 좀 와주시오. 그 죽은 사람 사진은 일단 내가 가지고 있겠소. 내 추측이 틀리지 않는다면 저녁에 좀 멀리 갈지도 모르겠소. 그때 같이 가주면 좋겠소. 그럼 저녁에 봅시다."

홈스와 나는 하이드 가에 있는 하딩 형제 가게로 갔다. 하딩 씨는 아직 출근 전이었고 신출내기 점원은 아무것도 모르고 있었다. 홈스는 몹시 실망해 낙담한 표정을 지었다.

"모든 게 원하는 대로 될 수가 있겠어? 하딩 씨가 낮에 나온다면 돌아오는 길에 다시 들러야지 뭐. 왓슨, 자네도 짐작했겠지만 난 이 흉상의 원본을 보고 싶었다네. 이 흉상들에 무슨 기구한 운명이 있는 건지 거기에 대한 설명이라도 있을까 해서 말일세. 자, 그럼 모스 헛슨 가게로 가세. 거기서 좋은 단서가 나올지도 모르니."

마차로 한 시간을 달려 우리는 가게에 도착했다. 헛슨은 작고 뚱뚱했으며, 붉은 얼굴에 성격이 급해 보였다.

"네, 맞습니다. 바로 우리 가게에서 당했어요. 이렇게 도둑이 들어와서 남의 물건을 깨뜨리고 난린데 세금을 낼 필요가 있는 겁니까? 그리고 내가 파니코트 박사한테 그 흉상 두 개를 팔았어요. 이건 허무주의자들 짓 같아요. 정말 나쁜 놈들이죠. 그런 놈들이 아니면 누가 남의 흉상이나 깨고 그러겠습니까? 그들은 무정부주의자들입니다. 난 그렇게 생각해요. 흉상을 어디서 구입했냐고요? 당신들이 알 필요가 있습니까? 꼭 알아야 된다면 말씀드리죠. 스테브니 구역 처치 가에 있는 캘다 상점에서 사왔습니다. 그곳은 그런 물건들로 유명한 곳이죠. 나도 20년째 거래해 오고 있습니다. 몇 개 샀느냐고요? 두 개 하고 한 개, 그러면 셋이겠죠? 두 개는 파니코트 박사한테 팔았고, 한 개는 이 가게에서 깨졌죠. 이 사진의 인물을 아느냐고요? 모르는 사람인데요. 아니, 잠깐! 이건 벱포 아닙니까? 이탈리아 사람이죠. 우리 가게에서 있을 땐 일도 잘했어요. 조각도 할 줄 알고, 액자도 만들고, 뭐 그런 일들을 했었죠. 그런데 지난주에 일을 그만뒀어요. 그러고는 한번도 못 봤죠. 그에 대해 다른 건 아는 게 없습니다. 우리 가게에서 일할 땐 특별히 문제 될 건 없었어요. 그랬는데 그 흉상 사건이 일어나기 이틀 전에 그만 두고 나갔죠."

가게에서 나오면서 홈스가 말했다.

"여기서는 이만큼 알았으면 됐어. 더욱이나 벱포라는 사람에 대해 알았으니까 10마일이나 달려온 게 헛수고는 아니었지. 이제는 캘다 상점으로 가세. 거기 가면 참고가 될 만한 게 분명히 있을 거야."

패션 구역, 호텔 구역, 극장 구역, 문학 구역, 상업 구역, 그리고 마지막으로 해군 구역의 모든 런던을 가로질러 우리는 유럽 각지에서 온 빈민들이 모여 사는 템스 강 언덕으로 올라갔다. 전에는 부촌이었던 큰길가에 캘다 상점이 있었다. 가게 바깥의 넓은 마당에서는 기념상을 만들고 있고, 가게 안에서는 50여 명의 직공들이 조각을 하거나 모형을 뜨고 있었다. 키가 크고 얼굴이 붉은 독일인이 우리를 맞아들였다. 그는 장부를 펼쳐보더니, 대리석으로 제작된 나폴레옹 흉상 원본으로 수백 개의 석고 복제를 만들었는데, 모스 헛슨 가게와 하딩 형제 가게로 각각 세 개씩이 갔다고 확인해주었다. 이 여섯 개는 다른 복제품과 똑같은 것인데, 왜 그것들만 깨트렸는지 이해할 수 없다고 독일인이 웃으며 말했다. 그는 덧붙여 말하기를, 흉상 한 개의 도매가는 6실링이지만 소매로 팔 때는 12실링을 받으며, 제작은 보통 이탈리아인이 했고, 복도 테이블 위에 놓고 말린 다음 창고에 보관한다는 것이었다.

그때 홈스가 사진을 내보였다. 순간 독일인은 얼굴이 일그러지며 깜짝 놀란 눈으로 말했다.

"아니, 이런 악랄한 놈, 잘 알죠. 우리 가게는 지금까지 아무 일이 없었는데, 이놈 때문에 한 번 문제가 일어났어요. 1년쯤 전이었는데, 이놈이 길에서 이탈리아인을 찔러 가지고 경찰에 쫓기다가 여기로 들어온 겁니다. 그래서 바로 잡혔어요. 벱포라는 이름이었는데 성은 모릅니다. 여기서 일을 시켰는데, 아주 잘했어요. 정말 일류 직공이었죠."

"요즘 소식 들은 것 있습니까?"

"1년 형을 받아서 감옥에 갔었죠. 나올 때가 된 것 같은데, 아무튼 여기는 안 왔어요. 그놈 사촌이 여기 있으니까 한번 물어보죠."

"아니오. 아무 얘기도 하지 마세요. 정말로 아무 얘기도 하면 안 됩니다. 지금 말씀을 들어보니까 사건이 아주 심각하군요. 장부를 보실 때 잠깐 보였는데, 그 흉상을 파신 날이 작년 6월 3일이었네요. 벱포가 체포된 날짜 혹시 기억나십니까?"

"급여 지불 날짜를 보면 알 것 같습니다."

그는 장부를 들춰보았다.

"마지막 급여를 받은 게 5월 22일이네요."

"고맙습니다. 귀찮게 해서 미안합니다."

홈스는 그에게 우리가 왔다는 걸 아무에게도 말하지 말라고 부탁했다.

점심때가 훨씬 지나 우리는 한 식당으로 들어갔다. 식당 입구에 '켄징턴에서 대사건 발생, 미치광이 살인' 이라는 큰 기사가 실린 신문이 놓여 있었다. 하커가 쓴 기사였다. 홈스는 신문을 읽으며 껄껄 웃었다.

"잘된 거야, 왓슨. 내가 읽어볼 테니 들어보게. '다행인 건 이 사건에 대한 사람들의 생각이 같다는 점이다. 경시청의 레스트레이드 경감과 유명한 탐정인 셜록 홈스 씨 모두 이 괴이한 사건이 계획적인 범죄가 아니라 한 미치광이의 짓이라는 결론을 내린 것이다. 이런

행동은 정신병자나 저지를 행동이라는 게 그들의 공통된 생각이다.'
왓슨, 신문을 잘만 이용하면 정말 좋은 전달 수단이라니까. 자, 식사
끝났으면 하딩 형제 가게로 가세."

그곳 주인은 키가 작고 영리하며 말도 잘하는 남자였다.

"그 사건이요? 석간신문에서 보고 알았어요. 하커 씨는 우리 가게
단골이시죠. 몇 달 전에 흉상을 사 가셨어요. 캘다 상점에서 세 개를
사왔는데 다 팔렸습니다. 누가 사갔냐면, 잠깐 기다리세요. 찾아볼
게요. 아, 네! 여기 있군요. 한 개는 하커 씨에게 팔고, 그리고 치스
윅의 레버 농장에 있는 조지 브라운 씨에게도 팔았어요. 사진에 있
는 사람은 본 적이 없습니다. 우리 가게에 이탈리아인이 몇 명 있었
는데, 청소며 자잘한 일을 하고 있었죠. 더 물어볼 말씀 있으면 물어
보세요."

홈스는 뭔가를 적고 있었다. 그는 원하는 걸 얻었는지 꽤 만족스
런 표정이었다. 그러고는 빨리 집으로 가야 한다는 말만 했다. 집엔
벌써 레스트레이드가 와 있었다. 그는 초조하게 방안을 왔다 갔다
하고 있었다. 그의 표정으로 미루어 볼 때 뭔가 중대한 일이 있는 것
같았다.

"아, 홈스 선생! 무슨 좋은 일 있습니까?"

"정신없이 바빴소. 소매상에도 갔고, 제조 공장에도 갔었죠. 그리
고 흉상들이 모두 어디에 있는지 알았어요."

"흉상이요? 좋습니다. 선생은 선생 나름의 방법대로 하고, 나는
거기에 대해 말할 권리가 없습니다. 그런데 내가 선생보다 수확이

더 좋은 것 같은데요. 죽은 사람의 신분을 알아냈거든요."

"정말이오?"

"네, 그리고 범죄 동기도 알아냈어요."

"잘했소."

"경시청에 새프론 힐이라고 하는 탐정이 있는데, 이탈리아인 구역 전문가죠. 죽은 사람 목에는 천주교 신자들이 하는 목걸이가 걸려 있고, 피부색이 검어서 남쪽 나라 출신이라고 생각하고 있었어요. 그래서 그 탐정한테 사진을 보였더니 금방 알더라고요. 피에트로 베누치라는 나폴리 사람으로 마피아 단원이었다고 합니다. 사건이 어떻게 일어난 건지 조금은 짐작이 가시죠? 그러니까 살해자도 같은 마피아 단원일 겁니다. 아마도 조직을 배반해서 쫓겨 다녔겠죠. 그를 추적한 게 피에트로였을 거예요. 주머니에서 나온 사진은 바로 그 쫓겨 다니는 사람의 얼굴이었겠죠. 다른 사람을 죽이면 안 되니까 말입니다. 그래서 피에트로가 뒤를 쫓다가 그 사람이 하커 씨 집으로 들어가자 밖에서 기다리고 있다가 찌르려는 순간 도리어 자신이 당한 겁니다. 어떻게 생각하십니까?"

홈스는 손뼉을 쳤다.

"훌륭해요. 아주 훌륭한 생각입니다. 그런데 왜 흉상을 깨뜨렸는지, 그 이유에 대해서는 아무것도 밝혀진 것이 없군요."

"흉상이요? 선생은 자꾸 흉상 얘기만 하시는데, 그까짓 건 중요하지 않죠. 뭐 절도죄로 6개월 정도 감옥에 가겠죠. 우리가 찾아야 되는 건 살인범 아닙니까? 그리고 지금 범인에 대한 단서를 찾았고요."

"그럼 다음에 취할 조치는 뭡니까?"

"다 끝난 거죠. 그 탐정을 데리고 이탈리아인 구역으로 가서 범인을 찾아 체포하면 되는 거 아닙니까? 함께 가시겠습니까?"

"내 생각으론 그것보다 더 간단한 방법으로 사건을 끝낼 수 있을 것 같소. 아직 확실한 건 모르겠지만 말이오. 이 사건은 우리가 어떻게 손쓸 수 없을 정도로 복잡하게 돌아가고 있는 것만은 틀림없소. 어쨌든 간에 오늘 저녁 우리와 함께 가면 범인을 잡을 수 있을 거요."

"그 이탈리아인 구역으로 가는 건가요?"

"아니오. 치스윅으로 가요. 오늘밤에 당신이 치스윅으로 같이 가면 내일은 이탈리아인 구역으로 함께 가겠소. 하루 늦는다고 큰일은 안 날 거요. 밤 11시쯤 출발해 내일 새벽에 돌아올 거니까, 지금 좀 자두는 게 좋을 거요. 그리고 왓슨, 벨을 눌러주게. 배달원을 불러서 편지를 보내야 하거든."

홈스는 그때부터 창고에서 헌 신문들을 뒤지기 시작했다. 말은 한 마디도 하지 않았지만 그의 눈빛은 확신에 차 있었다. 내 짐작으로는 그 미치광이 범인이 다른 두 개의 흉상마저 깨트리러 올 거라고 홈스가 확신을 가지고 있는 것 같았다. 하지만 그의 최종 결론은 아직 알 수 없었다. 어쨌든 치스윅에 한 개가 있으니, 저녁에 그곳에서 범인을 잡을 생각인 것 같았다.

홈스가 신문에다 엉뚱한 방향의 내용을 기사로 쓰게 해서, 범인이 마음 놓고 범행을 계속하게 한 꾀를 생각해낸 건 정말 혀를 내두를 만했다. 그래서 그가 권총을 갖고 가자는 말을 했을 때 나는 조금도 놀라지 않았다. 그는 납이 든 회초리를 들고 갔다.

우리는 해머스미드 다리 건너편에서 마차를 내렸다. 그리고 저택들이 띄엄띄엄 늘어서 있는 동네로 걸어갔다. 우리가 찾는 레버눔 빌라는 벌써 불이 꺼져 있었으며, 현관에만 희미한 불빛이 내비쳤다. 정원 한쪽이 불빛에 어렴풋하게 보였다. 우리는 컴컴한 곳으로 들어가 숨어 있었다.

"많이 기다려야 될 것 같은데. 그래도 비가 안 와 다행이야. 지루하다고 담배 피면 안 되네. 어쨌든 여기 온 보람이 있을 테니까 두고 보게."

그러나 그 기다림은 오래지 않아 갑작스럽게 끝나고 말았다. 발걸음 소리도 안 들리더니 별안간 정원의 문이 열리며 어떤 그림자가 구르듯이, 마치 원숭이처럼 정원의 길 쪽으로 갔다. 그러고는 곧 어둠 속으로 사라져버렸다. 우리는 한참을 더 기다렸다. 뭔가 조심스럽게 움직이는 소리가 들려왔다. 창문을 여는 소리였다. 그리고 다시 고요해졌다. 집 안으로 들어가는 것 같았다. 곧 그 방에 불이 켜졌다. 그러나 찾는 물건이 없는지 다른 방의 불도 켜졌다. 그리고 또 다른 방의 불도 켜졌다.

"저 열린 창문 아래로 가 있다가 놈이 나올 때 잡읍시다."

레스트레이드가 속삭였다.

그러나 우리가 미처 가기도 전에 도둑이 먼저 나와 버렸다. 놈은 뭔가 흰색 물체를 옆구리에 끼고 있었다. 그리고 조심스럽게 주위를

둘러보더니 길가에 사람들이 없는 걸 확인하고는 물건을 내려놓았다. 그와 더불어 곧 무엇이 깨지는 소리가 들렸다.

그는 우리가 뒤에서 걸어가고 있는 소리도 듣지 못했다. 홈스가 날렵하게 놈을 덮치고, 레스트레이드와 나는 두 팔을 붙잡아 수갑을 채웠다. 가무잡잡하게 생긴 녀석은 화가 난 표정으로 우리를 노려보았다. 사진에서 본 그놈이 틀림없었다.

그러나 홈스가 진짜로 흥미를 느끼는 건 범인이 아니었다. 그는 깨진 흉상 조각을 집어 들어 불빛에 비춰보았다. 다른 것과 다를 바 없는 석고 조각이었다. 잠시 후 집안에 불이 켜지더니 문이 열리며 한 남자가 나왔다.

"조지 브라운 씨죠?"

홈스가 말했다.

"네, 그렇습니다. 선생은 물론 셜록 홈스 씨겠죠? 보내주신 편지 잘 받았습니다. 특급으로 보내셨더군요. 선생께서 시키신 대로 했습니다. 안에서 문을 전부 잠그고 기다렸죠. 어쨌든 도둑을 잡아서 잘 됐습니다. 좀 들어오시죠."

하지만 레스트레이드가 한시라도 빨리 범인을 유치장에 넣고 싶어해 우리는 곧바로 런던 시내로 출발했다. 우리는 경시청으로 가서 한참을 기다렸다. 드디어 놈의 몸을 수색한 결과 약간의 돈과 손잡이에 피가 묻은 칼 하나가 나왔다.

"자, 좋습니다. 내일쯤 이놈 이름을 알게 될 겁니다. 마피아 단원이라고 제가 추측한 게 맞지 않습니까? 아무튼 범인을 잡아주셔서 감사합니다. 어떻게 그렇게 하신 건지 도대체 알 수가 없군요."

"오늘은 너무 늦었으니까 다음에 설명하겠소. 그리고 이 사건은 아직 끝나지 않았소. 끝까지 지켜봐야 할 사건이오. 내일 오후 여섯 시에 우리 집으로 오면 아직 당신이 모르는 부분에 대해 설명해드리겠소. 이 사건은 다른 범죄에서 전혀 볼 수 없었던 새로운 방법을 도용한 것이 특색이오. 왓슨, 자네가 만약 내 사건들을 모두 기록해뒀다면 이번 사건은 아마 가장 독특하고 신선한 이야기가 될 걸세."

다음날 저녁 레스트레이드를 만났을 때, 그는 범인에 대해 이런저런 얘기를 늘어놓았다. 이름은 벱포인 것 같은데 성은 아직 모른다고 했다. 이탈리아인 구역에서 잘 알려진 사람이며, 한때는 능숙한 조각가로서 활동했었다. 그러나 우연히 나쁜 길로 들어서기 시작해 두 번이나 감옥에 갔었다. 그는 영어를 거의 완벽하게 할 줄 알았다. 그러나 흉상을 깨뜨린 이유는 말하지 않았다. 어떤 질문도 거부하고 있었다. 하지만 깨진 흉상들은 모두 그가 직접 만든 것이었다.

대부분 다 아는 얘기지만 홈스는 열심히 듣고 있었다. 내가 보기에 그는 다른 생각을 하고 있었다. 그의 표정엔 불안과 희망이 뒤섞여 있었다.

얼마 후 자신감에 찬 눈빛으로 그는 자리에서 일어났다. 그때 누군가가 층계를 올라오는 소리가 들리더니 불그스름한 얼굴의 나이 든 남자가 방으로 들어섰다. 그는 가방을 테이블 위에 놓으며 말했다.

"셜록 홈스 씨를 만나러 왔습니다."

"아, 레딩에서 오신 샌트포드 씨죠?"

"네, 늦어서 죄송합니다. 기차가 늦게 도착하는 바람에요. 흉상에 대해 말씀하셨죠?"

"네, 그렇습니다."

"선생 편지를 가지고 왔습니다. '저는 뜨빈느의 나폴레옹 흉상을 하나 갖고 싶은데, 선생이 가지고 계신 것을 10파운드에 사고 싶습니다.' 이거 맞죠?"

"그렇습니다."

"난 이 편지를 받고 무척 놀랐어요. 그런데 내가 갖고 있는 걸 어떻게 아셨죠?"

"아, 간단합니다. 하딩 형제 가게에서 마지막 흉상을 당신한테 팔았다고 하더군요. 주소는 거기서 알았죠."

"아, 네! 그 사람이 가격도 얘기했습니까?"

"아니오. 아무 얘기 안하더군요."

"솔직히 난 부자는 아니지만 남을 속이고 싶진 않습니다. 이 흉상은 15실링에 샀습니다. 10파운드를 말씀하셔서 드리는 얘깁니다."

"말씀하시는 뜻은 잘 알아듣겠습니다. 그러나 한 번 말한 이상 값은 깎지 않겠습니다."

"그렇다면 대단히 감사합니다. 말씀하신 대로 여기 가져왔습니다."

그는 가방에서 그 흉상을 꺼냈다.

홈스는 종이 한 장과 10파운드짜리 지폐를 테이블 위에 놓았다.

"여기 증인들이 보는 앞에서 서명을 좀 해주시면 고맙겠습니다.

이 흉상에 대한 권리를 나한테 양도한다고 간단히 쓰시면 됩니다. 나중에 어떤 일이 생길지 모르니까요. 난 아주 까다로운 사람이거든요."

샌트포드 씨가 종이에 서명을 하자 홈스는 고맙다고 말하며 그에게 지폐를 건넸다. 그러나 남자가 떠난 뒤 홈스는 기괴한 행동을 하기 시작했다. 그는 흰 천을 가져와 테이블 위에 펼치더니 흉상을 한가운데에 놓았다. 그러고는 채찍으로 흉상을 내리쳤다. 금방 산산조각이 나자 그는 흩어진 조각들을 세심히 살펴보았다. 그러더니 별안간 환호성을 지르며 조각 하나를 집어 들었다. 건포도처럼 검고 동그란 것들이 조각에 박혀 있었다.

"자, 신사 여러분! 지금부터 제가 보르지아 가문의 유명한 흑진주를 소개하겠습니다."

레스트레이드와 나는 그냥 무심코 듣고 있었다. 그러다 어느 순간 깜짝 놀라며, 연극을 보다가 흥분한 것처럼 박수를 쳤다. 홈스는 표정이 상기된 채 환호하는 관객 앞에 선 극작가처럼 우리한테 허리를 굽혔다. 그는 기계처럼 추리하는 사람이 아니라 인간적인 면으로 존경받는 사람이라는 걸 드러내 보였다. 사람들이 떠들어대고 칭찬하는 것을 경멸하는 다소 괴팍한 성격을 갖고 있는 그지만 친구들의 감탄 앞에서는 감동할 줄도 알았다.

"그렇습니다, 여러분! 이 진주는 현재 전 세계에서 가장 값비싼 물건입니다. 내 쇠갈퀴처럼 날카로운 추측으로 보자면, 이 진주는 데카 호텔의 콜론나 공작 침실에서 도둑맞은 후로 캘다 가게에서 만든 여섯 개의 흉상 가운데 마지막 작품 속으로 들어간 것입니다. 레스트레이드, 이 흑진주가 사라졌던 센세이셔널한 사건 기억 나시죠? 런던 경찰은 그걸 찾지도 못하고 허둥대기만 했었지. 나도 그때는 그 사건을 해결할 수 있는 방법이 떠오르지 않았어요. 공작부인의 하녀였던 이탈리아인이 좀 의심스러웠고, 그녀의 오빠가 런던에 살고 있다는 것도 알아냈지만 그들이 접촉한다는 단서를 찾아내지는 못했어요. 그 하녀의 이름은 류크아치이 베누치였지요.

이번에 피살된 피에트로는 그녀의 오빠였고 말이오. 나는 헌 신문 더미에서 날짜를 찾아봤는데, 이 흑진주가 없어진 건 벱포가 누군가를 칼로 찔러 체포되기 이틀 전이었어요. 그때는 이 흉상들이 제작되고 있던 중이었죠. 그 무렵 공장 안에서 한 사간이 발생했어요. 이쯤 말했으면 사건의 순서가 거의 밝혀진 거나 마찬가지요. 나는 이야기를 거꾸로, 결과부터 말했으니까요. 결론은 벱포가 흑진주를 훔쳤던 거예요. 피에트로한테서 훔친 것인지, 둘이 서로 공모해 한 것인지, 또는 벱포가 피에트로와 그 여동생 사이에서 진주를 받고 전하는 심부름을 한 것인지, 그건 알 수 없지만요. 어쨌든 중요한 건 벱포가 진주를 가졌다는 점입니다. 경찰이 그의 뒤를 따라다녔다고 하더군요.

결국 그는 빠져나갈 수 없다는 걸 알았죠. 잡히면 그 값비싼 흑진주를 뺏기게 될 건 불을 보듯 뻔했습니다. 그때 마침 여섯 개의 나폴레옹 흉상이 복도에 놓여 건조되고 있었습니다. 그 중 한 개는 아직 물렁물렁했죠. 벱포는 석고에 작은 구멍을 감쪽같이 뚫어 그 속에다 흑진주를 감추고는 흔적도 없이 메워 놓았습니다. 정말 안전한 장소였죠. 누구도 그곳을 뒤지지는 않을 테니까요.

그러나 안타깝게도 그는 이탈리아인을 칼로 찌른 죄로 1년간 감옥살이를 해야 했습니다. 그동안 여섯 개의 흉상은 전부 팔려서 여기저기 흩어져 버렸죠. 여섯 개의 흉상 중 어떤 것 속에 흑진주가 들어 있는지는 모양만 봐서는 알 수 없으므로, 깨부술 수밖에 없었습니다. 흔들어보는 것도 소용없었어요. 왜냐고요? 진주를 넣을 때는 석고가 아직 마르지 않았기 때문에 석고에 붙어버린 겁니다. 자, 이렇게요. 하지만 벱포는 포기하지 않았습니다. 교묘한 방법으로 끈기 있게 흉상이 팔려간 곳을 찾기 시작했어요. 우선 켈다 상점에 다니는 사촌을 통해 그 석고 흉상을 사 간 가게를 알아냈죠.

그러고는 직접 모스 헛슨 가게의 점원으로 들어갔어요. 거기서 흉상을 산 세 사람의 주소를 알아낸 거죠. 그런데 그 세 개를 모두 찾아내 깨어봤지만 진주는 없었어요. 그래서 다시 하딩 형제 가게에서 일하는 이탈리아인을 통해 다른 세 개가 팔려간 곳을 알아냈어요. 첫 번째 집으로 들어간 곳이 하커 씨 집이었죠. 그런데 하필 마피아 단원인 피에트로가 그의 뒤를 밟다가 따라 들어간 겁니다. 진주를 뺏으려고 그랬던 거죠. 하지만 싸움 끝에 피에트로는 되려 벱포에게 살인을 당하게 됐던 겁니다."

"그런데 같은 마피아 단원이었는데 왜 벱포의 사진을 가지고 다녔을까?"

내가 물었다.

"그야 추적할 때 다른 사람들한테 보이면서 물어보려고 그랬겠지. 그런데 난 벱포가 살인을 한 뒤에 몸을 도사리는 게 아니라 오히려 더욱 서둘러 흉상을 찾을 거라고 생각했어요. 경찰에서 흑진주와 관련해 비밀을 알게 되기 전에 빨리 일을 끝내야 하니까요. 처음 하커 씨 집 사건이 났을 때 난 그게 흑진주와 연관되어 있다는 걸 전혀 몰랐습니다. 하지만 그가 흉상을 깨면서 뭔가를 찾고 있다는 건 눈치 챘어요. 그건 그가 물건이 잘 보이도록 불빛이 있는 곳에서 깨뜨렸다는 사실로 알 수 있었죠. 사실 그게 흑진주와 관련이 있다는 걸 안 건 지나간 신문을 통해서였어요. 죽은 사람의 이름이 피에트로 베누치라는 사실을 알고는 작년의 진주 도난 사건이 떠오르더군요. 벱포가 깨뜨린 두 번째 흉상에서도 진주가 나오지 않자 나는 마지막 남은 샌트포드 씨 흉상에 진주가 있다는 걸 확신했습니다. 그리고 여러분이 보신 바와 같이 내가 그걸 샀고, 이렇게 진주를 찾아냈습니다."

우리는 잠시 동안 아무 말도 하지 못했다. 그러다 레스트레이드가 조용히 입을 열었다.

"그렇게 된 거군요. 난 그동안 선생이 맡은 사건들을 많이 봐왔지만 이번처럼 희한한 사건은 처음 보는 것 같습니다. 우리 경시청에서는 선생을 질투하는 게 아니라 정말 존경하고 있습니다. 내일 혹시 오시면 거기 있는 모든 사람들이 선생의 손을 잡아보고 싶어 할 것입니다."

"고맙소, 고마워."

홈스의 얼굴엔 전에 내가 한 번도 발견하지 못한 깊은 감정이 드러나 있었다. 그러나 얼마 안 가 다시 그 본연의 냉철한 사색가로 돌아갔다.

"왓슨, 이 흑진주를 금고에 넣어두게나. 그리고 컹크 싱글턴 위조 사건 서류를 좀 가져오게. 그럼 안녕히 가시오, 레스트레이드 경감. 또 다른 사건이 생기면 언제든지 얘기하시구려. 유쾌하게 해결할 수 있도록 도와주겠소."

증권 중개인

나는 결혼 후 곧 파딩턴 지역에서 개업을 했다. 나에게 병원을 판 의사 파쿠어는 한동안 사업이 잘 됐었지만 이제는 나이도 많이 든 데다 무도병(얼굴, 손, 발, 혀 등이 제멋대로 움직이는 신경계 질환) 때문에 환자를 잘 돌볼 수가 없었다. 사람들은 보통 의사가 자신의 병도 못 고치면 의사로서의 능력을 의심하게 된다. 그래서 병원의 환자 수도 급격히 줄어들어 그가 병원을 팔 무렵에는 연수입이 1200 내지 1300 파운드에 지나지 않았다. 그러나 나는 젊고 자신이 있었기 때문에 2,3년 후면 정상 수준을 회복할 거라고 확신하고 있었다.

개업 후 석 달 동안 워낙 바빠 나는 셜록 홈스를 거의 만나지 못했다. 베이커 가에 갈 시간이 없었고, 홈스는 사건과 관계되는 일이 아니면 밖으로 나가질 않는 성격이었다.

그러다 6월 어느 날 아침, 식사를 한 후 〈영국 의학 회보〉를 읽고 있는데, 느닷없이 벨이 울리며 홈스의 날카로운 목소리가 들려왔다.

"여보게 왓슨, 오랜만이네. 자네 와이프는 '네 명의 서명' 사건이 오래 되었으니 이젠 충격이 가라앉았겠지?"

"고맙네. 아주 건강하다네."

나는 성큼성큼 방으로 들어서는 그와 반갑게 악수를 했다. 그는 소파에 털썩 앉으며 말했다.

"자네, 병원 사업에 너무 바빠서 추리 일엔 흥미를 잃어버린 것 아닌가?"

"천만에! 어젯밤에도 노트들을 꺼내 정리를 했는걸."

"설마 더 이상 관심이 없는 건 아니겠지?"

"무슨 소리? 또다시 그런 경험을 할 수만 있다면 난 언제든지 찬성이네."

"그래? 그럼 오늘 어떤가?"

"좋지. 자네가 원한다면야."

"버밍엄으로 가야 하네."

"좋아. 가겠네."

"환자는 어떻게 할 건가?"

"근처 다른 의사와 함께 서로 봐주고 있으니까 괜찮네."

"허허, 잘됐네!"

홈스는 소파에 몸을 묻은 채 눈을 가늘게 뜨며 날카롭게 나를 쳐다보았다.

"자네 요즘 컨디션이 안 좋았구먼. 여름 감기는 더 괴로운 거라네."

"사실 지난주에 사흘 정도 몸살이 나서 집에만 있었다네. 근데 이젠 괜찮아."

"그런 것 같아. 지금은 원기가 있어 보이는군."

"그런데 내가 안 좋았던 걸 어떻게 알았나?"

"여보게, 자넨 내 방식을 알고 있지 않나?"
"추리로 말인가?"
"그렇지."
"무얼 보고?"
"자네 슬리퍼를 보고 알았지."
나는 내 에나멜 슬리퍼를 내려다보았다.
"도대체 어떻게……."
내 질문이 끝나기도 전에 그가 말을 시작했다.
"그 슬리퍼는 산 지 3주일밖에 안 됐어. 이쪽을 향하고 있는 슬리퍼 바닥에 그을린 자국이 있구먼. 아마 젖어서 말리다가 그렇게 됐을 거야. 가격 표시 같은 작고 동그란 종이가 아직 붙어 있었는데, 젖었다면 그게 떨어졌을 거야. 그런데 자네가 난로 앞에 앉아 있었기 때문에 그대로 남아 있는 거라네. 6월에 비가 많이 오긴 하지만 건강한 사람은 난로 앞에 앉아 있지 않지."
홈스의 추리는 언제나 그렇지만 이번에도 들어보니 너무나 단순한 것이었다. 내 얼굴에 나타난 표정을 보고 그가 씁쓸한 미소를 지었다.
"설명을 해주고 나면 아무래도 속셈을 다 드러내놓은 것 같은 느낌이 들거든. 아무 설명을 하지 않고 결과만 말하는 게 더 재밌을 텐데 말이야. 어쨌든 버밍엄에 같이 간단 말이지?"
"물론이지. 근데 무슨 사건인가?"
"가면서 얘기하겠네. 의뢰자가 지금 밖에서 기다리고 있는데, 곧

갈 수 있겠나?"

"가겠네."

나는 이웃 의사에게 간단한 사정을 편지로 쓰고, 아내에게 자초지종을 얘기한 후 밖으로 나갔다.

"옆집도 병원인가?"

홈스가 간판을 보며 물었다.

"어, 그렇다네."

"오래 됐나?"

"우리 병원하고 거의 같은 시기에 개업했다네. 두 건물이 같이 지어졌을 때부터 말이야."

"자네 쪽이 더 잘 되는군."

"그야 그렇지. 한데 어떻게 알았지?"

"현관 계단을 보고 알았지 뭐. 자네 병원이 7센티미터 정도 더 닳아 있거든. 참 여기 소개하겠네. 사건 의뢰자인 홀 파이크로프트 씨네. 자, 출발합시다."

의뢰자는 당당한 체격에 혈색이 좋았으며, 곱슬머리에 콧수염을 기른 인상 좋은 젊은이였다. 검정색 양복을 점잖게 입고, 고급 실크해트를 쓴 것으로 봐서 훌륭한 런던 토박이임을 알 수 있었다. 그의 둥그스름한 얼굴은 꽤 낙천적으로 보였지만 우스꽝스럽게 꽉 다문 입가에는 뭔가 곤혹스런 심정이 드러나 있었다. 하지만 기차에 올라타기 전까지 그는 아무 말도 하지 않았다.

"버밍엄까지는 정확히 70분이 걸립니다. 홀 파이크로프트 씨, 당신이 내게 말한 것을 내 친구에게 다시 한 번 더 자세히 얘기해주시면 고맙겠습니다. 나도 다시 들으면 좋거든요. 왓슨, 이 사건의 가장 중대한 핵심이 뭔지는 아직 모르겠지만 다른 사건들과는 분명히 구별되는 특징이 있는 것 같네. 홀 파이크로프트 씨, 나는 듣고만 있을 테니 말씀하시지요."

의뢰자는 나를 보며 눈을 깜박거리더니 말을 시작했다.

"제가 정말 곤혹스러운 것은 저 자신이 완전 바보가 되고 있다는 점입니다. 수수께끼는 물론 풀리겠지만 저로서는 그때 어떻게 할 수가 없었죠. 하지만 크리브(crib, 카드놀이에서 먼저 하는 사람이 가지는 패)를 잃고 대신 아무것도 얻지 못하면 멍청한 놈이라고 생각합니다. 왓슨 씨, 제가 말은 잘 못하지만 설명해드리겠습니다. 저는 드레이파즈 가든의 콕슨 우드하우스사에 다니고 있었는데, 기억나실지 모르지만 그 회사가 올 봄에 베네수엘라 공채 때문에 큰 타격을 받고 도산하고 말았습니다. 사장인 콕슨 씨는 5년이나 일한 저에게 훌륭한 추천장을 써주었지만, 어쨌든 우리 27명은 모두 실업자가 되고 말았습니다. 저는 사방으로 일자리를 알아봤지요. 하지만 저처럼 일거리를 찾는 사람이 워낙 많아 오랫동안 헤매야 했습니다. 회사에 다닐 때 저축해놓은 60파운드까지 다 써버리고 결국은 꼼짝도 못하게 되고 말았어요. 심지어 우표 하나, 봉투 하나 살 돈도 없었습니다. 모집 광고를 보고 다니느라 구두창도 닳을 대로 닳아 저는 앞이 캄캄해졌습니다. 그러다 우연히 모슨 윌리엄스사에서 직원을 뽑는다는 사실을 알았습니다. 롬버드 가에 있는 증권 거래소지요. 응모 신청은 편지로만 받는다고 했습니다. 그래서 저는 추천장과 원서를 보냈는데, 정말 채용되리라고는 생각지 못했습니다. 답장엔, 저에게 신체에 큰 문제가 없으면 다음 월요일에 바로 근무하게 된다는 내용이었습니다. 도대체 어쩌다 이런 행운을 잡게 되었는지 모르겠더군요. 관계자가 편지더미에 손을 집어넣고 닥치는 대로 아무거나 뽑아낸다는 말도 있지만, 어쨌든 그 중 제가 행운을 잡았던 거죠. 월급은 콕슨보다 1파운드 많았지만 일은 비슷했어요. 이제 사건의 본론으로 들어가겠습니다. 저는 햄스테트 근교에서 하숙을 하고 있었습니다. 주소는 포터즈 테라스 17번지입니다. 답장을 받은 그날 밤, 저는 의자에 앉아 담배를 피우고 있었어요. 그런데 하숙집 아주머니가 '경리사 아더 피너' 라고 쓰인 명함을 갖고 들어오더군요. 모르는 사람 이름인데다 무슨 일인지 알 수가 없어 전 들어오라고 말했습니다. 방문자가 성큼성큼 들어오더군요. 중간 정도의 체격에, 머리칼, 눈, 턱수염 등이 모두 검은색이었는데, 코는 유대인을 닮아 있었습니다. 그는 행동이나 말이 시원스럽고 적극적이어서 시간을 중요하게 생각하는 사람이라는 느낌이 들었습니다.

'홀 파이크로프트 씨죠' 하고 그가 묻더군요.

'네, 그렇습니다.'

저는 그에게 의자를 내밀었습니다.

'얼마 전까지 콕슨 우드하우스사에 근무하셨죠?'

'네, 그런데요?'

'그런데 모슨사로 근무지를 옮겼죠?'

'네, 그렇습니다만.'

'다름이 아니라 당신의 경리 능력이 워낙 뛰어나다는 소문을 들었거든요. 콕슨의 지배인이었던 파커 기억나시죠? 그 사람이 그러더군요. 정말 성실하게 잘한다고 말이죠.'

저는 물론 기분이 좋았습니다. 저는 직장에서 언제나 성실하게 일을 해왔지만 외부에까지 평판이 나 있는 줄은 꿈에도 몰랐거든요.

그가 또 묻더군요.

'기억력이 좋다고 하던데요?'

'그렇게 대단치는 않습니다.'

'실직해 계실 때 계속 시황을 보셨습니까?'

'네, 매일 아침 증권 시세를 봤습니다.'

'아, 정말이지 부지런하시군요. 성공하시겠습니다. 그럼 한번 테스트해봐도 되겠습니까? 음, 에어셔는 현재 얼마나 가나요?'

'105파운드부터 105파운드 4분의 1입니다.'

'그럼 뉴질랜드 정리 공채는?'

'104파운드요.'

'브리티시 브로큰 힐즈는?'

'7파운드부터 7파운드 6실링.'

'아주 좋습니다.'

그는 두 팔을 들며 소리쳤습니다.

'정말 소문이 맞군요. 젊은 친구, 당신은 모슨 회사에 들어가기엔 너무 아까워요!'

갑작스런 그의 말에 나는 깜짝 놀랐습니다.

'다른 사람들은 저를 그렇게 대단하게 평가하지 않습니다, 피너 씨. 저는 이 직장을 아주 힘들게 찾았기 때문에 그리로 갈 생각입니다.'

'바보 같은 소리예요. 당신은 더 높은 수준의 회사로 가야 합니다. 그곳은 당신의 실력을 발휘할 데가 못 돼요. 우리 회사도 당신의 재능을 발휘하기는 부족하지만 그래도 모슨과 비교하면 하늘과 땅 차이라고 할 수 있죠. 그런데 모슨에선 언제부터 근무하십니까?'

'월요일부터요.'

'하하하! 하지만 당신은 거기 안 가게 될 겁니다! 내기를 해도 좋아요.'

'제가 모슨에 안 간다고요?'

'그렇습니다. 그때는 이미 영불 철물 주식회사의 지배인이 되어 있을 겁니다. 이 회사는 프랑스 각지에 134개의 지점을 두고 있습니다.'

그 말에 저는 숨이 막혔습니다. 그래서 말했죠.

'전혀 못 들어본 회산데요.'

'그럴 겁니다. 이 회사는 공개되어 있지 않으니까요. 자본금 출자도 비밀로 하고 있고요. 왜냐면 사업이 너무 잘 되기 때문에 사람들에게 알려지면 안 되거든요. 제 형인 해리 피너가 발기인이고, 저는 전무이사로 있습니다. 그런데 하루는 이사회에서 저에게 젊고 활동적인 사람을 찾아달라고 하더군요. 그러던 차에 파커한테서 당신 얘기를 듣고 이렇게 찾아온 것입니다. 처음엔 500파운드밖에 드릴 수 없는데…….'

'1년에 500파운드라고요?'

'봉급은 그렇지만 당신의 대리점에서 거래한 실적에 따라 1퍼센트를 더 받게 됩니다. 그것이 봉급보다 더 많지요. 보증할 수 있습니다.'

'저는 철물에 대해 전혀 아는 것이 없는데요.'

'상관없어요. 당신은 숫자에 밝으니까요.'

저는 뭐가 뭔지 도대체 이해가 안 가 마음이 가라앉질 않았습니다. 그러다 문득 의혹이 생겼어요.

'솔직히 모슨의 연봉은 200파운드밖에 안 되지만 거기는 믿음이 갑니다. 그러나 당신 회사에 대해서는 전혀 몰라서…….'

'역시 계산이 빠른 분이네요!'

그는 마치 저에게 완전히 반한 것처럼 기쁨의 환호성을 질렀어요.

'당신 같은 사람은 우리 회사에 꼭 들어와야 합니다. 물어볼 필요도 없이 채용은 보증할 수 있습니다. 자, 여기 100파운드 드리겠습니다. 선불로 받아주세요.'

'고맙습니다. 그럼 언제부터 일을 시작하는 겁니까?'

'내일 1시까지 버밍엄으로 가세요. 그리고 이건 형에게 제출할 소개장이니 가져가세요. 형은 코포레이션 가 126B에 있습니다. 그곳이 회사의 임시 사무실이지요. 형이 당신의 채용을 정식으로 받아들여야 하지만 우리 둘이서 결정이 났으면 된 거예요.'

'정말 뭐라고 감사드려야 할지 모르겠습니다.'

'천만에요. 당신이 받을 만한 실력이 있으니까 받은 거죠. 그리고 몇 가지 사소한 일이 있는데, 형식적인 것이긴 하지만 계약을 해둬야 하거든요. 거기 종이 좀 주세요. 그리고 이렇게 쓰세요. 「최저 연봉 500파운드에 본인은 영불 철물 주식회사의 지배인으로 근무할 것을 수락함.」'

그는 내가 받아쓴 종이를 주머니에 넣으며 말했습니다.

'참, 모슨 회사는 어떻게 하실 겁니까?'

저는 기분이 들떠 있어 모슨 쪽 일은 완전히 망각하고 있었습니다.

'포기한다는 편지를 써야겠죠.'

'아니, 쓰지 마세요. 제가 모슨 지배인과 싸웠거든요. 당신에 대해 알아보려고 갔는데, 다짜고짜 화를 내면서 제가 당신을 꾀어서 회사를 그만두게 하려는 거라며 마구 욕하더라고요. 그래서 저도 화가 나서 유능한 직원을 고용하려면 인건비를 많이 올리라고 했죠. 그랬더니 그가, 우리 회사가 많은 월급을 주겠다고 제시하더라도 자기네 회사에 올 거라고 말하는 거예요. 그래서 그가 우리 회사의 조건을 알게 된다면 당신네 회사는 잊어버릴 거라고 쏘아줬죠. 그랬더니 이렇게 말하는 거예요. 우리가 그를 시궁창에서 건져주었으니까 쉽게 그만두지는 않을 거라고, 말입니다.

'정말 무례한 놈이구먼! 아직 그놈을 만나지도 않았으니까, 그쪽 사정은 신경 쓸 것도 없습니다. 쓰지 않는 게 좋겠다면 안 쓰겠습니다.'

'좋습니다. 형에게 당신같이 유능한 사람을 소개하게 되어 정말 기쁩니다. 그럼 내일 1시까지 가는 거 잊지 마세요. 행운을 빕니다.'

그 사람과 나눈 얘기를 생각나는 대로 전부 말씀드렸습니다. 느닷없이 찾아온 엄청난 행운에 제가 얼마나 기뻤는지 상상이 가십니까?

왓슨 씨, 저는 너무 흥분되어 밤늦도록 앉아 있었어요. 그리고 이튿날 버밍엄으로 출발했죠. 약속시간보다 상당히 일찍 도착한 저는 뉴거리에 있는 호텔에 짐을 내려놓고 만날 장소로 갔습니다. 시간이 15분쯤 남아 있었어요. 126B는 두 개의 상점 사이의 통로로, 끝에 있는 계단으로 올라갔더니 병원이며 변호사 사무실 등이 많이 있었습니다. 사무실 이름이 쭉 나열되어 있었는데, 영불 철물 주식회사라는 이름은 어디에도 없었습니다. 아무래도 속은 것 같다는 생각을 하면서 잠시 어정거리고 있는데, 한 남자가 다가와 말을 걸더군요. 전날 만난 사람과 몹시 닮았고 목소리도 비슷했는데, 면도를 깨끗이 한데다가 머리 색깔은 좀 더 밝은 편이었습니다.

'홀 파이크로프트 씨인가요?'

'그렇습니다.'

'기다리고 있었습니다. 빨리 오셨네요. 아침에 동생한테서 편지를 받았어요. 칭찬을 무척 하던데요.'

'선생의 사무실을 찾고 있었어요.'

'아직 간판을 안 걸었어요. 임시 사무실로 쓰고 있는데, 지난주에 구해 들어왔거든요. 자, 들어가시죠.'

그를 따라서 높은 계단의 꼭대기까지 올라가자 지붕 바로 밑에 작은 방이 두 개 있었는데, 카펫도 안 깔려 있고 커튼도 없었어요. 그는 저를 그곳으로 데려 가더군요. 저는 늘 반질반질한 책상과 많은 직원들이 있는 사무실만 봐왔기 때문에 텅 비다시피 한 그 방을 보고 솔직히 기가 막혔습니다.

'실망하지 마세요, 파이크로프트 씨, 로마는 하루아침에 이루어진 게 아닙니다. 아직 사무실을 정리하지 않아서 그렇지 돈은 많이 있으니까요. 자, 가져온 편지를 보여주시죠.'

그는 그렇게 말하며 내가 건넨 편지를 매우 주의 깊게 읽었습니다.

'동생 아서가 당신을 무척 잘본 것 같습니다. 동생이 사람을 볼 줄 안다는 건 나도 알고 있지요. 이번엔 동생의 충고를 받아들이겠소. 당신의 채용은 확정됐습니다.'

'제가 맡게 될 업무는 무엇입니까?'

제가 물었습니다.

'파리의 창고를 관리하는 일인데, 프랑스에 있는 134개 대리점에 영국의 도기를 보내야 하는 일이오. 1주일 후에 물품 구입이 다 끝나니까 버밍엄에 남아서 도와주면 됩니다.'

'어떤 일을 하는 건데요?'

그러자 그는 아무 말도 않고 서랍에서 빨간색 표지의 두꺼운 책 한 권을 꺼내며 이런 말을 하더군요.

'이건 파리의 인명록인데, 이름 뒤에 직업이 적혀 있어요. 숙소로 가서 거기 나와 있는 철물상의 주소와 이름을 전부 뽑아서 적어주시오. 그게 있으면 편하니까요.'

'직업별로 된 인명부도 있을 텐데요.'

저는 조심스레 말했습니다.

'그건 믿을 게 못 돼요. 그리고 우리나라 것과 방식이 달라요. 월요일 12시까지 해주면 좋겠소. 그럼 파이크로프트 씨! 성실하고 요

렁껏 일을 해주시면 회사에서도 그에 대한 보답이 있을 거예요.'

저는 그 인명록을 들고 호텔로 돌아갔는데, 마음이 말로 표현할 수 없을 정도로 복잡했습니다. 직원으로 채용되고, 주머니에는 100파운드라는 돈도 있었지만 왠지 마음이 불안했던 거죠. 사무실 분위기도 이상하고, 벽에는 회사 이름도 씌어 있지 않았으며, 사장의 태도도 수상한 데가 있어서 그랬던 거죠. 그러나 어쨌든 돈은 받은 거니까 전 마음을 가라앉히려고 애를 썼습니다. 평일 내내 부지런히 일을 하고 일요일까지 했는데도, 겨우 H까지밖에 하지 못했습니다. 그러나 저는 약속대로 월요일에 사장한테 갔는데, 그는 여전히 똑같은 사무실에 앉아서, 수요일까지 끝내오라고 하더군요. 하지만 저는 수요일까지도 그 일을 못 끝내 금요일까지 계속했습니다. 간신히 일을 끝낸 저는 그걸 가지고 사장한테 갔죠.

'정말 수고 많이 했어요. 그 일이 만만치 않았을 겁니다. 이제 좀 안심이 되는군요.'

'네, 시간이 많이 걸렸습니다.'

'이번엔 가구상을 뽑아서 목록을 만들어주시오. 가구상들도 도기를 파니까.'

'알았습니다.'

'그럼 내일 저녁 일곱 시에 와서 일의 진행 상황을 알려주시오. 너무 늦게까지 일하지는 말고, 밤에는 데이의 뮤직홀에 가서 두 시간 정도 즐기는 것도 좋을 거요.'

그는 웃으며 말했는데, 순간 그의 치아 하나가 금으로 씌워진 것을 보고는 기분이 섬뜩했습니다."

셜록 홈스는 재밌다는 듯 두 손바닥을 비벼대고 있었는데, 저는 놀라서 남자의 얼굴을 쳐다보았다.

"들어보세요. 런던에서 그의 동생과 얘기를 할 때 보았는데, 그도 똑같은 금니가 있었거든요. 금니라서 눈에 쉽게 뜨였던 겁니다. 그러고 보니까 목소리도 같고 외모도 너무 비슷하다는 생각이 들더군요. 일반적으로 변장을 하려면 수염이나 가발로 바꿀 수도 있었겠죠. 어쨌든 이 둘은 같은 사람이라는 의심이 들기 시작했습니다. 사무실에서 나오자 정신이 멍해지더군요. 저는 호텔로 돌아가 차분히 생각해보았습니다. 왜 그는 이런 행동을 하는 것일까. 아무리 생각해도 알 수가 없더군요. 그때 문득 셜록 홈스 씨가 머리에 떠올랐던 겁니다. 나는 도무지 이해할 수 없는 일이지만 그라면 쉽게 풀어낼 수 있지 않을까 하고요."

홈스는 맛있는 포도주를 음미하듯 만족스런 표정을 짓다가 갑자기 냉정한 얼굴로 바뀌더니 나를 슬쩍 쳐다보았다.

"아주 멋진 얘기 아닌가, 왓슨? 재밌는 사실이 여러 가지가 있어. 자네도 그렇게 생각하겠지만 우선 그 사무실에서 아더 피너 씨, 아니 해리 피너 씨를 만나는 것 자체가 무척 흥미로울 것 같네."

"한데 어떻게 만나지?"

"아, 그건 걱정 마세요. 일자리를 찾고 있는 제 친구라고 소개하면 되죠 뭐."

홀 파이크로프트가 자신 있게 말했다.

"좋아요, 됐어! 그 사나이의 장난질을 꿰뚫어 실체를 확인해보고 싶군. 그런데 그가 당신을 꼭 채용하려는 의도가 뭘까요? 무슨 이유 때문에 그럴까요? 혹시……."

홈스는 손톱을 깨물며 창밖을 바라보았다. 그러고는 뉴 가에 도착할 때까지 아무 말도 하지 않았다.

그날 밤 일곱 시쯤에 우리는 그의 임시 사무실 쪽으로 걸어갔다.

"일곱 시 전에 가봐야 사무실엔 아무도 없습니다. 그 사람도 저랑 약속이 있을 때만 나오는 것 같거든요."

"어쨌든 뭔가 수상한 점이 있어."

홈스가 말했다. 바로 그때 파이크로프트가 소리쳤다.

"저길 보세요. 제 말이 맞죠! 저기 앞에 가는 사람이 그 사람이에요!"

반대쪽 인도에 금발의 키 작은 남자가 빠른 걸음으로 걸어가고 있었다. 그는 신문팔이 소년의 외침을 듣고는 갑자기 뛰어 마차들 사이를 헤집고 나가더니 신문 한 장을 샀다. 그러고는 한 건물 안으로 들어갔다.

"아, 저기 가네요. 다 왔어요."

남자를 따라 5층으로 올라가 사무실 앞에 이르렀다. 문이 반쯤 열려 있어 노크를 한 다음, 우리는 거의 텅 비어 있는 사무실 안으로 들어갔다. 테이블은 딱 하나가 있었다. 남자는 신문을 펼쳐놓고 앉아 있다가 우리를 바라보았다. 그러나 그의 표정엔 고통스러움이, 아니 고통을 넘어 공포감 같은 게 서려 있었다. 평생 살면서 보기 드물 정도의 공포심이었는데, 난 그런 얼굴은 한 번도 본 적이 없었다. 낯빛은 창백하고, 이마엔 땀이 흥건하게 나 있었으며, 눈은 미친 사람처럼 크게 뜨고 있었다. 그는 파이크로프트를 알아보지 못하는 것 같았다. 파이크로프트도 사장의 그런 모습에 너무 놀란 표정이었다.

"기분이 안 좋으신 것 같군요, 피너 씨."

"네, 컨디션이 안 좋군요. 그런데 이분들은 누군가요?"

피너는 마음을 가다듬으려 노력하며 마른 입술을 핥으면서 말했다.

"네, 이쪽은 해리스 씨고, 저쪽은 프라이스 씨입니다. 두 친구 모두 경력이 만만찮은 사람들인데, 지금 일자리를 찾고 있어서 소개해 드리려고 데려왔습니다."

"좋아요, 좋습니다! 힘닿는 대로 도와드리죠. 그런데 당신 특기는 뭔가요, 해리스 씨?"

피너는 가까스로 미소를 지으며 소리쳤다.

"회계 쪽입니다."

홈스가 자신 있게 대답했다.

"아, 그래요? 필요하죠. 프라이스 씨는 뭔가요?"

"일반사무입니다."

"그래요? 확정되면 알려드리겠습니다. 분명히 채용될 거예요. 그럼 나중에 봅시다. 지금은 혼자 있고 싶으니 제발 부탁드립니다!"

이 마지막 말은 계속 억눌려 있다가 갑자기 툭 터진 것처럼 그의 입에서 흘러나왔다. 그러자 파이크로프트가 그에게 다가서며 말했다.

"피너 씨, 저한테 지시할 게 있다고 오라고 하지 않았습니까?"

"아 참! 그렇죠. 잠깐 기다려요. 친구분들도 좀 기다려주시겠어요? 금방 돌아오겠습니다."

아까보다 좀 더 가라앉은 말투로 그는 정중하게 인사까지 하더니 사무실 안쪽 방으로 가서 문을 탁 닫아버렸다.

"왜 저러는 거지? 몰래 도망치는 거 아닐까?"

홈스가 속삭이듯 말했다.

"그렇지는 않습니다."

"왜죠?"

"저곳은 다른 방인데, 밖으로 나가는 출구가 없거든요."

"가구는 있나요?"

"어제는 비어 있었어요."

"그럼, 저기서 뭘 하고 있는 걸까. 이해가 안 되네. 공포심 때문에 미쳐버린 걸까. 왜 저렇게 떨고 있는 거지?"

"우리가 탐정인 걸 눈치 챈 거 아닐까?"

내 말에 파이크로프트가 고개를 끄덕였다.

"그럴 수도 있겠군요."

그러나 홈스가 고개를 저었다.

"그자는 우리가 들어오기 전부터 이미 그런 상태였어. 우리를 보고 놀란 게 아니라고. 이건 분명……."

갑자기 안쪽에서 무슨 큰 소리가 들려 홈스는 말을 끊었다.

"아니, 안에서 뭘 두드리는 걸까?"

파이크로프트가 말했다.

뭔가를 두드리는 소리는 점점 더 크게 들려왔다. 우리는 긴장한 채 문 쪽을 바라보았다. 홈스도 잔뜩 흥분해 귀를 기울이고 있었다. 잠시 후 소리가 갑자기 낮아지면서 신음소리가 들리는 듯하더니 이번엔 나무 두드리는 소리 같은 게 크게 들렸다. 순간 홈스가 벼락같이 문 쪽으로 뛰어갔다. 그러나 문은 안에서 잠겨 있었다. 우리 세 사람은 온 힘을 다해 문을 밀었다. 잠시 후 문이 쓰러지며 열렸다.

방엔 아무것도 없었다. 그러나 황당한 것도 잠시, 한쪽 구석에 다른 문이 있는 게 보였다. 홈스가 재빨리 뛰어가 열어보았다. 바닥엔 옷가지가 뒹굴고 있고, 피너는 문짝 고리에 멜빵을 걸어 목을 맨 상태였다. 나는 얼른 그를 안아 내렸다. 그리고 목에 감겨 있는 멜빵을 풀어냈다. 그는 숨은 쉬었지만 얼굴이 잿빛으로 변해 무섭게 일그러져 있었다.

"괜찮은가, 왓슨?"

홈스는 내게 물으며 그를 들여다보았다.

"하마터면 큰일 날 뻔했네. 창문을 열고 물을 좀 주게."

나는 그의 셔츠를 풀고 얼굴에 물을 뿌리면서 두 팔을 올렸다 내렸다 하며 인공호흡을 시도했다.

"이제 서서히 숨을 쉴 거야."

"이렇게 됐으니 경찰을 부르지 않을 수 없어."

홈스가 심각한 표정으로 말했다.

"저는 뭐가 뭔지, 모든 게 수수께끼 같습니다. 왜 저를 먼 이곳까지 데려와서, 가뜩이나……."

파이크로프트가 머리를 저으며 말했다.

"하하. 그건 이미 정해진 일이지요. 이해가 안 가는 건 갑작스런 이 자살 소동이에요."

홈스는 답답하다는 표정으로 말했다.

"그럼 다 알고 계셨단 말입니까?"

"뭐 알았죠. 자네 생각은 어떤가, 왓슨!"

"글쎄, 난 솔직히 이해가 안 되는데."

"그래? 찬찬히 잘 생각해보면 결론은 하나밖에 없네."

"그게 뭔가?"

"두 가지 문제가 걸려 있네. 우선 파이크로프트 씨에게 입사한다는 수락서를 쓰게 한 점이지. 뭔가 절실한 이유가 있었을 것 같지 않나?"

"글쎄, 요점을 모르겠네."

"한데 왜 그걸 굳이 직접 쓰게 한 것일까? 이런 결정은 일반적으로 말로 하는데, 왜 파이크로프트 씨는 예외로 한 것일까? 모르겠습니까, 파이크로프트 씨? 그들은 당신의 필적이 필요했던 거예요."

"왜 제 필적이 필요했을까요?"

"그 문제가 풀린다면 사건은 거의 해결된 거나 마찬가집니다. 왜 필요했을까요? 딱 들어맞는 이유는 한 가지밖에 없습니다. 당신의 필적이 필요한 누군가가 있다는 거죠. 여기서 두 번째 문제를 짚어보면, 당신을 모슨 회사에 다니는 것처럼 꾸며놓고 버밍엄 사무실에는 홀 파이크로프트 씨가 월요일 아침에 갈 거라고, 피너가 꾸몄다는 점입니다."

"맞아요! 제가 정말이지 멍청했어요!"

파이크로프트가 외쳤다.

"만약 당신이 직원 채용 때 보냈던 글씨와 다른 글씨를 쓰는 사람이 모슨 회사에 들어갔다면 결국 들통이 나겠지만, 월요일 아침까지 당신 글씨를 연습해 그대로 썼다면 들키지 않고 근무할 수 있지 않겠어요? 그 회사에서 아무도 당신 얼굴을 본 사람이 없을 테니까요."

"아는 사람이 아무도 없죠."

파이크로프트는 홈스의 말에 감탄한 얼굴이었다.

"그래서 당신에게 두둑한 현찰을 선불하고 런던에서 멀리 쫓아낸 겁니다. 가짜 파이크로프트가 모슨에서 일하고 있다는 게 들통나지 않도록 당신 주변을 가로막기 위해서 말이죠. 이건 분명한 일입니다."

"그런데 형 노릇은 왜 필요했을까요?"

"그야 간단하죠. 이 사건에 관련된 사람은 두 명밖에 없어요. 한 명은 피너이고 다른 한 명은 가짜 파이크로프트죠. 피너가 당신과 고용 계약을 한 다음, 생각을 해보니 고용주가 있어야 할 것 같았지요. 그런데 그자의 각본엔 제3자가 없었기 때문에 굳이 누군가를 끌어들이고 싶지 않았죠. 그래서 형제처럼 적당히 변장을 해서 얼버무린 겁니다. 다행히 당신이 금니를 봤으니 망정이지 안 봤다면 아무런 의심도 안했겠죠."

파이크로프트는 꽉 쥔 주먹을 허공에 날리며 말했다.

"아! 내가 이런 한심한 장난에 놀아나다니! 그동안 또 다른 홀 파이크로프트는 모슨에서 뭘 하고 있었을까. 이제 어떻게 해야 하죠,

홈스 씨?

“모슨에 전보를 보내야겠죠.”

“토요일엔 12시에 근무가 끝납니다.”

“괜찮아요. 수위가 있을 테니까.”

“아, 그렇겠네요. 고가의 유가증권을 보유하고 있으니까 수위가 항상 있을 겁니다. 그런 말을 어디선가 들은 적이 있어요.”

“좋아요. 전보를 보내서 당신 이름으로 일하는 사람이 있는지, 다른 문제는 없는지 확인해 봅시다. 그런데 우리를 보고는 곧바로 방으로 들어가 자살하려고 했던 점은 아직도 실마리가 풀리지 않는군요.”

“신문!”

목쉰 소리가 뒤에서 들려왔다. 목을 맸던 남자가 일어나고 있었다. 안색은 아직도 창백했지만 눈빛은 정상이었다. 그는 목에 남아 있는 끔찍한 피멍 자국을 문지르고 있었다.

“신문이라고? 아, 그렇군!”

홈스는 거의 발작을 하듯 소리쳤다.

“이런 바보 같으니! 여기 오는 것에 신경을 쓰느라 신문은 생각도 못했다니! 신문에 뭔가 비밀이 있는 거군.”

그는 테이블 위에 구겨져 있는 신문을 펼쳤다. 그러고는 이겼다는 듯 소리를 질렀다.

“여기 봐, 왓슨! 제목 좀 봐. ‘모슨 윌리엄스 회사의 살인 사건. 대규모 강도 미수. 범인 체포’ 왓슨, 자네가 좀 큰 소리로 읽어주지 않겠나?"

기사가 실린 비중으로 봐서 큰 사건인 건 분명했다.

오늘 오후 런던에서 살인강도 미수 사건이 발생해 한 명이 크게 다치고 범인은 체포되었다. 금융회사인 모슨 윌리엄스는 총 100만 파운드가 넘는 유가증권을 보유하고 있었는데, 책임자는 유가증권의 안전을 위해 최신 금고를 사용했으며, 24시간 무장경비를 배치하고 있었다. 그런데 지난 주, 홀 파이크로프트라는 새 직원을 고용했는데, 이자는 바로 위조 강도 상습범인 베딩턴이라는 인물로 추증되고 있다. 베딩턴은 얼마 전 형과 함께 5년간의 복역을 마치고 출소했는데, 다른 사람의 이름을 이용해 모슨 윌리엄스에 입사했으며, 입사 이유는 금고를 노린 것이었다고 한다.

모슨 윌리엄스사는 토요일엔 반나절 근무를 실시하고 있다. 그런데 1시 20분쯤 한 남자가 큰 여행 가방을 들고 계단을 내려오자 튜슨 형사가 이상히 여겨 그를 미행하다가 다른 경찰의 협조로 체포하게 되었다. 취조 결과 남자는 대담한 강도 행각을 한 게 드러났으며, 여행가방 안에서 약 10만 파운드에 이르는 미국 철도 채권과 상당한 액수의 광산 및 회사 증권이 발견되었다. 그리고 회사 내부를 수색한 결과 한 경비원의 시체가 금고 안에서 발견되었으며, 피해자의 두개골은 쇠막대기로 맞아 깨져 있었다. 베딩턴은 잊고 나온 물건을 찾으러 가는 것처럼 자연스럽게 방으로 들어간 다음 경비원을 살해하고, 재빨리 금고를 열어 돈을 챙겨가지고 도주하려 했던 것이다. 그의 형 또한 공범자로 활동하고 있어 경찰은 행방을 수사 중인데, 이번 사건에는 개입하지 않은 것으로 추정하고 있다.

"경찰이 고생을 덜었군."

구석에 웅크리고 앉아 있는 피너를 바라보며 홈스가 말했다.

"인간의 본성은 참 복잡하다니까. 아무리 악한 인간도 자기 혈육의 목숨에 위험이 닥치면 대신 죽고 싶은 마음이 생기니까 말이야. 하지만 우리가 맘대로 할 수도 없는 거지. 파이크로프트 씨, 왓슨과 내가 여기 있을 테니까 나가서 경찰을 좀 불러주시겠소?"

그리스어 통역

셜록 홈스와 난 오래전부터 친하게 지내고 있었지만 그가 가족에 대해 말하는 건 한 번도 들은 적이 없었다. 그리고 어렸을 적 생활에 대해서도 거의 얘기를 하지 않았다. 때문에 난 그가 상당히 냉정한 사람이라는 느낌을 갖고 있었다. 그리고 갈수록 그가 보통 사람과는 판이하게 다른 종류의 인간, 일테면 지적으로 탁월한 면이 있는 반면에 심장은 없고 머리만 있는 인간이라는 생각을 하게 되었다.

게다가 그는 여자를 좋아하지 않았고 새로운 사람을 사귀는 것도 그다지 즐기지 않았다. 그런 점을 봐도 그가 사람의 정에 그리 이끌리는 사람이 아니라는 걸 알 수 있었는데, 가족에 대해서조차 일체 아무런 말도 안한다는 건 상당히 유별나게 보였다. 그래서 나는 그가 가족이 전혀 없는 사람인 줄 알았는데, 어느 날 문득 형제 얘기를 꺼내기 시작했다. 나는 너무나 놀라 믿어지지 않을 정도였다.

어느 여름 저녁이었다. 차를 마시면서 이런저런 잡담을 나누다 화제가 유전적 재능이란 문제로 옮겨가게 되었다. 사람의 재능은 어느 정도까지 훈련으로 가능한가 하는 문제를 놓고 얘기를 했다.

"자네의 그 특별한 관찰력과 추리력도 훈련으로 된 건가?"

내 질문에 홈스가 생각에 잠기며 대답했다.

"어느 정도는 그렇지만 사실은 타고난 거라네. 아마도 할머니 쪽을 닮은 것 같아. 할머니가 프랑스 화가 베르네의 동생으로, 말하자면 내가 예술가의 피를 물려받은 셈이지."

"한데 자네 재능이 유전이란 걸 어떻게 장담하나?"

"나와 같은 형제인 마이크로프트도 같은 재능을 타고났거든. 재능은 나보다 더 많이 물려받았지."

그건 정말 금시초문이었다. 그런 특별한 재능을 가진 남자가 영국에 또 한 사람 있다는 얘긴데, 어떻게 지금까지 알려지지 않고 있었을까. 나는 그가 겸손을 가장해 형제가 자기보다 더 유능하다고 말하는 게 아닐까 하는 생각에 그의 마음을 떠보았다. 그러자 홈스가 한 마디로 쏘아붙였다.

"왓슨, 나는 겸손을 미덕이라고 생각하지 않네. 모든 건 있는 그대로 정확히 봐야 해. 자신을 실제보다 낮게 평가하거나 과장하는 건 둘 다 잘못된 거라고 생각해. 내 형제가 나보다 더 뛰어난 재능을 갖고 있다고 말했다면 난 있는 그대로를 말한 거야."

"동생인가 형인가?"

"일곱 살 위 형이네."

"그런데 왜 이름이 알려지지 않았나?"

"친구들 사이에는 잘 알려져 있어."

"어떤 분야인데?"

"일테면 디오게네스 클럽 같은 곳이지."

한 번도 들어본 적이 없는 클럽이었다. 내가 미심쩍은 표정을 짓자, 그는 시계를 쳐다보며 말했다.

"디오게네스 클럽은 런던에서도 가장 이색적인 클럽이고, 마이크로프트도 세상에서 가장 특이한 인간 중 하날세. 그는 매일 아침 4시 45분부터 저녁 7시 40분까지는 클럽에 있다네. 지금이 6시니까 저녁노을도 볼 겸 산책하고 싶으면 이 특이한 클럽과 인물을 소개해주겠네."

5분 후 우리는 밖으로 나가 리젠트 광장 쪽으로 걸어갔다.

"자네는 왜 마이크로프트가 자신의 탐정 재능을 활용하지 않는지 궁금하겠지? 문제는 그가 무기력하기 때문이라네."

"하지만 자네가 말하길……."

"그래, 관찰력이나 추리력은 나보다 뛰어나다고 했어. 기실 탐정 일이 편안하게 앉아 추리만 하는 거라면 그는 아마 세상에서 가장 위대한 탐정이 되었을 거네. 한데 그는 야망도 없고 열정도 없거든. 일테면 그는 자신이 추리해낸 일에 대해 애써 증명하려 들지도 않고, 상대방이 어떻게 생각하든 그냥 내버려두는 성격이지."

"그러니까 직업으로 하고 있는 건 아니군."

"그렇다네. 나는 생활 방편으로 삼고 있지만 그에게는 취미생활이나 다름없어. 그는 또 숫자 감각도 뛰어나서 정부 한 부처에서 회계장부 검사를 하고 있다네. 펠 메일 가에 살고 있는데, 아침이면 화이트 홀 가로 걸어갔다가 밤이면 같은 길로 걸어서 귀가한다네. 일 년 내내 운동 같은 건 하지 않고, 다른 곳으로 이동도 안해. 단 한 군데 가는 곳은 디오게네스 클럽이야. 바로 집 앞에 있거든."

"못 들어본 이름인데?"

"그럴 거야. 런던에는 내성적인 사람들이나 인간 혐오증을 앓고 있는 사람들이 많지 않은가? 그런 사람들도 편안한 장소나 신간 잡지를 싫어하는 건 아니거든. 디오게네스 클럽은 바로 이런 사람들을 위해 만든 곳인데, 지금은 런던에서도 가장 무뚝뚝한 남자들만 모여 있지. 회원들 간에는 서로 개인적인 관심을 가질 수 없다더군. 그래서 클럽 내의 정해진 장소 이외에서는 대화가 금지되며, 금지 사항을 세 번 위반하면 제명된다네. 형도 창립자 중 한 사람인데, 가보니까 분위기가 아주 좋던걸."

우리는 함께 펠 메일 가에 도착했는데, 홈스가 칼턴 클럽 근처의 건물 한 문 앞에서 걸음을 멈추더니, 말을 해선 안 된다고 신호를 보내고는 현관으로 먼저 들어섰다. 창문으로 넓고 호화로운 홀이 언뜻 보였는데, 사람들이 각자 자기 세계에 틀어박혀 있는 것처럼 신문을 읽고 있었다. 홈스는 작은 방으로 나를 안내하더니 잠시 후 한 남자를 동행하고 다시 들어왔다. 한눈에 봐도 그가 마이크로프트라는 걸 알 수 있었다.

마이크로프트는 셜록보다 훨씬 체격이 크고 뚱뚱했다. 얼굴은 컸지만 날카로운 표정을 지니고 있었다. 밝은 회색 눈은 꿈을 꾸듯 사색적인 분위기를 띠고 있었다.

"안녕하세요."

그는 물개 지느러미처럼 넓적하고 얇은 손을 내밀었다.

"당신이 기록을 해준 덕분에 셜록 얘기를 자주 듣게 되는군요. 그런데 셜록, 지난주에 마나 하우스 사건 때문에 연락할 줄 알고 기다렸지. 네가 맡기엔 좀 힘들지 않을까 생각하면서 말이야."

"아, 그거요. 해결했어요."

셜록 홈스는 웃으며 말했다.

"역시 아담스였지?"

"네, 맞아요."

"난 처음부터 알고 있었어. 적어도 인간에 대해 연구하겠다면 이곳만큼 적격인 곳도 없지."

마이크로프트가 그렇게 말하며 덧붙였다.

"저기 정말 희한한 사람이 오고 있구먼. 이쪽으로 걸어오는 두 남자 말이야."

"아, 당구 점수 계산하는 사람이네요."

"맞아. 또 한 사람은 누군지 모르지?"

당구 점수 계산하는 남자는 조끼 주머니에 초크 자국이 묻어 있어 알 수 있었다. 다른 남자는 체구가 작고 피부색이 검은 편이었는데, 모자를 삐딱하게 쓰고 옆구리에 짐보따리 같은 걸 들고 있었다.

"군인 같은데요?"

"얼마 전에 제대했지."

"인도에서 복무했나요?"

"하사관 출신이야."

"병과는 포병 같은데요."

셜록의 말에 마이크로프트가 대답했다.

"홀아비야."

"아이는 하나 있죠."

"하나가 아니지. 하나가 아니라고."

둘의 대화를 듣고 있자니 난 웃음이 나왔다.

"아니, 정말이요?"

내 질문에 셜록 홈스가 대꾸했다.

"그냥 봐도 알 수 있지 않나? 저 거드름 피우는 태도 하며 표정 하며, 게다가 햇볕에 잔뜩 그을려 있는 게 분명 졸병은 아니고, 틀림없이 인도에서 돌아온 지 얼마 안 된 군인 같지 않아?"

마이크로프트가 한 술 더 떠서 설명했다.

"증거도 보이네 뭐. 아직 군인 장화를 신고 있잖은가."

이번엔 셜록이 주장하고 나섰다.

"기병 걸음걸이는 아니고, 체중을 보면 아마 포병대에 있었을 것 같은데. 이마 한쪽 얼굴이 허연 걸 보니 분명 모자를 옆으로 삐딱하게 쓰고 있었던 것 같아."

"게다가 상복을 입고 있는 걸 보면 최근에 가까운 사람을 잃은 게 분명해. 직접 쇼핑을 한 걸 보니 아내를 잃은 것 같기도 하군. 아기 장난감도 보이네. 그렇다면 갓난아기가 있다는 얘긴데. 아내가 아이를 낳다가 죽었을까. 그림책도 있는 걸 보면 아이가 또 하나 있는 모양이야."

과연 마이크로프트는 셜록보다 더 날카로운 관찰력을 지니고 있었다. 그는 나를 쳐다보며 싱긋 웃었다. 그리고는 담배상자를 열어

냄새를 맡았다.

"그런데 셜록, 네가 흥미를 느낄 만한 사건이 하나 있는데, 좀 기이한 거야. 내가 보기에는 재미있는 것들이 많이 있더라고."

"어떤 사건인데요?"

마이크로프트는 수첩을 한 장 뜯어내 뭔가를 적더니 벨을 울려 종업원에게 건넸다.

"메라스라는 사람에게 와달라고 부탁한 거야. 나보다 한 층 위에 살고 있는 사람인데, 어쩌다 우연히 알게 된 후로 나한테 이런저런 걸 터놓고 얘기하더라고. 그리스 사람 같은데, 어학에 뛰어난 소질이 있어. 그래서 재판소에서 통역 일도 하고, 여행 가이드 일도 하면서 살고 있지. 그런데 별난 일을 겪었다고 하기에 직접 와서 얘기해 보라고 한 거야."

잠시 후, 키가 작고 뚱뚱한 한 남자가 들어왔다. 올리브 색 피부와 검은 머리카락으로 보아 남쪽지방 태생인 것 같았다. 하지만 말씨는 교양 있는 영국인 그대로였다. 그는 셜록 홈스와 반갑게 인사를 나누고는 셜록이 그의 얘기를 듣고 싶어 한다고 하자 아주 즐거워했다.

"경찰하고 얘기해봐야 소용이 없어요. 왜냐하면 그들은 이런 얘기를 들은 적이 없기 때문에 허튼 소리라고 생각할 게 뻔하거든요. 하지만 얼굴에 반창고를 붙인 그 딱한 사나이가 어떻게 됐는지 몹시 걱정이 되는군요."

"네, 계속 말씀하세요."

셜록 홈스가 진지하게 말했다.

“지금이 수요일 저녁이죠. 그러니까 엊그제, 월요일 저녁에 생긴 일입니다. 들으셨는지 몰라도 저는 통역 일을 하고 있습니다. 거의 모든 언어를 통역할 수 있는데, 제가 그리스인이라 주로 그리스어 통역을 하고 있죠. 오래 전부터 런던에서는 그리스어 통역관으로 꽤 인정받고 있습니다. 특히 호텔 분야에 제 이름이 많이 알려져 있는데, 가끔은 외국인들과 문제가 생긴다거나 제 통역이 필요한 경우에는 아무 때나 연락이 오죠.

지난 월요일 밤 라티머라는 젊은 사람이 요즘 유행하는 옷차림을 하고 저희 집으로 마차를 타고 와서는 같이 가달라고 했을 때는 별로 놀라지 않았어요. 그는 한 그리스인이 사업 문제로 자기 집에 찾아왔는데, 그리스 말밖에 못해 통역이 필요하다는 거였어요. 집이 켄징턴이라고 하면서 그는 몹시 서두르는 기색이었어요. 그가 타고 온 마차가 영업용이라고 했는데, 아무래도 자가용 마차 같았어요. 왜냐하면 런던의 꼴불견 영업마차보다 더 안락하고 마구도 고급이었거든요.

우리는 마주 보고 앉았는데, 마차가 체링 크로스를 지나 샤프츠베리 에비뉴를 가고 있었어요. 그러다 옥스퍼드 가로 가기에, 왜 이렇게 돌아서 가느냐고 물어봤죠. 그러자 젊은이가 갑자기 이상한 행동을 하는 거예요. 그는 주머니에서 느닷없이 납으로 만들어진 곤봉을 꺼내더니 마치 실력을 뽐내듯 앞뒤로 휘두르지 뭡니까? 그러고는 아무 말 없이 옆에 놓더라고요. 그리고 나서 그는 마차의 창문을 올리는 거였어요. 그런데 세상에! 밖이 안 보이도록 종이로 막아놓은 거 있죠.

그리고 그가 말하더군요.

'막아놓아서 미안합니다, 메라스 씨. 가는 곳을 비밀로 하고 싶어서 그랬습니다. 당신이 알게 되면 곤란해서요.'

전 정말 너무 놀라 말이 안 나왔어요. 게다가 젊은이가 워낙 체격이 좋고 힘도 세보여 싸울 엄두를 못 냈죠. 저는 좀 겁이 났지만 용기를 내어 말했어요.

'아주 이상한 일을 하시는군요, 라티머 씨. 이게 불법행위인 건 아실 텐데요.'

'뭐 유감스런 행동인 건 맞겠죠. 보상을 해드릴게요. 하지만 미리 말씀드리는데, 소란스럽게 한다든지 저를 난처하게 만드시면 가만있지 않겠습니다. 당신은 제 손아귀에 있는데다가 누구도 당신이 어디에 있는지 모른다는 거 잊지 마세요.'

말투는 조용했지만 굉장히 기분 나쁘더군요. 왜 이렇게 수상한 방법으로 저를 납치한 건지 이해가 안 됐지만 일단 가만히 있었습니다. 뭐 다른 짓을 해봐야 아무 소용도 없었고요. 그렇게 아무것도 모른 채, 어디로 가는지도 전혀 모르고 두 시간 정도 마차를 타고 갔습니다. 창문에 붙여진 종이로는 빛 한 줄기 안 들어오고, 앞 유리창에는 커튼이 처져 있었어요.

마차가 멎기에 시간을 보니까 8시 50분이더군요. 젊은이가 창문을 열자 나지막한 아치형 문이 보이고 램프가 켜져 있었어요. 그는 저더러 빨리 내리라고 하더니 집 안으로 들어가게 했어요. 입구 양쪽에 잔디밭과 나무들이 있었던 게 얼핏 기억납니다. 집 주변이 어땠는지는 전혀 알 수가 없었죠. 집 안으로 들어가자 불빛이 워낙 어두워, 현관이 좀 넓고 그림이 몇 장 벽에 걸려 있다는 것 외에는 아무 것도 알 수가 없었어요. 그때 체구가 작고 인상이 험악한 한 남자가 문을 열고 나왔는데, 허리가 굽어 있고 안경을 썼더군요.

'이 사람이 메라스 씨니, 해럴드?'

그 남자가 다급하게 묻더니 이렇게 말하는 거였어요.

'그래 잘했다. 아, 메라스 씨, 기분 나쁘지 않았으면 합니다. 당신이 꼭 와주셔야 했거든요. 아무튼 일을 잘 마무리지어주시면 나쁜 일은 없을 겁니다. 하지만 괜한 짓을 하면 무슨 일이 일어날지 몰라요.'

남자는 킬킬거리는 웃음을 흘리며 신경질적이면서 위협적인 말투로 말했어요. 젊은이보다 더 무서운 인상을 풍기더군요. 그래서 물었어요.

'한데 제가 할 일은 뭐죠?'

'그리스 사람들 둘이 왔는데, 몇 가지 물어보고 나한테 통역을 해주는 거예요. 만약 허튼소리를 지껄이면 — 이 대목에서 또 킬킬거리더군요 — 태어난 것을 후회하게 될 거요.'

이윽고 남자는 화려하게 치장된 방으로 저를 데려갔어요. 그 방도 어둡기는 마찬가지였어요. 카펫이 굉장히 푹신한 걸로 봐서 엄청 좋은 물건이라는 건 확실했어요. 희미하게 보이긴 했지만, 벨벳 의자와 하얀 대리석 맨틀피스, 그리고 일본 갑옷과 투구 등이 있더군요. 그 늙은 남자가 저에게 앉으라고 손짓을 했어요. 그리고 젊은이가 나가더니 한 남자와 함께 다시 들어왔습니다. 천천히 다가온 그 남자를 어렴풋한 불빛으로 본 순간 저는 온몸이 오싹해지더군요. 시체처럼 창백하고 뼈만 앙상하게 남은 몸이었어요. 무서울 정도였죠. 정신력으로 겨우 버티고 있는 것 같았어요. 하지만 그보다 더 무서운 건, 얼굴에 십자 모양의 반창고가 붙여져 있는 거였어요. 입이 통째로 막아져 있었죠. 공포감을 주더군요. 이 남자는 의자에 쓰러질 듯 주저앉았어요. 그때 늙은 남자가 소리쳤어요.

'해럴드, 칠판 가져왔나? 손은 좀 풀어줬겠지. 그럼 분필을 쥐여 줘라. 자, 메라스 씨, 당신이 질문을 하고 이 사람이 대답을 쓸 겁니다. 우선 질문을 하시오. 서류에 서명을 하겠는지 말이오.'

내가 시키는 대로 질문을 하자 남자의 눈이 불처럼 반짝거렸어요. 그리고 쓰더군요.

'절대 안 하겠다!'

저는 다음 질문을 했습니다.

'어떤 조건이라도 말인가?'

'내가 아는 그리스인 사제 앞에서 그녀가 결혼하는 것을 내 두 눈으로 똑똑히 보지 않는 한은 절대로.'

늙은 남자가 독한 표정으로 킬킬대고 웃더군요.

'그럼 네 목숨이 어떻게 되는 건지 알고 있겠지?'

'내 목숨은 아무래도 상관없다.'

저는 몇 번 더, 생각을 바꿔 서명하지 않겠느냐고 물었습니다. 남자는 매번 화를 내며 안 된다고 했죠. 그러는 동안 저는 슬쩍 내용과는 상관없는 질문을 해봤어요. 그들이 요구하는 질문 끝에 말이죠. 처음엔 위험하지 않은 질문으로 하고선 양쪽 눈치를 봤는데 아무런 반응이 없었어요. 그래서 좀 더 직접적인 질문을 하기 시작했어요. 이런 식으로 말이죠.

'그렇게 계속 버티면 당신에게 위험이 닥칩니다. 당신은 누구죠?'

'나는 괜찮소. 런던에 처음 온 사람입니다.'

'이런 식으로 일을 망치면 당신 손해일 뿐입니다. 언제부터 여기에 있었나요?'

'할 수 없군. 3주 전부터요.'

'당신은 절대 재산에 손댈 수 없소. 한데 당신 무슨 일을 당했소?'

'악랄한 인간들에게 절대 넘기지 않겠어. 그들은 나를 굶기고 있어요.'

'서명만 하면 풀어주겠다. 여기는 뭘 하는 집입니까?'

'절대로 서명은 안한다. 모릅니다.'

'그런 태도는 그녀를 위해서도 위험하다. 당신의 이름은?'

'그녀가 한 말을 들려 달라. 클라티디스.'

'서명하면 그녀를 만나게 해주겠소. 어디서 오셨어요?'

'못 만난다 해도 할 수 없어요. 아테네에서 왔어요.'

홈스 씨, 거기서 5분만 더 있었다면 그 사건 전부를 알 수 있었을 겁니다. 질문 하나만 더 했어도 내막을 분명히 알 수 있었을지 모르는데, 하필 그때 한 여자가 들어오더군요. 자세히는 못 봤지만 검은 머리에 키가 크고 우아한 여자였는데, 흰 가운 같은 걸 입고 있었어요.

그녀는 서투른 영어로 말하더군요.

'해럴드, 전 이제 거기를 떠나야 해요. 2층은 너무 외로워, 아니

폴 아니에요?'

그 마지막 말은 그리스어였어요. 그러자 남자가 온힘으로 입에 붙어 있는 반창고를 떼어내고는 '소피! 소피!' 하고 부르면서 여자에게 뛰어갔어요. 순식간에 두 사람은 포옹을 했는데, 젊은이가 달려들어 여자를 밖으로 끌어냈어요. 그리스 남자 또한 워낙 기력이 없다 보니 늙은 남자가 쉽게 다른 문으로 끌어내고 말더군요. 잠깐이었지만 그때 전 방 안에 혼자 있게 되었어요. 그래서 여기가 도대체 어딘지, 뭔가 단서라도 잡힐까 싶어 슬쩍 일어났죠. 한데 그 늙은 남자가 문에서 저를 뚫어지게 쳐다보고 있더라고요. 아무 행동도 안 한 게 천만다행이었죠. 그가 말하더군요.

'수고했어요, 메라스 씨. 보다시피 아주 비밀스런 사업이오. 원래 내 친구 하나가 그리스어를 잘해서 이 협상을 시작했는데, 갑자기 외국으로 가야 하는 바람에 다른 사람이 필요했던 거요.'

그러면서 그가 가까이 오더군요.

'자, 5만 파운드면 충분하겠죠. 다시 한 번 말씀드리지만 이 일에 대해 만일 발설한다면, 그래요! 어떤 일이 생길지 몰라요.'

그 악랄한 늙은이는, 뭐랄까요, 정말 구역질이 나고 혐오감이 드는 인간이었습니다. 덕이라곤 눈을 씻고 봐도 없는 얼굴에, 혈색이 나쁘고, 턱수염조차 신경질적으로 보였어요. 말할 때는 무도병 환자처럼 입술과 눈꺼풀을 끊임없이 떨고 있더군요. 그러고 보니까 귀에 거슬리는 그 킬킬대는 웃음도 무슨 신경성 병 때문인 것 같더라고요. 하지만 정말 섬뜩한 것은 그 남자의 눈빛이었어요. 그야말로 사악한 냉혹성을 품고 있는 눈이었죠. 그가 또 말하더군요.

'단 한 마디라도 발설하면 우리는 금방 알 수 있어. 정보망이 있으니까요. 그럼, 잘 가시오. 우리 마차가 중간까지 안내할 것이오.'

마차로 돌아가면서 정원을 힐끗 쳐다보았어요. 올 때처럼 또 라티머 씨가 제 앞에 앉더군요. 창문은 여전히 가려져 있고요. 얼마나 달렸을까요. 그때는 한밤중이었어요.

'자, 내리시오, 메라스 씨. 너무 먼 곳에 내리게 해 미안하지만 어쩔 수가 없네요. 만약 마차 뒤를 따라온다면 위험이 기다리고 있을 뿐입니다.'

젊은이는 나를 내리게 하고는 곧바로 멀어져 갔습니다. 저는 방향감각을 잃어버려 두리번거렸어요. 무슨 공터 같은 곳이었는데, 멀리 집들이 보이고, 건너편에는 철로 신호등이 보이더군요. 제가 있는 곳이 어딘지 도무지 알 수가 없었어요. 그때 마침 누가 걸어오는 게 보였어요. 철도 근로자 같기에 물었습니다.

'여기가 어딥니까?'

'원즈워드예요.'

'런던행 기차가 있을까요?'

그 남자가 친절히 일러주더군요. 1마일쯤 걸어가면 클라팜 역이 있는데, 거기서 빅토리아 역으로 가는 막차를 탈 수 있을 거라면서요.

홈스 씨, 얘기는 여기까지예요. 그곳이 어딘지도 모르고, 그 사람들이 누군지도 모르고, 아무튼 아무것도 모릅니다. 그러나 뭔가 나쁜 일인 것만은 분명하니까, 그 불쌍한 사나이를 구해내야죠. 그래서 다음날 바로 마이크로프트 홈스 씨한테 전부 말씀드리고 경찰에도 신고를 했습니다."

너무나 괴상야릇한 이야기에 모두들 침묵을 지키고 있었다. 그러자 셜록 홈스가 형을 쳐다보며 물었다.

"뭔가 대책이 있습니까?"

마이크로프트는 테이블에 놓여 있는 〈데일리 뉴스〉를 집어 들었다.

"이런 광고를 냈지. '폴 크라티디스 씨, 아테네에서 온 그리스 남자, 이 사람의 소재에 관해 정보를 제공해주시는 분께는 사례금을 드림. 소피라고 불리는 그리스 여자에 관해 연락주시는 분께도 사례금을 드림. x2473.' 여러 신문에 냈는데, 아직 응답이 없어."

"그리스 영사관에서는 뭐라고 합디까?"

"아무것도 모른다고 하더라고."

"아테네 경찰국장에게 연락해보셨나요?"

"홈스 집안에서는 셜록이 대표로 활동하고 있잖은가. 그러니 이 사건을 좀 맡아주게나. 그리고 좋은 결과 있으면 알려주기 바라네."

마이크로프트가 내 쪽을 향해 그렇게 말하자 셜록이 자리에서 일어나며 외쳤다.

"그럼요. 좋죠. 알려드릴게요. 그런데 메라스 씨, 조심하셔야겠습니다. 이 광고 때문에 당신이 그들을 배신했다는 것이 알려졌으니 말이죠."

돌아오는 길에 홈스는 전보를 몇 통 보냈다.

"이봐 왓슨! 오늘밤 산책이 헛일은 아니었지? 내가 맡았던 사건

중에 가장 재미있는 것들 몇 개는 이렇게 마이크로프트가 소개해준 거였다네. 아까 그 사건도 가능한 설명은 하나밖에 없지만 꽤 특이한 점을 갖고 있지."

"해결될 가능성이 있을까?"

"글쎄, 그 정도를 알았는데 나머지가 안 드러나면 그게 더 이상한 거겠지. 자네도 여러 가지 생각을 해보고 있을 것 같은데."

"어, 막연하게."

"어떤가, 자네 생각엔?"

"글쎄, 그 여자가 해럴드라는 젊은이에게 납치돼 온 것 같은데."

"어디서 납치됐을까?"

"아마도 아테네에서겠지."

셜록 홈스는 고개를 저었다.

"그 젊은이는 그리스어를 전혀 못해. 반면 여자는 영어를 할 수 있지. 그러니까 여자는 영국에 온 지 좀 됐고, 남자는 그리스에 간 적이 없다네."

"뭐 그렇다고 하면, 남자가 여자를 유혹한 거네?"

"그럴 가능성이 더 많지."

"그래서 그녀의 오빠 — 아마도 오빠일 것 같은데 — 가 그리스에서 쫓아온 거야. 하지만 재수 없게도 그 악당들한테 걸려든 거지. 놈들은 여자의 재산을 강탈하려고 그 오빠에게 서류에 서명하라고 한 거야. 오빠가 재산 관리인일 테니 말이야. 현재 오빠는 계속 거부하고 있지. 그래서 급히 통역이 필요하게 된 거야. 여자는 오빠가 온 줄도 모르고 있다가 우연히 만나게 됐던 거고 말이네."

"아주 좋아, 왓슨. 아마도 그럴 것 같네. 문제는 그자들이 갑자기 폭력을 쓰지나 않을까 하는 거야. 그놈들이 시간을 좀 끌어준다면 우리가 이길 수 있어."

"그런데 그 집을 어떻게 찾지?"

"만약 우리가 추리한 게 맞고, 여자 이름이 소피 클라티디스가 맞다면 그녀의 행적을 추적할 수는 있을 거야. 오빠는 분명 런던에 온 지 얼마 안 됐을 테니까, 여자에게서 뭔가 나오기를 기대할 수밖에 없어. 그 젊은이와 아가씨가 만난 지는 몇 주일쯤 됐을 거야. 오빠가 그리스에서 소식을 듣고 온 걸 보면 말이야."

집에 도착한 홈스가 방문을 열다가 움찔했다. 언제 왔는지 마이크로프트가 의자에 앉아 담배를 피우고 있었다.

"들어와, 셜록! 어서 오세요, 왓슨 씨. 내가 이렇게 빠른 줄 몰랐지? 아무래도 그 사건이 마음에 걸려서 말이야."

"어떻게 오신 거예요?"

"마차로 왔지."

"뭐 새로운 일이라도 생겼습니까?"

"광고 보고 연락이 하나 왔구나."

"아, 그래요!"

"자네들이 떠난 후 바로 왔어."

"그런데 무슨 내용이에요?"

"이건데, 허약한 중년 남자가 J펜으로 쓴 거야. 자 들어봐."

신문 광고를 보고 연락드립니다. 찾고 계신 젊은 여자를 제가 잘 알고 있습니다. 이곳으로 와주시면 그녀의 안타까운 처지에 대해 자세히 설명 드리겠습니다. 그녀는 지금 베크남에 있는 마톨즈 씨 집에 머물고 있습니다.

J 다운 포트

마이크로프트가 말했다.

"로이어 블릭스턴에서 보냈군. 마차로 한 번 가보지 않겠어, 셜록?"

"잠깐만요, 지금 그 여자에 대한 얘기보다 오빠를 구해내는 게 더 급하지 않나요? 경시청의 글레그슨 경감한테 연락해서 지금 당장 베크남으로 가야 할 것 같은데요. 사람 목숨이 달려 있으니까요."

"메라스 씨를 데려가는 게 좋을 것 같은데요. 통역이 필요할지도 모르니까요."

내가 끼어들며 말했다.

"아, 그렇네!"

홈스는 그렇게 말하며 주머니에 권총을 넣었다. 그러고는 내 눈빛을 보며 대답했다.

"얘기를 들어보니까 놈들이 꽤 위험한 자들인 것 같거든."

메라스 씨 집에 들렀는데, 방금 전에 한 남자와 함께 나갔다는 것이었다. 그러자 마이크로프트가 물었다.

"어디로 갔는지 아시오?"

문을 열어준 여자가 대답했다.

"모르겠는데요. 어떤 남자분이랑 마차로 가신 것밖에는요."

"그 남자 이름이 뭔지 혹시 아십니까?"

"아니오."

"젊은 사람 아닌가요? 큰 키에 검은 머리를 하고 있는 미남 말예요."

"아니오. 전혀 아닌데요. 키가 작고 안경을 썼는데, 인상도 아주 좋고 얘기하면서 계속 웃고 계시던데요."

"자, 빨리 갑시다! 큰일 났어요."

셜록 홈스가 서두르며 외쳤다. 우리는 경시청으로 향했다.

"놈들이 메라스를 납치해 갔어. 그가 소심한 사람이라는 걸 놈들이 알고 그걸 이용한 거야. 물론 통역이 필요해서긴 한데, 그 일이 끝나면 배신자라는 명목을 붙여 그에게 손을 쓸지도 몰라."

경시청에 들러 그 집으로 들어갈 수 있는 법률상의 문제를 끝내는 데 한 시간 이상이나 걸리고 말았다. 그래서 우리가 베크남에 도착했을 때는 밤 10시 30분이 넘어 있었다. 거기서 마차를 타고 우리는 마톨즈 씨 집으로 갔다.

큰 저택에는 불이 꺼져 있었다.

"아무도 없는 걸까?"

경감이 말하자 홈스가 대꾸했다.

"새는 날아가 버리고 둥지만 남아 있군."

"왜일까요?"

"짐을 실은 마차가 1시간쯤 전에 떠났으니까 그렇죠."

홈스의 추리에 경감이 웃으며 말했다.

"네, 바퀴자국은 보이지만 짐이 있었다는 건 무슨 근거에서 말씀하시는 겁니까?"

"같은 바퀴자국이 반대 방향으로도 나 있잖소. 그런데 밖으로 나갈 때의 바퀴자국이 훨씬 더 깊게 나 있거든요. 그건 마차가 무거웠다는 증거죠."

"당신 말이 맞는 것 같소."

경감은 위축된 목소리로 말했다. 그러고는 문에 달려 있는 고리를 크게 두드려보고 벨도 눌러보았다. 안에서는 아무런 소리도 없었다. 어느새 사라졌던 홈스가 돌아와 말했다.

"창문이 하나 열려 있네요."

우리는 넓은 집 안으로 들어갔다. 메라스가 묘사한 그대로였다. 테이블 위에는 유리컵 두 개와 술병, 그리고 먹다 만 음식이 남아 있었다. 그때 홈스가 말했다.

"저게 뭐지?"

우리는 모두 멈춰 귀를 기울였다. 어디선가 신음소리 같은 게 나지막이 들려왔다. 홈스는 문을 박차고 거실로 들어갔다. 하지만 소리는 위에서 들리는 것 같았다. 우리는 서둘러 계단을 뛰어 올라갔다.

3층엔 문이 세 개가 있었는데, 신음소리는 분명 가운데 문에서 새어나오는 것 같았다. 홈스가 먼저 문을 확 열고 들어가더니 목을 감싸며 뛰쳐나왔다.

"숯불이에요! 잠깐 기다려요. 곧 흩어질 거니까."

방안엔 놋쇠화로가 놓여 있고, 어스름 속에 웅크리고 앉아 있는 두 개의 그림자가 눈에 들어왔다. 방에서는 독가스 같은 게 나와 숨이 막힐 정도였다. 홈스는 잠시 계단으로 나가 공기를 들이마시고는 다시 방으로 들어가 창문을 열어젖힌 다음 화로를 밖으로 내던져버렸다.

"양초 없어요? 아니, 형님이 문간에 서서 램프를 비추고 계세요. 저 사람들, 가스에 중독돼 있어 데리고 나와야 돼요."

우리는 두 사람을 끌고 나왔다. 둘 다 입술이 새파래진 채 기절해 있었다. 손발이 꽁꽁 묶여진 그들 중 한 사람은 메라스 씨고, 다른 한 사람은 그리스 남자였다. 그의 얼굴엔 여전히 반창고가 기이한 모습으로 붙어 있었다. 그러나 이 남자는 신음소리조차 내지 못하고 있었다. 이미 때는 늦은 것 같았다.

그러나 메라스 씨는 1시간쯤 지나자 눈을 떴다. 나는 악마의 골짜기에서 그를 살려냈다는 사실에 보람을 느꼈다.

남자는 메라스 씨 방에 들어서자마자 소매 속에서 곤봉을 꺼내 들고 위협을 하며 그를 납치했던 것이다. 그래서 두 번째로 통역을 하게 되었는데, 악당들이 그리스 남자에게 거부하면 당장 죽이겠다고 협박했다는 것이다. 그러나 끝까지 굴복하지 않자 그를 가두고는, 이제 메라스까지 배신했다는 이유로 곤봉으로 때려 그 지경으로 만들었던 것이다.

하지만 아직 알려지지 않은 점이 몇 가지 남아 있다. 연락을 해온 남자에게서 들은 얘기지만, 유복한 집안 출신인 그리스 여자는 영국 친구들을 만나러 왔다는 것이었다. 그러다 우연히 해럴드 라티머라는 남자를 만나게 되었고, 남자가 그녀를 유혹하는 데 성공해 사랑의 도피 행각을 벌였던 것이다. 그녀의 친구들은 두 사람이 너무 빨리 진전하자 아테네에 있는 그녀 오빠에게 연락을 하고는 그냥 내버려두고 말았다.

그녀의 오빠는 영국으로 건너와 곧바로 그 악당 패거리들에게 잡히고 말았다. 해럴드 라티머와 윌슨 켐프라는 두 악질은 그리스 남자가 영어를 전혀 할 줄 모른다는 걸 알고는 감금한 채 굶기며 그의 재산과 여동생을 포기하겠다는 서류에 서명하라고 윽박질렀던 것이다.

하지만 여자는 통역자를 보고는 육감적으로 뭔가 수작을 부리고 있다는 걸 깨달았다. 그러나 그녀 자신도 갇혀 있는 몸이라 어쩔 도리가 없었다. 바로 다음날, 비밀이 탄로 난 걸 알자 두 악당은 여자를 데리고 도주할 수밖에 없었다. 그래서 출발 전에 두 남자를 죽이려 했던 것이다.

몇 달 뒤, 뜻밖에도 부다페스트에서 신문기사가 보내져 왔는데, 한 여자를 데리고 여행하던 영국 남자 두 명이 비참하게 죽었다는 내용이었다. 이들은 칼에 찔려 죽었는데, 헝가리 경찰은 두 사람이 싸우다가 서로를 찌른 것으로 보고 있다고 했다.

홈스는 아직도 그리스 여자를 찾아 그녀와 오빠가 당한 잔혹한 고통을 어떻게 복수했는지 듣고 싶어 한다.

서섹스의 흡혈귀

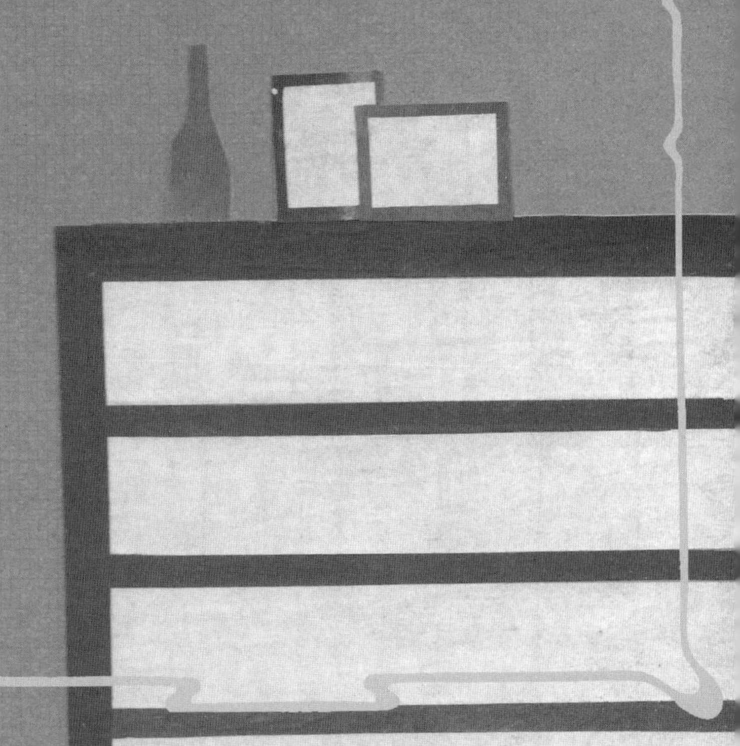

홈스는 그날 도착한 마지막 편지를 읽고 나더니 비아냥거리는 표정으로 — 그에게는 그게 웃는 표정인데 — 그걸 내게 보여주었다.

"현대와 중세, 현실과 환상이 뒤섞여서 더 이상 분간할 수 없는 선까지 간 것 같군. 왓슨, 이거 한 번 읽어보게나."

흡혈귀에 대하여

우리 법률사무소의 고객인 자동차 도매상 로버트 퍼거슨 씨가 흡혈귀에 대한 질문을 해왔습니다. 그런데 우리는 기계에 대한 자문을 전문적으로 하는 회사이기 때문에 거기에 대해 뭐라고 대답을 해줄 수가 없었습니다. 그래서 퍼거슨 씨에게 선생님을 만나보는 게 좋을 것 같다고 말했습니다. 마틸다 브릭즈 사건을 시원하게 해결하신 선생님의 놀라운 실력을 잘 알고 있기 때문입니다. 그럼 안녕히 계십시오.

11월 19일, 올드 주리 46번지

모리슨 앤 도드 법률사무소 대표 E J C

"마틸다 브릭즈는 젊은 여자 이름이 아니었다네, 왓슨."

홈스가 그때 일을 떠올리며 말했다.

"수마트라 섬의 커다란 쥐와 관련된 배 이름이었지. 아직 세상에 알려지지 않은 이야기야. 그런데 흡혈귀에 대해서는 아는 게 없는데? 그럼, 뭐라도 알아봐야겠군. 가만히 있는 것보다는 그게 낫겠지. 한데 마치 그림 형제의 요정 이야기 같지 않나, 왓슨? 거기 V자 칸을 좀 찾아보세."

나는 앉은 채 팔을 뻗쳐 커다란 색인 장부를 꺼냈다. 홈스는 평생 동안 수집해온 정보자료와 지난 사건들을 기록한 장부를 무릎 위에 펼쳐놓고는 회심에 젖어 한 장씩 들춰보았다.

"글로리아 스콧 호의 항해, 정말이지 골치 아픈 사건이었어. 왓슨, 자네도 이 사건을 기록한 것 같은데, 결과가 안 좋게 끝났었지. 위조범 빅터 린치, 독도마뱀, 이것들 역시 대단한 사건이었어! 서커스 소녀 빅토리아, 금고털이와 밴더빌트, 북살무사, 해머스미스의 놀라운 정력. 참 별게 다 있네. 아, 이런 것도 있군. 헝가리의 흡혈귀, 트란실바니아의 흡혈귀."

그는 계속 페이지를 넘기더니 실망한 듯 그 두꺼운 장부를 내던져 버렸다.

"쓸데없는 짓이야, 왓슨. 쓸데없는 짓이라고! 아니, 무덤에서 나와 돌아다니는 유령들하고 뭘 어쩌겠다는 거야, 안 그래? 미친 짓거리지."

"흡혈귀가 꼭 죽은 사람 중에만 있는 건 아니지. 산 사람들도 그런 부류가 있어. 늙은이가 회춘하려고 젊은 사람 피를 마신다는 얘기를 들은 적도 있거든."

"그렇긴 해, 왓슨. 그런 얘기들이 책에도 나와 있지. 그런데 우리가 그런 일을 맡을 필요가 있을까? 우리 탐정사무소는 두 발을 땅에 딛고 실제로 벌어지는 일만 다루고 있잖은가. 이 세상에도 사건들이 너무나 많은데, 언제 유령까지 다루겠나. 로버트 퍼거슨 씨의 문제도 그런 종류가 아니겠어? 이 편지는 그가 직접 쓴 것 같은데, 무슨 단서라도 있는지 한 번 보세."

홈스는 두 번째 편지를 펼쳐들었다. 잠시 후 그의 얼굴에 미소가 번지더니 점점 열띤 호기심까지 떠올랐다. 다 읽은 그는 편지를 그대로 든 채 한동안 생각에 잠겼다.

"램벌리의 치즈맨 집. 왓슨, 램벌리가 어디지?"

생각에서 깨어난 그가 다짜고짜 물었다.

"호섬 남부 서섹스에 있는 지역이네."

"그렇게 멀지 않군. 그럼 치즈맨 집은?"

"어, 그 지방은 내가 잘 알아. 거기엔 조상들의 이름을 붙인 몇백 년 된 집들이 모여 있지. 오들리 집이니, 하비 집이니, 캐리턴 집이니 하는 명칭을 달고 말이야. 자네도 들어본 적 있을걸. 조상들의 이름이 집과 더불어 살아 있는 셈이지."

"정확히 알고 있군."

홈스가 냉소적으로 말했다. 자존심이 강하고 속마음을 털어놓지 않는 그의 성격의 한 단면을 내비치는 것이었다. 그는 어떤 새로운 것을 알게 되었을 때에도 상대방에게는 이미 알고 있는 척했다.

"일을 시작하기 전에 더 자세히 알아봐야겠어. 이 편지도 로버트 퍼거슨한테서 온 건데, 자네를 알고 있다고 하네."

그가 세 번째 편지를 펼치며 말했다.

"나를 안다고?"

"자, 읽어보게나."

편지엔 아닌 게 아니라 로버트 퍼거슨의 주소가 적혀 있었다.

홈스 씨께

제 고문 변호사가 선생님을 추천해 주었지만 사건이 너무 미묘한 문제를 안고 있어서 의논하기가 상당히 어렵습니다. 이 사건은 사업상 알게 된 한 친구에게서 일어난 일입니다. 그는 질산염 수입 사업을 하다 알게 된 한 페루인의 딸과 5년 전에 결혼했습니다. 그녀는 미인이었지만 외국인인 데다 종교가 달라 그들 부부는 늘 감정이 좋지 않았습니다. 그러다보니 사랑도 점점 식어갔고, 결혼 자체가 잘못됐다고 생각했지요. 그는 아내의 성격에서 절대로 알아낼 수도 없고, 이해할 수도 없는 부분들이 있는 걸 발견했습니다. 그런데 그가 더 이해할 수 없는 건, 아내가 그에게 매우 헌신적이라는 사실이었습니다. 하지만 상냥하고 온순한 성격의 아내에게서 갈수록 이상한 면이 드러나기 시작했습니다.

그는 이 결혼이 재혼이며, 전부인과의 사이에 아들이 한 명 있습니다. 지금 열다섯 살인 아들은 어렸을 때 사고를 당해 몸이 불편하지만 밝고 온순하게 자랐습니다. 그런데 그의 아내가 아무런 이유도 없이 그 아이를 두 번이나 때렸다고 합니다. 회초리로 얼마나 세게 때렸는지 아이 가슴에 붉은 자국이 남아 있을 정도입니다.

그러나 더 심한 것은 자신의 한 살짜리 아기에게 한 행동이었습니다. 한 달 전쯤, 유모가 잠깐 자리를 비운 사이 아기가 자지러지게 울어대는 것이었습니다. 그래서 놀라 방으로 뛰어 들어온 유모는 기겁을 하고 말았습니다. 아기 엄마가 아기의 목을 물어뜯고 있는 것이었습니다. 목에서는 피가 흘러내리고 있었죠. 유모가 너무 무서워 주인 남자를 부르려 하자 그녀는 5파운드를 주면서 말하지 말아달라고 했다는 것입니다.

하지만 유모는 그때부터 아기 엄마를 감시하며 아기를 절대 혼자 두지 않았습니다. 아기 엄마 또한 유모가 잠시라도 자리를 비우기만을 기다리는 듯했습니다. 밤낮으로 그녀는 기회를 엿보고 있었습니다. 마치 양을 잡아먹으려는 이리처럼 말입니다. 믿기지 않는 말이라고 생각하시겠지만 이건 정말 아기의 생명에 관한 중대한 문제이며, 그 여자의 정신 상태의 심각성을 알리는 것입니다.

유모는 결국 아기 아빠에게 모든 걸 말하게 되었습니다. 그녀도 너무 신경을 쓴 나머지 기진맥진해 더 이상 버틸 수가 없었기 때문입니다. 그런데 아기 아빠는 아내가 평소 너무나 상냥하기 때문에 유모의 말을 믿을 수가 없었습니다. 그래서 도리어 유모에게 꿈꾸고 있느냐고 호통을 치며 자신의 아내를 정신병자 취급하는 건 용서할 수 없는 짓이라고 말했습니다. 그런데 그 얘기를 하는 동안 아기가 또다시 울부짖는 것이었습니다. 그래서 둘은 아기 방으로 뛰어 들어갔지요.

홈스 씨, 아기 옆에서 막 일어나는 아내의 얼굴과 아기의 찢겨진 목에서 흘러내린 피가 시트를 적시고 있는 그 광경을 한 번 상상해보십시오. 그녀의 입가엔 당연히 피가 묻어 있었죠. 아기의 피를 빨아먹은 것이었습니다. 남편은 공포에 질려버렸죠.

유모가 말한 사실을 그는 확인을 하게 되었습니다. 그의 아내는 지금 방에 갇혀 있고, 그는 미쳐버릴 지경입니다. 그 친구와 저는 흡혈귀에 대해 아는 게 거의 없습니다. 그저 지어낸 이야기라고만 생각하고 있었습니다. 그런데 영국 서섹스 지방 한복판에서 그런 일이 일어났습니다. 더 자세한 얘기는 내일 아침 선생님을 만나 직접 말씀드리겠습니다. 시간 내주시기 바랍니다. 그 가련한 친구를 위해 선생님의 실력을 발휘해주시면 고맙겠습니다. 램벌리의 치즈

맨 집, 퍼거슨에게로 전보를 보내주십시오. 시간 되시면 내일 아침 10시에 찾아뵙겠습니다. 그럼 안녕히 계십시오.

로버트 퍼거슨

추신 : 왓슨 박사가 블랙히스 럭비 팀 선수로 활약할 당시 저는 리치먼드 팀에서 스리쿼터로 뛰었습니다. 이게 제가 할 수 있는 유일한 제 소개입니다.

"아, 기억나네. 키가 큰 리치먼드 팀의 대표적인 스리쿼터였지. 성격이 참 좋은 친구였어."

내가 말했다.

홈스는 골똘히 생각에 잠겨 나를 쳐다보며 머리를 흔들었다.

"왓슨, 자네는 아직 밖으로 드러나지 않은 무한한 가능성이 있어. 전보를 보내주게나. 당신의 사건을 맡겠습니다, 하고 말이야."

"당신의 사건이라고?"

"우리 탐정사무소가 마음 약한 사람들을 돕는 곳은 아니라네. 그 사건은 퍼거슨 씨 본인의 일인 게 틀림없어. 자, 전보를 보내 내일 아침에 만나보자고."

다음날 아침 정각 10시에 퍼거슨이 도착했다. 운동선수 시절의 멋진 몸매는 온데간데 없고 머리카락이 듬성듬성 빠져 있었으며, 어깨도 구부정한 모습이었다. 예전의 그를 떠올리자 연민의 감정이 들 정도였다. 그러나 목소리는 활기가 넘쳤다.

"오랜만이네, 왓슨. 자네도 많이 변했군. 내 모습 많이 변했지? 그래, 이 사건이 일어나기 이틀 전부터 확 늙어가는 것 같네. 홈스 씨, 전보 잘 받았습니다. 친구 일인 것처럼 꾸몄지만 선생께서 눈치 채셨으리라 생각합니다."

"사건의 주인공과 직접 얘기하는 게 훨씬 도움이 됩니다."

홈스가 말했다.

"물론 그러시겠죠. 하지만 아내를 지키고 도와줘야 하는 제 입장도 있는 것 아니겠습니까? 어떻게 해야 할까요? 이런 이야기를 경찰서에 가서 할 수도 없지 않습니까? 홈스 선생님, 아내가 미친 걸까요? 아니면 핏속에 이상한 물질이 흐르고 있는 걸까요? 혹시 이런 비슷한 일을 다뤄본 적이 있습니까? 저를 좀 도와주세요. 어떻게 해야 할지 모르겠습니다."

"잘 알겠습니다, 퍼거슨 씨. 좀 앉으셔서 제가 묻는 질문에 찬찬히 대답해보세요. 난 지금 정신이 멀쩡하니까 분명히 해결책을 찾을 수 있을 것으로 봅니다. 우선 말씀해보세요. 그런 일이 있은 다음에 당신은 무슨 일을 하셨죠? 그리고 당신 아내가 지금 아이들과 같이 있습니까?"

"네. 정말 너무나 무서웠습니다. 하지만 제 아내는 저를 온 마음으로 사랑하는 그런 여자입니다. 그래서 제가 그 끔찍한 비밀을 알아버린 게 아내로서는 칼로 가슴을 찌르는 듯한 고통을 느낀 겁니다.

제가 물어보고 다그쳐도 대답도 하지 않고 그냥 멍하니 절망에 빠진 눈빛으로 쳐다보더군요. 그러고는 방으로 뛰어 들어가 문을 잠갔습니다. 그 후로는 저를 안 보려고 합니다. 그녀는 결혼 전부터 하녀라기보다는 친구 같은 사람인 돌로레스와 함께 있습니다. 그녀가 아내에게 식사를 챙겨주고 있어요."

"그럼 아기는 안전한가요?"

"네, 유모가 늘 곁을 지키고 있죠. 그녀는 정말 믿을 만한 사람입니다. 저는 불쌍한 잭이 오히려 걱정됩니다. 아내가 그 아이를 두 번이나 때렸으니까요. 아이가 다리를 절기 때문에 방어도 못하고, 정말 두렵습니다."

퍼거슨 씨는 아들 이야기를 하며 표정이 잠시 누그러졌다.

"그 아이 모습을 보면 마음이 측은해집니다. 어렸을 때 높은 곳에서 떨어져 척추를 다쳤거든요. 하지만 마음은 한없이 고운 애예요."

홈스는 퍼거슨이 어제 보내온 편지를 다시 집어 들었다.

"집에 다른 사람은 더 없습니까?"

"하녀가 두 사람 있는데, 근래에 새로 들어왔어요. 그리고 마이클이라는 마구간지기가 있죠."

"결혼할 때 아내에 대해 잘 알고 계셨나요?"

"몇 주일 사귀다가 결혼했습니다."

"돌로레스는 당신 아내와 언제부터 아는 사이죠?"

"꽤 오래 됐을 겁니다."

"그럼 그녀가 당신 아내에 대해 당신보다 더 잘 알겠네요."

"그렇겠죠."

홈스는 뭔가를 노트에 적었다.

"램벌리로 가보는 게 좋을 것 같군요. 제가 따로 조사할 게 있어서요. 당신 아내가 우리를 보면 불편해할지 모르니까 근처 호텔에서 묵겠습니다."

"홈스 씨, 그렇게 마음 써주셔서 정말 감사합니다. 빅토리아 역에서 2시 기차를 타시면 됩니다."

그의 얼굴이 조금 환해졌다.

"그런데 가기 전에 다시 확인해야 할 게 있는데, 그러니까 그녀는 당신 아이와 그녀의 아기 모두를 다 해치고 있는 거 맞죠?"

"그렇습니다."

"그런데 해치는 방법이 다른 거죠? 당신 아들은 때렸지요?"

"네, 회초리와 손으로 미친 듯이 때렸습니다."

"이유도 없이요?"

"그 아이가 싫다고 하더군요. 그 말을 몇 번이나 했습니다."

"계모니까 그런 경우가 흔히 있죠. 전 부인에 대한 질투 때문이라고 할 수 있죠. 부인이 원래 질투심이 강했나요?"

"네, 아주 강했어요. 더운 지방 사람들의 기질인 것 같습니다."

"아들이 열다섯 살이라고 했는데, 그 나이면 눈치는 다 있는 나이일 텐데요. 아이가 매를 맞고 아무 말도 안했습니까?"

"왜요, 했죠. 아무 이유도 없이 그냥 때린다고 했어요."

"보통 때는 두 사람이 잘 지냈습니까?"

"아니오. 전혀 애정이 없었습니다."

"아이가 마음이 곱다고 하지 않았나요?"

"물론이죠. 제 인생에 아들보다 더 소중한 존재는 없습니다. 저는 아이를 위해 살고 있습니다. 그 애는 제 말을 잘 따르죠."

홈스는 또다시 뭔가를 노트에 기록했다. 그러고는 잠시 생각에 잠겼다.

"재혼하기 전에는 아들과 더 가까웠었죠?"

"네, 그랬었죠."

"아이가 마음이 여리다면 죽은 엄마를 많이 그리워했겠네요?"

"네, 몹시 그리워했습니다."

"또 한 가지 궁금한 건 그녀가 젖먹이 아기와 당신 아들을 동시에 그렇게 해쳤나요?"

"처음엔 그랬어요. 광기가 일어나자 아이들 둘에게 한꺼번에 달려들었죠. 두 번째는 아들 잭만 두들겨 맞았고요. 하녀인 메이슨 부인이 그렇게 얘기했어요."

"참 복잡하네……."

"홈스 선생님, 그게 그렇게 중요한 문제입니까?"

"중요할 수도 있어요. 사람들은 보통 가설을 먼저 세워놓은 뒤 그걸 증명할 자료들을 모으는데, 어떻게 보면 나쁜 습관일 수도 있어요. 나는 과학적인 수사 방법을 쓰는데, 여기 있는 당신의 옛 친구가 과찬할지도 모르니 설명은 그만두겠습니다. 어쨌든 지금 생각으로는 당신의 문제를 해결할 수 있을 것 같습니다. 그럼 내일 봅시다."

짙은 안개가 끼어 있는 11월의 어느 날 밤, 램벌리의 한 호텔에 짐을 놓고 우리는 밖으로 나왔다. 그리고 흙탕길을 한참 달려 외딴곳에 떨어져 있는 퍼거슨의 고풍스런 집에 도착했다. 건물이 꽤 큰 편이었는데, 전체적으로 어수선한 분위기로 무척 낡아 있었다. 집 안으로 들어가자 오래되어 퀴퀴한 냄새와 썩은 냄새가 뒤섞인 불쾌한 냄새가 났다.

퍼거슨 씨는 우리를 거실로 안내했다. 장작이 타고 있는 벽난로 옆에는 1670년이라고 씌어진 동판이 붙어 있고, 여기저기 많은 장식품들이 놓여 있었다. 벽의 반은 지방색이 풍기는 장식판자가 붙어 있는데, 아마도 17세기에 집을 지을 때부터 주인이 만든 것 같았다. 그리고 한쪽 벽엔 페루 태생인 그의 부인이 가져온 것 같은 남아메리카 토산품들이 걸려 있었다. 홈스가 갑자기 자리에서 일어나더니 가까이 가서 그것들을 살펴보았다. 그러고는 한참 생각을 하다가 별안간 소리쳤다.

"이리 와라!"

바구니 속에 누워 있던 개 한 마리가 비틀대는 걸음으로 주인에게 다가왔다. 개는 뒷다리가 불편한데다 꼬리도 축 처져 있었다.

"홈스 선생님, 왜 그러시죠?"

"이 개 어디 아픈가요?"

"글쎄, 수의사도 모른다고 하는데 일종의 마비 증세 같아요. 뇌막염이 아닐까 생각하고 있습니다. 그래도 지금은 많이 좋아진 거예요. 그렇지, 칼로?"

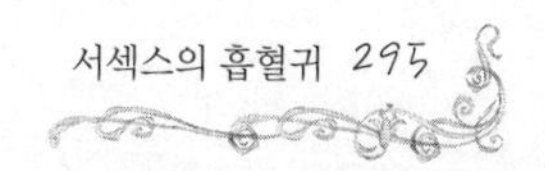

개가 알아들었다는 듯이 꼬리를 흔들었다. 그러고는 슬픔에 잠긴 눈으로 우리를 번갈아 쳐다보았다. 자기 얘기를 하고 있다는 걸 아는 모양이었다.

"증세가 갑자기 나타났습니까?"

"네, 어느 날 밤에요."

"언제쯤이죠?"

"4개월 전이에요."

"이상하네요. 뭔가 연관이 있는 것 같아요."

"뭘 알아내셨습니까?"

"이미 추측한 걸 확인하고 있는 겁니다."

"뭘 말입니까? 말씀 좀 해주세요. 선생님은 복잡한 수수께끼라고 생각하실지 모르지만 저에게는 생사가 걸린 문제거든요. 아내를 살인자로 만드느냐, 아이들을 영원히 위험 속에 놔두느냐 하는 문제라고요. 그러니 농담은 하지 말아 주세요."

몸집 큰 옛날의 스리쿼터는 그 말을 하며 거의 온몸을 떨고 있었다. 홈스가 그의 어깨를 다독거렸다.

"퍼거슨 씨, 해결책을 찾는다 해도 당신에게 계속 고통이 될까 걱정입니다. 지금 당장 알 수 있는 건 아니지만 어쨌든 곧 모든 것이 밝혀질 겁니다."

"아, 제발 그렇게 되면 얼마나 좋겠습니까? 잠깐 아내 방에 가서 좀 보고 오겠습니다."

퍼거슨이 나가자 홈스는 벽에 걸려 있는 그 이상한 물건들을 자세히 들여다보았다. 잠시 후 퍼거슨은 여전히 어두운 표정으로 돌아왔다.

"돌로레스, 여기 차 좀 주세요. 그리고 아내가 먹고 싶어 하는 건 뭐든지 갖다드리세요."

"부인께서 몹시 아프십니다. 드시고 싶은 게 없다고 하시네요. 의사를 불러야 할 것 같아요. 혼자 내버려두면 어찌 될지 몰라서……."

퍼거슨은 당황해하며 나를 쳐다보았다.

"내가 한 번 가볼까?"

"아내가 의사를 만나려고 할지 모르겠네."

"제가 모시고 가겠습니다. 부인께서도 의사를 부르고 계시거든요."

"그럼 올라가보게."

나는 돌로레스와 함께 2층으로 올라갔다. 그녀가 열쇠를 꺼내 방문을 열었다. 묵직한 참나무 문이 삐거덕거렸다. 내가 들어가자 그녀도 따라 들어와 안에서 다시 문을 잠갔다.

침대 위에 여인이 누워 있었다. 높은 열에 시달리는 듯 멍한 표정으로 몸을 일으켰다. 그러나 낯선 사람을 보자 안심한 듯 다시 누웠다. 그녀의 맥과 열을 재봤더니 맥이 빠르고 열도 높게 나왔다. 그런데 그녀의 병세는 육체적 고통이 아니라 신경의 문제에서 오는 증세 같았다.

"이틀 동안 누워 계셨어요. 돌아가실까봐 걱정입니다."

돌로레스가 말하자 열이 올라 빨갛게 된 얼굴로 여인이 나를 쳐다보았다.

"제 남편은 어디 있나요?"

"아래층에 있는데, 부인을 몹시 보고 싶어 합니다."

"아니오. 저는 그를 만나고 싶지 않아요. 절대로요. 악마, 악마 같으니! 그런 악마에게 무슨 말을 할 수 있겠어요?"

그녀는 다시 광기가 되살아난 것 같았다.

"제가 도와드릴 일은 없습니까?"

"없습니다. 아무도 저를 도와줄 수 없어요. 모든 게 다 끝나고 말았죠. 제 인생은 끝났습니다. 모든 노력이 수포로 돌아갔어요."

여인은 계속 환각 상태에 빠져 있는 것 같았다. 착한 남편을 악마라고 하는 걸 봐도 그랬다.

"부인, 남편은 부인을 몹시 사랑하고 있습니다. 그는 지금 너무나 큰 슬픔에 빠져 있어요."

그녀는 나를 쳐다보았다.

"그가 저를 사랑하고 있는 건 잘 알고 있어요. 저 또한 그를 아프게 하느니 차라리 저 자신을 희생해 버리고 싶을 만큼 그를 사랑하고 있지요. 그런데 그가 저한테 그런 말을 한다는 건……."

"너무 충격을 받아 제대로 이해를 못하고 있는 것 아닐까요?"

"그럴지도 모르죠. 하지만 그는 저를 믿지 않았어요."

"남편을 만나시겠어요?"

"아니오. 그가 저한테 퍼부은 그 끔찍한 폭설들을 잊을 수가 없어요. 두 번 다시 그를 보고 싶지 않아요. 그만 가주세요. 선생님은 저를 도와줄 수 없어요. 한 마디만 그에게 전해 주세요. 아기를 보고 싶다고, 저는 제 아기를 볼 권리가 있다고 말이죠."

그녀는 말을 마치고는 벽 쪽으로 몸을 돌려버렸다.

퍼거슨과 홈스는 난로 옆에 그대로 앉아 있었다. 난 퍼거슨에게 부인의 말을 전했다.

"아기를 맡겼다가 아내가 또 발작을 일으켜 무슨 짓을 할지 어떻게 알겠는가. 난 그날 아내의 입가에 묻은 핏자국이 도저히 잊혀지지 않네."

그는 또다시 몸을 떨며 말했다.

"아기는 유모가 잘 지키고 있어야 하네."

하녀가 차를 가져와서 따르자 한 소년이 문을 열고 들어왔다. 창백한 얼굴에 금발이었다. 그는 아버지를 보고는 몹시 좋아하며 소녀처럼 두 팔로 아버지의 목을 끌어안았다.

"아빠, 벌써 오셨어요? 벌써 오실 줄은 몰랐는데. 그냥 여기서 기다릴 걸 그랬어요."

퍼거슨 씨는 조금 당황해하며 품에서 가만히 아들을 떼어냈다.

"어 그래, 여기 홈스 선생님과 왓슨 선생님을 모시고 왔어."

"탐정가 홈스 선생님이요?"

"그래, 맞아."

소년은 우리를 뚫어질 듯 쳐다보았다. 눈빛에 경계심이 잔뜩 묻어 있었다.

"아기는 어떻습니까? 한번 보고 싶은데요."

홈스가 말했다.

"메이슨 부인에게 아기를 데려오라고 해라."

퍼거슨 씨의 말에 소년이 비틀거리는 걸음으로 방을 나갔다. 곧 큰 키에 마른 여인이 예쁜 아기를 안고 들어왔다. 색슨과 라틴의 피가 섞인 검은 눈의 금발 아기였다. 퍼거슨 씨는 아기를 받아 안고 귀엽다는 듯 쓰다듬었다.

"이 어린 것을 해치다니."

그는 중얼거리며 아기의 상처를 들여다보았다.

나는 홈스의 표정을 살펴보았다. 그는 굳어진 얼굴로 아기와 아버지를 쳐다보더니 고개를 돌려 반대쪽을 잔뜩 의심스런 눈빛으로 바라보았다. 그의 시선은 마치 비가 내리는 음산한 정원을 바라보는 것 같았다. 그러나 창 덧문이 반쯤 가려져 있어서 밖이 잘 보이지 않았다. 그렇다면 그는 유리창을 보고 있는 것이 틀림없었다. 그는 미소를 지으며 다시 아기를 바라보더니 가까이 다가가 목에 난 상처를 자세히 들여다보았다. 그러고는 아기의 손을 잡고 흔들었다.

"잘 있어, 아가야. 세상에 나오자마자 큰 고통을 받는구나. 메이슨 부인, 잠시 얘기 좀 할까요?"

홈스는 그녀 곁으로 다가가 조용히 몇 마디 했다. 그런데 마지막 말이 얼핏 들렸다.

"걱정하지 마세요. 모든 게 잘 풀릴 겁니다."

예민하고 조용한 성격의 유모가 아기를 안고 방을 나갔다.

"메이슨 부인은 어떻습니까?"

"얼른 봐서 인상이 그리 좋은 편은 아닌데, 마음씨는 아주 좋은 사람입니다. 헌신적으로 일하고 있죠."

"잭, 너도 유모를 좋아하니?"

홈스가 묻자 소년의 얼굴이 금방 어두워지며 고개를 저었다.

"잭, 이제 나가 있어라."

퍼거슨이 아들에게 말했다. 그러고는 아들이 완전히 멀어질 때까지 애정 어린 눈빛으로 바라보았다.

"홈스 선생님, 괜한 일을 부탁드린 것 같습니다. 너무 복잡하고 미묘한 일이라 선생께서도 다루기 힘든 사건인 것 같아서요."

"물론입니다. 하지만 그렇게 복잡한 문제는 아니에요. 여기 오기 전에 모든 추리를 해봤고, 지금은 확인을 하고 있는 중이지요."

"그렇다면 다 알고 계시면서 왜 말씀을 안 해 주시는 겁니까? 전 가슴이 조여들어 더 이상 참기가 힘듭니다. 선생께서 어떻게 그 진실을 아셨는지는 말씀 안하셔도 좋습니다."

"말씀드릴 수 있어요. 그리고 그 과정도 얘기해 드릴 수 있습니다. 내 방식대로 일을 해도 되겠죠? 왓슨, 부인을 만날 수 있을까?"

"열은 있지만 정신은 말짱하니 상관없습니다."

"그럼, 부인 있는 데서 일을 정리하세. 자, 메이슨 씨, 함께 올라가시죠."

"아내는 저를 안 볼 겁니다."

"아니오. 만날 거예요."

홈스가 말했다. 그러면서 종이에다 뭔가를 적었다.

"왓슨, 이걸 부인한테 전하게."

나는 그녀의 방문 앞에서 돌로레스에게 종이를 넘겨주었다. 그러고는 잠시 후, 부인이 소리를 지르는 게 들렸다. 기쁨과 놀라움이 섞인 소리였다. 그러자 돌로레스가 나오더니 모두 들어오라고 말했다.

퍼거슨 씨는 방으로 들어가자마자 아내에게 달려갔다. 그러나 그녀는 외면했다.

홈스가 말했다.

"돌로레스, 잠시 좀 나가주시겠습니까? 아, 그런데 부인이 원하시면 함께 계셔도 좋습니다. 그리고 퍼거슨 씨, 저는 워낙 일이 많아 바쁩니다. 그래서 단순하고 직접적인 방법을 쓰는데요. 가장 빨리 수술을 하는 외과의사가 환자의 고통을 빨리 덜어주는 건 인지상정이겠지요? 제가 하고 싶은 말은 어떻게 하면 당신의 고통을 빨리 덜어주느냐는 겁니다. 당신 아내는 정말 희생적이고 아름다운 데도 불구하고 스스로를 학대하고 있어요."

퍼거슨 씨는 기쁨에 겨워 외쳤다.

"그 사실을 증명해 주시면 저는 선생님을 평생 은인으로 여기겠습니다."

"그렇게 하죠. 그런데 당신은 또다시 상처를 받게 됩니다."

"아내의 결백만 확인된다면 저는 어떤 상처도 달게 받겠습니다."

"그러죠. 처음 얘기를 들었을 때부터 저는 흡혈귀라는 것을 도저히 이해할 수 없었어요. 이런 일은 이제까지 영국에서 한 번도 일어난 적이 없었지요. 그런데 당신이 잘 보았더군요. 부인이 아기 옆에서 돌아다녔을 때 입가에 핏자국이 있었다고 했죠?"

"네, 그랬어요."

"피를 마시려고 상처를 빤 게 아니라 다른 이유 때문에 빨 수도 있다는 건 생각해 보지 않으셨나요? 영국 역사에도 보면 한 여왕이 독을 빼내려고 상처를 물어뜯었다는 얘기가 있거든요."

"독이요?"

"남아메리카와 관련이 있습니다. 이곳에 오기 전에 난 이곳에 걸려 있을 물건들을 이미 예상하고 있었어요. 그리고 독이 묻어 있을 거라고 생각했죠. 저기 엽총 옆에 있는 화살통이 비어 있는 걸 보고 바로 직감이 왔어요. 아기가 독약이 묻어 있는 화살에 찔렸다면 상처를 빨리 빨아내야겠죠? 안 그러면 저 개처럼 불구가 됐을 거예요. 이제 아시겠어요? 부인께선 아기가 화살에 찔린 걸 보고 급히 피를 빨았던 겁니다. 그러나 부인은 당신이 소년을 무척 아끼고 있다는 걸 알았기 때문에 그 말을 안했던 거예요."

"잭이!"

"난 방금 전 당신이 아기를 안고 있을 때 소년의 표정을 봤어요. 심한 질투와 증오심으로 가득 차 있더군요."

"잭이 그렇다고요?"

"퍼거슨 씨, 괴롭겠지만 사실입니다. 아들에 대한 지나친 사랑과 아빠에 대한 과장된 감정 표현, 그리고 죽은 엄마에 대한 추억 등이 얽혀 그런 끔찍한 행동을 하게 된 것입니다. 게다가 자신은 불구인데 아기가 예쁘니 미웠던 거죠."

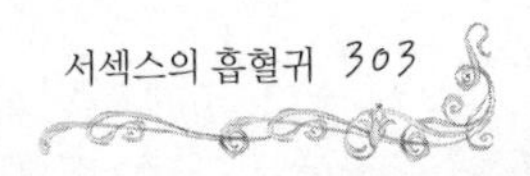

"세상에! 도저히 믿을 수가 없군요."

"부인, 제가 한 얘기가 모두 맞습니까?"

여인은 머리를 파묻고 울고 있었다. 흐느껴 울던 여인은 잠시 후 남편에게 말했다.

"당신에게 충격을 줄 것 같아서 얘기를 못했어요. 그래서 다른 사람이 진실을 얘기해 주길 바라고 있었죠."

"잭을 1년쯤 바닷가로 가서 지내게 하는 게 좋을 것 같습니다."

홈스가 마침내 의자에서 일어나며 말했다. 그러고는 물었다.

"부인, 한 가지 궁금한 게 있는데요. 잭을 때린 건 이해할 수 있어요. 왜냐하면 때론 인내심에도 한계가 있으니까요. 그런데 이틀 동안 아기를 안 보고 어떻게 견디셨나요?"

"메이슨 부인에게 다 얘기했어요. 그녀는 진실을 알고 있었죠."

"아, 네. 저도 그렇게 추측했었죠."

퍼거슨은 침대 옆에 서서 손을 떨고 있었다.

"왓슨, 우리는 가도 될 것 같네. 충성스런 돌로레스와 함께 나가세. 자네가 그녀의 한 팔을 잡게. 내가 다른 팔을 잡을 테니까. 이제 그들끼리 해결하도록 놔두고 우리는 떠나는 게 좋겠어."

세 사람의 개리뎁

이 사건은 희극이라고 볼 수도 있고, 비극이라고 볼 수도 있다. 이 사건으로 개리뎁 씨는 이성을 잃어버렸고, 나는 부상을 당했으며, 다른 한 사람은 처벌을 받았다. 아무튼 이 사건엔 희극적인 부분이 있다. 그러나 정확한 판단은 독자들이 내릴 것이다.

나는 사건이 일어난 날짜를 분명히 기억하고 있다. 왜냐하면 홈스가 그의 공적에 부여된 나이트 작위를 바로 같은 달에 거절했기 때문이다. 나이트 작위에 대한 얘기는 다음에 말할 기회가 있을 것이다. 난 홈스의 동료이자 친한 친구로서 그 문제에 대해서는 섣불리 얘기하고 싶지 않다. 어쨌든 그 일로 인해 사건이 일어난 정확한 날짜를 기억하고 있는 것이다. 그날은 남아프리카 전쟁이 끝나고 얼마 뒤인 1902년 6월 30일이었다. 홈스는 가끔 그렇듯이 그날도 며칠 동안 침대에 누워 있다가 막 일어난 참이었다. 그는 서류들을 챙기더니 말했다.

"왓슨, 어쩌면 돈을 좀 벌 것 같네. 자네, 개리뎁이라는 성을 가진 사람 혹시 아나?"

"아니."

"거 참 유감이군. 개리뎁이라는 사람을 찾으면 돈을 벌 수 있는데."

"뭐라고?"

"얘기하자면 길어. 좀 희한한 일이지. 내가 그동안 많은 사건을 다루면서 인간이라는 게 참으로 복잡하다는 건 알고 있었지만 이건 보통 복잡한 게 아니더라고. 그 친구가 우리를 살피려고 조만간 나타날 거야. 그러니 그때까지는 말할 수가 없네. 일단 그 이름을 찾아보세."

테이블 위에 전화번호부가 있어서 나는 그냥 넘겨보았다. 신기하게도 그 이상한 이름은 실제로 있었다.

"찾았어, 홈스! 여기 있네."

홈스가 재빨리 전화번호부를 빼앗아 갔다.

"N. 개리뎁. 런던 서구 리틀 라이더 가 136번지. 안됐네, 왓슨! 이 사람이 바로 내게 편지를 보낸 사람이야. 봉투 주소와 똑같거든. 이 사람 말고 다른 개리뎁이 더 있나 찾아보게."

그때 허드슨 부인이 명함을 한 장 들고 들어왔다. 내가 얼른 받아보았다. 그리고 놀라 소리쳤다.

"여기 또 있어! 존 개리뎁, 미국 캔자스 주 무어빌의 변호사."

홈스가 보더니 빙긋이 웃었다.

"왓슨, 한 번 더 찾아보게. 이 사람 역시 이미 시나리오에 등장했어. 그런데 지금 나를 만나러 오겠다고? 뜻밖이네. 이 사람이 사건의 전말을 말해줄 거야."

잠시 후, 그가 방으로 들어왔다. 존 개리뎁은 작은 키에 탄탄한 몸매를 하고 있었으며, 미국의 비즈니스맨들처럼 단정하게 면도를 한 모습이었다. 통통한 몸매는 어린아이다우면서도 어딘지 섹시한 분위기를 띠고 있어 매우 젊어보였다. 게다가 눈빛이 특별히 남다른 데가 있는 데다가 밝고 민첩했으며 사물에 예민하게 반응했다. 그리고 미국식 악센트에 영국식 스피치를 했다.

"홈스 선생님이십니까?"

그는 우리 둘을 쳐다보며 물었다.

"아, 사진에서 본 것과 똑같으시군요. 같은 성인 네이선 개리뎁 씨의 편지는 받으셨습니까?"

"자, 앉으세요. 그러지 않아도 한번 만나고 싶었어요."

홈스는 편지를 들고 말했다.

"존 개리뎁 씨 맞죠? 그런데 영국엔 오래 계셨나보죠?"

"왜 물으시죠, 홈스 씨?"

그의 눈 속에 금세 의혹의 빛이 떠올랐다.

"당신 양복이 영국제라서요."

개리뎁 씨가 웃음을 터트렸다.

"선생의 재치는 책에서 읽어 잘 알고 있었지만 제가 그 대상이 될 줄은 꿈에도 생각지 못했는데요. 그런데 어떻게 아셨습니까?"

"코트 어깨 부분과 구두 앞쪽을 보고도 알아채지 못하는 사람이 있을까요?"

"허 참, 들켰군요. 사업 문제로 여기 와서 좀 지냈더니 겉모습은 거의 영국 사람이 되어가고 있습니다. 어쨌든 선생의 귀한 시간을 뺏을 수도 없고, 저도 양복 재단법 얘기나 하려고 여기 온 건 아니니까 우선 그 편지에 대해 얘기를 나누도록 하죠."

개리뎁 씨는 서두르며 포동포동한 얼굴에 불쾌감을 드러냈다.

"마음 놓으세요, 개리뎁 씨!"

홈스가 달래듯 말했다.

"농담 같지만 내가 하는 말이 사건과 깊이 관련될 수도 있다는 건 왓슨에게 물어보면 잘 알 겁니다. 그건 그렇고, 왜 네이선 개리뎁 씨와 함께 오시지 않았나요?"

"도대체 왜 그가 선생을 개입시키려고 하는지 모르겠군요. 선생은 무슨 생각을 하시는 거죠? 그와 나 사이의 사적인 일인데, 왜 탐정을 끌어들이는지! 아까 그를 만났는데, 이 웃기는 얘기를 전부 하더군요. 그래서 이리로 곧장 온 겁니다. 정말 기분 안 좋군요."

"개리뎁 씨, 그를 비난하지 마세요. 일이 잘 되게 만들려고 그랬겠죠. 일이 성사되면 당신들 모두에게 좋은 것 아닙니까? 내가 정보를 많이 갖고 있다는 걸 알기 때문에 그가 나에게 도움을 청한 거예요."

방문객의 표정이 좀 누그러졌다.

"아, 그렇습니까. 경찰이 사적인 일을 간섭하는 건 싫지만 선생께서 찾아주시면 나쁠 건 없을 것 같군요."

"그렇게 하죠. 우선 이렇게 오셨으니까 직접 자세한 내용을 말씀해 주시지요. 여기 왓슨 박사는 모르고 있거든요."

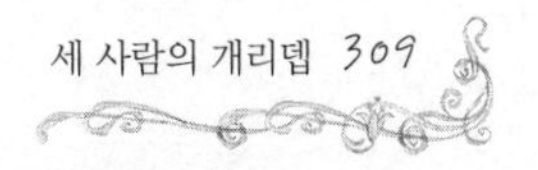

개리뎁 씨는 의심스런 눈으로 나를 쳐다보았다.

"이분도 알아야 합니까?"

"우리는 일을 함께 하고 있습니다."

"그럼 간단히 말씀드리죠. 알렉산더 해밀턴 개리뎁이라는 사람은 캔자스 주에서는 누구나 알 정도로 잘 알려져 있는 인물입니다. 그는 부동산 투자로 돈을 벌어 시카고에 가서 소맥 가게를 열었어요. 그리고 거기서 다시 큰돈을 벌어 아칸소주 강 주변에 대규모 땅을 샀습니다. 그 땅은 목초지라든지 삼림지, 광산 등 온갖 것을 할 수 있는 토지이기 때문에 어마어마한 가치가 있었죠.

그런데 그에게는 친척이 아무도 없었어요. 그는 자신의 희귀한 성에 대해 이상할 정도로 강한 자부심을 갖고 있었습니다. 그러다가 제가 같은 성을 갖고 있어 서로 만나게 되었죠. 토피카 시에서 변호사로 일할 때, 하루는 노인 한 사람이 찾아와서 자신과 같은 성을 가진 사람을 꼭 만나보고 싶다고 하더군요. 저 외에 또 다른 개리뎁 씨를 찾고 있었습니다. 그는 저에게 그 사람을 찾아달라고 신신당부했습니다. 하지만 제가 너무 바빠서 그럴 시간이 없다고 거절했습니다. 그랬더니 이런 말을 하더군요.

'그 사람을 찾아낸다면 그 대가는 지금 당신이 하는 일과 비교가 안 될 겁니다.'

처음엔 그가 농담하는 줄 알았어요. 그런데 가만히 생각을 해보니까 그의 말에 깊은 뜻이 담겨 있는 것 같더라고요. 그래서 만사를 제쳐놓고 곧바로 개리뎁 씨를 찾는 일에 몰두했습니다.

하지만 그 후 1년도 안 돼 노인이 돌아가셨어요. 그는 이제까지 본 적이 없는 이상한 유언을 남겼습니다. 재산을 3등분해놓고, 제가 두 명의 개리뎁을 찾게 되면 그때 세 사람이 3분의 1씩 토지를 소유할 수 있다는 내용이었죠. 1인당 받게 될 토지가 자그마치 500만 달러의 값어치는 됩니다. 그러나 세 사람이 안 되면 한 푼도 못 받게 되어 있습니다.

저로서는 변호사 일을 그만두고 개리뎁 씨를 찾으러 돌아다닌다는 게 큰 모험이었죠. 하지만 전국을 샅샅이 뒤졌지만 결국 미국 내에서는 한 명도 찾지 못했습니다. 그래서 영국으로 건너온 겁니다. 다행히 런던 시내 전화번호부에서 그 이름을 찾아냈어요. 이틀 전에 그를 만나 모든 얘기를 해주었죠. 그 사람도 저처럼 친척이 거의 없고 여자만 둘 정도 있더군요. 그런데 유언장에는 불행히도 성인 남자라고 되어 있습니다. 그러니 이제 한 명을 더 찾아야 되는 거죠. 선생께서 도와주시면 사례는 충분히 해드리겠습니다."

"거봐, 왓슨! 내가 희한한 얘기라고 했지. 그런데 선생, 신문에 광고를 내는 게 더 빠르지 않을까요?"

"물론 신문에도 냈습니다. 그런데 지금까지 아무 반응이 없어요."

"그래요? 그럼 쉽지 않을 것 같은데요. 아무튼 저도 알아보도록 하죠. 그런데 토피카에서 오셨다고요? 그곳에 친척 한 분이 살고 있었는데, 1890년에 시장을 지낸 분이죠. 라이샌더 스타 박사라고, 지금은 돌아가셨어요."

"아, 기억납니다. 참 훌륭한 분이셨죠. 그럼 이만 가보겠습니다.

내일이나 모래쯤 다시 오도록 하죠. 새로운 일 있으면 연락 주십시오."

그가 떠나자 홈스는 파이프를 물고 의미심장한 미소를 지으며 한동안 소파에 앉아 있었다.

"무슨 생각을 그리 하나, 홈스?"

"왓슨, 이상한 점이 있어. 이상하다니까!"

"뭐가 이상한데?"

"이상하지. 아니, 세상에 그런 황당한 거짓말을 믿을 사람이 누가 있겠어? 대놓고 말할까 하다가 그냥 속고 있는 것처럼 놔뒀지 뭐. 그게 현명할 것 같아서. 팔꿈치가 한참 닳은 외투에다 1년도 넘게 입었는지 무릎이 튀어나온 바지를 입고는 런던에 막 도착한 미국인 행세를 하니, 원 참. 그리고 그런 신문 광고를 난 못 봤네. 내가 신문 광고를 안 보고 지나친 적이 없다는 건 자네가 잘 알지 않나. 새를 잡으려면 덫을 놓아야겠지. 하지만 닭을 꿩으로 잘못 봐서는 안 되네. 라이샌더 스타라는 사람은 나도 모르는 사람일세. 무슨 말인지 알겠지? 그가 거짓말을 하고 있다는 거야. 미국인인 건 맞아. 그런데 런던에서 몇 년 살다 보니까 미국식 악센트가 없어진 거지. 무슨 이유로 그는 이런 게임을 하는 걸까? 개리뎁을 찾는 진짜 이유가 뭘까? 아무튼 재밌는 일이야. 그는 사악한 데가 있거나 아니면 성격이 특이하고 머리가 비상한 인물일 것 같네. 그 다른 개리뎁이라는 사람도 사기꾼일지 모르지. 왓슨, 그 사람한테 전화를 해보게."

전화 저쪽에서 가늘고 떨리는 음성이 들려왔다.

"아, 네! 제가 네이선 개리뎁입니다. 홈스 선생이십니까? 말씀 좀 나누고 싶은데요."

나는 홈스에게 전화기를 넘겨주었다.

"네, 그를 만났습니다. 전혀 모르는 사람이라고요? ……언제죠? ……아, 이틀 전에요! ……네, 물론 굉장한 일입니다. 저녁에 집에 계시겠어요? 그 사람은 없었으면 좋겠어요……. 좋습니다. 그럼 만나도록 하죠. 왜냐하면 그 사람 없이 얘기를 하고 싶기 때문입니다……. 왓슨 박사와 함께 가겠습니다……. 네, 편지에 외출을 거의 안하신다고 쓰셨더군요……. 네 여섯 시쯤 가겠습니다. 그 미국인에게는 우리가 간다는 말 하지 마세요……. 그럼 저녁에 뵙죠."

훈훈한 봄날 저녁, 에지웨어 가의 뒤쪽에 있는 라이더 골목길은 석양에 물들어 황금색을 띠고 있었다. 의뢰인이 살고 있는 집은 조지아 식 건물로, 그는 밖으로 두 개의 창문이 나 있는 1층에 살고 있었다. 홈스는 그 괴상한 이름이 쓰여 있는 문패를 자세히 들여다보았다.

"여기서 오래 살았나 보네."

색깔이 바랜 문패를 가리키며 그가 말했다.

"진짜 이름이 맞는 것 같아. 이건 중요한 사실이거든."

현관에 들어서자 각각의 사무실과 개인 집의 이름이 적힌 안내판이 붙어 있었다. 일반 주택 건물이 아니라 뜨내기 독신자들이 사는 건물 분위기였다. 네이선 개리뎁 씨는 키가 크고 마른 몸집에 등이 휘고 대머리에 60대 정도의 나이였다. 워낙 외출을 안해서인지 얼굴이 시체처럼 창백하고 피부도 늘어져 있었다. 거기다 커다란 둥근테 안경을 쓰고 앞으로 뻗친 염소 수염을 길러 한마디로 기이한 인상을 풍기고 있었다. 그는 괴짜처럼 보이는 외모이긴 했지만 그래도 좋은 사람 같은 느낌을 주었다.

방도 괴상한 분위기였다. 무슨 박물관 같다고나 할까. 벽에 붙어 있는 진열장에는 곤충 표본 상자들이 가득 들어차 있고, 한가운데 놓인 탁자에는 여러 종류의 돌조각들이 널려 있었으며, 큰 현미경도 하나 놓여 있었다. 그리고 옛날 동전들과 석기시대 유물들, 화석 뼈들도 진열되어 있었다. 정말 감탄할 정도였다. 개리뎁 씨가 가죽 천으로 동전을 닦으며 말했다.

"이건 시라쿠사(고대 카르타고의 도시)의 화폐죠. 그 나라는 급작스럽게 멸망했지만 저는 그 시대의 문화가 최고라고 생각하고 있습니다. 잠깐만요, 이것들 좀 치우겠습니다. 왓슨 박사시죠? 저쪽에 있는 일본 화병 좀 이리 가져다주시겠어요? 이게 바로 제 취미입니다. 할 일이 너무 많아 나갈 시간도 없을 정도죠. 목록을 작성하는 데 3개월이 걸렸으니까요."

홈스는 호기심이 생기는지 그를 요모조모 관찰했다.

"외출을 거의 안하신다고요?"

"가끔 소더비나 크리스티 경매장에 가는 거 말고는 집에서 안 나갑니다. 취미라고는 이것밖에 없으니까요. 홈스 씨, 제가 그 엄청난 재산에 대한 얘기를 듣고 얼마나 큰 충격을 받았을지 한번 생각해 보세요. 단순히 기쁘다기보다 무섭다는 생각이 들더군요. 이제 한 명만 더 찾으면 되는 거죠. 나에겐 남동생이 한 명 있었는데 몇 년 전에 죽었어요. 여자 친척은 몇 명 있는데, 안 된다고 하고. 이 세상 어딘가에 개리뎁이라는 사람이 또 있겠죠? 선생께서 별난 사건들을 잘 다루신다고 해서 연락을 드려본 겁니다."

"그런데 일이 잘 풀려 땅을 상속받는다면 미국에 있는 것을 어떻게 관리하실 겁니까?"

"네, 그게 문제이긴 하죠. 나는 이 수집품을 두고 떠날 수가 없거든요. 그런데 그 미국인이 상속을 받게 되면 자기가 그 땅을 팔아주겠다고 하더군요. 지금 경매장에 내 표본 중에 없는 것 12개가 나와 있는데, 몇백 파운드라고 하네요. 그럼 500만 달러를 받게 되면 그걸 사서 완벽한 수집품을 갖추게 되는 거죠. 이 방면에서 최고가 되는 겁니다. 한스 슬론(18세기 영국의 박물학자) 같은 인물 말입니다."

그의 눈이 반짝거렸다. 그는 분명 선한 사람인 것 같았다. 그리고 또 다른 개리뎁을 찾는 데 있어 그는 분명 헌신적일 사람이었다.

"저는 선생을 한 번 만나고 싶었을 뿐입니다. 그리고 일을 진척시키려면 의뢰인을 직접 만나야 하지요. 선생에 대해서는 이제 알겠는데, 그 미국인 개리뎁 씨에 대해서는 아무것도 몰라 몇 가지만 물어보겠습니다. 이틀 전 그를 만나기 전에는 두 분이 전혀 모르는 사이였습니까?"

"네, 전혀 몰랐어요."

"그가 와서 무슨 얘기를 했습니까?"

"몹시 화를 내더군요. 내가 선생한테 일을 부탁한 게 그는 자존심이 상했던 것입니다. 하지만 얘기가 끝나고 갈 때는 기분이 아주 좋아 보였어요."

"기분이 좋았다는 얘기를 하던가요?"

"아니오, 안했어요."

"혹시 돈을 요구한 건 아니었습니까?"

"아니오, 그렇지는 않았어요."

"이상한 걸 느끼지는 않았습니까?"

"그런 건 없었습니다."

"그에게 저와의 약속을 얘기하셨습니까?"

"네, 했습니다."

홈스는 당황해하는 것 같았다.

"선생의 수집품 중에 고가의 물건이 있습니까?"

"아니오. 훌륭한 수집품이긴 하지만 비싼 건 없습니다."

"그럼, 도둑이 들 염려는 없겠군요."

"이런 걸 훔칠 도둑은 없겠죠."

"얼마나 여기서 지내셨죠?"

"한 5년 정도요."

그때 누군가가 문을 두드렸다. 주인이 문을 열어주자 미국인 개리뎁이 방으로 뛰어들었다. 그리고 손에 든 신문을 흔들어대며 소리쳤다.

"아, 계시네요! 네이선 개리뎁 씨, 축하합니다. 선생은 이제 부자가 되셨습니다. 그 사람을 찾았어요. 이제 모든 일이 끝났습니다. 홈스 씨 죄송한데요, 선생의 도움은 이제 필요 없을 것 같습니다."

미국인이 네이선 개리뎁에게 신문을 주자 그는 광고란을 뚫어지게 쳐다보았다. 홈스와 나도 함께 들여다보았다.

하워드 개리뎁

농기구 제조자.

바인더, 수확기, 경운기, 조파기, 써레, 짐수레, 사륜짐마차, 기타 농기구 일체.

깊은 우물도 시공함.

에스턴의 글로브너 빌딩으로 연락 바람.

"브라보! 드디어 세 번째 사람을 찾아냈군요."

네이선 개리뎁 씨가 외쳤다.

"버밍엄으로 연락을 했더니 그곳에 있던 제 대리인이 신문에 난 이 광고를 보내줬습니다. 서둘러야겠어요. 선생께서 내일 오후 4시에 그의 사무실로 가신다고 편지를 보내놓았거든요."

"아니, 나더러 그 사람을 만나라고요?"

"홈스 씨, 어떻게 생각하십니까? 현명한 방법 아닌가요? 제가 가면 떠돌이 미국인이 허황된 얘기를 한다고 하지 않겠습니까? 그러나 네이선 개리뎁 씨는 영국인이니까 그의 말을 믿겠지요. 선생께서 원하시면 저도 같이 갈 수는 있습니다만 내일은 제가 아주 바쁘거든요. 하지만 무슨 일이 생기면 곧 가겠습니다."

"그런데 근래 몇 년 동안 내가 여행을 안 해봐서요."

"걱정하지 마십시오. 제가 다 준비를 해놓았습니다. 12시에 출발하면 그곳에 2시쯤 도착하거든요. 그러면 밤에 다시 돌아오실 수 있습니다. 선생께서는 그를 만나 자세한 내용을 얘기하시고, 그의 신분을 확인할 수 있는 증명서를 받아오시기만 하면 됩니다."

그는 목소리를 높이며 덧붙였다.

"제가 미국에서 여기까지 온 것에 비하면 선생이 160킬로미터쯤 여행하는 건 아무것도 아니죠."

"그러네요. 이분 얘기가 맞습니다."

홈스가 거들었다.

네이선 개리뎁 씨의 표정이 어두워졌다.

"그럼 가죠, 뭐. 선생 덕분에 큰 영광을 얻게 될 텐데 뭘 못하겠습니까?"

"그러세요. 갔다 오시면 저한테도 연락 좀 주십시오."

홈스가 말하자 미국인이 시계를 쳐다보았다.

"그럼 저는 바빠서 이만 가겠습니다. 네이선 개리뎁 씨, 내일 떠나시기 전에 다시 오겠습니다. 홈스 씨, 그럼 안녕히 가십시오. 내일 밤이면 좋은 소식이 있을 겁니다."

미국인이 나가자 홈스의 표정이 밝아졌다.

"선생의 수집품을 좀 더 자세히 보고 싶습니다. 제가 직업 때문에라도 다방면의 지식을 갖고 있어야 하는데, 이 방은 그런 걸 얻기에 정말 흥미진진한 곳입니다."

네이선 개리뎁 씨는 무척 기뻐하며 눈을 반짝거렸다.

"선생께서 유능한 분이라는 얘기를 많이 들었습니다. 언제든지 구경하세요."

"내일 와서 구경해도 되겠습니까? 표본들 정리가 워낙 잘 돼 있어서 설명 없이 그냥 봐도 될 것 같습니다만."

"물론입니다. 그런데 이 방이 잠겨 있는데, 참 4시 전까지 오시면 샌더즈 부인이 지하실에서 일하고 있으니까 열어줄 겁니다. 제가 얘기를 해놓겠습니다."

"오후에 좋습니다. 그런데 어떤 중개소를 통해 이 집을 구하셨습니까?"

의뢰인은 뜻밖의 질문에 몹시 놀란 표정이었다.

"에지웨어 가에 있는 홀로웨이 앤 스틸 중개소요. 그런데 왜 물으시죠?"

"제가 건축에 관심이 많아서요. 그런데 이 건물이 지어진 게 앤 여왕 때인지 조지아 때인지 좀 헛갈리거든요."

"조지아 때죠."

"그렇습니까? 더 오래된 줄 알았는데. 아무튼 확실해졌습니다. 그럼 이만 가겠습니다. 내일 버밍엄에 잘 다녀오시기 바랍니다."

중개소를 찾아갔더니 문이 닫혀 있어 우리는 집으로 돌아왔다. 저

녁식사 후 홈스가 입을 열었다.

"이제 일이 막바지에 접어들었네. 자네도 눈치를 챘지?"

"난 전혀 모르겠는데?"

"머리는 분명히 드러났고, 꼬리는 내일 나타날 거야. 자네 아까 광고에서 이상한 점 못 봤나?"

"plough(경운기)를 plow로 잘못 쓴 것 말인가?"

"그렇지. 자네 그동안 많이 알았구먼. 영국에서는 틀린 철자지만 미국에서는 보통 그렇게 쓰거든. 보낸 사람 원고를 그대로 실은 거지. 사륜짐마차(buckboard)도 미국에서만 쓰는 단어야. 그러니까 이건 미국식 광고라는 걸세. 뭐 짚이는 것 없나?"

"그러니까 그 당사자가 낸 광고라는 얘긴데, 이유가 뭘까?"

"두 가지 이유가 있지. 그건 그렇고, 아무튼 그는 선량한 네이선 개리뎁 씨를 잠시 버밍엄으로 보내려 하고 있어. 난 노인이 괜한 고생을 할 것 같아 말릴까 했는데, 그냥 놔두고 그 집에서 무슨 일이 일어나는지 지켜보는 게 나을 것 같아. 자, 왓슨! 내일 두고 보자고."

다음날 아침, 홈스는 일찍 밖으로 나가더니 점심때쯤 돌아왔다. 그런데 그의 표정은 몹시 심란해 보였다.

"왓슨, 일이 생각보다 훨씬 복잡하네. 굉장히 위험하기도 하고. 자네 괜찮겠나?"

"홈스, 위험한 일이 어디 이번만인가? 다만 이번 일이 우리가 함께 겪는 마지막 사건이 안 되길 바랄 뿐이네. 한데 뭐가 그렇게 위험하다는 건가?"

"존 개리뎁의 정체를 알아냈네. 그는 아주 악명 높은 '살인자' 에반스라네."

"에반스가 누구지?"

"잘 모를 거야. 좀전에 경시청의 레스트레이드를 만났었네. 전과자 기록부를 뒤져봤더니 아니나 다를까, 그 미국인이 웃는 얼굴로 나와 있지 않겠나. '제임스 윈터, 별명은 모어클로프트 또는 살인자 에반스' 라고 적혀 있더군."

그러면서 그는 주머니에서 봉투를 하나 꺼냈다.

"몇 가지 적었는데, 나이는 마흔여섯, 시카고 출신. 미국에서 세 사람을 살인했음. 정치세력을 이용해 탈옥함. 1893년 영국으로 건너옴. 1895년 1월 워털루 가의 나이트클럽에서 카드게임을 하다가 상대방을 권총으로 사살함. 싸움의 발단은 상대방이 먼저 시비를 걸었기 때문이라고 함. 상대방은 로저 프레스코트로, 시카고의 유명한 지폐 위조범으로 판명됨. 살인자 에반스는 1901년 출옥함. 그 뒤 계속 경찰의 감시를 받고 있으며, 최근엔 건실한 생활을 하고 있는 것으로 알려짐. 매우 위험한 인물로, 무기를 소지하고 다님. 왓슨, 우리가 잡으려는 새는 이런 모험가라네."

"그럼 이번엔 무슨 짓을 하려는 걸까?"

"아까 중개소에도 들렀는데, 네이선 개리뎁 씨가 5년째 살고 있다고 하더군. 그전에 1년 정도는 집이 비어 있었대. 그전에 살던 사람은 월드론이라는 사람인데, 중개소에서 그를 잘 기억하고 있더라고.

한데 어느 날 갑자기 소식이 끊겼다는구먼. 큰 키에 수염을 기른 거무스름한 얼굴이었다는 거야. 그는 살인자 에반스가 죽인 프레스코트인 것 같네. 경찰 기록부에도 그의 외모가 그렇게 적혀 있으니까. 그럼 종합을 해보면, 우리의 선량한 의뢰인이 박물관처럼 꾸며 놓은 그 집은 바로 미국인 범죄자 프레스코트가 살았던 방이라는 거야. 자, 그럼 하나의 연결고리는 찾은 셈이지."

"그 다음엔?"

"이제 그 집으로 가서 봐야지."

그는 권총을 하나 꺼내더니 나에게 내밀었다.

"나는 낡은 총을 가지고 가겠네. 그 거친 서부 사나이가 별명대로 마구 쏴댈지 모르니까 우리도 대비를 해야지. 왓슨, 한 시간만 낮잠을 자 두게. 그러고 나서 라이더 가로 가면 될 것 같네."

우리는 오후 4시에 네이선 개리뎁 씨 집 앞에 도착했다. 샌더즈 부인이 우리에게 문을 열어주었다. 현관문이 닫히고, 그녀가 창문 밖으로 지나가는 게 보였다. 홈스는 재빨리 집안을 살펴보았다. 방 안의 진열장 하나가 벽에서 약간 떨어져 놓여 있었다. 우리는 그 뒤로 가서 숨었다. 홈스가 낮게 속삭였다.

"의뢰인이 밖으로 나가도록 녀석이 계획을 짠 거야. 아주 머리가 좋은 놈이지. 악의 세계의 천재라고 부를 만하네. 의뢰인의 희한한 이름을 보고는 기상천외한 음모를 꾸민 거야. 그러고는 각본을 짠 거지."

"대체 뭘 원하는 걸까?"

"그걸 알려고 여기 온 거 아닌가? 네이선 개리뎁과는 아무 관련이 없는 일이라는 건 분명하네. 그가 살해했던 사람과 관련이 있는 일이지. 한땐 그들은 공범이었거든. 거기에 범죄의 이유가 숨겨져 있는 것 같아. 처음에 난 의뢰인의 수집품 중에 범죄의 표적으로 노릴 만한 값나가는 물건이 뭐가 있나 생각했었지. 자, 왔슨! 무슨 일이 일어나는지 기다려보세."

시간이 그렇게 지루하게 느껴질 수가 없었다. 잠시 후 현관문이 열리는 소리가 들렸다. 그리고 방문에 열쇠 돌리는 소리가 들리고 미국인이 들어왔다. 그는 조용히 문을 닫고는 방을 훑어보더니 코트를 벗었다. 그러고는 방 한가운데 놓여 있는 탁자 쪽으로 걸어와 탁자를 한쪽으로 밀어놓고는 바닥의 카펫을 둘둘 말아 걷어냈다. 그런 다음 주머니에서 휴대용 지렛대를 꺼내 바닥에 앉은 그는 한동안 작업에 몰두했다. 곧 마루판이 뜯기는 소리가 들렸다. 놈은 초에 불을 붙이고는 그 구멍 안으로 들어갔다.

우리도 행동개시를 해야 할 것 같았다. 홈스가 내 손목을 잡았다. 우리는 살금살금 기어 구멍 쪽으로 다가갔다. 그때 삐걱거리는 소리를 듣고 미국인이 머리를 내밀어 밖을 살펴보았다. 그는 우리를 발견하고는 당황한 눈빛으로 쏘아보았다. 하지만 그의 머리를 향하고 있는 두 개의 권총을 보자 허탈한 웃음을 지어보였다.

"아! 홈스 씨, 나 때문에 그동안 수고하셨소. 이 게임을 하는 동안 선생은 나를 무척 괴롭히더군요. 자, 이번엔 내가 졌어요. 선생의 완승입니다."

순간 그는 가슴 안주머니에서 재빨리 권총을 뽑더니 두 발을 쏘았다. 순식간에 내 허벅지에 뜨거운 쇳덩이가 파고드는 것 같은 느낌이 들었다. 동시에 홈스의 권총도 놈의 머리 쪽을 향해 방아쇠가 당겨졌다. 놈이 피를 흘리며 바닥에 쓰러지고, 홈스가 놈에게서 총을 뺏는 모습이 어렴풋이 보였다. 홈스가 나를 부축해 의자에 앉혔다.

"왓슨, 많이 다쳤나? 제발 아니었음 좋겠네!"

부상을 당해 보는 것도 괜찮았다. 언제나 가면처럼 차가운 표정을 짓고 있는 홈스에게 그런 우정과 깊은 사랑이 있다는 걸 직접 확인할 수 있었으니 말이다. 날카로운 그의 눈에 눈물이 괴더니 꽉 다물어진 입술이 떨리기 시작했다. 처음으로 나는 홈스가 대단한 두뇌 못지않게 따뜻한 가슴을 갖고 있다는 걸 알게 되었다. 크게 도운 건 없지만 충실했던 나의 협조가 의외의 순간에 정성어린 보답을 받은 느낌이었다.

"괜찮네. 그냥 찰과상인 것 같아."

홈스는 주머니칼로 내 바지를 찢었다.

"다행이네. 살갗만 다쳤군."

그는 안심을 하며 숨을 몰아쉬었다. 그러고는 넋이 나가 앉아 있는 미국인을 노려보았다.

"운이 좋은 줄 알게. 만약 왓슨이 죽었다면 자네도 살지 못했을 테니까. 할 말 있나?"

놈은 아무 말 없이 찡그리고 있었다. 열려 있는 비밀문으로 지하실 안이 보였다. 녹슨 기계며 종이, 병들이 널려 있고, 탁자 위에는 작은 종잇조각들이 쌓여 있었다.

"인쇄기인 것 같군. 위조지폐를 찍는 곳인가?"

"그렇습니다."

미국인은 비틀거리며 일어나 의자에 털썩 앉았다.

"프레스코트가 설치한 인쇄기입니다. 런던에 이렇게 큰 기계는 하나밖에 없죠. 저 탁자 위에 있는 종이들은 프레스코트가 찍은 100파운드짜리 지폐 2천 장인데, 드리겠습니다. 그리고 저를 놓아주시죠."

홈스가 큰 소리로 웃었다.

"에반스, 영국 땅에 자네가 숨을 수 있는 곳은 없네. 자네가 프레스코트를 죽인 거지?"

"네, 그래서 5년간 감옥에 있었죠. 프레스코트가 돈을 위조하고 있다는 건 아무도 몰랐어요. 내가 그를 죽이지 않았으면 런던은 위조지폐로 가득 찼을 겁니다. 이곳을 알고 있는 사람은 나밖에 없었어요. 그래서 이름도 괴상한 그 늙은 수집가를 밖으로 나가게 만든 거죠. 한데 그를 차라리 죽였다면 일이 더 쉬웠을 겁니다. 그러나 저는 상대방이 먼저 공격하지 않으면 사람을 해치지 못하는 마음 약한 놈입니다. 홈스 씨, 제가 무슨 나쁜 짓을 했습니까? 저는 위조지폐를 만드는 일도 하지 않았고, 늙은이를 해치지도 않았습니다. 저를 어떻게 하시겠습니까?"

"좀 전에 살인미수죄를 저지르지 않았나? 하지만 그건 경찰에서 처리할 일이지. 왓슨, 경시청에 전화를 걸어 체포하도록 하세. 이건 뜻밖의 일이구먼."

살인자 에반스가 기발하게 생각해낸 세 사람의 개리뎁 이야기는 이렇게 끝을 맺었다. 그 늙은 의뢰인은 허망한 꿈의 충격에서 벗어나지 못하고 한 요양원에 들어가 있다고 한다. 한편 경찰은 현장에서 인쇄기를 보고는 탄성을 질렀다. 프레스코트가 죽은 뒤 그게 어디 있는지 찾아내지 못했기 때문이다. 사실 에반스가 그 점에서는 공을 세운 것이었다. 그래서 위조 지폐의 유통을 막은 에반스에게 오히려 공적을 치하해야 한다고 주장하는 사람들도 있었다. 하지만 냉철한 법정에서는 그런 주장과 상관없이 그에게 유죄 판결을 내렸다.

소르 다리 사건

체링 크로스에 위치한 콕스 은행의 지하 금고엔 낡은 양철 상자 하나가 들어 있다. 뚜껑엔 내 이름인 '의학박사 존 H. 왓슨, 인도 군 소속'이라고 씌어 있다. 상자 안에는 셜록 홈스가 오랫동안 다뤄온 괴이한 사건들의 기록이 가득 들어 있다. 그중 몇 개의 사건은 해결을 못하고 미제로 남아 있다. 이런 미제 사건들은 젊은이들에게는 호기심을 불러일으킬지 모르지만 일반인은 별로 재미가 없을 것이다.

이런 사건들 중에는, 집으로 우산을 가지러 갔다가 행방불명된 제임스 필리모어의 얘기가 있고, 또 앨리시아라는 이름을 가진 작은 범선이 어느 봄날 아침 안개 낀 바다로 나갔다가 다시는 나타나지 않았다는 얘기도 있다.

또 특이한 이야기 중 하나로 유명 언론인 이사도라 페르사노 씨의 사건이 있었는데, 그는 성냥갑을 열다가 정신을 잃었다고 한다. 성냥갑 속에 괴상한 벌레들이 잔뜩 들어 있었기 때문이다. 그런데 그건 과학적으로도 설명이 안 되는 사건이었다.

해결하지 못한 사건들 말고도 지극히 개인적인 비밀과 관계되는 문제라 밝힐 수 없는 사건들도 있다. 나는 신뢰를 무너뜨릴 생각이 없기 때문에 언젠가 홈스가 시간이 나면 그와 함께 이런 사건들은 따로 분류해서 몇몇 기록들은 없앨 계획도 세우고 있다.

그러나 그렇지 않은 사건들은 당사자의 명예를 손상시키지 않는 범위 내에서 가능한 많이 알리려고 한다. 내가 직접 수사에 참여한 사건들도 있고, 또 참여하지는 않았지만 제3자의 이야기를 토대로 기록한 사건들도 있다.

이 이야기는 내가 현장에서 직접 겪은 사건 중 하나이다. 10월의 바람이 심하게 불던 어느 날 아침이었다. 나는 옷을 입으며 정원에 서 있는 플라타너스의 마지막 이파리들이 바람에 나부끼는 모습을 바라보았다. 그러다가 아침식사를 하러 내려갔다. 그런데 왠지 그날 아침엔 홈스의 기분이 안 좋을 것 같은 생각이 들었다. 예술가들이 그렇듯 그도 무척 감성적인 면이 있는 사람이었다. 하지만 내가 갔을 때 그는 식사를 거의 끝내고, 기분도 좋아보였다. 그러나 그의 표정엔 얼핏 우울함이 스며 있었다.

"홈스, 무슨 일 있나?"

"자네도 이제 귀신이 다 됐군. 내 표정을 보고 마음을 알아내니 말일세. 사실은 사건이 하나 있어. 한 달 정도 놀다보니까 기운이 빠졌는데, 다시 뛰어야 할 것 같네."

"나도 붙여주는 건가?"

"그럼, 자네 놀려고 했나? 자, 새 요리사의 삶은 달걀 좀 맛보게. 그리고 얘기할 게 있네. 이 사건은 어제 패밀리 헤럴드 지에 나온 기

사하고 관련이 있는 것 같아. 계란 삶는 게 쉬운 것 같아도 알맞게 익히려면 시간을 잘 재야 하지 않은가. 그 신문에 난 로맨스 기사도 그냥 넘기면 안 되겠어."

식사가 끝나고 우리는 얘기를 시작했다. 홈스는 주머니에서 편지를 꺼냈다.

"자네, 금광 재벌 닐 깁슨 씨 아나?"

"미국 상원의원인 그 사람?"

"그렇다네. 서부에서 상원의원으로 당선된 적이 있었지. 그런데 그는 세계 최고의 금광 재벌로 더 유명하지."

"맞아. 그런데 영국에서 살고 있는 것 같던데?"

"5년 전에 햄프셔에서 큰 저택을 샀다네. 그 사람 부인의 비극적인 얘기 들었나?"

"어. 지금 그 생각을 하고 있었지. 그 때문에 그가 유명해지지 않았나. 그런데 자세한 내용은 모르는데."

홈스는 의자에 놓여 있는 신문을 가리켰다.

"이 사건에 대한 의뢰가 들어올 줄은 정말 몰랐네. 이럴 줄 알았으면 그 기사들을 모두 모아놓았을 텐데. 이 사건은 충격적이긴 하지만 그렇게 어려운 문제는 없어. 형사 피고인으로 나온 인물에 대해서도 확실한 증거가 있지. 그래서 검시 배심원과 형사 법원이 그녀에게 유죄를 인정하고 있는 거야. 이제 윈체스터 순회 재판 결과만 남아 있는데, 괜히 승산도 없는 일을 맡은 건 아닌가 하는 생각도 드네. 사실을 밝혀낼 수 있다 하더라도 법원의 판결을 뒤집기는 어려울 것 같거든. 새로운 사실이 드러나서 반증이 되면 모를까, 그렇지 않으면 의뢰인이 바라는 기적은 일어나지 않을 거야."

"의뢰인?"

"참, 깜빡 잊었네. 이 편지 읽어보게."

셜록 홈스 선생께

신이 창조한 여인 중에서 가장 훌륭한 여인을 구하려는 노력조차 하지 못하고 그녀를 죽어가게 내버려둘 수는 없습니다. 저는 이 사건의 진상을 설명할 수가 없습니다. 아니, 그들에게 그녀의 결백을 주장할 수 있는 처지가 못 됩니다. 선생께서도 이 사건을 알고 계시리라 생각합니다. 세상에 모르는 사람이 없을 테니까요. 그러나 그녀를 옹호하는 사람은 단 한 사람도 없습니다. 이런 부당함이 저를 미치게 만들고 있습니다. 그녀는 파리 한 마리도 죽이지 못하는 사람입니다.

내일 오전 11시에 선생을 찾아뵙겠습니다. 어둠 속에 있는 저에게 제발 광명을 비춰주시기 바랍니다. 제가 해결의 실마리를 갖고 있으면서도 깨닫지 못하는 것인지도 모릅니다. 선생께선 그녀를 구할 수 있는 유일한 분이십니다. 생애 최고의 능력을 보여주고 싶으시다면 이 기회에 발휘해 주시기 바랍니다. 그럼 안녕히 계십시오.

클래리지 호텔, 10월 3일

J. 닐 깁슨

홈스는 파이프에 담배를 채워 넣었다.

"지금 이 사람을 기다리고 있네. 자네가 이 기사들을 다 읽을 시간이 없으니까 간단히 설명해 주겠네. 그는 세계적으로 유명한 재력가인데, 난폭한 성격의 소유자 같아. 그의 부인에 대해서는 젊은 시절이 다 지났다는 것밖에 아는 게 없는데, 그 집에 젊고 아름다운 여자 가정교사가 아이들을 가르치고 있다더군. 결국 이 세 사람 사이에 일이 벌어졌다네. 부인은 저택에서 800미터쯤 떨어져 있는 다리에서 한밤중에 숄을 두른 드레스 차림으로 머리에 총을 맞고 쓰러져 있었지. 왓슨, 살인은 분명 밤에 일어난 거야. 11시쯤에 사냥터지기가 시체를 발견했다니까 말이네. 곧 의사와 경찰이 와서 현장에서 검시를 했지. 그런데 내가 너무 건너뛰고 얘기하는 거 아닌가? 알아듣겠지?"

"그럼. 그런데 가정교사가 관련된 게 확실한가?"

"뚜렷한 증거가 있네. 가정교사의 옷장에서 권총이 발견됐는데, 총의 구경이 시체에 난 탄환 자국과 일치한다는군. 게다가 한 발만 사용돼 있고."

홈스는 눈을 크게 뜨고 단어에 힘을 주며 다시 말했다.

"그녀의 옷장에서."

그러고는 무슨 생각을 하는지 잠시 가만히 있었다.

그가 다시 쾌활한 목소리로 입을 열었다.

"왓슨, 권총이 발견된 거라고. 그러니 명백한 증거 아니겠는가. 그래서 배심원들도 그녀를 범인으로 보고 있는 거야. 게다가 죽은 부인의 손에 쪽지가 하나 쥐어져 있었는데, 그 가정교사가 거기서 만나자고 쓴 쪽지였다네. 그럴 만한 이유가 있지. 깁슨 씨는 부자에다 매력 있는 사람인데, 나이든 부인이 죽으면 그 젊고 아름다운 여자와 아무래도 쉽게 결혼할 수 있을 테니까 말이야. 그러면 그는 사랑에다 재산과 권력을 모두 갖춘 남자가 되는 거지. 더러운 스토리야. 안 그래, 왓슨?"

"추잡한 이야기군."

"가뜩이나 가정교사는 바로 그 시간에 소르 다리에 있었다고 시인을 했다는 거야. 어떤 마을 사람이 그녀를 거기서 봤다니까 부인할 수도 없었을 거 아닌가?"

"그럼 결정적인 증거가 있는 셈이네."

그때 하인 빌리가 문을 열었다. 그런데 깁슨 씨가 아니라 전혀 다른 사람이 도착해 있었다. 베이츠라는 사람인데, 마르고 신경질적인 인상에 몹시 두려움에 휩싸인 얼굴로 서 있었다. 의사로서 내가 보기에 그는 신경쇠약 증세가 있는 것 같았다.

"좀, 앉으시죠. 11시에 약속이 있어서 시간이 별로 없습니다."

홈스의 말에 방문객이 헐떡이며 대답했다.

"알고 있습니다. 깁슨 씨는 제 주인님이십니다. 저는 관리인이죠. 홈스 선생님, 그는 아주 나쁜 사람입니다. 사악하고 파렴치한 인물이에요."

"말씀이 지나치시군요, 베이츠 씨."

"홈스 선생님, 시간이 없어서 제가 단도직입적으로 말씀드리는 겁니다. 여기서 그를 만나면 큰일 나니까요. 그는 약속시간을 정확히

지키는 사람이에요. 제가 더 일찍 왔어야 했는데, 오늘 아침 그의 비서가 선생님과의 약속을 얘기해 주어 이렇게 급히 왔습니다."

"아니, 관리인이 그것도 모르고 있었다고요?"

"해고를 당했습니다. 1주일 내로 이 노예 같은 생활을 벗어나게 됐어요. 그는 냉혹한 사람입니다. 잔인하죠. 그가 자선사업을 잘하는 걸로 알려져 있지만 그건 추악한 그의 삶을 포장하기 위한 눈가림에 불과합니다. 그의 부인은 희생 제물이었어요. 그는 부인에게 너무 잔인했고, 정말이지 짐승 같았죠. 부인이 왜 죽었는지는 모르겠지만 어쨌든 부인의 인생을 그렇게 처참하게 만든 건 바로 그 사람이었습니다. 부인은 브라질 태생이었는데, 선생님도 알고 계시죠?"

"아니오. 처음 듣는 소린데요."

"열대 지방 출신이라 정열적인 면이 있으셨죠. 부인은 깊은 모성애로 남편을 보살폈습니다. 그러나 그녀가 나이가 들어 육체적인 매력이 시들해지자 그는 부인을 외면하기 시작했어요. 그녀도 젊었을 때는 무척 아름다웠는데 말이죠. 그는 너무나 교활한 사람입니다. 꼭 당부 드리고 싶은 말은, 그에게 속지 마시라는 것입니다. 그는 가면을 쓰고 있어요. 전 이만 가야겠습니다. 그는 정각에 도착할 거예요."

남자는 시계를 보며 허둥지둥 떠나갔다.

"충직한 관리인이군. 그의 말도 참고할 만해."

홈스가 말했다. 그리고 곧 11시가 되자 계단에서 발소리가 나며 마침내 그 유명한 백만장자가 도착했다. 내가 만약 조각가로서 성공한 인물의 이미지를 제작한다면 강철 같은 인상과 가죽처럼 질긴 근성을 풍기는 닐 깁슨 씨를 모델로 삼았을 것이다.

그는 키가 크고 마른 몸매에 골격이 크며 몹시 탐욕스러워 보였다. 에이브러햄 링컨과 비슷한 인상이긴 한데 그보다는 품위가 떨어졌다. 마치 돌조각품처럼 선은 뚜렷한데 표정이 없고 굴곡이 강해 딱딱한 인상을 주었다. 거친 상처 자국도 몇 개 나 있었다. 그는 음울한 눈빛으로 우리를 훑어보았다. 홈스가 나를 소개하자 그는 건성으로 인사를 하는 척하며 거드름을 피우면서 홈스 곁으로 가서 앉았다. 그리고 의자를 당겨 거의 무릎이 닿을 정도로 가까이 다가갔다.

"홈스 선생, 얘기를 해도 되겠습니까? 사례비는 충분히 드리겠습니다. 진실만 밝혀지면 돈이 문제가 아니죠. 그녀는 잘못이 없으니 석방시켜야 합니다. 선생께 부탁드릴 일은 바로 그겁니다. 선생의 명성에 걸맞게 해결해 주십시오."

"제 보수는 정해져 있습니다. 무보수로 일하는 것 말고는 정해진 가격 이상을 받지 않습니다."

"그럼 돈이 중요한 게 아니라면 선생의 명성을 생각해서 진행해주십시오. 영국의 모든 신문에 선생의 이름이 알려지면 미국에서도 빠르게 인기가 치솟을 것입니다. 그러면 선생은 두 나라에서 명성이 자자하게 되는 거죠."

"고맙습니다만 저는 인기 같은 것에 관심이 없습니다. 오히려 전 익명으로 일하는 걸 더 좋아합니다. 그리고 제 관심을 끄는 건 사건 그 자체입니다. 그럼 본론으로 들어가 얘기해 보시죠."

"신문을 통해 대충 알고 계시겠지만, ……그런데 무슨 얘기부터 꺼내야 할지 모르겠군요. 선생께서 물어보시고 싶은 게 있으면 말씀해 보십시오."

"그럼 한 가지 물어보죠. 던바 양과는 어떤 관계였습니까?"

상대는 갑자기 표정이 일그러지며 자리에서 반쯤 일어났다. 그러더니 잠시 후 냉정을 되찾았다.

"홈스 선생, 우리는 주인과 가정교사 사이로 함께 있을 때 말고는 따로 만나거나 얘기한 적이 없습니다."

그때 홈스가 벌떡 일어났다.

"전 바쁜 몸입니다. 이런 무의미한 얘기를 하시려면 돌아가 주십시오."

상대도 따라 일어났다. 그리고 분노의 눈빛으로 쏘아보았다.

"아니, 왜 이러시죠? 사건을 맡지 않겠다는 겁니까?"

"그렇습니다."

"좋습니다. 그런데 뭣 때문에 변한 거죠? 값을 올리겠다는 겁니까? 아니면 자신이 없는 겁니까? 도대체 이유가 뭐죠? 저도 알 권리가 있는 것 아닙니까?"

"물론이죠. 한 가지만 말씀드리겠습니다. 애당초 복잡한 이 사건에 허위 정보까지 더해지면 일이 점점 더 어려워집니다."

"제가 거짓말을 했다는 겁니까?"

"저는 그런 표현을 쓰지 않으려고 했지만 선생께서 원하신다면 굳이 부인하지는 않겠습니다."

백만장자의 표정이 험악해지면서 불끈 쥔 주먹이 올라가자 나는 저도 모르게 자리에서 벌떡 일어났다. 하지만 홈스는 태연히 웃으며 파이프를 집어 들었다.

"소동을 부릴 건 없습니다, 깁슨 씨. 아침 식사 후엔 조금만 흥분을 해도 금방 머리가 아프거든요. 공기도 좋으니 산책이라도 하시고 마음을 가라앉히는 게 좋을 것 같습니다."

깁슨 씨는 폭발할 것 같았던 격분을 순식간에 억누르며 냉정하고 무관심한 경멸을 띤 표정으로 바꿨다. 대단한 자제력이었다.

"선생의 선택에 달렸어요. 이 사건이 꺼려진다면 억지로 부탁드릴 수는 없습니다. 그러나 홈스 선생, 나를 몹시 불쾌하게 하시는군요. 나는 선생보다 더 강한 사람도 꺾은 적이 있습니다. 게다가 난 누구한테도 꺾이지 않는 사람이에요."

"그렇게들 얘기하더군요. 그러나 나는 내 나름의 방식이 있습니다. 안녕히 가십시오, 깁슨 씨. 선생은 아직 많은 걸 배워야 할 것 같습니다."

홈스가 웃으며 말했다.

방문객이 나가자 홈스는 천장만 바라보며 한동안 담배를 피우고 있었다.

"왓슨, 어떻게 생각했나?"

"그 사람은 자기를 방해하는 거라면 뭐든지 다 부숴버릴 것 같네. 아까 그 관리인이 말한 대로 그는 아내도 그런 식으로 생각하고 장애물로 여긴 거야."

"나도 그렇게 생각했네."

"가정교사와의 관계는 어떤 건가? 자네, 알고 있는 눈친데?"

"그냥 한 번 물어본 거야. 편지 쓴 걸 보니까 틀에 박힌 말투도 아니고, 또 그리 사무적이지도 않은데 막상 그의 태도는 영 다르구먼. 아내보다 가정교사와 더 가까웠던 건 틀림없어. 그래서 내가 그들의 관계를 알고 있다는 인상을 주기 위해 한 번 위협해본 걸세. 사실 나도 그 점은 잘 몰라."

"그자가 다시 돌아올 거 같은데?"

"그럴 거야. 이렇게 시작해 놓고 그냥 떠나기는 힘들지. 어, 벌써 벨이 울리네."

그의 발소리가 다시 들려왔다.

"잘 오셨습니다, 깁슨 씨."

백만장자는 아까보다 기분이 훨씬 가라앉아 있었다. 상한 자존심은 눈빛에 아직 남아 있었지만 해결해야 할 목적을 포기할 사람이 아니었다.

"생각해 보니까 내가 경솔하게 했더라고요, 홈스 선생. 선생께 일을 부탁드린다면 당연히 진실을 밝힐 이유가 있는 거죠. 허나 다른 건 몰라도 저와 던바 양과의 관계에 대해서는 제발 묻지 말아 주십시오."

"그걸 알아야 해결할 수 있습니다."

"선생은 치료를 시작하기 전에 환자의 모든 증세를 물어보는 외과 의사 같군요."

"맞습니다. 환자가 의사한테 증상을 감출 때는 분명한 이유가 있는 건데, 깁슨 씨는 무슨 이유로 사실을 감추려는 겁니까?"

"아시겠지만 만약 남자들에게 한 여자와 어떤 관계냐는 질문을 대놓고 했을 때, 그 관계가 정말 진지한 것이라면 대부분의 남자들은 대답을 회피할 것입니다. 왜냐하면 모든 사람들은 영혼의 한구석에 어떠한 간섭도 받지 않는 자신만의 안식처를 갖고 싶어 하기 때문이죠. 그런데 선생께서 나의 이 안식처를 침입하려 하시는군요. 그러나 그걸 꼭 알아야만 한다면 할 수 없죠. 자, 뭘 알고 싶으신 겁니까?"

"진실이요."

깁슨 씨는 잠시 침묵하며 생각을 정리하는 듯했다.

"네, 간단히 말씀드리지요. 한데 말을 꺼내기가 힘들고 너무 괴롭습니다. 아내는 내가 브라질에 있을 때 금광일을 하다가 만났습니다. 아내 마리아 핀토는 한 관리의 딸이었는데, 무척 미인이었죠. 나도 당시는 젊었을 때니까 아주 정열적이었어요. 지금 냉정하게 그때를 떠올려 봐도 그녀는 정말 보기 드문 미인이었다는 생각이 듭니다. 마음 씀씀이도 넉넉하고, 정열적이고, 또 착했고요. 열대 지방 기질이라 그런지 미국 여자들과는 전혀 달랐습니다. 아무튼 그녀를 사랑해서 결혼을 하게 됐습니다. 생각과는 달리 열정은 금방 식었지만 몇 년은 그럭저럭 지냈어요. 시간이 지나면서 우리 사이에 공통점이 없다는 걸 발견하게 됐습니다. 마음은 점점 더 멀어져 갔어요. 한데 그녀도 저와 같은 상태였다면 마음이 더 편했겠죠. 그러나 그런 기질의 여자들을 선생도 아시겠지만 절대 집착을 버리지 않지요. 때로 내가 그녀에게 심하게 대한 걸 갖고 나한테 잔인하다고 말하는 사람들도 있는데, 사실 그건 그녀의 마음을 돌려세우기 위해서였죠. 차라리 그녀가 나한테 치를 떨게 되면 편할 것 같아서요. 그러나 아무리 해도 소용이 없었습니다. 22년 전에 아마존 강변에서 나를 사랑했던 것과 똑같이 그녀는 이 영국 숲속에서도 열렬히 나를 사랑했습니다. 변함없이 헌신적으로 말입니다. 그즈음 그레이스 던바 양이 광고를 보고 집으로 오게 됐습니다. 그리고 두 아이의 가정교사가 되었어요. 신문에 난 그녀의 사진을 보셨는지 모르겠네요. 굉장히 미인이라고 소문이 났었죠. 나는 보통 사람들에 비해 도덕적인 척 위선을 부리고 싶지는 않습니다. 솔직히 말해 그녀와 매일 마주치다 보니 자연스레 감정이 싹트게 된 것입니다. 내가 비난받을 일을 했습니까?"

"아니오. 누구나 그럴 수 있죠. 하지만 그녀에게 선생의 마음을 알렸다면 그건 비난받을 일입니다. 왜냐하면 그녀는 어떤 의미에서는 선생의 보호를 받아야 하는 상황에 있기 때문입니다."

"네, 그렇습니다."

백만장자의 눈에 다시 분노의 빛이 떠올랐다.

"나는 평생 원했던 모든 것을 손에 쥐었습니다. 그렇다고 해서 내가 뻐긴다거나 하는 그런 인간은 아닙니다. 이제 세상에서 정말 원하는 것은 그녀의 사랑을 얻는 것이었습니다. 그래서 그녀에게 고백을 했죠."

"아니, 그녀에게 얘기를 했다고요?"

"네, 결혼하고 싶다고 얘기했습니다. 하지만 내 처지로는 불가능한 일이었습니다. 그래서 나는 그녀를 행복하고 편안하게 해주는 것이 나의 소원이라고 말했습니다."

"로맨틱하시군요."

"선생, 나는 여기 진실을 말하기 위해 온 것이지 선생의 도덕적 비판을 듣기 위해 온 게 아닙니다."

"선생께서 이 사건을 내게 부탁한 것은 그녀를 구하기 위해서가 아닌가요? 말씀하신 대로 한 집에서 아무 방어도 못하고 살고 있는 여자에게 어떻게 보면 위협적인 일 아닙니까? 그건 어떤 면에서는 그녀의 살인 혐의보다 훨씬 더 나쁜 죄일 수 있습니다. 당신 같은 부자들은 세상 사람들이 죄다 당신한테 매수당해 그런 죄를 용서할 만큼 타락하지는 않았다는 사실을 아셔야 합니다."

백만장자는 이번엔 화를 내지 않고 가만히 있었다.

"알고 있습니다. 내 희망대로 일이 안 된 걸 신에게 감사하고 있습니다. 그녀는 거절했어요. 그리고 떠나겠다고 하더군요."

"그런데 왜 안 나갔습니까?"

"그녀에겐 부양가족이 있습니다. 가족을 포기할 수 없었던 거죠. 그래서 내가 두 번 다시 그런 말을 안 하겠다고 하자 그녀도 남아 있게 됐던 것입니다. 그리고 또 다른 이유는 자신이 나에게 대단한 영향을 끼치고 있다는 걸 그녀가 알았기 때문에 그 점을 잘 활용한 것입니다. 물론 그녀의 영향력은 이 세상 무엇보다도 나에겐 강력한 것이었습니다."

"그녀가 뭘 어떻게 활용했다는 겁니까?"

"던바 양은 내 사업에 대해 알게 됐습니다. 나는 회사를 내 마음대로 할 수 있죠. 많은 부분을 없애기도 했습니다. 어쨌든 회사는 국가적으로도 큰 영향력을 행사했습니다. 사업은 냉정한 게임입니다. 약자는 설 자리가 없죠. 난 항상 게임에서 이겼습니다. 다른 사람이 어떻게 되든 상관하지 않았어요. 그러나 던바 양의 생각은 달랐습니다. 그녀는 올바른 생각을 했어요. 그래서 그녀의 얘기를 귀담아 들었고, 그녀도 내가 의견을 받아들이자 자신이 뭔가 중요한 역할을 했다는 생각을 하게 된 것입니다. 그래서 떠나지 않고 남아 있게 됐던 거죠. 그런데 이런 사건이 일어나고 말았습니다."

"어떻게 해서 일어났습니까?"

백만장자는 두 손으로 머리를 감쌌다.

"그녀에겐 안 좋은 얘기지만 사실대로 말씀드리겠습니다. 여자들의 심리는 참 복잡한 면이 있죠. 남자들이 보기에 도저히 상상할 수 없는 행동을 할 때가 많습니다. 참, 한 가지 생각나는 게 있는데요, 홈스 선생, 이건 아주 중요한 얘깁니다. 아내는 질투심이 무척 강한 여자였어요. 그런데 던바 양이 나한테 여러 모로 큰 영향력을 발휘하고 있다는 사실을 알게 되면서 질투심이 더욱 불타올랐습니다. 그녀는 증오심으로 거의 미쳐갔죠. 아마 던바 양을 죽일 계획까지 세웠을 겁니다. 아니면 쫓아내려고 총으로 위협했을 거예요. 그러다가 둘이 싸우게 된 것 같습니다. 그때 아내가 쥐고 있던 총이 땅에 떨어지면서 자신에게 발사된 것 같기도 합니다."

"그 부분은 나도 생각해 봤습니다. 그러니까 자신이 벌인 계획에 스스로 당한 거군요. 그리고 던바 양은 거기에 말려들었고요."

"그런데 던바 양은 아니라고 부인하고 있습니다."

"계속 그렇지는 않겠죠. 갑자기 그런 상황에 닥치다 보니까 당황해서 총을 들고 집으로 허둥지둥 갔을 수 있습니다. 그러고는 정신없이 옷장 안에 넣은 거죠. 총이 발견됐을 때는 이미 부정할 수 없는 증거가 나온 거고요. 그런데 그게 아니라는 겁니까?"

"던바 양은 아니라고 합니다."

"그래요! 그럼 면회 허가서를 얻어 저녁에 윈체스터로 가봐야겠습니다. 그녀를 직접 만나야 할 것 같아요. 그러나 선생께서 원하는 해결을 볼지는 아직 미지수입니다."

그날 면회신청이 이뤄지지 않아서 우리는 윈체스터로 가지 못하고, 닐 깁슨 씨의 저택이 있는 소르 영지로 갔다. 홈스와 나는 이 사건을 맨 처음 수사했던 카벤트리 형사를 찾아갔다. 그는 사건을 맡기에는 자신의 능력이 부족하다고 솔직히 말하며, 우리를 도와주겠다고 했다.

"홈스 선생님, 경시청에서 하는 것보다는 선생님이 하시는 게 저희로서는 훨씬 더 좋습니다. 경시청이 끼어들면 우리 지방 경찰은 실력이 없다고 욕을 얻어먹거든요. 선생님은 혼자 조용히 일하신다는 얘기를 들었습니다."

"나는 이 사건을 해결한다 하더라도 내 이름을 알리지 않을 작정이에요."

"그럼 저희한테는 너무 좋죠. 그런데 한 가지 궁금한 게 있습니다.

처음 하는 얘긴데요……. 저, 닐 깁슨 씨 말이죠, 좀 이상해 보이지 않습니까?"

"나도 그렇게 생각해요."

"던바 양은 아직 못 만나보셨죠? 그녀는 참 괜찮은 사람입니다. 그래서 깁슨 씨는 아내가 죽기를 바랐을 거예요. 그리고 미국인들은 항상 총을 갖고 다니지 않습니까? 그 총은 깁슨 씨의 총이에요. 그건 알고 계셨죠?"

"증거가 있나요?"

"네, 그의 쌍권총 중 하나죠."

"쌍권총이라고? 그럼, 나머지 하나는 어디에 있죠?"

"깁슨 씨는 수많은 종류의 권총을 갖고 있습니다. 나머지 하나는 아직 못 찾았는데, 케이스를 보니까 분명 쌍권총이더군요."

"쌍권총이 맞다면 나머지가 있어야 해요."

"다시 조사해볼 수 있습니다."

"조사는 나중에 하고 우선 현장 검증부터 해야겠어요."

우리는 카벤트리 형사의 초라한 사무실에서 얘기를 나눈 다음, 800미터쯤 걸어가 소르 영지의 옆문에 도착했다. 그곳으로 들어가 꿩 사육장과 넓은 공터를 지나자 언덕 위에 서 있는 거대한 목조 저택이 보였다. 그쪽으로 가는 길에 연못이 있고, 그 연못 위로 마차가 지나다닐 수 있는 돌다리가 놓여 있었다. 형사가 다리 입구를 가리켰다.

"저기서 부인이 쓰러졌어요."

"시체가 있는 현장을 직접 봤나요?"

"네, 제가 맨 먼저 왔습니다."

"누가 당신한테 연락했어요?"

"깁슨 씨요. 그는 경보기 소리를 듣고 곧바로 하인과 함께 이곳으로 달려왔다고 했습니다. 그리고 경찰이 올 때까지 현장을 그대로 보존해 두라고 했답니다."

"잘했군. 그런데 신문엔 아주 가까운 거리에서 총을 쏜 걸로 나와 있던데."

"네, 아주 가까운 거리였습니다."

"바로 관자놀이 근처에서 총알이 나갔나 보죠?"

"네, 바로 그 뒤에서요."

"시체는 어떤 자세로 쓰러져 있었습니까?"

"엎드려 있었습니다. 크게 저항한 흔적도 없고 무기도 없었고요. 그런데 왼손에 던바 양이 쓴 쪽지가 쥐어져 있었죠."

"쥐어져 있었다고?"

"네, 너무 꽉 쥐어져 있어서 손가락을 펴기가 힘들 정도였습니다."

"그건 중요한 증거군요. 최소한 그게 거짓 단서가 아니라는 것은 분명해졌어요. 그녀가 죽은 다음에 누군가가 그녀의 손에 쪽지를 쥐어놓은 건 아니라는 게 확인됐으니까요. 아마도 내용이 '8시에 소르 다리로 가겠습니다. G. 던바' 인가 그렇죠?"

"네, 맞습니다."

"그녀는 지금 그 일에 대해 뭐라고 주장하고 있나요?"

"순회 재판 때 말하겠다고, 지금은 입을 열지 않고 있습니다."

"참 이상하네. 그리고 편지 내용도 알쏭달쏭하고요."

"제 생각으로는, 그 쪽지만이 유일한 증거품인 것 같습니다만."

홈스는 머리를 저었다.

"정말로 그녀가 쓴 편지라면 사건이 일어나기 한두 시간 전에 받았을 텐데, 부인은 왜 그때까지 쪽지를 갖고 있었을까요? 왜 그걸 손에 꼭 쥐고 다리로 왔을까? 이상하지 않아요?"

"네, 듣고 보니 정말 그렇습니다."

"잠깐 생각 좀 해봐야겠어요."

홈스는 다리 난간에 걸터앉았다. 그러고는 사방을 둘러보았다. 순간 그는 벌떡 일어나 반대편 난간으로 가더니 주머니에서 확대경을 꺼내 돌을 자세히 들여다보았다.

"이상하네."

그가 말했다.

"네, 난간의 돌이 벗겨져 있죠. 지나가던 사람이 그런 것 같습니다."

난간의 돌은 회색이었다. 그런데 6펜스 동전 크기 만한 부분이 벗겨져 하얗게 되어 있었다. 뭔가로 세게 내리치면서 떨어져 나간 것 같았다.

홈스가 지팡이로 난간을 때려보았다.

"뭔가 심하게 부딪친 게 분명해."

"그런데 그곳은 부인이 쓰러진 곳에서 열다섯 발짝이나 떨어져 있는데요?"

"그렇긴 해요. 하지만 사건과 아무 관련이 없는 것 같아도 그렇게 보인다는 사실이 중요할 수 있어요. 여기는 이제 더 조사할 게 없어요. 그런데 발자국이 안 보였다고 했죠?"

"땅이 굳어 있었기 때문에 안 보였습니다."

"그럼 집으로 가서 그 권총들을 조사해 봅시다. 그런 다음 던바 양을 만나러 윈체스터로 가야겠어요."

닐 깁슨은 아직 돌아와 있지 않았다. 아침에 찾아왔던 관리인 베이츠 씨가 우리를 안내했다. 그는 모험을 좋아하는 주인이 평생 수집한 갖가지 모양과 크기의 총들을 잔뜩 벼르는 식으로 열심히 보여 주었다.

"깁슨 씨에게는 적이 많습니다. 친했던 사람들 모두가 그에게 등을 돌렸죠. 성격이 난폭해서 모든 사람이 그를 싫어했지요. 그 불쌍한 부인도 남편에게 많이 당하셨을 겁니다. 그는 침대 옆 서랍에 늘 권총을 넣어두고 잡니다."

"부인에게 육체적인 폭력을 썼나요?"

"아니, 그렇지는 않았습니다. 그러나 하인들 앞에서도 부인에게 모욕적인 말을 내뱉곤 했죠."

역으로 가면서 홈스가 말했다.

"아무튼 이 백만장자의 결혼생활은 불행했어. 왓슨, 오늘 새로운 사실을 몇 가지 더 알게 돼서 대충 정리가 되는 것 같네. 관리인이 그

렇게 말을 했지만 깁슨 씨는 경보기 소리가 났을 때 그의 서재에 있었던 게 분명해. 그리고 저녁식사는 8시 반에 끝났고, 모든 건 다른 때와 똑같이 지나갔어. 사건은 쪽지에 적힌 바로 그 시각에 일어난 거야. 깁슨 씨는 다섯 시에 귀가한 후로 밖에 나가지 않았어. 그리고 던바 양은 다리에서 부인과 만나기로 약속했다는 사실을 시인했네. 거기다 변호사가 그녀에게 일단 해명하지 말라고 충고하고 있어. 던바 양에게 몇 가지 질문할 게 있는데, 그녀를 만나기 전까지는 확신이 안 서네. 한 가지 혐의가 벗겨지지 않으면 그녀에게 완전히 불리할 것 같아."

"그게 뭔데?"

"그녀 옷장에서 권총이 발견된 거 말이야."

"그러게 말이야. 나도 그 점이 결정적인 타격이라고 생각하네."

"그런데 그게 아닌 것 같아, 왓슨. 신문에서 처음 봤을 때는 나도 그렇게 생각했었는데, 지금 와서 보니까 그 사실에 오히려 희망을 걸어야 할 것 같네. 일에 일관성이 없으면 분명 무슨 문제가 있는 거야."

"무슨 뜻이지?"

"왓슨, 라이벌을 없애려고 마음속으로 단단히 계획을 세워보게. 그리고 상대방한테 조심스럽게 쪽지를 전한다고 생각해봐. 그래서 상대방이 왔고, 자네는 이미 권총을 준비해 두고 있어. 범죄는 그렇게 쉽게 마무리되지. 그런데 범행을 저지른 다음 근처 늪 속에다 시체를 던져버리면 증거가 없어질 텐데, 그러지 않고 총을 집에 가져가

발각될 게 뻔한 옷장에다 넣어두는 그런 바보 같은 짓을 자네라면 하겠나? 안 하겠지?"

"글쎄, 당황하면 그럴 수도 있겠지."

"에이, 말도 안 되는 소리! 교활하게 음모를 꾸미는 사람은 그렇게 서투른 짓은 하지 않네."

"자네 생각은 어떤가? 말해 보게."

내가 물었다.

"그러니까 그 총이 사건을 해결할 결정적인 단서가 되고 있어. 던바 양도 권총에 대해 모른다고 하지 않나? 그녀는 거짓말할 사람은 아니네. 그렇다면 결국은 다른 사람이 그녀 옷장 안에다 총을 넣었다는 거지. 그녀에게 혐의를 뒤집어씌우기 위해서 말이야. 바로 그 사람이 범인 아니겠나?"

그날 면회허가서를 얻지 못해 우리는 윈체스터에서 하룻밤을 묵었다. 그리고 다음날 아침 던바 양의 변호사인 조이스 커밍즈 씨와 함께 독방에 수감돼 있는 그녀를 만났다. 매우 아름답다는 건 이미 들은 바 있지만 그녀를 처음 보았을 때 느낀 인상은 정말 잊을 수 없었다. 그 거만한 백만장자가 그녀에게 감동을 받아 내적으로 큰 변화를 겪었다는 게 헛소리가 아닌 것 같았다. 뚜렷한 윤곽에 부드러운 힘을 지니고 있는 그녀의 얼굴엔 타고난 고귀함과 선량함이 풍겼다. 하지만 그녀의 눈빛은 덫에 걸린 짐승처럼 애처로웠다. 그녀는 유명한 탐정인 홈스가 자신을 돕기 위해 왔다는 걸 알고는 희망 어린 표정으로 우리를 쳐다보았다.

"닐 깁슨 씨가 우리의 관계를 얘기했나요?"

던바 양이 조용히 물었다.

"네, 괜히 사건에 말려들어 고생을 하시는군요. 깁슨 씨 말처럼 두 사람의 관계가 결백하다는 걸 이제 알겠습니다. 그런데 왜 법정에서 사실대로 얘기하지 않으셨죠?"

"수모를 참을 수가 없어서였습니다. 시간이 지나면 한 가정의 씁쓸한 내막을 굳이 들춰내지 않아도 자연스럽게 드러날 거라고 생각했지요. 그런데 일이 점점 더 심각해지는 것 같군요."

홈스가 진지하게 말했다.

"던바 양! 절대 낙담하지 마세요. 커밍즈 씨가 현재로선 불리하다고 하지만 우리가 이길 수 있습니다. 자기 자신을 학대하는 건 잔인한 기만입니다. 좀 더 솔직하게 말씀을 해주셔야 우리가 제대로 도울 수 있습니다."

"모든 걸 털어놓고 말씀드리지요."

"그럼 깁슨 부인과의 관계부터 말씀해 주세요."

"홈스 선생님, 부인은 저를 무척 싫어했습니다. 부인의 타고난 기질인 그 부글대는 열대의 태양처럼요. 그녀는 상황을 분별하지 못했죠. 남편에게 집착하는 끈질김만큼이나 저에 대한 증오심도 강했습니다. 부인은 우리의 관계를 오해했어요. 사랑을 육체적인 것으로만 생각한 그녀는 저와 깁슨 씨의 정신적인 유대 관계를 이해하지 못했습니다. 제가 깁슨 씨를 유혹하고 있다고 생각했던 겁니다. 지금 생각하니 제가 잘못한 것도 있었습니다. 제가 그 집에 남아 있었던 게 큰 실수였던 거죠. 그러나 제가 그 집에서 나왔다 하더라도 그들은 계속 불행한 생활을 했을 겁니다."

"던바 양, 그날 밤 일어난 사고에 대해 자세히 설명해 주십시오."

"네, 제가 아는 건 모두 말씀드릴 수 있습니다. 그러나 증명할 수는 없습니다. 변명할 것도 설명할 것도 없지요."

"직접 하실 수 없으면 제3자가 변호를 할 수도 있습니다."

"그날 밤 저는 소르 다리에 갔었습니다. 아침에 깁슨 부인한테서 쪽지를 받았었죠. 아이들 방 책상에 놓여 있더군요. 할 얘기가 있다면서 저녁 식사 후 다리에서 만나자고 쓰여 있었습니다. 그러나 비밀로 하고 싶으니 답장은 정원의 해시계 옆에 숨겨놓으라고 썼더군요. 비밀스럽게 하는 게 좀 마음에 걸렸지만 전 부인의 부탁대로 했습니다. 쪽지도 없애라고 해서 벽난로에다 태워버렸죠. 부인은 남편을 몹시 무서워했어요. 깁슨 씨가 부인에게 너무 함부로 했기 때문에 저는 그를 자주 책망했습니다. 그래서 부인이 남편 몰래 저를 만나려고 그러는 줄 알았지요."

"그래서 부인이 당신 답장을 손에 쥐고 있었군요."

"네, 그랬다는 얘길 듣고는 깜짝 놀랐어요."

"그 다음엔 어떻게 됐습니까?"

"다리에 도착하자 부인이 먼저 와 있었습니다. 그때까지 저는 그녀가 그렇게 저를 미워하는 줄은 상상도 못했습니다. 미친 사람 같았어요. 아니, 정말 미쳐 있었어요. 마음속으로 그런 증오심을 품고 어떻게 그런 태연한 얼굴로 매일 저를 대했는지 정말 기가 막혔죠.

온갖 욕을 퍼붓더군요. 정말 기억하기도 싫습니다. 저는 아무 말도 못하고 귀를 막으며 도망갔어요. 부인은 제 뒤에서 계속 욕을 퍼붓고 있었지요."

"부인이 서 있던 곳이 쓰러진 곳과 일치합니까?"

"아니오. 좀 떨어져 있었어요."

"던바 양이 떠난 후에 바로 부인이 총을 맞았다면 총소리가 들렸겠네요?"

"아니오. 못 들었어요. 부인의 광기를 보고 너무 무섭고 떨려 방으로 막 뛰어갔어요."

"그럼 방에서 다음날 아침까지 쭉 계셨습니까?"

"네, 부인이 죽었다는 소식을 듣고 저는 하인들과 함께 밖으로 나갔습니다."

"그때 깁슨 씨를 보셨습니까?"

"네, 다리에서 돌아오고 있었어요. 집으로 와서 의사와 경찰을 부르더군요."

"그가 당황해하고 있었나요?"

"그는 자제력이 강한 사람입니다. 감정을 얼굴에 잘 드러내지 않죠. 그런데 그때는 표정이 아주 안 좋았습니다."

"던바 양, 권총이 당신 방에서 나왔는데, 전에 그 총을 보신 적 있습니까?"

"아니오. 전혀."

"언제 총을 발견하셨죠?"

"그 다음날 아침에요. 경찰이 발견했어요."

"옷장 안에 있었다고요?"

"네, 맞습니다."

"총이 언제부터 그곳에 있었는지 혹시 짐작 가는 게 있습니까?"

"아침 식사 전까지는 없었어요."

"확실합니까?"

"아침에 옷장을 정리했거든요."

"그렇다면 누가 당신에게 뒤집어씌우려고 몰래 갖다놓은 거네요."

"그런 것 같아요."

"언제 갖다놓았을까요?"

"식사 중일 때나 제가 아이들 방에 있을 때겠죠."

"쪽지를 받은 뒤에는 쭉 방에 계셨습니까?"

"네, 약속 시간 전까지는 방에 있었어요."

"네, 그렇다면 사건 해결에 도움이 될 만한 내용이 더 있으면 말씀해 주시죠."

"다른 건 없습니다."

"다리 난간에 뭔가로 내리친 흔적이 있던데, 혹시 짚이는 데가 있습니까?"

"우연히 일어난 일이겠죠."

"아니오. 이상한 일입니다. 왜 그 자국이 하필 사고가 일어난 그 시각에, 또 그 장소에 생겼을까요?"

"돌이 그렇게 쉽게 긁히지는 않을 텐데요."

홈스의 얼굴이 갑자기 긴장되면서 뭔가 생각에 빠진 듯했다. 분명 그 특유의 날카로운 직감에 그가 사로잡혀 있다는 증거였다. 뭔가 결정적인 생각이 떠오른 게 확실했다. 변호사와 던바 양, 그리고 나 세 사람은 아무 말도 하지 않고 그를 바라보았다. 그때 갑자기 홈스가 의자에서 일어나며 소리쳤다.

"왓슨, 가세!"

"무슨 일이죠, 홈스 선생님?"

"걱정 말아요, 던바 양. 곧 알려드릴게요. 공평하신 신의 가호로 이 사건의 실체를 모두 밝혀내겠습니다. 결과는 내일 아시게 될 겁니다."

우리는 다시 소르 저택으로 갔다. 먼 거리는 아니었지만 마음이 초조해서인지 시간이 무척 느리게 가는 것 같았다. 홈스도 안절부절못하는 눈치였다. 끊임없이 발을 움직이거나 옆에 있는 쿠션을 두드려댔다. 우리는 일등석을 타고 갔는데, 그가 갑자기 내 맞은편 자리에 앉더니 내 무릎을 잡고는 장난스럽게 쳐다보았다.

"왓슨, 권총 가지고 있겠지?"

내가 권총을 가지고 다니는 건 홈스를 위해서였다. 그는 뭔가 일에 몰두하면 자신의 안전엔 신경을 쓰지 않는 사람이었다. 그래서 내 권총은 여러 번 그를 위험에서 구해낸 적이 있었다. 그에게 그 사실을 다시 상기시켰더니 그가 말했다.

"그래, 맞아. 어쨌든 갖고 있다는 거지?"

나는 주머니에서 성능 좋은 작은 권총을 꺼내 보였다. 그가 받아 걸쇠를 풀더니 탄약통을 빼내고는 자세히 들여다보았다.

"꽤 무겁네."

그가 말했다.

"아주 단단한 총이지."

"왓슨, 이 총이 사건 해결에 큰 도움이 될 것 같네."

"농담하는 거겠지?"

"아니야. 지금 심각하게 얘기하는 거야. 그런데 우선 이 총으로 실험을 해봐야겠어. 자, 탄약을 하나만 빼내고 나머지 다섯 개는 이대로 두는 거야. 그리고 이렇게 다시 넣어서 걸쇠를 올려놓자고. 이렇게 하면 실험하기가 좀 쉽지."

나는 그가 뭘 하려는 건지 도대체 이해할 수가 없었다. 그는 설명도 하지 않고 햄프셔 역에 도착할 때까지 생각에 빠져 있었다. 우리는 다시 카벤트리 형사 집으로 마차를 타고 갔다.

"홈스 선생님, 진척이 좀 있습니까?"

"모든 것은 왓슨 박사의 권총에 달려 있어요. 그런데 10미터 정도 되는 끈이 하나 있어야겠는데요."

홈스가 말했다. 다행히 한 가게에서 그걸 구할 수 있었다.

"그럼 이제 필요한 건 다 있네. 당신도 이번 여행의 마지막 단계를 가보지 않겠소?"

형사는 홈스의 정신 상태가 이상하다는 듯 몹시 의심스런 눈초리로 힐끗거리며 우리를 따라왔다. 소르 다리 근처에 다다르자 홈스는

평상심을 잃고 극히 초조해했다.

"왓슨, 내가 이런 증세를 보인 적 있지? 강렬한 직감이 올 때가 있거든. 그런데 가끔 직감이 안 맞을 때도 있어. 윈체스터 감방에 있을 때 갑자기 이런 생각이 떠오르더라고. 물론 직감이기 때문에 틀릴 가능성도 있지만 말일세. 어쨌든 하는 데까지 해보지 뭐."

우리는 곧 다리에 도착했다. 홈스는 총 손잡이에 끈 한쪽을 단단히 묶고는 다른 쪽 끝은 큰 돌덩이에 묶었다. 그리고 끈을 난간에 걸어놓은 채 돌덩이를 연못 물 위까지 내렸다. 그런 다음 시체가 누워 있던 지점으로 가서 총을 잡고 끈을 잡아당겼다.

"자, 보게!"

그는 재빨리 권총을 머리까지 올리더니 손을 놓았다. 순간 총이 돌 쪽으로 끌려가며 난간에 부딪치더니 물속으로 빠져버렸다. 홈스는 난간으로 다가가 가만히 들여다보더니 별안간 소리를 질렀다.

"와! 이보다 더 정확한 증명은 없을 거야. 보라고! 자네 권총이 문제를 해결했다니까!"

난간엔 처음 것과 똑같은 크기의 긁힌 자국이 나 있었다.

"오늘 밤은 여관에서 자야겠어."

홈스는 그렇게 중얼거리며 놀란 표정으로 서 있는 형사에게 말했다.

"당신은 갈고리로 저 총을 좀 건져내 주시오. 물속엔 그 총뿐 아니라 깁슨 부인이 던바 양에게 살인죄를 뒤집어씌우기 위해 던져 넣은 총과 끈, 돌덩이도 같이 있을 거예요. 그리고 깁슨 씨에게는 내일 아침에 만나러 가겠다고 전해 주시오."

우리는 여관에서 밤늦게까지 담배를 피우고 있었다.

"왓슨, 난 이제 머리가 둔해지고 상상과 현실을 잘 조화시켜 해결점을 찾아냈던 기술도 없어지고 만 것 같네. 사실 난간에 있던 긁힌 자국이 큰 단서였거든. 그걸 중심으로 수사했으면 좀 더 빨리 해결할 수 있었을 텐데. 그 가련한 부인이 너무나 교묘하고 치밀하게 범행을 꾸몄기 때문에 좀처럼 단서를 잡기가 어려웠네. 사랑이 잘못되면 어떤 파국으로 치닫는지를 이번 사건은 정말 생생히 보여줬다고 할 수 있지. 부인은 남편에 대한 애정을 지나치게 노골적으로 표시했고, 남편은 그게 거부감이 들어 냉정하게 대했던 건데, 그걸 부인은 가정교사 때문이라고 생각했던 거야. 부인은 결국 자살을 결심했지. 그리고 죽을 바에는 던바 양에게 살인죄를 뒤집어씌우자고 마음먹었던 걸세. 그래서 그녀의 답장을 손에 쥐고 있었던 거야. 그건 충분히 의심해볼 만한 점이었어. 어쨌든 그녀는 남편의 쌍권총을 몰래 꺼내 하나는 남겨두고 다른 하나는 숲속에 들어가 한 방을 발사한 뒤 던바 양의 옷장 속에다 넣어두었어. 그러고는 저녁에 다리로 가서 던바 양이 약속대로 오자 마음속에 맺힌 증오심을 다 쏟아내고는 계획대로 자살을 결행한 거야. 왓슨, 우리가 훌륭한 한 여성과 남자를 구해낸 거라네. 그들이 결혼을 하게 될까? 불가능한 일은 아니겠지. 결혼이란 삶의 교훈을 가르쳐주는 '고통의 학교' 아니겠나. 깁슨 씨도 거기서 많은 것을 배우고 딴사람이 된 거지."

거물 의뢰인

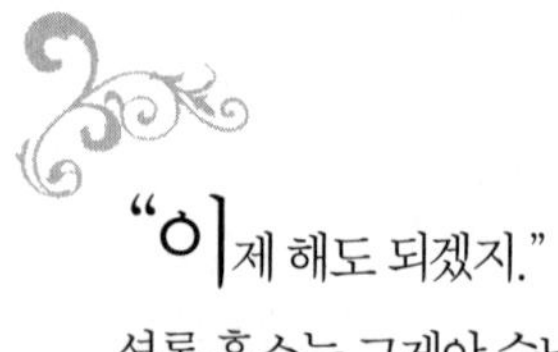

"이제 해도 되겠지."

셜록 홈스는 그제야 승낙을 했다.

10년 전부터 그에게 이 사건을 발표하게 해달라고 최소한 열 번을 조른 끝에 겨우 이제야 허락을 받게 된 것이다. 그래서 어떤 면에서는 그의 인생의 절정기라고 할 수 있을 때에 간신히 이 사건을 알릴 수 있게 되었다.

홈스와 나는 사우나를 유독 좋아했다. 땀을 흘리고 휴게실로 나와 잠시 쉬며 느긋하게 담배를 피우다 보면 그도 평상시와는 달리 말이 많아지면서 소박한 면을 보이게 된다.

노섬벌랜드 가에 있는 사우나 2층에는 따로 뚝 떨어진 곳에 방이 하나 있었는데, 그곳에 침대의자 두 개가 놓여 있었다. 이야기는 1920년 9월 3일, 바로 이 방에서 시작되었다.

나는 침대의자에 팔을 괴고 누워, 요즘 무슨 특별한 얘깃거리가 없느냐고 그에게 물었다. 그는 아무 대답도 하지 않고 시트 아래로 긴 팔을 불쑥 내밀더니 옆에 걸쳐놓았던 옷 주머니를 뒤져 편지 한 장을 꺼냈다.

"별일도 아닌 걸 가지고 괜히 호들갑을 떠는 건지, 정말 생사가 달린 문젠지 지금으로서는 이것밖에 모르지만……."

그가 중얼거리며 편지를 내밀었다. 편지는 칼턴 클럽에서 전날 밤에 쓴 것이었다.

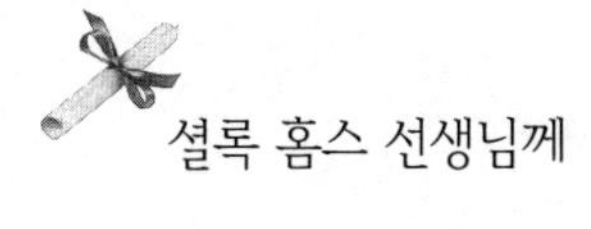

셜록 홈스 선생님께

안녕하십니까. 아직까지 선생님을 만나뵐 수 있는 기회는 없었지만 편지로나마 인사를 드립니다. 결례인 줄은 알지만 매우 신중하게 의논을 드릴 일이 있어 내일 오후 4시 반에 찾아뵈려고 하니 꼭 만날 수 있기를 바랍니다. 시간이 가능한지, 죄송하지만 칼턴 클럽으로 전화를 해주시면 대단히 감사하겠습니다.

제임스 데마리 경

내가 편지를 돌려주자 그가 말했다.

"가능하다고 대답은 했네만, 자네 혹시 이 사람에 대해 뭐 아는 거 없나?"

"사교계에 꽤 알려져 있지 아마."

"내가 자네보다 더 많이 알고 있군. 이 데마리라는 사람은 신문에 실리는 걸 꺼림칙하게 여기는 사건들을 교묘하게 해결하는 것으로 이름이 나 있다네. 자네 기억나는지 모르겠는데, 헤머포드의 유언장 사건 때 조지 루이스 경하고 협상한 사람이 바로 이 사람이었지. 꽤나 외교적 능력이 있는 인물이야. 그래서 이 사람이 괜히 허풍 떠는 게 아니라 정말로 우리의 도움이 필요해서 찾아오는 게 아닌가 하는 생각이 드네."

"우리라고?"

"그렇다네. 자네도 당연히 함께 해주겠지?"

"그건 오히려 내가 부탁하고 싶은 일이네."

"그럼 네 시 반에 보세. 그때까지는 이 일에 대해 잊어버리게."

그 당시 나는 퀸 앤 가에 살고 있었는데, 약속시간 전에 이미 홈스 집에 도착해 있었다. 그리고 정확히 네 시 반이 되자 제임스 데마리 경이 문을 두드렸다.

이 사람에 대해 새삼스레 더 설명할 필요는 없다. 그는 인품이 높고 활발하며, 수염 없는 큰 얼굴과 느긋하고 쾌활한 목소리로 이미 너무나 잘 알려져 있었기 때문이다. 아일랜드인 특유의 회색빛 눈동자에는 담백함이 묻어나고, 미소 띤 입가는 늘 호기로운 여유가 비치고 있었다. 그는 반짝이는 실크해트에 검정색 프록코트를 입고, 나비넥타이에 진주 핀을 꽂았으며, 윤기 나는 구두를 신고 있었다. 그렇게 장식 하나까지도 대단히 위엄 있게 꾸민 귀족이 방 안으로 들어섰다. 작은 우리의 방이 압도당하는 듯했다.

그는 정중하게 머리를 숙이며 말했다.

"아, 왓슨 박사도 계시는군요. 홈스 선생, 왓슨 박사의 협조가 꼭 필요할 것 같습니다. 상대방은 폭력적이고 무슨 일이라도 저지를 사람이니까요. 유럽이 넓기는 하지만 이렇게 위험한 인물은 또 없을 겁니다."

홈스가 지그시 웃으며 대꾸했다.

"아, 그래요? 저도 몇 사람은 상대해본 적이 있습니다. 담배 피우십니까? 전 좀 피우겠습니다. 말씀하신 상대가 죽은 모리아티 교수나 아직 생존해 있는 세바스찬 모란 대령보다 더 위험한 인물이라면 한 번 대적해 볼 만합니다. 이름이 뭔가요?"

"그루너 남작이라고 하는데, 들어본 적 있습니까?"

"그 오스트리아 살인자 말입니까?"

데마리 경은 가죽장갑을 낀 채 두 손을 들고 말했다.

"홈스 선생한텐 안 걸려드는 일이 없다니까요. 정말 대단하십니다! 그럼 선생께선 그 사람이 살인자라는 것도 이미 알고 계셨단 말이죠?"

"제가 하는 일이란 게 유럽에서 일어나는 범죄 사건을 상세히 파헤쳐 보는 것이지요. 그 프라하 사건에 대해서라면 그자가 범인이라고 믿지 않을 사람이 과연 있을까요. 그건 단지 기술적인 문제가 있었던 데다 증인 중 한 명이 의문의 죽음을 당했기 때문이죠. 죽은 그의 아내는 '뜻밖의 사고'로 죽었다고 하지만 사실은 그가 사람을 시켜 죽인 거라는 걸 저는 직접 두 눈으로 본 거나 다름없이 확신하고 있습니다. 게다가 그는 지금 영국에 있으며, 조만간 저는 그 사람을 만날 생각이었습니다. 그런데 그자가 무슨 짓을 했다는 거죠? 과거의 그 사건을 다시 끄집어내는 건 아니겠죠?"

"아닙니다. 그보다 더 심각한 문제입니다. 범죄를 처벌하는 것도 중요하지만, 미리 방지하는 게 훨씬 더 중요하죠. 끔찍한 일이 바로 눈앞에서 펼쳐지고 있는데, 그걸 보고 있으면서, 더구나 그 결과가 뻔히 다 보이는데, 예방할 수 없다면 얼마나 안타깝겠습니까?"

"당연하죠."

"그래서 제가 이 사건의 의뢰를 대신 전하러 온 것입니다. 선생께서 맡아주시겠지요?"

"그럼 당신은 중개인이란 말씀이군요. 의뢰인은 누구죠?"

"홈스 선생, 너무 나무라지 마십시오. 그분의 명예로운 이름을 저는 입 밖에 낼 수가 없습니다. 그분의 뜻은 분명 정의로운 동기에서지만 이름은 절대 알리고 싶지 않아 하십니다. 그러나 보수 문제는 복잡한 일이 없을 테니 걱정 마시고, 또 일을 하시는데 특별한 제약 같은 것은 없을 것입니다. 당연하지요. 그러니 의뢰인의 실체를 반드시 밝히지 않아도 될 것 같습니다."

"안된 말이지만 난 비밀이 한쪽에만 있어야 한다고 생각합니다. 양쪽에 있을 경우 혼란이 일어나기 때문이죠. 유감스럽지만 그런 조건으로는 사건을 맡을 수가 없습니다."

방문객은 무척 당황해하며 실망감으로 표정이 어두워졌다.

"어떤 일이 일어날지 선생께선 모르시는 것 같습니다. 그러면 전 심각한 딜레마에 빠지게 됩니다. 어쨌든 제가 사실을 털어놓으면 선생께서도 받아들이실 거라고 생각합니다만 전 약속 때문에 할 수가 없습니다. 그렇다면 제가 가능한 범위 내에서 더 말씀드려도 될까요?"

"그럼요. 제가 거기에 대해 아무 구속도 받지 않는다는 조건에서요."

"알겠습니다. 우선 드 머빌 장군이라고 들은 적 있습니까?"

"카이버 전쟁에서 이름을 날린 그 드 머빌 장군 말인가요? 네, 들어봤죠."

"그분한테 딸이 한 명 있습니다. 부유하고 젊고 아름답고, 또 재치가 있어 어느 모로 봐도 정말 흠 잡을 데가 없는 여자죠. 우리가 악마의 손아귀에서 빼내야 하는 사람은 바로 이 순진한 아가씨입니다."

"그럼 그루너 남작이 지금 그 아가씨의 급소를 누르고 있다는 얘긴가요?"

"그렇습니다. 여자에게 가장 강하게 먹히는 사랑이라는 힘으로 말이죠. 이미 들으셨겠지만 그자는 보기 드문 호인 형이고 마음을 살살 녹이는 부드러운 태도와 목소리를 갖고 있으며, 여성을 매력적으로 느껴지게 하는 로맨틱한 면이 있습니다. 그래서 여자들을 맘대로 휘두를 수 있다고 합니다."

"그런데 어떻게 그자가 드 머빌 양 같은 신분의 여자를 만났을까요?"

"지중해에서 요트 여행을 하다 만났다고 합니다. 회비를 내고 누구나 참가하는 여행이었는데, 주최한 사람이 남작의 정체를 모르고

받아들였던 거죠. 그자는 드 머빌 양에게 추파를 던지다 결국 그녀의 마음을 뺏는 데 성공했습니다. 그녀는 그자에게 완전히 빠져들었죠. 뭐랄까요, 맹목적인 사랑이라고 할까요. 그가 없이는 단 하루도 못 살 정도라고 합니다. 그가 평판이 나쁜 사람이라고 아무리 말해도 그녀에게는 들리지 않는 모양입니다. 갖은 수를 다 써도 사랑에 빠져 눈이 멀어 있기 때문에 아무것도 보이지 않는 겁니다. 아무튼 결론은, 다음 달에 그에게 청혼을 하겠다는 것입니다. 그녀도 성인이고, 고집이 강한 사람이라 도저히 막을 도리가 없습니다."

"오스트리아에서 있었던 남작의 사건을 그녀가 알고 있습니까?"

"워낙 교활한 사람이라 과거 자신의 나쁜 일 중에서 이미 알려진 일들에 대해서는 아가씨에게 다 털어놓은 것 같습니다. 그러나 자신이 죄를 지은 것은 아무것도 없으며, 오히려 피해자라고 교묘하게 말을 했겠죠. 아가씨는 그 말을 철석같이 믿었을 거고, 그러니 옆에서 누가 말을 해도 전혀 들리지 않는 겁니다."

"참 골치 아프게 됐군요. 하지만 그 바람에 의뢰자의 신분을 알게 됐네요. 드 머빌 장군 아닌가요?"

방문객은 대답을 않고 몸을 움찔하더니 말문을 열었다.

"홈스 선생, 선생을 속일 수도 있지만, 사실은 드 머빌 장군이 아닙니다. 그는 지금 몹시 지쳐 있는 상태입니다. 아무리 강건한 군인도 이런 일엔 기운을 차릴 수가 없는 거죠. 충격으로 늙어버려서 그 교활하고 뻔뻔한 파렴치한을 당해낼 생각조차 할 수 없는 상황에 처한 것입니다. 이 사건을 의뢰한 사람은 드 머빌 장군과 오랜 친분이 있으며, 아가씨를 어릴 때부터 봐왔던 사람입니다. 그는 이 비극을 남의 일처럼 보고만 있을 수 없었던 거죠. 하지만 경찰에 알리기도 난감했습니다. 그래서 그분은 선생께 부탁하게 된 것입니다. 자신의 이름은 절대 밝히지 말아달라고 저에게 부탁하면서요. 물론 선생께선 별다른 어려움 없이 알아낼 수도 있겠지만 그분의 명예가 걸린 문제이니 제발 발설하지는 말아주십시오."

홈스는 다 안다는 듯 웃음을 머금으며 대답했다.

"그런 건 걱정하실 것 없습니다. 그런데 사건에 몹시 흥미가 느껴지는군요. 그럼 어떻게 연락을 하면 될까요?"

"저는 항상 칼턴 클럽에 있습니다. 급한 용무가 있으시면 제 전화번호가 XX. 31이니까 이 번호로 연락주시면 됩니다."

홈스는 수첩을 펼치며 말했다.

"그루너 남작의 주소를 알려주시죠."

"킹스턴 근처 버논 롯지라는 저택에 살고 있습니다. 수상한 사업에 투기를 해서 큰돈을 벌었죠. 그래서 상대하기가 아주 골치 아픈 사람입니다."

"지금 그곳에 살고 있다고요?"

"그렇습니다."

"그밖에 다른 참고할 말은 없습니까?"

"그는 사치스런 삶을 즐기면서 취미로 승마를 하고 있습니다. 한동안 헐링검에서 폴로경기에 푹 빠져 지냈는데, 클럽에서 사건이 일어나는 바람에 그만두었죠. 지금은 고서와 그림을 수집하고 있다고

합니다. 중국 도자기에 관해서는 상당한 전문가로 알려져 있고, 책도 한 권 낸 적이 있습니다."

"종잡을 수가 없는 기질이군요. 통 큰 범죄자는 대체로 그런 면이 있죠. 찰리 피스도 바이올린 연주가 수준급이고, 웨인라이트도 무시할 수 없는 예술가였어요. 그런 예는 얼마든지 많지만……. 자, 그럼 얘기를 마무리짓죠. 제가 그루너 남작의 일을 맡겠다고 가서 의뢰인에게 전하세요. 그리고 지금으로선 말씀드릴 수가 없지만 제가 따로 알아볼 곳들이 좀 있으니까 문제를 해결하는 데 도움이 될 겁니다."

방문객이 떠나자 홈스는 내 존재조차 망각한 듯 한동안 말없이 앉아 있더니 문득 정신을 차리고는 말했다.

"왓슨, 자네 생각은 어떤가?"

"글쎄, 우선 그 여자를 만나보는 게 좋을 것 같은데."

"웬 소리! 그 아버지가 병이 들어 설득을 해도 안 먹힌다는데, 알지도 못하는 우리가 가서 말한들 뭐 달라지겠어? 온갖 방법을 다 써보다 안된다면 그렇게 해보겠지만, 처음에는 아무래도 다른 방법을 시도해야 할 것 같아. 우선 신웰 존슨이 필요할 것 같네."

나는 지금까지 신웰 존슨에 대해서는 기록할 기회가 없었다. 그는 20세기에 들어서면서부터 홈스에게는 꼭 필요한 협조자였다. 원래 그는 악랄한 범인으로 이름을 떨쳤던 사람인데 감옥에서 나온 뒤 완전히 달라져 홈스와 함께 일을 하게 됐던 것이다. 그는 암흑가에 잠입해 정보 수집을 해왔었다. 그가 얻은 정보로 극적인 해결을 하게 된 적도 여러 번 있었다고 한다. 만일 그가 경찰의 첩자였다면 그렇게 해낼 수 없었을 것이다. 그러나 그가 관계했던 일들은 법정으로 직접 가는 일이 아니었기 때문에 주위 사람들도 그의 활동에 대해 전혀 몰랐던 것이다.

어쨌든 그는 두 번이나 감옥에 갔었기 때문에 나이트클럽이라든지 싸구려 여인숙, 도박장 같은 곳을 스스럼없이 드나들었고, 나름 예민한 관찰력과 두뇌도 있어 첩자로 활동하는 데는 아주 적격인 인물이었다. 셜록 홈스가 말한 자가 바로 이 사람이었다.

나는 급한 일을 해야 하는 의사로서의 임무가 있었으므로 곧바로 홈스와 행동을 같이 할 수는 없었지만, 약속한 날 우리는 심프슨 식당에서 만났다. 그는 창가 테이블에 앉아 거리의 사람들을 내다보며 그날 있었던 일을 설명해 주었다.

"존슨이 지금 쑤시고 돌아다니니까 뭔가 알아낼지도 모르지. 남작의 비밀을 밝혀내려면 어쨌든 그 바닥에서 찾아내야 하니까 말일세."

"하지만 이미 드러난 남작의 범죄에 대해서도 바이올렛 양이 믿지 않는데, 자네가 새로운 사실을 알아낸다고 해서 그 여자의 마음을 바꿀 수 있을 것 같은가?"

"그야 모를 일이지. 여자의 마음은, 감정이든 이성이든, 남자가 풀 수 없는 수수께끼니까. 살인자를 용서하기도 하고 또 하찮은 일에 슬퍼하기도 하잖나. 그루너 남작도 말했다시피……."

"뭐! 그를 만났었나?"

"어, 그랬지. 아직 내가 스케줄에 대해 얘기 안했었나? 난 그 사나이를 직접 만나고 싶었다네. 그래서 존슨에게 지시를 하고는 마차를 달려 킹스턴으로 그를 찾아갔지. 나를 아주 호의적으로 대하더군."

"자네가 신분을 밝혔단 말인가?"

"그럼. 신분을 밝히고 면담을 신청했지. 빈틈이 없는 사람이더라고. 극히 침착하고 말소리도 아주 차분하고 말이야. 자네같이 사람을 끄는 의사처럼 상냥하면서도 또 한편으론 코브라처럼 독기가 있는 인간이더군. 아무튼 교활한 녀석이야. 겉으로는 티타임이라도 즐기는 분위기였지만 잔인성이 내재되어 있는 인간 같았어. 말 그대로 귀족적인 범죄자지. 나는 아델버트 그루너 남작 사건을 맡게 돼 기쁘다네."

"그가 상냥하다고 했나?"

"쥐를 보고 그르렁 소리를 내는 고양이 같다고 할까. 그런 인간의 상냥함은 우악스런 폭력을 휘두르는 사람보다 더 무서운 거라네. 그는 인사하는 것도 다르더군. '조만간 뵐 것이라 생각했습니다, 홈스 선생' 이렇게 말하더라고. 그러고는 '드 머빌 장군의 의뢰로 바이올렛 양과 저의 결혼을 막으려고 오셨죠?' 하는 거야. 난 그냥 머리를 끄덕였지. 그랬더니 선수를 치듯 이렇게 말하더라고. '그동안 쌓아온 당신의 명성을 추락시키는 일입니다. 이런 일은 당신에게 맞지 않습니다. 위험을 안고 헛수고만 하게 될 것입니다. 손을 떼십시오.'

그래서 내가 말했지. '참 재미있군요. 나도 당신에게 똑같은 충고를 하려고 했거든요. 당신의 민첩한 두뇌에 탄복하고 있었는데, 만나보니 과연 그렇군요. 사나이들끼리 하는 얘기지만 괜히 과거 일을 끄집어내어 당신을 괴롭히려는 건 아닙니다. 다 지나간 일이고, 당신도 헛발질을 할 사람은 아닙니다. 그러나 이 결혼을 꼭 하겠다고 나서면 당신을 괴롭히는 사람들이 여기저기서 달려들어 당신은 영국 땅에 발을 붙이고 살 수가 없게 됩니다. 그렇게 하면서까지 이 일이 의미 있는 일일까요? 조용히 그 여자를 떠나는 것이 현명한 처사입니다. 그녀가 당신의 과거를 모조리 알게 되면 결코 좋지 않을 테니까요.'

남작은 콧수염 — 포마드를 발라 빳빳하게 세운 게 마치 곤충의 더듬이 같았는데 — 을 움찔거리며 비아냥거리듯 가만히 듣고 있더니 웃으며 말을 하더군. '웃어서 미안합니다만, 당신의 태도는 마치 손에 카드도 들지 않은 채 게임을 하겠다는 것 같군요. 내 일을 막을 수 있는 사람은 절대 없지만 그래도 당신 말은 상당히 그럴듯해요. 하지만 이길 수 있는 특별한 비결은 없지요. 끗발 없는 카드와 같다고나 할까.'

'정말 그렇게 생각하십니까?' 내가 묻자 그가 이렇게 대답했다네. '그렇습니다. 사실대로 분명히 말씀드리지요. 나는 이미 대책을 세워놓았으니까 말을 해도 괜찮습니다. 나는 그녀의 사랑을 확실하게 얻었습니다. 과거 불행했던 사건들을 모두 털어놓고서 말입니다. 그리고 언젠가 선생처럼 또 방해하려는 자가 나타나 내 과거를 과장해 떠벌릴지 모른다는 것도 미리 말해 두었습니다. 최면술의 자기 암시에 대해 들어보셨겠죠. 의지력이 강한 사람은 요란스런 안수기도 같은 걸 하지 않고도 최면술을 걸 수 있습니다. 그녀는 당신을 만나길 기다리고 있습니다. 아버지의 말을 아주 잘 따르고 있으니까요. 한 가지 예외가 있긴 하지만.'

왓슨, 그자와는 도무지 말이 통하지 않아서 그냥 조용히 나오려고 했는데, 문 손잡이를 잡는 순간 그가 나를 부르더라고. '그런데 홈스 씨, 프랑스의 탐정 르블랑이라는 사람을 혹시 아십니까?' 내가 그랬지, 알고 있다고. 그랬더니 또 묻는 거야. '그 사람이 어떻게 됐는지도 아십니까?' 그래서 내가 대답했지. '몽마르트르에서 어떤 건달 녀석에게 습격을 당해 절름발이가 돼버렸다고 하더군요.'

그러자 그 사람은 마지막으로 이렇게 말하더군. '그렇습니다, 홈스 씨. 이상한 우연의 일치인지는 모르지만 그자가 1주일 전부터 내 신변을 조사하고 있다고 하더군요. 당신도 그자처럼 당할지 모르니 조심하세요. 당신은 당신의 길을 가고, 나도 나의 길을 가도록 날 내버려두시기 바랍니다. 이게 당신에게 하는 마지막 충고입니다. 안녕히 가십시오!' 지금까지 진행된 건 이 정도네."

"악랄한 데가 있군."

"그렇다네. 웬만한 말에는 눈 하나 꿈쩍하지 않더라고. 아마 입으로 내뱉는 것보다 훨씬 더한 짓도 할 수 있을 거야."

"아무튼 그 결혼을 꼭 막을 건가? 그가 바이올렛 양과 결혼하게 되면 큰 위험이라도 일어난단 말인가?"

"그가 전처를 살해한 게 사실이라면 물론 위험하지. 게다가 의뢰자가 원하고 있으니 내가 뭐라고 할 일은 아니지. 자, 커피 마시고 우리 집으로 함께 가세. 기운이 넘치는 신웰 존슨이 틀림없이 보고할 것을 가지고 올 걸세."

홈스의 집에 도착하자 정말로 몸집이 큰 사내 하나가 우리를 기다리고 있었다. 천박한 붉은 빛을 띤 얼굴은 마치 괴혈병에 걸린 듯한 모습이었다. 그러나 눈빛은 활기찼으며 교활한 속내를 드러내고 있었다. 그는 당당하게 증인까지 옆에 대동하고 있었다. 눈부신 미모의 젊은 여자가 소파에 앉아 있었다. 창백한 듯 하면서도 정열적인 인상이었는데, 타락과 좌절로 거친 세월을 보내며 문둥병을 앓은 흔적까지 남아 있는 여자였다.

신웰이 큼직한 손을 흔들며 여자를 소개했다.

"여기는 키티 윈터 양입니다. 이 여자가, 아니 본인이 직접 말하겠죠. 나는 지시를 받고 한 시간도 안 돼 이 여자를 찾아냈습니다."

"나를 찾는 거야 식은 죽 먹기죠. 이 지옥 같은 런던에서는 외출을 안 하니까요. 이 뚱보 신웰과는 오래 전부터 아는 사이예요. 그렇죠, 뚱보? 그런데 이 세상이 정의로운 거라면 우리보다 먼저 지옥으로 가야 할 사람이 있어요. 선생님께서 조사하고 있는 놈이 바로 그자예요."

홈스가 슬그머니 웃으며 말했다.

"우리를 도와줄 모양이지요, 윈터 양?"

"그놈을 구렁에 처박을 수 있다면 어떤 일이든 하겠습니다."

여자는 씩씩거리며 대답했다. 그녀의 눈빛엔 깊은 증오심이 서려 있었다.

"내 과거에 대해서는 말할 게 없어요. 내가 이렇게 된 건 아델버트 그루너 때문이니까요. 그놈을 작살내야 하는데! 그놈이 여자들을 망친 그 지옥 속으로 바로 그놈을 처넣어야 한다고요!"

여자는 두 손을 휘저으며 싸울 듯 소리쳤다.

"얘기는 들었죠?"

"네, 이 뚱보한테서 들었어요. 또 멍청한 여자를 속여 결혼한다고요. 선생님께서 그걸 막으시겠다고요? 멀쩡한 집 딸이 그놈과 목사 앞에 서는 걸 막겠다는 말씀이시죠?"

"그녀는 지금 사랑에 완전히 빠져 있습니다. 거의 미쳐 있죠. 그자의 신상에 대해 다 알고 있으면서도 막무가내입니다."

"살인자라는 것도 아나요?"

"네, 알고 있어요."

"세상에 원, 심장이 강철로 되어 있나!"

"사람들 말을 믿지 않는 거죠."

"증거를 보여주고 정신을 차리게 하면 되지 않을까요?"

"그 일을 좀 도와주시겠어요?"

"그러죠. 바로 제 자신이 좋은 증거니까요. 제가 만나서 그놈한테 당한 일을 직접 말해 주면……."

"그렇게 해주시겠어요?"

"해주겠냐고요? 물론 해야죠!"

"분명히 시도할 만한 일인데, 문제는 그자가 자신의 소행을 다 고백하고 그녀에게서 용서를 받았다고 하니까 살인자라는 말은 믿지 않을 것 같지만……."

"그놈이 다 고백하지는 않았을 거예요. 세상에 다 알려진 사건 말고 제가 어렴풋이 알고 있는 일이 몇 가지 있어요. 언젠가 한 번은 어떤 사람에 대해 치켜세우는 말을 늘어놓더니 갑자기 말을 뚝 끊고는 태연하게 말하더라고요. '그자의 목숨도 한 달밖에 안 남았네.' 이렇게요. 전 그 말에 별로 신경을 안 썼죠. 그 무렵에는 그놈한테 푹 빠져 있었으니까요. 지금 그 여자처럼 모든 게 좋게만 보였던 거죠. 그러다 그 인간이 실수를 했습니다. 그때 제가 눈이 멀어 있지만 않았어도 그 즉시 도망쳤을 거예요. 그는 가죽 표지의 무슨 노트를 한 권 갖고 있었는데, 열쇠로 잠그게 되어 있었죠. 그날 밤, 그는 술에 취해 있었던 게 분명해요. 그러지 않았다면 그걸 저한테 보여주지는 않았을 거예요."

"무슨 노트인데요?"

"홈스 선생님, 그건 여자 수집 노트였어요. 다른 사람들은 나비 같은 걸 수집하지만 그는 여자를 수집하고 그걸 자랑으로 여기고 있었던 겁니다. 만난 여자들의 사진이 붙어 있고, 이름과 신상에 대한 내용이 자세히 기록되어 있었죠. 그는 더러운 놈이에요. 정말 천박하기가 상상할 수 없을 정도입니다."

"그 노트가 어디에 있을까요?"

"그걸 제가 어떻게 알겠어요. 헤어진 지 1년이 넘었는데요. 그 무렵엔 물론 알고 있었죠. 그는 매사에 꼼꼼하고 깔끔한 성격이라서 아직도 그 안쪽 서재 책상 위에 놓여 있는지 몰라요. 그 집 알고 계세요?"

"네, 서재에 들어가 본 적이 있어요."

"아, 그래요? 오늘 아침에 일을 시작하셨다더니 동작이 느리지는 않군요. 그자도 이제는 안심하지 못할 거예요. 바깥쪽 서재는 중국 도자기들로 장식했고, 안쪽 서재엔 여러 가지 서류들을 놓아두고 있죠."

"도둑이 무서워 그럴까요?"

"그자는 별로 겁쟁이는 아니에요. 그리고 자기 방어에 철저하죠. 경보기도 있는데 사실 귀한 도자기들 말고는 훔칠 물건들도 없어요."

"물론 그런 것들은 쉽게 훔칠 수야 없지. 녹여버릴 수도 없고, 그렇다고 장물아비가 사주지도 않을 테니 말이야!"

신웰 존슨이 전문가로서 진지하게 말했다.

"그렇겠지. 자, 윈터 양! 그럼 내일 오후 다섯 시에 다시 한 번 이리 와주시겠어요? 그동안 그 여자들을 한 번 찾아봐야겠어요. 이렇게 도움 주셔서 고맙습니다. 당연한 것이지만 의뢰자가 사례에 대해서는……."

"아, 아니에요. 전 돈 때문에 이렇게 온 게 아니에요. 그를 지옥으로 밀어 넣을 수만 있다면 모든 걸 감수하겠습니다. 그놈 낯짝을 한 번 짓밟아주고 싶군요. 전 그것으로 충분합니다. 선생님이 그 일을 맡아 하시는 동안은 언제든지 도와드리겠습니다. 제 연락처는 저 뚱보가 잘 알고 있어요."

그녀가 떠난 다음날 밤에야 나는 홈스를 만날 수 있었다. 우리는 스틀랜드의 식당에서 저녁식사를 하며 얘기를 했다. 홈스는 드 머빌 양을 만난 일에 대해 얘기해 주었다.

"그녀와 약속을 잡기는 별로 어렵지 않았다네. 왜냐면 그 아가씨가 아버지 반대를 물리치고 약혼을 했기 때문에 이번엔 사죄의 의미로 아버지 뜻에 따르기로 양보를 한 셈이었지. 장군이 기다리고 있겠다며 확인전화를 주었고, 윈터 양도 다시 와주어서 우리는 함께 그 장군의 집으로 갔지.

저택이 아주 오래돼 낡았더군. 하인이 우리를 객실로 안내하기에 갔더니 그 여자가 거기서 기다리고 있더라고. 창백한 미인인데, 말 붙이기가 어려운 분위기로, 마치 산 위의 눈사람 같았다네. 뭐라고 표현할까. 자네는 글재주가 있으니까 나중에 만나보면 설명할 수 있을 것이네. 미인인 건 분명한데, 뭔가 자신만의 이상에 취해 있는 광신자 같다고나 할까, 비현실적인 아름다움을 가졌다는 생각이 들었어. 중세의 그림에서 보는 그런 얼굴이야. 그런데 어떻게 그런 사악한 자가 그런 아름다운 여자를 홀렸는지 도대체 알 수가 없네. 신성과 야성, 천사와 악마 식으로 극과 극은 서로 통하는 데가 있는 모양이지. 아무리 그래도 이렇게까지 극단적일 수 있을까.

그녀는 우리가 찾아온 이유를 알고 있더군. 그 파렴치한이 서둘러 우리에 대해 설명을 해둔 것 같아. 윈터 양을 보고는 좀 놀란 듯 했는데, 꼭 무슨 수녀원 원장이 문둥병 환자를 맞이하듯 우리를 조심스럽게 취급하더라고. 자네도 오만해지고 싶으면 바이올렛 드 머빌 양에게 배우도록 하게. 그녀가 '어서 오세요.' 하고 말하는데, 마치 얼음산에서 부는 찬바람처럼 냉랭하더군. '성함은 들어 알고 있습니다. 저를 찾아오신 건 약혼자 그루너 남작을 비방하기 위해서겠죠? 제가 당신들을 만난 건 아버지의 말씀을 따르기 위해서일 뿐입니다. 미리 말씀드리지만 저에게 무슨 말을 하셔도 소용없습니다. 제 마음은 끄덕도 하지 않을 테니까요.' 그 말을 듣다보니 그녀가 안됐다는 생각이 들더라고.

내가 말을 잘하는 편이 못 된다는 건 자네도 잘 알지. 감정에 사로잡히지 않고 이성적으로 하기 때문이야. 그러나 그렇게 해서는 안 되겠더라고. 그래서 내 성격에서 나올 수 있는 최대한의 다정한 말투로 그녀를 설득했지. 결혼한 후 비로소 남자의 성품을 깨달았을 때 여자의 마음이 얼마나 실망스러울지, 그리고 피로 얼룩진 손과 색정적인 입술을 견디며 살아가야 하는 여자의 삶이 얼마나 비참할 것인지를 열심히 설명했다네. 전부 다 말했어. 모욕과 공포, 고뇌, 절망 등 결혼생활에 내포되어 있는 모든 걸 말일세.

하지만 아무리 입이 아프게 얘기해도 그녀의 상앗빛 볼은 창백하기만 하고 꿈꾸는 듯한 두 눈엔 아무런 감정도 비치지 않더라고. 불현듯 그놈이 말한 최면술 암시 생각이 나더군. 그게 얼마나 강한 건지 말이야, 정말 놀랄 일이었지. 그녀는 하늘나라에서 달콤한 꿈을 꾸고 있는 것 같았어. 게다가 그녀는 단호하게 말하더군. '인내심을 갖고 얘기를 들었는데, 제 마음은 처음에 말씀드렸듯이 그대로입니다. 아델버트는 굴곡 많은 삶을 살아왔기 때문에 남들로부터 터무니없는 악평을 받고 있다는 걸 잘 알고 있습니다. 많은 사람들이 저에게 남작을 욕했지만 이젠 당신이 마지막 적이 될 것입니다. 당신은 보수를 받고 일하는 탐정이라고요? 그럼 남작이 돈을 더 많이 주면 그 사람 편에서 도와줄 수도 있겠네요. 어쨌든 그분과 저는 서로 사랑하고 있어요. 그래서 세상 사람들이 떠드는 소리는 새들의 지저귀는 소리보다 관심이 없답니다. 그분의 고귀한 품격이 조금이라도 손상되는 일이 일어난다면 저는 그분이 본연의 모습을 보이도록 도울 것입니다.' 하고 말이네.

그러더니 그녀는 함께 간 여자를 쳐다보며 '이분은 누구죠?' 하고 묻더라고. 내가 대답을 하려고 하는데 윈터 양이 댓바람에 퍼붓는 거야. 마치 불꽃과 얼음의 대결 한판 같더군. '누구냐고요? 내가 직접 말하지요. 나는 얼마 전까지 그 남자의 정부였어요! 그 남자에게 꼬여 멋대로 희롱당하고 쓰레기통에 던져진 수백 명의 여자 중 한 사람이죠. 당신도 곧 그런 신세가 될 게 뻔해요. 당신은 쓰레기통이 아니라 무덤에 버려지겠죠. 오히려 그게 더 나을 거예요. 그 남자와 결혼하면 죽음의 길로 들어서는 거니까요. 맞아 죽든지 부러져 죽든지, 그 남자가 알아서 하겠죠. 당신을 위해서 내가 이런 말을 하는 게 아니에요. 죽든 살든 관심 없어요. 난 그 남자에게 복수를 해서 그가 나한테 한 짓을 후회하게 만들고 싶을 뿐이에요. 당신도 언젠가는 깨닫게 될 거예요. 나보다 더 비참한 상황에 빠져 있다는 걸 말이에요.'

그러자 드 머빌 양이 '지금 그런 말은 듣고 싶지 않군요' 하고 딱 잘라 말하더라고. 그러면서 덧붙여 한 마디 하더군. '한 가지만 얘기해 드리죠. 그 사람의 삶은 세 시기로 나뉘어지는데, 한때 어떤 여자가 음모를 꾸며 그와 관계를 가졌던 적이 있었어요. 하지만 만약 그가 뭔가 죄를 지었다면 그 점에 대해선 충분히 뉘우쳤답니다.'

그 말에 윈터 양이 쏘아붙였지. '뭐, 세 시기라고! 이건 정말 구제 불능이네!' 드 머빌 양도 가만있지 않더군. '홈스 씨, 그만 가주세요. 이 여자의 미친 소리를 더 이상 들을 이유는 없으니까요.' 그때 윈터 양이 자리를 박차고 일어나 덤벼들 기세였다네. 내가 말렸기에 망정이지 안 그랬다면 드 머빌 양의 머리채를 쥐어뜯었을 거야.

나는 부랴부랴 윈터 양을 데리고 나와 마차를 탈 수밖에 없었다네. 그건 정말이지 다행이었어. 윈터 양은 그야말로 미치기 직전이었으니까. 나도 같은 심정이었어. 드 머빌 양의 태도가 사람을 아주 불쾌하게 했거든. 한껏 깔아뭉개면서도 겉으로는 예의를 차리는 듯한 행동을 했으니까 말이지. 자네도 느끼겠지만 이제 다른 방법을 찾아봐야 될 것 같네. 왓슨, 아무래도 자네가 도와줘야 할 것 같아. 이제 상대 쪽에서 덤벼올 테니까 말이야."

아니나 다를까 일이 벌어졌다. 그 이틀 후였다. 그랜드 호텔과 체링 크로스 역 사이에 보면 외발 신문팔이가 석간신문을 파는 곳이 있는데, 그가 들고 있는 플래카드를 보고 난 알았다. 큰 글씨로 쓰여 있었는데, 정말이지 공포감에 영혼이 떨릴 정도였다.

셜록 홈스, 괴한 습격 받아

나는 한동안 정신이 멍해졌다. 그러고는 무심결에 돈도 안 내고 신문 한 장을 빼앗다시피 했다. 그가 투덜대는 소리를 듣고서야 정신을 차려 값을 지불하고는 약국 앞에 선 채로 기사를 읽었다.

유명한 탐정 셜록 홈스 씨가 오늘 아침 괴한의 습격을 받아 큰 부상을 당했다고 한다. 상세한 내용은 아직 전해지지 않고 있으나, 어젯밤 자정 무렵 리젠트 가 로열 카페 앞에서 일어난 사고라고 알려져 있다. 범인은 2인조의 남자들로, 홈스 씨는 머리 등을 심하게 얻어맞았는데, 의사의 진단에 의하면 상태가 다소 심각하다는 것이다. 그는 곧 체링 크로스 병원으로 실려 갔다가 지금은 베이커 가의 자택으로 옮겨진 상태다. 범인은 사건 직후 로열 카페로 들어갔다가 뒷문을 통해 글래스하우스 가로 도주했다고, 현장에 있던 사람들이 전했다. 그들은 홈스 씨의 조사를 받으며 쫓기고 있던 인물들일 것으로 추정되고 있다.

나는 즉시 홈스의 집으로 갔다. 문 앞엔 유명 외과 의사인 레슬리 오크셧 경의 마차가 서 있었다.

"아직까지는 말씀드리기가 어렵습니다. 머리에 두 군데 부상을 입었고, 여러 곳에 타박상이 있는 상태입니다. 몇 바늘 꿰매고 모르핀 주사를 놓았죠. 지금은 안정이 필요하니까 잠깐만 보도록 하십시오."

나는 어둑한 방 안으로 조심스레 들어갔다. 홈스가 눈을 뜨고 힘없는 목소리로 나를 불렀다. 커튼 사이로 한 줄기 햇빛이 비쳐들어 그의 머리에 감겨 있던 붕대가 섬뜩하게 보였다. 그 위로 핏자국이 배어 있었다. 나는 침대에 걸터앉았다.

"괜찮아, 왓슨! 불안해하지 않아도 되네. 보기보다 그리 나쁘지는 않아."

"다행이군."

"자네도 알다시피 나도 봉술에는 요령이 있거든. 방어를 잘한다고 했는데, 두 놈이 덤벼드니 어쩔 수가 없었지."

"내게 뭐 원하는 게 있으면 주저 말고 얘기하게. 당연히 그 자식 짓이겠지. 그놈 낯가죽을 벗겨버리고 싶네."

"고맙지만 경찰이 개입하지 않으면 우리 힘만으론 어떻게 할 수가 없네. 도망칠 코스도 사전에 다 짜두었던 거야. 이미 계획했던 일이지. 나도 생각하는 게 있으니까 좀 두고 보세. 우선은 내 부상 상태를 과장해 알려주게. 상태가 심각하다고 말이야. 1주일을 못갈 거라든지 의식이 없다든지 뭐 그런 식으로 말이네."

"레슬리 오크셧 경은 어떻게 할 텐가?"

"그 사람은 내가 알아서 하겠네. 괜찮아."

"그럼 다른 일은 또 없나?"

"신웰 존슨에게, 윈터 양을 찾아 피신시키라고 말해 주게. 그 악당들이 그녀를 분명 뒤쫓을 걸세. 그녀가 나에게 협조하고 있다는 걸 알고 있으니까. 자, 서두르게. 오늘 내로 가서 전해야 하네."

"지금 바로 가겠네. 또 시킬 일 있나?"

"내 파이프를 테이블 위에 놓아주게. 그리고 매일 아침 이리로 오게. 작전을 짜야 하니까 말일세."

그날 나는 신웰 존슨을 만나 윈터 양을 교외로 데리고 가 숨기라고 말했다. 그리고 언론엔 홈스가 죽음의 문턱에 있다고 6일간 계속 퍼트렸다. 실제로 그의 몸 상태는 빠른 회복을 보이고 있었다. 워낙 강한 체질인데다 의지도 남달랐기 때문이다. 때로는 너무 빨리 좋아진다는 생각이 들 정도라 그 자신도 내색하지 않으려는 듯했다. 홈스는 뭔가를 늘 숨기는 성격이었는데, 그게 극적인 효과를 불러일으키는 면도 있었다. 하지만 그가 무엇을 계획하고 있는지 바로 옆에 있는 친구마저 모르게 한다는 건 별로 좋지 않은 일이다. 그는 끝까지 비밀스럽게 해야 한다는 생각을 고집했다. 그래서 나는 그와 가장 가까운 사이면서도 우리 사이엔 보이지 않는 벽이 있다는 느낌을 지울 수가 없었다.

일주일 후 홈스는 꿰맨 부위의 실을 뽑았는데, 신문엔 오히려 상처가 감염되었다고 실렸다. 아무튼 그 신문에 주목해야 할 기사가 실렸는데, 금요일에 리버풀 항에서 출발하는 루리타니아 호의 승객 중 아델버트 그루너 남작이 포함되어 있다는 내용이었다. 곧 있을 드 머빌 양과의 결혼식 전에 재정문제를 해결하기 위해 미국에 다녀온다는 것이었다. 홈스는 냉정한 표정으로 몰입해서 기사 내용을 듣다가 소리쳤다.

"뭐, 금요일이라고? 그럼 3일밖에 안 남았잖아. 위험이 닥쳐오니까 도망치는구먼. 내가 그놈을 놓칠 것 같아? 절대로 안 놓치지! 자, 왓슨! 부탁 하나 해야겠네."

"그래, 말하게."

"지금부터 24시간 동안 중국 도자기에 대해 좀 연구해 보게."

그렇게 말하고는 더 이상 아무런 설명도 안 해 주고 나도 물어보지 않았다. 오랜 경험을 통해 난 그저 그가 하라는 대로 행동하는 게 더 낫다는 걸 알고 있었기 때문이다. 나는 곧바로 집을 나와 세인트 제임스 가에 있는 런던 도서관으로 가서 사서로 일하는 토머스를 만났다. 그리고 그의 조언을 참조해 도자기에 대한 전문서를 하나 빌려 왔다.

그때부터 다음날 밤 홈스를 만날 때까지 줄곧 책을 읽어 몇 가지 전문 용어를 머릿속에 집어넣었다. 그의 방에 갔을 때 그는 머리에 붕대를 친친 감은 채 안락의자에 앉아 있었다.

"아니, 홈스! 신문엔 자네가 곧 죽을 거라고 나와 있던데."

"그거 좋지. 그런데 연구는 해봤나?"

"어, 그저 좀 했어."

"그럼 다른 사람과 얘기를 해도 문제가 되겠지?"

"뭐, 조금은 아니까."

"그럼 거기 벽난로 위에 있는 작은 상자 좀 이리 주게."

그는 상자를 열고 안에서 비단으로 싸인 물건 하나를 꺼냈다. 그 속에는 무척 아름다운 청색 접시가 들어 있었다.

"조심하게. 이건 명나라 시대의 진품으로 에그 셸 자기라고 하네.

크리스티 경매장에도 이런 게 나온 적은 없다는군. 이 접시 한 세트면 왕의 몸을 납치해서 구해올 수 있을 정도라고 하네. 북경의 궁전 외에는 이 세트를 볼 수 있는 곳이 없다고 하는데, 진짜 애호가라면 이걸 보고 경탄하지 않을 수 없을 거네."

"근데 이걸 왜 꺼냈나?"

내가 묻자 홈스는 명함을 한 장 내게 내밀었다. '하프 눈 가 369번지, 힐 바턴 박사' 라고 씌어 있었다.

"가서 자네는 이 이름으로 소개하면 되네. 힐 바턴 박사로서 그루너 남작을 만나는 거지. 그는 평상시 8시 30분경 일을 끝내고 집으로 돌아가니까 그 전에 연락을 해서 오늘 밤으로 약속을 잡게. 명나라 시대 도자기 한 세트를 가지고 있는데, 그 중 한 세트를 가져가겠다고 말하는 거야. 자네는 도자기를 수집하는 취미가 있으며, 이 도자기는 우연히 손에 쥐게 되었고, 남작이 애호가라는 소문을 듣고 찾아왔다고 말하게. 값은 협의할 수 있다고 하면서 말이야."

"얼마로 하면 좋을까?"

"글쎄, 제임스 경이 갖고 있던 건데, 원래는 그분의 환자 한 사람이 수집했던 것 같아. 정말 진귀한 것이지."

"만약 그자가 한 세트 전부를 전문가에게 감정 받고 싶다고 하면 어떻게 할까?"

"자네, 오늘 이상하게 똑똑하군. 그럴 때는 크리스티나 소더비 이름을 들먹여보게. 자네가 먼저 값을 말하지는 말고."

"근데 만나지 않겠다면?"

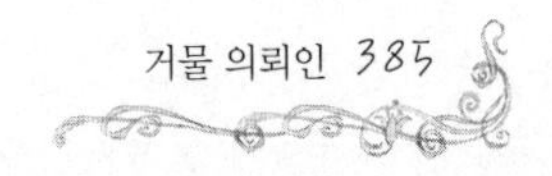

"걱정 말게. 도자기 수집이라면 덤벼들 테니까. 대단한 애호가에다 전문가로 알려져 있거든. 자, 앉아서 내가 불러주는 대로 편지를 쓰게."

그루너의 호기심을 자극하는 멋진 글로 편지를 준비한 우리는 곧 사람을 시켜 그의 집으로 보냈다. 그리고 저녁 무렵 홈스가 준 명함과 그 귀중한 접시를 들고 나 홀로 모험을 하기 위해 출발했다.

그루너 남작의 저택은 제임스 경이 말했다시피 부유함을 과시하는 듯해보였다. 입구 양쪽에 나무를 심어 구부러지게 만든 길을 따라 한참 들어가자 조각품으로 장식된 넓은 마당이 있었다. 저택은 네 귀퉁이를 탑으로 쌓아올린 나지막하고 넓은 건물이었다. 사제처럼 근엄한 분위기의 집사가 나와서 하인과 함께 남작이 있는 방으로 안내했다.

남작은 도자기 장식장 앞에 서 있다가 작은 항아리를 손에 든 채 나를 돌아보았다.

"좀 앉으세요. 마침 이 도자기들을 들여다보고 있던 중입니다. 어때요, 당나라 시대의 이 작은 항아리 말입니다. 7세기 때 작품인데, 어떻게 보십니까? 세공이나 광택 수준이 정말 최고 아닙니까? 그런데 말씀하신 명나라 시대 접시는 가져오셨겠죠?"

나는 조심스레 포장을 풀어 그 접시를 꺼내보였다. 그는 책상에 앉아 램프 불 아래서 꼼꼼히 살펴보았다. 불빛으로 그의 얼굴을 자세히 볼 수 있었다. 그는 상당한 미남이었다. 유럽 땅에서도 소문이 날 만

했다. 체격은 그리 크지 않은데 아주 우아하고 경쾌해 보였다. 피부색은 동양 사람처럼 가무잡잡한 편이고, 커다란 검은 눈은 꿈을 꾸는 듯했다. 바로 그 눈으로 여자들을 홀렸던 것이다.

머리칼과 수염도 새까만 색이었는데, 수염엔 포마드를 발라 위로 빳빳이 세우고 있었다. 그는 얇은 입술을 꽉 다물고 있었는데, 그것만 아니라면 그의 얼굴은 산뜻하고 애교스러운 면도 있어 보였다. 살인자의 모습을 찾으라면 바로 그 입매일 것이다. 어딘지 냉혈한에다 무서워 보이는 입이었다. 수염까지 길러서 그런지 더 차갑고 위험한 인상을 주었다. 하지만 목소리는 매력적이고 태도도 공손했다. 나이는 서른 살쯤 되어보였는데, 나중에 알고 보니 마흔둘이라고 했다.

"멋지네요. 정말 멋져요!"

그는 한참 살펴보고 나더니 감탄을 했다.

"이게 여섯 개 세트로 있다고요? 왜 이런 물건이 있다는 걸 여태껏 못 들어봤는지 모르겠네요. 이 정도 수준이라면 영국에 딱 하나 있다는 건 알고 있는데, 그건 팔 물건이 아니거든요. 혹시 실례가 아니라면, 이걸 어디서 구하셨습니까, 힐 바턴 씨?"

"어디서 구하든 뭐가 중요합니까? 물건이 틀림없다는 것만 아시면 되겠죠. 가격은 전문가에게 의뢰하도록 하겠습니다."

하지만 그때 상대가 의혹의 눈빛으로 말했다.

"이해하기가 힘들군요. 사는 사람 입장에서는 이렇게 비싼 물건을 거래할 때는 자세한 것을 알고 싶은 게 당연한 거라고 생각하는데요. 물건이 진품이라는 건 알겠습니다. 그 점은 문제가 없는데, 하지만 나로서는 여러 가능성을 생각해 봐야 하거든요. 만약 이게 거래할 수 없는 물건이라면 그때는 어떻게 하겠습니까?"

"그런 일은 절대 없을 겁니다. 제가 보증하죠."

"글쎄요, 당신의 보증이 정말 가치가 있는 것인지 그건 모를 일입니다."

"그 문제는 내 거래 은행에서 책임을 지는 거죠."

"그건 그렇겠죠. 하지만 왠지 마음이 놓이질 않는군요."

"뭐 억지로 사실 건 없습니다. 당신이 도자기 전문가로 꽤 유명하다는 말을 듣고 가져온 것뿐이니까요. 살 사람은 많이 있을 겁니다."

"내가 도자기를 수집한다는 걸 누구한테서 들으셨습니까?"

"책도 쓰셨다고 들었습니다."

"읽어보셨습니까?"

"아니오."

"점점 이해할 수 없는 말씀을 하시는군요! 당신은 이런 귀중한 물건을 구할 정도로 전문적인 수집가면서 그 물건의 진가를 소개한 유일한 책은 읽어볼 생각도 하지 않았다니, 도대체 이해하기가 힘듭니다."

"나는 의사라 무척 바쁜 몸입니다."

"그건 핑계입니다. 사람은 뭔가에 열중하면 그것에 파고들게 되어 있거든요. 편지에는 감상가라고 쓰셨던데요."

"그렇습니다."

"그럼 실례지만 몇 가지만 물어보겠습니다. 중국 은나라, 당나라,

송나라 시대의 청자에 대해 아시는 대로 말씀해 보십시오."

내가 아무 대답도 안 하자 그가 말했다.

"아니, 그 정도도 모르십니까?"

나는 화가 난 것처럼 자리를 박차고 일어나며 소리를 질렀다.

"참을 수가 없군요. 나는 당신에게 이걸 보여주려고 온 것이지 학생처럼 시험을 치르러 온 게 아니잖아요. 내가 당신만큼 지식은 없지만 이렇게 무례하게 질문을 하면 나도 대답하지 않겠습니다."

그는 나를 빤히 쳐다보더니 눈빛을 싹 바꿨다. 그러고는 곧 얇은 입술 사이로 허연 이를 드러냈다.

"무슨 일로 왔죠? 당신 스파이지! 홈스가 보낸 거 맞지? 나를 속이려 들다니. 그놈이 다 죽어간다고 하더니만 나를 감시하러 사람을 보내? 어딜 함부로 들어와. 이 개자식 같으니라고! 네가 여길 맘대로 나갈 수 있다고 생각했다면 큰 착각이지!"

그가 덤벼들 태세라 나도 엉거주춤 몸을 사렸다. 워낙 잔인한 데가 있어 무슨 짓을 할지 몰랐다. 아예 처음부터 의심을 품고 있었는지도 몰랐다. 어쨌든 일이 틀어지고 말았다. 그는 책상 서랍을 열어 뭔가를 허둥지둥 찾더니 갑자기 무슨 소리를 듣고는 발걸음을 멈춰 귀를 기울였다.

"앗!"

그는 비명을 지르며 순식간에 뒷문을 통해 뛰어나갔다. 방문이 활짝 열려 있어 허겁지겁 나가보았더니 열린 창문 앞에 피 묻은 붕대를 머리에 감고 있는 홈스가 유령처럼 서 있었다. 그러나 그건 한순간이었다. 그는 잽싸게 창문을 뛰어넘어 밖으로 나갔다. 그때 그루너가 다시 나타나 고함을 지르며 창문으로 다가갔다.

바로 그때였다. 순식간이긴 했지만 분명히 보였다. 여자의 팔 하나가 나뭇가지 사이로 쑥 나왔던 것이다. 그루너는 순간 비명을 질렀다. 지금도 들리는 듯한 무서운 소리였다. 그는 미친 듯이 날뛰면서 머리를 벽에 들이받더니 마침내 쓰러지면서 엄청난 소리로 고함을 질러댔다.

"물! 물 좀 줘! 살려줘!"

나는 탁자 위에 있던 주전자를 들고 그에게 다가갔다. 그때 집사와 하인들이 달려왔다. 내가 그자의 얼굴을 램프 불빛 쪽으로 돌리자 하인은 기절을 하고 말았다. 유산이 그의 얼굴에 뿌려져 짓뭉개지고 있었던 것이다. 한쪽 눈은 이미 상했고, 다른 쪽 눈도 뻘겋게 변해 가고 있었다. 그 아름답던 얼굴은 마치 화가가 그림을 천으로 문질러버린 것처럼 변해 있었다. 더럽고 알아볼 수 없게 되어 공포감을 불러일으켰다.

하인이 창문 밖으로 나가 범인을 찾아봤지만 어두운 데다 비까지 내리고 있었다. 그루너는 그 지경에서도 욕을 해댔다.

"키티 윈터, 이 악마 같은 년! 네년을 내가 가만 둘 줄 알아! 아! 미치겠네!"

나는 그의 얼굴에 기름을 바르고 모르핀 주사를 놓아주었다. 그는 내 손을 붙잡고 죽은 물고기 같은 눈으로 간신히 쳐다보았다. 그는 당연한 죗값을 받고 있기 때문에 솔직히 나는 아무런 동정심도 생기지 않았다. 하지만 내 손에 의지해 있는 그를 뿌리칠 수는 없었다. 다행히 그의 주치의가 들이닥쳤고, 경감도 곧 도착했다. 난 그제야 그 꺼림칙한 저택을 나와 홈스의 집으로 갔다.

홈스는 몹시 피곤한 얼굴로 소파에 앉아 있었다. 그는 완전히 회복되지 않은 상태에서 소동을 겪은 터라 신경이 더 날카로워진 것 같았다. 내가 그루너의 사고에 대해 말하자 그는 끔찍하다는 표정으로 내 말에 귀를 기울이며 말했다.

"죗값을 받은 거지 뭐. 그렇게 될 줄 알았어."

그러면서 그는 탁자 위에 놓여 있는 갈색 노트를 집어 들었다.

"이게 윈터 양이 말한 그 노트야. 이걸로 결혼을 저지하지 못한다면 더 이상의 방법은 없을 걸세. 그러나 이걸로 잘 해결되리라 생각하네. 자존심이 강한 여자니까 이 명단을 보면 참지 못하겠지."

"그자의 러브 스토리군."

"정욕 일기라고 해야겠지. 아무튼 윈터 양에게서 이 이야기를 들었을 때 이걸 손에 넣으면 그야말로 제대로 무기가 될 거라 생각했네. 윈터 양에게는 그런 내색을 조금도 안 비쳤지만 속으로 궁리를 했지. 내가 습격을 받은 게 오히려 기회가 된 거야. 아무래도 그자가 나를 덜 경계하게 됐으니까. 그런데 좀 더 두고 보려고 했는데, 그가 미국엘 간다고 해서 일을 서두르게 된 걸세. 그의 신경을 밖으로 쏠리게만 할 수 있으면 기회가 있다고 본 거지. 그래서 자네에게 접시를 가져가게 한 거라네. 하지만 이 노트가 있는 장소를 우선 알아야 했는데, 자네가 그와 도자기에 관한 얘기를 하는 동안밖에는 내게 시간이 없었지. 결국 생각 끝에 윈터 양을 데려가기로 했네. 한데 그녀가 유산을 옷 속에 감추고 있는 줄은 전혀 몰랐지. 그녀는 나와 가면서 분명한 목적을 갖고 있었던 거야."

"그자는 내가 스파이로 방문했다는 걸 알아챘다네."

"나도 그 문제를 걱정했지. 하지만 자네가 시간을 끌어주었기 때문에 노트를 찾을 여유는 있었네. 아, 제임스 경! 어서 오십시오."

마침 제임스 경이 홈스의 부탁으로 도착했다. 그는 사건 얘기를 죽 듣더니 입을 열었다.

"대단하시군요. 한데 그자의 부상이 심각하다면 이 노트를 이용하지 않고도 결혼을 막을 수는 있겠는데요."

홈스는 머리를 가로저었다.

"드 머빌 양은 다릅니다. 그렇게 되면 그자에게 연민을 느껴 더욱 사랑하게 될 겁니다. 따라서 그자는 신체적인 게 아니라 도덕 문제로 파멸시켜야 합니다. 그녀가 이 노트를 보면 틀림없이 마음이 달라지게 될 것입니다. 이보다 더 효과적인 방법은 없을 거예요. 게다가 그자가 직접 쓴 거니까, 그녀도 이번만은 그냥 넘어가지 않을 겁니다."

제임스 경은 그 노트와 접시를 들고 자리에서 일어났다. 나도 그와 함께 밖으로 나갔다. 그는 기다리고 있던 마차를 타고 마부에게 방향을 지시한 뒤 곧바로 떠났다. 그때 제임스 경의 옷자락이 창문 밖으로 나와 문에 붙어 있는 가문의 문장을 가렸기 때문에 잘 보이지는 않았지만 불빛에 조금 내비치기는 했다. 순간 나는 너무 놀라 곧

바로 홈스의 방으로 뛰어갔다.

"의뢰인의 정체를 알아냈네! 의뢰인은……."

놀랍게도 홈스는 손을 들어 내 말을 저지했다.

"그는 충실하고 정의로운 사람이네. 지금은 말하지 말게. 아니, 앞으로도 이쯤에서 관두세."

그 노트가 어떻게 됐는지 지금도 수수께끼로 남아 있다. 어쨌든 제임스 경이 처리했을 것이다. 문제가 너무 미묘해서 드 머빌 양의 아버지에게 모든 것을 맡겼을지도 모른다. 아무튼 결과는 우리가 희망했던 대로 끝났다.

3일 후, 〈모닝 포스트〉 지에 아델버트 그루너 남작과 바이올렛 드 머빌 양의 결혼이 취소되었다는 기사가 실렸다. 그리고 키티 윈터 양은 유산 세례 사건으로 1차 심문이 이루어진 다음, 심리가 진행되면서 정상이 참작돼 가벼운 선고를 받고 끝났다.

셜록 홈스는 절도죄로 위협을 받았지만 목적이 분명했다는 사실이 밝혀짐에 따라 아직 건재해 있다.

마자랭의 다이아몬드

왓슨 박사는 오랫동안 굉장한 모험을 시도했던 베이커 가의 홈스 집을 들뜬 기분으로 다시 찾았다. 그리고 벽에 붙어 있는 과학과 관련된 도표와 화학 약품들, 한쪽 구석에 세워져 있는 바이올린, 파이프와 담배 등을 넣어두곤 했던 상자 등을 둘러보았다. 하인인 빌리가 미소를 지으며 그를 쳐다보고 있었다. 빌리는 워낙 눈치가 빠른 젊은이라 늘 음울하고 말없는 대탐정의 고독을 달래는 데 어느 정도는 도움이 되고 있었다.

"하나도 안 변했군, 빌리. 너랑 홈스도 여전하지?"

빌리는 왠지 마음이 편치 않은 듯 저쪽 방을 눈으로 가리키며 말했다.

"선생님은 주무시는 것 같습니다."

여름날 저녁 7시쯤인데, 홈스의 생활습관이 불규칙하다는 걸 왓슨은 잘 알고 있었기 때문에 전혀 이상하지가 않았다.

"요즘 맡은 사건이 있나 보구나?"

"네, 사건 때문에 요즘 정신이 없으세요. 안색도 안 좋으시고, 식사도 거의 못하고 계시죠. 허드슨 부인이 언제 식사하실 거냐고 물으면 모레 일곱 시 반에 드시겠다고 대답하실 정돕니다. 사건 맡으시면 항상 저러시죠."

"아, 그래?"

"어떤 사람을 추적하고 계시는 것 같아요. 어제는 노동자 차림을 하고 나가시더니 오늘은 할머니로 변장하셨더라고요. 저도 깜빡 속았어요. 그러시는 걸 한두 번 본 것도 아닌데 말이죠."

빌리는 소파 옆에 세워놓은 양산을 가리키며 덧붙여 말했다.

"이게 할머니로 변장하실 때 쓰는 양산이죠."

"무슨 사건인데 그래?"

빌리는 마치 무슨 국가적인 비밀이라도 말하듯 낮게 속삭였다.

"왓슨 선생님만 알고 계세요. 아무에게도 말씀하시면 안 됩니다. 그러니까, 왕관 다이아몬드 사건이거든요."

"뭐라고? 그 10만 파운드짜리 왕관 도난 사건 말인가?"

"네, 맞습니다. 총리와 내무장관이 여기로 오셨어요. 홈스 선생님은 기꺼이 맡아보겠다고 하셨는데, 캔틀미어 경이……."

"누구라고?"

"캔틀미어 경 말이죠. 무슨 뜻인지 아시겠죠? 저는 그 사람 아주 싫어하는데요. 총리와 내무장관은 소박하고 예의가 있는 분들인데, 캔틀미어 경은 정말 불쾌한 사람이거든요. 홈스 선생님도 그렇게 생각하고 계세요. 글쎄, 홈스 선생님을 전혀 신뢰하지 않고, 사건 의뢰하는 것도 반대하는 거예요."

"홈스도 그 사실을 알고 있나?"

"네, 물론이죠. 그분은 모르시는 게 없잖아요."

"그렇다면 홈스가 일을 성공적으로 해내 캔틀미어 경의 코를 납작하게 만들어야겠군. 그런데 저 창문에 쳐놓은 커튼은 뭐지?"

"홈스 선생님이 사흘 전에 치셨어요. 그 뒤에 재밌는 게 있거든요."

빌리가 다가가 커튼을 열어보였다.

순간 왓슨이 소리를 질렀다. 홈스와 똑같이 생긴 인형이 잠옷 차림으로 있었던 것이다. 인형은 소파에 푹 파묻혀 앉아 시선을 아래로 떨군 채 책을 읽고 있는 모습이었다. 빌리가 인형의 목을 잡아 빼며 말했다.

"실제 모습처럼 보이기 위해 얼굴의 방향을 가끔 바꿔주고 있어요. 길에서 잘 보이거든요."

"전에도 한 번 이런 걸 이용한 적이 있었지."

"제가 여기 오기 전인가보죠."

빌리는 커튼을 살짝 젖히고 밖을 내다보며 말했다.

"저기 좀 보세요. 누가 이쪽을 쳐다보고 있어요. 건너편 창문 쪽에서요."

왓슨이 한 발짝 다가갔을 때 마침 홈스가 창백한 얼굴로 방에서 나오고 있었다. 그러고는 곧 재빠른 동작으로 창문에 다가서며 커튼을 확 쳐버렸다.

"조심해, 빌리. 왜 그렇게 위험을 짓을 하고 있어. 무슨 일이라도 생기면 어떻게 하려고! 아, 어서 오게, 왓슨. 길 안 잊어버리고 잘 찾아왔군. 아주 중요한 순간에 잘 왔네."

"그런 것 같은데."

"빌리, 자리 좀 비켜주게."

그러면서 홈스는 왓슨에게 말했다.

"빌리가 위험의 실체를 몰라서 문제라네."

"얼마나 위험한 일인데?"

"오늘 밤에 꼭 무슨 일이 일어날 것 같아."

"무슨 일?"

"누군가가 살해될 것 같다네."

"농담이겠지?"

"내가 유머 감각이 모자라기는 하지만 아무려면 이런 농담을 하겠나. 아무튼 난 좀 쉬고 싶네. 자네 술 한 잔 할 텐가? 소다수와 담배도 늘 있는 곳에 있네. 참, 자네가 항상 앉았던 그 소파에 앉게. 난 여전히 담배를 즐기고 있는데, 요즘은 식사 대신 줄담배를 피우고 있다네."

"왜 식사를 안하고 있나?"

"안 먹는 게 머리가 더 맑고 좋더라고. 자네는 의사니까 잘 알겠지만 소화시키는 데 피가 몰리면 두뇌엔 자연히 피가 모자라게 되니까 말일세. 내게 지금 절대적으로 중요한 건 두뇌지 다른 게 아니야. 그래서 머리를 위해 굶고 있는 거라네."

"그러니까, 지금 뭐가 위험하다고 그렇게 장광설인가?"

"아, 그래. 만약 그자가 일을 성공적으로 해내면 그자의 이름과 주소를 자네가 알고 있는 게 좋겠지. 그러면 경시청에 신고할 수가 있으니까 말일세. 그자의 이름은 네그레토 실비어스 백작이라네. 적어두게. 주소는 서북 지역 무어사이드 가든스 136번지. 됐나?"

왓슨은 벌써 걱정으로 얼굴이 일그러졌다. 홈스가 늘 얼마나 큰 위험과 맞닥뜨려 싸우는 사나이인가를 그만큼 잘 아는 사람도 없었기 때문이다.

"나도 같이 하겠네. 요즘은 좀 한가하거든."

"자네 거짓말을 하고 있군. 환자가 끊이질 않는 인기 있는 병원의 의사라는 게 다 보이는데 말이야."

"하지만 급한 환자는 없어. 그런데 자네가 그자를 체포하면 안 되나?"

"물론 할 수 있지."

"그런데 왜 안하는 건가?"

"다이아몬드가 어디 있는지 찾아야 하거든."

"아, 빌리도 말하더군. 왕관의 다이아몬드를 찾는다고?"

"그렇다네. 하지만 그들을 잡는 건 내가 간여할 일이 아니야. 난 단지 보석을 찾고 싶을 뿐이라네."

"실비어스 백작이라는 자가 그 중 한 사람인가?"

"맞아. 그것도 상어 급이지. 그리고 권투선수 샘 머턴이란 자도 있는데, 그자는 피라미 급이야. 백작의 부하일 뿐이지. 덩치는 큰데 느리고 아둔해."

"근데 실비어스 백작이란 자는 어디 있는가?"

"오늘 아침 계속 미행을 했다네. 할머니로 변장을 했더니 아주 수월하더군. 내가 양산을 떨어트렸더니 친절하게 주워주더라고. 그자는 이탈리아 혼혈인데 다혈질이라네. 부드럽다가도 화가 나면 악마처럼 돌변하거든. 엄청 변덕스럽지."

"뭔가 비극적인 사연이 있는지도 모르지."

"음, 그럴 수도 있겠군. 그자 뒤를 따라가 봤더니 스트라우벤체 공장으로 들어가더라고. 그곳은 공기총을 만드는 곳인데, 제품이 아주 정교하게 잘 만들어졌지. 아마 지금 건너편 집 창문에 그걸 세워놓았을 거야. 여기 창문에 있는 인형 보았나? 그 머리에 언제 총알이 날아와 박힐지 모르지. 어, 빌리! 무슨 일인가?"

명함 한 장이 담긴 쟁반을 들고 빌리가 들어왔다. 홈스가 명함을 보더니 눈썹을 실룩거리며 한바탕 웃었다.

"왓슨, 그자가 왔어. 웬일인지 모르겠네. 이거 한바탕 싸우는 거 아니야? 담력도 꽤 센 놈이거든. 맹수도 사냥하는 놈이야. 나를 사냥해서 자루에 넣어갈 수 있다면 일대 기록을 세우게 되겠지. 내가 바짝 추적하고 있다는 걸 지금 아는 거야."

"경찰을 불러야 하지 않나?"

"그래야지. 근데 잠깐. 왓슨, 창밖을 한 번 슬그머니 내다보게. 길가에 누가 있나?"

"어, 현관 앞에서 웬 남자 하나가 어정거리고 있어. 인상이 사납군."

"샘 머턴이겠지. 빌리, 손님은 어디 있나?"

"현관에 있습니다."

"벨을 울리면 이리로 안내하게."

"네."

"내가 이 방에 없더라도 어쨌든 안내해."

"네, 알겠습니다."

왓슨은 빌리가 나가자 말했다.

"홈스, 시간을 끌 일이 아니야. 저자가 무슨 일을 할지 몰라. 자네를 죽이려고 왔는지 어찌 알겠나."

"그거야 다 알고 있지."

홈스는 수첩을 꺼내 뭔가를 급히 쓰더니 왓슨에게 주며 말했다.

"경시청으로 가서 이 쪽지를 유걸에게 보여주게. 저놈을 잡아야겠어."

"알았네."

"자네가 돌아올 때까지 저놈을 추궁해서 보석이 있는 곳을 알아보겠네."

그러면서 홈스는 벨을 눌렀다.

"침실 쪽으로 빠져나가세. 그쪽에서는 저놈이 모르게 관찰할 수 있거든."

빌리가 실비어스 백작을 방으로 안내했을 때 두 사람은 이미 사라지고 없었다. 그 악명 높은 사냥꾼은 몸집이 크고 피부가 거무스름했으며, 콧수염 때문에 가려진 입술이 얄팍한 데다 코는 휘어져 매의 부리와도 같았다.

옷차림은 나무랄 데가 없었지만 지나치게 화려한 넥타이와 핀 등이 눈에 거슬렸다. 뒤에서 문이 닫히자 그는 숨겨진 덫을 의심하듯 불안한 눈초리로 방 안을 두리번거렸다. 그러더니 창문 쪽에 있는 소파에 움직이지 않고 앉아 있는 홈스의 머리와 어깨 부분이 보이자 깜짝 놀랐다. 처음엔 그냥 놀라는 표정이었는데, 곧 불길한 기운이 눈에 나타나며 다시 한 번 주위를 둘러보았다. 그런 다음 지팡이를 들어 올리고 소파 쪽으로 살금살금 다가갔다. 그가 막 덤벼들려는 찰나 침실 쪽에서 조소 띤 목소리가 들려왔다.

"부수지 마세요, 백작님! 부수면 안 됩니다."

자객은 소스라치게 놀라며 돌아보았다. 그리고 납이 든 지팡이를 치켜세우더니 홈스 쪽으로 달려들 태세를 보였다. 하지만 홈스의 침착한 잿빛 눈과 냉소적인 미소 앞에서 팔을 아래로 내리고 말았다.

"어때요, 아주 잘 만들어졌죠?"

홈스는 인형을 쳐다보며 말했다.

"프랑스의 인형 제작자 다베르니에의 작품입니다. 납인형 분야에서는 당신의 친구 스트라우벤체의 공기총에 버금가는 실력자죠."

"공기총이라고? 그게 무슨 말이죠?"

"자, 모자와 지팡이를 거기 테이블에다 놓으세요. 고맙습니다. 앉으시죠. 그리고 권총도 꺼내 같이 놓아주십시오. 마침 잘 오셨어요. 안 그래도 한번 만나보고 싶었습니다."

백작은 성마른 짙은 눈썹을 치켜올리며 쳐다보았다.

"나도 좀 할 얘기가 있어서 이렇게 온 거요. 좀 전에 당신을 치려고 했던 것도 사실이오."

"이미 알고 있었어요. 그런데 왜 나 같은 사람에게 접근하는 거죠?"

"당신이 나를 방해했기 때문이오. 누군가 앞잡이를 시켜 나를 미행하고 있잖소."

"앞잡이라고? 그런 적은 절대로 없습니다."

"거짓말하지 마시오. 이미 알고 있으니까. 나도 그대로 갚아주겠소, 홈스!"

"말조심하세요. 그리고 내 이름도 그렇게 함부로 부르지 마세요. 나는 이 일을 하면서 많은 범죄자들과 가까이 지내고 있는데, 아주 불쾌한 경우도 있습니다."

"그럼, 홈스 선생."

"뭐 그렇게까지요, 황송하게. 그러나 좀 전에 말한 앞잡이는 당신이 잘못 안 거예요."

백작이 비웃듯 말했다.

"당신만 눈이 좋다고 생각하면 착각이오. 어제는 노름꾼이었다가 오늘은 할머니더군요. 그들은 하루 종일 나를 미행했어요."

"이런, 유감스럽군요. 참 생각나는데, 다우슨 남작이 교수형에 처해지기 전날 밤에 나에 대한 얘기를 했다더군요. 법은 인재를 밝혀냈지만 무대는 훌륭한 배우를 잃었다면서. 그런데 백작이 내 형편없는 분장 실력을 알아주시다니, 정말 몸 둘 바를 모르겠습니다."

"아니, 그게 당신이었다고요?"

홈스는 어깨를 으쓱했다.

"저기 있는 양산이 미노리즈에서 당신이 친절하게 주워줬던 그 양산이지요. 그때 의심하시지 않는 것 같았는데요."

"그게 당신인 줄 알았다면……."

"다시는 이 집으로 돌아오지 못하게 했을 거라는 거죠? 잘 알고 있습니다. 그때 당신이 나를 알아보지 못했기 때문에 지금 이렇게 다시 만나게 된 것 아닙니까?"

백작은 시커먼 눈썹을 더욱 치켜올렸다.

"정말 불쾌하군. 앞잡이가 아니라 직접 했다고? 왜 나를 미행하는 거요?"

"왜냐고요? 백작님, 당신은 알제리에서 사자 사냥을 자주 하셨죠?"

"그런데요?"

"왜 하셨죠?"

"왜냐고? 그야 스포츠니까. 위험하지만 흥분을 불러일으키는 스포츠거든요."

"거기다 국가를 위해 위험물을 제거한다는 의미도 있는 거죠?"

"그렇습니다."

"내가 알고 싶은 이유도 바로 그겁니다."

백작은 자리를 박차고 일어나더니 순간 손을 뒷주머니로 가져갔다.

"앉으시죠. 또 다른 실질적인 이유도 있습니다. 나는 그 노란 다이아몬드가 필요합니다!"

백작은 자리에 털썩 앉으며 비웃듯 미소를 지었다.

"허튼 소리는 그만두시지!"

"그것 때문에 내가 당신을 추적한다는 거 잘 알고 계시겠죠. 당신이 지금 여기 온 목적도 내가 그 문제를 깊이 알고 있는 것 같기 때문에 나를 제거하려는 것 아니었어요? 문제는 내가 모든 것을 알고 있다는 겁니다. 그러니 당신은 나를 반드시 없애야 하는 거죠. 내가 모르는 게 딱 한 가지 있는데, 지금부터 그걸 당신에게 물으려 합니다."

"우하하하! 그래요, 그게 뭔데요?"

"왕관의 다이아몬드는 어디에 있는 거죠?"

"하하하, 그걸 내가 어찌 알겠습니까?"

"당신은 알고 있어요. 말씀하세요."

"허!"

"속이지 마시고요."

홈스는 눈에 힘을 주어 상대방을 응시했다. 계속 집중해서 쳐다보는 그의 눈빛에 금속 같은 번쩍거림이 일었다. 그가 계속 말했다.

"당신 마음이 내 눈에 훤히 보입니다."

"그럼 다이아몬드가 있는 장소도 알겠네요."

홈스는 손뼉을 치며 웃었다.

"역시 알고 계시군요. 결국 인정하셨어요."

"난 아무것도 인정하지 않았소."

"자, 백작님! 원하시면 거래가 이루어질 수 있습니다. 안 그러면 그것 때문에 나쁜 일이 생길 겁니다."

백작은 한숨을 쉬며 소리쳤다.

"아니, 남한테 위협하지 말라는 사람이 그런 소리를 해요?"

홈스는 체스 선수가 최상의 방법을 고민하고 있는 것처럼 상대방을 바라보더니 서랍에서 두꺼운 수첩을 꺼내 들었다.

"이 속에 뭐가 적혀 있을 것 같습니까?"

"내가 그걸 어떻게 알겠소."

"당신에 대해 적혀 있습니다."

"나에 대해서?"

"그렇습니다. 당신의 악행이 모조리 적혀 있어요."

"무슨 짓이오! 정말 못 참겠군."

백작은 눈을 부릅뜨고 소리 질렀다.

"네, 하나도 빠짐없이 다 적혀 있습니다. 헤럴드 부인의 사인에 대해서도, 블라이머 씨에게서 받은 유산을 도박으로 몽땅 날려 버린 일에 대해서도 말이죠."

"허 참, 지금 무슨 꿈을 꾸고 있는 거요?"

"그리고 미니 워렌더 양의 삶에 대해서도 전부 기록돼 있어요."

"그게 어쨌다는 건데요?"

"그것 말고도 또 많습니다. 1892년 2월 13일 리비에라 행 열차에서 벌어진 강도 사건도 있어요. 그리고 그해 리옹에서 일어난 위조수표 사건도 있고요."

"그건 뭐가 잘못된 일이었어요."

"그럼 다른 사건들은 모두 맞다는 거죠? 당신은 카드 솜씨가 대단합니다. 상대편이 좋은 패를 쥐고 있으면 차라리 포기하는 게 시간을 절약한다는 건 알 텐데요."

"그런 일들이 보석과 무슨 관계가 있다는 건가요?"

"잠깐만! 서두르지 마십시오. 내 얘기를 좀 더 들어보면 알게 됩니다. 말했다시피 당신에 대한 일들은 내가 다 알고 있는데, 그중에서도 특히 왕관의 다이아몬드를 위해 당신 일당들이 한 행동은 자세히 알고 있어요."

"허!"

"당신이 화이트 홀로 갔을 때 타고 간 마차의 마부와 돌아올 때 탔던 마차의 마부가 누군지도 알고 있고, 아이키 샌더즈가 다이아몬드를 나누자고 했을 때 당신이 거부한 것도 알고 있죠. 아이키가 밀고 했으니까요."

백작의 이마에서 혈관이 불끈거렸다. 그는 주먹을 꽉 쥐고 무슨 말인가를 하려고 했지만 입에서 나오지 않았다. 그러자 홈스가 계속 말했다.

"자, 이것이 내가 들고 있는 카드예요. 테이블 위에 펴 놓죠. 이 중에서 모자라는 카드가 딱 한 장 있습니다. 다이아몬드의 킹이죠. 하지만 난 다이아몬드가 어디에 있는지 몰라요."

"당신이 그걸 알 리가 없지."

"그럴까요? 백작님, 당신 상황을 잘 생각해 보세요. 20년 동안 감옥에 있고 싶습니까? 그래서 얻는 게 뭐가 있을까요? 다이아몬드를 갖고 있어서 도움 되는 게 뭐가 있습니까? 그걸 나한테 주면…… 범행을 알리지 않겠습니다. 내게 필요한 건 다이아몬드뿐입니다. 자, 포기하고 실토하세요. 그러면 내 앞에서는 적어도 자유의 몸이니까요. 물론 앞으로 그런 행동을 다시 하지 않는 한 말입니다. 아무튼 지금 내가 해야 할 일은 다이아몬드를 찾는 것이지, 당신을 어떻게 하겠다는 건 아닙니다."

"거절한다면?"

"글쎄요. 그럴 때는 다이아몬드를 포기해야겠죠. 그 대신 당신 몸을 확보하는 수밖에요."

그때 빌리가 벨소리를 듣고 달려왔다.

"백작님, 당신도 샘을 증인으로 부르는 게 좋을 것 같군요. 그 사람과도 관련된 일이니까요. 빌리, 현관 앞에 있는 그 체구 큰 남자를 이리 데려오게나."

"싫다고 하면 어떻게 하죠?"

"조심해서 대하게. 실비어스 백작이 부른다고 말하면 올 걸세."

빌리가 나가자 백작이 물었다.

"도대체 뭘 하려고 그러죠?"

"그물에 걸린 고기를 건어 올릴까 합니다."

백작이 벌떡 일어나 한 손을 뒤로 가져갔다. 홈스 또한 가운 주머니에서 뭔가를 끄집어내고 있었다.

"당신은 침대 위에서 죽지는 못할 것 같소, 홈스."

"나도 그렇게 생각해요. 별로 중요한 일은 아니죠. 그런데 백작님, 당신 또한 그렇게 선 채로 끝날 것 같군요. 앞일을 걱정하는 건 바람직하지 못한 태도입니다. 왜 현재의 쾌락을 즐기지 못합니까?"

갑자기 이 위험한 인물의 음습한 눈빛이 맹수처럼 번득였다. 홈스는 긴장하며 몸에 힘을 주느라 키가 더 커진 것 같았다.

"권총을 만져도 소용없습니다. 큰 소리가 날 테니 쏠 수도 없겠죠. 역시 공기총이 최고군요. 아, 머턴 씨 안녕하세요. 길거리에 서 있느라 힘드셨겠어요."

아둔하고 고집이 센 머턴은 문 앞에 서서 어리둥절한 표정으로 주위를 둘러보았다. 상대방의 인사는 친절했지만 어딘지 심상치 않은 느낌 때문에 뭐라 대답할 수가 없었기 때문이다. 그는 도움을 바라듯 백작을 쳐다보았다.

"무슨 일입니까, 백작님? 저자가 지금 뭐라고 한 거죠? 어디가 잘못됐습니까?"

듣기 거슬리는 거친 목소리로 그가 말했다.

백작은 아무 말도 않고 어깨만 들썩거렸다. 그러자 홈스가 말했다.

"한 마디로 말해 이미 승부가 났어요."

머턴이 백작을 보며 말했다.

"이자가 지금 장난하는 겁니까? 저런 농담 같은 건 듣고 싶지 않거든요."

또 다시 홈스가 나섰다.

"아무렴. 하지만 밖이 어두워지면 마음이 달라질 겁니다. 그런데 백작님, 난 바빠서 이렇게 시간을 낭비할 수가 없습니다. 잠깐 방에 가서 쉬어야겠으니 여기서 편하게 계세요. 5분 후에 대답을 들으러 오겠습니다. 결론은 알고 계시죠? 당신들이 체포되든지 다이아몬드를 넘겨주든지 둘 중 하나라는 거."

홈스는 구석에 세워둔 바이올린을 들고 침실로 들어갔다. 곧 낮은 연주소리가 들려왔다.

"어떻게 된 거죠?"

머턴이 묻는 것과 동시에 백작도 그를 돌아다보았다.

"저자가 다이아몬드 사건을 알고 있단 말입니까?"

"아는 정도가 아니야. 모르는 게 없어."

"허, 제기랄!"

"아이키 샌더즈가 배신했어."

"그 새끼가요? 시팔! 걸리면 박살을 내버려야지. 내가 사형을 받는다 해도 상관없어요."

"이제 다 소용없어. 이럴 게 아니라 앞으로 어떻게 할 건지 그것부터 결정해야 돼."

"잠깐만요. 저놈이 설마 듣는 건 아니겠죠?"

머턴이 침실 쪽을 쳐다보며 불안스레 말했다.

"바이올린을 켜면서 엿들을 수 있는 건 아니겠지."

"그렇겠죠. 커튼 뒤에 누가 있는 건 아닐까. 집안에 웬 커튼이 이렇게 많아."

머턴은 그제야 창가의 인형을 보고는 소스라치게 놀랐다.

"이런 멍청하긴! 인형이야!"

"정말이요? 되게 놀랐네! 마담 튀소(프랑스의 밀랍 인형 제작자)도 이렇게까지 잘 만들지는 못할 것 같은데요. 완전히 똑같네. 그런데 이 커튼들을 보니 정말 짜증나는데요."

"지금 그런 것에 신경 쓸 때가 아니야. 시간이 없어. 재수 없으면 그 다이아몬드 때문에 콩밥 신세를 지게 된다고."

"저자가 그렇게 말했습니까?"

“다이아몬드가 어디 있는지만 실토하면 비밀을 지키겠다는 거야.”

“뭐라고요? 그걸 말하라고요? 10만 파운드짜리를!”

“안하면 감옥에 가야 해.”

머턴은 머리를 긁적였다.

“저자를 해치워버리는 게 어때요? 그러면 걱정할 게 없죠.”

백작은 고개를 저었다.

“녀석은 무기를 갖추고 대비하고 있어. 저놈을 여기서 죽이면 우리가 빠져나갈 구멍이 없지. 그리고 뭔가 증거를 잡고 벌써 경찰에 알렸는지도 모르거든. 근데 저게 뭐지?”

창문에서 무슨 소리가 들리는 듯했다. 하지만 그 기분 나쁜 인형 외에는 아무것도 눈에 띄는 게 없었다.

“밖에서 들린 것 같은데요. 그런데 대장님은 뭔가 방법을 많이 알고 있을 것 아닙니까? 이럴 때 어떻게 해야 하는지, 무슨 대책을 세워야죠. 팔짱만 끼고 있을 수는 없으니.”

“나는 저런 놈보다 더 교활한 자들도 숱하게 상대해 왔어. 다이아몬드는 깊숙이 넣어놨지. 내가 쉽게 저놈한테 넘겨줄 것 같아? 오늘 밤 영국을 떠나 일요일이 되기 전에 암스테르담에 도착하면 거기서 네 조각으로 나누기로 했어. 저놈이 반 세더는 모르는 것 같아.”

“반 세더는 다음 주에 출발하지 않습니까?”

“그러기로 했는데, 상황이 이러니까 지금 바로 떠나라고 해야지. 우리 중 한 사람이 라임 가까지 다이아몬드를 가져다줘야 해.”

“그런데 이중 바닥 트렁크가 아직 도착하지 않았는데요.”

"그럼 다른 방법을 찾아봐야지. 지금 그것 때문에 왈가왈부할 때가 아니야. 한시가 급해."

백작은 본능적인 경계심이 솟구치며 또 한 번 창문 쪽을 바라보았다.

"밖에서 계속 이상한 소리가 들리네. 아무튼 저놈을 어떻게 해야 되는데. 속이는 건 간단해. 다이아몬드만 넘겨주면 어쨌든 우리를 건드리지는 않을 거야. 그러니까 일단 주겠다고 약속을 하자고. 하지만 속았다는 걸 알 때는 우리는 이미 네덜란드에 가 있는 거지."

"좋은 생각이군요."

샘 머턴이 히죽거리며 웃었다.

"너는 반 세더에게 가서 빨리 떠나라고 말해. 그동안 난 저놈한테 엉터리 수작을 하고 있을 테니까. 다이아몬드는 리버풀에 있다고 말할 참이야. 제기랄, 바이올린 소리 되게 시끄럽네. 자, 이 구멍으로 다이아몬드를 잘 봐."

"아, 무사히 잘 지니고 계시네요."

"갖고 다니는 게 가장 안전하거든. 옆에 놔두면 누가 훔쳐갈지 모르니까."

"좀 자세히 보여주세요."

실비어스 백작은 머턴을 무시하듯 쳐다보며 그의 음흉한 손을 냉정하게 밀쳐냈다.

"허! 제가 뺏기라도 합니까? 나 참, 처음 있는 일도 아니지만 정말 정떨어지네요."

"지금 그런 걸로 말다툼할 때가 아니야. 자, 여기 밝은 쪽으로 와서 이 아름다운 걸 한 번 봐. 자, 보라고!"

"고맙습니다!"

그때 느닷없이 인형이 앉아 있는 의자에서 홈스가 튀어나오더니 백작이 머턴에게 보여주고 있는 보석을 낚아챘다. 그러고는 권총을 백작의 머리에 대고 겨눴다. 너무나 갑작스런 일에 두 사내는 한동안 정신을 못 차리고 있었다. 그들이 사태를 파악했을 때는 홈스가 이미 벨을 누른 다음이었다.

"조용히 하시오! 폭력은 안 통해요. 이미 막다른 골목에 있는 거 잘 알 테니까. 경찰이 지금 밖에서 대기하고 있어요."

백작은 분노도 두려움도 다 잊은 듯 얼이 빠져 있었다.

"이게 대체……."

"놀라셨겠죠. 침실에는 커튼 뒤쪽으로 통하는 문이 있거든요. 인형을 움직이면 소리가 나기 때문에 불안했는데, 다행히 내게 운이 따라줬죠. 덕분에 난 당신들의 초특급 비밀을 전부 들을 수 있었어요."

백작은 체념한 듯한 몸짓을 하며 말했다.

"당신은 도저히 당해낼 수가 없구먼. 악마 같은 인간이야."

"그럴지도 모르죠."

홈스는 느긋한 미소를 지었다.

아둔한 샘 머턴도 그때서야 눈치를 챘다. 그때 바로 층계에서 소란스러운 발소리가 들려오자 그가 소리를 질렀다.

"경찰이다! 그런데 저 바이올린을 켜는 놈은 도대체 누구지? 아직 계속 연주를 하고 있지 않은가!"

홈스가 웃으며 말했다.

"정말 그러네요. 한데 요즘 축음기라는 게 있지 않소."

곧 경관들이 들이닥쳐 두 사람에게 수갑을 채우고 밖으로 끌고 갔다. 왓슨은 홈스가 이번에 또 한 번 이긴 것을 축하해마지 않았다. 하지만 빌리는 그런 일에 워낙 익숙해 있어 표정 하나 변하지 않았다. 그때 빌리가 명함을 또 한 장 들고 들어왔다.

"캔틀미어 경이 도착하셨습니다."

"안내하게. 이 사람은 이쪽 방면에서는 제일 알아주는 귀족이라네. 인물도 좋고 강직한 편인데, 좀 고리타분한 데가 있지. 근데 잠깐, 장난 좀 쳐볼까. 이 사람은 지금 아무것도 모르고 있으니까."

마른 체격에 진지한 인상의 남자가 곧 방으로 들어섰다. 그는 홀쭉한 얼굴에 빅토리아 시대풍의 윤기 나는 검은 수염을 늘어뜨리고 있었으며, 등이 굽어 있고 걸음걸이도 보기 흉했다. 홈스는 유쾌한 표정으로 그와 악수를 했다.

"안녕하십니까, 캔틀미어 경. 날씨가 좀 쌀쌀한데 집안에서는 별로 모르겠습니다. 외투를 걸어드릴까요?"

"아니오. 그냥 입고 있겠소."

홈스는 캔틀미어 경의 외투에 손을 대며 말했다.

"아, 네. 여기 계신 왓슨 박사도 이런 날씨를 조심해야 한다고 하더군요."

캔틀미어 경은 무심히 들으며 홈스의 손을 피했다.

"그냥 이렇게 있겠소. 오래 안 있을 거니까. 그런데 당신이 제멋대

로 맡아서 한 그 사건 말이오. 어떻게 돼가고 있는 거요?"

"아주 어렵습니다. 어려워요."

"그럴 것 같았소. 사람은 누구나 한계가 있는 법이오. 그렇기 때문에 자만심에 빠지지 않게 되는 것이지."

"네, 저도 그렇게 느낍니다. 그래서 어떻게 해야 할지 막막합니다."

"그렇겠지."

"아주 어려운 문제가 한 가지 있는데, 경께서 좀 도와주시면 좋겠습니다."

"이제야 나한테 도와달라는 거요? 당신은 혼자서도 다 해내는 수완이 있는 줄 알았는데?"

"제가 지금 어려운 점은, 보석을 훔쳐간 범인은 법적으로 처벌할 수 있지만……."

"그자를 체포할 수 있다고?"

"그렇습니다. 그런데 보석을 소유하고 있는 자는 어떻게 해야 할지가 문제입니다."

"그 문제는 지금 얘기하기가 너무 빠르지 않나요?"

"그래도 계획을 미리 세워놓는 게 좋지 않겠어요? 그런데 보석을 갖고 있다는 결정적 증거를 어떻게 입증해야 합니까?"

"현재 보석을 갖고 있는 거겠지."

"그럼 보석을 갖고 있는 자는 체포해도 좋다는 얘기네요?"

"당연하지."

웬만해선 웃지 않는 홈스가 웃음을 터트렸다.

"자, 그러면 이거 정말 난처하지만, 당신의 체포를 부탁해야겠습니다."

캔틀미어 경의 얼굴이 벌게지며 버럭 소리를 질렀다.

"무슨 소리를 그렇게 함부로 하는 거요. 공직에 50년간 있었지만 이런 일은 난생 처음이네. 나는 그런 한가한 소리나 듣고 있을 사람도 아니고 관심도 없소. 결론부터 말하자면, 난 애초부터 당신의 실력 같은 건 믿지도 않았소. 나는 언제나 경찰이 담당하는 게 안전하다는 생각을 갖고 있는 사람이오. 자, 안녕히 계시오."

홈스는 날다시피 재빨리 문 앞으로 가서 가로막았다.

"잠깐만 기다려주십시오, 캔틀미어 경. 마자랭의 보석을 그대로 가져가시는 것은 잠시 빌려가시는 것과 달리 일종의 범죄행위가 되는데요."

"아니, 너무 무례하군! 비키시오!"

"코트 오른쪽 주머니 속을 뒤져보십시오."

"그건 왜요?"

"어서 그렇게 해보십시오."

순간 캔틀미어 경은 놀란 눈으로 홈스를 바라보며 주머니 속에서 노란 빛깔의 다이아몬드를 꺼내 보였다.

"아니, 이게 도대체 어떻게 된 거요?"

"아, 죄송합니다. 여기 있는 친구 왓슨이 잘 알고 있지만 저는 장난치는 걸 좋아해서 아주 드라마틱한 장면을 보고 싶을 때도 있습니다. 그래서 경의 주머니에 다이아몬드를 슬쩍 집어넣었죠."

캔틀미어 경은 다이아몬드를 들여다보며 슬그머니 미소를 지었다.

"정말 깜짝 놀랐어요. 이건 마자랭의 다이아몬드가 확실해요. 내가 어떻게 감사의 표시를 해야 할지 모르겠네요. 당신의 능력에 대해 내가 한 비판은 취소하겠소. 아무튼 어떻게 이걸……."

홈스가 대답했다.

"사건은 아직 다 정리가 안 된 상태입니다. 나머지 부분들은 좀 더 기다려야겠죠. 돌아가셔서 고귀한 분께 다이아몬드를 전해드릴 때 경께서 유쾌해하실 걸 생각하니 저는 그것만으로도 기쁩니다. 자, 빌리! 캔틀미어 경을 모셔다드리게."

베일을 쓴 하숙인

셜록 홈스가 탐정으로 활동한 23년 가운데 내가 그와 함께 일한 기간도 17년이나 되기 때문에 나한테는 사실 그의 활동에 대해 알릴 수 있는 자료들이 엄청나게 많다. 문제는 그래서 자료를 찾는 게 어려운 것이 아니라 어떤 자료를 선택할 것인지가 늘 더 어렵다. 내 집 선반에는 연도별로 정리된 자료와 서류가 가득 들어 있는 상자들이 죽 놓여 있다.

이 자료들은 범죄학적인 측면에서 뿐만 아니라 빅토리아 시대 말기의 사교계와 정계의 스캔들에 관심 있는 사람들에게 많은 도움이 될 것이다. 이런 추문들에 대해서는 그 가족들이 나서서 명예와 가문의 명성을 위해 세상에 알리지 말아달라고 부탁하는 편지를 보내오는데, 그 점은 나도 충분히 고려하고 있다. 홈스는 자신의 직업적 명예를 소중히 여기기 때문에 그런 사건들은 따로 분류해 자신에 대한 그들의 믿음을 지키려 하고 있다.

그런데 최근 이 자료들을 손에 넣어 영구히 없애버리려 시도한 자들이 있었다. 그들의 정체는 곧 밝혀졌지만 만약 또 한 번 그들이 이렇게 무례한 짓을 하려 한다면 나는 홈스의 권위를 위해서라도 그들의 파렴치한 행위를 세상에 발표하고 말 것이다. 그들은 때론 직업 정치인으로, 때론 등대지기나 점잖은 지식인으로 위장하는 탐욕스런 인간들이다.

홈스는 이미 알려져 있다시피 탁월한 직관과 관찰력의 소유자지만 매번 사건을 맡을 때마다 그런 능력이 최고도로 발휘되는 건 아니었다. 어떤 때는 사건을 풀기가 무척 어려울 때도 있고, 또 어떤 때는 아주 쉽게 풀어내기도 했다. 그런데 가장 참담한 비극들은 홈스가 맡을 기회가 없었던 사건들에서 대부분 일어났다.

내가 지금 시작하려는 이야기도 그런 사건들 중 하나다. 인명과 지명은 가명을 썼으며, 이야기는 모두 실제 내용임을 밝혀둔다.

1896년 말쯤으로 기억되는 어느 날 오전, 난 홈스에게서 빨리 와 달라는 연락을 받았다. 도착했을 때 그는 담배연기가 꽉 찬 방에서 편편한 하숙집 아줌마 같은 나이 든 부인과 함께 앉아 있었다.

홈스가 내게 소개했다.

"자, 메릴로 부인이시네. 사우스 브릭스턴에서 오셨지. 왓슨, 부인께 담배 피워도 된다고 허락을 받았으니까 피워도 괜찮네. 참, 부인께서 흥미 있는 얘기를 들려주실 것 같아 자네도 들어보라고 부른 거라네."

"내가 도움이 된다면……."

"부인, 양해 말씀 드리는데, 제가 론더 부인을 방문할 경우엔 입회인이 필요합니다. 그분께 미리 이 말씀을 이해시켜 주시면 고맙겠습니다."

"네, 그러죠, 홈스 선생님. 그리고 좀 도와주세요. 그녀는 지금 해결될 수 있다는 믿음으로 선생님만 애타게 기다리고 있습니다."

"정 그러시다면 오후에 방문하도록 하겠습니다. 그러나 제가 가기 전에 내용을 정확히 알아야 합니다. 얘기를 처음부터 다시 한 번 해 주시면 왓슨 박사가 이해하는 데 도움이 될 것입니다. 론더 부인이 댁에서 하숙 생활을 한 지가 7년이나 됐는데 그 부인의 얼굴을 단 한 번밖에 못 봤다는 얘기지요?"

"안 본 게 차라리 나을 뻔했어요!"

메릴로 부인이 말했다.

"네, 그러니까 론도 부인의 얼굴에 끔찍한 상처가 나 있어서 차마 눈 뜨고 보기 어려울 정도로 무서웠다고요?"

"그렇답니다. 선생도 그 얼굴을 보시면 아시겠지만 도저히 얼굴이라고 할 수 없을 정도예요. 언젠가 한번은 우유배달부가 2층 창가에서 밖을 내다보고 있는 그녀를 언뜻 보게 됐는데, 너무 놀란 나머지 우유통을 떨어트려 정원이 우유 바다가 된 적이 있었지요. 그 정도로 참혹한 얼굴이죠. 내가 그녀를 보자 – 그녀는 내가 들어온 줄을 모르고 있었어요 – 그녀는 얼른 베일을 내리며 말하더군요. '메릴로 부인, 제가 베일로 얼굴을 가리는 이유를 이제 아셨겠죠.' 하고요."

"그녀에 대해 아시는 거 있습니까?"

"전혀요."

"처음 하숙하러 왔을 때 자신에 대해 아무 얘기도 하지 않았습니까?"

"아무 말도 안했어요. 그녀는 하숙비를 꼭 현금으로 치르는데, 3개월마다 한 번씩 넉넉히 내고, 얼마나 더 있겠다는 말 같은 건 전혀 하지 않았어요. 나같이 형편이 어려운 사람은 이런 하숙자가 있는 게 행운이죠."

"그녀가 왜 하필 부인 집을 선택했는지 특별한 이유가 있을까요?"

"우리 집은 길에서 좀 들어간 곳에 있기 때문에 다른 집들보다 조용한 편이죠. 그리고 제가 혼자 살거든요. 그녀는 이미 여러 집을 보고 왔던 것 같아요. 그러다가 우리 집이 제일 조용하니까 마음에 들었던 모양이에요."

"그런데 부인께서 그녀의 얼굴을 우연히 한 번 봤다고 했는데, 7년 동안 살면서 그녀가 어떻게 생겼는지 궁금하지도 않으셨습니까?"

"홈스 선생, 난 그 하숙인이 있다는 것 자체로 만족하고 있어요. 그렇게 조용하고 예의바른 하숙인은 정말 만나기 어렵거든요."

"그럼 문제가 뭡니까?"

"그녀의 건강이 걱정돼서요. 그동안 아주 나빠진 것 같아요. 게다가 그녀는 악몽으로 엄청 시달리고 있어요. 한번은 '살인이야!' 하고 소리를 지르더군요. 그러면서 울부짖으며, '당신은 잔인한 짐승이나 다름없어요!' 하고 소리를 지르더라고요. 한밤중에 그랬기 때문에 난 밤새도록 겁에 질려 있었어요. 그래서 뒷날 아침에 그녀에게 가서 말했죠. '론더 부인, 괴로운 일이 있으시면 목사한테 가서 의논하세요. 아니면 경찰에 알리든지요. 둘 중 한 곳에 도움을 구해 보세요.' 그랬더니 그녀가 말하더군요. '뭐라고요? 경찰은 절대 안 돼요. 목사도 지난 과거를 돌이킬 수는 없어요. 그러나 죽기 전에 모든 진실을 알아줄 사람이 있다면 저도 마음이 편해질 것 같아요.' 그래서 내가 말했어요. '남한테 말하기 뭐하면 소설책에 나오는 것처럼 탐정을 찾아보면 어떨까요?'

홈스 선생, 미안합니다만 그래서 내가 그녀한테 선생 이름을 말했어요. 그랬더니 좋아하더군요. 홈스 선생 생각을 왜 못했는지 모르겠다면서, 정말 바보 같았다고 한탄하면서 말이죠. 그러면서 이런 얘기를 하더라고요. '만약 그분이 오시지 않겠다고 하면 저는 야생동물 서커스단에 있는 론더 부인이라고 얘기해 주세요. 그리고 아버스 팔버라는 이름을 말씀해 보세요.' 하고요. 그녀가 쪽지를 줬는데, 보시겠어요? '그분이 이걸 보시면 꼭 와주시리라 생각합니다.' 하고 말하더군요."

"아, 쪽지도 가지고 오셨군요. 그럼 부인, 왓슨 박사와 잠깐 얘기할 게 있으니까 3시쯤 찾아가도록 하겠습니다."

메릴로 부인은 어기적거리는 걸음으로 방을 나갔다. 그녀의 걸음걸이는 이렇게밖에 달리 표현할 수가 없었다. 그녀가 떠난 후 홈스는 곧바로 자료 뭉치에 섞여 있는 기록을 찾기 시작했다. 한참 종이 더미를 뒤지더니 뭔가를 찾았는지 만족스런 표정을 지었다. 그리고는 이내 흥분한 얼굴로 바닥에 주저앉아 책 한 권을 펼쳐들었다.

"그래, 그때도 이 사건이 좀 이상하다고 생각했었어. 왓슨, 여기 책속에 메모한 글을 좀 보게. 이상하지 않나? 근데 그때는 내가 알면서도 어떻게 할 수가 없었어. 검시관이 틀린 거라는 확신이 들었는데도 말이지. 아무튼 아버스 팔버 사건 기억나나?"

"아니, 안 나는데."

"그때도 자네가 같이 있었어. 그런데 구체적인 증거가 없었기 때문에 그냥 어렴풋한 의문만 들었던 거지. 그리고 나한테 의뢰가 들어오지도 않아서 어영부영하는 사이에 잊어버렸지 뭐. 자, 이 기사를 자세히 한 번 읽어보게."

"자네가 요점을 말해 보게."

"얘기는 간단해. 론더라는 사람은 그 당시 꽤 알려져 있었지. 윔웰이라는 유명한 흥행사가 있었는데, 그 사람하고 라이벌 관계였어. 아무튼 론더가 그때 술을 엄청 마신 건 사실이야. 사건이 일어날 무렵엔 사생활도 사업도 모두 엉망이어서 내리막길에 있었기 때문이지. 그 비극이 일어났던 날 밤에 서커스단은 버크셔의 한 마을인 아버스 팔버라는 곳에서 묵게 되었다네. 워낙 한적해 관객이라곤 없는 곳이라 그날 밤엔 공연을 안 하고 그냥 쉬기로 한 거야.

그 서커스단에서 가장 유명한 건 북아프리카 사자 쇼였는데, 사자 이름이 사하라 킹이고, 론더와 그의 아내가 사자와 함께 쇼를 하는 것이었지. 신문에 나온 사진을 보면, 론더는 돼지같은 생김새였는데 그의 아내는 아주 미인이었어. 그런데 부부는 그날 사자가 다른 때보다 더 난폭하게 구는 걸 알고 있었지만 평소에 두 사람을 잘 따랐기 때문에 별 특별한 생각 없이 사자 우리 안에 들어갔던 거야.

사자에게 먹이를 주는 일은 론더와 그의 아내만 했어. 부부가 함께 줄 때도 있었고, 혼자 줄 때도 있었지. 어쨌든 그 일은 절대 남에게 안 시키고 그들 스스로 했다는군. 왜냐하면 사자가 자신들에게 먹이를 주는 사람은 절대 해치지 않는다고 생각했기 때문이야. 그날 밤에도 그들은 같이 먹이를 주러 갔다네. 그런데 사고가 일어난 거지. 자세한 내막은 아직까지 밝혀지지 않았다는군.

어쨌든 서커스 단원들은 밤중에 동물이 으르렁대는 소리와 여자의 비명 소리가 들려 잠을 깬 거야. 남자들이 램프를 들고 갔을 때는 이미 끔찍한 일이 벌어져 있었지. 사자 우리 문은 열려 있고, 론더는 문에서 조금 떨어진 곳에 쓰러져 있었다는군. 그의 아내 역시 넘어져 있었는데, 사자가 그녀를 물어뜯고 있었다는 거야. 얼굴이 이미 참혹하게 찢겨져 도저히 살아날 수가 없을 것 같았대. 단원 가운데 거구인 레오나르도와 글릭스 등 몇 명이 즉시 사자를 떼어내 우리 안에 가뒀지. 왜 그런 일이 일어났는지는 알 수 없지만, 추측할 수 있는 건 론더 부부가 우리 안으로 들어가려고 문을 열었을 때 사자가 갑자기 달려들었을 거라는 거지.

뭐 다른 증거가 있었던 건 아니었는데, 이상한 점은 론더 부인이 너무 심한 고통 때문에 정신착란을 일으킨 것인지 들것에 실려 갈 때 이런 소리를 했다는 거야. '겁쟁이! 비겁한 인간!' 이라고 말이야. 간신히 살아난 그녀는 6개월 후에 증언을 할 수 있게 되었는데, 검시관이 이미 그전에 사망했다는 판결을 내린 거야."

"그렇다면 다른 가능성이 있다는 얘긴가?"

내가 물었다.

"글쎄 말이야. 버크셔 경찰의 젊은 에드먼드 경위가 이상한 생각이 들더라는 거야. 똑똑한 사람인데 나중에 인도로 인사발령이 났지. 하여튼 그가 한 번은 여기 들러서 그 얘기를 하는 바람에 나도 이 사건에 관심을 갖게 되었다네."

"금발의 비쩍 마른 청년 말인가?"

"그렇지. 금방 기억하는군."

"그런데 그 친구가 뭘 의심했는데?"

"나도 같은 의심이 들었는데, 자, 사자 쪽에서 한번 생각해보세. 사자가 문 밖으로 나왔어. 자유로워진 사자가 무얼 했을까? 우선 론더에게 달려들려고 여섯 발짝 정도 뛰었지. 론더는 달아나다가 사자가 발톱으로 그의 머리를 할퀴는 바람에 그대로 땅에 쓰러졌어. 그러고 나서 사자가 도망친 게 아니라 이번에는 여자에게로 달려들어 물어뜯기 시작한 거지. 그녀가 울부짖으면서 한 소리는 남편이 구해 주러 오지 않으니까 원망하는 소리였는지 모르지만 이미 죽어 있는 그 불쌍한 론더가 어떻게 그녀를 구해줄 수 있었겠어? 안 그런가?"

"그렇지. 말도 안 되는 소리지."

"그리고 또 한 가지, 지금 생각해 보면 이 점이 정말 이상한데, 사자와 여자의 소리뿐 아니라 그 사이에 공포에 질린 남자의 소리를 들은 사람이 있었다는 거지."

"그거야 분명 론더의 소리였겠지."

"아니, 머리가 깨져 죽은 사람이 어떻게 소리를 지른단 말인가. 그런데 남자 소리를 들었다는 사람이 두 명 있었다니까."

"뭐 그 단원들 간에 난리가 났을 거 아닌가? 난 이런 생각이 드는데."

"뭔가? 얘기해 보게."

"사자가 우리 밖으로 뛰쳐나왔을 때 론더 부부는 우리에서 열 발짝 정도 떨어진 곳에 있었어. 론더는 사자를 보고는 도망가다 쓰러졌고, 그의 아내는 우리 안으로 들어가 문을 닫으려고 했지. 차라리 그곳이 안전할 거 같아서 말이야. 그런데 그녀가 달려가려고 하자 사자가 날쌔게 달려든 거야. 그녀는 남편이 도망간 게 사자를 자극했다고 생각해 남편을 비겁하다고 분개했던 거지. 만약 그들이 사자를 피하지 않고 평상시처럼 대했다면 사자가 그런 짓을 하지는 않았다고 생각해서야."

"멋진 추측이긴 하지만 자네 생각엔 한 가지 오류가 있네."

"뭐지?"

"그들이 우리에서 열 걸음쯤 떨어져 있었다면 도대체 누가 문을 열었다는 건가?"

"그들에게 원한을 품고 있는 자가 미리 문을 열어놓았을까?"

"그 부부는 항상 사자와 함께 쇼를 하고 장난도 치며 지냈기 때문에 사자가 그들을 잘 따르고 있었는데, 왜 갑자기 주인들을 공격했는지 모르겠단 말이야."

"단원들 중 아까 말한 그 남자가 사자를 자극한 게 아니었을까?"

홈스는 아무 대답도 없이 잠시 생각에 빠져 있었다.

"그럴 수도 있지. 론더는 적이 많았다고 하거든. 에드먼드 경위 말로는, 술만 마시면 난폭한 행동을 했다는군. 몸집이 크고 힘도 세서 서커스 계통 사람들과 곧잘 싸움을 일으켰다는 거야. 아까 그 메릴로 부인이 말한 것처럼 아직도 소리를 치며 죽은 남편을 욕한 론더 부인이 이해가 되기도 해. 그러나 진실이 밝혀지기 전까지는 말을 삼가자고. 자, 왓슨! 가재요리와 포도주 한 병이 있으니까 가기 전에 먹고 기운을 내세."

마차가 메릴로 부인 집 앞에 멈췄을 때 뚱뚱한 그녀가 현관문을 연 채 버티고 서서 우리를 기다리고 있었다. 집이 한적한 곳에 있어 조용했다. 우리를 2층으로 안내하며 그녀는 론더 부인과의 대화를 잘 해달라고 애원하다시피 했다. 그녀를 놓치는 불행한 일이 일어날까 봐 불안해하는 눈치였다.

계단에는 오래되어 해진 카펫이 깔려 있었다. 비밀스러운 론더 부인의 방은 오랫동안 사람이 거처하지 않은 공간처럼 창문이 꽉 닫혀 있고, 곰팡이 냄새가 났다. 짐승을 우리 안에 가둬놓고 살았던 운명이 저주로 되돌아온 것인지, 이젠 그녀 자신이 짐승처럼 갇힌 신세가 되어 있었다. 그녀는 어두운 방의 다 부서져가는 의자에 앉아 있었다. 오랜 운동 부족으로 건강이 좋아 보이지는 않았지만, 젊었을 때는 꽤 아름다웠을 몸매였다. 아직도 예전의 자태는 조금 남아 있었다. 그리고 얼굴엔 검정색 베일이 입술까지 덮여 있었지만 턱의 곡

선으로 보아 상당한 미인이었을 것으로 짐작됐다. 그녀는 목소리가 부드럽고 상냥했다.

"제 이름은 알고 계시리라 생각합니다, 홈스 선생님."

"그렇습니다, 부인. 제가 그 사건에 관심을 갖고 있는 걸 어떻게 아셨는지요?"

"간신히 회복되고 나서 에드먼드 경위가 사건을 다루고 있다는 걸 알게 됐어요. 그에게 거짓말을 했는데, 나중에 후회가 되더군요. 그냥 모두 솔직히 털어놓을 걸 그랬어요."

"진실을 밝히는 게 가장 중요한 일이죠. 왜 그때 거짓 증언을 하셨습니까?"

"다른 사람의 운명이 걸려 있었거든요. 그는 형편없는 인간이었지만 제 양심에 걸려 파멸시킬 수는 없었습니다. 우리는 무척 가까운 사이였으니까요……. 네, 무척 가까웠었죠!"

"그러면 지금은 그렇지가 않다는 얘깁니까?"

"네, 홈스 선생님. 그는 죽었어요."

"그럼 왜 경찰에 모든 사실을 털어놓지 않은 거죠?"

"그 사람 말고도 또 한 사람이 관계돼 있기 때문입니다. 바로 저 자신이죠. 경찰에 알리게 되면 온 세상에 소문이 날 거 아닙니까? 저는 못 견딜 것 같아요. 그리고 오래 살고 싶지도 않습니다. 그냥 마음 편하게 지내다가 죽는 게 좋죠. 그게 제 바람입니다. 전 다만 이 끔찍한 얘기를 아무런 편견 없이 들어줄 사람이 필요해요. 그리고 제가 죽은 뒤에 모든 진실이 밝혀지기를 바라고 있습니다."

"별 말씀을요. 그런데 부인의 이야기에 대해서는 저도 책임이 있습니다. 부인의 얘기를 다 듣고 그게 경찰에 알려야 할 상황이면 그걸 알려야 할 의무가 있기 때문입니다. 그래서 분명한 약속은 드릴 수가 없습니다."

"저는 근래 몇 년 동안 선생님의 활동에 대한 책을 수없이 읽었기 때문에 선생님의 성격과 탐정 방법 등을 상세히 알고 있습니다. 그래서 선생님이 그렇게 하시지는 않으리라고 생각하고 있습니다. 어쨌든 제 운명의 신이 허락한 유일한 즐거움은 독서밖에 없습니다. 저는 다른 어떤 즐거움도 바라지 않습니다. 아무튼 솔직하게 다 말씀드리겠습니다. 이야기를 듣고 선생님이 경찰에 알리시겠다면 어쩔 수 없는 일이죠. 그것도 제 운명일 테니까요. 어쨌든 다 털어놓아야만 제 마음이 편안해질 것 같습니다."

"네, 말씀하시죠."

론더 부인은 서랍을 열어 사진 두 장을 꺼냈다. 한 장은 어떤 곡예사의 모습이었다. 체격이 우람하고 불끈 튀어나온 가슴 근육에 팔짱을 끼고 서 있는 남자는 텁수룩한 수염을 기른 채 미소를 짓고 있었다. 자신의 몸에 자신만만해하는 거만한 미소였다.

"레오나르도라는 사람입니다."

"그때 증언했던 그 남자 말인가요?"

"네, 바로 그 사람입니다."

여인은 다른 한 장의 사진을 보여주며 말했다.

"그리고 이 사람은 죽은 제 남편입니다."

남자는 험악하게 생긴 모습 때문에 마치 난폭한 멧돼지를 연상시켰다. 무서운 짐승처럼 거칠고 으르렁댈 것 같은 야비한 입매와 사납게 찢어진 눈은 악마의 모습과 다를 게 없었다.

"제 얘기를 이해하시는 데 도움이 될 것 같아 보여드렸습니다. 저는 어려서부터 톱밥 위에서 자란 불쌍한 아이였어요. 열 살도 안 돼 서커스단에 들어가 엄청난 훈련을 받으며 살았죠. 그러다가 제가 성숙해지자 그 남자가 저에게 눈독을 들이기 시작했습니다. 육체적인 욕망 때문이었어요. 저는 별 수 없이 그의 아내가 되었죠. 결혼하고부터 제 삶은 말 그대로 지옥이었습니다. 그는 저를 악마처럼 괴롭혔어요. 단원들 모두가 그 사실을 알게 됐죠. 그는 다른 사람들 앞에서도 저를 때렸어요. 제가 가끔 한 마디라도 하면 그는 저를 기둥에 묶어놓고 채찍으로 때렸습니다. 그러자 사람들이 저를 동정하면서 그 사람을 멀리하더군요.

그러나 그들이 저를 위해서 무언가를 할 수 있는 것도 아니었어요. 그를 너무 무서워했으니까요. 그는 평소에도 거칠었지만 술을 마시면 더 사나워졌어요. 다른 사람들한테도 폭행을 저질렀죠. 죽일 것처럼 잔인하게 패기도 했고요. 경찰에 알려져 벌금을 낸다 하더라도 그에겐 돈이 많았기 때문에 문제도 안 됐어요. 단원들이 하나 둘 떠나기 시작했죠. 재능 있는 사람들이 거의 나가버리자 서커스 사업은 내리막길로 접어들었습니다. 그래도 계속할 수 있었던 건 레오나르도와 지미 글릭스가 있었기 때문입니다.

서커스단이 몰락해 가는데도 그는 달라지지 않았어요. 어느 날

레오나르도가 저에게 다가오기 시작했죠. 사진에서 보신 것처럼 그는 체격이 아주 좋았어요. 그러나 저는 그가 멋진 외모를 갖기는 했지만 마음이 몹시 소심하다는 걸 알았습니다. 하지만 제 남편과 비교하자면 천사 가브리엘 같은 사람이었죠. 어쨌든 저를 많이 도와주었어요. 그러다 보니 감정이 싹트면서 정열적으로 사랑하게 되었습니다.

결국 남편이 우리를 의심하게 되었습니다. 남편은 사나운 면도 있었지만 겁도 많았어요. 그가 두려워하는 단 한 사람은 바로 레오나르도였죠. 남편은 저에 대한 복수로 저를 더욱 심하게 매질하기 시작했습니다. 어느 날 밤 제가 심한 비명을 지르자 레오나르도가 참다못해 뛰쳐나와 우리 부부의 숙소인 텐트 앞까지 왔었어요. 그때 레오나르도와 저는 우리에게 닥칠 비극을 예감했습니다. 우리는 그걸 피할 수 없었고, 남편은 점점 더 미쳐갔습니다. 그래서 우리는 남편을 죽이기로 했습니다.

레오나르도는 영리한 데가 있었습니다. 그래서 그가 모든 작전을 짰죠. 물론 저도 같이 준비를 했습니다. 그는 곤봉을 만들었어요. 납덩어리에다 긴 쇠고리 다섯 개를 매달고 구부려 마치 사자 발톱처럼 만든 겁니다. 사자가 달려들어 그를 죽인 것처럼 보이기 위해서였죠. 그걸로 남편을 쳐서 죽인 겁니다.

그날 밤에도 평소처럼 저는 남편과 같이 사자에게 먹이를 주러 갔습니다. 칠흑같이 컴컴한 밤이었어요. 레오나르도는 우리가 가는 길목을 지키고 있었죠. 그는 텐트 뒤에 숨어 있었는데, 그만 우리를 놓쳐서 제때 곤봉을 휘두르지 못했습니다. 그래서 우리 뒤를 조심조심 따라왔죠. 그러다가 남편의 머리를 후려쳤던 겁니다. 저는 그 소리를 듣는 순간 모든 시름이 가시는 것 같았어요. 그리고 뛰어가서 사자 우리 문을 열었습니다.

하지만 곧바로 충격적인 일이 일어났어요. 사자가 피 냄새를 맡고는 흥분했던 겁니다. 사람을 죽이고 싶은 동물적 본능이 솟구쳤던 거죠. 문이 열리자마자 번개같이 저한테 달려들었습니다. 레오나르도가 곧바로 곤봉을 휘둘렀다면 사자를 떼어낼 수 있었겠죠. 그런데 그는 혼비백산해 도망가고 말았습니다. 사자는 이미 제 얼굴을 물어뜯기 시작했죠. 사자의 입에서 나는 냄새가 하도 고약하고 독해서 전 거의 고통도 못 느낄 정도였습니다. 저는 피가 철철 흘러내리는 얼굴을 감싸며 소리를 질러댔죠. 사람들 소리가 들리는 것 같더니, 레오나르도와 글릭스 그리고 몇 사람들이 저를 사자 밑에서 끌어낸 모양입니다. 저는 그대로 정신을 잃었고, 의식이 되돌아오기까지 몇 달이 걸렸습니다.

아, 저는 사자를 몸서리치도록 저주했습니다. 얼굴을 이 지경으로 만들어서가 아니라 저를 죽이지 않은 것이 슬펐기 때문이죠. 저는 이 처참한 꼴을 누구에게도 보이고 싶지 않아 아무도 아는 사람이 없는 이곳에 숨어 살고 있는 것입니다. 제 운명이죠. 이제 상처밖에 남은 게 없는 불쌍한 인간이 최후를 맞이하기 위해 동굴 속으로 들어가고 있습니다. 저 유지니아 론더의 최후 말입니다."

여인의 얘기가 끝나자 우리는 한동안 아무 말 없이 앉아 있었다.

홈스는 팔을 뻗어 그녀의 손을 쓰다듬었다. 그의 표정은 이제까지 그에게서 한 번도 본 적이 없는 깊은 연민의 감정으로 가득 차 있었다.

"마음이 안 좋군요. 사람의 운명은 정말 모를 일이에요. 운명이 부인에게 보상을 해주지 않는다면 이 세상은 정말로 잔인하다고밖에 할 수 없습니다. 그런데 레오나르도는 어떻게 됐습니까?"

"그 후로는 그를 다시 만난 적도 없고, 소식을 들은 적도 없습니다. 그에게 깊은 감정을 갖고 있었던 게 실수였던 것 같아요. 그는 저를 그냥 가볍게 생각했는지도 모르거든요. 어쨌든 여자의 감정은 쉽게 정리되는 게 아닙니다. 그는 저를 혼자 두고 도망쳤지만 저는 그 사람을 죽일 수는 없었어요. 제가 어떻게 되든 두렵지는 않습니다. 전 오히려 사는 게 더 고통스러우니까요. 저는 레오나르도의 운명에 계속 얽혀 있었습니다."

"그가 죽었다고 했죠?"

"네, 지난달에 마르기트 근처에서 익사했습니다. 신문에서 기사를 읽었어요."

"납덩어리에 다섯 개의 갈고리를 달았다는 얘기를 듣고 매우 특이하다고 생각했는데, 그걸 나중에 어떻게 처리했을까요?"

"그건 저도 잘 모릅니다. 그런데 그 근처에 깊은 연못이 하나 있었는데, 아마도 거기에 던져 넣지 않았을까 싶습니다."

"그럼 됐습니다. 이 사건은 끝난 겁니다."

"네, 끝났죠."

그녀가 말했다.

우리는 떠나려고 자리에서 일어났다. 그때 홈스는 그녀의 말소리에서 무언가 불길한 걸 순간적으로 느꼈다. 그래서 다시 그녀를 쳐다보았다.

"부인의 생명을 부인 맘대로 할 수는 없습니다. 어떤 누구도 그렇게 할 수 없습니다."

"하지만 제가 더 산다고 해서 무슨 의미가 있겠습니까?"

"지나친 말씀이십니다. 고통을 견뎌가며 삶을 지탱해 내는 그 자체가 바로 이 조급한 세상에서 의미 있는 교훈을 주는 게 아닐까요?"

그러나 여인의 대답은 절망적이었다. 그녀는 베일을 올리고 불빛 아래로 다가왔다.

"선생님이 이런 몰골이라면 견딜 수 있겠습니까?"

말 그대로 참혹한 모습이었다. 무슨 말로도 표현할 방법이 없었다. 짓뭉개진 얼굴에 두 눈만이 빼꼼이 반짝이고 있어 말할 수 없이 비극적이고 무서웠다. 홈스는 순간 손을 들어올렸다. 연민의 감정 못지않은 거부감이 느껴지는 그런 동작이었다. 우리는 잠시 후 방을 나왔다.

이틀 뒤 홈스 집으로 갔을 때 그는 벽난로 위에 놓여 있는 작은 푸른색 병을 자랑하듯 보여주었다. 병에는 빨강색 종이가 붙어 있었으며, 극약이라고 쓰여 있었다. 마개를 열자 살구 냄새가 풍겼다.

"청산가리 아니야?"

"맞아. 그녀가 보낸 거야. 쪽지에 썼더라고. '죽으려고 갖고 있던 이 약을 선생님께 보냅니다. 선생님의 충고를 받아들이기로 했어요.' 하고 말일세."

쇼스컴 장원

셜록 홈스는 한참 동안 뭔가를 현미경으로 들여다보고 있었다. 그러고는 몸을 일으키더니 자신 있는 표정으로 나를 바라보았다.

"아교가 묻어 있어, 왓슨! 분명히 아교야. 자, 여길 들여다보게."

나는 렌즈에다 눈을 댔다.

"그 털은 트위드 코트에서 묻어나온 것이고, 거기 뭉쳐 있는 회색 덩어리는 그냥 먼지야. 그리고 왼쪽에 보면 바늘 같은 뾰족한 게 있지? 그 가운데를 잘 보라고. 갈색 얼룩 보이나? 아교가 틀림없지?"

"그러네. 한데 무슨 일이야?"

"음, 확실한 단서를 잡았어. 자네 세트판클라스 사건 기억나나? 그때 경관 하나가 죽고, 그 옆에서 모자가 발견됐잖은가? 그런데 체포된 혐의자가 자신의 모자가 아니라는 거야. 액자 만드는 사람이기 때문에 항상 아교를 사용하고 있었지."

"자네가 사건을 맡았나?"

"아니야. 경시청에 있는 친구 메리벨이 좀 도와달라고 한 거라네. 내가 지난번에 동전 위조범을 잡은 후로 말이야, 경찰에서 현미경의 중요성을 강조하고 있다네."

그는 초조하게 시계를 쳐다보며 말했다.

"누가 온다고 했는데, 늦는 모양이네. 그런데 왓슨, 자네 경마에 대해 잘 아나?"

"물론이지. 난 연금 수입의 절반을 경마에 투기하고 있거든."

"아, 그래? 그럼 경마에 대한 기본적인 상식은 알고 있겠군. 자네 로버트 노버턴 경이라는 사람 혹시 아나? 어떤 사람인가?"

"아, 그 사람! 잘 알지. 쇼스컴 장원에 살고 있어. 내 여름 별장이 그 근처라 잘 알고 있지. 자네도 그 사람 알지 않나?"

"내가 어떻게 알아?"

"그 고리대금업자 샘 브루어를 채찍으로 때린 사람 말이야. 거의 죽을 정도로 작살을 냈었지."

"대단했구먼! 아주 다혈질인가보네?"

"무척 공격적인 인물이지. 아마도 영국에서 제일 드센 기수일걸. 몇 년 전에 장애물 경마대회에서 2등을 한 적이 있었어. 그리고 그 세대 중에서 가장 정력적으로 활동하는 대표적인 사람일 거야. 젊었을 때는 외모로도 꽤 명성을 떨쳤고, 권투 선수, 육상 선수로도 활동했지. 또 경마 투기에도 소문이 날 정도로 빠졌었고, 염문도 자주 뿌렸고, 뭐 하여튼 이것저것 하는 게 많았었던 것 같아."

"아주 꿰고 있구먼, 왓슨! 그 정도면 대충 알겠어. 그러면 쇼스컴 장원에 대해 자세히 좀 얘기해보게."

"쇼스컴 장원엔 저택과 말 사육장, 그리고 경마 훈련장이 있지."

"존 메이슨이라는 자가 훈련장 수석 조련사인가?"

홈스가 불쑥 물었다.

"내가 잘 알면서 묻는다고 놀라는 것 같은데, 그게 아니라 그 사람이 바로 이 편지를 보냈거든. 그래서 쇼스컴 장원에 대해 자세히 알고 싶은 거라네."

"쇼스컴 스패니얼이라는 개가 유명하지. 유일한 영국 혈통인데, 저택의 안주인이 대단히 아끼는 애완견이라네."

"로버트 경의 부인 말인가?"

"아니, 그 사람은 미혼일세. 결혼할 사람 같지가 않아. 그는 지금 누나와 함께 살고 있다네. 누나 베아트리스 펄더는 남편과 사별했거든. 장원은 원래 남편 제임스 경의 소유였지. 그런데 장원은 종신 소유권을 받았기 때문에 부인이 죽으면 자연히 동생 것이 되겠지. 그녀는 소작료를 받으며 살고 있다네."

"그럼 로버트 경이 그 돈을 뜯어내겠구먼."

"아마도 그러겠지. 상당히 포악한 사람이라 누나를 엄청 괴롭혔을 거야. 그런데도 그녀는 동생한테 잘하는 것 같더라고. 그런데 거기서 무슨 일이 일어난 건가?"

"아니, 좀 알아둬야 할 것 같아서. 어, 그 사람이 왔나보네."

현관문이 열리며 한 남자가 들어섰다. 키가 크고 얼굴이 말끔했으며, 아이들을 지도하는 사람 특유의 딱딱하게 굳어 있는 남자였다. 존 메이슨은 자신에게도 엄격할 것 같았다. 그는 차분하게 인사를 하며 의자에 앉았다.

"제 편지 받으셨죠?"

"네, 그런데 아무 설명도 없더군요."

"복잡한 문제라서 자세히 쓸 수가 없었습니다. 너무 복잡해서요. 그래서 직접 찾아뵙고 말씀드리려고 온 것입니다."

"네, 잘 생각해서 하셨겠죠."

"선생님, 아무래도 주인인 로버트 경이 미친 것 같습니다."

홈스가 인상을 찌푸렸다.

"여기는 베이커 가입니다. 헐 가가 아니에요. 무슨 이유로 그런 단정을 내리시는 거죠?"

"홈스 선생님, 사람은 누구나 한 번쯤 이상한 행동을 할 수 있습니다. 하지만 계속 하게 되면 거기엔 분명 무슨 이유가 있는 것 아니겠습니까? 그런데 그분의 경우엔 행동하는 것마다 다 이상하거든요. 그런데 어떻게 제가 가만히 있을 수 있겠습니까? 쇼스컴 프린스와 더비 경마대회 때문에 미쳐버린 것 같습니다."

"프린스가 말 이름인가요?"

"네, 그렇습니다. 영국에서 가장 좋은 말입니다. 제가 보기에 그보다 더 좋은 말은 없는 것 같습니다. 제가 솔직히 말씀드리겠습니다. 소문을 내지는 않으시겠죠? 로버트 경은 이번 더비 경마대회에 목숨을 걸고 있습니다. 우승을 해야 된다는 거죠. 그리고 이번이 그에겐 마지막 도전입니다. 그래서 경기에 나가려고 큰 돈을 빌린 겁니다. 그것도 고리대금업자한테 엄청나게 비싼 이자를 지불하고 말이죠."

"그렇게 좋은 말이면 우승할 수도 있을 텐데. 그런데도 돈을 빌리기가 어려운 모양이죠?"

"사람들이 프린스에 대해 잘 모르기 때문이죠. 로버트 경은 경마의 가치를 알아보는 데 귀신같은 재주가 있는 사람입니다. 그래서 프린스의 배다른 동생을 교묘하게 이용하고 있어요. 두 마리 말은 구별하기가 힘들 정도로 거의 똑같거든요. 어쨌든 그는 경마에 온 인생을 걸고 있습니다. 그런데 만약 이번 대회에서 프린스가 우승을 못하면 그의 인생도 끝나는 겁니다."

"완전히 목숨을 건 도박이로군요? 그런데 그가 미쳤다는 건 무슨 근거죠?"

"우선 그가 하는 행동을 보면 모든 걸 알 수 있습니다. 밤에도 잠을 거의 안 자고, 하루 종일 마구간에서 살고 있어요. 눈에는 핏발이 서 있고, 신경도 점점 날카로워지고 있습니다. 그리고 누나한테 하는 것도 완전히 달라졌어요."

"어떻게 말인가요?"

"그 남매는 사이가 좋은 편이었습니다. 그리고 누나도 말을 좋아했어요. 그 중에서도 프린스를 가장 아껴서 매일 보러 왔었죠. 프린스는 그녀만 보면 귀를 세우고 반기면서 설탕을 잘 받아먹곤 했는데, 지금은 다 끝났어요."

"아니, 왜요?"

"그녀의 관심이 없어진 거죠. 1주일 동안 마구간도 안 오고 있으니까요."

"로버트 경과 다퉜나 보죠?"

"심하게 싸운 것 같습니다. 안 그랬다면 도대체 왜 그녀가 그렇게 아끼는 스패니얼을 다른 사람에게 줘버렸겠어요. 며칠 전에 그린 드래곤 여관집 주인 바네스에게 그 개를 넘겼거든요."

"참 알 수 없는 일이군요."

"그녀는 심장이 안 좋아서 밖에 잘 나가지 못해, 동생이 매일 저녁 두 시간씩 그녀 방으로 가서 얘기를 나누곤 했어요. 그녀가 동생한테 워낙 잘하기 때문에, 그도 누나를 위해서라면 뭐든 했었습니다. 그런데 이제 누나한테도 가지 않는 거예요. 그녀는 몹시 슬퍼하며 매일 술만 마시고 있는 형편입니다."

"전에도 술을 잘 마셨습니까?"

"네, 조금씩 하긴 했었죠. 그런데 요즘은 매일 한 병씩 마십니다. 홈스 선생님, 뭔가 심각한 일이 일어난 것 같습니다. 로버트 경이 밤마다 폐허 같은 교회 지하실로 내려가는데, 도대체 왜 가는지 모르겠어요. 거기서 누굴 만나는 걸까요?"

홈스가 두 손을 비비며 말했다.

"계속 얘기해 보세요."

"그가 밤에 나가는 걸 처음 본 사람은 어떤 하인이었습니다. 밤 12시에 비가 쏟아지는데 나갔다는 거예요. 다음날 제가 깨어 있었는데 그가 나가는 소리가 들리더군요. 그래서 스테폰스와 함께 그를 미행해 봤습니다. 들킬까봐 엄청 조심했죠. 그가 알기라도 하면 무슨 짓을 저지를지 몰랐거든요. 가까이 가지도 못하고 어느 정도 거리를 두고 쫓아갔습니다. 그가 도착한 곳은 유령이 나온다는 교회의 지하 납골당이었어요. 거기서 어떤 사람과 만나더군요."

"도대체 어떤 교회입니까?"

"그 장원 안에는 오래된 교회가 하나 있습니다. 굉장히 오래된 교회라 언제 건축된 건지도 모른다고 하더군요. 납골당은 그 교회 지하실에 있는데, 워낙 캄캄하고 눅눅해서 아무도 관심이 없는 곳이죠. 가뜩이나 유령이 나온다는 소문이 있어서 사람들이 겁을 내는 곳인데, 로버트 경은 겁이 전혀 없는 사람입니다. 그는 세상에 무서울 게 없는 사람이니까요. 그런데 어쨌든 간에 한밤중에 뭣 하러 그곳에 갔는지 정말 모르겠습니다."

"잠깐만요! 거기서 누구를 만났다고 했는데, 혹시 메이슨 씨가 아는 사람이었습니까? 하인 가운데 한 사람 아니었나요?"

"아니오. 처음 본 사람이었습니다."

"확실합니까?"

"네, 분명히 보았습니다. 둘쨋날 밤에도 그의 뒤를 따라갔습니다. 저와 스테폰스는 숨어 있다가 로버트 경이 지나간 다음에 그의 뒤를 따라가는 바로 그 남자한테 다가갔습니다. 우리가 말했죠. '안녕하십니까? 누구시죠?' 했더니 그는 마치 지옥의 악마라도 본 듯 기겁을 하면서 도망치더라고요. 그래서 그가 누군지, 무슨 일로 거기 있었는지 알아내지 못했습니다."

"얼굴을 똑똑히 봤다고요?"

"네, 초라한 행색이었습니다."

홈스는 한참 생각을 하더니 물었다.

"베아트리스 부인은 누가 시중을 듭니까?"

"하녀 캐리 에번스가요. 벌써 5년 정도 됐죠."

"충실한 하녀입니까?"

"네, 아주 헌신적인 여자죠. 그러나 자세한 건 대답할 수 없습니다."

"하!"

홈스는 말문이 막힌다는 식의 반응을 보였다.

"제가 함부로 말할 수가 없어서입니다."

"아, 알겠어요! 메이슨 씨. 나도 짐작합니다. 왓슨 박사가 얘기를 해줘서 알고 있는데, 모두들 그를 두려워하고 있다고요. 혹시 그 하녀와의 관계 때문에 남매가 싸운 건 아닐까요?"

"그 스캔들은 이미 오래된 얘기입니다."

"베아트리스 부인은 모르고 있었는지도 모릅니다. 그러다가 어느 날, 그 사실을 알고는 하녀를 내쫓으려고 하자 동생이 반대했던 거죠. 즉 이렇게 가정해 보자는 겁니다. 그러나 심장이 약한 누나는 동생과 신경을 곤두세우며 싸울 힘도 없었지요. 게다가 꼴도 보기 싫은 하녀가 계속 가까이 있으니 부인은 말을 섞기 싫어 술만 마시고 있었던 거죠. 그래서 로버트 경은 그녀에 대한 반발로 애완견을 몰래 빼내 남한테 주어버린 것입니다. 사건 전말을 이렇게 유추해 볼 수 있지 않을까요?"

"그렇게 생각할 수도 있습니다만……."

"그게 교회 지하실에 가는 것과 무슨 관련이 있느냐는 얘기지요? 물론 아직 단정할 수는 없습니다."

"홈스 선생님, 이상한 일이 또 하나 있는데요. 로버트 경이 시체를

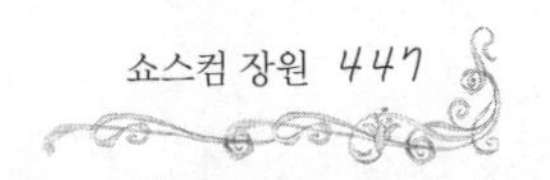

파내고 있는 것 같습니다."

홈스는 놀라 자리에서 일어났다.

"네, 어제였어요. 로버트 경이 런던에 가고 없는 사이, 저는 스테폰스와 함께 그 지하실에 가봤습니다. 처음에는 특별히 이상한 걸 발견하지 못했지만 깜짝 놀라고 말았습니다. 글쎄, 한쪽 구석에 사람의 뼈가 쌓여 있는 게 아니겠습니까?"

"경찰에 신고는 하신 거죠?"

메이슨 씨는 씁쓸히 웃었다.

"선생님, 경찰은 이런 일에 흥미가 없을 겁니다. 그 미라는 천 년쯤 돼보였으니까요. 그런데 전에는 그 지하실에 아무것도 없었습니다. 분명히 말씀드릴 수 있습니다."

"안 만지고 그대로 뒀죠?"

"네, 그렇습니다."

"잘하셨어요. 로버트 경은 몇 시쯤 돌아오죠?"

"오늘 내로 돌아올 것 같습니다."

"스패니얼은 언제 남한테 주었습니까?"

"1주일 전에요. 그가 개를 들어 올리는데 꼭 죽이려는 것처럼 보이더군요."

홈스는 다시 생각에 잠기며 오래 전부터 쓰던 파이프를 입에 물었다.

"메이슨 씨, 무슨 얘긴지 도대체 핵심을 모르겠군요. 좀 찬찬히 얘기해 보세요."

"이걸 보시면 이해가 될 겁니다."

메이슨 씨는 주머니에서 종이로 싼 뭔가를 꺼내더니 조심스럽게 풀었다. 그 속에서 불에 탄 것 같은 뼛조각이 나왔다. 홈스는 잔뜩 흥미를 보이며 들여다보았다.

"어디서 나온 거죠?"

"베아트리스 부인의 방 아래에 지하실이 있는데, 그곳 난로 속에서 나왔습니다. 그 난로는 오랫동안 안 쓰고 있었는데, 얼마 전에 로버트 경이 춥다고 다시 쓰라고 했습니다. 그래서 허베이가 오늘 아침에도 불을 때려고 난로의 재를 긁어모으는데 이게 나왔다는 것입니다. 그는 무서워서 제대로 보지도 않고 저한테 가져왔습니다."

"왓슨, 자네 이게 뭔지 알겠나?"

뼛조각이 워낙 새카맣게 타서 해부학적으로 증명하기는 어려웠다. 그래도 알아볼 수는 있었다.

"사람의 대퇴골이네."

홈스의 표정이 더욱 굳어졌다.

"메이슨 씨, 허베이라는 사람이 언제 난로를 청소하죠?"

"매일 저녁 합니다."

"그러면 한밤중에 누가 그곳으로 내려갔다는 얘긴데요."

"그렇습니다."

"밖에서 지하실로 들어가는 문이 있습니까?"

"네, 있습니다. 지하실은 베아트리스 부인의 방으로 가는 복도와도 연결됩니다."

"메이슨 씨, 뭔가 숨겨진 비밀이 있는 것 같습니다. 추악한 문제일 것 같아요. 로버트 경이 어젯밤 집에 없었다고 했죠?"

"네, 안 계셨습니다."

"그럼, 그가 한 짓은 아니군요."

"그건 모르겠습니다."

"아까 그 여관 이름이 뭐라고 했죠?"

"그린 드래곤이요."

"혹시 버크셔 근방에 낚시터 있습니까?"

정직한 조련사는 홈스의 뚱딴지같은 질문에 어리둥절해했다.

"네, 근처 냇물에서 송어도 잡고, 호수에서는 곤들매기도 잡았다는 소리를 들었습니다만."

"네, 좋습니다. 왓슨과 내가 낚시광이라 오늘밤에 그곳으로 갈까 합니다. 안 그런가, 왓슨? 그럼, 그린 드래곤 여관을 기점으로 자주 연락하기로 하죠. 당신 도움이 절대 필요하니까요."

훈훈한 5월 저녁, 홈스와 나는 낚시 도구를 챙겨가지고 쇼스컴으로 가는 기차를 탔다. 1등석 칸에는 우리밖에 없었다. 쇼스컴 역에 내린 우리는 마차를 타고 그린 드래곤 여관을 찾아갔다. 우리가 낚시를 하러 왔다고 하자 주인 조시아 바네스는 환대를 했다.

"홀 호수에서 곤들매기 낚시를 할까 하는데요."

홈스의 말에 바네스 씨의 얼굴이 굳어졌다.

"글쎄, 어려울 것 같은데요. 고기도 잡기 전에 선생들이 잡힐걸요."

"무슨 말씀이죠?"

"로버트 경 말입니다. 그는 경주말에 온 신경을 곤두세우고 있어서, 낯선 사람이 그의 훈련장 근처에 나타나는 걸 보면 분명히 염탐하는 걸로 의심할 겁니다. 그렇게 되면 그는 무슨 짓을 할지 모릅니다."

"그가 더비 경마대회에 나갈 말을 훈련시키고 있다는 얘기는 들었습니다."

"무척 좋은 말이죠. 그는 우리한테 많은 돈을 빌려다가 그 경기에 다 쏟아 붓고 있는 형편입니다. 하지만……."

그는 우리를 불안한 눈으로 쳐다보았다.

"혹시 경마장에서 오신 분들은 아니죠?"

"아닙니다. 우리는 런던이 지겨워서 이곳의 신선한 공기를 마시러 온 것뿐입니다."

"잘 오셨어요. 이곳은 머리를 식히기에 더없이 좋은 곳이죠. 제가 한 말에 기분 나빠하지는 마십시오. 아무튼 그는 무척 포악한 사람입니다. 그러니 장원 근처에는 절대 가지 마세요."

"알겠습니다. 그런데 저 개는 스패니얼인가요?"

"네, 맞습니다. 쇼스컴 순종이죠. 아마 영국에서 가장 훌륭한 개일 겁니다."

"제가 개를 굉장히 좋아해서요. 혹 실례가 안 된다면, 저런 개는 값이 얼마나 됩니까?"

"아마 굉장히 비쌀 거예요. 이 개는 로버트 경이 준 거라 목에 줄을 매놓았죠. 줄을 풀면 금방 주인한테 돌아갈 것 같아서요."

여관 주인이 자리를 뜨자 홈스가 말했다.

"왓슨, 손에 최고의 카드를 쥐었다고 해서 게임을 잘할 수 있는 건 아닐세. 그러나 이틀 내로 해결을 봐야겠어. 로버트 경이 아직 런던에 있다고 했으니까, 오늘 밤엔 그의 눈을 피할 수 있지 않겠나. 그래서 장원에 일단 들어가야겠네. 한두 가지 확인해 볼 게 있어."

"계획을 세운 건가?"

"우선은 여기까지야. 그 사람들 성격이 좀 특이하고 괴상한 데가 있는데, 오히려 그런 점은 난해한 문제가 아니네. 정작 어려운 문제는 특별히 이상한 점도 없는 평범한 사건들이지. 아무튼 로버트 경이 누나가 자식처럼 아끼는 그 개를 남한테 줘버렸다는 게 이상하지 않나?"

"아니, 난 특별한 걸 못 느끼겠는데. 남동생이 심하게 나쁘다는 것밖에는."

"그럴 수도 있겠구먼. 그런데 그게 그리 단순한 문제는 아닌 것 같네. 우선 그녀가 갑자기 달라진 점을 생각해 보게. 남매가 얼마나 심하게 싸웠는지는 모르지만 그녀의 태도는 완전히 180도 달라진 거 아니겠나. 그건 사건을 숨기기 위해서 위장하는 것일 수도 있어. 그런 생각 안 드나?"

"그럼 교회 지하실에서 일어난 일은 뭐지?"

"그건 다른 문제야. 지금 사건은 두 가지 시각으로 봐야 할 것 같네. 두 가지를 한데 묶으면 안 돼. 첫째는 베아트리스 부인인데, 내가 보기엔 그녀의 행동에는 뭔가 알 수 없는 사악한 데가 있는 것 같아. 그런 느낌 안 드나, 자네?"

"글쎄, 난 도통……."

"그리고 두 번째는 로버트 경이야. 그의 운명은 지금 고리대금업자 손아귀에 들어 있어서 만약 우승을 못하면 전 재산이 넘어갈 판이야. 겁이 없고 무모한 사람이지. 그리고 현재 누이의 수입에 기대 살고 있으면서 그 누이의 하녀를 이용하고 있어. 이쯤에서 생각해 보게."

"그런데 지하실에서 발견된 그 뼛조각들은 뭘까?"

"그렇지, 그 뼛조각! 왓슨, 이렇게 생각해 보세. 물론 이건 어디까지나 극단적인 추측인데, 로버트 경이 그의 누이를 살해한 거야."

"홈스, 너무 비약해서 생각하는 것 아닌가?"

"아니, 충분히 가능한 일이야. 로버트 경이 좋은 가문 출신인 건 알고 있지만 때로는 독수리 떼 속의 검은 매가 있을 수도 있거든. 그래서 내가 이 추측을 뒷받침하는 논증을 해보이겠네. 한 마디로 그는 돈을 챙기기 전에는 이곳을 떠나지 않을 걸세. 그런데 그 돈은 경마에서 우승을 해야만 나올 수 있는 거지. 그래서 아직 여길 못 떠나고 있는 거야. 그는 누이를 살해한 후 사람들이 안 가는 교회 지하실에다 시체를 옮겨놓은 다음 한밤중에 난로로 가져가 태워버린 거라네. 그렇게 생각되지 않나?"

"아무튼 그걸 증명할 수가 있어야지."

"왓슨, 그래서 내일 시험해볼 게 있네. 우선 그에 대해 좀 더 알아보세. 여관 주인하고 술 한 잔 하면서 낚시 얘기를 하는 거야. 그러다 보면 로버트 경이나 그 주변 사람들에 대한 얘기들을 지껄이지 않겠어?"

다음날 아침, 홈스는 낚시 미끼를 가져오지 않았다는 걸 알았다. 그래서 우리는 주인에게 부탁해 스패니얼 개를 데리고 11시쯤에 산책을 나섰다.

"여기가 저택이네."

앞에 서 있는 두 개의 문에 독수리 문장이 새겨져 있는 걸 보며 홈스가 말했다.

"바네스 씨 얘기로는 베아트리스 부인이 12시쯤 마차로 산책을 나간다는군. 문까지 마차가 오면 마부한테 가서 몇 마디 물어보게. 난 나무 뒤에 숨어 있겠네."

5분쯤 지난 뒤, 두 마리 회색 말이 이끄는 노란색 마차가 정원을 내려오고 있었다. 문지기가 얼른 뛰어나와 문을 열었다. 홈스는 스패니얼과 함께 어느새 모습을 감추고 없었다.

마차가 천천히 다가와 그 안에 타고 있는 사람들을 식별할 수 있었다. 금발의 건강한 여자가 당당하게 왼쪽에 앉아 있고, 구부정한 노인이 얼굴과 어깨에 대충 숄을 두른 채 오른쪽에 앉아 있었다. 마차가 가까이 오자 나는 위엄 있는 태도로 손을 들었다. 그리고 마부에게 로버트 경이 저택에 있느냐고 물었다.

바로 그때 홈스가 개와 함께 나타났다. 개는 미친 듯이 좋아하며 달려가 마차 위로 뛰어올랐다. 그러나 어느 순간, 개가 갑자기 분노로 흥분하여 늙은 여인의 치마를 잡아 뜯었다.

"마차를 달려. 빨리!"

그 소리에 마부가 채찍을 휘둘렀고, 우리는 그대로 서 있었다.

"잘 했네, 왓슨. 이제 끝났어."

홈스는 씩씩거리는 스패니얼 개의 목에 다시 줄을 매달았다.

"이 개는 그 여인이 자기 주인인 줄 알고 뛰어갔는데, 가서 보니까 아니었던 거야. 개는 절대로 사람을 잘못 보지 않거든."

"목소리도 남자였어!"

나도 너무 놀라 외쳤다.

"그렇지! 이제 또 한 장의 카드를 손에 쥔 셈이야. 하지만 왓슨, 신중하게 게임을 계속해야 하네."

그날 오후, 우리는 호수로 낚시를 하러 갔다. 그래서 저녁엔 훌륭한 송어요리를 먹을 수 있었다. 식사가 끝난 다음 우리는 다시 저택 문 앞으로 갔다. 베이커 가로 찾아왔던 조련사 존 메이슨이 우리를 기다리고 있었다.

"어서 오십시오. 선생님의 메모를 받았습니다. 로버트 경은 아직 안 돌아왔는데, 오늘 밤까지는 온다고 합니다."

"교회까지 먼가요?"

홈스가 물었다.

"400미터쯤 됩니다."

"그럼 지금 가보고 싶은데요."

"선생님, 저는 갈 수가 없습니다. 로버트 경은 도착하자마자 곧바로 프린스의 상태를 물어볼 것입니다."

"알겠습니다. 그럼 지하실까지만 우리를 안내해 주시죠."

달빛도 없는 캄캄한 밤에 메이슨 씨는 숲길을 훤히 알고 나아갔다.

한참을 가자 앞에 건물 같은 게 어렴풋이 보였다. 우리는 부서진 틈으로 들어갔다. 메이슨 씨가 다가가 한쪽 구석에 있는 벽돌 더미를 헤치자 지하로 내려가는 좁은 계단이 나타났다. 그는 성냥을 켜 그곳을 비췄다. 그야말로 유령이 나올 것처럼 으스스했으며, 벽은 곧 무너져 내릴 것 같았다. 그리고 바닥에는 관들이 놓여 있었다. 관 뚜껑엔 가문의 문장인 독수리가 조각돼 있었다.

"메이슨 씨, 유골을 보았다는 장소가 어딥니까?"

"바로 저 구석입니다."

그는 그쪽으로 성큼성큼 걸어갔다. 그러나 곧 놀라 기겁을 하며 멈춰 섰다.

"아니, 이게 웬일이죠? 없어졌습니다."

홈스가 그럴 줄 알았다는 듯 웃으며 말했다.

"예상대로군요. 난로 속에서 다 타버렸으니까요."

"세상에! 천년이나 된 사람 뼈를 뭣 때문에 태운 걸까요?"

"우리도 그걸 알고 싶습니다. 시간이 좀 걸릴 것 같은데, 아무튼 내일 아침 이전에 해결을 보겠습니다."

메이슨 씨가 떠나자 홈스는 주의 깊게 무덤들을 조사하기 시작했다. 색슨 시대부터 노르만 시대를 거쳐 18세기까지의 무덤들이었다. 1시간이 넘게 조사한 다음 그는 지하 납골당 초입에 있는 납관으로 갔다. 그러고는 만족해하며 조용히 탄성을 질렀다. 갑자기 활발해진 그의 동작으로 보아 뭔가 의미 있는 일이 생긴 게 분명했다. 그는 렌즈를 꺼내 관 뚜껑 가까이 대고 들여다보았다. 그런 다음 주머니에서 휴대용 지레와 상자 따개를 꺼내더니 갈라진 틈새로 따개를 끼워 넣고 지레를 눌렀다. 관이 쩍 벌어지며 뚜껑이 분리되는 소리가 들렸다. 그러나 관 속을 열어보기도 전에 우리는 놀라 숨을 죽여야 했다.

누군가 교회 안으로 들어오는 소리가 들렸다. 걸음걸이가 확실하고 빠른 걸 보면 교회에 분명한 일이 있어서 온 것이었다. 곧 계단에 불빛이 비치더니 등불을 손에 든 사람이 서서히 모습을 드러냈다. 어딘지 사나운 분위기였다. 몸집이 하마 같고 동작도 막돼먹은 데가 있어보였다. 등불 뒤로 남자의 모습이 분명히 드러났다. 억세 보이는 체격에 덥수룩한 수염, 그리고 성마른 눈초리. 그는 이곳저곳을 재빨리 훑어보더니 우리를 매섭게 노려보았다.

"당신들 누구요? 남의 집에 들어와 대체 무슨 짓을 하는 거요?"

우리가 아무 대답도 하지 않자 그는 두 걸음쯤 앞으로 나오며 들고 있던 큰 지팡이를 위로 올렸다.

"내 말 안 들려? 대체 누군데 여기서 이러고 있는 거냐고?"

그의 지팡이가 분노에 흔들리고 있었다.

하지만 홈스는 태연히 그에게 다가갔다.

"로버트 경, 내가 오히려 당신에게 묻고 싶군요. 당신은 누구시죠? 여기에 무슨 볼 일이 있어 온 거죠?"

홈스는 돌아서더니 관 뚜껑을 열어젖혔다. 시트로 완전히 감싸인 시체가 안에 놓여 있었다. 그가 얼굴 부분을 조금 벗겨보자 늙은 여인의 얼굴이 드러났는데, 썩어 뭉개진 피부 사이로 열려진 두 눈이 번득이며 우리를 노려보는 것 같았다.

로버트 경이 다급한 비명을 지르며 뒤로 물러서더니 높은 석관에 몸을 기대고 섰다.

"어떻게 알았죠? 그래서 어쩔 건데요?"

그는 당황하면서도 여전히 뻔뻔스럽게 말했다.

"나는 셜록 홈스입니다. 남작께서도 저를 알고 있으리라 생각합니다. 제가 하는 일은 선량한 사람들을 도와주어 그들이 법을 지키도록 하는 것입니다. 남작께서는 저에게 하고 싶은 말이 많을 것 같은데요."

홈스의 차분하고도 냉정한 말투가 그의 마음을 서서히 움직이는 것 같았다. 우리를 노려보던 시선을 감추고 그가 조용히 말했다.

"홈스 선생, 난 결코 나쁜 짓은 하지 않았습니다. 신에게 맹세할 수 있어요. 모든 상황이 나에게 불리하게 꼬여간 겁니다. 네, 시인은 합니다. 나도 그럴 수밖에 없었어요."

"어떤 사정이 있었는지는 모르지만 경찰에 가서 고백하셔야겠습니다."

남자가 우악스런 어깨를 움츠렸다.

"그러면 집으로 가서 진실을 말씀해 주시기 바랍니다."

15분 뒤, 우리는 반들반들하게 닦인 총기들이 장식장 안에 진열되어 있는 방으로 들어갔다. 로버트 경은 잠시 나가더니 두 사람을 데리고 돌아왔다. 한 사람은 낮에 마차에 타고 있던 젊은 여자였고, 또 한 사람은 쥐새끼처럼 생긴 남자였다. 둘 다 눈치를 살피며 당황해하는 기색이 역력했다. 갑자기 아무것도 모르고 헐레벌떡 따라온 것 같았다.

로버트 경이 손을 흔들며 말했다.

"이분들은 노렛 부부입니다. 노렛 부인의 결혼 전 이름은 에번스인데, 제 누나의 하녀로 충실하게 일해 왔습니다. 이분들이 바로 제 계획을 도와준 증인들이라 이렇게 데려왔습니다."

여자가 소리를 쳤다.

"남작님, 그런 말씀을 해도 괜찮습니까? 지금 무슨 말씀을 하시는 건지 알고 계세요?"

이번엔 그녀의 남편이 말했다.

"저는 아무 죄도 없습니다."

로버트 경은 그를 경멸하듯 쳐다보았다.

"그래, 모든 책임은 나한테 있네. 저, 홈스 선생! 전부 말씀드리겠습니다. 그런데 다 알고 계시는 것 같아 어디서부터 얘기를 시작해야 할지 모르겠군요. 저는 더비 경마 대회에 출전할 훌륭한 말을 갖고 있습니다. 이 말에 제 인생이 걸려 있지요. 우승을 하면 모든 것이 풀리는데, 만약 진다면…… 아, 생각조차 하기 싫습니다."

"그런데요?"

"나는 베아트리스 누님을 의지해 살고 있습니다. 아시겠지만 누님의 수입은 여기 장원에서 나오는 것밖에 없습니다. 문제는 제가 지금 빚더미에 앉아 있다는 사실입니다. 만약 누님이 돌아가시면 빚쟁이들이 벌떼처럼 달려들 게 뻔합니다. 모든 재산이 다 넘어가겠죠. 내 말들까지도 말입니다. 그런데 홈스 씨, 누님이 그만 1주일 전에 돌아가시고 말았습니다."

"왜 그 사실을 알리지 않았죠?"

"지금 이 마당에 어떻게 그걸 알릴 수 있겠어요? 채권자들이 알게 되면 난 완전히 파멸인데요. 그래서 3주일만 숨기려고 했던 겁니다. 그러면 모든 게 잘 풀릴 수 있거든요. 여기 노렛 씨가 지금 누님처럼 가장하고 있습니다. 누님 방에 들어갈 수 있는 사람은 하녀밖에 없기 때문에 매일 산책을 나갈 때 외에는 모습을 드러낼 필요가 없습니다. 잠깐이라 어려울 것도 없었어요. 누님은 오래 전부터 수전증이 있었는데 그 때문에 돌아가셨습니다."

"그건 검시관이 확인해 줘야 합니다."

"의사도 몇 달밖에 못 사실 거라고 얘기했습니다."

"그래요? 그럼 시체는 어떻게 하셨죠?"

"그대로 놔둘 수가 없어서 곧바로 저기 안 쓰고 있는 헛간에다 옮겼습니다. 그런데 누님의 애완견 스패니얼이 헛간 문 앞에서 계속 짖어대지 뭡니까? 할 수 없이 다른 곳으로 옮겨야 했죠. 어쩔 수 없이 개를 다른 사람한테 맡기고 시체는 교회 지하실로 가져다 놓았습니다. 홈스 선생, 나는 나쁜 짓을 했다고는 생각하지 않습니다."

"로버트 경, 당신은 어떤 말로도 변명할 수 없는 범행을 저질렀습니다."

남작은 머리를 가로저었다.

"말이야 쉽죠. 선생도 나와 같은 상황에 처하면 그런 말은 안 하실 겁니다. 모든 희망이 바로 코앞에 있는데 그게 산산이 부서져 가는 걸 선생이라면 두 눈 뜨고 가만히 바라보고 있겠습니까? 나는 누님의 시신을 그녀 남편의 조상들이 누워 있는 납골당의 한 관 속에 잠시 옮겨 놓았습니다. 그곳은 고인의 명예를 손상시키지 않는 장소라고 생각했기 때문입니다. 관 속에 들어 있던 오래된 유골을 꺼내고 누님의 시신을 넣은 거죠. 하지만 꺼낸 유골을 그곳에 내버려둘 수가 없어서 밤중에 가져와 집 난로에다 태운 겁니다. 자, 다 털어놓았습니다. 이제 내 얘기를 선생이 어떻게 이해하느냐에 달려 있습니다."

홈스는 한동안 아무 말 없이 앉아 있었다.

"로버트 경, 그런데 한 가지 이해가 안 되는 점이 있는데요. 지금 경마대회에 모든 걸 쏟아 붓고 있다고 하셨는데, 만약 우승을 못해 재산을 다 날리게 된다 하더라도 다음번에 우승하면 돈을 벌게 될 거 아닌가요?"

"아니지요. 말도 재산이라 잃게 되어 있습니다. 그리고 그자들이 내가 경마에 나가도록 기다려줄 것 같습니까? 천만에요. 설상가상으로 이번에 나한테 자금을 가장 많이 빌려준 자는 전에 내가 한 번 말채찍으로 후려갈긴 적이 있는 브루어라는 인간입니다."

"알겠습니다, 로버트 경. 제가 할 일은 진상을 알아내는 것이고, 처벌은 경찰의 몫입니다. 왓슨 박사와 전 가보겠습니다. 저는 한 인간의 행위에 대해 도덕성이나 품위를 따지는 입장은 못 됩니다. 왓슨, 더 늦기 전에 빨리 떠나세."

처음에는 너무나 기괴하게 보였던 이 이야기가 다행히 좋은 소식

을 남기고 끝났다. 프린스가 더비 경마대회에서 우승해 8만 파운드를 버는 바람에 로버트 경은 빚을 모두 갚을 수 있었다. 그러고도 많은 돈이 남아 그는 다시 재기하는 데 성공했다. 누님의 사망 신고를 늦게 한 데 대해서는 다행히 경찰이 넘어가주는 바람에 처벌을 면할 수 있었다. 그 후 로버트 경은 과거를 청산하고 명예를 회복한 뒤 노후를 느긋하게 즐기며 살았다.

소포 상자

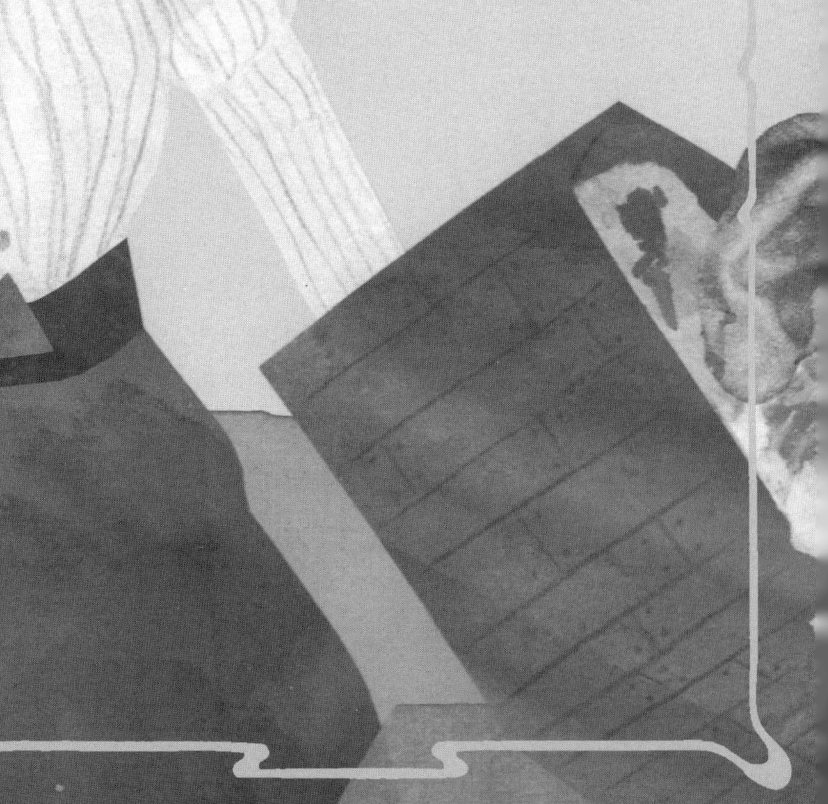

셜록 홈스의 탁월한 추리력을 여실히 드러내주는 여러 사건들 중에서 나는 가능한 너무 선정적이지 않은 얘기들을 소개하려고 나름대로 신경써왔다. 그러나 사실 어떠한 범죄 행위에서도 선정성을 완전히 배제할 수는 없다. 따라서 기록을 하면서, 내용의 핵심이 될 수도 있는 주변의 세부 사항들을 생략함으로써 자칫 사건을 잘못 전달할 수도 있겠다는 고민을 하게 되었다. 아무튼 그런 사건들 가운데 유난히 끔찍하고도 기이했던 사건 하나가 기억난다.

찜통 속에 앉아 있는 것처럼 날씨가 푹푹 찌는 8월의 어느 날이었다. 베이커 가 홈스의 집 건너편에 죽 늘어서 있는 노란색 벽돌집 지붕 위로 강렬한 태양이 눈을 찌를 듯이 내리쬐고 있었다. 그런데 이상하게 겨울의 안개 낀 날씨 속에서는 그 벽돌집들이 음산한 잿빛으로 보이는 것이다.

홈스는 커튼을 반쯤 제쳐놓고 소파에 기대앉아 아침에 온 편지 한 통을 몇 번이나 계속 읽고 있었다. 나는 인도에서 군복무를 했기 때문에 추위보다는 더위에 익숙해 섭씨 32도쯤은 아무렇지도 않았다. 더위는 견딜 만 했는데, 신문은 볼 게 하나도 없고, 의회도 폐회 상태라 재미있는 뉴스거리가 없었다. 도시는 사람들이 모두 빠져나가 텅 비어 있고, 나도 뉴포리스트의 숲속이나 사우스시의 해변이 그립기만 했다. 하지만 돈이 바닥나 휴가를 갈 수도 없었다.

그러나 홈스는 휴가를 떠나고 싶다는 생각조차 없었다. 그는 런던 한복판에 앉아서 뭔가 새로운 사건이 없나 당장이라도 달려들 기세로 자료들을 들추며 열심히 살펴볼 뿐이었다. 그는 기막힌 재주들이 수도 없이 많았지만 안타깝게도 자연을 감상하는 재주는 없었다. 그가 기분 전환으로 삼는 일이 있다면 단 하나, 도시 범죄자에게서 시골 범죄자로 눈을 돌리는 일이었다.

홈스가 편지에 온 신경을 쏟고 있는 것 같아 나도 신문을 내던지고 이런저런 생각에 잠겼다. 그런데 갑자기 그가 말을 걸었다.

"왓슨, 자네 말이 맞아. 분쟁을 해결하는 방법이 너무 어리석단 말이야."

"그렇다니까!"

나는 대답을 해놓고 나서야 그가 내 생각을 읽고 말했다는 걸 깨달았다. 너무 놀란 나는 그를 똑바로 쳐다보았다.

"아니, 어떻게 된 거야, 홈스? 내 머리로는 도저히 이해가 안 되네."

내가 소리를 지르자 그는 나를 보며 껄껄 웃어재꼈다.

"자네 기억나나? 내가 지난번에 에드거 앨런 포의 소설에서 뒤팽이 친구의 속마음을 추리로 알아맞히는 대목을 읽어줬을 때 그건 단지 작가 특유의 상상력일 뿐이라고 자네가 말했잖은가. 나도 때로는 그런 걸 할 수 있다고 말했는데도 말이야."

"내가 그랬다고?"

"이보게. 자네가 그런 말을 안 했는지는 모르지만 눈을 크게 뜨고 놀라워한 건 사실이야. 그래서 방금 전에 자네가 신문을 내던지기에 난 자네 생각을 읽어볼 수 있는 좋은 기회가 왔다고 내심 반가워했지. 거봐, 우리가 결국 생각이 통하지 않았나?"

하지만 난 도저히 이해할 수가 없었다.

"그 소설에서 뒤팽은 그냥 알아맞힌 게 아니라 친구가 한 행동을 보고 힌트를 얻은 거지. 돌더미에 걸려서 넘어질 뻔했다든지 하늘을 쳐다보는 행동 같은 것 말이야. 그런데 나는 아무 행동도 안 하고 조용히 의자에 앉아 있기만 했는데 어떻게 알 수 있었다는 건가?"

"자네 그 생각은 못했군. 자신의 표정 말일세. 누구나 얼굴엔 감정이 드러나는 법이거든. 그리고 자넨 유독 얼굴에 감정이 잘 드러나지."

"내 표정에서 감정을 읽어냈다고?"

"그렇지. 눈에서 읽어냈다네. 그 몽상이 어떻게 시작됐는지 자네 기억나나?"

"아니, 전혀."

"내가 말해 주지. 처음 눈에 들어온 건 자네가 신문을 내던지는 행동이었어. 그 다음엔 30초쯤 멍하게 앉아 있더니 액자 속에 있는 고든 장군의 초상화를 바라보더라고. 그때 자네의 표정이 바뀌어가고 있었네. 무슨 생각을 하기 시작한 거지. 하지만 오래 하지는 않았어. 자네 시선은 이내 책장에 놓여 있는 헨리 워드 비처(미국 목사, 1813—1887)의 초상화로 옮겨가더군. 그리고선 자연스레 벽으로 옮직였어. 자네 생각이 뭔지 분명해 보였지. 비처 목사의 초상화를 고든 장군 것처럼 액자에 넣어 벽에 걸어놓으면 장식적인 효과도 얻을 것 같다는 생각이 들었어."

"내 마음을 훤히 읽었군."

"그래, 거기까지는 맞을 거야. 그런데 자네는 다시 비처 목사를 생각했어. 눈을 찌푸리며 그의 얼굴을 하나하나 뜯어보듯이 사진을 자세히 쳐다보더라고. 그러면서 뭔가 생각에 잠기기 시작했지. 그와 관련된 여러 사건을 떠올리면서 말이야. 그중에서도 특히 남북 전쟁 때 비처가 북부 편에서 일한 것을 생각지 않을 수 없었을 거야. 나중에 그가 과격분자들에게 엄청 당하지 않았나. 자네가 그때 하도 분개해서 당연히 기억날 거라고 난 생각했지. 잠시 후 자네가 그 사진에서 시선을 돌리기에 혹시 남북전쟁 쪽으로 생각이 움직였나 싶었다네. 아닌 게 아니라 자네 표정이 굳어지면서 눈을 깜빡이며 주먹을 꽉 쥐더라고. 그러다가 얼굴이 우울해지며 고개를 흔들더군. 전쟁의 공포와 죽어간 사람들 생각이 났겠지. 그리고 전쟁이 곧 어리석은 거라는 생각을 하게 된 거야. 바로 그때 내가 동의한다는 의미로, 그건 정말 어리석은 거라고 말을 한 거지."

"정확했어. 그런데 아무리 생각해도 신기한걸."

"왓슨, 솔직히 말해 이 정도는 아무것도 아니네. 자네가 지난번에 내 말을 못 믿겠다고 해서 일부러 해본 거야. 그런데 지금 그런 것보다 훨씬 더 어려운 문제가 하나 생겼는데, 크로스 가의 이상한 소포 배달에 대한 신문 기사 자네 혹시 봤나?

"아니, 못 봤는데."

"그 신문 좀 이리 주게. 자, 이 기사야. 한 번 읽어보게."

크로이든의 크로스 가에 사는 수잔 쿠싱 양은 너무나 황당한 일을 겪었는데, 어쩌면 사악한 징조를 담고 있는지도 몰랐다. 어제 오후 2시에 그녀는 갈색 종이로 싸여진 작은 소포 하나를 배달받았다. 상자 안에는 굵은 소금이 가득 들어 있었다. 그녀는 상자를 들어 소금을 쏟아내다가 잘라진 지 얼마 안 된 사람의 귀 두 개를 발견했다. 쿠싱 양은 기겁을 하며 뒤로 물러섰다. 그 상자는 전날 아침 벨파스트에서 온 소포였다. 그런데 발송인 주소도 적혀 있지 않았다. 더욱 이상한 건 혼자 조용히 살고 있는 50세 노처녀인 쿠싱 양에게 우편물이 오는 일은 아주 드물었다는 사실이다.

쿠싱 양은 몇 년 전 펜지에 살 때 의대생 세 명에게 방을 세준 적이 있었다. 그런데 너무 시끄럽고 불규칙한 생활을 하자 그들을 쫓아냈다. 이번 일에 대해 경찰은 그 학생들이 쿠싱 양에게 복수하기 위해 해부실에서 시체의 귀를 잘라 보낸 것으로 추정하고 있다. 게다가 세 학생 중 한 명이 아일랜드 북부의 벨파스트 출신이라 경찰의 추정에 무게를 실어주고 있다. 이 사건은 경찰계의 최고 실력자로 알려진 레스트레이드 경감에게 맡겨져 현재 수사가 진행 중이다.

"여기 〈데일리 크로니클〉에도 같은 기사가 실렸군. 그리고 아침에 레스트레이드한테서 편지가 왔다네. 자, 읽어보게."

내가 신문을 읽고 나자 홈스가 편지를 내밀며 말했다.

이 사건은 당신이 맡으면 좋을 것 같습니다. 우리는 사건을 해결하리라는 희망은 갖고 있지만 우선 단서를 찾는 데 약간의 어려움을 겪고 있습니다. 벨파스트 우체국에 전보를 쳐서 문의해 본 결과 특정 소화물을 확인할 수가 없고, 또 보낸 사람을 기억할 수도 없다고 합니다. 사용된 상자는 반 파운드 용량의 담배 상자로, 아무런 단서도 되지 못하고 있습니다. 제 생각으로도 의대생들의 소행이라는 것이 가장 그럴듯한데, 어쨌든 당신이 잠깐 이곳으로 와주시면 좋겠습니다. 나는 쿠싱 양의 집이나 경찰서에 있을 것입니다.

"왓슨, 자네 어떤가? 크로스 가에 같이 가지 않겠나? 자네의 기록에 뽑힐 만한 의외의 수확이 될지도 모르지."

"그러지 않아도 재밌는 일이 뭐 없을까 하고 생각하고 있었네."

우리는 곧 준비를 하고 기차역으로 갔다. 크로이든에 도착하자 소나기가 한바탕 쏟아져 런던보다 훨씬 상쾌했다. 역엔 언제 봐도 다부지고 족제비 같은 인상을 주는 레스트레이드 경감이 마중 나와 있었다. 쿠싱 양 집까지는 걸어서 5분 거리였다.

크로스 가에는 현관 층계를 흰색으로 칠해 산뜻해 보이는 2층 벽돌집들이 나란히 늘어서 있었다. 앞치마를 두른 여인들이 현관 층계에 모여 이야기를 하고 있었다. 레스트레이드가 쿠싱 양 집 앞으로 다가가 문을 두드렸다. 하녀가 나와 문을 열어주며 우리를 거실로 안내했다.

쿠싱 양은 자수를 놓고 있었다. 그녀는 조용하고 온화해 보였다.

레스트레이드를 보자 그녀가 대뜸 말했다.

"그 섬뜩한 것들은 지금 창고에 있어요. 좀 가져가주시면 좋겠는데요."

"네, 그러죠. 당신 집에서 홈스 씨한테 보여드리려고 그냥 여기 놔뒀던 겁니다."

"아, 그래요? 왜 꼭 여기서 보여드려야 하는 거죠?"

"홈스 씨가 직접 질문할 게 있을 것 같아서요."

"나는 아무것도 모른다고 분명히 말씀드렸는데, 뭘 더 물어보겠다는 건가요?"

홈스가 나서서 말했다.

"네, 됐습니다. 이런 일 때문에 심려가 크셨을 겁니다."

"세상에! 전 워낙 사교성이 없는 성격이라 집안에서만 지내왔거든요. 그런데 신문에 제 이름이 나고, 경찰이 집에 오고, 난리가 났잖아요. 이런 일은 평생 처음이에요. 경감님, 그걸 정 봐야 한다면 여기로 가져오지 말고 창고로 가서 보세요."

집 뒤쪽으로 가자 작은 창고 하나가 있었다. 레스트레이드는 안으로 들어가 갈색 상자를 내왔다. 우리는 정원의 벤치에 앉아서 상자를 풀어보았다.

"끈이 뭔가 이상한데요."

홈스는 상자에 매여진 끈을 풀어 햇빛에 비춰보며 냄새를 맡아보았다.

"경감, 이 끈을 좀 봐요."

"타르가 묻어 있는 것 같은데요."

"그렇죠. 타르를 칠한 끈입니다. 쿠싱 양이 가위로 끈을 잘랐다면서요? 그런데 끝이 두 가닥으로 풀려 있어요. 이건 아주 중요한 단서가 됩니다."

"그게 왜 중요한 건지 난 모르겠는데요."

"중요한 건 매듭지은 게 그대로 남아 있다는 점이에요. 매듭이 아주 특이하게 돼 있거든요."

"아주 단정하네요. 그 점은 나도 적어놓았어요."

레스트레이드가 자신 있게 말했다.

"그리고 포장지가 갈색인데, 독특한 커피향이 나는군요. 경감은 못 느꼈는지 몰라도 난 분명히 나거든요. 그리고 주소를 J펜으로 쓴 것 같은데, 펜촉이 굵고 잉크 질은 나쁜 것 같습니다. 크로이든(Croydon)의 y를 처음엔 i로 썼다가 나중에 고쳤고요. 글씨체로 보면 남자가 쓴 게 분명합니다. 지적인 사람은 아니고, 크로이든이란 이름도 익숙하지 않습니다. 자, 좋습니다. 상자는 반 파운드 용량의 담배 상자이고, 바닥 왼쪽 구석에 엄지손가락 자국이 두 군데 나 있습니다. 그리고 소금은 상업용으로 쓰는 굵은 소금인데, 그 속에 기이한 물건이 들어 있군요."

홈스는 무릎에 나무판을 올려놓고 귀 두 개를 꺼내 나무판 위에 얹어 자세히 들여다보았다. 레스트레이드와 나도 옆에서 그 끔찍한 물건을 쳐다보았다. 한참동안 살펴보던 홈스는 마침내 그걸 다시 상자에 집어넣고 골똘히 생각했다.

"이 귀가 한 사람 게 아닌 것은 알고들 계시겠죠?"

"맞아요. 나도 그렇게 봤어요. 이게 의대생들이 한 짓이 맞다면 해부실에서 두 사람 귀를 찾는 게 어려운 일도 아닐 것 같은데요."

"그렇겠죠. 하지만 이건 그냥 못된 장난질 정도가 아닙니다."

"확실합니까?"

"그렇습니다. 해부실에서는 시체에 방부제를 주입해 놓죠. 그런데 이 귀에는 그랬을 가능성이 전혀 없고, 게다가 곧바로 잘라냈어요. 무딘 칼로 잘라냈는데, 그건 의대생이 하는 짓이 아닙니다. 그리고 의대생이라면 왕소금을 쓰지 않고 방부제로 알코올을 썼겠죠. 그러니까 이건 그냥 단순한 장난이 아니라 심각한 범죄가 발생한 겁니다."

홈스의 표정이 단호하게 굳어졌다. 뭔가 잔인한 범죄가 배후에 있다는 생각이 들자 나 또한 온몸이 오싹해졌다. 기괴하고 납득할 수 없는 어떤 비극이 숨어 있다는 생각이 들었다. 하지만 레스트레이드는 반신반의하는 표정으로 고개를 저었다.

"장난으로만 볼 수 없는 점들도 있지만 그렇지 않은 점들이 훨씬 더 많은 것 같은데요. 쿠싱 양은 지난 20년 동안 펜지와 이 동네에서 조용히 살아왔습니다. 거의 하루도 집을 떠나본 적이 없다고 하더군요. 그리고 범죄자가 스스로 그런 증거물을 소포로 보냈겠습니까? 그럴 이유가 없는 거죠. 안 그렇습니까?"

"글쎄, 그건 모르죠. 만약 내 추리가 맞다면 두 사람이 살해된 것입니다. 하나는 여자 귀고 다른 하나는 남자 귀인데, 여자 것은 귀고리 흔적이 나 있고, 남자 것 또한 귀고리 자국이 있는데다 햇볕에 많이 그을려 있어요. 둘 다 죽었을 겁니다. 오늘이 금요일이니까, 소포를 부친 건 목요일 아침이네요. 그럼 살인이 일어난 건 수요일이나 화요일, 아니 그 전일지도 모르겠어요. 쿠싱 양에게 죽은 두 사람 귀를 보낸 건 범인 자신이겠죠? 그러니까 소포를 보낸 사람을 찾아내야 합니다. 자, 그렇다면 그가 누굴까요. 쿠싱 양에게 이런 걸 보낼 만한 이유가 있는 사람이겠죠. 그럼 무슨 이유에서일까요. 자신이 살인을 했다는 사실을 알리기 위해서거나 아니면 그 사람에게 무서운 위협을 가하기 위해서겠죠. 그렇다면 쿠싱 양은 누가 범인인지 알고 있다는 겁니다. 그런데 정말 쿠싱 양이 알고 있을까요. 난 의심이 갑니다. 왜냐하면 만약 그녀가 알고 있다면 무엇 때문에 경찰에 알렸을까요. 귀를 어디다 묻어버리든지 했으면 이 사건은 아무도 모르게 지나갔을 텐데 말이죠. 쿠싱 양이 범인을 숨겨줄 입장이라면 분명히 그렇게 했을 거예요. 하지만 그렇지 않다면 이름을 밝혔겠죠."

홈스는 정원의 울타리 쪽에 시선을 두며 빠른 어조로 말하다가 갑

자기 벌떡 일어나더니 집의 현관으로 걸어가기 시작했다.

“쿠싱 양에게 뭘 좀 물어봐야겠어요.”

“그럼 난 먼저 가겠습니다. 다른 일이 있어서요. 쿠싱 양에게 더 물어볼 것도 없고요. 경찰서에 가 있겠습니다.”

레스트레이드가 말했다.

“기차역으로 갈 때 들르지요.”

홈스와 내가 거실로 돌아갔을 때 쿠싱 양은 조용히 수를 놓고 있었다. 그녀는 우리를 예의 주시하듯 날카로운 눈매로 쳐다보았다.

“아무리 생각해도 뭔가 실수가 있었던 것 같아요. 그 소포는 저한테 온 게 아닐 거예요. 런던 경시청에서 온 분한테도 몇 번 이 얘기를 했는데 듣는 둥 마는 둥 하더라고요. 제가 아는 한 저한테 원한을 품고 있는 사람은 없거든요. 그런데 도대체 누가 이런 짓을 했을까요?”

“쿠싱 양, 저도 그렇게 생각합니다.”

홈스는 그녀 옆자리에 앉으며 말했다.

“물론 그럴 것…….”

홈스는 별안간 말을 중단하더니 쿠싱 양의 옆모습을 빤히 쳐다보았다. 그러고는 곧 밝고 만족스런 표정을 지었다. 그녀가 홈스를 돌아봤을 땐 그는 이미 원래의 표정을 되찾고 있었다. 나는 쿠싱 양의 희끗희끗한 머리와 모자, 귀고리 그리고 조용한 얼굴을 가만히 쳐다보았다. 하지만 홈스가 왜 그렇게 놀랐는지는 알 수 없었다.

“몇 가지 질문이…….”

“오, 더 이상 질문은 싫은데요.”

쿠싱 양이 짜증스럽게 말했다.

"여동생이 두 분 계시죠?"

"어떻게 아셨죠?"

"저기 벽난로 위에 세 분의 사진이 있는 걸 봤습니다. 한 분은 쿠싱 양이 맞고, 다른 두 분도 쿠싱 양을 무척 닮았더군요. 그래서 자매인 걸 알았죠."

"맞아요. 동생들인 세러와 메리예요."

"그리고 여기 있는 사진은 막내 동생이 여객선 승무원과 함께 리버풀에서 찍은 사진이군요. 이때는 동생이 아직 미혼일 때였죠?"

"관찰력이 정말 대단하시네요."

"제 직업이니까요."

"맞추셨어요. 이 사진을 찍은 후에 두 사람은 결혼을 했어요. 브라우너 씨는 결혼 전에는 남미로 향하는 배를 타고 있었는데, 결혼 후에 리버풀과 런던을 오가는 기선으로 바꿨죠."

"그럼 정복자호를 탔겠네요?"

"아니오. 메데이 호라고 알고 있는데요. 그는 우리 집에 한 번 왔었어요. 그때만 해도 술을 다시는 안 마시겠다고 맹세하고 있을 때였죠. 그러다가 얼마 후부터 다시 술을 마셨는데, 술만 마셨다 하면 완전히 미치광이가 되다시피 했어요. 술이 그에게는 파멸을 가져다준 거죠. 그래서 전 그 사람과 사이가 안 좋아졌고, 세러와도 크게 싸웠죠. 이제 메리한테서도 편지 온 지가 오래 돼서 그들 부부가 어떻게 사는지 도통 모르고 있어요."

그 얘기는 쿠싱 양의 마음속에 오랫동안 앙금처럼 남아 있었던 게 분명했다. 사람들을 만나지 않고 살아온 터라 그녀도 처음엔 말을 아꼈지만 결국은 속마음을 털어놓게 되었던 것이다. 그녀는 이어서 세 들어 있었던 의대생들 얘기도 했다. 그들의 이름과 그들이 한 온갖 행위들, 그리고 일하는 병원 이름까지도 모두 낱낱이 얘기했다. 홈스는 열심히 귀를 기울이다가 가끔 질문을 했다.

"그런데 결혼하지 않은 세러 양과는 왜 같이 살지 않으시는 거죠?"

"그건 선생님이 세러의 성격을 몰라서 그러시는 거예요. 여기 크로이든으로 이사 오면서 그 애와 같이 살려고 했지요. 그런데 두 달 전에 결국 헤어지고 말았어요. 동생을 욕하고 싶진 않지만 그 애 성격이 너무 까다로워 맞추기가 정말 힘들었거든요."

"세러 양도 메리 양의 남편과 크게 싸웠다고 하셨죠?"

"네, 처음엔 아주 잘 지냈죠. 메리 부부와 함께 살려고 그 집에 들어가기도 했으니까요. 그런데 도저히 견디지를 못했어요. 지금도 제부한테 온갖 욕을 퍼붓고 있죠. 술을 너무 마시고 술버릇이 나쁘다고 하면서 말입니다. 세러가 하도 그러니까 제부와도 사이가 안 좋게 된 거죠."

"말씀 감사합니다, 쿠싱 양."

홈스는 일어서다가 말을 이었다.

"세러 양은 월링턴의 뉴 가에 산다고 하셨죠? 그럼 안녕히 계십시오."

밖에 나가 마차를 세우며 홈스가 물었다.

"월링턴까지 얼마나 되죠?"

"1.5 킬로미터 정도밖에 안됩니다."

"왓슨, 내친김에 가보세. 이 사건은 간단한 것 같지만 뭔가 새로운 걸 깨우쳐주는 점이 있네. 이보게 마부, 가다가 전신국에 좀 들러야겠네."

홈스는 전신국에 들러 전보를 보내고 다시 마차로 돌아왔다. 마차는 얼마간 달리다 어느 집 앞에 멈춰 섰다. 홈스가 마차를 기다리게 한 후 막 문을 두드리려는데 검정색 옷에 모자를 쓴 남자가 어두운 표정으로 나왔다.

"쿠싱 양 계십니까?"

홈스가 물었다.

"쿠싱 양은 지금 상태가 대단히 안 좋습니다. 어제부터 뇌염 증상이 나타나고 있거든요. 저는 의사인데, 당분간은 방문을 할 수가 없습니다. 10일쯤 후에 다시 오시는 게 좋을 겁니다."

의사는 장갑을 끼고 문을 닫았다.

"그래요? 그럼 뭐, 할 수 없죠."

홈스는 흔쾌히 대답했다.

"아무튼 세러 양이 특별한 얘기를 할 것 같지는 않네."

"뭘 캐묻는다기보다는 그냥 좀 보러 온 거네. 하지만 꼭 필요한 건 다 알아냈어. 왓슨, 호텔로 가서 우선 점심을 하세."

식사하는 내내 홈스는 바이올린 얘기만 했다. 최소한 500기니는 되는 스트라디바리우스를 토튼햄의 유대인 전당포에서 단돈 55실링에 구입한 얘기를 한참이나 떠들어댔다. 그런 다음엔 파가니니에 대한 얘기를 한 시간 이상이나 쏟아냈다.

그러는 동안 뜨거운 햇빛도 꺾여 부드러워졌다. 경찰서로 가자 레스트레이드가 우리를 진즉부터 기다리고 있었다.

"홈스 씨, 당신에게 전보 한 통이 와 있군요."

"아, 네! 답장이 왔네요."

홈스는 전보를 펴보더니 주머니 속에 아무렇게나 집어넣었다.

"잘 됐어요."

"뭐가 말입니까?"

레스트레이드가 물었다.

"모든 걸 다 알아냈어요."

"뭐라고요? 농담이시겠죠."

레스트레이드가 놀란 토끼 눈으로 물었다.

"천만에요. 잔인한 범죄가 일어났다고 내가 말했죠? 그걸 지금 다 알아냈다고요."

"그럼 범인이 누구죠?"

홈스는 명함 뒷면에 뭔가를 적더니 레스트레이드에게 주었다.

"그자가 범인입니다. 그런데 내일 밤에나 체포할 수 있을 거예요. 내 이름은 절대 거론하지 말아주시오. 나는 해결하기 까다로운 사건에만 알리고 싶으니까요. 자, 왓슨! 가세."

레스트레이드는 홈스가 준 명함을 들여다보며 연신 만족한 표정이었다.

그날 밤 홈스는 베이커 가 집에서 담배를 피우며 이런 이야기를 했다.

"이번 사건은 거꾸로 거슬러 올라가면서 추리를 했다네. 레스트레이드한테는 새로운 사실이 밝혀지면 연락 주라고 해놓았어. 범인을 체포한 다음에 밝혀지겠지. 레스트레이드가 해낼 걸세. 그는 아주 영민하지는 못해도 일을 끝까지 물고 늘어지는 끈기가 있으니까. 그를 런던 경시청에서 알아주는 것도 바로 그 끈기 때문이지."

"아니, 그럼 아직도 사건이 해결된 게 아닌가?"

"핵심은 찾았지. 그런 잔인한 짓을 한 범인이 누군지는 알고 있으니까. 다만 희생자 중 한 명의 신원은 아직 밝혀내지 못했네. 자네도 짚이는 게 있지?"

"홈스, 자네는 브라우너를 의심하고 있겠지."

"그렇다네. 당연한 것 아닌가?"

"뭐가 의심스럽다는 건지 사실 난 막연하구먼."

"난 반대로 모든 게 명확해 보이네. 자네도 알다시피 우리는 사건에 대해 아무것도 모르고 부딪혔지. 그런 방법이 때로는 도움이 될 때가 많다네. 아무런 선입견도 없으니 말이야. 아무튼 우리는 직접 가서 보고 그걸 근거로 추리해 보려고 쿠싱 양 집으로 간 거지. 가서 맨 처음 본 게 뭐였나? 비밀이라곤 아무것도 없을 것 같은 너무나 차분하고 점잖은 여자와, 그녀가 여동생들과 함께 찍은 사진이었어. 그걸 본 순간 소포가 그들 중 한 사람에게 온 것이라는 생각이 퍼뜩 들더군. 그리고 소포를 묶었던 끈은 배에서 돛을 꿰맬 때 쓰는 것이라 난 바로 바다를 떠올렸지. 게다가 매듭도 선원들이 보통 쓰는 방식이었고, 소포를 보낸 곳이 항구인데다, 남자 귀에 귀고리 자국이 있었어. 귀고리를 하는 남자들은 대부분 뱃사람들이거든. 아무튼 이 사건에 관련된 남자들은 전부 뱃사람들이라는 확신이 들었네. 그 다음에 소포 주소를 보니까 수신인이 S. 쿠싱 양으로 되어 있는데, 수잔 쿠싱도 S로 시작되지만 여동생 가운데도 S로 시작되는 이름이 있을지 모른다는 생각이 들더군. 그렇다면 완전히 새로 조사를 해야겠지. 그래서 확실히 알아보려고 다시 집으로 들어간 거라네. 그런데 얘기를 하다가 내가 갑자기 말을 끊었던 것 자네 기억나지? 놀라운 걸 발견했었거든. 대단한 단서가 됐던 거지. 왓슨, 자네는 의사니까 알겠지만, 인체 중에서 귀는 가장 특징적인 부위 아니겠나? 사람마다 제각기 다른 모습을 하고 있으니까. 작년에 난 〈인류학회지〉에 귀에 대한 논문 두 편을 썼어. 그래서 상자 속에 들어 있는 귀의 특징을 해부학적으로 자세히 관찰했지. 그런데 세상에! 쿠싱 양의 귀가 상자 속에 들어 있는 귀와 똑같이 생긴 게 아니겠나! 얼마나 놀랐는지 말이 안 나오더라고. 그러고는 곧 깨달았지. 피해자는 바로 쿠싱 양과 혈연관계라는 걸 말이야. 내가 가족에 대해 물어보자 쿠싱 양이 금방 줄줄이 다 얘기한 거 자네도 기억나겠지. 먼저, 여동생 이름이 세러이고, 얼마 전까지 언니 집에서 살았다는 게 밝혀졌어. 그러니까 소포는 세러 양에게 온 것이었네. 세러 양이 제부와 크게 싸웠다고 했는데, 그 후로 서로 연락이 끊겼지. 만약 제부가 세러 양에게 소포를 보낼 일이 생겼다면 분명 옛날 주소로 보냈을 거라는 걸 알았지. 자,

이렇게 추리를 하자 문제가 쉽게 풀려갔네. 우선 브라우너라는 자가 충동적이고 정열적인 사내라는 느낌이 들었어. 왜냐하면 아내와 오래 떨어져 있기 싫어서 더 좋은 자리를 포기했다고 했으니까 말이야. 거기다 술고래였지. 그래서 난 이런 확신이 들었네. 그의 아내나 선원 중 한 명이 살해된 거라고. 범행 동기는 물론 질투 때문이야. 자, 그럼 왜 범행의 증거물을 세러 쿠싱 양에게 보냈을까. 아마도 세러 양이 리버풀에서 그들과 함께 살 때 사이가 심각하게 안 좋았기 때문이겠지. 특히 브라우너의 심기를 극단적으로 건드렸던 거야. 브라우너가 타는 기선은 벨파스트와 더블린, 워터퍼드 항에 기항하는데, 그가 범행 후 바로 메이데이 호에 승선했을 경우 그 끔찍한 소포를 보낼 수 있는 첫 번째 기항지가 바로 벨파스트일세. 이 대목에서 다른 가설을 생각했지. 별로 그럴 가능성은 없다고 봤지만 그래도 확인을 해보기로 했어. 그 가설은, 브라우너의 부인을 짝사랑한 남자가 그들 부부를 죽였을지도 모른다는 거였지. 그래서 리버풀 경찰대학에 있는 친구 앨거한테 전보를 쳐서 브라우너 부인이 집에 있는지, 그리고 브라우너가 메이데이 호를 탔는지 알아보라고 했네. 그런 다음에 세러 양 집으로 간 거라네. 그녀는 소포가 자신에게 온 거라는 걸 알고 있었던 것이 분명해. 그 충격으로 쓰러지기까지 했으니 말일세. 그녀가 쓰러진 날이 그걸 증명하고 있어. 그건 곧 그녀가 소포의 내용에 대해 잘 알고 있었다는 것이지. 그녀를 만날 수는 없었지만 다행히 앨거가 답장을 보내왔어. 그게 결정적인 해답이 됐지. 브라우너 부인은 사흘 전부터 집에 없고, 브라우너는 메이데이 호에 승선했다는 거였네. 그 배가 내일 밤에 템스 강에 도착한다니까 브라우너는 곧바로 레스트레이드 손에 넘어가는 거지."

셜록 홈스의 추리는 빈틈없이 맞아떨어졌다. 이틀 후에 그는 우편물을 하나 받았는데, 속에는 레스트레이드의 편지와 서류들이 들어 있었다.

"레스트레이드가 범인을 체포했군."

홈스가 나를 흘끗 보며 말했다.

"자, 읽을 테니 들어보게."

친애하는 홈스 씨

우리의 가설을 증명하기 위해 ('우리' 라고? 왓슨, 웃기지 않나?) 어제 저녁 6시에 앨버트 항구로 가서 메이데이 호를 탔습니다. 알아본 결과, 짐 브라우너가 승선은 했지만 이상한 증상을 보여 선장이 그를 근무하지 못하게 했다는 것이었습니다.

그를 찾아가봤더니 짐짝 위에 쭈그리고 앉아 얼굴을 손으로 감싼 채 몸을 흔들거리고 있더군요. 그는 우람한 체격에 깨끗이 면도를 하고 있었는데, 마치 가짜 세탁물 사건에서 우리를 도와줬던 그 앨드리지 비슷했습니다. 내가 용건을 말하자 그가 갑자기 벌떡 일어나는 거였어요. 그래서 호루라기를 불어 배 위를 돌고 있던 수상 경찰들을 불렀죠. 그랬더니 그는 별 수 없다는 듯이 조용히 팔을 내밀어 수갑을 받았습니다. 그를 유치장으로 데려오면서 우리는 그의 짐짝도 같이 가져왔습니다. 그 속에는 선원들이 일반적으로 쓰는 크고 날카로운 칼 하나밖에 들어 있지 않더군요. 증거는 확실해진 것이었습니다.

경찰서에 도착하자 그는 자백하겠다고 했습니다. 그래서 속기사가 그의 말을 받아 타이프로 치게 되었습니다. 동봉한 서류는 바로 그 진술서 사본입니다. 제가 말했던 대로 이 사건은 아주 간단한 것이었지만 그래도 수사를 도와준 당신에게 감사드립니다. 안녕히 계십시오.

진실한 친구, G. 레스트레이드

"음, 정말 간단히 해결됐군. 그런데 레스트레이드가 우리한테 처음 얘기할 때는 그렇게 말하지 않았는데. 아무튼 브라우너가 무슨 말을 했는지 보세."

네, 난 지금 이 사실을 다 털어놓지 않으면 미쳐버릴 것 같습니다. 나를 죽이든지 내버려두든지 맘대로 하시오. 당신들이 어떻게 하든 난 관심 없어요. 그 짓거리를 한 후로는 한숨도 잠을 못 잤고, 아마도 죽을 때까지 잠을 못 잘 것 같습니다. 그 놈 얼굴이 가끔 떠오를 때도 있지만 무엇보다 아내 얼굴이 눈앞에서 사라지지 않으니까요. 죽을 때 아내는 너무나 놀란 표정을 짓고 있었죠. 자신을 끔찍이 위해 주던 남편이 갑자기 돌변했으니 얼마나 놀랐겠어요. 모든 게 세러 때문이었습니다! 나는 이제 끝장난 신세입니다. 하지만 그 여자를 끝내 파멸시키고 말 겁니다. 온몸이 썩어 죽는 꼴을 보고 말겠어요.

나는 다시 술을 마시기 시작했습니다. 세러가 우리 집에 들어오지만 않았다면 아내는 나를 떠나지 않았을 것입니다. 세러 쿠싱이 나를 좋아했거든요. 하지만 그 여자는 내가 아내의 흙 묻은 발자국을 더 사랑한다는 걸 알고는 나를 증오하기 시작했어요. 그들 세 자매 중에, 첫째는 좋은 여자고, 둘째는 악마고, 셋째는 천사였습니다.

우리가 결혼했을 때 마리는 스물아홉 살이었고 세러는 서른두 살이었어요. 결혼생활은 마냥 행복했죠. 리버풀에 마리만한 여자는 없다는 생각까지 들었어요. 그러던 어느 날 우리는 세러를 초대했어요. 일주일 정도 있다 가라고 했죠. 그런데 한 달이 돼도 안 가더니 아예 눌러 살기 시작한 거예요. 나는 그 무렵 술을 끊고 조금씩 저축도 하고 있었어요. 정말 착실한 생활을 하고 있었죠.

그런데 아! 이런 일이 일어날 줄은 정말 몰랐어요. 나는 거의 주말에만 집으로 왔는데, 가끔 배의 출항이 지연될 때는 일주일 동안 집에 있을 때도 있었어요. 자연히 세러와 자주 얼굴을 맞대게 되었죠. 그녀는 키가 크고 머리칼이 검은 데다 거칠고 교활한 여자였어요. 이글이글 타는 눈빛에 항상 거만했죠. 하지만 난 마리밖에 생각지 않았기 때문에 그 여자는 신경도 쓰지 않았어요. 정말 맹세할 수 있습니다. 그 여자가 나와 단 둘이서만 있고 싶어 한다거나 산책을 나가고 싶어 했지만 난 아예 들은 척도 안했어요.

그러던 어느 날 집에 와보니까 마리는 없고 그녀만 있더군요. 내가 마리는 어디 있느냐고 묻자, 가게에 잠깐 갔다는 거예요. 내가 방안을 왔다 갔다 하자 그녀가 말했어요. '마리가 없으면 단 5분도 허전해서 못 있나 봐요? 잠깐이라도 나랑 둘이 있는 게 불편하다면 정말 섭섭한데요.' 그래서 내가 그렇지 않다고 말했죠. 그러면서 별 생각 없이 손을 내밀었는데 갑자기 그 여자가 두 손으로 내 손을 덥석 잡는 거예요. 눈빛을 보니 그 여자의 마음을 알겠더라고요. 그래서 난 손을 뿌리쳤어요. 그 여자는 잠시 아무 말도 않고 있다가 내 어깨를 툭 치더군요. '고집쟁이!' 하고 말하면서요. 그러고는 웃는 척하며 밖으로 뛰어나갔어요.

결국 그때부터 그녀는 나를 죽도록 증오했어요. 정말 증오란 그런 것이구나 싶을 정도로요. 그 여자를 그냥 집에 놔둔 게 큰 실수였죠. 하지만 아내를 생각해서 그 여자한테는 아무 말도 하지 않았어요. 그리고 시간이 흐르면서 아무 일도 없었던 것처럼 지내게 되었어요.

그런데 아내한테 뭔가 변화가 일어나기 시작했어요. 그녀는 매사를 꼬치꼬치 캐묻기 시작하는 거였어요. 나중엔 점점 더 심해지면서 성격까지 이상해졌고, 우리 사이에 싸움이 그치질 않게 되었습니다. 나는 왜 상황이 이렇게 되어가는지 답답했지만 이유를 알 수 없었습니다. 세러는 나를 피하면서 오히려 마리한테는 더 끈끈하게 달라붙었죠. 마리를 내게서 떼어놓느라 갖은 중상모략을 하기 위해서였어요. 그때 난 전혀 눈치를 못 챘어요.

아무튼 마리가 그렇게 달라지자 나도 다시 술을 퍼마시기 시작했습니다. 마리는 그런 나를 더욱 싫어하게 되었고, 우리 사이는 점점 더 나빠지고 말았습니다. 게다가 알렉 페어베언이라는 놈이 개입되면서 상황은 훨씬 더 심각하게 되어갔습니다. 그놈은 처음엔 세러를 만나러 우리 집에 오기 시작했는데 나중엔 우리 부부를 보러 왔었죠. 붙임성이 좋아서 어디서나 쉽게 친해지곤 했어요. 게다가 놈은 입담이 좋아서 같이 있으면 재미도 있었어요. 그건 사실입니다. 어쨌든 그놈은 한 달가량 지속적으로 우리 집에 들렀어요.

그런데 그놈이 설마 그렇게 약삭빠른 짓을 할 줄은 생각지도 못했습니다. 어느 날, 무슨 일 때문에 의심을 갖게 되었는데, 바로 그날부터 우리 집의 평화는 산산이 깨지고 말았어요. 그건 아주 사소한 일이었죠. 하루는 미리 알리지 않고 집으로 들어간 적이 있었어요. 문을 열고 들어가는데 아내의 얼굴이 환해지는가 싶더니 곧 나라는 것을 알고는 실망하며 고개를 돌려버리는 것이었습니다. 난 알아챘어요. 아내가 내 발소리를 딴 사람으로 착각했다는 것을. 그리고 그건 틀림없이 알렉 페어베언밖에 없다는 것을요. 만약 그때 그놈이 거기 있었다면 나는 당장 죽여버렸을지도 모릅니다. 내 성질을 한 번 건드리면 물불 안 가리거든요. 아내는 내 눈빛에서 살기를 느끼고는 나를 붙잡았어요.

'짐, 그러지 말아요! 제발!'

'세러는 어디 있어?'

'주방에요.'

그래서 난 주방으로 갔습니다.

'세러, 그 페어베언이라는 자 말이요, 다시는 우리 집에 얼씬도 못하게 하세요.'

'어머, 왜요?'

'그건 내 마음이에요.'

'그럼, 내 친구가 여기 올 수 없다면 나도 이 집에 있으면 안 되겠네요?'

'마음대로 하세요. 하지만 페어베언이라는 자가 다시 여기 나타나면 그 인간의 한쪽 귀를 잘라서 당신에게 선물로 보내드리죠.'

제 말에 그 여자는 두려움을 느꼈던 것 같아요. 더 이상 대답도 안 하고 그날 밤으로 짐을 챙겨 떠났으니까요. 아내가 불륜을 저지르도록 부추겨서 우리 부부 사이를 갈라놓으려 했던 수작이 다 들통난 거 아니겠어요. 한데 멀리 가지도 않고 바로 근처에 집을 구해서 하숙을 치기 시작하더라고요. 그때부터 페어베언이라는 자는 그 집을 들락거렸고, 아내도 놀러간다는 핑계로 거기서 놈을 만나는 것이었습니다.

어느 날 난 아내의 뒤를 밟아 그 집에 들이닥쳤죠. 아니나 다를까, 놈은 겁먹은 스컹크처럼 담장을 넘어 도망치더군요. 나는 아내에게 또다시 그놈을 만나면 죽여버리겠다고 했습니다. 우리 사이는 이미 완전히 식어 있었어요. 나는 점점 더 많은 술을 마셨고, 아내는 그런 나를 갈수록 혐오했습니다. 세러는 하숙으로 생계를 잇기가 어려워지자 크로이든에 사는 언니 집으로 다시 갔어요. 우리 부부 사이는 여전히 냉랭했죠.

그러다가 엊그제 모든 게 끝난 겁니다. 자세히 설명하죠. 나는 그날도 7일간 항해를 해야 하는 메이데이 호에 올라탔습니다. 그런데 통 하나가 떨어지는 바람에 사고가 생겨 수리를 해야 했기 때문에 12시간 동안 출항이 지연되었어요. 그래서 난 집으로 갔죠. 가면서 혹시 마리가 내가 다시 돌아와 반가워하지나 않을까 하는 생각도 하면서 말이죠.

집 골목으로 들어서는데 거기서 마차 한 대가 나오는 거였어요. 옆으로 지나가는 걸 잠시 쳐다보았는데, 그 안에 아내와 페어베언이 붙어 앉아 웃으며 떠들고 있지 뭡니까. 나를 보지도 못하고요.

솔직히 말씀드리겠습니다. 그 순간 나는 미쳐버렸어요. 지금은 그때 일이 꿈속처럼 가물거리기만 합니다. 매일 폭음을 하다 보니까 머릿속에서 두 가지 것이 뒤섞여 머리가 돌아버린 것 같아요. 지금은 머릿속에서 부두 노동자의 망치질 소리처럼 뭔가 쿵쿵 울리고 있는데, 그날 아침엔 완전히 나이아가라 폭포 소리 같았죠.

나는 큰 나무 몽둥이를 하나 주워 들고 마차를 쫓아갔습니다. 한데 뛰다가 갑자기 다른 생각이 들었어요. 그래서 몸을 숨겼죠. 두 연놈은 기차역에서 내리더군요. 다행히 매표소 부근에 사람이 많아 눈에 안 띄게 그들을 계속 따라붙을 수 있었어요. 그들은 뉴브라이턴 행 표를 사더군요. 나도 같은 표를 사서 그들과 세 칸 떨어진 곳에 앉았어요.

목적지에 도착하자 그들은 바닷가로 가서 걷기 시작했어요. 나도 백 미터쯤 뒤에서 계속 따라갔죠. 얼마쯤 가다가 두 연놈은 배까지 빌려 타고 바다로 나가더군요. 날씨가 워낙 더우니까 더위를 식히려고 그랬겠죠. 하지만 그 순간부터 둘은 내 손안에 들어온 거였어요. 마침 바다에 안개가 끼어 아주 멀리는 보이지 않았어요. 나도 배를 빌려 그들을 따라갔죠. 얼마쯤 가다가 그 배 가까이 접근했어요. 바다 한가운데엔 우리 셋밖에 없었어요.

아! 자신들을 향해 다가오는 배 안에 내가 있다는 걸 발견했을 때의 그들의 표정은 도저히 잊을 수 없을 겁니다. 아내는 비명을 지르기 시작했어요. 놈은 내 눈을 보고 두려웠는지 마구 욕을 해대며 나에게 미친 듯이 노를 휘두르더군요. 나는 그걸 피하는 한편 갖고 있던 몽둥이로 놈의 대갈통을 계란을 깨듯 박살내버렸습니다. 나는 완전히 정신이 나가 있었지만 아내만은 지켜주려고 했죠. 그런데 아내는 죽은 그놈을 껴안고는 목 놓아 소리쳐 울부짖는 거예요. 그 꼬락서니를 보자 눈앞에 아무것도 보이지 않았어요. 또다시 몽둥이를 휘두르고 말았지요. 아내는 결국 그놈 옆에서 고꾸라졌습니다. 난 포악한 맹수처럼 돼버렸어요. 만약 세러가 거기 있었다면 그 여자도 죽여 버렸을 겁니다. 아무튼 나는 칼을 빼들었어요. 네, 그 다음은 더 이상 말하지 않아도 아실 테고요. 이 얘기는 그만 하고 싶습니다.

다만 세러가 자신 때문에 어떤 비극이 일어났는지를 알게 된다면 재밌겠다는 생각이 들었어요. 그 후 나는 시신들을 배에 묶고 바닥을 뜯어내 배가 가라앉도록 했어요. 그러고는 돌아와 메이데이 호로 갔죠. 그동안 내가 무슨 짓을 저질렀는지 아무도 알 리가 없었지요. 그날 밤 난 세러 쿠싱에게 보낼 소포를 포장해 다음날 벨파스트에서 보냈습니다.

네, 이제 모든 얘기를 다 했습니다. 나를 죽이든지 살리든지 맘대로 하세요. 하지만 난 이미 죗값을 톡톡히 치르고 있습니다. 두 사람이 나를 계속 쳐다보고 있기 때문이죠. 그 공포의 눈으로 말입니다. 나는 그들을 단칼에 죽였지만 그들은 내 숨통을 서서히 조이고 있습니다. 형사님, 이대로 하루가 간다면 난 죽든지 미쳐버릴 겁니다. 나를 독방에 가두지는 않겠죠? 제발 부탁합니다. 그러면 형사님도 언젠가 고통에 처하게 될 때 지금 저에게 베푸신 덕을 받게 될 것입니다.

"왓슨, 이 사건을 자네는 어떻게 보나?"

홈스는 서류를 놓으며 심각한 얼굴로 말했다.

"이 세상의 모든 고통과 불행에는 어떤 목적이 있는 것 아닐까. 이 사건에도 분명 어떤 목적이 있는 것 같아. 우연이 세상을 지배한다는 건 말이 안 되지. 하지만 그 목적이란 건 무엇일까. 그건 인간의 이성으로는 알 수가 없는 것 같네."

죽어가는 탐정

하숙집 주인인 허드슨 부인은 인내심이 무척 강한 사람이었다. 그런데 2층에 사는 하숙인 집에 온갖 수상한 사람들이 수시로 들락거리는가 하면, 그 하숙인조차도 유난히 괴팍하고 불규칙적인 사람이라 부인의 인내심을 늘 시험하곤 했다. 방은 너저분하기 이루 말할 수 없었고, 밤낮없이 음악을 틀어대는가 하면, 가끔은 방안에서 사격 연습을 할 때도 있었다. 그뿐 아니라 괴상한 냄새가 진동하는 화학 실험을 하기 일쑤였고, 거기다 폭력과 위험의 그림자 또한 감돌고 있었다. 문제의 주인공은 다름 아닌 셜록 홈스였는데, 하숙비 지불만은 그 누구보다도 정확하고 관대하기까지 했다. 내가 같이 살 때 그가 지불한 하숙비만 해도 그 집을 구입하는 가격과 거의 맞먹을 정도였다.

허드슨 부인은 홈스를 마음 깊이 존경하고 있었다. 그래서 그가 아무리 별스런 행동을 해도 절대로 간섭하지 않았다. 부인이 홈스를 좋아한 건 그가 여자들에게 정중하고 친절하게 대했기 때문이었다. 사실 홈스는 여자들을 혐오하고 불신하는 성격이었지만 신사로서의 기사도 정신은 갖고 있었다. 아무튼 허드슨 부인은 홈스에게 진정으로 호의를 품고 있었다.

내가 결혼한 지 2년째 됐을 즈음이었다. 하루는 부인이 허겁지겁 나를 찾아와, 홈스가 너무나 비참한 상황에 처해 있다고 말하는 것이었다.

"왓슨 박사님, 홈스 선생이 지금 생명이 위독해요. 사흘 전부터 앓고 있는데, 점점 심해지고 있어요. 의사를 부르겠다고 해도 계속 못 부르게 하네요. 피골이 상접한 얼굴에 눈이 퀭하니 들어가 있어, 도저히 못 보겠더라고요. 그래서 '허락하지 않아도 할 수 없어요. 난 의사를 부르러 갈 거예요.' 하고 말했죠. 그랬더니 그럼 왓슨 박사님을 불러달라고 하는 거예요. 박사님, 빨리 가주세요. 잘못하면 그분을 다시는 못 볼지도 몰라요."

나는 홈스가 그렇게 아픈 줄 모르고 있다가 너무나 놀라 정신없이 코트와 모자를 챙겨 나갔다. 그리고 마차를 타고 가면서 허드슨 부인에게 자세한 내용을 듣게 되었다.

"나도 아는 건 별로 없어요. 홈스 선생이 무슨 사건 때문에 얼마 전 로더 하이드에 갔다가 병에 걸려 온 거예요. 수요일 오후부터 갑자기 안 좋더니 글쎄 못 일어나지 뭡니까. 사흘 동안 물 한 모금도 못 마시고 있어요."

"세상에! 그런데 왜 빨리 의사를 안 부르셨어요?"

"홈스 선생이 못 부르게 했다니까요. 고집이 보통 세셔야죠. 하지 말라는 걸 내가 어떻게 감히 할 수가 있겠어요. 가서 보시면 아시겠지만 오래 못 사실 것 같아요."

11월 한낮인데도 안개가 걷히지 않아 방이 어두컴컴했다. 홈스는 정말 애처로운 행색을 하고 있었다. 침대에 누워 있는 그의 뺨이 푹 팬 것을 보자 나는 가슴이 철렁 내려앉았다. 가만 보니 눈이 퀭하면서도 열이 나서 번쩍거리고, 입술은 말라붙어 있었으며, 손도 덜덜 떨리고 있었다. 나를 겨우 알아본 그는 쉰 목소리로 말했다.

"아, 왓슨! 자네 왔구먼. 난 갈 때가 됐나보네."

그의 목소리에 힘은 없었지만 특유의 냉담한 어투는 그대로였다.

"별 소리를!"

내가 좀 더 가까이 다가가며 고함치듯 말하자 그가 소리쳤다.

"가까이 오면 안 돼!"

깜짝 놀라며 그가 명령하듯 말했다.

"왓슨, 가까이 올 것 같으면 방에서 나가는 게 나아."

"왜?"

"하여튼 그래. 다른 이유는 없어."

홈스는 허드슨 부인의 말대로 고집을 부리며 멋대로 말했다. 하지만 한 번도 본 적이 없을 정도로 최악의 모습을 보자 마음이 아팠다.

"난 도움이 될까 해서 온 거네."

"그러니까, 내가 시키는 대로 하는 게 나를 돕는 거라네."

"정 그렇다면 알았네."

"화난 건 아니겠지?"

그가 힘들게 숨을 쉬며 물었다.

그런 몰골로 누워 있는 사람에게 내가 어떻게 화를 낼 수 있겠는

가. 홈스의 모습이 정말 딱해 보였다.

"왓슨, 사실은 자네를 위해서 그러는 거라네."

그의 목소리는 쉰데다 떨리고 있었다.

"날 위해서라고?"

"난 지금 내 상태를 알아. 이 병은 수마트라에 있는 중국인들에게 흔한 병인데, 네덜란드인들은 이 병에 대해 잘 알고 있다고 하네. 하지만 자세히 밝혀진 건 없어. 다만 분명한 건 치사율이 높고 전염성이 엄청 강하다는 거야."

그는 덜덜 떨리는 손으로 내게 자꾸만 떨어져 있으라는 손짓을 했다.

"이건 몸에 닿기만 해도 옮는다니까 절대로 나를 만지면 안 되네. 그러니까 멀리 떨어져 있는 게 좋아."

"여보게 친구, 자네는 내가 그런 문제로 몸을 사릴 사람으로 보이나? 난 전혀 모르는 사람한테도 그렇게 하지는 않네. 하물며 오랜 친구인 자네한테 의사인 내가 가만있을 것 같은가?"

내가 다시 가까이 가려 하자 홈스는 버럭 화를 냈다.

"거기 서라니까! 안 그럴 거면 방에서 나가주게."

나는 홈스의 범상치 않은 면에 언제나 존경심을 갖고 있었기 때문에 때로는 그를 이해하기 힘들 때에도 항상 그를 지지했다. 하지만 아무리 그가 반대를 해도 이번 일만은 의사로서의 본능이 우선이었다. 다른 때는 그가 제왕 행세를 한다 해도 상관없지만 이번에는 절대 그럴 수가 없었다.

“홈스, 자넨 지금 환자야. 환자는 아이나 마찬가지라고. 자네가 뭐라고 하든 난 자네를 좀 살펴봐야겠네.”

홈스가 무서운 눈으로 쳐다보았다.

“내가 꼭 치료받아야 된다면 믿을 만한 의사한테 보이겠네.”

“그럼 내가 믿을 수 없는 사람이란 말인가?”

“자네의 우정은 믿지. 하지만 왓슨, 사실 자네는 경험이 아직 적어. 특별히 유명한 의사도 아니고 보통 실력이지 않은가. 이런 말은 하고 싶진 않지만 자네가 그렇게 말하니까 나도 별 수가 없구먼.”

나는 마음이 엄청 상했다.

“홈스, 무슨 말을 그렇게 하나? 자네 확실히 정상이 아니구먼. 자네가 나를 못 믿겠다면 런던에서 가장 유명한 의사를 부르겠네. 어쨌든 간에 자넨 치료를 받아야 돼. 나도 더 이상 양보할 수는 없어. 내가 치료도 못하고, 다른 의사를 부르지도 못하고, 이대로 앉아서 자네가 죽는 걸 보라는 거야? 그건 말도 안 되는 소리지.”

“그래, 자네 맘은 알겠네. 그런데 자네가 모르는 게 있어. 타파눌리 열에 대해 혹시 알고 있나? 그리고 대만 흑사병에 대해서는?”

홈스는 무척 힘겹게 말을 했다.

“모두 못 들어본 건데.”

“동양에는 이상한 질병들이 많이 있어.”

그는 간신히 말을 이어갔다.

“얼마 전에 한 의료인이 범죄를 조사하다가 이 병에 걸리고 말았어. 그러니 자네가 어떻게 할 수 있는 건 아니야.”

"그건 알 수 없는 일이지. 그런데 열대병에 관한 한 최고 권위자인 에인스트리 박사가 지금 런던에 있으니까 당장 그를 만나러 가겠네."

나는 확고하게 굳은 마음으로 벌떡 일어나 문으로 다가갔다.

한데 내 평생 그렇게 놀란 적은 없었다. 바로 그 순간, 다 죽어가던 남자가 벼락 같이 날아와 내 앞에 버티고 섰던 것이다. 그러더니 열쇠 소리가 나며 문이 철컥 잠겼다. 그는 다시 비틀거리며 침대로 돌아가 기진맥진한 듯 숨을 헐떡였다.

"왓슨, 나한테서 열쇠를 뺏을 생각은 말게. 자넨 내가 가라고 할 때까지 여기 있어야 하네. 그 다음엔 자네 하고 싶은 대로 하게. 하지만 지금은 내가 기운을 차릴 때까지 시간을 내야 하네. 지금 네 시니까 이따가 여섯 시에 가게."

"홈스, 자네 미쳤나?"

"두 시간밖에 안 남았어. 틀림없이 여섯 시에 가게 해주겠다니까. 자, 기다릴 수 있지?"

"휴, 별 수 없군."

"고맙네, 왓슨! 그리고 자네는 좀 멀리 떨어져 있게. 참 한 가지 조건이 더 있는데, 자네가 아까 말한 그 의사 말고 내가 지정하는 의사한테 부탁해 주게."

"그러지 뭐."

"이 방에 들어온 후 자네 처음으로 제대로 대답을 하는군. 책이나 보고 있게. 난 힘이 다 빠져서 말도 안 나와. 이따가 여섯 시에 다시 얘기하세."

하지만 여섯 시도 안 돼 우리는 다시 얘기를 시작했다. 그때 난 또 한 번 크게 놀랐다. 그가 잠들어 있는 것 같아서 나는 책을 읽다 말고 일어나 벽에 가득 붙어 있는 범죄자들의 사진을 하나씩 바라보았다. 그런 다음 벽난로 앞에서 서성거렸다. 선반에 보니까 파이프와 담배, 주사기, 휴대용 칼, 탄약통, 그리고 이런저런 잡동사니들이 놓여 있었다. 그중엔 검은색과 흰색이 섞인 상아 상자도 있었다. 작고 예쁘게 생겨서 좀 더 자세히 보려고 막 잡았는데…… 갑자기 홈스가 비명을 질러댔다. 얼마나 소리가 컸는지 밖에서도 들릴 정도였다. 비명소리가 소름이 끼치도록 무서워 나는 머리털이 곤두서는 것 같았다. 그는 경련을 일으키며 미친 사람처럼 눈빛이 허옇게 번득였다. 나는 상자를 든 채 그대로 얼어붙어 버렸다.

"그거 만지지 마! 만지지 말라고! 왓슨, 빨리 내려놓으라니까!"

내가 상자를 다시 제자리에 놓자 그는 휴 하고 숨을 몰아쉬었다.

"왓슨, 난 누가 내 물건 만지는 걸 정말 싫어해. 자네도 잘 알지 않나. 이거 정말 짜증나는구먼. 자네는 의사면서 내 상태를 더욱 악화시키고 있어. 좀 앉아주게. 나를 좀 편하게 해달란 말이네!"

어처구니없는 소리를 듣고 나는 말할 수 없을 만큼 기분이 상했다. 별일도 아닌 걸로 지나치게 흥분을 하고 아무 말이나 마구 퍼붓는 식의 태도는 평소 그와는 너무나 달랐다. 그건 아무래도 그가 정상이 아니라는 명백한 증거로 비쳤다. 이 세상에 고귀한 정신이 무너지는 것을 보는 거보다 더 쓸쓸한 일은 없을 것이다. 나는 울적한 기분으로 여섯 시까지 그냥 앉아 있어야 했다. 마침내 여섯 시가 되자 홈스가 아까처럼 잔뜩 흥분한 목소리로 말했다.

“왓슨, 자네 돈 좀 있나?”

“어, 그래.”

“은화 있어?”

“많아.”

“반 크라운짜리 몇 개나 있어?”

“다섯 개.”

“너무 적은데, 너무 적어! 정말 아쉽네! 하지만 왓슨, 그걸 시계 주머니에 넣게. 그리고 나머지 돈은 왼쪽 바지 주머니에 넣게. 그러면 양쪽 균형이 잡힐 거야.”

홈스는 계속 이상한 말을 뱉어댔다. 그러고는 몸을 떨며 신음소리 비슷한 걸 웅얼거렸다.

“왓슨, 램프를 좀 켜주게. 불꽃이 반 정도만 올라오게 해야 되네. 조심해야 돼, 왓슨. 자, 그렇지. 고맙네. 잘했어. 아니, 커튼은 치지 마. 그리고 편지와 서류들을 여기 이 탁자 위로 가져다주게. 거기 선반 위에 있는 물건들도 이리 가져와주면 고맙겠네. 그 상아 상자는 설탕 집게로 집어야 돼. 그래, 잘했네, 왓슨! 이제 로워 버크 가 13번지로 가서 컬버턴 스미스 씨를 불러오게.”

나는 솔직히 의사를 데리러 가고 싶은 마음이 싹 가셔버렸다. 정신 나간 소리를 계속 해대는 홈스를 혼자 두고 가는 게 불안했기 때문이었다. 그는 내가 망연히 서 있자 이번엔 빨리 가라고 난리를 피웠다.

"그런 의사가 있나? 못 들어본 이름인데."

"그럴 거야. 놀랍게도 이 병에 대한 최고의 권위자는 의사가 아니라 농장주거든. 컬버턴 스미스 씨는 수마트라 사람인데 지금 런던에 잠깐 와 있네. 내가 아까 여섯 시 전에 가지 말라고 한 건 그가 워낙 규칙적인 생활을 하기 때문이야. 그는 오로지 이 병에 대한 연구에 열정을 쏟고 있는 사람이라네. 자네가 그를 데려올 수 있다면 난 분명히 치료될 걸세."

사실 홈스는 말을 하면서도 너무나 고통이 심해 신음하다시피 하며 간신히 한 마디씩 내뱉고 있었다. 상태는 점점 더 악화돼 갔다. 얼굴이 벌게지며 식은땀이 줄줄 흘렀다. 그러나 거만한 말투는 여전히 똑같았다. 그는 죽을 때까지도 제왕다움을 잃지 않을 것 같았다.

"그에게 가서 내 상태를 정확히 설명하게. 죽어가면서 헛소리를 한다는 것도 전해 주게나. 그런데 왜 바다에 굴이 많지 않은 걸까. 번식률이 아주 좋다는데 말이야. 참, 내가 또 딴소리를 했네. 어떻게 뇌가 뇌를 조종할 수 있을까! 왓슨, 내가 지금 무슨 얘기를 하고 있었지?"

"컬버턴 스미스 씨를 데려오라고 했네."

"아, 맞아. 내 목숨이 달려 있는 문제야. 왓슨, 그 사람한테 가서 부탁 좀 해주게. 사실 난 그 사람하고 감정이 별로거든. 왓슨, 그의 조카 얘기 아나? 끔찍한 사고로 죽었지. 뭔가 흑막이 있을 것 같았는데, 그는 내가 자기를 의심한다는 걸 눈치 챘어. 그래서 나한테 감정을 품고 있는 거야. 그러니까 자네가 가서 사과하고 어떻게든 꼭 좀 데려오게. 그 사람만이 내 병을 치료할 수 있어. 오직 그 사람만이!"

"알았네. 억지로라도 마차에 태워 데려오지 뭐."

"아니, 그렇게는 하지 말게. 오도록 설득해야 돼. 그리고 자네는 먼저 오게. 같이 오면 안 돼. 왓슨, 꼭 그렇게 해주게. 자넨 항상 내 부탁을 잘 들어줬으니까 말일세. 틀림없이 굴 번식을 막는 천적이 있는 거야. 왓슨, 자네와 나는 각자의 역할을 다했어. 그렇다면 이제 세상에 굴이 활발히 번식하게 될까? 안 돼, 상상만 해도 끔찍해. 왓슨, 어서 가게."

그렇게 고상하고 지적인 인간이 바보처럼 말도 안 되는 소리를 지껄이자 나는 가슴이 답답했다. 허드슨 부인은 복도에 선 채 불안에 떨고 있었다. 밖으로 나가 마차를 부르려고 하는데 한 사내가 다가왔다.

"홈스 선생님은 어떠신가요?"

가만 보니 런던 경찰국의 모턴 경위였다. 그런데 사복 차림이었다.

"몸이 무척 안 좋아 지금 누워 있죠."

그는 무슨 뜻인지 모르겠다는 눈빛으로 나를 쳐다보았다. 그러다 문득 그의 표정에 웃음기가 떠올랐다. 순간 나는 황당했다.

"그런 소문을 듣긴 했지요."

그때 바로 마차가 다가와 나는 출발했다.

로워 버크는 노팅힐과 켄징턴 경계지역에 있는 동네였다. 스미스 씨 집 앞에서 문을 두드리자 집사가 나왔다.

"지금 주인님은 안에 계십니다. 왓슨 박사님이십니까! 네, 명함을 전해 드리겠습니다."

안에서 짜증스런 목소리가 크게 들렸다.

"이 사람이 누구지? 무슨 일로 온 건데? 스태플스, 내가 일하는 시간에는 절대 방해하지 말라고 하지 않았나?"

나지막이 설명하는 집사의 목소리가 들렸다.

"난 지금 만나고 싶지 않네. 연구를 방해받는 건 정말 싫거든. 내가 여기 없다고 하게. 정 만나야 한다면 내일 아침에 오라고 하게."

다시 조용히 말하는 소리가 들렸다.

"허 참, 그렇게 말하라니까. 난 절대로 연구를 중단할 수 없어."

나는 초조하게 기다리고 있을 홈스의 모습이 떠올랐다. 지금은 예의를 차릴 때가 아니었다. 집사가 미안해하며 나오는 걸 보고는 순간 나는 그를 옆으로 제쳐버리고 안으로 달려들었다.

한 남자가 벽난로 옆에 앉아 있다가 화들짝 놀라며 일어나 고함을 질렀다. 크고 누런 얼굴에 피부가 우툴두툴하고 번들거리며 턱은 이중으로 겹쳐져 있었다. 남자는 음산한 눈빛으로 나를 쏘아보았다.

"누구요, 대체? 당신 누군데 함부로 여길 들어오는 거요? 내일 아침에 오라고 한 말 못 들었어요?"

"죄송합니다. 하도 위급한 일이라서 들어왔습니다. 셜록 홈스가……."

홈스의 이름을 듣자 남자가 놀라며 순식간에 표정을 바꿨다.

"홈스가 보낸 건가요?"

"네, 그렇습니다."

"홈스에게 무슨 일이 있나요?"

"그가 지금 위독한 상태입니다. 그래서 제가 온 겁니다."

남자는 내게 앉으라고 권하며 자신도 다시 앉았다. 벽난로 위에 걸려 있는 거울에 순간 그의 얼굴이 비쳤는데, 알 수 없는 냉소적인 미소가 떠올라 있었다. 나는 내가 잘못 본 것으로 생각하고 의자에 앉았다. 얼굴에 갑자기 근육경련이 일어난 것인지도 몰랐다. 그 역시 의자에 앉았을 때는 잔뜩 걱정이 담긴 표정이었다.

"걱정되는군요. 나는 홈스 선생과 친한 사이는 아니지만 그의 인격을 흠모하고 있습니다. 그는 프로 탐정이고 나는 아마추어 의사지요. 난 저 세균들과 싸우고 있답니다."

남자는 탁자 위에 놓여 있는 병들을 가리켰다.

"홈스가 선생을 만나고 싶어 합니다. 자신을 치료해줄 수 있는 사람은 오직 선생뿐이라고 생각하고 있거든요."

남자는 깜짝 놀라는 표정이었다.

"왜죠? 왜 내가 자신을 치료해줄 수 있다고 생각하죠?"

"선생이 동양의 질병에 대해 잘 안다고 하더군요."

"그런데 왜 자신의 병이 동양의 풍토병이라고 생각하는 거죠?"

"얼마 전에 중국 선원들을 만났다고 합니다."

스미스 씨는 그제야 미소를 지으며 모자를 집어 들었다.

"아, 그래요. 그럼 그렇게 심각하지는 않을 것 같은데요. 며칠이

나 됐죠?"

"3일쯤이요."

"헛소리를 하나요?"

"네, 가끔."

"그럼 좀 심각하네요. 왓슨 박사, 내가 연구하다 말고 중단하는 건 정말 싫어하지만 이번만은 어쩔 수 없네요. 자, 갑시다."

나는 홈스가 한 부탁을 잊지 않았다.

"전 약속이 있어서요."

"그럼 나 혼자 가도 됩니다. 주소를 알고 있으니까요. 늦어도 30분 내로 도착할 겁니다."

나는 홈스 집으로 돌아갔다. 가면서 내내 불안했는데, 다행히 그는 아까보다 훨씬 더 좋아져 있었다. 눈빛도 더 맑고, 목소리도 더 힘이 있었으며 또박또박 말했다.

"그래, 스미스 씨 만나봤나?"

"어, 곧 올 거야."

"왓슨, 잘했구먼! 정말 잘했어. 내가 무슨 병에 걸렸는지 물어보던가?"

"그럼. 중국인들한테 옮은 것 같다고 했지."

"그렇지. 왓슨, 자네는 역시 현명하다니까. 그 사람이 오면 자넨 좀 비켜주게."

"홈스, 난 그 사람 의견을 듣고 싶은데."

"물론이지. 그런데 그 사람이 솔직하게 말하게 하려면 내가 혼자 있는 게 낫거든. 자네는 침대 머리맡 뒤쪽에 공간이 있으니까 거기 숨어 있게."

"아니, 뭐라고?"

"별다른 수가 없지 않은가. 의심할 만한 곳도 아니니까 걱정 말게."

홈스는 갑자기 긴장한 얼굴로 일어났다.

"왓슨, 마차 소리가 들려. 어서 서두르게. 꼼짝 말고 있어야 되네. 절대로 소리 내면 안 돼. 그냥 듣고만 있어야 돼. 알겠지?"

그러더니 순간 그는 목소리에 다시 힘이 없어지며 마치 혼수상태에 빠져드는 사람처럼 알아들을 수 없는 말로 중얼거렸다.

내가 몸을 숨긴 후 곧 방으로 누가 들어서는 소리가 들렸다. 그런데 한참 동안 아무 소리도 들리지 않았다. 고요한 가운데 홈스의 숨소리만 들려올 뿐이었다. 마침내 침묵을 깨고 남자가 소리를 쳤다.

"홈스! 홈스!"

잠든 사람을 깨우듯 그가 계속 소리쳤다.

"홈스, 내 말 들려요?"

부스럭거리는 소리가 들렸다.

"아, 스미스 씨. 당신이 정말로 왔군요."

홈스가 힘들게 말했다.

"그러게 말이에요. 성경에도 있잖아요. 악을 선으로 갚으라고 말이죠!"

"네, 감사합니다. 당신이 그 분야에 대해 대단한 지식을 갖고 있는 걸 알고 있었거든요."

"그렇긴 해요. 하지만 그걸 아는 사람은 당신뿐이죠. 그런데 지금 무슨 병에 걸렸는지 알기나 해요?"

"그 병이죠."

홈스가 말했다.

"증상이 어때요?"

"증상도 똑같아요."

"허, 홈스! 그 병에 걸린 건 그리 놀랄 만한 일은 아니에요. 물론 유감이지만 말이에요. 우리 불쌍한 빅터는 발병 4일만에 죽었거든요. 그렇게 건강하고 창창하던 애가 말이에요. 당신 말대로, 그 애가 런던 한복판에서 그런 아시아 유행병에 걸렸다는 게 정말 이상했죠. 그것도 내가 수년 동안 연구해온 바로 그 병에 말이죠. 정말 이상한 우연의 일치였어요. 홈스, 당신이 그걸 눈치 챘던 건 대단했지만 그렇게 떠들고 다닐 필요가 있었나요?"

"당신이 그런 거니까요."

"내가 그랬다고? 당신이 무슨 증거라도 갖고 있어요? 나에 대해 흉악한 소문을 퍼뜨린 사람이 지금 와선 나한테 도와달라고 목매달고 있어요? 도대체 이게 말이 되는 소리에요?"

홈스가 거칠게 숨을 몰아쉬었다.

"저기 물 좀 갖다 주세요."

"친구, 곧 갈 때가 된 것 같군. 그럼 가기 전에 내 말을 좀 들어봐요. 조심해요. 물 쏟겠구먼! 좋아. 내 말 이해해요?"

홈스는 신음소리를 냈다.

"어떻게 좀 해보세요. 지나간 얘기는 그만 두고. 난 완전히 마음속에서 지워버릴 거예요. 맹세하죠. 나를 치료해 주면 다 잊어버리겠어요."

"잊다니요? 뭘 말이죠?"

"빅터 사건 말이에요. 방금 당신이 스스로 그랬다고 자백한 거나 다름없잖아요. 다 잊어버리겠어요."

"잊든 말든 당신 맘대로 해요. 당신이 증인으로 나설 일은 없을 테니까. 이 가련한 친구야, 당신은 곧 관 속으로 들어가게 돼. 내 조카가 왜 죽었는지 당신이 안다고 해도 지금 그게 중요한 건 아니야. 문제는 당신이지."

"네, 맞습니다."

"선원들을 만났다가 병이 옮았다면서요?"

"그것밖에는 다른 이유가 없으니까요."

"홈스, 당신은 스스로 두뇌가 매우 비상하다고 생각하고 있어요. 그렇죠? 그런데 지금 당신은 더 비상한 사람을 만나고 있어요. 잘 기억해 봐요, 홈스. 어떻게 이 병에 걸린 건지, 생각나는 거 더 없어요?"

"모르겠어요. 난 지금 정신이 없어요. 제발 좀 도와주세요!"

"그러죠. 당신이 왜 이런 꼬락서니가 됐는지 내가 알려주죠. 난 당신이 그걸 모르고 죽는 건 바라지 않거든요."

"통증 좀 가라앉게 해줘요."

"심해요? 아무튼 중국인들은 죽을 때가 되면 애걸을 하더라고. 자, 경련이 일어날 거예요."

"네, 그러네요."

"내 말을 알아들었으면 됐어요. 자, 얘기해 보세요. 그런 증상이 나타날 무렵에 무슨 일이 있었죠?"

"특별한 일은 아무것도 없었어요."

"잘 생각해봐요."

"너무 아파서 아무 생각도 안 나요."

"좋아요. 그럼 소포 하나 받은 적 있어요?"

"소포?"

"상자 같은 거 말이에요."

"정신이 가물거려서 죽을 것 같아요."

"홈스, 내 말 들려요? 상자, 상아 상자 기억나요? 목요일에 도착했죠? 기억나요?"

"맞아요. 열었더니 속에 용수철이 들어 있던데요."

"어리석은 인간, 그래서 당신이 지금 이 꼬락서니가 되어 있는 거야. 당신이 나를 방해했기 때문에 이렇게 당한 거라고."

"기억나요."

홈스는 숨을 헐떡거렸다.

"용수철! 다쳤어요. 그 상자, 저 탁자 위에 있어요."

"아, 여기 있네! 내가 이걸 가져가면 증거물이 없어지게 되겠군.

하지만 홈스, 당신은 지금 진실을 알고 있는 거요. 내 손에 죽는다는 걸 말이오. 당신이 빅터 새비지의 운명을 너무 잘 알고 있기 때문에 당신도 같은 운명을 겪을 수밖에 없어요. 홈스, 이제 곧 가게 될 거요. 당신이 죽는 걸 내가 지켜보리다."

홈스가 다 죽어가는 소리로 중얼거렸다.

"뭐라고?"

스미스가 말했다.

"램프를 켜줄까? 음, 해가 저물고 있구먼. 그렇지, 당신 몰골을 더 잘 보려면 램프를 켜야지."

스미스가 저쪽으로 걸어가는 소리가 들리고 곧 방안이 환해졌다.

"이봐, 더 원하는 것 있나?"

"담배와 성냥."

아니, 이럴 수가! 나는 너무나 놀라 소리가 나올 뻔했다. 홈스의 말소리는 평소와 다름이 없었다. 지극히 정상이었다. 한동안 아무 소리도 들리지 않았다. 컬버턴 스미스도 분명 놀라 어안이 벙벙해졌을 것이다.

"아니, 이게 뭐지?"

스미스의 목소리가 갑자기 긴장돼 있었다.

"내 연기가 성공적이었던 거지."

홈스가 말했다.

"좀 전에 당신이 물을 한 잔 주기 전까지 난 사흘 동안 물 한 모금 안 마셨어. 그런데 담배는 정말 참기 어렵네."

그가 성냥을 긋는 소리가 났다.

"아, 담배 맛 좋군. 어! 친구가 오는 모양이네."

복도에서 발자국 소리가 나고 곧 방문이 열리면서 모턴 경위가 들어섰다.

"다 잘됐어요. 바로 이 사람이에요."

홈스의 말에 모턴이 쏘아붙였다.

"당신을 빅터 새비지 살해 혐의로 체포합니다. 그리고 셜록 홈스 살인 미수 혐의도 덧붙여야겠군요."

홈스가 빈정거리는 투로 말했다.

"모턴 경위, 그 사람 외투 주머니에 들어 있는 작은 상자를 꺼내시오. 고맙소. 조심해서 만져요. 자, 거기 놓아요. 재판에서 중요한 증거물이 될 거요."

갑자기 몸싸움이 벌어지는 소리가 들렸다. 그러더니 곧 쇳소리가 나고 비명이 터져 나왔다.

"소용없어. 당신 크게 다치고 싶어? 자, 자, 가만히 있어!"

모턴이 고함을 질렀다.

그러고는 수갑 채우는 소리가 났다.

"제기랄, 함정을 파놓다니!"

스미스가 악다구니를 쓰며 말했다.

"홈스, 내가 아니라 네놈이 법정에 서게 될 거다. 너는 계속 나를 모함하고 의심하는데, 그래, 네 맘대로 실컷 떠들어라. 나도 할 말이 많다."

그때 홈스가 말했다.

"아니, 세상에! 내 친구를 까맣게 잊고 있었네. 왓슨, 정말 미안하네. 자네가 거기 있는 걸 잊고 있었어. 그리고 참 모턴 경위, 마차는 대기시켜 놓은 거요? 나도 옷 입고 곧 갈 테니까 먼저 가시오."

홈스는 옷을 입으며 허기진 배를 채우려고 포도주와 비스킷을 약간 먹었다.

"왓슨, 난 워낙 불규칙한 생활을 하기 때문에 사흘 정도 굶는 건 다른 사람들에 비해 크게 힘들지 않았다네. 그것보다 더 어려웠던 건 허드슨 부인에게 내가 아프다는 걸 현실감 있게 보여주는 것이었지. 그래야 자네한테 다급하게 찾아갈 거고, 자네 또한 절박하게 스미스를 찾아갈 것 아니겠나. 왓슨, 기분 나쁜 거 아니지? 솔직히 자네는 다른 건 다 잘하는데 연기는 못하는구먼. 내가 꾀병을 부리고 있다는 걸 만약 자네가 안다면 스미스한테 가서 그렇게 애걸하며 부탁하진 못했을 걸세. 그러면 일을 망쳤겠지. 스미스 그자는 복수심이 강하기 때문에 자신이 한 일을 확인하러 분명히 올 것 같았네."

"그런데 어떻게 그렇게 다 죽어가는 사람 얼굴을 할 수 있는 거지?"

"왓슨, 사흘이나 굶은 얼굴이 그럼 좋아 보이겠나? 거기다 분장을 좀 했지. 내가 꾀병에 대해 논문을 하나 써볼까 하네. 가끔 동전이나 굴 얘기 같은 걸 하니까 헛소리하는 티가 너무 잘 나더라고."

"그런데 왜 그렇게 나를 가까이 오지 못하게 했나? 진짜로 병에 걸린 것도 아니면서 말이야."

"이보게, 무슨 그런 질문을 하나? 자네는 분명 의사 아닌가. 자네가 만약 내 체온과 맥박을 잰다면 내가 정상이라는 게 다 들통 나지 않겠나. 그래서 저쪽에 떨어져 있게 한 거지. 난 철저히 자네를 속여서 스미스를 데려오도록 한 거야. 그리고 그 상아 상자! 난 그건 손도 안 댔다네. 뚜껑을 열면 날카로운 용수철이 튀어오를 거야. 그 비슷한 방법으로 스미스는 조카를 살해한 게 분명해. 상속권을 차지하려고 그런 거지. 난 여러 사람들에게서 우편물을 받는데, 특히 소포는 주의를 하거든. 아무튼 고맙네 왓슨. 이리 와서 옷 입는 것 좀 도와주게. 경찰서에 들렀다가 심슨 식당에 가서 영양보충을 해야겠네."

세 학생

1895년에 셜록 홈스와 나는 여러 가지 이유로 영국의 한 대학촌에서 몇 주를 보낸 적이 있었다. 그때 우리는 교훈적인 사건 하나를 접하게 되었다. 당시 사건이 발생한 대학이나 범인에 대해 독자들이 알아챌 수 있을 만큼 자세히 설명할 수는 없다는 점을 먼저 알려드린다. 그건 올바른 처사가 아니라고 믿기 때문이다. 그렇게 고통스러웠던 스캔들은 더 이상 들추지 말아야 한다. 내가 말하고 싶은 건, 이 사건과 관련해 홈스의 독특한 기질을 엿볼 수 있었다는 점이다. 따라서 나는 가능한 신중하게 이 사건을 설명해 보려 한다.

그 무렵 우리는 도서관 근처 한 가구가 딸린 집에 세 들어 있었다. 홈스는 영국 초기의 특허장에 관한 연구를 하느라 도서관에 자주 드나들었는데, 그의 연구는 나중에 대단한 성과를 가져왔다.

하루는 어떤 사람이 찾아왔는데, 세인트루크 대학의 강사인 힐턴 소움즈라는 사람이었다. 큰 키에 마른 체격의 소움즈 씨는 다혈질의 예민한 성격이었다. 그는 평소에도 불안정해 보였지만 그날은 잔뜩 흥분해 있어서 뭔가 심상치 않은 일이 벌어졌다는 걸 나는 금방 느낄 수 있었다.

"홈스 씨, 바쁘시겠지만 시간 좀 내주시면 좋겠는데요. 다름이 아니라 세인트루크 대학에 안 좋은 일이 하나 생겨서 말이죠. 다행히 선생이 여기 와 계셔서 찾아왔는데, 안 그랬다면 어떻게 해야 할지 몰랐을 거예요."

"아, 제가 지금은 너무 바쁜데, 경찰에 요청하시면 안 될까요?"

홈스의 대답이 떨어지기가 무섭게 소움즈 씨가 큰 소리로 말했다.

"안 돼요, 절대로! 경찰은 안 됩니다. 경찰이 한 번 손을 대면 일이 걷잡을 수 없이 커지니까요. 이번 문제는 우리 대학의 명예가 걸려 있는 일이라 괜히 쓸데없는 소문이 퍼지면 안 되거든요. 선생은 입이 무척 무거운 분이니까 이 일을 도와줄 사람은 선생밖에 없어요. 홈스 씨, 제발 시간 좀 내주세요."

홈스는 이사를 한 후 새로운 환경에 적응하느라 남에게 마음을 기울일 여유가 없었다. 게다가 베이커 가에서처럼 여러 자료들과 화학 실험 기구 등 친근한 환경이 없는 터라 심기가 그리 편하지 못한 상황이었다. 손님은 점점 더 흥분하며 말을 마구 쏟아냈다.

"홈스 씨, 내일은 대학에서 장학생 선발시험을 실시하는 첫날입니다. 나도 출제위원인데, 그리스어를 맡고 있죠. 긴 그리스어 문장을 번역하는 문제를 냈어요. 시험지는 이미 다 인쇄가 되어 있는데, 응시생이 만약 출제된 문제를 미리 알 수 있다면 굉장히 유리하겠죠. 그래서 시험지가 유출되지 않도록 아주 주의를 했어요. 그런데 오늘 오후 3시쯤에 인쇄소에서 시험지 교정쇄를 보내왔더라고요. 시험문제는 투키디데스의 『전쟁사』에서 뽑은 문장이었어요. 나는 문제를 다시 한 번 주의 깊게 읽어보았죠. 잘못 내면 안 되니까요. 그런데 아직 검토가 다 안 끝났는데 시간을 보니까 4시 반이었어요. 하지만 친구랑 약속이 있어서 교정쇄를 그냥 책상에 놓고 나갔습니다. 그리고 한 시간이 지나서 돌아왔죠. 홈스 씨, 우리 대학의 문들이 이중으로 되어 있는 건 아시죠? 바깥쪽 문을 열려고 보니까 이미 열쇠가 거기에 꽂혀 있는 거예요. 순간 나는 열쇠를 꽂아놓고 그냥 갔나 생각했는데, 주머니에 보니까 열쇠가 그대로 있지 뭡니까. 그 방 열쇠를 갖고 있는 사람은 나 외에 배니스터밖에 없는 걸로 알고 있어요. 그는 지난 10년 동안 우리 건물에서 일을 한 하인인데, 법 없이도 살 사람이죠. 결국 그 열쇠는 배니스터의 것이었습니다. 나한테 차를 갖다주러 왔다가 열쇠를 그냥 꽂아둔 채 간 겁니다. 보통 때 같으면 문제가 안 될 텐데 하필이면 그 시험지 때문에 엄청 큰 일이 벌어지고 만 거예요. 들어가서 보니까 이미 누가 시험지를 만졌더군요. 교정지는 전부 세 장이었는데, 한 장은 바닥에 있고, 또 한 장은 창가에, 그리고 또 한 장은 책상 위에 그대로 놓여 있었어요."

홈스가 얼른 물었다.

"한 장은 바닥에, 또 한 장은 창가에, 그리고 나머지 한 장은 책상에 놓아둔 그대로 있었다는 거죠?"

"네, 맞습니다! 근데 어떻게 그걸 아셨죠?"

"얘기가 재밌군요. 말씀하세요."

"순간 나는 배니스터가 한 짓이라고 생각했어요. 내 시험지를 감히 읽어보다니, 건방진 행동을 한 거라고 말이죠. 그런데 그가 절대로 안 그랬다는 거예요. 생각해 보니까 그가 한 게 아닐 것 같더라고요. 누가 방 앞을 지나가다 열쇠를 보고, 내가 없는 것 같으니까 방에 들어온 게 분명하다는 생각이 들더군요. 장학금 액수가 크다 보니 그걸 따내려고 어떤 못된 놈이 그런 대담한 짓을 할 수도 있었을 것 같더라고요. 배니스터는 너무 충격을 받아 쓰러지다시피 했어요. 난 그에게 브랜디를 조금 마시게 하고는 방 안을 조사했죠. 침입자가 있었다는 흔적이 더 나왔어요. 창문 옆 책상 위에 연필 부스러기와 부러진 연필심이 있더군요. 놈은 허겁지겁 문제를 베끼다가 연필심이 부러졌던 거예요."

"잘됐네요! 정말 다행이었어요."

홈스는 얘기를 들으면서 점점 호기심이 발동하는 모양이었다.

"그뿐만이 아니라, 붉은색 가죽으로 된 책상을 하나 새로 구입했는데, 가죽이 7.5센티미터 정도 잘려 있었어요. 그냥 찢어진 게 아니라 아예 잘려 나갔다고요. 게다가 책상 위에 진흙 같은 게 한 덩이 있었는데, 속을 보니까 나무 부스러기 비슷한 게 섞여 있더군요. 그 외에 발자국이나 다른 흔적은 없었어요. 너무 황당해 멍하니 있다가 마침 선생 생각이 나서 이렇게 오게 된 겁니다. 홈스 씨, 이것 좀 어떻게 도와주세요. 난 지금 미칠 것 같아요. 범인을 찾지 못하면 다른 시험지를 대체해야 하고 시험도 연기해야 합니다. 그리고 내가 설명을 해야 하는데, 학교 이미지에 먹칠을 하게 되는 거죠. 그래서 난 조용히 이 문제를 해결하고 싶은 거예요."

"알겠습니다. 능력 닿는 대로 해보죠. 예삿일 같지는 않군요. 그런데 교정쇄를 받은 후에 누가 찾아온 적 있습니까?"

"네. 다우라트 라스라는 인도인 학생이 뭘 물으러 왔었어요."

"방에 들어왔었나요?"

"네, 그랬었죠."

"시험지도 책상 위에 있었습니까?"

"접어진 상태로 있었던 것 같아요."

"시험지라는 걸 눈치 챘을까요?"

"글쎄요."

"방에 다른 사람은 더 없었습니까?"

"없었어요."

"그럼 교정쇄가 왔다는 걸 아는 사람이 있었어요?"

"인쇄소 관계자요."

"배니스터라는 하인은 알고 있었을까요?"

"아니오. 모르고 있었어요."

"그는 지금 어디 있습니까?"

"충격으로 의자에 앉아 있는데 그냥 두고 나왔어요. 지금 안 좋을 거예요."

"문을 열어둔 채 오셨습니까?"

"네. 하지만 시험지는 서랍 속에 넣고 잠갔어요."

"음, 이런 생각이 드네요. 그 인도 학생이 시험지를 만진 게 아니라면 아마도 다른 사람이 왔다가 우연히 그 시험지를 발견하고 손을 대지 않았나 하는 생각이요."

"나도 그런 생각이 들어요."

홈스는 묘한 미소를 지었다.

"가서 좀 볼까요? 왓슨, 자네는 안 가도 되네. 가는 것보다 머리를 짜내는 게 더 중요한 일이니까. 그래도 가고 싶으면 같이 가세. 소움즈 씨, 그럼 갑시다."

대학 안에 있는 그의 방은 건물 1층에 있었으며, 낮은 창문이 옆으로 길게 나 있어 고풍스런 대학의 정원이 훤히 내다보였다. 위로는 세 명의 학생이 한 층씩 살고 있었다. 홈스는 창문 밖에서 목을 쑥 빼고 방안을 들여다보았다.

"이 창문은 좁아서 들어갈 수 없어요. 범인은 문으로 들어간 게 확실합니다."

소움즈가 자신 있게 말했다.

"아, 그렇네요!"

홈스가 또다시 묘한 미소를 흘렸다.

"여기는 더 볼 게 없으니까 안으로 들어가시죠."

소움즈가 우리를 방으로 데려갔다. 홈스는 방안의 카펫을 세심히 들여다보았다.

"카펫에는 특별한 흔적이 없네요. 날씨가 건조해서 흔적이 남아 있을 수도 없지요. 하인은 괜찮은 것 같은데, 아까 그가 앉아 있었던 의자가 어떤 거죠?"

"저기 창가에 있는 의자요."

"아, 거기 작은 책상도 있군요. 한번 볼까요? 상황은 충분히 짐작

됩니다. 범인은 여기 큰 책상에 있는 시험지를 가지고 저기 창가 책상으로 간 거죠. 왜냐하면 저기서는 창밖으로 소웜즈 씨가 오는 게 잘 보이니까요."

"하지만 내가 오는 걸 못 봤을 거예요. 난 옆문으로 들어왔거든요."

"아, 그래요? 어쨌든 범인은 창문으로 보다가 도망칠 생각을 했을 거예요. 시험지 좀 보여주세요. 근데 손 댄 자국이 없네요. 음, 이 페이지부터 베껴 썼군요. 한 페이지 베끼는 데 얼마나 걸릴까요? 적어도 15분은 걸리겠죠? 한 장을 베껴 쓴 다음 그냥 바닥에 던져버렸어요. 그리고 두 번째 장을 베끼고 있을 때 소웜즈 씨가 돌아와 급히 도망친 겁니다. 흔적이 안 남게 정리할 틈도 없었죠. 바깥 쪽 문을 열 때 급히 달아나는 발소리 같은 것 못 들었습니까?"

"아니오. 못 들었는데요."

"왓슨, 이리 좀 와보게. 이건 보통 연필과 다른데? 심이 굵고 무른 편이야. 연필 색깔은 파란색이고 길이가 4센티미터 정도 되는 몽당연필에다 제조사도 찍혀 있으니까 이걸 쓰는 사람을 찾아내면 될 것 같네. 그리고 한 가지 더. 연필을 깎은 칼은 날이 무딘 편이고 좀 큼직한 거야."

마치 본 것처럼 거침없이 쏟아내는 홈스의 말에 소웜즈는 어안이 벙벙해졌다.

"다른 건 다 이해가 되는데, 몽당연필이라는 건 좀……."

홈스는 연필 부스러기를 집어 들어 살펴보았다. 거기엔 'NN' 이라는 글자가 찍혀 있었다.

"이게 뭔지 아세요?"

"아니오. 난 뭔지 잘……."

"왓슨, 이건 한 단어 끝 부분일세. 연필 상표 중에 조한 파버(JOHANN FABER)라고 들어봤지? 그런데 'JOHANN' 다음에 남아 있는 연필 길이가 얼마나 될까? 남아봤자 그 정도 아닐까?"

그는 작은 책상을 조명 아래로 끌어왔다.

"범인이 만약 얇은 종이를 사용했다면 이 책상에 자국이 남아 있을지도 모릅니다. 그런데 음, 안 남아 있네요. 그럼 저 큰 책상을 봅시다. 가죽이 찢어졌네요. 진흙덩이 같은 것도 있고요. 말씀하신 대로 톱밥이 들어 있군요. 소움즈 씨, 그런데 저 문은 어디로 연결돼 있는 거죠?"

"내 침실 문입니다."

"일이 벌어진 다음에 방에 들어가 보셨나요?"

"아니오. 선생한테 곧바로 간 겁니다."

"한번 들어가 볼까요? 아, 대단히 멋지고 고풍스럽네요. 두 분은 거기 좀 계세요. 방바닥을 조사해 봐야 하니까요. 여기도 아무 흔적은 없습니다. 이 커튼은 뭐죠? 아, 옷을 가려놓았군요. 누가 이 방에 들어왔다면 숨기 좋은 곳인데요. 침대는 너무 낮아서 안 되고, 옷장도 작아서 숨을 데가 없어요. 누구 여기 있나?"

홈스는 아주 조심스럽게 커튼을 젖혔다. 그는 뭔가를 대비하고 있는 눈치였다. 커튼 뒤엔 걸려 있는 옷가지 몇 개뿐 아무것도 없었다.

그는 다시 커튼을 닫으려다 말고 소리쳤다.

"이것 봐! 이게 뭐지?"

그건 책상에 있는 것과 똑같은 진흙덩이 비슷한 것이었다. 홈스가 그걸 들고 조명 아래서 비춰보았다.

"소움즈 씨, 범인은 침실에도 들어갔군요."

"뭣 하러 들어간 걸까요?"

"급히 몸을 숨기러 들어간 거죠. 소움즈 씨가 옆문으로 들어왔기 때문에 그는 대비할 시간이 없었던 겁니다."

"세상에! 그럼 여기서 내가 배니스터와 얘기하고 있을 때 그가 방에 있었다는 얘기네요."

"그렇죠."

"홈스 씨, 이런 생각도 드는데요. 혹시 침실 창문 보셨어요?"

"네, 여닫이 창문이고, 사람이 들어갈 수 있을 정도의 크기던데요."

"맞습니다. 그리고 창문이 정원의 구석진 쪽으로 나 있어서 어느 정도 가려질 수가 있어요. 범인이 그 창문으로 들어왔다가 열려 있는 방문으로 나간 것 아닐까요?"

홈스는 완강히 고개를 흔들었다.

"현실적으로 생각해 봅시다. 위층 사람들 모두가 소움즈 씨 방문 앞을 지나간다고 했죠?"

"그렇습니다."

"그 학생들 전부 이 시험을 봅니까?"

“네.”

“세 학생 가운데 의심 가는 사람은 없나요?”

소움즈는 대답을 안 하고 잠시 망설였다.

“대답하기 좀 어려운 문젠데요. 근거도 없으면서 함부로 말할 수는 없으니까요.”

“말씀해 보세요. 증거는 내가 찾도록 할 테니까요.”

“그럼 간단히 말씀드리죠. 이층에 사는 길크리스트는 운동을 아주 좋아하는 학생입니다. 대학 럭비 팀과 크리켓 팀에서 뛰고 있죠. 의젓하고 다부진 데가 있어요. 그의 아버지는 돌아가셨는데, 경마로 전 재산을 날린 자베즈 길크리스트 경이지요. 이 학생은 경제적으로는 어려운 처지지만 무척 열심히 공부하고 있습니다. 3층엔 인도 출신의 다우라트 라스가 살고 있습니다. 인도인 특유의 성격대로 그도 별로 말이 없는 편이죠. 하지만 착하고 반듯한 데가 있어요. 그리고 맨 위층에는 마일스 맥클러런이라는 학생이 있는데, 그 녀석은 공부를 열심히만 하면 성적이 아주 잘 나오죠. 머리가 전교에서 손꼽힐 정도거든요. 그런데 꾸준하지가 못하고, 자기 절제도 못하는 게 문제예요. 최근엔 매일 빈둥거려서 지금 시험 걱정을 잔뜩 하고 있을 겁니다.”

“그들 중 의심스러운 학생이 누굽니까?”

“의심스럽다고 말하기는 어렵고요. 그 중에서는 맥클러런이 가장 가능성이 높은 것 같아요.”

“네, 알겠습니다. 먼저 하인 배니스터를 만나보고 싶은데요.”

배니스터는 체구가 작고 머리가 희끗희끗했으며, 나이는 50대로 보였다. 그는 심각한 일이 벌어져서인지 어쩔 줄 몰라 하고 있었다. 몹시 불안한 표정으로 두 손마저 부들부들 떨고 있는 형편이었다. 소움즈가 말했다.

"배니스터, 지금 이 사건을 조사하고 있네."

"네, 알고 있습니다."

홈스가 말했다.

"자네가 문에 열쇠를 꽂아두었나?"

"그렇습니다."

"왜 하필 시험지가 방안에 있을 때 그런 실수를 했나?"

"정말 운이 없습니다. 하지만 이번만 그런 게 아니라 가끔 그랬습니다."

"방에는 몇 시쯤 들어온 건가?"

"네 시 반쯤에요. 교수님께서 차를 드시는 시간이거든요."

"방에 얼마간 머물렀나?"

"안 계셔서 바로 나왔습니다."

"책상 위에 시험지 있는 거 봤나?"

"아니오. 전혀 몰랐습니다."

"왜 열쇠를 문에 꽂아둔 채 갔나?"

"쟁반을 들고 있어서 뽑을 수가 없었거든요. 그래서 나중에 열쇠를 가지러 오려고 했었는데, 그만 깜빡 잊어버린 겁니다."

"바깥쪽 문에도 자물쇠가 있나?"

"아니오."

"그럼 그건 계속 열려 있었나?"

"네."

"방에 있던 사람이 나갈 수도 있었겠네?"

"그렇습니다."

"그런데 소움즈 씨가 돌아와서 자네를 불렀을 때 굉장히 당황했다고 하던데?"

"네. 제가 여기서 일한 후로 처음 있는 일이거든요. 너무 충격을 받았습니다."

"그때 자넨 이 방 어디에 있었나?"

"저요? 출입문 가까이에 있었습니다."

"좀 이상하네. 하필이면 왜 저쪽 구석에 있는 의자에 앉았나? 이쪽에도 의자들이 많은데."

"그건 모르겠습니다. 별로 신경 쓰지 않았던 것 같아요."

그때 소움즈가 끼어들며 말했다.

"홈스 씨, 배니스터는 이 일에 별로 관련이 없는 것 같아요. 그리고 지금 안색도 안 좋고요."

그러나 홈스는 집요하게 물었다.

"자네는 의심 가는 사람이 있나?"

"아니오! 제가 말씀드릴 일은 아닙니다. 선생님, 저는 여기 사시는 분들 중 그럴 사람은 없다고 생각합니다. 절대로요. 저는 그럴 사람은 없을 거라고 믿습니다."

"그렇겠지. 고맙네. 참, 한 가지만 더 묻겠네. 여기 사는 세 사람 중 이 일에 대해 자네가 말해준 사람이 있나?"

"아니오. 아무한테도 말하지 않았습니다."

"아무도 만난 적이 없다고?"

"없습니다, 선생님."

"좋아. 자, 소움즈 씨, 잠시 정원으로 좀 나갈까요?"

주위가 이미 어둑해졌으며, 위의 세 층 전부에 불이 켜져 있었다.

홈스가 건물을 올려다보며 말했다.

"새 세 마리가 모두 둥지 속으로 들어갔군요. 그런데 요런! 한 학생은 어딘가 불안한 모양인데요."

인도 학생 방에서 커튼 위로 불쑥 그림자가 보였다. 그리고 그림자는 방안을 왔다갔다 서성댔다. 홈스가 말했다.

"학생들 방을 잠깐 볼 수 있을까요?"

"물론입니다. 이 건물은 학교 안에서 제일 오래된 것이라 가끔 구경하러 오는 사람들이 있죠. 자, 갑시다. 안내할게요."

"내 이름은 말하지 마세요!"

홈스가 얼른 말했다.

2층에 가서 문을 두드리자 키가 큰 갈색 머리칼의 학생이 나와 문을 열어주었다. 내부 구조는 진기한 중세 영국의 건축 양식으로 꾸며져 있었다. 홈스는 너무 멋지다면서 노트에 스케치를 하다가 연필을 부러뜨려 방주인에게 연필 하나를 빌렸다. 그런 다음엔 칼도 빌려 자신의 부러진 연필을 깎았다. 그는 3층 방에서도 똑같이 그렇게 했다. 키가 작고 말수도 적은 인도 학생은 우리를 힐끗거리며 보더니 홈스가 스케치를 다 끝내자 매우 즐거워했다. 홈스가 단서를 찾았는지는 아직 알 수 없었다. 우리는 꼭대기 층으로 올라가 방문을 두드렸다. 그런데 학생이 문을 열어주기는커녕 욕을 해대는 바람에 그 방엔 들어가지도 못하고 말았다.

"당신이 누구든 상관없으니, 지옥으로 꺼져!"

학생은 계속 소리를 질러댔다.

"내일 시험이야! 방해하지 말라니까!"

"되게 무례하네요."

소움즈가 툴툴거리며 덧붙였다.

"문을 두드린 사람이 누군지 몰랐다 해도 그렇지, 좀 괘씸한데요. 이러니까 저 학생한테 의심이 가는군요."

하지만 홈스는 엉뚱한 질문을 했다.

"저 학생 키가 얼마나 되죠?"

"정확히는 모르겠는데, 인도 학생보다는 크고 길크리스트보다는 작아요. 한 165센티미터쯤 될 것 같은데요."

"아주 중요한 정보라서 물었어요. 자 그럼, 소움즈 씨, 이만 가보겠습니다."

소움즈는 순간 당황해 소리를 질렀다.

"아니, 그냥 가신다고요? 지금 이런 상황에서 가신다는 게 말이 됩니까? 내일이 시험이라고요. 나는 오늘 밤 내로 결정을 내려야 합니다. 지금 시험 문제가 유출되었는데 내일 어떻게 시험을 치를 수 있겠냐고요. 사태 파악을 좀 하셔야죠."

"그냥 계세요. 내일 아침에 일찍 와서 말씀드리겠습니다. 어떻게 될지 그건 내일 아침 가봐야 알 것 같아요. 그때까지 아무것도 하지 말고 계세요."

"아, 네! 그럼 알겠습니다."

"안심하세요. 분명 해결방법이 있을 겁니다. 진흙덩이와 연필 부스러기는 내가 가지고 가겠습니다."

정원으로 나와 우리는 다시 위층을 올려다보았다. 인도 학생은 아직도 왔다갔다 서성거리고 있었다.

도로로 나서면서 홈스가 물었다.

"왓슨, 어떻게 생각하나? 카드 세 장의 게임이야, 안 그런가? 세 학생 중 한 명이 범인인 게 틀림없어. 자네 생각엔 누군 것 같은가?"

"맨 위층의 막돼먹은 녀석이지. 그런데 인도 학생도 좀 수상해. 왜 방안에서 안절부절 못하는 건지."

"뭐 이상할 건 없는 것 같은데. 암기해야 할 게 있을 때 저렇게 하는 사람들도 있으니까."

"그런데다 우리를 자꾸만 힐끗힐끗 쳐다보더라고."

"그럼 시험이 목전인데 사람들이 몰려와서 시간을 뺏으면 누군들 불안하지 않겠어? 그건 전혀 이상한 게 없는 것 같네. 연필이고 칼이고 어느 것도 특별히 문제도 없었고 말이야. 한데 그 사람은 정말 이해가 안 가."

"누구?"

"그 배니스터라는 하인 말이야. 뭣 때문에 그런 걸까?"

"뭐가 말인가? 아주 정직해 보이던데."

"나도 그렇게 생각했어. 그래서 더 이해가 안 되더라고. 그런 사람이 왜…… 어, 저기 문구점이 있네. 저곳부터 조사를 해볼까."

동네에 있는 문구점 네 곳을 돌아다니며 홈스는 가져온 부스러기와 똑같은 연필이 있나 찾아보았다. 그러나 어느 한 군데도 없었고, 주문해야 한다고 했다. 홈스는 그럴 줄 알았다는 듯 오히려 장난스런 표정으로 어깨를 으쓱할 뿐이었다.

"왓슨, 허탕이네. 중요한 단서라고 생각했는데, 아무런 소용이 없어져 버렸어. 하지만 사건은 해결할 수 있을 걸세. 아니, 벌써 아홉 시가 됐네. 하숙집에서 일곱 시 반에 완두콩 요리를 해준다고 했는데 말이야. 왓슨, 자네는 골초에다 식사 시간도 워낙 들쭉날쭉해서 하숙집에서 곧 쫓겨나는 거 아닌가 걱정되네. 그렇게 되면 나도 같이 쫓겨날 것 같은데. 하지만 쫓겨나기 전에 이 문제는 해결될 걸세."

그날 저녁 홈스는 깊은 생각에 잠겼다. 그리고 다음날 아침 여덟 시가 되자 내 방으로 왔다.

"왓슨, 세인트 루크 대학으로 가세. 아침 식사할 시간이 없는데 괜찮겠나?"

"뭐 할 수 없지."

"소움즈는 지금 몹시 불안할 거야."

"뭐 해결책이라도 있나?"

"아마도."

"범인을 찾았다고?"

"어, 수수께끼를 풀었지."

"분명한 단서도 못 찾았는데 어떻게?"

"허허! 내가 일없이 아침 여섯 시에 일어난 줄 아나? 벌써 두 시간 동안 가서 조사하고 단서를 찾아냈지. 그리고 8킬로미터는 걸었을 걸. 이것 좀 봐!"

홈스가 내민 손바닥에는 진흙덩이 세 개가 놓여 있었다.

"아니, 어제는 두 개였잖아."

"하나는 좀 전에 주웠네. 전부 같은 곳에서 주웠지. 어떻게 생각하나 왓슨? 빨리 가서 소움즈의 불안을 해소시켜줘야 하지 않겠나?"

우리가 도착했을 때 소움즈는 안절부절못하고 있었다. 잠시 후면 시험이 시작되는데, 이 사실을 알려야 하는지 아니면 범인이 시험 치는 걸 내버려둘 것인지 결정을 내릴 수가 없었던 것이다.

"아, 오셨군요!"

소움즈는 우리를 보고는 달려오다시피 했다.

"홈스 선생께서 포기하셨나 하고 너무나 불안했습니다. 어떻게 해야 하죠? 시험을 그냥 치를까요?"

"네, 예정대로 치르세요."

"하지만 범인을 놔두고요?"

"그 녀석은 시험을 포기할 겁니다."

"누군지 찾아내셨어요?"

"그렇습니다. 하지만 이 사태를 외부에 알리지는 않더라도 우리 스스로가 판관이 되어 민간 법정을 한 번 열어봅시다. 소움즈 씨 거기 앉아주세요! 그리고 왓슨, 자네는 여기 앉게! 나는 가운데에 앉겠습니다. 자, 이러면 죄책감에 빠져 있는 당사자가 충분히 두려움을 느낄 겁니다. 그럼 종을 울려보세요!"

배니스터는 우리의 모습을 보고는 재판장에 들어온 것처럼 화들짝 놀라며 주춤했다.

홈스가 말했다.

"문을 좀 닫아주게나. 자, 배니스터, 어제 있었던 일에 대해 사실을 말해보게."

배니스터는 백지장처럼 하얗게 변했다.

"저는 다 말씀드렸습니다."

"더 하고 싶은 말은 없나?"

"없습니다."

"좋아, 그럼 내 생각을 말하겠네. 자네가 어제 방에 들어왔을 때 누군가의 흔적이 있어서 그걸 숨기려고 자네는 저쪽 의자에 가서 앉았지. 안 그런가?"

배니스터의 얼굴이 시체처럼 창백해졌다.

"아닙니다. 그런 일 절대 없었습니다."

"알겠네. 내 생각을 그냥 말한 것일세. 솔직히 말해 그게 확실하다고 단정할 수는 없네. 하지만 가능성은 많아. 왜냐하면 소움즈 씨가 나가자 자네는 침실에 숨어 있던 사람을 내보내주었으니까."

하인은 마른 입술을 축였다.

"선생님, 침실엔 아무도 없었습니다."

"배니스터, 다른 건 다 관두고 방금 그 말은 거짓말이라는 거 내가 잘 알고 있네."

배니스터가 완강하게 다시 말했다.

"저 방에는 아무도 없었습니다."

"배니스터, 자꾸만 그렇게 말할 텐가?"

"정말입니다, 선생님. 저 방엔 아무도 없었습니다."

"알겠네. 그럼 거기 침실 문 옆에 좀 서보게나. 자, 소움즈 씨는 가서 길크리스트를 데려와 주십시오."

잠시 후 소움즈가 길크리스트와 함께 들어왔다. 학생은 키가 크고 늘씬한 미남인데다 걸음걸이도 활발하고 인상이 아주 좋은 편이었다. 그는 뭔가 불편한 눈빛으로 우리를 쳐다보며 한쪽 구석에 당황스런 얼굴로 서 있는 배니스터를 바라보았다.

홈스가 말했다.

"방문을 닫게, 길크리스트. 우리밖에 없으니까 안심하고 서로 솔직하게 얘기해보세. 자네는 훌륭한 학생이라고 생각되는데, 어제 왜 그런 짓을 했는지 알고 싶네."

운 나쁜 젊은이는 순간 휘청 하며 뒷걸음질을 쳤다. 그러고는 두려움과 원망이 가득 찬 눈빛으로 배니스터를 노려보았다.

"절대 말하지 않았어요, 길크리스트 학생. 나는 한 마디도 안 했어요. 한 마디도!"

하인이 소리쳤다.

“그렇지. 이제 제대로 한 마디 한 거야.”

홈스가 얼른 나서서 말했다.

“자, 배니스터가 이렇게 말했으니까 더 이상 숨길 수도 없겠지. 솔직히 털어놓게 길크리스트.”

그 순간 청년은 두 손으로 얼굴을 가리며 털썩 주저앉더니 흐느끼기 시작했다.

홈스가 달래듯 말했다.

“자, 진정하게. 누구나 실수할 수 있네. 여긴 자네를 정말 고약한 범죄자라고 생각할 사람은 없을 걸세. 자, 그럼 자네를 대신해 내가 설명해 볼까? 틀리면 얘기하게. 소움즈 씨, 그 시험지 교정쇄가 도착했을 때 배니스터도 그 사실을 몰랐다고 하는 당신 얘기를 듣고 난 모든 사정이 이해되기 시작했습니다. 참 인쇄소 직원은 아예 처음부터 생각하지 않았어요. 그 사람이야 인쇄소에서 당연히 그 시험지를 볼 수 있으니까요. 인도 학생도 전혀 생각하지 않았어요. 그가 우연히 방에 들어왔을 때 책상 위에 시험지가 놓여 있는 걸 알았을 리가 없으니까요. 하지만 방에 들어온 범인은 시험지가 있다는 걸 알고 있었던 겁니다. 어떻게 알았을까요? 내가 밖에서 이 방 창문을 자세히 살펴봤는데요. 창문으로 책상 위에 시험지가 있는 걸 볼 수 있으려면 키가 얼마나 돼야 할까요? 적어도 180센티미터는 되어야 하는데, 그것도 발꿈치를 들어야 겨우 볼 수 있거든요. 그러니까 키가 큰 학생이 가장 유력하다고 본 거죠. 게다가 길크리스트는 운동을 무척 잘한다고 소움즈 씨가 말해, 거기서 확실히 생각을 굳힐 수 있었습니다. 자, 그럼 그 증거가 있어야 되는데요. 마침 어제 오후에 길크리스트는 멀리뛰기 연습을 하고 돌아왔습니다. 그런데 창문 앞을 지나다가 키가 크니까 우연히 방안의 책상을 보게 됐고, 거기에 시험지가 놓여 있는 걸 알게 된 거죠. 그러다 운 좋게 방문에 열쇠가 꽂혀 있는 걸 보게 되었어요. 아마 열쇠가 꽂혀 있지 않았다면 이런 일은 생기지 않았을 겁니다. 아무튼 길크리스트는 그게 정말 시험지인지 방에 들어와 확인해 보고 싶은 충동을 느꼈습니다. 예상 밖의 일이 생기면 뭘 물어보러 들른 것처럼 꾸밀 생각이었죠. 그래서 그다지 위험한 일이라고는 여기지 않았어요. 그런데 방에 들어가 정말 시험지를 발견하자 이 학생은 유혹에 빠지고 말았습니다. 길크리스트는 운동화를 들고 있다가 책상에 올려놓았어요. 그런데 거기 의자에 놔둔 건 뭐였지, 길크리스트?"

"장갑이오."

학생이 말했다.

홈스는 이번엔 배니스터를 쳐다보았다.

"이 학생은 작은 책상에 앉아 교정쇄를 베끼기 시작했어요. 창가 그 자리에서는 소움즈 씨가 오는 걸 볼 수 있었으니까요. 그런데 소움즈 씨가 옆문으로 들어오는 바람에 갑자기 피해야 했지요. 빠져나갈 수가 없었어요. 그래서 학생은 신발만 급히 들고 침실로 숨어 들어갔던 겁니다. 장갑은 잊어버렸죠. 책상의 가죽이 찢어진 건 운동화 바닥의 스파이크 때문이었습니다. 자국이 방 쪽으로 더 깊게 패여 있는 걸 보면 신발을 그쪽으로 당겼고, 그 방으로 간 게 분명했죠. 진흙덩이는 바로 스파이크에 묻어 있던 것이었습니다. 그건 침실에서도 한 개가 나왔죠. 그래서 아침에 운동장의 멀리뛰기 도약대에서 그런 흙덩이를 조금 떼어왔습니다. 거기엔 톱밥 같은 것도 같이 있더군요. 자, 내 말이 어떤가, 길크리스트?"

학생이 얼굴을 들었다.

"네, 모두 맞습니다."

"아니! 더 할 말 없나?"

소움즈가 소리쳤다.

"네, 교수님께 말씀드릴 게 있었는데 너무 창피해서 할 수가 없습니다. 이건 제가 쓴 편지입니다. 밤에 잠 한숨도 못 자고 새벽에 썼어요. 거기에 그렇게 썼습니다. '시험을 포기하겠습니다. 그리고 로디지아 경찰에서 위임장을 받아 곧 남아프리카로 떠날 계획입니다.' 라고요."

"그래, 자네가 부정한 짓을 하지 않으려고 했다니 기쁘군. 그런데 왜 갑자기 그렇게 계획을 바꾸게 됐나?"

길크리스트는 배니스터를 눈으로 가리켰다.

"저 사람이 제게 조언해 줬습니다."

홈스가 배니스터를 불렀다.

"이리 와보게. 이 학생을 밖으로 나가도록 도와준 건 자네밖에 없었다는 걸 이제 와서 부정하지는 않겠지. 그런데 도대체 왜 그를 도와준 건가?"

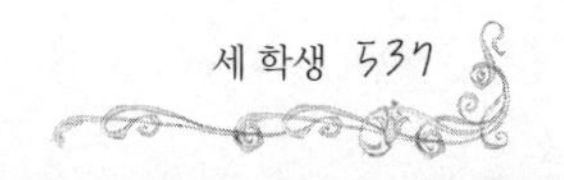

"이유는 간단합니다. 저는 예전에 길크리스트의 아버지인 자베즈 길크리스트 경의 집사였습니다. 그분이 세상을 뜨신 후 저는 이 대학으로 왔는데, 제가 처음 모신 분이라 항상 마음속에 있었죠. 그런 것 때문에 그분의 아드님에게도 저로서는 최선을 다했던 것입니다. 네, 맞습니다. 어제 교수님이 저를 불렀을 때 방에 와보니 저 의자에 도련님의 장갑이 있는 게 보였습니다. 저는 곧 사태를 알아차리고 의자에 가서 앉아버렸죠. 그리고 교수님이 나가실 때까지 움직이지 않고 있었습니다. 그리고 곧바로 도련님을 나가시게 했습니다. 그랬더니 도련님이 사실을 털어놓으시더군요. 홈스 선생님, 저는 도련님을 구해야 했습니다. 그리고 그런 행동은 올바르지 못하다고 말씀드렸지요. 제가 잘못한 거 있습니까?"

"아니네."

홈스는 진심으로 그렇게 말하며 자리에서 일어났다.

"소움즈 씨, 문제는 이렇게 해결된 것 같습니다. 이제 집에 가서 아침식사를 하고 싶군요. 왓슨, 가세! 자, 길크리스트 군! 로디지아에서 행운을 비네. 이렇게 추락도 한 번 해봤으니 자넨 앞으로 높이 높이 뛰어오를 걸세."

마지막 사건

셜록 홈스의 그 탁월한 재능에 대한 마지막 글을 쓰려다보니 왠지 슬픔이 밀려든다. 그와 함께 다니면서 얻은 진기한 경험을 서투른 문장으로나마 전하려고 나름대로 애쓰며, 그동안 『주홍색 연구』부터 『해군 조약사건』에 이르기까지 많은 사건을 기록했다.

하지만 어느 날 나는 기록을 중단하고 말았다. 그 사건에 대해서는 어떤 것도 밝히지 않으려고 작정을 하면서. 그러나 2년이 지난 지금도 그 사건은 내 인생에 채워지지 않는 공허감을 남기고 있다.

내가 다시 쓰려고 마음먹은 건, 얼마 전 제임스 모리아티 대령이 죽은 동생을 변호하는 공개적인 글을 발표했기 때문이다. 진실을 왜곡하는 그런 주장은 도저히 용납할 수가 없다.

사건의 진상을 모조리 아는 사람은 나뿐이다. 그래서 난 더 이상 숨겨둘 필요가 없을 때가 찾아온 것을 기쁘게 생각한다. 내가 아는 한 지금까지 그 사건에 대한 기사가 언론에 난 건 세 번밖에 없다. 1891년 5월 6일자 〈주르날 드 주네브〉와 5월 7일자 영국의 각 신문에 실린 로이터 통신 기사, 그리고 앞서 말한 모리아티 대령의 공개장이다. 처음 두 기사는 극히 간단한 것이었고, 마지막 것은 완전히 왜곡된 내용이었다. 그래서 나는 모리아티 교수와 셜록 홈스 사이에 생긴 사건의 진실을 세상에 알려야 한다는 의무감을 갖게 된 것이다.

내가 결혼을 하고 개업한 후, 홈스와의 친밀한 관계가 모양상 약간 달라진 건 사실이었다. 그는 내가 필요하면 연락을 하기는 했지만 아무래도 점점 뜸해졌고, 그러다 1890년에는 그를 동행한 적이 세 번밖에 없었다.

1890년 겨울부터 1891년 봄 사이, 홈스는 프랑스 정부의 의뢰로 극히 중요한 일 한 건을 맡고 있었다. 그가 보낸 소식으로 보아 프랑스 체류도 꽤 길어질 것 같았다. 그런데 4월 24일 저녁, 느닷없이 그가 내 병원으로 들어선 것이었다. 그 전보다 안색이 나쁘고 몸도 말라 있었다.

"몸을 좀 혹사시켰나봐."

그는 내 표정을 보고는 혼잣말을 했다. 그러고는 입을 열었다.

"좀 성가신 일이 하나 생겼다네. 덧문을 닫아도 될까?"

그는 몸을 사리듯 덧문을 닫고는 빗장까지 걸어 잠갔다.

"뭐 무서운 일이라도 있나?"

내가 물었다.

"어, 있지."

"뭔데?"

"공기총이야."

"뭐라고? 지금 무슨 소릴 하는 거야?"

"왓슨, 내가 신경이 과민한 사람은 아니라는 거 자네도 알고 있지? 하지만 위험이 닥치고 있는데도 조심하지 않는다면 그건 용기가 있는 게 아니라 우둔해서야. 성냥불 좀 켜주겠나?"

그는 담배가 마음을 진정시켜줬다는 표정으로 연기를 내뿜었다.

"이렇게 늦은 시각에 찾아와서 미안하네. 내친 김에 말하는데, 이따가 뒷담으로 넘어서 가야겠네."

"도대체 무슨 일인가?"

그는 손을 내보였다. 손가락 두 군데가 찢어져 피가 흐르고 있었다.

"봐, 웃을 일이 아니잖은가. 사내가 손이 찢어져 왔으니 말이야. 와이프는 집에 있나?"

"아니, 부모님 보러 가고 없어."

"그럼 자네 혼자 있단 말이지?"

"그렇다네."

"그럼 말하기가 낫군. 자네 나랑 같이 1주일쯤 대륙에 가지 않겠나?"

"대륙 어딘데?"

"어디든 상관없어."

이상한 소리였다. 홈스는 목적 없이 그냥 어디를 가는 사람이 아닌데다 그의 몰골로 봐도 몹시 긴장돼 있는 것 같았다. 내가 미심쩍어하는 것 같자 그는 양손을 깍지 끼더니 사정을 털어놓기 시작했다.

"자네, 모리아티 교수라고 들어본 적 없나?"

"아니, 없어."

"바로 그거야. 온 런던을 맘대로 휘두르고 있는 이 남자의 이름을 아무도 들은 사람이 없다는 거야. 거기에 이 사건의 핵심과 놀라운 점이 있는 거지. 그런 점에서 이 사건은 범죄 사상 최고로 꼽을 수 있는 사건이야. 왓슨, 솔직히 말해 만일 내가 이 작자를 쓰러트릴 수 있다면 나도 경력 면에서 최고의 위치에 올랐다는 느낌이 들 것 같고, 은퇴해 좀 더 편안한 생활로 돌아가고 싶은 생각도 들 것 같네.

사실 얼마 전에 스칸디나비아 왕실과 프랑스 정부 요청으로 몇 가지 일을 한 덕분에 나에게 맞는 평온한 생활과 화학 연구에 몰두할 수 있는 여건이 만들어졌다네. 하지만 왓슨, 모리아티 같은 인간이 런던을 멋대로 설치고 다닌다고 생각하니 가만히 있을 수가 없어. 도저히 두 눈 뜨고 지켜보고 있을 수가 없단 말이네."

"그놈이 무슨 짓을 했는데?"

"우선 놈은 평범하지 않은 경력의 소유자지. 명문가 출신에 교육 수준도 높고, 거기다 뛰어난 수학 실력의 소유자네. 스물한 살 때 이항정리에 관한 논문을 썼는데, 온 유럽에 알려질 만큼 유명해졌다는구먼. 덕분에 그는 영국 어느 대학에서 수학 교수 자리를 얻었다는 거야. 그야말로 앞날이 창창했지. 그런데 이 남자에게 악마성의 유전이 있었던 거야. 그러니까 범죄적 성향이 있는 데다 두뇌가 좋으니까 더 위험한 쪽으로 가는 거지. 결국 그는 대학에서 쫓겨나 런던으로 와서 군부대 쪽에서 일을 했다는구먼. 여기까지는 다 알려진 얘기고, 이제부터 얘기하는 건 내가 알아낸 거야.

왓슨, 자네도 알다시피 나만큼 런던의 지능범죄 바닥에 대해 잘 아는 사람도 없을 거야. 수년 전부터 느낀 건데, 범죄자들 뒤에는 늘 누

군가가 그들을 보호하고 있지. 그러니까 범인에게 도움의 손길을 뻗치는 어떤 조직의 힘이 있다는 걸 난 느끼고 있었어. 위조 사건이라든지 강도 사건, 살인 사건 등 갖가지 사건에서 그 힘의 존재를 느꼈었고, 내가 취급하지 않은 미궁에 빠진 사건들에서 추론해 알아낸 적이 있었어. 그래서 근래 몇 년 동안 그걸 추적해 오다가 마침 어떤 실마리를 찾게 되었고, 우여곡절 끝에 모리아티라는 사람의 행적을 알게 된 거라네.

그는 범죄 세계의 황제라네. 런던 범죄의 절반과 미궁에 빠진 사건의 거의 전부를 그가 조종했다고 할 수 있지. 철학적 이론으로 무장한 데다가 천재적인 두뇌의 소유자니까 가능했지. 거미가 거미줄에 꼼짝 않고 붙어 있지만 거미집에서 방사상으로 펴져나간 천 개의 줄 중에서 한 가닥만 움직여도 거미는 바로 느끼거든. 스스로는 아무 행동도 안 하고 뒤에서 계획만 세우고 있는 거지. 모든 범죄 계획은 이 남자에게 보고만 하면 바로 작전이 나오고 실행에 옮겨지는 거라고. 그러다 범죄자가 붙잡히면 보석을 위해 또는 변호인을 사기 위해 돈이 나온다네. 모리아티 자신은 절대 실체를 드러내지 않고 혐의조차 받는 일도 없단 말이야. 그래서 그 조직을 파헤쳐 폭로시키려고 그동안 온갖 노력을 기울여왔다네.

그런데 이자는 교묘하게 방어망을 치고 있기 때문에 법정에서 유죄를 끌어낼 수 있는 물증을 찾기가 보통 힘든 게 아니었네. 왓슨, 그런데 내 능력으로도 3개월쯤 지나니까 마침내 적수를 만났다는 생각이 들더라고. 나와 같은 수준의 두뇌를 가진 자라는 걸 인정하지 않을 수 없었지. 그자의 재주가 하도 뛰어나다 보니까 그게 범죄라는 생각조차 안 들더라고. 그러다 그도 마침내 실수를 한 가지 했어. 아주 사소한 거였지만 내가 바짝 접근해 노리고 있었기 때문에 도저히 거둬들일 수 없는 실수로 드러난 거지. 나에겐 기회가 찾아온 거야. 그 주변에 그물을 치기 시작했지. 이제 훑을 일만 남았네. 3일 후면 그자는 패거리들과 함께 경찰의 손에 들어가게 될 걸세. 이렇게 되면 금세기 최대의 형사 재판이 시작되는 거야. 따라서 40건 이상 되는 미궁사건도 해결될 거고, 그 일당들은 모조리 교수형에 처해질 거네. 하지만 아주 신중히 해야 돼. 조금이라도 서둘렀다가는 마지막 순간에 놓칠지도 모르니까 말일세.

문제는 그자가 눈치 채지 않았으면 좋았을 텐데, 워낙 교활하고 영리하다 보니까 이미 이쪽의 낌새를 꿰뚫어 보고 있더라고. 그래서 몇 번이나 빠져나가려고 하는 걸 내가 앞질러 막아섰지. 여보게, 왓슨! 만일 자네가 이 침묵의 싸움을 상세히 기록할 수 있다면 탐정사상 가장 불꽃 튀는 스토리가 되지 않을까? 난 이 싸움을 하면서 표면적으로는 어떤 능력도 발휘한 게 없고, 어떤 일도 당한 게 없었다네. 그야말로 아무것도 하지 않으면서 깊이 싸운 적도 없는 셈이지. 오늘 아침에 마침내 최종적인 결론을 내리고, 앞으로 사흘 정도 기다리게 되었지. 그런데 내가 방에 앉아 이런저런 생각을 하고 있는데 갑자기 문이 열리면서 그자가 앞에 서 있는 거야.

난 신경이 참 무딘 데가 있는데, 계속 머릿속으로 생각하고 있던 인물이 막상 문 앞에 서 있으니 얼마나 놀랐겠나. 순간 움찔했지. 생

김새에 대해서는 잘 알고 있었어. 키가 엄청 크고 말랐으며, 이마가 좀 튀어나오고 눈이 푹 들어가 있다는 거 말이야. 얼굴이 창백한 것이 도를 닦는 사람 같은 분위기가 났었지. 그리고 오랜 연구 생활을 했기 때문인지 등이 구부정하고 얼굴이 앞으로 튀어나온 데다 몸이 꼭 파충류처럼 좌우로 흔들리고 있더라고. 그는 눈을 가늘게 뜨고는 뭔가 잔뜩 호기심이 어린 눈빛으로 나를 가만히 쳐다보고 있는 거야. 그러고는 말을 하더라고.

'상상했던 것보다 영리하지 못한 사람이군요. 주머니 속에서 장전된 권총을 만지는 건 위험한 습관이죠.'

솔직히 그를 보자마자 난 극도로 위험하다는 걸 깨달았거든. 그도 내 입을 막아야 그물망에서 빠져 달아날 것 아닌가. 그래서 순간적으로 서랍에서 권총을 꺼내 주머니에 넣었던 거지. 할 수 없이 난 권총을 꺼내 테이블 위에 놓았네. 그는 미소를 짓고 있었지만 눈빛만은 여전히 마음을 놓을 수 없는 무언가가 있었어.

'나를 잘 모르시는 것 같은데요.'

그가 말하더군.

그래서 대답했지.

'천만에요. 잘 알기 때문에 이러는 거죠. 자, 앉으시죠. 하실 말씀이 있으시면 5분 정도 시간이 있소이다.'

'무슨 얘기를 하려고 왔는지 잘 아실 텐데요.'

'그럼 내 대답도 잘 알고 있겠군요.'

'나와 맞서겠다는 얘기군요.'

'물론이죠.'

그가 대뜸 손을 주머니에 넣기에 나도 권총을 잡았네. 그런데 그는 권총이 아니라 수첩을 꺼낸 거야. 그러면서 말하더군.

'당신은 1월 4일날 나를 방해했소. 23일에도 마찬가지. 2월 중순에는 더 심했고요. 3월말에는 내 계획을 다 망쳐놓더군. 그리고 4월 말 현재, 당신의 집요한 방해공작으로 난 완전히 코너에 몰려 있소.'

그래서 내가 물었지.

'뭐 요구 조건이라도 있소?'

'내게서 그만 손을 떼시오, 홈스 씨. 안 떼면 안 된다는 건 알고 있겠지?'

'월요일 이후라면 몰라도.'

'허! 당신 같이 영리한 사람이라면 결과가 한 가지밖에 없다는 걸 잘 알 텐데. 그러니 당신은 반드시 손을 떼야 하는 거야. 우리에게 남은 길은 한 가지밖에 없소. 당신이 이 싸움에 맞서겠다면 그걸 지켜보는 거야 즐겁겠지만, 솔직히 말해 극단적인 방법을 당신에게 쓰는 건 나도 마음이 편치 않은 일이오. 웃으면서 말하지만 이건 내 진심이오.'

'위험한 일도 나에게는 일 그 자체라오.'

'이건 그냥 위험한 일이 아니오. 파멸이지. 당신은 한 개인을 방해하는 게 아니라 하나의 큰 조직을 방해하고 있소. 그 조직이 얼마나 강력한지 당신의 머리로는 도저히 이해를 못할 것 같소. 물러나지 않으면 파멸되고 말 거요, 홈스 씨.'

'참, 얘기가 재밌어서 듣다 보니 다른 약속이 있는 걸 잊어버리고

있었네요.'

난 일어나면서 말했지. 그는 안 됐다는 듯 고개를 흔들며 나를 쏘아보더군.

'좋아요. 유감스럽지만 나도 최선을 다했소. 당신의 계획은 내가 모조리 알고 있지. 월요일까지 당신은 아무것도 하지 못할 거요. 당신은 나를 피고로 몰고 갈 작정이지만 난 절대로 피고석에는 서지 않을 거요. 나를 파멸시키려는 속셈인 거 다 알고 있소. 하지만 말해 두는데, 난 절대로 파멸되지 않아. 나를 파멸시키면 당신도 파멸된다는 거 분명히 알고 계시오.'

내가 말했다네.

'칭찬의 말씀 감사합니다, 모리아티 씨. 나도 한 마디 하겠는데, 만일 내가 당신을 피고석에 세우는 일이 성공한다면 공공의 이익을 위해 나의 파멸을 기꺼이 받아들이겠습니다.'

'그 나중 말은 장담하지만 앞의 말은 모르겠소.'

그는 큰 소리로 말하더니 주위를 둘러보며 방을 나가더라고. 그런데 솔직히 말해 굉장히 불쾌한 기분이 들었어. 말투가 조용하고 분명한 것이 보통 사람들하고는 다른 면이 있고, 거짓말이 아닌 것 같은 느낌이 들었어. 왜 경찰에 그의 수배를 요청하지 않느냐고 물을지 모르지만, 그럴 경우 그의 부하들이 습격해올 것이 틀림없기 때문이라네. 틀림없어. 확신할 만한 증거도 있지.

"벌써 습격을 받은 거 아니야?"

"왓슨, 그자는 빈틈을 보이는 사람이 아니라네. 낮에 일이 있어서 옥스퍼드 가를 걷고 있는데, 벤딩크 가와 웰베크 가가 만나는 모퉁이를 돌려고 하자 짐마차가 달려오면서 순식간에 내 쪽으로 덮치려 드는 거야. 재빨리 보도로 뛰어 올라갔지. 정말 아슬아슬했다니까. 한데 그 짐마차는 어느새 사라지고 없더라고.

그러고는 계속 보도를 걷다가 비아 가를 지나고 있는데, 어느 집에서 벽돌이 떨어져 바로 내 앞에서 박살이 나지 뭔가. 그래서 경찰에 신고해 그 일대를 조사하게 해봤더니, 어느 집에서 공사 때문에 준비해둔 벽돌이 바람에 떨어졌다는 거야. 물론 그게 아니라는 걸 짐작했지만 증거가 있어야지. 그래서 난 마차를 타고 형 집으로 가서 하룻밤을 지냈어.

그런데 돌아오다가 어떤 괴한에게 습격을 당한 거야. 놈은 몽둥이를 갖고 있었는데, 하여튼 내가 때려눕히고 경찰에 넘겼어. 이 상처는 그놈 이빨에 물린 거라네. 그놈하고 모리아티 사이에 뭔가 관계가 있다는 건 짐작은 가지만 결국 알아내지는 못할 거야. 이제 이해되나, 왓슨? 왜 내가 이 방에 들어오자마자 덧문까지 닫았는지를."

홈스의 용기는 언제나 경탄을 자아내게 했지만 하루 동안 있었던 여러 가지 공포스런 사건에 대해 얘기를 하면서도 태연한 걸 보면 정말 새삼스럽게 대단한 사람이라는 생각이 들었다.

"오늘은 여기서 자고 갈 텐가?"

내가 물었다.

"아니네. 내가 위험한 사람이라 준비는 잘 되어 있으니까 순조롭게 풀릴 거야. 법정엔 꼭 가야 하지만 체포 문제는 내가 나설 필요 없도록

일이 잘 진행되고 있어. 그래서 난 경찰이 힘을 쓸 때까지 2,3일간 좀 숨어 있으려고 하네. 자네가 대륙에 같이 가주면 아주 좋겠는데……."

"그러지 뭐. 요즘 환자도 많지 않고, 또 내가 없을 때는 근처에 부탁할 의사도 있어."

"내일 아침 어떤가?"

"그게 좋다면."

"그럼 일을 시작하기 전에 반드시 염두에 두어야 할 일이 있네. 이번 일은 유럽에서도 가장 교활한 인간과 가장 악질 조직을 상대하는 거니까 꼭 내가 말한 대로 해야 하네. 가져가는 짐은 믿을 만한 사람을 불러 오늘 밤 안에 빅토리아 역으로 갖다놓게. 이름을 알려선 안 되네. 그리고 내일 아침에 마차를 부를 때 첫 번째와 두 번째 마차는 그냥 보내고 세 번째 마차를 타게. 그리고 라우저 아케이드의 스틀랜드 거리로 가는데, 행선지를 종이에 써서 마부한테 주게. 종이는 버리면 안 되네. 그리고 마차가 멎으면 바로 내려 아케이드를 통과해 반대쪽으로 나가는 거야. 그때 시간이 9시 15분이 되도록 잘 맞추게나. 그럼 작은 마차 한 대가 보도 가까이에서 기다리고 있을 걸세. 마부는 칼라에 빨간 테가 둘러진 검정색 외투를 입고 있을 거야. 그걸 타면 대륙행 기차 시간에 맞게 빅토리아 역에 닿을 거야."

"자네는 어디서 만나는 건가?"

"역에서지. 1등석 앞에서 두 번째 칸을 전세 냈어."

"그럼 기차 안에서라고?"

"그렇다네."

그날 밤 홈스는 말한 대로 담을 넘어 떠나갔다.

다음날 아침, 나는 홈스가 시킨 대로 해 무사히 빅토리아 역에 도착했다. 아무 문제가 없었다. 짐을 찾고 열차 칸도 쉽게 찾아갔다. 그런데 홈스는 보이지 않았다. 출발 7분 전까지도 그는 나타나지 않았다. 사람들이 몰려 있는 곳을 아무리 봐도 그의 모습은커녕 그림자도 보이지 않았다.

그때 한 이탈리아인 신부가 짐을 파리까지 부치고 싶다면서 서투른 영어로 짐꾼에게 열심히 설명하고 있기에 끼어들어 도와주었다. 그러느라 3,4분이 지나갔다. 그래도 홈스는 보이지 않았다. 할 수 없이 예약된 칸으로 돌아왔는데, 전세 낸 열차 칸에 좀 전의 그 이탈리아인이 내 여행 동반자처럼 앉아 있는 것이었다. 아마도 짐꾼이 잘못 안내한 모양이었다.

그런데 내 이탈리아어가 그의 영어보다 나을 게 없어서 난 설명하기를 단념하고 조마조마한 마음으로 창밖을 내다보았다. 홈스가 나타나지 않는 걸 보면 간밤에 습격을 당한 게 아닌가 하는 생각이 들자 갑자기 긴장되고 두려움이 몰려왔다. 드디어 기차 문이 닫히고 출발 신호가 울렸다. 그때 '이봐 왓슨,' 이라는 소리가 들렸다.

"자넨 아침 인사도 안 하나?"

나는 깜짝 놀라 늙은 신부를 돌아다보았다. 그는 나를 쳐다보고 있었다. 그러더니 서서히 주름이 펴지고 길게 빠져 있던 코가 올라갔다. 그리고 튀어나온 아랫입술이 들어가고, 늙은이들 특유의 오물거리는 입동작이 멈췄다. 그런 다음 흐릿하던 눈이 생기를 되찾고, 굽어 있던 허리가 반듯하게 펴지는 것이었다. 한데 다음 순간, 모든 윤곽이 다시 좀 전의 노인으로 돌아가며 홈스는 순식간에 사라져버렸다.

"아니, 정말 놀라워!"

나는 흥분해서 소리쳤다.

"아직 조심해야 돼. 놈들이 바로 코앞에 있을 거야. 아, 저기, 모리아티 그 사람이야!"

홈스가 화들짝 놀랐는데, 기차는 벌써 움직이고 있었다. 밖을 내다보니 키 큰 남자 하나가 사람들 사이를 헤치고 정신없이 내달리며 기차를 멈추게 하려는 듯 팔을 흔들었다. 하지만 이미 늦었다. 기차는 더욱 속도를 내며 달릴 뿐이었다.

"조심하느라 했는데, 아슬아슬했어."

홈스는 그제야 웃으며 말했다. 그러고는 일어나서 검정색 신부 옷과 모자를 벗었다.

"왓슨, 조간신문 봤나?"

"아니."

"그럼 베이커 가 사건 모르겠네?"

"베이커 가라니?"

"어젯밤에 놈들이 내 방에 불을 질렀다네. 피해는 없었지만 말이야."

"뭐라고? 이런 괘씸한 것들!"

"내가 어제 한 놈을 경찰서에 넘긴 후로 그놈들이 내 행방을 놓친 거야. 대신 놈들은 자네 집 주변을 망보고 있었지. 그래서 모리아티가 역까지 온 거야. 올 때 내가 말한 대로 했겠지?"

"물론이지."

"마부가 어디서 본 사람 같지 않았나?"

"아니."

"형 마이크로프트였어. 정말 조심해야 하기 때문에 돈을 주고 시키는 사람은 위험하거든. 그건 그렇고, 이제 모리아티를 어떻게 할 건지 대책을 세워야 하네."

"이 기차는 급행이고 배도 예약돼 있는데, 놈들이 어떻게 따라오겠나?"

"왓슨, 그자가 얼마나 영리한지 내가 그렇게 얘기했는데도 아직 이해를 못하고 있군. 내가 쫓고 있다는 걸 아는 이상, 이 정도에서 포기할 인간이 아니라니까. 자넨 그자를 너무 얕보는 거 아닌가?"

"그렇다면 그자가 어떻게 할 것 같은가?"

"내가 하는 것처럼 하겠지."

"자네는 어떻게 할 건데?"

"특별열차를 전세 내는 거야."

"하지만 배 시간에 도착할 수 없을 것 아닌가?"

"천만에! 이 기차가 캔터베리에 서거든. 그리고 배는 항상 좀 늦게 출발하니까, 얼마든지 가능하다네."

"뭐, 마치 우리가 범인 같잖아. 모리아티가 나타날 때 체포하도록 하면 어떨까?"

"그럼 석 달 공들인 게 헛일이 되지. 큰 고기는 잡힐 수 있지만 작은 고기들은 사방으로 튀어서 다 놓치게 되거든. 그러느니 월요일에 모조리 잡는 게 낫지. 어쨌든 체포는 안 좋아."

"그럼 어떻게 하지?"

"캔터베리에서 내리자고."

"그런 다음엔?"

"뉴헤이븐으로 가서, 거기서 디에프로 건너가는 거야. 모리아티는 먼저 파리로 가서 우리 짐들을 확보하고는 역에서 이틀 동안 감시할 걸세. 우리는 그동안 캔버스 천으로 된 가방을 두 개 사서 필요한 물건을 사고는 룩셈부르크와 바젤을 거쳐 스위스로 가는 거야."

나는 여행을 많이 해서 짐을 잃어버려도 크게 불편한 건 없지만 그 파렴치한 행위를 일삼는 악질들을 피해 도망간다는 생각을 하자 부아가 치밀었다. 그러나 홈스가 상황을 잘 파악하고 있을 건 분명했다. 그래서 캔터베리에서 기차를 내렸는데, 뉴헤이븐으로 가는 열차가 1시간 후에나 있었다.

내 옷들을 실은 기차가 멀어져 가는 걸 씁쓸하게 바라보고 있는데, 홈스가 내 소매를 끌며 저쪽을 가리켰다.

"저기 봐, 벌써 왔잖아."

그가 말했다.

아닌 게 아니라 멀리 숲속에서 연기가 올라오는 게 보였다. 그러고는 곧바로 한 량의 객차를 연결한 기차가 커브를 돌아 달려오고 있었다. 우리는 급히 몸을 숨겼다. 기차는 우리 얼굴 바로 앞을 지나 요란한 소리를 내며 떠나갔다.

"그자가 타고 있는 걸 봤어."

홈스가 곧바로 외쳤다.

"그런데 선생의 지혜도 한계가 있는 모양이지. 내가 했던 대로 따라 했으면 성공했을 텐데 말이야."

"만약 여기서 그자가 내렸다면 어떻게 했을까?"

"나를 습격했겠지. 틀림없어. 하긴 나도 가만히 있지는 않겠지만 말이야. 그런데 우선 중요한 문제는, 여기서 점심을 하느냐, 아니면 뉴헤이븐까지 참고 가느냐는 거야."

그날 밤 우리는 브뤼셀까지 가서 거기서 이틀을 보낸 뒤 다음날 프랑스의 스트라스부르로 갔다. 그리고 월요일 아침에 홈스는 런던 경시청으로 전보를 보내고 저녁에 회답을 받았다. 그는 전보를 열어보더니 별안간 욕을 퍼부으며 난로에 던져버렸다.

"눈치 챘어야 했어! 놈이 달아났다네."

"모리아티가!"

"일당을 다 잡았는데 모리아티만 놓쳤다는군. 교묘하게 빠져나갔겠지. 내가 없어서 그를 상대할 수 있는 자가 아무도 없었던 거야. 승리를 손에 쥐었다고 생각했는데 말이야. 왓슨, 자네는 영국으로 돌아가는 게 좋겠네."

"왜?"

"나랑 있으면 위험하니까 말일세. 그자는 이제 다른 할 일이 없어서, 내 예측이 맞다면 나에게 복수하려고 집요하게 파고들 거야. 그때 잠깐 만났을 때도 그런 말을 했지만 그냥 단순히 협박한 게 아니

야. 그러니까 자네더러 돌아가라고 하는 거네."

하지만 수년간 함께 다니며 그의 활동들을 기록해온 나로서는 좀처럼 받아들이기 어려운 권유였다. 우리는 식당에 가서 한 30분 동안 토론하다가 결국 그날 밤 함께 여행을 떠나 제네바로 갔다.

1주일 동안 우리는 론 강과 계곡 주변을 여행한 다음 인터라켄을 거쳐 마이링겐으로 갔다. 봄의 푸르름과 겨울의 만년설을 함께 만끽한 즐거운 여정이었다. 그러나 홈스는 한순간도 자신에게 다가오고 있는 위협의 그림자를 잊지 않고 있었다. 어디에 있든 그는 주위를 둘러보며 사람들 하나하나를 빤히 살펴보곤 했다. 하지만 어디를 가든 개처럼 뒤따라오는 위험을 벗어나지는 못하리라는 걸 그는 믿고 있는 것 같았다.

한번은 이런 일이 있었다. 다우벤 호수 기슭을 걷고 있는데, 별안간 오른쪽 언덕에서 커다란 바위가 굴러내려 오더니 호수로 빠지는 것이었다. 홈스는 소스라치게 놀라며 재빨리 언덕으로 올라가 주변을 둘러보았다. 봄에는 곧잘 그런 일이 일어난다고 안내인이 몇 번을 말해도 그는 믿으려 하지 않았다. 오히려 그는 기대했던 일이 눈앞에서 벌어지는 걸 보고 있는 것처럼 미소를 지었다.

그렇게 신경을 곤두세우고 있으면서도 그는 피곤해하기는커녕 기운이 넘쳐나는 것 같았다. 게다가 만약 모리아티의 조직이 무너지게 된다면 그는 기꺼이 은퇴하겠다는 얘기를 또 꺼냈다.

"왓슨, 지금까지 나의 삶이 전혀 무의미하지는 않았다고 생각하네. 오늘밤으로 나에 대한 기록이 끝난다 할지라도 이젠 편안한 마음으로 바라볼 수 있을 것 같아. 런던 공기가 내 덕택에 많이 깨끗해지지 않았나? 1천 건이 넘는 사건을 취급했지만 내 능력을 나쁜 쪽으로 사용한 적은 한 번도 없었네. 난 이제 사회에서 일어나는 인위적인 문제보다는 자연이 제공하는 문제를 다루고 싶은 마음이 들어. 유럽 최악의 이 범죄자를 잡아 내가 유종의 미를 거두는 날 왓슨, 자네의 기록도 끝나게 될 걸세."

아무튼 이 사건을 기록한다는 게 마음이 내키지는 않았지만 빠짐없이 정확하게 쓰는 게 내 의무라고 생각한다.

마이린겐의 작은 마을에 도착하여 피터 쉬타일러가 경영하는 영국호텔에 숙박한 건 5월 3일이었다. 주인은 눈치가 빠른 남자로 런던의 글루오브더 호텔에서 3년간 일한 적이 있어 영어를 잘했다. 이 남자의 권유로 우리는 다음날 오후 산을 넘어 로젠라우이로 갔다. 그는 가다가 라이헨바흐의 폭포를 꼭 들러서 보라고 했다.

폭포 앞에 도착했을 때 무서운 느낌이 들었다. 엄청난 양의 물줄기가 아득하게 떨어지며 아래에서는 물보라가 연기처럼 솟아오르고 있었다. 우리는 벼랑 가까이에 서서 저 아래 검은 바위에 떨어져 부서지는 물줄기를 쳐다보았다. 심연에서는 울부짖는 소리 같은 것이 올라왔다.

폭포의 전경을 바라볼 수 있는 오솔길로 갔다가 되돌아오는데 젊은이 하나가 편지를 들고 우리 쪽으로 달려왔다. 영국호텔 마크가 찍혀 있는 걸로 보아 주인남자가 보낸 것이 틀림없었다. 방금 전에 결핵으로 다 죽어가는 한 영국 여인이 도착했으니, 와주시면 감사하

겠다는 내용이었다. 그 여인이 스위스인 의사를 극구 꺼리기 때문이라는 것이었다.

참 난감한 부탁이었다. 거절할 수도 없고, 그렇다고 홈스를 놔두고 가자니 마음에 걸렸다. 결국 그 젊은이가 홈스를 지키기로 하고 나는 호텔로 갔다. 홈스는 폭포에서 좀 더 머물다가 로젠라우이로 갈 테니 밤에 그곳에서 만나자고 했다. 내가 떠날 때 그는 팔짱을 끼고 바위에 기대어 서서 무섭게 쏟아지는 폭포를 바라보고 있었다. 그게 내가 이 세상에서 홈스를 마지막으로 본 순간이었다.

나는 언덕을 내려가 끝에서 뒤를 돌아다보았다. 폭포는 보이지 않았지만 폭포로 가는 길이 굽이굽이 나 있는 게 보였다. 홈스는 그 길을 무척 빠른 속도로 걸어올라 갔다. 주위의 녹색 숲과 대비해 그의 검은색 옷이 뚜렷하게 돋보였던 모습이 지금도 눈에 선하다. 그는 정말 너무나 정력적이라는 생각이 들었다.

호텔에 닿기까지 1시간 정도를 걸었던 것 같다. 주인남자가 호텔 앞에 서 있었다. 그에게 급히 다가가며 내가 말했다.

"그래, 좀 나아졌나요?"

남자가 놀라는 표정으로 눈썹을 치뜨는 걸 본 순간 내 심장은 납덩이처럼 굳어버렸다.

"이거 당신이 쓴 거 아니오?"

나는 편지를 내보이며 말했다.

"아픈 영국 여인이 왔다고 하지 않았나요?"

"그런 사람 없는데요. 그런데 호텔 마크가 찍혀 있네요. 아, 맞아요! 그 키 큰 남자분이 쓴 거예요. 선생님들이 떠나신 다음에 곧 도착하셨죠. 이름이 뭐라더라……."

그의 말을 더 이상 듣고 있을 수가 없었다. 나는 죄어드는 가슴으로 오던 길을 다시 달리기 시작했다. 산을 내려올 때는 1시간 정도 걸렸지만 온 힘을 다해 올라가도 2시간이 넘게 걸렸다. 그런데 홈스의 모습이 보이지 않았다. 바위에 세워둔 그의 지팡이만 아까처럼 그대로 있었다. 소리쳐 불러 봐도 대답이 없었다. 내 목소리만이 메아리로 되돌아올 뿐이었다.

그의 지팡이를 보며 나는 몸이 부들부들 떨려왔다. 죽을 것 같은 심정이었다. 그는 분명 로젠라우이엔 가지 않은 것 같았다. 이 무시무시한 절벽 위에서 놈들에게 당한 게 틀림없었다. 게다가 그 젊은이까지 보이지 않았다. 아마도 모리아티에게 돈을 받고 떠났을 것이다. 그 다음엔 무슨 일이 일어났을까.

무서운 사태를 생각하자 나는 거의 정신을 잃을 정도였다. 가까스로 마음을 진정시키고 잠시 서서 홈스가 하는 방법을 떠올리며 그 마지막 비극의 흔적을 더듬어보았다. 절망스럽게도 그것은 아주 쉽게 찾아냈다. 물기 때문에 흙이 축축해서 새 발자국까지 보일 정도였다. 절벽 끝 막다른 곳에 두 개의 발자국이 뚜렷이 나 있었고, 둘 다 절벽 쪽을 향하고 있었다. 주변의 흙바닥은 짓뭉개져 있고 나뭇가지들도 흙이 잔뜩 묻은 채 꺾여 있었다. 나는 배를 바닥에 대고 엎드려 절벽 아래를 내려다보았다. 어느새 어두워진 하늘빛에 저 아래 시커먼 바위는 물기로 번뜩이고 있었다. 나는 또다시 소리쳐 홈스를 불러보았

다. 그러나 들려오는 건 절규와도 같은 폭포의 아우성뿐이었다.

그런데 이게 내 운명인가. 홈스는 그 극적인 순간에도 내게 마지막 인사를 남겼던 것이다. 그의 지팡이가 세워져 있는 바위틈에 뭔가 번쩍이는 물체가 눈에 들어왔다. 그가 항상 소지하고 있던 은제 담배 케이스였다. 그것을 집어 들자 그 밑에 놓여 있던 종이쪽지가 땅으로 떨어졌다. 수첩 석 장을 뜯어내 나에게 쓴 편지였다. 과연 홈스답게 수신자도 정확히 적혀 있고, 마치 서재에서 쓴 것처럼 글씨도 단정했다.

왓슨, 고맙게도 모리아티 씨가 이 마지막 편지를 쓸 시간을 허락했다네. 그는 우리 사이에 놓여 있는 문제를 마지막으로 논의하기 위해 지금 나를 기다리고 있네. 그가 영국 경찰을 따돌리고 우리의 행방을 추적해 여기까지 온 경로를 방금 얘기해 줬는데, 과연 내가 평가했던 대로 무척 명민하더군. 이제 그가 끼치는 온갖 해악에서 사회를 구출한다는 생각을 하니, 친구들, 특히 왓슨 자네에게 큰 슬픔을 주는 것 같네. 그러나 솔직히 나로서는 기쁜 일이지.

그러나 이미 말한 것처럼 난 어쨌든 삶의 전환기에 와 있었고, 끝을 본다면 이보다 더 나에게 어울리는 방법은 없다고 생각하네. 솔직히 말해 호텔에서 온 편지가 덫이라는 걸 난 분명히 알고 있었어. 그래서 일이 이렇게 되리라는 확신이 들어 자네를 떠나가게 한 거지. 파터슨 경감에게 악당들의 유죄 판결에 참고가 되는 서류들을 전해 주게나. '모리아티' 라고 쓰여진 파란 봉투는 색인표 M부분에 있네. 재산은 영국을 떠나기 전에 모두 정리해 마이크로프트 형에게 넘겼네. 자네 부인한테도 안부를…….

자네의 진실한 벗 셜록 홈스

이제 더 할 얘기는 거의 없다. 전문가의 조사에 의하면, 두 사람은 엉겨 싸우다가 — 그런 장소에서는 당연한 일일 수밖에 없지만 — 함께 아래로 추락했다는 것이다. 무시무시한 폭포의 소용돌이 속에 결국 이 시대의 가장 위험한 범죄자와 가장 치열했던 법의 전사가 함께 묻히고 만 것이다.

그 젊은이는 끝내 발견되지 않았지만 모리아티의 수많은 일당 중 하나였을 게 틀림없다. 그리고 홈스의 조사 자료들은 그들 조직의 범죄들을 낱낱이 드러나게 만들었다.

가공할 만한 악질인 그 우두머리에 대해서는 법정에서 거의 언급하지 않았지만, 지각없이 그를 옹호하는 사람들이 있기 때문에 내가 이렇게 분명히 밝히게 된 것이다. 그들은 어처구니없게도 내가 평생 만난 사람 중 가장 선량하고 가장 지혜로운 인간이라고 영원히 확신할 내 친구 셜록 홈스를 공격함으로써 모리아티의 결백을 주장하려 했던 것이다.

빈집의 모험

로널드 아데어 경이 살해되어 온 런던이 들끓자 사교계가 충격에 빠진 것은 1894년 봄이었다. 당시 사건의 내용은 알려졌지만 범죄의 결정적인 증거가 너무나 뚜렷이 드러났기 때문에 사실을 모두 공개하지 않은 부분이 있었다.

그 후 10년의 세월이 흐른 지금 참으로 이상하게 종결됐던 그 사건의 미공개 내용을 내가 발표할 기회가 생겼다. 이것만 봐도 확실히 흥미로운 사건이었던 게 틀림없다. 하지만 그 흥미로움도 나중에 생긴 전혀 뜻밖의 유사한 사건에 비하면 별 거 아니었다. 그 유사한 사건은 내 인생에서 어떤 것보다 놀랍고 충격적인 사건이었다. 오랜 시간이 지났지만 아직도 가끔 그때의 감정들이 교차하며 전율이 일어날 때가 있다.

셜록 홈스를 알게 된 이후부터 나는 범죄에 대해 깊은 관심을 갖게 되었고, 그가 행방불명된 후에도 언론에 발표된 갖가지 사건들을 주의 깊게 관찰해왔다. 때로는 그의 수법을 응용해 문제 해결을 나름대로 시도해 보기도 했지만 성공하지는 못했다.

여러 가지 사건 중 이 로널드 아데어 경의 비극만큼 내 마음을 온

전히 사로잡은 것도 없었다. 결국 그 사건은 한 명 또는 몇 명이 함께 저지른 고의적인 살인이라는 배심원들의 평결이 있었지만 셜록 홈스의 죽음이 사회적으로 얼마나 큰 손실인지 나는 조서를 읽어본 후 통감할 수밖에 없었다.

이 사건은 홈스가 살아 있었다면 분명 큰 관심을 가졌을 몇 가지 점들이 있어서 경찰도 그의 도움을 받았을 게 틀림없다. 그동안 활약하면서 보여준 놀라운 관찰력과 재빠른 두뇌 회전을 봐도 경찰 이상의 일을 해냈을 것이다.

나는 회진을 다니며 하루 종일 그 사건에 대해 생각했다. 분명히 이해가 된 건 아니지만 어쨌든 당시 세상에 알려졌던 사실들을 다시 한 번 돌이켜봤던 것이다.

로널드 아데어 경은 오스트레일리아의 식민지 지사였던 메이노드 백작의 둘째 아들로, 파크 레인 가 427번지에서 어머니, 여동생과 함께 살고 있었다. 그는 수준 높은 사람들과 교제를 하며, 그 사이에서 평이 좋았고 특별한 점은 없었다. 한때 에디스 우들리 양과 약혼을 했다가 사건이 일어나기 몇 달 전에 파혼한 상태였다. 하지만 그 일로 인해 뭔가 감정의 찌꺼기가 남아 있었던 건 아니라는 것이다.

그 후로도 아데어 경의 생활은 조용히 흘러갔다. 그는 감정에 휘둘리는 성격이 아니었기 때문에 늘 변함없이 같은 부류의 사람들과 가볍게 만났을 뿐이었다. 이렇듯 평범한 삶을 살아왔던 젊은 귀족이 어느 날 갑자기 이해할 수 없는 살해를 당했다. 1894년 3월 30일 밤

10시에서 11시 30분 사이에 일어난 일이었다.

아데어 경은 평소 트럼프 게임을 즐겼지만 도를 넘어설 만큼 큰 도박을 한 건 아니었다. 그는 세 곳의 카드 클럽에 가입해 있었는데, 살해된 날은 그 중 한 곳인 바가텔 클럽에서 휘스트 게임을 하고 있었다. 살해되기 전날 오후에도 거기서 게임을 했다고 한다. 같이 그 판에 있었던 사람들 — 말레이 씨, 존 하디 경, 그리고 모란 대령 — 은 그날 휘스트 게임이 특별히 격렬하지는 않았다고 진술했다. 로널드 경이 5파운드 이상 잃지는 않았을 것이라고 했다. 그는 재산이 꽤 많은 사람이었으므로 5파운드는 아무것도 아니었다. 거의 매일 클럽에 들러 카드 게임을 했던 그는 언제나 따는 편이었다. 사건이 일어나기 2, 3주일 전에도 모란 대령과 한 편이 되어 상대편이었던 고드플리 밀너와 발모 오럴에게서 420파운드를 딴 적이 있었다.

살해된 날, 밤 10시 정각에 그가 집으로 돌아왔을 때 어머니와 여동생은 친척집에 가고 없었다. 하녀의 말에 의하면, 그가 거실로 이용하고 있는 3층 방으로 들어가는 소리를 분명히 들었다는 것이었다. 그녀가 방에 난로를 피우면서 창문은 열어놓은 상태였다. 그리고 11시 20분에 그의 어머니와 여동생이 돌아올 때까지 그 방에선 아무런 소리도 나지 않았다.

그의 어머니가 밤인사를 하러 3층 방으로 갔는데, 아무리 두드려도 대답이 없고 문은 안에서 잠겨 있었다. 그래서 여동생과 하녀까지 가세해 문을 쾅쾅 두드리며 큰 소리로 불러봐도 여전히 아무 대답이 없었다. 결국 문을 부수고 들어가 봤더니 아데어 경이 테이블 옆에 쓰러져 있었고, 머리는 권총을 맞아 끔찍하게 깨진 모습이었다. 그런데 방안에는 권총이나 흉기 같은 것은 없었다. 다만 테이블 위에 돈과 쪽지가 놓여 있었는데, 총 17파운드 10실링의 돈과 클럽 친구들의 이름 옆에 액수를 적은 쪽지였다. 아마도 게임에서 딴 돈을 계산하고 있던 중이었던 것 같다.

하지만 이 사건은 조사를 해가면서 점점 더 복잡하게 얽혀 들어갔다. 우선 그가 왜 방안에서 문을 잠갔는지 이유를 알 수 없었다. 그렇다면 범인이 살해 후 문을 잠그고 창문으로 도망쳤다고 할 수 있는데, 그것 또한 증거가 불충분했다. 창문 높이가 최소한 6미터는 되고 창문 바로 아래는 꽃밭인데 뭉개지거나 밟힌 흔적이라곤 전혀 없었기 때문이다. 그리고 꽃밭을 지난 잔디밭에도 아무런 흔적이 남아 있지 않았다. 그럼 결국 안에서 문을 잠근 사람은 로널드 경 본인이라는 얘긴데, 그렇다면 그는 어떻게 죽은 것일까.

벽을 기어올라 창문으로 들어갔다면 분명 어떤 흔적이라도 남았을 것이다. 한데 그게 아니고 멀리서 창문으로 권총을 쐈다면 그렇게 명중시킨다는 건 대단한 실력 아닌가. 하지만 파크레인 가는 사람들이 많이 지나다니는 곳이고, 근처엔 마차 정류장도 있어, 아무도 총소리를 못 들었다는 건 이해하기 어려운 일이었다. 어쨌든 사람이 죽고 총탄도 발견되었다. 탄두는 버섯처럼 끝이 눌려 찢어져 있었다.

로널드 아데어 경은 평소 원한을 산 적이 없고, 방안에 있는 현금과 귀중품 등이 그대로 있는 데다 살해의 동기조차 찾을 수 없어 사

건 해결은 더 어렵게 꼬여갔다.

나는 이런 사실을 계속 생각하며 수수께끼를 풀고자 하루 종일 고민을 했다. 사건을 풀어갈 때는 가장 사소한 점부터 짚어가야 한다고 늘 홈스가 강조했던 것처럼 그 사소한 점이 무엇일까를 거듭 생각해 봤지만 결국 그 자리에서 맴돌 뿐이었다.

저녁 여섯 시 무렵, 나는 파크레인 가로 갔다. 길가에 몇 사람이 모여 서서 어느 집의 창문을 쳐다보고 있었다. 바로 아데어 경의 집 창문이었다. 그들 중 선글라스를 쓰고 있는 단정한 차림의 남자는 사복형사인 것 같았다. 그는 사람들에게 사건에 대한 얘기를 수다스럽게 떠들고 있었다. 그런데 듣다보니 너무 엉터리 같은 얘기를 한심하게 지껄이고 있어서 그 자리를 떠나려고 뒤로 물러났다. 그러다 그만 뒤에 서 있던 노인에게 부딪쳐 그가 들고 있던 책 몇 권을 떨어트리고 말았다.

노인이 얼른 책을 주워드는데, 그 중 『나무 숭배의 기원』이라는 제목이 눈에 들어왔다. 나는 그에게 죄송하다고 깍듯이 말했다. 그런데도 노인은 무척 아끼는 책인 것처럼 꽉 움켜쥐고 지독한 욕을 퍼부어대고는 떠나버렸다. 너무 황당한 나는 노인의 모습이 안보일 때까지 한참이나 바라보고 서 있었다.

아데어 경의 집은 낮은 담으로 둘러싸여 있었는데, 높이가 1.5미터도 안 돼 마음만 먹으면 얼마든지 정원으로 들어갈 수 있었다. 문제는 창문이었다. 거기로 올라가기 위해 손으로 잡을 수 있는 것은 아무것도 없었다. 수도관이라든지 홈통조차 없었다. 그곳으로 올라가는 건 불가능해 보였다. 나는 점점 더 혼란에 빠져 집으로 돌아오고 말았다.

집에 도착한 지 채 5분도 안됐는데 누가 문을 두드렸다. 방문객은 놀랍게도 아까 내가 책을 떨어트렸던 바로 그 노인이었다. 그는 여전히 책을 들고 있었으며, 뭔가 알 수 없는 야릇한 미소를 지어보였다.

"내가 놀라게 해드렸나요?"

노인은 쉰 목소리로 말했다. 나는 고개를 끄덕였다.

"왠지 기분이 찝찝해서요. 선생이 이 집으로 들어가는 걸 보고 좀 전의 일을 사과하려고 잠깐 들렀어요."

"아닙니다. 제가 미안했죠. 그런데 저를 알고 계십니까?"

"네, 저도 바로 근처에 살고 있어요. 처치 가 코너에 있는 작은 책방을 운영하고 있죠. 선생도 책을 좋아하는 것 같은데, 제 서점에도 좀 들러주세요. 『영국의 조류』 『카타러스 시집』 『신성전쟁』…… 전부 귀한 책들이군요. 저 책장 두 번째 칸은 다섯 권이 더 있어야 채워지겠어요. 저렇게 놔두니 별로 안 좋은데요."

나는 책장을 돌아다보았다. 그리고 다시 얼굴을 돌렸는데, 세상에 노인은 온 데 간 데 없고 그 자리에 셜록 홈스가 웃음을 머금으며 서 있지 않겠는가! 난 멍하니 그 얼굴을 바라보았다. 몇 초쯤 지난 건 기억이 나는데 그 후는 아무 생각도 나지 않았다. 그야말로 나는 기절을 했던 것이다. 세상에 태어나 그런 일은 처음 겪었기 때문이다. 깨어났을 땐 홈스가 플라스크를 들고 나를 쳐다보고 있었다.

"왓슨, 깨어났군. 정말 미안하게 됐어. 자네가 그렇게 감동할 거라고는 미처 생각지 못했네……."

많이 듣던 홈스의 목소리가 들려왔다.

나는 그의 팔을 움켜잡았다.

"홈스! 정말 홈스 맞나? 자네가 살아 있다니! 아니, 어떻게 땅속에서 올라올 수 있었지?"

"잠깐. 지금 그런 얘기 들어도 괜찮겠어? 극적으로 나타나 자네를 놀라게 해준다는 게 이렇게 괜한 짓이 되고 말았으니 말일세."

"어, 괜찮아. 그런데 난 지금 내 눈을 의심하고 있네."

그러면서 나는 다시 한 번 그의 팔을 잡았다. 옷 아래로 분명 힘 있는 그의 팔이 만져졌다.

"유령은 아니군. 자네가 살아 있다니 도저히 믿어지지가 않아. 하여튼 이리 와서 앉아봐. 그런 깊은 벼랑에 떨어진 사람이 어떻게 살아 돌아올 수 있었는지 얘기 좀 해보게."

그는 책방 주인의 허름한 코트를 입은 채 분장에 쓰인 흰 수염과 책들을 테이블에 올려놓고는 담배에 불을 붙였다. 그는 전보다 더 마르고 얼굴도 창백해 어려운 생활을 하고 있는 것처럼 느껴졌다.

"지금 몸을 펼 수 있게 돼서 살 것 같네. 키가 큰 내가 몇 시간 동안이나 몸을 웅크리고 있자니 정말 힘들더라고. 왜냐하면 오늘 밤 위험한 일이 있거든. 자네 생각 있으면 또 한 번 밤의 모험을 해보지 않겠나? 얘기는 일 끝나고 나중에 들려주고 싶네."

"몹시 궁금한데, 지금 해주면 안 되겠나?"

"그럼 같이 가겠나?"

"물론이지! 무조건 자네가 원하는 대로 하겠네."

"여전하군. 출발하기 전에 식사할 시간은 있으니까! 좋아, 그럼 설명하지. 벼랑 밑에서 기어 올라오는 일은 전혀 어렵지 않았다네. 왜냐하면 애당초 난 떨어지지도 않았으니 말이야."

"뭐? 떨어지지 않았다고?"

"그렇다네. 난 안 떨어졌어. 그리고 내가 써놓은 편지는 가짜였어. 아무런 의미도 없었던 거지. 내가 쓴 건 분명해. 그 편지를 담배 케이스와 함께 바위 위에 두고 좁다란 길로 내려갔어. 모리아티 교수는 바로 내 뒤를 따라오더군. 벼랑 끝까지 가서 멈추자 모리아티가 두 팔을 들고는 나에게 덤벼들더라고. 그는 더 이상 솟아날 구멍이 없다는 걸 알고는 나에게 복수하고 싶었던 거야. 우리는 벼랑 위에서 뒤얽혀 한참을 싸웠지. 다행히 내가 유도를 배워 두어서 그때 꽤 도움이 되더군. 교묘하게 그의 팔을 빠져나올 수 있었으니까. 한데 그 순간 그는 균형을 잃으면서 폭포 아래로 떨어지고 말았지. 아득한 심연 속으로 말이야. 바위에 부딪쳐 튕겨나가다가 물속으로 빠지는 걸 봤지."

홈스의 설명이 너무 흥미로워 나는 바짝 귀를 기울였다.

"그런데 두 사람의 발자국이 내려간 쪽으로만 나 있고 올라온 흔적이 없던 걸!"

내가 큰 소리로 말했다.

"그건 이유가 있지. 모리아티가 떨어지는 순간 문득 이런 생각이 들더라고. 이건 어쩌면 내겐 행운의 기회일지도 모른다, 내 목숨을 노리는 자는 모리아티 한 사람이 아니다, 그 두목이 죽은 걸 알고는 나에게 복수의 칼날을 가는 자가 적어도 셋은 있을 것이다, 결국 셋 중 한 사람이 나를 죽일 것이다, 하지만 내가 지금 죽은 걸로 해두면 그들은 해방된 것으로 알고 다시 활약할 것이다, 그러다 범행을 저지르면 놈들의 덜미를 잡고 내가 살아 있다는 것을 보여주자. 이렇게 말이네.

그리고 일어나 뒤에 있는 바위를 살펴보았지. 좁다란 길 쪽으로는 발자국을 남기지 않고 가기가 불가능해서 바위 위로 넘어가볼까 해서 말이야. 그런데 너무 높아 올라갈 수가 없더라고. 구두를 거꾸로 신을까도 생각해봤지만 결국 세 사람 발자국이 남으면 그건 연극이라는 게 드러날 것 같아서 할 수 없이 난 바위를 올라가기로 했네. 무척 위험했지. 뒤에서 폭포 소리가 무시무시하게 들렸으니까. 게다가 모리아티가 컴컴한 심연 속에서 나를 부르고 있는 느낌이 들었어. 발이 미끄러지기만 하면 나도 끝장이었지. 잡고 있는 풀이 뽑히고 발이 미끄러지면서 엉금엉금 기어 간신히 넓은 바위까지 나올 수 있었네. 바위가 전부 이끼로 덮여 있더군. 그곳은 전혀 눈에 띄지 않는 곳이라 난 벌렁 누워 있었지.

사람들이 와서 순 엉터리로 조사를 하고 있는 동안 난 거기 계속 누워 있었어. 그들이 모두 떠날 때까지 말이네. 그래서 일어나려고 하는데 갑자기 전혀 예상치 못한 돌발 상황을 맞게 되었다네. 얼마나 놀랐는지 지금도 간이 떨리는군. 엄청나게 큰 바위가 위에서 굴러내려 오더니 내 옆을 스치고 튕겨나가면서 폭포 아래로 떨어지더라고. 처음에 난 그냥 바위가 무너져 떨어졌나보다 생각했지. 그런데 무심코 위를 쳐다보았더니 어스름히 해가 넘어가는데 사람 머리 하나가 보이면서 또다시 큰 바위가 굴러 내려오는 거야. 그러고는 바로 내 옆으로 부딪치며 떨어지는 게 아닌가. 순간 생각이 스치고 지나더군. 모리아티의 부하가 근처에 있지 않을까 하는. 상황을 전부 다 지켜보고 있었던 거야. 그래서 모리아티 대신 복수하려고 나에게 서서히 다가왔던 거지.

나는 황급히 아래 좁은 길로 내려갔어. 내려갈 때가 올라올 때보다 훨씬 더 어렵더군. 너무 위험했지만 그런 생각을 할 틈이 없었어. 내려가다가 바위에 매달려 있는데 세 번째로 바위덩어리가 굴러내려 오더라고. 천운이었지. 왜냐면 결국 미끄러졌는데 폭포 아래로 떨어지지 않고 그 좁은 길로 내려섰으니까 말일세.

그때부터 난 캄캄한 산속에서 16킬로미터를 헤매다가 1주일 후에 이탈리아의 플로렌스에 닿게 되었다네. 이 세상에서 아무도 모르는 일이었지. 마이크로프트 형만 제외하고 말일세. 자네한텐 미안했지만, 내가 죽었다고 알려지는 게 꼭 필요했어. 그리고 자네한테 알렸다면 내가 사라진 이야기를 그렇게 실감나고 힘 있게 못 썼을 거야. 틀림없어.

지난 3년간 자네한테 편지를 쓰려고 여러 번 펜을 잡았지만 자네가 자칫 비밀을 누설할까봐 계속 망설였던 거라네. 아까 자네가 내 책을 떨어트렸을 때도 내가 얼른 피했던 건 행여라도 내 신분이 드러

날까 봐 그랬던 거야. 마이크로프트 형한테는 돈이 필요해서 할 수 없이 알리게 됐던 것뿐이야.

어쨌든 그 사건의 재판은 실망스럽게 끝났다네. 모리아티 패거리 중에서 가장 위험한 두 사람이 무죄로 풀려났으니까. 그들이 바로 나를 벼르고 있던 자들이거든. 그래서 난 2년 동안 티베트에 가 있었어. 지겔손이라는 노르웨이 인이 쓴 탐험기를 혹시 봤는지 모르겠는데, 바로 내가 쓴 기록이라는 건 전혀 눈치 채지 못했겠지. 그 다음엔 페르시아와 메카, 이집트를 거쳤다네. 그리고 프랑스 남쪽 몽펠리에의 한 연구소에서 몇 달 동안 콜타르 유도체 연구를 했는데 좋은 성과를 얻었어.

그러는 동안 런던의 두 패거리 가운데 한 놈만 남았다고 하기에 막 귀국하려는데 파크 레인 사건이 터진 거야. 런던에 도착하자마자 먼저 베이커 가의 하숙집을 찾아갔는데, 허드슨 부인이 기절할 정도로 놀라더라고. 내 방은 다행히 마이크로프트 형이 정리를 잘 해줘서 그대로 있더구먼. 그래서 옛날을 생각하면서 늘 앉았던 안락의자에 앉아봤는데, 왓슨 자네가 내 앞에 없다는 생각이 문득 들더군."

실종된 지 3년째인 4월 어느 날, 홈스는 이렇게 불쑥 나타나 그간의 얘기를 들려주었다. 여전히 날카롭고 진지한 표정으로 얘기하는 그의 모습을 보지 않았다면 나는 믿을 수 없었을 것이다. 나의 고독한 생활에 대해 그도 어디서 들었는지 동정 어린 말을 몇 마디 하기도 했다.

"세상에 일보다 더 좋은 약은 없네. 밤에 같이 할 일이 하나 있는데, 어때 할 텐가? 만약 성공하면 남자로서 이 세상을 살아가는 의미를 알게 될 것이네."

난 무슨 일이냐고 물었지만 그는 더 이상 설명해 주지 않았다.

"내일 아침이면 모든 걸 알게 될 걸세. 이따가 아홉 시 반에는 빈집으로 출발하네."

마침내 아홉 시 반이 되자 나는 언제나 그랬던 것처럼 권총을 챙겨 홈스와 함께 출발했다. 홈스는 계속 굳은 표정으로 앉아 있었다. 가만히 보니 깊은 생각에 잠겨 있었다. 범죄로 들끓는 런던의 컴컴한 정글에서 오늘 밤 그가 어떤 맹수를 포획할 것인지는 모르지만 그의 표정으로 보아 심상치 않은 일임은 분명했다. 그는 고행자 같은 냉랭한 얼굴에 이따금 씁쓸한 미소를 지어보였다.

마차는 카벤디시 광장에서 멈췄다. 홈스는 주위를 살피며 마차에서 내려서서는 걸을 때도 계속 누가 뒤따라오는지 극도로 조심을 했다. 길도 그냥 가는 게 아니었다. 그가 런던의 골목들을 훤히 꿰차고 있다는 건 정말 놀랄 일이었다. 그날도 그는 마굿간을 지나 작은 길로 들어서더니 곧 맨체스터 대로로 빠져나와 다시 좁은 골목으로 들어가는 것이었다. 그러고는 나무문을 열고 들어가더니 열쇠로 어떤 집 뒷문을 따고는 내가 뒤따라 들어가자 얼른 다시 닫았다.

그곳은 비어 있는 집이었다. 바닥이 나무로 되어 있어 신발 소리가 크게 울렸다. 홈스가 내 손목을 잡고는 복도 안으로 끌고 들어갔다. 창문으로 희미한 빛이 새어 들어왔다. 오른쪽으로 꺾어지자 네모난 큰 방이 나타났는데, 한가운데에 무슨 물체가 놓여 있는 게 어

렴풋이 보였다. 홈스가 내 어깨를 짚으며 나직이 속삭였다.

"여기가 어딘지 알겠나?"

나는 먼지로 뿌연 창문을 통해 겨우 밖을 내다볼 수 있었다.

"아니, 여기가 베이커 가 아닌가!"

"맞아. 여기는 캄덴 하우스야. 내 하숙집 바로 건너편에 보이는 집 말이네."

"어, 근데 여기는 왜 온 거지?"

"여기서 저 건물이 가장 잘 보이거든. 왓슨, 창문 옆으로 바짝 붙어 서주게. 밖에서 보이면 안 되니까. 자, 하숙집 내 방도 보이지? 3년쯤 떠나 있는 동안 내가 자네를 놀라게 하는 재주도 전부 잃어버린 것 같아."

나는 창문으로 다가가 방을 올려다보았다. 그러다 순간, 놀라 소리를 지를 뻔했다. 커튼이 쳐져 있었는데도 방안이 환히 보였는데 거기에 남자의 그림자가 어른거렸다. 그림자는 의자에 앉아 있었는데, 머리와 얼굴 모양 등이 홈스와 영락없이 똑같았다. 너무나 놀라워 나는 옆에 정말로 홈스가 서 있는지 확인하기 위해 그를 만져보았다.

"어떤가?"

"정말 놀라운데! 어떻게 한 거지?"

"내 솜씨가 아직 죽지는 않은 모양이네."

홈스는 마치 예술가가 자신의 작품을 보며 기쁨과 자부심을 느끼는 것처럼 말했다.

"어때, 나랑 꼭 닮았지?"

"난 자네가 저기에 있는 줄 알았다니까."

"오스키 뮈니에가 제작한 것일세. 밀랍으로 만든 반신상이지. 나머지 작업은 아까 저곳에 들렀을 때 했다네."

"그런데 자네 무슨 일이야?"

"아, 저 방 안에 내가 있는 것처럼 꾸며야 할 일이 있어서 그렇다네. 특히 어떤 인물한테 그렇게 보여야 하거든."

"그럼 지금 저 방을 누가 지켜보고 있다는 건가?"

"그렇다네."

"누군데?"

"오래 전에 내가 자기 우두머리를 라이헨바흐 폭포 아래로 떨어뜨려 죽인 후로 나를 감시하고 있어. 그는 지금 내가 저 방으로 돌아올 거라고 믿고 있어. 그런데 오늘 아침에 운 나쁘게 들키고 말았다네."

"어떻게 알았는데?"

"창문으로 엿보고 있더라고. 파커라고 하는 녀석인데 별 볼일 없는 놈이야. 강도짓을 하고 있지. 하지만 배후에 강적이 하나 있어. 모리아티가 죽은 후 절벽 위에서 바위를 떨어트린 그 놈 말이야. 그 놈이 아까부터 내 뒤를 밟아왔는데, 지금은 자신이 감시당하고 있는 걸 모르고 있지."

그의 계획이 그제야 이해가 갔다. 우리는 창문 밖으로 지나다니는 사람들을 지켜보았다. 홈스는 한 사람 한 사람을 주의 깊게 관찰했다. 날씨가 으슬으슬 춥고 좋지 않았다. 바람이 불어대자 사람들은 발걸음을 재촉했다. 행인들 속에서 같은 사람을 몇 번 본 것 같았다. 그리고 좀 떨어진 집 현관에 두 남자가 바람을 피하듯 서 있는 게 보였다. 홈스는 초조한 듯 손끝으로 벽을 두드렸다.

어느새 12시가 가까워져 가면서 행인들도 줄어들었다. 홈스는 이제 방안을 왔다갔다 서성거렸다. 나는 그에게 말을 하려다가 문득 건너편 그 방을 다시 쳐다보았다. 순간 다시 한 번 깜짝 놀랐다.

"홈스, 그림자가 움직이는데!"

창문으로 보이는 밀랍인형이 이번엔 등을 돌리고 서 있었다.

"그래, 움직였을 거야."

그는 자기보다 머리가 좋지 않은 사람과 말을 할 때면 불같은 성질을 내보이곤 했는데, 3년이 지난 지금도 전혀 달라지지 않았다.

"뻔한 인형을 가지고 온갖 술수를 부리는 놈들을 속이는 것이 가능하다고 보는가? 지금 여기서 세 시간 있었는데, 그동안 허드슨 부인이 계속해서 저 밀랍인형을 여덟 번 돌려놓았네. 15분마다 한 번씩 말이야. 부인은 자신의 그림자가 비치지 않도록 조심하고 있지. 앗!"

그때 홈스가 별안간 외마디 소리를 지르며 몸을 굽혔다. 현관에 서 있던 두 남자는 보이지 않았다. 밖은 더욱 어두워졌고 홈스의 방엔 여전히 환한 불빛이 켜져 있었다. 그때 사방이 조용한 가운데 뭔가 이상한 소리가 들리는 것이었다. 알고 보니 홈스가 흥분을 가라앉히려고 낸 소리였다. 그러더니 갑자기 나를 구석으로 끌고 가서는 소리 내지 말라는 신호를 했다. 그의 손이 떨고 있었다. 나는 그가 이렇게 흥분한 모습을 본 적이 없었다.

어두운 거리에선 아무 일도 일어나지 않고, 바람만 불고 있었다. 순간 홈스가 재빨리 감지하고 있는 게 뭔지 알아차렸다. 어디선가 들릴 듯 말 듯한 소리가 들려왔다. 매우 조심스런 소리였다. 그 소리의 진원지는 앞쪽 거리에서가 아니라 뒷문 쪽이었다. 그러고는 문이 열리고 이내 닫혔다. 발자국 소리가 다가오고 있었다. 조용히 걷는데도 집이 텅 비어 있어서인지 크게 울렸다.

홈스가 벽에 몸을 바짝 붙이자 나도 권총을 잡고 몸을 숙였다. 곧 어둠 속에서 사람 모습이 희끗 나타났다. 그는 몸을 낮추고 살금살금 안으로 들어왔다. 2.5미터 앞까지 다가왔는데, 가만 보니 놈은 우리가 거기 있는 것도 모르고 있었다.

그는 우리 바로 옆을 지나 창문으로 가서는 조심스레 문을 살짝 열었다. 그는 창문 아래로 머리를 낮추고 있었기 때문에 길에서 들어오는 가로등 불빛에 그의 얼굴이 살짝 보였다. 그는 몹시 흥분해 있었다. 눈빛이 번득이고, 억센 주름살이 팬 얼굴은 씰룩거렸다. 나이가 좀 들어 보였으며, 대머리에 코밑수염이 나 있었다. 머리에는 오페라 모자가 비스듬히 씌워져 있었으며, 외투 속에는 흰색 야회용 셔츠를 입고 있었다.

남자는 지팡이 비슷한 걸 들고 있다가 바닥에 내려놓았다. 그러고는 주머니에서 큰 물건을 꺼내 뭔가 작업 같은 것을 한참 동안 했다. 이때 날카로운 소리가 들리더니 다시 뭔가를 문지르는 소리가 들리기도 했다. 작업이 다 끝났는지 그가 일어났을 때 가만 보니 손에 장총이 들려 있었다. 그는 창문에 그 총을 올려놓고 조준을 했다. 그가 노리는 방향은 바로 홈스의 방이었다.

한참 아무 기척이 없더니 쉭 하는 총알 소리에 이어 주위의 유리창이 깨지면서 요란한 소리가 울려 퍼졌다. 순간 홈스는 야수처럼 뛰어 그 남자를 덮쳤는데, 남자도 앉아서 당하지는 않겠다는 듯 온 힘을 다해 홈스의 목을 움켜쥐려고 했다. 순간 내가 달려들어 권총의 개머리판으로 놈의 머리를 후려쳤다. 그리고 쓰러진 놈을 내리누르는 사이 홈스가 호루라기를 크게 불었다. 그러자 곧 경찰들이 달려왔다.

"레스트레이드 경감, 안녕하시오."

"아, 홈스 씨! 런던으로 잘 돌아오셨습니다."

"비공식적인 도움도 좀 필요할 것 같아서요, 레스트레이드 경감. 미궁에 빠진 살인 사건이 1년에 세 건이나 발생하면 곤란하니까요. 그래도 모울지 사건은 다른 사건들보다는 뭐랄까…… 그렇지! 인상적이던데요."

거리에 사람들이 모여들자 홈스는 창문을 닫았다. 그리고 레스트레이드는 초를 두 개 꺼내 불을 붙였다. 비로소 놈의 얼굴이 자세히 보였는데, 지독하게 혐오스런 인상이었다. 냉소적인 눈빛과 매섭게 생긴 코, 그리고 깊게 팬 주름은 누가 봐도 위험한 공격성이 느껴질 만했다. 놈은 증오스런 표정으로 홈스를 노려보았다.

"이 악마 같은 새끼!"

"아, 대령님! 이거 얼마만입니까? 나그네 인생 마지막엔 애인을 만난다고, 옛날 연극에도 그런 말이 있는데, 오랫동안 못 만났네요. 그때 폭포 위 절벽에서 본 게 마지막 아니었던가요?"

놈은 넋 나간 사람처럼 멍하니 홈스를 쏘아보며 같은 말만 되풀이할 뿐이었다.

"교활한 악마 새끼!"

홈스는 놈이 뭐라고 하든 무시한 채 큰 소리로 말했다.

"아! 제가 아직 이분 소개를 안 했군요. 이 신사는 세바스찬 모란 씨인데, 한때 대영제국 인도에서 장교를 지냈고, 또 맹수 사냥에 있어서는 최고였죠. 그렇죠, 대령? 호랑이 사냥에서는 아직도 당신의 기록을 깬 자가 없죠?"

음험한 늙은이는 아무 대답도 하지 않고 계속 노려보고만 있었다. 그의 잔인한 눈매와 억세 보이는 수염을 쳐다보고 있자니까 그 남자 자체가 마치 한 마리의 호랑이처럼 보였다.

"당신 같은 사냥 선수가 이런 하찮은 속임수에 걸려들다니 정말 이상하군요. 아마 해봤겠지만 나무 아래에 양 한 마리를 묶어놓고는 나무 위로 올라가서 호랑이가 다가오기를 기다려본 적 말이오. 물론 호랑이가 당신 한 명은 아니겠지만. 아무튼 혹 실수할 때를 대비해서 예비용 총을 가져오셨겠지. 자, 난 이렇게 준비해 왔소."

홈스가 우리들을 둘러보며 총을 들어보였다. 그때 모란이 무서운 기세로 홈스에게 덤벼들려고 하자 경찰이 제지를 했다.

"사실 나도 좀 놀랐는데, 당신이 이 빈 집의 창문을 이용하리라고는 생각을 못 했었지. 길에서 총을 쏠 줄 알고 레스트레이드 경감과

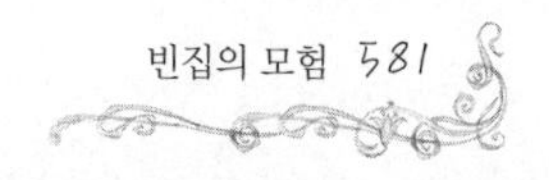

부하들을 대기하게 한 거요."

모란이 이번엔 레스트레이드를 향해 돌아섰다.

"당신은 나를 체포할 권리가 있는지 모르지만 나는 저자가 계속 빈정거리는 걸 더 이상 참을 수 없어요. 법대로 정당하게 체포하려면 다른 것도 정당하게 해주기 바라오."

"물론이죠. 그럼 홈스 씨, 더 하실 말씀은 없습니까?"

홈스는 바닥에 놓여 있는 모란의 장총을 집어 들어 자세히 살펴보았다.

"역시 대단한 총이구먼. 소리도 안 나고 힘도 엄청 좋아. 모리아티가 전에 주문한 총인데, 독일의 장님 기술자 폰 헤르덴이 만들었지. 이 총이 있다는 건 알고 있었는데, 실제로 보기는 처음이야. 레스트레이드 경감, 그럼 이 총을 좀 맡아주시오."

"그러죠. 저희가 알아서 하겠습니다. 그런데 뭐 더 하실 말씀 있습니까?"

레스트레이드가 모란을 데리고 나가려다 말고 물었다.

"저자를 무슨 용의자로 데리고 갈 건지 알아두고 싶군요."

"물론 셜록 홈스 살해 미수죄죠."

"내 이름은 일체 거론하지 않는 게 좋겠어요. 이번 일의 공과는 당신에게만 돌아가야 합니다. 그리고 사실 당신이 한 일이죠. 언제나 그랬듯이 이번에도 대담하게 정통으로 맞혔어요."

"그게 무슨 뜻이죠?"

"경찰이 쑤시고 다니면서도 아직 못 찾고 있는 범인 말이오. 지난

달 30일에 로널드 아데어 경을 살해한 범인이 바로 이 세바스찬 모란이죠. 이게 진짜 이자의 죄명입니다. 자, 왓슨! 내 방으로 가서 담배 한 대 피우지 않겠나? 창문이 깨져서 찬바람은 들어오겠지만 말이야. 뭔가 재밌는 얘기가 있을지도 모르니까."

홈스의 방은 달라진 것 없이 옛날 그대로 있었다. 허드슨 부인과 밀랍 인형이 우리를 맞이해 주었다. 인형은 오늘 밤 중요한 역할을 맡았는데, 홈스의 가운을 입고 있는 모습이 그와 너무나 똑같았다.

"부탁드린 대로 하신 거죠, 허드슨 부인?"

"네, 말씀하신 것처럼 무릎으로 기어 다니며 했어요."

"잘하셨어요. 아주 좋았습니다. 그런데 어디에 총알이 맞은 거죠?"

"이 밀랍상에 맞았어요. 머리를 뚫고 나가 바닥에 떨어졌어요. 자, 여기 있어요. 끝이 완전히 눌렸네요."

홈스는 총알을 받아서 나에게 보여주었다.

"자, 보게! 이게 그 장총 탄알이야. 천재적이지. 이걸 공기총으로 쐈다는 게 믿어지나? 그런데 왓슨, 옛날처럼 그 의자에 한 번 앉아보게. 얘기할 게 좀 있네."

홈스는 코트를 벗더니 인형에 입혀놓은 가운으로 갈아입었다. 옛날에 많이 보던 그의 모습이었다.

"옛날의 명사수 실력이 여전하군. 조금도 죽지 않았어. 뒤통수 한가운데를 겨냥해 박살낸 거 보니까. 어쨌든 인도에서 소문난 사수였거든. 지금 런던에 이만한 자는 없을걸. 자네도 모란이라는 이름은 들어봤지?"

"아니, 전혀 못 들었어."

"어, 그래? 참, 자네는 그 대단한 지략가였던 모리아티도 몰랐다고 했지. 거기 책장에서 인물 색인표 좀 꺼내주게."

그는 소파에 앉아 연신 담배를 피워대며 색인표를 한 장씩 넘겼다.

"아, 여기 모란이 나와 있네."

홈스가 내게 색인표를 보여주었다.

'모란 세바스찬. 예비역 대령. 전 벵골 제1공병대 소속. 1840년 런던 출생. 부친은 전 페르시아 주재 영국 공사이며 제3급 바드 훈장을 받은 준남작 오거스터스 모란. 이튼 학교와 옥스퍼드 대학에서 수학. 조워키 전쟁과 아프간 전쟁에 종군. 저서로 『서부 히말라야의 맹수 사냥』과 『정글에서의 3개월』이 있음. 가입한 클럽은 영국 · 인도 클럽, 턴커빌 클럽, 바가텔 카드 클럽.'

그리고 여백에 '런던 제2의 위험인물' 이라는 메모가 있었다.

"군인으로는 아주 대단한 프로필인데."

내가 색인표를 돌려주며 말했다.

"그렇지. 어느 시기까지는 제대로 산 거지. 원래는 아주 강직한 데가 있었던 거야. 사람은 자기 부모가 살아온 과정을 닮게 마련인데, 어느 순간 급격히 변한다는 건 잠재해 있는 기질이 자연스레 나온 결과라고 나는 믿고 있네. 말하자면 개인은 그 혈통의 내력을 축소해 보여주는 거나 마찬가지거든."

"놀라운 생각인데."

"뭐 꼭 그렇다고 주장하는 건 아니야. 어쨌든 간에 모란은 악의 기운 쪽으로 흘러갔어. 그래서 스캔들로 확대된 건 아니지만 그는 인도에 있을 수가 없어서 런던으로 돌아온 거라네. 그런데 여기서 다시 나쁜 소문이 돌기 시작했지. 그때 우연히 모리아티를 만나게 된 거야. 모리아티는 그에게 보수를 많이 주고 까다로운 사건에 몇 번 써먹었지. 1887년에 일어난 스튜어트 부인 사망 사건 있잖은가? 모른다고? 좋아. 됐어. 그 사건 배후에 바로 모란이 있었거든. 그런데 결국 물증이 안 나왔어.

어쨌든 모리아티 일당이 검거됐을 때도 그자는 교묘히 빠져나가 잠적했지. 언젠가 내가 자네 집에 갔을 때 공기총을 보고는 창문을 닫으라고 한 거 기억나나? 난 이미 그 공기총이 있다는 걸 믿고 있었고, 또 그걸 갖고 있는 자가 위험인물이라는 걸 알고 있었기 때문에 당연히 조심을 했던 거라네.

그러고는 우리가 스위스로 갔을 때 모란이 모리아티와 함께 우리를 미행했던 거야. 프랑스에 있는 동안 난 신문을 유심히 봤지. 모란을 체포할 기회가 없을까 하고 말이야. 그자가 계속 런던에 있는 한 내가 가서 살 수는 없었어. 결국 언젠가는 나에게 복수할 기회를 잡을 테니까. 그래서 어떻게 하는 게 좋을지 고민을 하다 할 수 없이 기다리기로 했어. 그자 꼬리가 잡힐 때까지 말이야.

그러다가 이번에 로널드 아데어 살인 사건이 일어난 거야. 이 과정을 모두 안다면 범인이 모란이라는 자연스런 결론이 나온다네. 다시 설명하자면 이렇지. 그는 클럽에서 아데어 경과 카드 게임을 했

어. 그런 다음 그의 뒤를 밟아 집까지 와서 열려 있는 창문으로 그 공기총을 쏜 거야. 내가 말했잖은가, 그는 명사수라고. 게다가 총탄 맞은 증거가 있으니까 그를 교수대로 보내는 건 간단하게 됐지.

그래서 난 런던으로 곧바로 왔어. 그의 감시망에 금방 탄로가 나고 말았지만 어쨌든 그자가 어떤 대비를 할 거라는 건 불을 보듯 뻔했어. 내가 자신의 범행과 관련해 온 거라고 당연히 생각했을 테니까. 그가 할 수 있는 건 바로, 즉시 나를 없애는 것이었지. 그 위력적인 무기 한 방이면 끝나니까 말일세. 그래서 내 방에 밀랍 인형을 배치해 두고, 경찰에 알렸던 거라네.

그런데 참, 자네가 말한 건너편 현관에 있던 자들은 경찰이었어. 그리고 아까 그 빈 집은 내가 감시 장소로 택한 곳이었는데, 모란이 그곳으로 와서 총을 쏘리라고는 전혀 생각지도 못했지. 자, 전부 얘기했네. 어떤가, 왓슨! 아직도 궁금한 거 있나?"

"있지. 왜 모란이 아데어 경을 죽인 거지? 그 이유는 설명하지 않았어."

"아, 그거? 그 점은 여러 가지 설이 있을 수 있기 때문에 아무리 설명해도 정답이라고 말할 수는 없을 걸세. 이미 드러난 증거 위에 각자가 추측할 뿐이지."

"자네도 짐작되는 게 있겠지."

"전반적인 설명을 하는 건 어렵지 않네. 조서에 의하면, 아데어 경과 모란은 같은 파트너로서 상당히 따고 있었다고 하더군. 아마도 모란이 속임수를 잘 썼기 때문일 거야. 그리고 아데어 경은 살해된 바로 그날 그 사실을 알아챘던 거지. 그래서 모란에게, 자발적으로 클럽을 탈퇴하고 다시는 카드 게임을 하지 않겠다는 약속을 하라고, 그렇지 않으면 부정을 폭로하겠다고 협박을 했겠지. 물론 그는 모란보다 훨씬 더 젊고, 상대가 사회적인 신분도 어느 정도 있는 사람이기 때문에 하루아침에 그의 명예를 실추시킬 수는 없으니까 조심스럽게 경고했을 거야. 하지만 모란은 부정한 방법으로 얻은 수입으로 생활을 해나가고 있었기 때문에 클럽을 그만 두면 끝장나는 거였지. 그래서 아데어 경을 죽였던 거야. 살해될 때 아데어 경은 식구들이 들어와 돈 세는 모습을 보고 이상하게 생각할까 봐 문을 안에서 잠근 것이었네. 내 추측이 어떤가?"

"맞을 것 같군."

"여하튼 진실은 법정에서 밝혀지겠지. 그나저나 폰 헤르덴의 그 걸작 공기총은 런던 경시청 박물관으로 들어가고, 우리는 귀찮은 모란에게서 해방된 셈이네. 그런고로 셜록 홈스는 다시금 런던의 복잡다단하고 흥미로운 문제들을 탐구하며 살 수 있게 됐다는 말씀이지."

마지막 인사

역사상 가장 끔찍한 사건이 일어난 것은 1914년 8월 2일, 밤 9시 경이었다. 사람들은 세상이 타락해 신이 저주를 내린 것이라고 생각했을 것이다. 후텁지근하고 무거운 대기 속에는 냉혹한 침묵과 동시에 막연한 희망이 도사리고 있었다. 날이 저문 지 한참 됐는데도 아직도 하늘엔 핏자국 같은 붉은 구름이 남아 있었다. 한편으론 별들이 나타나며 반짝거리고, 저 아래의 바다 멀리에서는 선박 불빛이 보일 듯 말 듯 깜빡거렸다.

독일 남자 둘이 집 앞 돌난간 옆에 서서 깎아지른 절벽 아래로 펼쳐져 있는 광활한 모래사장을 바라보고 있었다. 폰 보르크는 활개를 치며 날아다니는 독수리처럼 4년 전에 이 절벽 위로 와서 정착을 했다. 두 남자는 얼굴을 가까이 대고 낮은 목소리로 조심스럽게 얘기를 나눴다. 그들이 입에 물고 있는 시거 불빛이 마치 어둠 속에서 깜박거리는 악마의 눈빛처럼 불타오르고 있었다.

폰 보르크는 카이저의 충성스런 부하 중에서도 손꼽을 정도로 대단한 인물이었다. 그의 탁월한 능력을 인정해 카이저는 그를 제일 중요한 거점인 영국에 파견한 것이었다. 그는 임무를 수행하면서 더

욱더 빛을 발해, 조직 내 여섯 명의 요원들도 그의 실력을 깨닫게 되었다. 지금 그와 얘기를 나누고 있는 남자도 비밀을 알고 있는 그 여섯 명 중 한 사람이다. 공사관의 수석 서기관으로, 이름은 폰 헤를링 남작이다. 서기관이 타고 온 거창한 벤츠 자동차가 길 한가운데 떡 버티고 서 있었다.

"지금 같은 정세에서는 이번 주 안으로 당신도 베를린으로 돌아가야 할 것 같소."

그러면서 서기관이 계속 말했다.

"폰 보르크, 당신이 지금 돌아가면 환영 열기가 대단할 것이오. 우연한 기회에 난 정보부 고위 관계자들이 하는 얘기를 들었거든."

거구의 서기관은 교활하고 음탕한 인상의 소유자였다. 게다가 말투가 느리고 무거워 정치계에서 활동하는 데 장점으로 활용될 수 있었다.

폰 보르크는 서기관의 말에 웃고 말았다.

"영국인들 속이는 것쯤이야 어려운 일이 아니죠. 그 사람들은 되게 온순하고 소박한 데가 있거든요."

"그건 잘 모르겠는데, 아무튼 영국 사람들은 분명한 선을 지키지요. 겉으로만 보고 단순하게 생각했다가는 큰 코 다칠 수 있지. 이 사람들 인상이 부드러운 편이거든. 그런데 그걸 믿다가 어느 순간 아니라는 걸 알게 되는 거야. 섬 사람들 특유의 기질이 있으니까. 그건 별 수 없이 외부 사람들이 적응을 해야 하는 거죠."

"예의와 격식 같은 거 말입니까?"

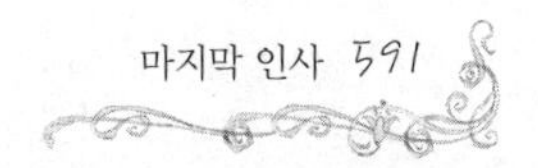

폰 보르크는 그런 게 지겹다는 듯 한숨을 쉬며 말했다.

"뭐든 간에 영국식 습관이 뼛속 깊이 스며들어 있으니까요. 내가 겪은 실수 하나 얘기할까요? 처음에 내가 여기로 부임돼 왔을 때지. 어떤 장관 별장에서 열린 주말 모임에 갔는데, 굉장히 개방적으로 얘기를 나누더라고요. 정말 난 그때 놀랐어요."

폰 보르크는 수긍을 하며 덤덤하게 말했다.

"저도 그때 거기 있었습니다."

"맞아요. 나는 그 자리에서 들은 정보를 모아 베를린으로 보냈어요. 그런데 불행히도 수상 양반이 시큰둥하게 반응하면서 그런 내용은 이미 다 알고 있다고 하더군요. 결국 난 정보를 유출했다는 핀잔만 받게 된 거죠. 내가 그때 얼마나 망신을 당했는지 몰라요. 나를 초대한 그 영국인들은 전부 쟁쟁한 사람들이었으니까 말이오. 그 후로 2년간 나는 숨이 다 막힐 지경이었어요. 하지만 당신은 스포츠맨처럼 폼이 좋아서……."

"폼이요? 그런 건 신경 쓰지 않는데요. 저는 늘 운동을 하니까요."

"아, 그래서 이 영국 사람들과 잘 어울리는군요. 요트에, 사냥에, 폴로 게임까지 못하는 게 없는 것 같아요. 권투도 한다면서요? 그래서 아무도 당신을 위험인물로 생각하지 않는 거예요. '만능 스포츠맨' 이지, '독일인이지만 괜찮은 친구' 지, 술 좋아하지, 나이트클럽에 가서 어울리지, 그냥 왁자하게 잘 노는 젊은 친구로만 생각하는 거죠. 하지만 영국은 그동안 이 조용한 별장을 통해 많은 타격을 입었어요. 스포츠맨인 이 집 주인 덕분에 말이오. 그러나 사실은 유럽에서 가장 천재적인 비밀 첩보원이지. 폰 보르크, 당신은 정말 천재예요, 천재!"

"남작님, 과찬의 말씀이세요. 하지만 제가 4년 동안 그냥 놀았던 건 아닙니다. 제 작업실을 한 번 보여드리겠습니다. 이리로 들어오세요."

서재 문은 테라스와 연결되어 있었다. 폰 보르크는 안으로 들어가 불을 켰다. 서기관이 들어오자 그는 방문을 잠그고는 창문 커튼을 조심스럽게 열었다. 그러고는 서기관 쪽으로 얼굴을 돌렸다.

"일부 서류는 빠져 있습니다. 아내가 어제 블리싱겐으로 가면서 중요하지 않은 서류들은 가져갔거든요. 그럼 나머지 서류는 대사관에서 안전하게 보호해 주세요."

"준비는 다 되어 있어요. 당신 신분은 내 개인 수행원으로 등록해 놓았어요. 성공적으로 일이 마무리되면 당신이 이곳을 떠날 필요는 없어요. 영국이 프랑스를 외면할지도 모르니까 말이죠. 영국과 프랑스 사이엔 아무런 위력적인 조약도 없거든요."

"그럼 벨기에는요?"

"벨기에도 마찬가지예요."

폰 보르크는 고개를 가로저었다.

"아니죠. 영국과 벨기에는 조약을 맺었거든요. 그렇게 되면 영국은 치욕에서 벗어나지 못할 텐데요."

"그래도 얼마간은 평화로울 거예요."

"나라의 명예는 어떻게 되고요?"

"하 참, 이봐요. 지금은 실용주의 시대예요. 명예 같은 건 중세 시대의 관념이지. 게다가 영국은 지금 어떤 준비도 안 돼 있어요. 우리의 특별 전쟁세 5천만 마르크는 〈타임스〉 표지에 나왔다시피 적어도 우리의 목적을 분명하게 보여주고 있지만, 영국은 아직 아무 계획도 없거든요. 믿어지지 않는 일이죠. 그들은 탄약 비축이라든지 잠수함 공격에 대한 대비, 고성능 폭탄 제조 같은 핵심 분야에서 전혀 준비돼 있지 않아요. 그러니 도대체 어떻게 참전할 수가 있겠어요."

"하지만 국가의 앞날을 계획하는 게 있겠죠."

"아, 그건 다른 문제예요. 우리는 영국의 장래에 대해 구체적인 복안을 갖고 있어요. 때문에 당신이 제공하는 정보가 매우 중요한 겁니다. 영국은 서둘러야 돼요. 그들이 오늘 결정한다면 우리는 완벽하게 준비되어 있어요. 그리고 내일 결정한다면 우리는 더욱더 준비가 잘 되어 있을 겁니다. 영국은 따로 싸우는 것보다 동맹국들과 함께 하는 게 더 현명하지만 그건 그들이 알아서 할 일이죠. 아무튼 이번 주에 운명이 달려 있는 문제예요. 참, 아까 서류 얘기를 한 것 같은데?"

서기관은 소파에 앉아 시가를 입에 물었다. 벗겨진 대머리가 불빛 아래서 더욱 반들거렸다. 서재엔 벽면 가득 책이 꽂혀 있었다. 그리고 구석에 걸린 커튼 뒤로 커다란 금고가 놓여 있었다. 폰 보르크가 신중하게 금고문을 열었다.

"자, 보세요."

불빛에 금고 내부가 훤히 드러났다. 서기관은 서류로 가득 차 있는 칸들을 탐색하듯 바라보았다. 파일마다 제목이 붙어 있었는데, 부두, 항구 방위, 항공기, 아일랜드, 이집트, 포츠머스 요새, 영국 해협, 등등 수많은 내용들이 기록되어 있었다.

"대단하네요!"

서기관은 통통한 손으로 박수를 치며 말했다.

"4년 동안 모은 것들입니다. 매일 술을 마셔대고 승마하면서. 시골에서 이 정도 모았으면 좋은 편이죠. 하지만 가장 중요한 게 아직 빠져 있습니다."

폰 보르크는 '해군 암호 체계' 라고 쓰여 있는 서류 파일을 가리켰다.

"그럼 거기 들어 있는 서류는 뭔가요?"

"그건 지금 쓰레기가 되어버렸어요. 비밀 경계 때문에 해군 장성이 암호를 바꿨거든요. 그 바람에 제 활동 전체가 틀어져 버렸죠. 하지만 수표책과 앨터몬의 도움으로 오늘 밤에 모든 걸 손에 쥐기로 했습니다."

서기관은 시간을 보더니 실망하는 눈치였다.

"음, 난 더 이상 기다릴 수가 없어요. 알다시피 대사관에서는 상황이 급박하게 돌아가고 있기 때문에 우리 모두 자신의 임무를 대비하고 있어야 하거든요. 당신의 대작전이 성공하는 걸 보고 가려고 했는데 아쉽군요."

그때 폰 보르크가 전보를 한 통 내밀었다.

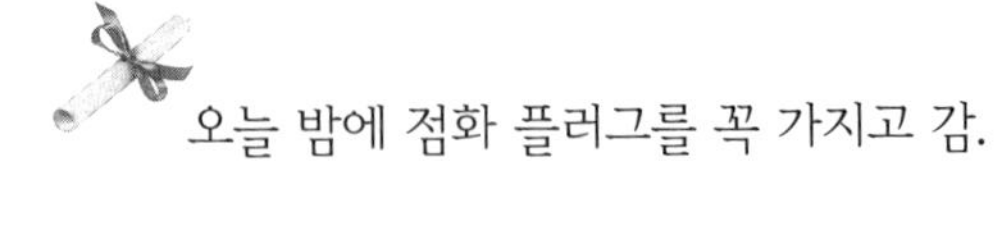

오늘 밤에 점화 플러그를 꼭 가지고 감.

앨터몬

"점화 플러그?"

"네, 앨터몬이 자동차 기술자고, 제가 정비소 주인인 것처럼 꾸미고 있거든요. 그래서 자동차 부품 이름을 암호로 쓰고 있어요. 예를 들어 냉각장치는 전함을 뜻하고, 오일펌프는 순양함을 의미하는 거죠. 점화 플러그는 해군 암호 체계를 뜻하고 있습니다."

"전보는 포츠머스에서 낮에 보냈군. 사례는 얼마나 주는 거죠?"

"이번 것은 특별히 500파운드 주기로 했습니다. 봉급 외에 말이죠."

"배신자들! 우리한테는 도움이 되지만 사실 돈이 아깝네."

"앨터몬한테 주는 건 전혀 아깝지 않습니다. 그 친구는 정말 유능하거든요. 돈만 잘 주면 그야말로 확실히 갖다 주니까요. 그리고 그 친구는 배반자가 아닙니다. 분명히 말씀드릴 수 있는데, 뼛속 깊이 박힌 게르만주의자들은 아일랜드계 미국인들이 영국에 대해 갖고 있는 반감에 비교하면 거의 갓난아기 수준이라고 말하는 사람이거든요."

"아일랜드계 미국인인가 보죠?"

"그와 얘기를 나눠보면 배반자가 아니라는 걸 확신하게 됩니다.

그는 영국이라는 나라와 영국의 언어에까지 선전포고를 한 사람이니까요. 정말 안 보고 가시겠습니까? 곧 올 텐데요."

"아니, 가야 돼요. 너무 늦었어요. 내일 일찍 만납시다. 영국 해군의 암호를 확보해 대사관으로 넘겨주면 당신은 영국에서의 임무를 성공적으로 완수하는 겁니다. 아니! 이거 토케이 포도주 아니야!"

밀폐된 채 허연 먼지에 싸여 있는 포도주 한 병과 잔 두 개가 탁자 위에 놓여 있었다.

"한 잔 하시겠어요?"

"아니, 지금은 생각 없어요. 그런데 무슨 파티를 할 건가 보죠?"

"아니오. 앨터몬이 포도주를 좀 아는데, 이 토케이를 좋아해서요. 성격이 예민한 데가 있어서 이런 걸로라도 기분을 좀 돋궈주려고요. 저는 그 사람을 신중히 잘 배려해야 하니까요."

두 사람은 밖으로 나가 자동차 쪽으로 걸어갔다. 서기관의 운전기사가 곧 시동을 걸었다.

"저쪽 불빛 있는 데가 하리치 항구 같은데, 아주 평화로워 보이네요. 하지만 며칠 후면 영국 해안도 쑥대밭이 될 텐데! 가만, 그런데 저 사람이 누구지?"

창문 하나에 불이 켜져 있었다. 그리고 촌스러운 모자를 쓰고 있는 할머니가 등잔불 아래 앉아 있는 게 보였다. 할머니는 뜨개질을 하다가 이따금 옆 의자에 앉아 있는 고양이를 쓰다듬곤 했다.

"아, 가정부 마사입니다. 그녀만 남아 있죠."

서기관이 피식거리며 웃었다.

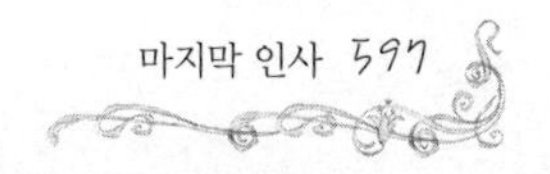

"전형적인 영국사람 스타일이구먼. 자기도취에 빠져 나른한 모습 말이에요. 자, 폰 보르크! 또 봅시다."

서기관은 손을 흔들며 차에 올랐다. 그러고는 곧바로 좌석에 푹 파묻혀 눈앞에 다가오고 있는 유럽의 비극을 떠올렸다. 그때 바로 옆으로 포드 자동차 한 대가 반대로 달려가고 있었다.

서기관의 차가 멀리 사라지자 폰 보르크는 천천히 다시 서재로 갔다. 가정부 방엔 그새 불이 꺼져 있었다. 가족이 안전한 곳으로 떠나고 난 후 집이 더 조용하고 썰렁했지만 그는 마음이 놓였다. 그는 그날 할 일이 많았다. 우선 일부 서류를 태우고, 금고에 들어 있는 중요한 파일들은 가방에 챙겨 넣었다. 그때 멀리서 자동차 소리가 들려왔다. 그는 반가워 얼른 테라스로 나가보았다. 차의 불빛이 문 앞에 다가와 멈춰 섰다. 곧 남자가 내려 재빨리 이쪽으로 걸어왔다. 콧수염을 기른 풍채 좋은 운전사는 차안에서 오랫동안 기다릴 각오가 되어 있다는 듯 꼼짝도 하지 않았다.

"어떻게 됐습니까?"

폰 보르크가 흥분해 뛰어나가면서 묻자 남자는 종이로 둘둘 말린 물건을 위로 들어 보이면서 흔들었다.

"오늘 밤엔 내가 톡톡히 대접받아야 할 것 같은데요."

사내가 큰 소리로 말했다.

"결국 일을 해냈으니 말이에요."

"암호 체계를 확보한 건가요?"

"전보로 말한 바로 그 물건이죠. 깃발 신호, 등불 암호, 마르코니

무선 신호 등등 전부 다요. 하지만 원본은 아니고 복사본이에요. 원본은 너무 위험해서 말이죠. 그래도 이건 전부 진짜예요."

남자가 친근감을 표시하며 폰 보르크의 어깨를 딱 때렸다.

"들어오세요. 저 혼자 있습니다. 이걸 기다리고 있었죠. 원본보다 복사본이 더 나아요. 원본이 없어지면 그들은 암호 체계를 전부 바꿔버릴 테니까요. 이 복사본에 문제는 없겠죠?"

아일랜드계 미국인은 서재 소파에 가서 앉았다. 그는 큰 키에 마른 편으로 60대였는데, 턱수염이 염소 모양을 하고 있어서 마치 만화 주인공 엉클 샘과 비슷해 보였다. 그는 입에 물고 있던 시거에 다시 불을 붙였다.

"이사하시나 보죠?"

남자가 방안을 둘러보며 말했다. 그러고는 커다란 금고가 눈에 띄자 소리쳤다.

"아니, 설마 저 금고 안에 서류를 보관하는 건 아니죠?"

"왜요?"

"세상에! 저렇게 큰 개인 금고를 쓰면 어떡해요. 당신 간첩으로 몰리게 돼요. 내 편지가 저런 금고 안에 들어갈 줄 알았다면 편지를 안 보냈을 텐데……."

"저 금고는 어떤 도둑도 못 열 거예요. 깨부술 수가 없으니까요."

"자물쇠도 못 열까요?"

"그것도 못 열어요. 이중 자물쇠거든요."

"그게 뭐죠?"

"열쇠로 열기 전에 비밀 코드를 누르는 거죠."

폰 보르크는 열쇠 구멍을 둘러싸고 있는 두 줄의 둥근 테를 가리켰다.

"바깥쪽 줄에는 문자가 쓰여 있고, 안쪽 줄에는 숫자가 쓰여 있습니다."

"아, 특이하네요."

"그렇다니까요. 4년 전에 특별 주문하여 제작한 건데, 비밀 코드를 뭘로 했는지 아십니까?"

"모르겠는데요."

"문자는 8월(august)을 선택했고, 숫자는 1914를 선택했어요. 바로 지금이죠."

남자가 놀라며 말했다.

"아니, 세상에! 그럼 전쟁이 일어날 때를 예측했다는 거네요."

"그렇죠. 우리 요원들 중에는 날짜까지 알아맞힌 친구도 있어요. 이쯤 되면 확실해진 셈이죠. 저는 내일 아침에 여길 떠날 겁니다."

"그럼 나도 어떻게 해주셔야지, 혼자 이 나라에 있을 수는 없어요. 아마 일주일 안에 영국 정부에서 눈에 불을 켜고 나를 찾을 거예요."

"당신은 미국 시민 아닙니까?"

"하지만 잭 제임스도 미국 시민인데, 지금 포틀랜드 감옥에 있거든요. 영국 경찰에겐 내가 미국 시민인 게 아무 소용도 없어요. 잭 제임스한테 하는 걸 보니 당신은 자기편 사람을 끝까지 보호해 주지 않는군요."

"그렇지 않아요."

폰 보르크가 신경질적으로 말했다.

"당신은 사람을 고용해 쓰면서 그들이 체포됐을 때 언제 한 번 구해준 적 있어요? 제임스도……."

"제임스 그 사람은 너무 막무가내로 했어요."

"그렇긴 해요. 그는 바보 멍텅구리였죠. 하지만 당신은 홀리스도 내팽개쳤어요."

"그는 미쳤던 겁니다."

"그 사람이 나중엔 약간 그런 증세가 있었어요. 사람들이 자신을 경찰에 신고할까봐 아침부터 밤까지 100명에게 다른 연기를 해야 한다면 어떻게 미치지 않을 수 있겠어요. 하지만 스타이너의 경우는……."

폰 보르크가 창백한 얼굴로 벌떡 일어났다.

"그가 어떻게 됐죠?"

"잡혔어요. 간밤에 놈들이 그의 사무실을 덮쳐서 지금 포츠머스 감옥에 들어가 있어요. 당신이 도망치고 나면 그 친구는 뒤늦게 땅을 치겠죠. 그래서 나도 한시바삐 이 나라를 떠나고 싶은 거예요."

폰 보르크는 침착한 성격이었지만 몹시 충격을 받은 것 같았다.

"어떻게 스타이너를 찾아냈을까. 타격이 큰데요."

"그보다 더 나쁜 소식도 있죠. 지금 내 주위로 압박 수사를 하고 있어요."

"설마!"

"사실이에요. 내 하숙집 주인이 조사를 받았다고 하더라고요. 경찰이 어떻게 내 하숙집을 알아냈는지 모르겠어요. 내가 당신과 일한 후로 다섯 명의 요원이 체포됐는데, 이제 내가 여섯 번째가 될지도 몰라요. 자, 어떻게 할 거예요? 이 지경이 되었는데, 창피해야 되는 거 아니에요?"

폰 보르크의 얼굴이 벌개졌다.

"아니, 그런 말을 하다니!"

"내가 이런 말도 못해요? 하고 싶은 말이 더 있어요. 당신들 독일인은 정보원들을 다 써먹고 나면 그들이 체포되든 말든 나 몰라라 한다면서요?"

폰 보르크가 벌떡 일어났다.

"아니, 그럼 내가 요원들을 팔아넘겼다는 거예요?"

"난 그런 말 한 적 없어요. 당신들 가운데 끄나풀이 있다는 거지. 어쨌든 나도 이만 손을 떼고 네덜란드로 갈 거예요. 하루라도 빨리."

"오랫동안 함께 일해 왔는데 마지막 순간에 나쁜 감정으로 헤어질 수는 없지 않습니까? 당신이 그동안 위험을 무릅쓰고 성취해온 공적을 난 절대로 잊지 않을 것입니다. 네덜란드로 잘 가시기 바랍니다. 로테르담에서 뉴욕행 배를 탈 수 있을 거예요. 앞으로 일주일간은 그 방법이 가장 안전할 겁니다. 가지고 온 책을 주세요. 짐을 싸야 하니까요."

"돈은 준비가 됐나요?"

"뭐라고요?"

"사례금 말이오. 500파운드. 포병 장교가 마지막 순간에 갑자기 마음을 바꾸는 바람에 100달러를 더 줘야 했어요. 그때 안 됐으면 우리는 완전히 끝장날 뻔했죠. 아무튼 이걸 가져오는데 총 200파운드가 들었어요."

폰 보르크가 쓴웃음을 지었다.

"돈을 먼저 내놓으라는 얘기죠? 나를 못 믿는군요."

"그럼요, 이건 어디까지나 거래니까요."

폰 보르크는 책상으로 가서 수표를 쓰고는 그걸 수표책에서 뜯어냈다.

"앨터몬 씨, 당신이 나를 못 믿는데 내가 당신을 믿을 수 있을까요? 안 그런가요? 수표를 여기 책상 위에 놓죠. 당신에게 그걸 주기 전에 난 당신의 물건을 확인할 권리가 있습니다."

미국인은 아무 말 없이 물건을 내밀었다. 폰 보르크가 받아 포장을 풀자 파란색 책이 나왔다. 그는 순간 멍하니 책을 쳐다보았다. 표지엔 '실용 양봉 편람' 이라는 제목이 금박으로 씌어 있었다. 그러나 거물 첩보원인 폰 보르크가 이 황당한 책 제목을 바라본 것은 한순간에 지나지 않았다. 느닷없이 거친 손아귀가 그의 뒷덜미를 움켜쥐더니 클로로포름을 묻힌 거즈로 얼굴을 감싸 눌렀다.

"왓슨, 한잔 더 하게!"

셜록 홈스가 토케이 병을 내밀자 책상 앞에 앉아 있던 풍채 좋은 운전사가 얼른 잔을 앞으로 내놓았다.

"홈스, 포도주 맛이 좋군."

"정말 좋은 포도주거든. 소파에 누워 있는 저 친구 말로는, 쇤브른 궁전에 있는 프란츠 요제프 황제의 특별 저장실에서 나온 거라네. 미안하지만 거기 창문 좀 열어주게. 클로로포름 냄새 때문에 술맛이 안 나는구먼."

홈스는 금고에 들어 있는 서류를 모두 꺼내 폰 보르크의 가방에다 차곡차곡 집어넣었다. 독일인은 팔과 다리가 묶인 채 소파에 누워 잠들어 있었다.

"왓슨, 서두르지 않아도 되네. 종을 눌러 마사를 부르게. 그녀는 내가 부탁한 역할을 잘 해냈어. 아, 마사! 고맙습니다. 다 잘 됐어요."

마사가 들어왔다. 그녀는 홈스를 쳐다보며 동시에 소파에 누워 있는 폰 보르크를 안됐다는 듯 바라보았다.

"마사, 저 사람은 괜찮으니까 걱정하지 않아도 돼요."

"홈스 선생님, 다행이군요. 저분은 그래도 인정 있는 주인이었어요. 어제 나더러 부인과 함께 독일로 가라고 했었는데, 만약 내가 갔다면 오늘 일은 성사가 안 됐겠지요. 안 그래요, 홈스 선생님?"

"그럼요, 마사. 당신이 여기 계셨으니까 제가 안심을 한 거죠. 아까 당신 신호를 오랫동안 기다리고 있었어요."

"서기관 때문에 빨리 못했어요."

"알아요. 그 사람 차 지나가는 거 봤어요."

"난 그 사람이 안 갈까봐 마음을 졸였어요."

"마사, 자세한 얘기는 내일 런던 클래리지 호텔에서 합시다."

"좋아요. 홈스 선생님."

"짐은 다 꾸려놓았죠?"

"그럼요. 주인은 오늘 편지를 일곱 통 부쳤는데, 늘 하던 대로 난 그 주소를 다 적어놓았어요."

"마사, 아주 잘하셨어요. 그럼 주무세요."

노파가 방을 나가자 홈스가 말했다.

"이 서류들은 별로 중요한 건 아니네. 이미 다 독일 정부에 보고된 것들이거든. 그리고 외부로 반출을 할 수 없는 원본이라서 여기 있는 것뿐이야."

"그러면 쓸모없다는 건가?"

"그렇지는 않아. 왜냐하면 어떤 게 유출되고 안 됐는지 이걸 보면 알 수 있으니까. 이 서류들 중에는 나를 통해 넘어간 게 아주 많은데, 신빙성은 전혀 없는 것들이야. 독일 순양함이 내가 넘겨주는 기뢰 부설도에 따라 솔런트 해협을 항해하는 게 내가 마지막으로 바라는 것이 될 걸세. 그런데 왓슨……."

홈스는 왓슨의 어깨를 잡으며 말했다.

"아, 여기 환한 곳에서 자네 얼굴 좀 보세. 많이 변했군. 아직도 소년처럼 보이는데?"

"한 20년쯤 젊어진 것 같네. 자네한테서 하리치 항구로 오라는 전보를 받고 얼마나 반가웠는지. 그런데 자네는 그 염소수염만 아니면

별로 안 변한 것 같군."

"왓슨, 이건 나라를 위한 거야."

홈스는 염소수염을 잡아 뜯으며 말했다.

"내일이면 이것도 추억이 되겠지. 내일은 머리도 좀 손보고 미국인 노릇을 하기 전 모습으로 클래리지 호텔로 가야겠지. 그런데 왓슨, 내 영어 발음이 잘못돼 가는 것 같네."

"참 홈스, 자네 은퇴했다면서? 사우스 다운스에 있는 농장에서 양봉을 하고 책을 보면서 지낸다고 들었는데."

"어, 맞아. 이게 바로 시골의 평온함 속에서 맺어진 나의 결실 아니겠나!"

그는 책상에 놓여 있는 책을 들어 제목을 읽었다.

"〈실용 양봉 편람—여왕벌의 격리에 관하여〉지, 나 혼자 쓴 거야. 이 작은 집단이 부지런히 움직이는 걸 오랫동안 지켜봤거든."

"그런데 왜 다시 일을 시작한 건가?"

"글쎄, 나도 가끔 놀라고 있다네. 외무부 장관이 왔다면 거절했을 텐데, 수상이 내 초라한 집에 찾아왔으니……. 저 소파에 누워 있는 독일인은 사실 좀 만만한 상대가 아니었어. 꽤 유능한 자였지. 그런데 어찌된 일인지 정보가 새나왔어. 그래서 몇 사람은 첩자로 의심을 받고 체포되기도 했다네. 그 와중에 다른 막강한 세력이 배후에 도사리고 있다는 걸 알게 됐지. 그래서 나한테 그 조직을 찾아달라는 부탁이 들어왔던 거야.

그걸 알아내는 데 2년이 걸렸지. 정말이지 세월이 금방 지나간 것 같군. 처음엔 시카고로 갔어. 그리고 버팔로에서 한 아일랜드 비밀 조직에 들어갔다가 결국 폰 보르크의 요원 한 사람을 만나게 된 거야. 상당히 복잡한 과정이었지. 아무튼 난 그때부터 폰 보르크의 전폭적인 신뢰를 받게 되면서 그의 계획을 조금씩 비틀어 결국 다섯 명의 요원을 감옥에 처넣었다네. 나는 그동안 폰 보르크의 요원들을 예의주시하다가 제법 한 가락 할 때쯤 되면 잡아넣곤 했지. 아니, 그런데 조금도 괴롭지 않은가 보죠?"

이 마지막 말은 폰 보르크에게 들으라고 한 것이었다. 그는 좀 전에 깨어나 숨을 헐떡이며 눈을 깜박거리고 있었다. 그러더니 정신이 돌아왔는지 느닷없이 욕을 퍼부어댔다. 홈스는 아랑곳하지 않고 서류를 자세히 들여다보았다.

"그런데 이건 뭐지! 또 한 놈이 잡혀갔네. 이자가 어쩐지 심상치 않더라고. 폰 보르크, 당신 책임질 일이 또 생겼는걸."

폰 보르크는 간신히 몸을 일으켜 앉으며 당혹감과 증오심이 섞인 묘한 눈빛으로 홈스를 노려보았다.

"앨터몬, 내 반드시 복수해 주지."

그는 침착하게 또박또박 말을 했다.

"앞으로 내가 평생 동안 원수를 갚아주마!"

"거 참, 많이 듣던 소리네. 한때 그 말을 자주 들었는데, 모리아티 교수가 입에 달고 살았거든. 세바스찬 모란 대령도 그랬고 말이야. 그런데도 난 아직 여기 사우스 다운스에서 양봉을 치면서 잘 살고 있다네."

"더러운 이중간첩 새끼!"

독일인이 소리치며 결박을 풀어내려고 몸을 비틀었다.

"무슨 말씀을 그렇게 하시나! 난 그런 인간이 아니네."

홈스는 빈정거리듯 웃으며 말했다.

"폰 보르크, 내 말투에서 못 알아챘나? 앨터몬이라는 사람은 애초부터 존재하지 않았어. 내가 그냥 둘러댔던 인물이지."

"그럼 넌 누구지?"

"그건 중요한 문제가 아니야. 그래도 굳이 알고 싶다면 말해 주겠는데, 전에 네 친척을 만난 적이 있지. 내가 예전에 독일에서 여러 가지 일을 했는데, 너도 아마 내 이름을 알고 있을 거야."

"이름이 뭐지?"

"네 사촌인 하인리히가 공사로 있을 때 내가 바로 아이린 애들러와 보헤미아의 왕 문제를 처리했었지. 그리고 네 삼촌이 무정부주의자 클로프만에게 살해당할 뻔했을 때 그를 구해준 사람도 나였어. 그리고 또……."

폰 보르크는 당황해하며 눈이 커졌다.

"그런 사람은 세상에 한 사람밖에 없는데."

"내가 바로 그 사람이라니까."

폰 보르크는 절망스럽게 소리쳤다.

"내가 수집한 정보는 거의 다 당신이 준 거였어. 그렇다면 그게 다 엉터리였단 말이야? 이게 도대체 어떻게 된 거야? 나도 끝났구나!"

"정확하지 않은 정보였던 건 사실이야. 확인해 보면 알겠지만 자넨 지금 시간이 없겠지. 독일의 해군 제독은 영국의 새 포가 예상보다 더 크고, 순양함도 더 빠르다는 걸 알게 될 거야."

독일인은 괴로운 듯 목덜미를 감쌌다.

"다른 것들도 더 있는데, 곧 밝혀질 걸세. 자네가 수많은 사람들을 속이고 결국은 나한테 속았는데, 그걸 가지고 나를 증오하지는 않겠지. 자네는 독일을 위해 최선을 다했고, 나는 영국을 위해 최선을 다한 거니까, 결국 당연한 거 아니었나. 게다가……."

홈스는 독일인의 어깨를 다정하게 잡으며 말했다.

"형편없는 상대한테 무릎을 꿇는 것보다는 훨씬 더 낫지, 안 그런가? 왓슨, 서류가 다 준비되어 있네. 함께 포로 호송을 하면 지금 런던으로 출발할 수 있어."

날뛰는 남자를 붙들고 옮긴다는 게 보통 일이 아니었다. 그래도 홈스와 왓슨은 양쪽에서 그의 팔을 꽉 붙잡고 끌고 가 자동차 좌석에 앉혔다. 남자는 손과 발이 묶인 상태 그대로였다.

"어때, 시거에 불이라도 붙여 줄까?"

독일인은 홈스의 말을 들은 체도 하지 않았다.

"홈스 선생, 영국 정부가 배후에서 이런 수작을 지원하고 있다면 그건 전쟁 행위나 마찬가지라는 거 알고 있겠죠?"

"독일 정부의 이런 수작은 뭔데?"

홈스가 서류 가방을 탁탁 치며 말했다.

"홈스 씨, 당신은 민간인이야. 체포 영장이 없어. 그러니 당신은

지금 불법 행위를 저지르고 있는 거라고."

"아, 옳으신 말씀이죠."

"게다가 당신들은 독일 국민을 납치하고 있는 거야."

"개인 서류까지 훔치고 말이지."

"알기는 아는구먼. 당신들 말이지, 차가 마을을 지나갈 때 내가 소리를 지르면……."

"이봐, 그렇게 바보 같은 짓을 하면 여기 마을 한 여관에다 '매달려 있는 독일인' 이라는 간판을 선물해서 바꿔달라고 할지도 모르니까 입 닥치고 있는 게 좋아. 자, 폰 보르크! 런던 경시청까지 조용히 가는 게 현명한 태도야. 그리고 자네 친구 폰 헤를링한테 대사관 수행원 자리가 아직 비어 있는지 연락해 보자고. 왓슨, 잠깐 이리 와보게. 자네 런던으로 돌아가면 바빠질 테니까 얘기할 시간도 없을 것 아닌가."

두 친구가 과거를 회상하며 잠시 얘기를 나누는 동안 포로는 또다시 결박을 풀기 위해 헛된 노력을 하고 있었다. 홈스는 달빛 어린 바다를 바라보며 깊은 감회에 젖어 머리를 흔들었다.

"왓슨, 동풍이 불어올 것 같네."

"날씨가 아주 훈훈해서 바람은 없을 것 같은데."

"이 친구야! 하여튼 세상이 아무리 변해도 자네는 여전하다니까. 그래도 동풍이 불어올 것 같아. 영국엔 아직 불어온 적이 없는 바람인데, 무척 거세고 차가운 바람일 게 분명해. 수많은 사람들이 그 강풍 때문에 스러지겠지. 하지만 신이 하는 일이면 어쩌겠나. 그래도 폭풍이 걷히면 더 맑고 눈부신 하늘이 드러나지 않은가. 자, 왓슨! 출발하세. 500파운드짜리 수표가 있는데 빨리 현금으로 바꿔야 하거든. 수표 발행인이 지불 정지시키기 전에 말이야."

아서 코난 도일 연보

1859년 5월 22일 스코틀랜드 에든버러 시의 피카디 플레이스에서 공무원인 아버지 찰스 도일과 어머니 메리 도일 사이에서 둘째아들로 태어남.

1870~75년 랭카스의 예수회 학교인 스토니 허스트에서 5년간 중등교육을 받음.

1875~76년 펠트커크에 위치한 예수회 대학에서 수학. 이후 의학 공부를 하기 위해 에든버러 대학에 입학. 에든버러 보건소 외과 의사인 조셉 벨 밑에서 수학. 은사였던 조셉 벨 교수는 독특한 유머와 날카로운 관찰력을 지닌 사람으로, 후에 셜록 홈스의 모델이 됨.

1879년 첫 번째 이야기 『사삿사 계곡의 미스터리』를 에든버러의 주간지 〈챔버스 저널〉에 기고.

1881년 대학을 졸업. 의사 자격증을 획득한 뒤 아프리카 서해안을 항해하는 화물선의 선의로 근무.

1882년 플리머스 시 교외에서 병원을 개업.

1885년 루이스 호킨스와 결혼. 매독에 대한 논문으로 의학 박사 학위를 취득.

1886년 전부터 동경해 오던 에드거 앨런 포와 가보리오의 영향으로 탐정 소설을 쓰기로 결심. 홈스 시리즈 중 최초의 작품인 『주홍색 연구』를 완성하지만 출판사에서 출간을 원하지 않아 이듬해에 발표됨.

1889년 역사소설인 『미카 클라크』가 출간되어 인기를 얻음.

1890년 『굳건한 거들스턴』 출간. 『네 사람의 서명』이 〈리핀콧 매거진〉에 실림. 비엔나에서 안과학을 공부하기 위해 오스트리아로 떠남.

1891년 런던에서 안과 전문의로 개업했지만 경영 악화로 의사 생활을 접고 작가로 살아갈 것을 결심. 사우스노드로 거주지를 옮김. 〈스트랜드 매거진〉지에 홈스 시리즈물을 차례로 발표.

1892년 단편집 『셜록 홈스의 모험』 출간.

1893년 루이스가 결핵 진단을 받음. 셜록 홈스 단편이 〈스트랜드 매거진〉에 계속 발표된 뒤 『셜록 홈스의 회상』이라는 제목으로 묶임. 이 중 하나가 『마지막 사건』으로, 코난 도일은 셜록 홈스가 라이헨바흐 계곡에서 떨어져 죽는 것으로 설정. 아버지 찰스 도일 사망.

1894년 『붉은 등불 주위에서』 출간.

1900년 보어 전쟁 당시 남아프리카로 의사를 자원하여 떠남. 『위대한 보어 전쟁』 출간. 에든버러 선거구에서 자유 연합당원 후보자로 출마했으나 낙선.

1902년 나이트 작위를 수여받음.

1903년 독자들의 요청으로 다시 홈스 시리즈를 집필.

1905년 마지막 단편집인 『셜록 홈스의 귀환』을 출간.

1906년 아내인 루이스가 사망함.

1907년 9월 18일에 진 레키와 재혼. 서식스 주로 이주.

1912년 SF 소설 『잃어버린 세계』를 출간.

1914년 제1차 대전이 발발하자 자원함. 홈스 이야기인 『공포의 계곡』이 〈스트랜드 매거진〉에 연재 시작.

1916년 코난 도일은 처음으로 전선을 방문하여 프랑스에서 영국의 참전을 촉구함. 더블린에서 부활절 봉기 사건 반역 혐의로 처형당한 로저 케이스먼트 경의 구명 운동이 무위로 돌아감('잃어버린 세계' 에서의 존 록스턴 경은 부분적으로는 케이스먼트 경의 모델임.)

1917년 〈스트랜드 매거진〉지에 단문 『셜록 홈스 씨의 성격에 대한 소고』를 발표. 네 번째 단편집인 『셜록 홈스의 마지막 인사』를 출간함.

1927년 다섯 번째 단편집인 『셜록 홈스의 사건집』을 출간.

1930년 7월 7일, 크로버러 자택에서 사망함.